경세통언

경세통언

어리석은 세상을 깨우치는 이야기 [I]

초판 인쇄 2024년 10월 25일
초판 발행 2024년 10월 31일

지은이 풍몽룡
옮긴이 김진곤
펴낸이 김삼수
펴낸곳 아모르문디

등록 제313-2005-00087호
주소 서울시 마포구 월드컵북로5길 56 401호
전화 070-4114-2665
팩스 0505-303-3334
메일 amormundi1@daum.net

값 20,000원
ISBN 979-11-91040-42-5 (04820)

어리석은 세상을 깨우치는 이야기 —

경세통언

警世通言

1

풍몽룡 지음 김진곤 옮김

아모르문디

책을 펴내며

다리가 너무 아프다. 남경으로 가는 길은 멀고도 멀다. 남경의 과거에 급제하고 천자가 계시는 북경에 달려가 마지막 관문을 통과하여 이 지긋지긋한 과거 준비생의 굴레에서 벗어나고 싶다. 궁색한 처지에서 벗어나 기울어진 가세를 일으키고 명성을 날리는 길은 오직 과거 급제뿐. 마흔다섯 이 나이까지 천오백 리가 넘는 타향에서 학동을 가르치며 견뎠는데 이렇게 포기할 수는 없다.

1618년의 이 남경행의 결과는 그에게 너무 잔인했다. 낙방이었다. 고향인 소주와 남경을 오가며 다시 도전한 1624년, 1627년의 과거에서도 역시나 낙방하고 말았다. 이제 그의 나이 쉰넷. 풍몽룡(1574~1646)은 왜 이다지도 평생 과거에 목을 맸을까. 과거 준비를 하는 동안은 어떻게 먹고 살았을까. 집이 엄청 부자였나. 한때 그는 부자였다. 그는 명나라가 마지막 숨을 몰아쉬던 때 강소성 소주의 지주 가문에서 태어났다. 형 몽계와 아우 몽웅, 이렇게 삼형제가 글재주가 좋아 소주 근동에서 이름깨나 날렸다. 이런 그가 과거를 준비하는 건 당연한 수순. 과거급제하여 관직에 나가면 이름도 날리고 녹봉을 받아 평생 먹고살 걱정도 없을 터였다. 그러나 그 길은 멀고 험했다. 그의 나이 스물하나에 생원生員이 되었으나 그건 그저 주나 현의 학교에 입학할 수 있는 자격일 뿐. 최소한 향시에 급제하여 거인擧人의 자격을 획득해야 했다. 명대를 통틀어 생원 학위 소지자는 늘 50만 명 정도를 헤아렸고 이들 가운데 단지 1%만 향시에 합격하여 거인이 되었다고 한다. 당시 중국 전체 인구는 1억 5천만 명이었다.

그가 이렇게 간절했던 것은 청년기에 접어들어 급격히 기울어 버린 가세 때문이었다. 한 끼를 먹고 나면 바로 다음 끼니가 걱정이었다고 한다. 누군가가 글을 좀 써달라고 하거나 책을 교정해달라고 하면 다짜고짜 선불을 요구했고, 한술 더 떠서 돈 좀 있으면 빌려 달라며 떼를 쓰곤 했다 한다. 4백 년 전 중국에서 살았던 그는 이런 상황에서 어떻게 호구지책을 마련하고 과거 준비를 할 수 있었을까. 훈장 노릇 하기와 팔릴 만한 책 출판하기, 이 두 가지 정도밖에 길이 없었다. 물론 과거를 포기하고 장사로 방향을 트는 선비도 꽤 되었다고 하나 그는 과거에의 미련을 끝내 거두지 못했다. 훈장 노릇은 금액은 많지 않아도 고정급이라 안정적이고, 책 출판은 들쑥날쑥하고 수입을 종잡을 수 없었지만 잘하면 목돈을 쥐고 이름도 날릴 수 있었다. 그는 생계를 위해 이 두 가지를 다했다.

그는 먼저 『인경지월』(1620), 『춘추정지참신』(1623), 『춘추형고』(1625), 『춘추별본대전』 이렇게 과거 대비용 『춘추』 수험서 4종 세트를 출판했다. 5년 뒤, 쉰일곱 살 때는 『사서지월』(1630)을 출판했다. 이 책들은 그리 높은 평가는 받지 못했다. 어차피 수험서였을 뿐이다. 어쩌랴 그래도 책을 펴내고 돈을 벌어야 하는 것을. 가볍게 읽을 수 있는 만담류나 소화서笑話書 역시 마다하지 않았다. 웃음 창고라는 제목의 『소부』(1614), 야담꾼의 만담 모음집이라 할 『고금담개』(1621), 당대의 베스트셀러였으며 후대에 모택동이 애독했다 하여 유명세를 탄 지혜 주머니라는 제목의 『지낭』(1626)을 연이어 출판했다. 이런 그의 형편을 고려하면, 소싯적 잘 나가던 때 기생들과 신나게 어울려 놀며 시를 주고받았던 경험을 살려 남경 기생들을 1등부터 100등까지 순위를 매겨 『금릉백미』를 지었다거나, 마작 매뉴얼이라 할 『패경』, 『마적각례』를 출판했다 하여도 그리 이상할 것도 없다.

풍몽룡의 출판 활동은 과거 수험서, 만담과 소화서류, 오락잡기류에만 국한되지 않았다. 중국 고전문학, 그 가운데에서도 특히 소설의 신기원을 이루는 단편 소설집인 『유세명언』(1620, 47세), 『경세통언』(1624, 51세), 『성세항언』(1627, 54세)을 연달아 출판하고, 그 가운데 일부 작품은 직접 창작하기도 했다. 이게 바로 '삼언三言'이다. 삼언이란 이름은 이 세 작품집의 이름에 '언' 자가 들어있는 데서 연유한 것이다.

문학자이자 출판인이며 언젠가는 관리가 될 가능성도 있는 자로 살아가던 그는 나이 쉰일곱이 되던 1630년에 마침내 공생貢生이 된다. 한 해가 지나 1631년, 쉰여덟의 나이에 그는 고향인 소주에서 서북쪽으로 4백 리 떨어진 단도현의 훈도 자리를 얻었다. 현의 교육과 문화를 담당하는 미관말직인 훈도 자리를 인생의 첫 관직으로 얻은 것이다. 4년간의 훈도 생활을 마치고 수녕현의 부현령으로 승진한다.

1638년 예순다섯의 나이에 그는 수녕현 부현령에서 물러난다. 짧은 관직 생활을 마치고 고향에 돌아간 풍몽룡은 장편 역사소설 『신열국지』(1641, 68세)를 편찬하여 중국 역사소설사의 한 획을 긋기도 했다. 이런 과정을 통해 그는 단순한 출판인을 넘어 문학가로 변모했다. 풍몽룡은 1646

년 숨을 거둘 때까지 8년 동안 명 왕조의 몰락을 지켜봐야 했다. 그는 마지막 남은 인생을 명 왕조의 재건을 위하여 스스로 무진 애를 쓰면서 그 몸부림을 기록하는 데 바쳤다. 1644년 갑신년은 그가 일흔한 살 나던 해이자 명나라가 역사의 뒤안길로 사라진 해이다. 그는 이자성의 군대가 북경을 공격한 일, 숭정 황제가 목을 매어 자살한 일, 남명 정부 수립 과정 등을 기록하여 『중흥실록』을 편찬했다. 그리고 1646년 그는 일흔셋의 생애를 마감했다.

그는 이렇게 73년을 살면서도 이 속진 세상을 결코 과감히 떠나지 못했다. 그는 세상을 구제하고 개인의 도덕적 인품을 완성하고자 하는 유가의 이상을 끝까지 품고서 일생을 마쳤다. 만약 그가 도사가 되거나 승려가 되어 속세를 떠났다면 개인의 득도나 해탈은 이뤘을지언정 사람 사는 냄새가 풀풀 나는 이야기를 전하는 일은 하지 못했을 것이다. 그가 출세의 미련을 버리지 못하고 과거 준비 겸 먹고사는 문제를 해결하기 위해 어쩔 수 없이 출판일에 매달렸다고 해도 그의 지난한 노력의 성과는 엄청났다. 우리가 지금 저 중국 사람들이 만나고 헤어지고 배신하고 다시 달라붙는 이야기를 읽을 수 있는 것은 오롯이 그의 이 노력 덕분이다. 과거급제하여 관직을 얻은 자의 영광은 당대에 그쳤으나, 과거급제의 영광을 누리지 못하고 먹고살기 위해 끊임없이 읽고 편집하고 출판했던 자의 작품은 4백 년의 세월을 넘고 중국이란 공간을 넘어 지금, 우리에게 전해진다. 우리가 지금 읽는 『경세통언』은 그의 인생에서도 창작과 출판에 한창 물이 올랐을 1624년, 그의 나이 쉰한 살 때의 결실이었다. 그가 가난하였고 관직 생활이 8년을 넘지 못했던 것은 그 자신에게는 불운이었을지 모르나 후세에게는 행운이었음이 틀림없다.

우리는 이야기를 통해 세계를 인식한다. 시간마저도 이야기를 통해서 인지되고 기억에 저장되고 필요할 때 호출된다. 마치 탐정이 단서들의 퍼즐을 맞춰 사건을 해결해 나가듯이 우리는 우리에게 주어진 조각난 정보들 사이에 인과관계를 만들어 세계를 이해한다. 우리는 우리의 이야기를 만들어 다른 이야기를 만들어 온 타자와 대화하고 이런 방식으로 세상을 이해한다. 이것이 우리가 이야기를 읽는 이유이자 목적이다. 이야기가 없다면 우리는 다양한 삶을 경험해 볼 도리가 없다. 상사에게 대들면 어떤 결과가 생기는지, 남의 아내를 탐하면 어떤 결과를 초래하는지 상상할 수도 없다. 이야기를 하는 자도 이야기를 듣는 자도 사람이기에 세상에 흘러 다니는 이야기의 태반은 사람 사는 이야기다. 다른 사람의 이야기를 듣고서야 내가 남하고 별반 다르지 않음을 안다. 다른 곳 다른 시대의 이야기를 듣고서야 우리가 그들과 별반 다르지 않지만 그래도 다른 구석이 있음도 알게 된다. 남들 사는 모습에서 자기의 모습을 발견하기도 하며 자기의 독특함과 보잘것없음을 발견하기도 한다. 반복되는 이런 과정을 통해 자기 모습을 반성하게 되고 어떻게 살아야 할지를 고민하게 된다.

친구와의 의리를 지키기 위하여 사랑하는 아내를 버리는 남정네, 구두쇠를 곯려 주는 도둑, 기녀와의 애틋한 사랑을 이루는 기름장수, 장사 떠난 남편을 그리워하다 결국 외간남자와 정을 통하고 마는 비련의 여인, 도술을 부려 사악한 귀신을 물리치는 도사, 돈 한 푼 때문에 일어난 살인 사건을 해결하는 판관, 귀신과 사랑에 빠져 육신을 망가뜨린 청년⋯. 이들이 바로 삼언에 등장하는 다종다양한 인간 군상이다. 이들이 만들어내는 얽히고설킨 이야기는 이웃 나라 조선 사람들의 감수성을 자극하기도 하였다. 이 이야기들은 그들의 이야기이면서 동시에 사람 사는 이야기였기에 조선인들 역시 이 이야기를 통하여 자기 모습을 어렵지 않게 발견할 수 있었다.

　삼언에 수록된 작품들과 상당히 유사한 한문 소설이 17세기 중엽 출현했다는 것, 18세기 중엽에 활동한 화가나 문인의 독서일지에 『경세통언』과 『성세항언』이 등장하는 것으로 미루어보아 우리나라 삼언 읽기의 역사는 중국과 거의 동시에 시작되었다고 해도 과언이 아니다. 중국에 갔던 사신, 역관, 수행원들이 현지 북경에서 당시 조선에 없는 책을 값의 고하를 막론하고 구입해서 중국인조차 혀를 내두를 정도였다고 하고 그 가운데는 소설도 많았다고 하니 삼언도 이런 경로로 수입되었을 것이다.

　삼언은 단순히 일부 사대부들의 독서 취미에 머물지 않았다. 당시 조선의 사대부들은 동아시아 공용어라 할 한문으로 된 원본 텍스트를 읽고 감상하는 것이 그렇게 어렵지 않았다. 이들은 삼언 수록 작품을 같은 매체인 한문으로 된 또 다른 소설로 개작하기도 하고, 19세기 한문 야담집인 『동야휘집』이나 『청구야담』 같은 문집에는 야담으로 장르를 바꿔 싣기도 했다. 이와 동시에 삼언 수록 작품을 우리말로 번역하기도 했다. 이 번역에서는 장소와 역사 배경을 조선으로 바꾸기도 하고 삽입 시가詩歌나 사건 전개를 축약하거나 고치기도 하는 등 개작이 되는 경우도 많았다.

　그러나 엄밀하게 말하면 우리 조상들이 번역의 저본으로 삼은 것은 삼언이 아니었다. 명말, 삼언이 출간된 지 얼마 지나지 않은 시점에 삼언에서 29편 그리고 또 다른 단편 소설집에서 11편을 가려 뽑아 엮은 『금고기관』이란 작품집을 번역한 것이다. 『금고기관』도 전체를 오롯이 옮기는 차원이 아니라 40편 중 일부 작품을 선정하여 번역하였다. 그러면서 제목을 바꾸거나 원전의 내용을 삭제하거나 축약하는 경우도 많았고, 번안 혹은 개작하는 경우도 많았다. 일설에 의하면 현재 확인되는 것으로는 대략 30편이 된다고 한다.

억울하게 팔려 온 여인을 그녀가 원래 사랑했던 이에게 돌려보내는 의인의 이야기, 「배진공이 제 짝을 찾아주다」가 『유세명언』과 『금고기관』에 같이 실려 있다. 20세기 초엽, 그 작품이 한국에서 두 차례 번역되었다. 하나는 『금고기관』이란 제목의 책에 실렸고, 다른 하나는 『어사박문수전』이라는 책에 어사 박문수와는 전혀 상관없는 작품임에도 실렸다. 20세기 초엽 우리 문학사가 소위 신소설 시기를 맞이하고 신문 연재소설이 유행하면서 중국의 단편소설, 구체적으로는 바로 『금고기관』이 우리나라 신소설 작품을 창작하는 자양분으로 작동하기도 했다. 이 책 『경세통언』의 34번째 작품이자 『금고기관』에 35번째로 실린 「왕교란의 슬픈 노래」는 규장각에 필사본으로 전한다. 이 작품이 1913년에 활자화된 12회 작품 『채봉감별곡』을 낳는 데 결정적 역할을 하기도 했다. 이해조 같은 작가는 본인의 신문 연재소설의 소재를 『금고기관』에서 다수 찾아냈다고 한다.

이 20세기 초엽이 중국에서는 소설, 그중에서도 특히 백화白話로 된 삼언 같은 민중의 삶을 묘사한 소설 작품을 자신들의 나아갈 방향을 모범적으로 보여준 사례라고 하며 신문화 운동을 벌였던 시기이니 한국 역시 그러한 흐름의 영향을 받았을 것이고 그런 측면에서 삼언을 다시 새롭게 읽기 시작했을 것이다. 그러나 이 과정은 삼언의 전 작품을 차분하게 읽는 것이 아니라 『금고기관』의 작품 가운데 당시 사회 분위기에 어울릴 작품이 소수 선택되어 반복적으로 활용되는 양태로 나아갔다.

18세기 초엽, 유럽에 가장 먼저 소개되어 불어와 영어로 번역되었으며 19세기에 이르기까지 여러 차례 다른 책에 옮겨 실린 작품 역시 이 책 『경세통언』의 두 번째 작품이면서 『금고기관』에 20번째로 실린 작품인 「장자가 아내를 시험하다」였다. 볼테르는 이 작품을 당대 유럽 사회의 부인의 덕성을 비판하는 글로 개작해 내기도 했다. 소설 형식을 빌어 풍자적,

철학적 글쓰기를 한 것이다.

어차피 수용이란 것, 감상이라는 것 자체가 이런 운명을 지닌 것인지도 모른다. 우리는 자기가 좋아하는 가수의 앨범을 구입하여 들을 때 1번 트랙부터 마지막 트랙까지 듣는 경우는 많지 않다. 처음 한두 번은 그럴지 모르나 결국 자기의 마음에 꽂히는 한두 곡을 집중적으로 듣는다. 처음부터 컴필레이션 앨범을 감상하기도 한다. 아예 처음부터 싱글만 발매하는 경우도 많다. 좋아하는 것을 좋아하게 된다. 외국 소설을 자기 식대로 해석하고 감상하는 방식 가운데 하나가 바로 번안이나 개작이다. 만약 번안이나 개작이 원전을 정확하게 번역할 능력이 없어서라거나 모자란 창작력을 감추기 위한 수단이 아니고 새로운 문화 요소를 흡입하여 자기 식대로 해석하고 예술적 성취를 이루기 위한 것이라면 그것은 또 하나의 창작으로 대접받아 마땅하다. 그러나 좋아하는 것을 좋아하는 것은 쉬 질릴 수 있고, 그 좋아하게 된 것이 어떤 식으로 만들어졌는지 해석해 낼 수도 없다. 전체상을 헤아릴 힘은 역시 전체를 처음부터 끝까지 읽는 끈질긴 독서에서 나온다.

나는 성경을 히브리어로 읽지 못한다. 불경을 산스크리트어나 팔리어로 읽지 못한다. 한글로 된 것을 읽고 가끔씩 영어나 한문으로 된 것을 참고한다. 우리말로 옮겨진 게 없다면 읽을 엄두를 내지 못했을 것이다. 비록 통독하는 경우는 별로 없고 그저 유명한 구절을 찾아 읽는 정도이지만 말이다. 성년이 되어 『돈키호테』나 『걸리버 여행기』를 다시 읽고서 그게 얼마나 긴 작품이고 얼마나 다양한 내용을 지니고 있는지를 알게 되었다. 그건 어려서 읽은 그것과는 완전히 다른 세계였다. 본래의 모습대로 가감 없이 번역한다는 것이 얼마나 큰 미덕인지 비로소 알게 되었다. 내가 삼언 번역에 도전하게 된 것은 아마도 이런 이유 때문이리라.

이 도전의 두 번째 여정으로 『경세통언』을 완역한다. 다양한 판본이 존재하는 작품의 경우 번역자는 자신이 여러 판본을 집대성하여 하나의 판본을 구성해 내고 그것을 번역하고자 하는 유혹을 느낄 수도 있을 것이다. 그러나 이렇게 번역자에 의하여 만들어진 저본은 번역자에 의하여 새롭게 만들어진 판본이라고 해야 할 것이다. 번역자는 자신이 참고한 바로 그 판본의 원래 모습을 그대로 보존하면서 자기가 번역자로서 개입한 흔적을 어떤 형태로라도 표현해야 하는 의무를 부과받은 존재이다. 우리가 듣는 교향악이 악보가 아니라 누군가에 의하여 연주된 실황 그 자체이거나 녹음된 것이듯이 작품의 번역 역시 종합판본이 아니라 특정 판본이어야 한다. 그래야 원래 모습대로 전체를 살펴보는 게 가능해진다. 『경세통언』의 번역 역시 예외일 수 없다. 나는 1993년 장쑤고적출판사에서 펴낸 『풍몽룡전집』에 수록된 『경세통언』을 텍스트로 삼아 그대로 완역했다.*

---

* 풍몽룡과 『경세통언』을 소개하는 이 글은 민음사에서 출판한 『유세명언』(2020)에 실린 글을 다듬은 것이다. 『유세명언』 번역본에 실린 글을 쓸 수 있게 해주신 민음사 관계자 분께 감사한다.

거문고를 부숴버리다

俞伯牙摔琴謝知音

— 유백아가 거문고를 부숴 자신을 알아준 자에게 감사하다 —

사람들은 관이오와 포숙아가 이문을 나누던 일만 이야기할 뿐,

백아의 거문고를 아는 자는 없구나.

오늘날 친구 사귐이 간사하기 그지없어졌으니,

일편단심은 그저 호수와 바다 위에 부질없이 걸려있을 뿐.

예나 지금이나 우정을 논할라치면 관포지교를 으뜸으로 치곤 했다. 관이란 바로 관이오, 포란 바로 포숙아를 가리킨다. 이 둘은 같이 장사를 시작하면서 이문이 나면 공평하게 나누기로 했다. 한데 관이오가 이문을 더 많이 가져갔으나 포숙아는 관이오에게 탐욕스럽다 하지 않았다. 관이오가 가난함을 알기 때문이다. 나중에 관이오가 옥에 갇히게 되자 포숙아는 그를 풀려나도록 한 다음 그를 추천하여 제나라 재상이 되게 했다. 이런 포숙아 같은 친구야말로 진정 서로 알아주는 친구라 할 것이다. 서로 알아

주는 친구에도 그 나름의 구별이 있다. 은덕을 베풀어주는 친구가 있으니 이는 자기를 챙겨주는 친구라 할 것이다. 서로 통하는 친구가 있으니 이는 마음을 알아주는 친구라 할 것이다. 대화와 음악이 서로 통하는 친구가 있으니 이는 죽이 잘 맞는 친구라 할 것이다. 자기를 챙겨주는 친구, 마음을 알아주는 친구, 죽이 잘 맞는 친구를 통틀어 바로 서로를 알아주는 친구라 할 것이다. 오늘은 이 이야기꾼이 유백아의 이야기를 하련다. 자 여러분, 듣고 싶은 사람들은 귀를 씻고서 잘 들으시고, 듣고 싶지 않은 사람들은 뭐 맘대로 하시라.

　　지금 이야기를 시작하노니 지음이 듣기를 바라네,
　　지음이 아니라면 이야기하고 싶지 않노라.

　　춘추전국시대에 유서兪瑞라는 사람이 있었으니 그자의 별명은 백아伯牙라. 그는 초나라 서울, 영도郢都 그러니까 지금의 호광 형주부 사람이다. 유백아는 초나라 사람이면서도 벼슬은 진晉나라에서 했고 상대부의 지위에까지 올랐다. 유백아는 진나라 임금의 명을 받들어 초나라에 사신으로 오게 되었다. 백아는 진정 재주가 빼어난 자로서 사신으로 보낸 임금에게 누를 끼칠 일이 없을 것이며 백아 자신은 또 고향의 일가친척을 찾아뵐 수 있으니 기실 일거양득이라 할 것이다. 백아는 육로를 통하여 영도에 이르렀다. 백아는 초나라 임금을 알현하고 진나라 임금의 서신을 전달했다. 초나라 임금은 잔치를 열어 백아를 성대하게 맞아주었다. 영도는 백아의 고향, 백아가 성묘도 하고 친구도 만나려고 함은 당연지사일 것이나 자신이 섬기는 임금의 명령을 받고 온 것이니 공무를 한시도 지체할 수는 없는 노릇이었다. 공무를 다 마치고 초나라 임금에게 하직인사를 올렸다. 초나라 임금이 백아에게 황금과 비단 그리고 말 네 필이 끄는 마차를 하사했다. 백아는 12년 만에 고향에 돌아온 것이라 고향을 두루두루 구경하고픈 욕심에 물길 따라 한 바퀴 돌아가고자 초나라 임금에게 아뢰었다.

"신은 마차를 타면 멀미를 심하게 하는 체질이라 하사해주신 마차를 타고 가기가 어렵사옵니다. 신에게 배를 빌려주신다면 저의 마차 멀미를 이겨내는 데 도움이 되겠습니다."

초나라 임금이 백아의 청을 받아주었다. 수군에 명하여 큰 배 두 척을 준비하게 하니 한 척은 본선이고 다른 한 척은 보조선이라. 본선에는 진나라에서 파견한 사신 그러니까 백아가 타게 했고 보조선에는 수행원을 태우고 짐을 싣도록 했다. 향내 나는 노, 비단 돛이 모두 가지런하고 멋들어졌다. 초나라의 신하들이 강가에 몰려나와 떠나는 백아 일행을 전송했다.

고향의 아름다운 풍광을 두루 보고 싶은 욕심에,
산 넘고 물 건너는 먼 길을 마다하지 않도다.

백아는 풍류를 즐길 줄 아는 선비라 고향의 아름다운 경치가 자신의 가슴에 와락 안기는 듯했다. 돛에 바람을 안고 강 물결을 헤치며 겹겹 산봉우리, 한없이 뻗은 강줄기를 헤집고 나아갔다. 며칠 후 배가 한양 포구에 다다랐다. 때는 바야흐로 8월 15일 추석날 밤, 갑자기 바람이 미친 듯이 불고 강 물결이 포효하면서 비가 쏟아져 내리기 시작하니 더는 앞으로 나갈 수가 없어 배를 강둑 아래에 매었다. 얼마 지나지 않아 바람이 멎고 강 물결이 잔잔해지고 비는 그치고 구름이 걷히더니 보름달이 얼굴을 내밀었다. 비 갠 후에 얼굴을 내민 보름달은 평소보다 두 배는 더 밝았다. 배 안에 앉아 있던 백아가 무료함을 느껴 동자에게 명했다.

"향을 사르라. 거문고를 켜며 내 마음을 달래고 싶구나."

동자가 향을 사른 다음 거문고가 든 주머니를 들고 와서 백아가 앉아 있는 책상 앞에 놓았다. 백아는 함에서 거문고를 꺼내어 줄을 맞추고 난 다음 한 곡을 연주하기 시작했다. 연주하던 곡이 채 끝나기도 전에 "티잉" 하는 소리가 나더니 그만 줄 하나가 끊어지고 말았다. 깜짝 놀란 백아가 동자를 시켜 뱃사공에게 물어보게 했다.

"지금 배가 정박하여 있는 곳이 어디냐?"

뱃사공이 대답했다.

"예상치 못하게 큰 비바람을 만나 강둑 아래에 임시로 배를 대었습니다. 그저 수풀이 우거져있을 뿐 인가라곤 찾을 수가 없습니다."

백아가 깜짝 놀라며 생각에 잠겼다.

'황량한 수풀이라고! 성안이나 시골 마을이라면 혹 총명하고 학식 있는 자가 있어 내 거문고 연주 소리를 몰래 듣고 싶어 할지도 모르지. 그렇게 몰래 내 거문고 연주 소리를 듣는 자 때문에 거문고 연주 소리가 갑자기 변하고 또 줄이 끊어지는 일이 일어났을 수도 있겠지. 그러나 이 황량한 수풀 안에 내 거문고 연주 소리를 들을 자가 어이 있으랴? 아, 원수가 나를 죽이려고 자객을 보냈거나 도둑놈이 주변을 엿보다가 밤늦은 시각에 우리 물건을 훔치려는 것일지도 모르겠구나.'

백아가 수행원을 불러 일렀다.

"나랑 같이 강둑에 올라 한 번 찾아보도록 하자. 그놈이 버드나무 그늘 으슥한 곳이 아니면 갈대 우거진 곳에 분명 숨어있으렷다."

수행원이 백아의 명령을 받들어 사람들을 불러 모아 막 강둑에 올라가려고 하는 찰나였다. 강둑에서 누군가가 외치는 소리가 들려왔다.

"배 안에 계시는 나리께서는 의심을 거두시옵소서. 소인은 도둑놈이 아니라 나무꾼이올시다. 나무를 하고 해질녘에 돌아가려다 갑자기 거센 비바람이 몰아치니 비옷 정도로는 도저히 비를 피할 수가 없어 바위틈을 찾아 몸을 쉬고 있던 차에 마침 나리의 거문고 연주 소리를 듣게 되었나이다."

백아가 가가대소하며 말했다.

"산중에서 나무하는 주제에 감히 거문고 연주 소리를 듣는다고 말하다니! 하나 그 말이 맞는 말인지 그른 말인지를 따져 무엇하겠는가. 여봐라, 저놈을 그냥 가라 해라."

그 사람은 떠나지를 아니하고 강둑에서 다시 크게 소리를 질렀다.

"나리의 말은 이치에 맞지 않습니다그려. '코딱지만 한 마을에도 충성스럽고 신의가 넘치는 자가 있다', '군자가 사는 곳에는 군자가 알고 찾아온다'는 말도 있지 않습니까? 만약 나리께서 이 첩첩산중에 거문고 연주 소리를 들을 만한 자가 있을 리 없다고 하신다면 야심한 시각에 이 첩첩산중 아래 강둑에서 거문고를 연주하는 사람이 있을 건 또 무엇이겠습니까!"

백아는 그자가 말하는 본새가 범상치 않으니 혹 그자가 진짜 자기의 거문고 연주 소리를 들을 줄 아는 자일지도 모르겠다는 생각이 들었다. 백아는 수행원들에게 조용히 하라 이르고 선창으로 다가가 방금 전의 화난 어투를 기쁜 어투로 바꿔 이렇게 물었다.

"강둑에 서 있는 군자여, 제 거문고 연주를 들으셨다니 제가 방금 연주한 곡의 이름도 아시겠소이다?"

"제가 곡 이름도 모르고 들으러 왔겠습니까? 방금 나리께서 연주하신 곡은 공자가 요절한 안회를 그리워하며 거문고 곡으로 작곡한 것입니다. 그 가사는 '애석하도다, 안회여! 그렇게 일찍 세상을 떠나다니. 그대 생각에 내 검은 머리가 다 하얗게 세어버렸네. 오두막에 거친 밥, 물 한 모금에도 즐거워했나니'입니다. 한데 여기까지 연주하고는 나리의 거문고 줄 하나가 끊어져 버려 마지막 구절을 마저 연주하지 못하셨나이다. 그 마지막 구절은 소인이 기억하기에 아마도 '현명한 그대의 이름이 만고에 드날리도다'일 것입니다."

백아는 그자의 말을 듣고서 너무도 기뻤다.

"그대는 속된 선비가 아니로군요. 하나 우리가 서로 이렇게 멀리 떨어져 있으니 대화를 나누기가 어렵소이다."

백아가 수행원에게 명령했다.

"발판을 내리고 손잡이 줄을 걸어서 저 선비를 모셔오라. 내가 저 선비와 편하게 이야기를 나누고 싶구나."

수행원이 발판을 내리니 그자가 배에 올라왔다. 과연 말 그대로 나무꾼이었다. 조릿대로 엮은 삿갓을 쓰고, 초의를 입고, 손에는 멜대를 들고, 허리에는 도끼를 차고, 발에는 짚신을 신었다. 백아의 수행원이 그자의 식견을 어이 알겠는가, 그저 눈에 보이는 나무꾼 행색에 은근히 무시할 따름이었다.

"여봐, 나무꾼! 어서 선창 아래로 내려가 보라고. 우리 나리를 뵙거들랑 바로 머리를 조아리고 인사를 올리라고. 나리가 묻거든 조심해서 대답하고. 우리 나리가 얼마나 높으신 분인지 알기나 해?"

하나, 그자 역시 여간내기가 아니었다.

"너무 그렇게 몰아붙이지 마쇼! 일단 옷이나 벗고 나서 만나 뵙도록 합시다."

그자가 삿갓을 벗으니 파란 천으로 만든 두건이 드러났다. 초의를 벗으니 남색 적삼이 드러났다. 어깨에서부터 허리까지 포대기 같은 것을 걸치고, 아랫도리에는 잠뱅이를 입었다. 그자는 삿갓, 초의, 멜대, 도끼를 선창 문밖에 내려놓았다. 짚신을 벗어 묻어있는 진흙을 털어내고 다시 신고서 선창 안으로 들어갔다. 선창 안 탁자 위엔 등불이 환하게 걸려있었다. 나무꾼이 무릎을 꿇지는 아니하고 대신 길게 읍을 하고 입을 열었다.

"나리, 인사드리옵니다."

백아는 진나라에서 사신으로 온 것이니 어디 포의지사를 함부로 접견할 수 있으랴. 자리에서 내려와 그 나무꾼을 맞아주는 것이 혹여 사신의 체면을 손상시킬 수도 있겠다는 생각이 들었으나 그래도 자기가 그자를 청한 입장이니 그냥 다시 돌아가라고 할 수도 없는 노릇이었다. 백아는 그저 이러지도 저러지도 못하는 처지라 하는 수 없이 이렇게 말했다.

"뭐 그렇게까지 예의를 차리실 필요야!"

백아가 동자를 시켜 의자를 하나 가져오게 했다. 동자가 의자를 말석에다 갖다 놓았다. 백아가 아주 무성의하게 입을 열어 한마디 했다.

"자네, 거기 앉지."

자네라는 호칭이 상대방을 무시하는 것임은 쉽게 알 수 있었다. 그 나무꾼은 전혀 겸양의 말 한마디 없이 당당하게 그 걸상에 앉았다. 백아는 그자가 겸양의 말 한마디 없이 앉는 것을 보고는 기분이 조금은 언짢아졌다. 하여 그자의 이름도 묻지 아니하고 차 한 잔 내오게 하지도 않았다. 한참을 말없이 앉아 있었다. 그러다가 다시 확인이라도 해야겠다는 듯이 물었다.

"방금 강 언덕에서 거문고 연주를 들었다는 자가 바로 자네인가?"

"그러하옵니다."

"묻겠노라. 기왕에 거문고 연주 소리를 들었다면 그 거문고의 출처 또한 알 터. 그래, 그 거문고는 누가 만든 것이며, 그 거문고의 장점은 또 무엇인가?"

바로 이때 대장 뱃사공이 찾아와 아뢰었다.

"바람이 자고, 달빛이 대낮처럼 밝으니 배를 띄울 수 있겠나이다."

"잠시만 기다려라."

그자가 말했다.

"나리께서 하문하셨으니 당연히 소인이 대답하여야겠으나 이런 순풍에 배가 출발하는 것을 지체시킬까 걱정입니다."

이 말을 듣고 백아가 껄껄 웃으면서 대답했다.

"자네가 거문고에 대해서 잘 알지 못할까 봐 걱정할 따름이노라. 자네가 거문고의 도리를 제대로 안다면 내가 관직에 복귀하지 못한들 신경 쓰지 아니할 터. 뱃길이 조금 늦어지는 거야 뭐가 대수겠는가!"

이 말을 듣고 그자가 대답했다.

"나리 마음이 그러하시다면 제가 감히 한 말씀 드리겠습니다. 이 거문고라는 물건은 복희씨가 처음으로 만들었다고 합니다. 복희씨가 다섯별의 정기가 오동나무에 떨어지고 그 오동나무에 봉황이 깃드는 것을 보았습니다. 봉황은 새 가운데 으뜸으로 대나무 열매가 아니면 먹지 아니하고 오동나무가 아니면 깃들지 아니하고 맑은 샘물이 아니면 마시지 아니합니다. 복희씨는 오동나무라는 게 나무 가운데 으뜸이요 천지조화의 정기가 응축된 나무로 아악을 연주하는 악기로 만들 만하다고 생각하여 사람을 시켜 그 오동나무를 베게 했습니다.

그 오동나무의 높이는 33척으로 33천의 수와 딱 맞아떨어졌습니다. 이 오동나무를 세 토막으로 잘랐으니 이는 바로 천, 지, 인 3재를 상징하는 것입니다. 맨 위 토막을 두드려보니 소리가 너무 맑은지라 너무 가볍다 싶어 취하지 않았습니다. 맨 아래 토막을 두드려보니 소리가 너무 탁한지라 너무 무겁다 싶어 취하지 않았습니다. 가운데 토막을 두드려보니 그 소리의 청탁이 서로 조화를 이뤘고 경중이 서로 잘 어울렸습니다. 복희씨는 가운데 토막을 흐르는 물에 72일을 담가두었으니 이는 1년의 72절기를 고려한 것입니다. 그런 다음 그것을 걷어 올려 그늘에서 말리고 길일길시를 택하여 악기의 명인 유자기劉子奇에게 악기를 만들도록 했습니다. 이 거문고는 옥 연못 같은 소리를 내는지라 옥거문고라 이름 붙였습니다.

이 옥거문고의 길이가 3척 6촌 1푼인 것은 천체의 각도가 361도인 것을 고려한 것입니다. 앞면의 폭이 8촌인 것은 8절기를 상징하는 것이고, 뒷면의 폭 4촌은 4계절을 상징하는 것이며, 두께 2촌은 하늘과 땅을 상징하는 것입니다. 이 옥거문고는 황금동자 머리, 옥녀 허리, 신선의 등, 용 연못, 봉황 못, 옥으로 만든 현의 다리, 황금으로 만든 괘가 있었다고 합니다. 이 괘는 모두 열두 개로 열두 달을 상징합니다. 더불어 가운데에 괘가 하나 더 있으니 그건 바로 윤달을 상징합니다. 거문고 현이 본디 다섯인 것은 금, 목, 수, 화, 토 이렇게 오행을 상징하고 궁상각치우 이렇게 오음을 상징하기도 합니다. 요순시대에 오현 거문고로 「남풍」 시를 연주하니 천하가 크게 잘 다스려졌다고 합니다.

주 문왕이 유리羑里라는 곳에 갇혀 아들 백읍고를 애도할 때 현 하나를 늘여 그 애달픈 심정을 연주해내었으니 이 현을 일러 '문왕의 현'이라고 합니다. 주 무왕이 은나라의 주임금을 무찌르고자 출정할 때 앞에는 노래 부르는 자들을 세우고 뒤에는 춤추는 자들을 따르게 하고 거문고에 현 하나를 더하여 격정적이고 힘찬 느낌을 더하게 했으니 이 현을 일러 '무왕의 현'이라고 합니다. 예전에 있던 것은 궁상각치우 오현 거문고였으나 이젠 두 개의 현이 더해졌으니 문무 칠현 거문고라 부르게 되었습니다. 이 거문고에는 여섯 가지 꺼리는 바, 일곱 가지 켜지 않는 바, 여덟 가지 절창이 있습니다.

여섯 가지 꺼리는 바가 무엇인고 하니, 첫째는 너무 추운 것, 둘째는 너무 더운 것, 셋째는 너무 바람이 많은 것, 넷째는 비가 너무 많이 오는 것, 다섯째는 갑자기 천둥이 치는 것, 여섯째는 큰 눈이 내리는 것입니다.

일곱 가지 켜지 않는 바가 무엇인고 하니, 사람이 죽었다는 소식을 들었을 때는 켜지 않으며, 다른 악기를 연주하고 있을 때는 켜지 않으며, 일이 번잡할 때는 켜지 않으며, 정갈하지 않으면 켜지 않으며, 의관이 정제하지 아니하면 켜지 않으며, 향을 사르지 않으면 켜지 않으며, 소리를 알아주는 자가 없으면 켜지 않는 것입니다.

여덟 가지 절창이란 무엇인고 하니, 간단하게 말하자면, 맑음, 기이함, 그윽함, 우아함, 슬픔, 힘셈, 아득함, 길어짐 이렇게 여덟 가지입니다. 거문고를 지극히 아름답고 지극히 선하게 연주하게 되면 포효하던 호랑이가 소리를 멈추고 애달프게 울던 원숭이가 울음을 그칩니다. 이것이 바로 아악의 장점이라고 할 것입니다.”

백아는 그자가 이렇게 청산유수처럼 대답하는 것을 듣고는 혹시 그저 외워서 대답하는 것은 아닌가 의심이 들었다. 하지만 이내 생각을 바꾸었다.

‘설사 외운 거라 한들 그래도 저자가 열심히 노력해서 외운 것이니 내가 다시 한번 더 시험해보리라.’

그런 다음 백아가 다시 질문하게 되었으니 이번에는 전처럼 너나들이를 하지 않았다.

“선생께서 음악의 이치를 잘 아시는 것 같으니 물어보고 싶은 게 있소이다. 예전에 공자가 방에서 거문고를 연주한 적이 있는데, 그때 안회가 방 안으로 들어왔다지요. 안회가 그윽하게 가라앉는 공자의 거문고 연주 소리를 듣고서 혹시 스승님께서 죽음을 떠올리며 연주하시는 건 아닌가

하는 생각이 들어 공자에게 질문했지요. 그러자 공자가 이렇게 대답했다고 합니다. '내가 막 거문고를 연주하려니 고양이가 쥐를 잡으려 하더구나. 그걸 보자니 잘 잡아야 할 텐데 놓치면 어떡하나 하는 마음이 일어났어. 그래 나의 이런 마음이 거문고 연주에 드러났나 보구나.' 이걸 보면 공자 문하의 제자가 음악에 얼마나 조예가 깊었는지를 잘 알 수 있습니다. 만약 제가 거문고를 켠다면 선생께서는 제 연주 소리를 듣고 그 거문고를 켜는 저의 마음을 헤아릴 수 있겠는지요?"

그 나무꾼이 대답했다.

"『시경』에 '그대의 생각을 내가 미루어 헤아려 본다네.'라는 구절도 있지요. 나리께서 연주하신다면 소인이 되든 안 되든 한번 미루어 헤아려 보겠나이다. 만약 제대로 헤아리지 못한다고 하더라도 너무 허물하지 말아 주십시오."

백아는 끊어진 거문고 줄을 교체하고 잠시 생각에 잠겼다. 백아는 높은 산봉우리를 떠올렸다가 거문고를 한 소절 연주했다. 그 나무꾼이 찬탄하며 말했다.

"아름답도다, 빼어나도다! 나리의 뜻이 높은 산봉우리에 있군요."

백아는 아무런 대답을 하지 아니하고 잠시 마음을 모아 흐르는 강물을 떠올렸다가 다시 거문고를 연주했다. 그 나무꾼이 다시 찬탄하며 말했다.

"아름답도다, 호호탕탕하도다! 나리의 뜻이 흐르는 강물에 있군요."

그 나무꾼의 두 차례의 대답은 모두 백아의 속마음을 정확히 알아맞혔다. 깜짝 놀란 백아는 거문고를 밀쳐놓고선 일어나 그 나무꾼에게 예를 갖춰 인사했다.

"이거 실례가 많았습니다, 실례가 많았습니다. 돌덩이 사이에 옥이 감춰져 있었군요. 그저 외모만 보고 사람을 평가하다 보면 어찌 현자를 놓치는 실수를 범하지 않을 수 있겠소이까. 선생의 존함은 어떻게 되시오?"

그 나무꾼이 자리에서 일어나 대답했다.

"소인의 성은 종鍾, 이름은 휘徽, 별명은 자기子期라고 합니다."

백아가 손을 모아 예를 갖추었다.

"아, 종자기 선생이시군요."

자기가 되물었다.

"나리의 성함은 무엇인지요, 맡으신 직분은 무엇인지요?"

백아가 대답했다.

"소인은 유서兪瑞라 하외다. 진나라에서 벼슬하고 있는 몸으로 초나라에 사신으로 왔소이다."

자기가 말했다.

"아, 백아 어르신이시군요."

백아는 자기를 손님 자리에 앉히고 자신은 주인 자리에 앉았다. 동자에게 차를 내오게 하여 차를 같이 나누었다. 다시 동자에게 술을 내오게 하여 술을 나누었다. 백아가 자기에게 말했다.

"대접이 소홀하다 나무라지 마시고 편하게 이야기나 나누시지요."

"무슨 말씀을 그리하십니까!"

동자가 거문고를 치워내니 두 사람은 술자리에 앉아 술잔을 기울였다. 백아가 먼저 말문을 열었다.

"선생의 말투를 보니 초나라 사람이신 것 같은데, 사시는 곳이 어디인지 모르겠습니다."

"예서 멀지 않은 곳에 삽니다. 마안산 집현촌이란 곳이 제가 살고 있는 곳입니다."

백아가 고개를 끄덕이며 말했다.

"현자가 모여 사는 마을이란 의미로 집현촌이라 이름 붙일 이유가 있구려. 그래 하시는 일은 무엇인지요?"

"그저 나무하는 거로 입에 풀칠하고 있습니다."

백아가 미소를 지으며 말했다.

"제가 주제넘은 말을 드리는 것인지 모르겠습니다만, 선생 같은 재주라면 공명을 이루어 조정에서 벼슬을 하여 청사에 이름을 남기셔야 할 것입니다. 어찌 이렇게 수풀과 개울에서 나무꾼과 목동들과 어울리고 풀과 나무와 더불어 시간을 보내고 계십니까! 제가 보건대 그건 선생이 취할 길은 아닌 것 같습니다."

"사실대로 말씀드리자면 연로하신 부모님이 계시나 저 말고는 모실 사람이 없어 제가 나무하며 부모님을 봉양하고 있습니다. 삼공三公과 같은 높은 벼슬자리를 준다고 하여도 부모님 봉양하는 것을 하루라도 멈출 수가 없나이다."

"이런 효자가 세상에 또 어디 있단 말이오!"

두 사람은 다시 술을 나눴다. 자기는 전에 백아가 은근히 무시했을 때나 지금 이렇게 자기를 추어줄 때나 한결같았다. 백아는 이 점에서 자기를 더욱 아끼고 존중하게 되었다. 백아가 자기에게 물었다.

"나이는 몇이시오까?"

"스물하고도 일곱입니다."

"제가 나이가 열 살이 더 많으니 선생께서 저를 거리지 않으신다면 우리 결의형제가 되어 서로를 제대로 알아주는 친구가 되기를 바라나이다."

"나리, 무슨 말씀을 그리하십니까? 나리는 일국의 재상이시고 저야 궁벽한 마을의 보잘것없는 백성인데 제가 어찌 감히 나리와 연을 맺어 나리를 욕되게 할 수 있겠습니까?"

"저와 친구라 하는 자들은 천하에 넘치나 진정 내 마음을 이해해주는 사람이 어디 있겠소? 이 풍진 세상을 황망하게 살아가면서 고매한 현인을 만나 친구로 삼을 수 있다면 그보다 더 다행인 게 무엇이리까? 만약 부귀빈천으로 사람을 가려 사귈까 봐 걱정하신다면 그건 저를 잘못 보신 것이외다."

백아는 동자를 시켜 화로에 불을 밝히게 한 다음 이름난 향을 사르게 하고서 선창 안에서 자기와 여덟 번의 절을 주고받았다. 백아가 나이가 많으니 형이 되고, 자기는 동생이 되었다. 이제 서로 형제로 칭하고 삶과 죽음에도 서로를 버리지 않기로 맹세했다. 절을 마치고 다시 술을 데워 술잔을 나눴다. 자기는 백아에게 상석에 앉도록 권했다. 백아는 자기의 말에 따르기로 했다. 술잔과 젓가락을 다시 옮기고 자기는 하석에 앉았다. 그 둘은 서로 형님 아우 하면서 담소했다.

뜻이 통하는 손님이 찾아오니 마음에 싫증이 나질 않고,
말을 알아주는 자가 들어주니 말이 저절로 길어지네.

한참 이야기가 무르익다 보니 벌써 달이 희부윰해지고 별들은 성기어지며 동쪽 하늘이 하얗게 밝아오기 시작했다. 뱃사공들은 돛을 묶었던 밧줄을 풀며 배를 출발시킬 준비를 했다. 자기는 일어나 작별인사를 고했다. 백아가 자기에게 술 한 잔을 들어 다시 권하며 자기의 손을 잡고 탄식하며 말했다.

"아우님, 어이하여 아우님과의 만남은 이리 늦으며, 헤어짐은 이리 빠르단 말이오!"

자기는 이 말을 듣고 자기도 모르게 눈물을 흘렸다. 그 눈물이 술잔에

떨어졌다. 자기는 단숨에 술잔을 비웠다. 그런 다음 술잔에 술을 따라 백아에게 올렸다. 두 사람에겐 모두 헤어지기를 아쉬워하는 마음이 가득했다. 백아가 말했다.

"이 형이 그대와 정을 제대로 나누지 못했으니 아우님을 며칠 더 곁에 모시고 싶은데 아우님의 의향이 어떠하신지요?"

"제가 형님 말씀을 거스르고 싶은 것은 아니나 부모님이 연로하신지라 어쩔 도리가 없습니다. '부모님과 함께 살 때는 멀리 출타하지 않는다'는 말도 있지 않습니까!"

"집에 부모님이 계신즉, 어서 집에 가서서 부모님께 진양으로 이 형님을 만나러 간다고 말씀드리시오. 이 역시 '혹 출타하게 되면 반드시 행선지를 말씀드린다'는 것에 합당한 것 아니겠소."

"이 아우가 어떻게 지키지 못할 약속을 함부로 하겠습니까? 형님과 약속을 하면 반드시 실천하여야겠지요. 만약 부모님께 말씀드렸다가 부모님께서 허락하지 아니하시면 형님께 천 리 밖 먼 곳에서 부질없이 기다리게 하는 꼴이니 그건 이 아우가 큰 죄를 짓는 것이 됩니다."

"아우야말로 진정 군자시오. 그럼 아무래도 이 형이 내년에 아우를 만나러 오는 게 낫겠소이다."

"형님, 내년 언제 오시려는지요? 아우가 형님 오실 때를 맞춰 기다리겠습니다."

백아가 손을 꼽아가며 말했다.

"지난밤이 팔월 보름, 이제 막 날이 밝았으니 8월 16일이 되었네. 아우님, 이 형이 내년 중추절 혹은 그다음 날 사이에 아우님을 찾아오리다. 만약 팔월 중순을 넘기고 그다음 달이 되어도 내가 나타나지 않는다면 그건 내가 약속을 지키지 못하는 것이니 그렇다면 내가 군자라 할 수 없을 것이오.”

백아가 동자를 불렀다.

“문서 담당 비서에게 종자기 아우님의 집 주소와 만나기로 한 날짜를 일정표에 적어두게 하여라.”

종자기가 입을 열었다.

“기왕에 이렇게 약속이 잡혔으니 이 아우가 내년 팔월 보름과 열엿새 사이에 강둑에 서서 형님이 오시기를 기다리겠습니다. 이제 날이 밝았으니 이 아우는 물러가고자 합니다.”

백아가 황급히 입을 열었다.

“아우님, 잠깐만!”

백아는 동자를 시켜 황금 두 덩어리를 가져오게 하더니 두 손으로 그걸 받아들고는 보자기에 쌀 겨를도 없이 바로 자기에게 건네면서 말했다.

“아우님, 이거 약소하지만 부모님의 음식 장만하는 데라도 보태길 바라오. 아우님의 부모는 이제 나의 부모이기도 한데 너무 약소하지 않을까 걱정이오.”

자기는 사양하는 게 외려 예의에 어긋날 것 같아 즉시 받아두었다. 자기는 재배를 올리고 작별하고서 눈물을 훔치고 선창에서 나왔다. 멜대를 들고, 초의를 입고, 삿갓을 쓰고, 허리에 도끼를 차고, 발판을 딛고, 손잡이를 잡고서 강둑에 올랐다. 백아는 뱃머리까지 나와 자기를 전송했다. 두 사람은 서로 눈물을 흘리며 이별을 나누었다.

자기가 집에 돌아간 일은 그만두고 우선 백아 이야기부터 해보자. 백아의 배는 북을 울리며 출발했다. 백아는 배가 움직이는 동안 주변 풍경에는 아랑곳하지 않고 그저 마음속 깊이 자신의 거문고 연주 소리를 알아주는 자기 생각뿐이었다. 며칠 항해하여 배에서 내려 육로 길에 올랐다. 백아가 지나는 곳마다 진나라 상대부인 백아를 알아보고 감히 소홀히 하지 못하고 거마를 마련하여 모셨다. 백아가 진양으로 돌아와 진나라 왕에게 보고한 이야기는 굳이 더 말하지 않겠다.

세월이 쏜살같이 흘러 가을 겨울이 지나고 어느덧 봄을 넘어 여름이 왔다. 백아는 마음속에서 자기를 하루도 잊어본 적이 없었다. 중추절이 다가올 무렵 백아는 진나라 임금에게 휴가를 청했고 진나라 임금은 허락을 내렸다.

백아는 짐을 꾸리고 이번에도 역시 크게 돌아가더라도 뱃길을 택하여 길을 출발했다. 백아는 배에 타서는 뱃사공에게 배가 정박하는 곳마다 그곳의 지명을 보고하라 했다. 때는 바야흐로 8월 15일 저녁, 뱃사공이 보고했다.

"여기서 마안산이 멀지 않습니다."

백아는 작년에 자기를 만났던 곳이 어렴풋이 떠올랐다. 백아가 뱃사공에게 분부했다.

"저기 강둑에 배를 대고 강바닥에 돛을 내린 다음 강변에 말뚝을 박아놓고 배를 고정시켜라."

그날 밤은 달도 밝아 달빛 한 줄기가 선창 주렴 사이를 뚫고 비쳐들었다. 백아는 동자에게 선창의 주렴을 걷게 한 다음 선창 밖으로 나가 뱃머리에 서서 고개를 들어 북두칠성의 손잡이를 바라보았다. 강바닥에까지 하늘이 비치는데 넓디넓게 아득히 펼쳐진 물결 위로 달빛이 대낮처럼 맑게 비쳤다. 생각해보니 작년에 자기를 만날 때도 비 개인 후 달이 밝았었는데 오늘 밤 다시 와보니 또 이렇게 달빛이 밝았다. 자기가 강둑에 나와 기다리겠다고 했는데 어이하여 이렇게 아무런 종적도 보이지 않는 것일까. 약속을 못 지키는 것인가? 백아는 한참을 더 기다리다가 다시 생각에 잠겼다.

'맞아, 강물 위를 오가는 배가 한두 척이 아닌데 내가 타고 온 배는 작년의 그 배가 아니니 아우님이 알아볼 수가 없겠지. 작년에 내가 거문고를 연주하여 아우님을 감동시켰으니 이번에도 내가 거문고를 연주하리라. 거문고 연주 소리를 들으면 아우님이 반드시 나를 만나러 오리라.'

백아는 동자에게 명하여 거문고 탁자를 뱃머리로 가져오게 하고 더불어 향을 사르고 자리를 마련하게 했다. 백아는 함에서 거문고를 꺼내어 현을 고르고 현의 다리를 조정했다. 그런 다음 현을 하나하나 뜯어보니 유독 '상商' 현에서 애절한 소리가 넘쳤다. 백아는 거문고 연주를 멈추고 밀쳐놓았다.

"아, 상 현에서 이렇게 애절한 소리가 나는 걸 보니 내 아우의 집에 슬픈 일이 생겼음이 틀림없구나. 작년에 아우가 부모님이 연로하시다 했으니 아버님 아니면 어머님이 돌아가셨구나. 아우는 효성이 지극한 자니 일의 경중을 따져서 차라리 약속을 어기는 한이 있더라도 부모님의 장례를 소홀히 할 수는 없다고 판단했을 것이라. 아마도 이래서 아우가 오지 않았을 거야. 내일 날이 밝으면 내가 직접 강둑에 올라 살펴보아야겠다."

백아는 동자에게 거문고를 치우라 하고 선창으로 가서 잠자리에 들었다. 날이 밝기만을 기다리나 날이 밝아오지 아니하고, 해가 뜨기만을 기다리나 해는 뜨지 않았다. 선창 주렴을 비추던 달이 사라지더니 산봉우리에서 해가 솟아올랐다. 백아는 자리에서 일어나 세수를 하고 옷을 입은 다음 동자에게 거문고를 들고 뒤를 따르라 했다. 아울러 황금 이백 냥을 챙겼다.

"만약 아우 집에 초상이 났다면 이걸 부의금으로 내야겠구나."

백아가 힘껏 발을 내딛어가며 강둑에 올라 나무꾼들이 다니는 좁은 길을 따라 10리 남짓 걸어 산골짜기를 빠져나왔다. 백아가 발걸음을 멈추니 동자가 여쭈었다.

"나리, 어찌하여 걸음을 멈추시옵니까?"

"산봉우리는 남북을 나누고 길은 동서로 뻗어있구나. 산골짜기를 빠져나오니 만나는 길이 양쪽으로 뻗어있지 않느냐. 어느 쪽으로 길을 잡고 가야 집현촌에 가는 것인지? 길을 아는 사람을 만나 물어보고 난 다음 다시 출발하여야 할 것 같도다."

백아는 바위 위에 걸터앉아 잠시 쉬었다. 동자는 백아 뒤로 물러나 서 있었다. 얼마 지나지 않아 백아의 왼편에서 노인장 하나가 옥빛 수염에 은빛 머리카락을 기르고 대삿갓에 농부 복장을 하고 왼손엔 등나무 지팡이를 들고 오른손엔 대바구니를 들고 천천히 걸어오고 있는 게 보였다.

백아는 일어나 옷매무새를 가다듬고 다가가 인사를 올렸다. 그 노인장은 서두르거나 당황하지 않고 오른손으로 들고 있던 대바구니를 천천히 내려놓고는 두 손으로 등나무 지팡이를 잡고서 예를 갖추었다.

"무슨 물어보고 싶은 거라도 있으신지요?"

"이 양쪽으로 뻗은 길에서 어느 쪽으로 가야 집현촌에 갈 수 있습니까?"

"양쪽 다 집현촌으로 갈 수 있습니다. 왼쪽으로 가면 상집현촌에 닿고, 오른쪽으로 가면 하집현촌에 닿습니다. 상거 30리 길인데 선생이 골짜기를 다 빠져나오셨으니 이미 반은 온 셈입니다. 왼쪽으로 가도 시오 리, 오른쪽으로 가도 시오 리만 더 가면 됩니다. 선생은 어느 집현촌으로 가실 것인지요?"

백아는 아무 대답도 하지 아니하고 속으로 생각에 잠겼다.

'아니, 총명한 아우님께서 어째서 그렇게 애매하게 말을 했을까! 우리가 작년에 만났을 때 집현촌은 상집현촌, 하집현촌 이렇게 두 개가 있고 아우가 사는 집현촌은 그 가운데 어디인지를 말해주었어야지.'

백아가 아무 대답도 하지 못하자 그 노인장이 이렇게 말했다.

"선생께서 아무 말씀 못 하시는 걸 보니 선생한테 길을 일러준 사람이 상집현촌인지 하집현촌인지를 정확하게 알려주지 않고 그냥 집현촌이라고만 말해주어 선생이 어떻게 하여야 할지 난감한 모양이구려."

"그렇습니다."

"상하집현촌에는 각각 일이십 호 정도밖에 살고 있지 않소이다. 다들 세상을 등지고 사는 사람들이지요. 이 노부는 이 산골 마을에서 다른 사람들보다도 더 오래 살았소. '한 마을에서 30년을 살다 보니 동네 사람들이 다 일가친척 같다'는 말도 있지 않소. 이 동네 사람들은 모두 이 노부의 친척이거나 친구이외다. 선생께서도 필시 친구를 찾아오신 것 같은데 선생이 찾는 친구의 이름자만 이 노부에게 말해주시면 그자가 어디 사는지 바로 알 수 있소이다."

"저는 종 씨네 집을 찾아가고자 합니다."

그 노인장은 종 씨네 집이라는 말을 듣자 갑자기 두 눈이 흐릿해지더니 눈물을 줄줄 흘렸다. 마침내 노인장이 입을 열었다.

"선생, 다른 집을 찾아가도 좋으나 종 씨네 집은 찾아갈 필요가 없소이다."

"아니 그게 무슨 말씀이십니까?"

"선생께서는 종 씨네 집을 찾아가 누구를 만나시려는 것이오?"

"종자기를 만나고자 합니다."

노인장은 백아의 말을 듣더니 목을 놓아 울었다.

"그 종자기가 바로 내 아들이외다. 작년 8월 15일에 나무를 하러 갔다

가 밤에 진나라 상대부 유백아를 만났겠지요. 서로 대화를 나누면서 의기
투합하여 백아가 내 아들 자기에게 황금 두 덩어리를 선물로 주었다고 하
오. 내 아들은 그길로 책을 사서 공부를 시작했으나 이 못난 아비는 그걸
말리지 못했소. 날이 새면 나무를 하여 무거운 나뭇짐을 나르고 밤이 되
면 아주 각고의 노력을 기울여 책을 읽더니 결국 몸과 마음이 다 쇠잔해져
서 병이 들어 몇 달 만에 숨을 거두고 말았소이다."

백아는 이 말을 듣고 오장육부가 다 찢어지는 듯하고 눈물이 샘처럼
솟아올랐다. 백아는 소리를 지르다 혼절하여 산기슭 길에 넘어졌다. 종자
기 부친이 손으로 백아를 붙잡으며 동자를 돌아보고 물었다.

"이 분은 대체 뉘신가?"

동자는 종자기 부친의 귀에 대고 나지막하게 말씀 올렸다.

"이 분이 바로 유백아 어르신입니다."

"아, 이 분이 바로 내 아들의 친구시구먼."

종자기 부친이 백아를 부축하니 백아가 정신이 돌아온 듯했다. 백아는
땅바닥에 앉아 입에서 가래와 거품을 게워내고 두 손으로 가슴을 치며 애
달픈 울음 울기를 그치지 않았다.

"아우님, 내가 어제 배를 대어놓고 그대를 기다리면서 그대가 약속을
지키지 않는다고 원망했소이다. 내 어찌 그대가 불귀의 객이 된 것을 알았
겠소이까? 그대는 재주는 많았으되 목숨은 길지 않았구려."

종자기 부친은 눈물을 훔치며 백아를 달랬다. 백아는 울음을 멈추고
일어나 다시 인사를 올렸다. 백아는 노인장이란 호칭을 접고 대신 백부라
는 호칭을 써서 자기와 형제의 의를 맺은 종자기와의 관계를 표현하고자
했다.

"백부님, 자기의 관은 아직 집에 있습니까, 아니면 이미 무덤에 봉했습

니까?"

"말하자면 사연이 길다오. 그 아이가 숨을 거두기 직전 나와 내 처가 그 아이의 침상 옆을 지키고 있었소이다. 그 아이가 유언하기를 '사람의 생명은 하늘에 달렸다고 합니다. 소자는 살아서 부모님을 모시는 효도를 제대로 다하지 못했나이다. 소자 죽어서는 마안산 강변에 묻히기를 원하나이다. 하여 진나라 대부와 맺은 언약을 실천할 수 있도록 해 주십시오.' 하더이다. 이 노부는 아들의 마지막 소원을 들어주지 않을 수 없었소이다. 방금 선생이 걸어오셨던 그 좁은 길 오른편에 새로 쌓은 봉분이 하나 있으니 그게 바로 내 아들 종자기의 무덤이라오. 오늘이 바로 그 아이가 숨을 거둔 지 100일째 되는 날이라 이 노부가 지전을 들고 아들의 무덤에 찾아와 살라주었던 것인데 뜻밖에도 이렇게 선생을 만나게 되었소이다."

"기왕에 이렇게 되었으니 백부님을 모시고 자기의 무덤을 찾아가 절하고 싶습니다."

백아는 동자에게 종자기 부친의 바구니를 대신 들게 했다. 종자기 부친이 지팡이를 짚고서 길 안내를 하고 백아는 그 뒤를 따라갔다. 다시 산골짜기 입구로 들어서니 과연 새 봉분 하나가 길 왼쪽에 있는 게 보였다. 백아는 옷매무새를 가다듬고 절을 올렸다.

"아우님, 살아서는 현명한 사람이었으니 죽어서는 영험한 신령이 되시리라. 어서 이 못난 형의 절을 받으시오.. 이제 영영 이별이구려!"

백아는 절을 마치고 다시 목을 놓아 울었다. 그 울음소리가 산 앞뒤, 좌우의 뭇 백성들을 다 격동시켰다. 길 가던 사람이나 집에 있던 사람이나 멀리 있는 사람이나 가까이 있는 사람이나 조정 대신이 종자기의 무덤을 찾아와 애도하는 소리를 듣고는 모두들 무덤 앞에 몰려와 앞다퉈 구경했다. 백아는 미처 제사 지낼 준비를 하지 못했으니 아무것도 차려놓을 게 없었다. 동자에게 명하여 거문고를 가져오게 하여 돌 제단 위에 올려놓게 했다. 백아는 무덤 앞에 양반다리를 하고 앉아 두 줄기 눈물을 흘리며 거문고를 한 곡조 연주했다. 주위를 둘러싸고 있던 사람들은 백아의 거문고 연주 소리를 듣고는 박수를 치며 가가대소하다가 흩어졌다. 백아가 종자기 부친에게 물었다.

"백부님, 저는 거문고를 연주하여 아우를 애도했는지라 그 슬픔을 주체할 수 없는데 사람들은 어찌하여 저렇게 기뻐하며 웃는 거지요?"

"촌사람들이 음률을 몰라서 그러는 거지요. 거문고 소리라는 게 기쁨을 주는 거로만 알아서 저렇게 웃고 즐긴 것이랍니다."

"아, 그렇겠군요. 백부님은 방금 제가 연주한 곡이 무엇인지 아시는지요?"

"나도 소싯적에는 음률을 꽤 아는 편이었으나 지금은 나이가 너무 들어서 보고 듣는 감각이 거의 다 마비되어버렸으니 음률을 제대로 이해하지 못하게 된 지가 이미 오래라오."

"이 곡은 바로 제가 마음이 가는 바를 따라 아드님을 조문하고자 만든 단가입니다. 제가 한 번 노래 불러 백부님께 들려드리겠습니다."

"어디 한 번 들어봅시다."

백아가 노래를 부르기 시작했다.

생각난다, 지난봄,

강변에서 그대를 만났지.

오늘 다시 찾아왔지만,

내 연주 소리를 알아주던 이 보이지 않네.

내 눈에 들어오는 새로 만든 무덤 하나,

내 마음 슬프게 하네.

내 마음 슬프게 하네, 슬프게 하네, 또 슬프게 하네,

저절로 눈물이 흘러내리네.

그대 만나러 오는 길은 기뻤으나 떠나는 길은 얼마나 슬픈가,

강둑엔 슬픈 구름만 피어오른다.

자기여, 자기여,

그대와 나 사이의 천금과도 같은 의리.

이 세상을 다 다녀도 이보다 더 나은 것은 없으리.

이 곡을 끝내면 다시는 연주하지 않으리,

3척 옥거문고는 그대를 위해 죽으리라.

백아는 옷소매에서 주머니칼을 꺼내어 거문고의 현을 끊어버리고는 그 옥거문고를 들고서 돌 제단 위에 힘껏 내리쳤다. 옥으로 만든 현의 다리는 산산이 조각나 버리고 황금으로 만든 괘는 다 바스러져 버렸다. 종자기 부친이 소스라치게 놀라면서 물었다.

"아니, 선생은 어이하여 이렇게 거문고를 박살내버리는 것이오?"

백아가 이렇게 노래하여 답하였다.

옥거문고 내려침은 그 거문고 혼자서 외로울까 봐,

종자기가 세상에 없으니 누구한테 거문고를 켜준단 말이오!

얼굴에 미소 가득 띠며 모두 친구라 자칭하지만,

진정 내 연주 소리를 이해해주는 친구 찾기는 어렵고도 어렵구나.

"이런 사연이 있었구려. 가련하도다, 가련하도다!"

"백부댁은 상집현촌인가요, 아니면 하집현촌인가요?"

"상집현촌 여덟 번째 집이 바로 우리 집이오만 선생은 무슨 일로 그걸 물으시는 것이오?"

"제가 지금 너무 상심하여 차마 백부를 따라 댁까지 갈 수가 없겠나이다. 하나 제가 지금 황금 이백 냥을 가지고 왔으니 그 가운데 백 냥을 아드님 대신 제가 백부모님께 여생을 보내시는 데 보태시라고 드리고 나머지 백 냥은 땅뙈기라도 좀 사서 아드님의 무덤을 봄가을로 보살피는 비용으로 쓰기를 바라나이다. 저 역시 조정으로 돌아가면 벼슬을 사양하고 귀향하기를 청하겠나이다. 그때 저는 상집현촌으로 찾아가 백부모님을 제집으로 모셔 평생토록 봉양하겠나이다. 제가 바로 종자기요, 종자기가 바로 저이니 백부께서는 저를 다른 사람처럼 대하지는 말아 주십시오."

말을 마치고 백아는 동자에게 명하여 황금을 가져오게 하더니 직접 종자기 부친에게 드리고 울면서 땅에 엎드려 인사를 올렸다. 종자기 부친 역시 답례를 했다. 한참을 머뭇거리다가 둘은 헤어졌다.

이번 회의 작품은 제목이 「유백아가 거문고를 내리쳐 자신을 알아준 친구에게 감사하다」이다. 후대 사람이 시를 지어 이렇게 찬미하였구나.

권세와 이익을 탐하는 자는 권세와 이익을 좇아서 친구를 사귀고,
학문깨나 한다는 자들도 자기를 알아주는 친구를 제대로 얻지 못하네.
종자기가 죽은 뒤 백아는 거문고 연주를 멈춰 신의를 보였으니,
거문고를 내리친 일로 역사에 길이 남았구나.

장자가 아내를 시험하다

莊子休鼓盆成大道

― 장자가 물동이를 두드리며 큰 도를 이루다 ―

부귀는 일장춘몽,

공명은 한 조각 구름.

그대 앞의 피붙이도 참된 것은 아닐 터,

은혜와 사랑이 원수로 바뀌기도 한다네.

황금 칼을 그대 목에 쓰지 말게나,

옥 사슬을 그대 몸에 감지 말게나.

마음을 깨끗이 하고 욕심을 줄여 속진 세상을 벗어나게나,

이 순간 그대의 운명을 즐기시게나.

이 서쪽 강에 비친 달이라는 의미의 사詞「서강월西江月」에는 세상 사람들을 깨우치는 말들이 담겨 있다. 사람들에게 미혹된 정을 끊어버리고 자유자재로 노니라고 권유한다. 한편 아버지와 아들은 하늘이 낸 것이고,

형제는 같은 몸에 달린 수족과 같은 것이라 떼려야 뗄 수가 없는 것이다. 유, 불, 도 삼교 비록 다른 점이 있기는 하나 '효제孝悌'라는 두 글자만큼은 다 떼어 놓지 못하고 있다. 그러나 아들 낳고 손자 낳는 일은 다음 세대의 일이니 우리가 애쓴다고 되는 일이 아니다. 아주 딱 들어맞는 속담이 있도다.

> 자식과 손자는 그들의 복을 타고나려니,
> 자식과 손자를 위해 마소처럼 일하지 말게나.

그런데 부부는 붉은 천으로 허리를 한데 묶고 빨간 끈으로 발을 한데 묶은 것처럼 그렇게 한 몸 같으나 살갗이 살에서 떨어지듯 마침내 떨어질 수도 있고 합쳐질 수도 있는 것이다. 아주 딱 들어맞는 속담이 있도다.

> 부부란 본디 같은 나무에 깃든 새,
> 아침이 밝아오면 서로 다른 곳으로 날아가지.

요즘은 세상인심이 야박해져서 아버지, 형제한테는 그럭저럭, 아들, 손자한테는 온 정성을 다 쏟고 오직 부부가 제일 중요하다고들 한다. 규방의 사랑에 탐닉하고 베갯머리 이야기만 듣고 부인의 말에 현혹되어 효성스럽지 못하고 형제간의 우애를 깨뜨리는 일을 저지른다. 이런 자들은 결단코 고상하고 현명한 사람은 아닐 것이다. 이제 장자가 물동이를 두드린 이야기를 하련다. 뭐 부부간에 화목할 필요가 없다고 말하려는 게 아니고 그저 사람들이 현명한 것과 우매한 것을 구분하고, 진짜와 가짜를 명확히 가려내기를 바랄 뿐이다. 하여, 그들이 가장 크게 미혹되어 있는 곳에서 빠져나와 자신들의 그 미혹된 생각을 풀어내고 눈, 귀, 코, 혀, 몸 그리고 생각을 정화하여 도를 향한 마음이 생겨나는 데 이 이야기가 도움이 되기를 바란다. 옛사람이 모내기하는 농부를 보고서 네 구절의 시를 지었으니 그 뜻이 참으로 깊도다.

> 푸른 모를 손에 쥐고 논에 모를 내누나,
> 고개 숙이니 물속에 하늘이 들어있네.
> 눈, 귀, 코, 혀, 몸 그리고 생각이 정화되니 도를 얻겠네,[1]
> 뒷걸음치는 것이 결국은 앞으로 나가는 것이었구나.[2]

한편, 주 왕조 말기에 고매한 현인이 살고 있었으니 그자의 성은 장莊이요, 이름은 주周, 별명은 자휴子休로, 송나라 몽읍 출신이었다. 일찍이 주나라에서 칠원리漆園吏라는 벼슬을 했다. 장주는 대성인大聖人을 사사師事했으니, 그 대성인은 도교의 시조로, 성은 이李요, 이름은 이耳며, 별명은 백양伯陽이라. 백양은 태어나자마자 머리카락이 희었기에 사람들은 그를 노인네란 의미로 노자老子라 불렀다. 장주는 낮잠을 즐기곤 했다. 어느 날 낮잠을 자다가 꿈에 나비가 되어 정원의 화초 사이를 한가롭게 날고 있었다. 장주가 깨어나 보니 어깻죽지에 날개가 솟아나 움직이는 것처럼 느껴져 마음속으로 이상하게 생각했다. 그 후로 나비 꿈을 자주 꾸게 되었다.

---

1) 이 시의 원문에 쓰인 글자는 벼를 의미하는 '도稻'이다. 이 글자는 세상을 사는 이치나 원리를 의미하는 '도道'와 발음이 같다. 시인은 모내기를 하는 상황을 읊으면서 욕심을 버리고 자연에 맡겨 벼를 수확하는 농부처럼 사람들이 육정을 정화하여 도를 깨치기를 바라는 마음을 담아내고자 했다.

2) 이 구절은 못줄을 뒤로 떼면서 농부들이 뒤로 한발씩 물러나며 모내기하는 것에서 착안하여 우리 인간사도 물러나는 것처럼 보이는 것이 결국은 앞으로 나아가는 것임을 읊고 있다.

어느 날 장주가 노자를 찾아가 『주역』 강론을 듣다가 자기 꿈 이야기를 하게 되었다. 노자는 대성인답게 장주의 삼생의 내력을 파악하고서 장주에게 그 내력을 이야기해 주었다.

장주는 본디 혼돈 속에서 세상이 창조될 때 하얀 나비였다. 하늘이 먼저 물을 낳고 그다음 나무를 낳았다. 나무가 무성해지니 꽃도 사방에서 피어났다. 하얀 나비는 꽃의 정기를 빨아들이고 해와 달의 정수와 날씨의 에너지를 흡수하여 장생불로하게 되었다. 하얀 나비의 날개가 수레바퀴만큼이나 커졌다. 나중에 하얀 나비는 옥 연못에서 노닐면서 신선복숭아의 꽃술을 훔쳐 먹다가 서왕모西王母 휘하에서 꽃을 지키는 임무를 맡고 있던 파란 난鸞새에게 쪼여 죽임을 당했다. 그러나 그 나비의 영혼은 흩어지지 아니하고 이 세상에 다시 태어나니 그자가 바로 장주였다.

그의 태생이 이렇게 비범한지라 도를 향한 마음이 본디 굳세었으니 노자에게 마음을 깨끗이 하고 억지스러운 일을 하지 않는 법을 배웠다. 오늘 노자에게 자신의 출생 내력을 들으니 마치 깊은 잠에서 깨어나는 듯했다. 자기도 모르게 두 어깻죽지가 바람을 타는 듯, 마치 하늘하늘 날갯짓하는 나비와 같은 느낌이 절로 들었다.

장주는 세상만사의 흥망성쇠를 마치 떠도는 구름이나 흘러가는 물처럼 여겨 조금도 마음에 담아두지 않았다. 노자는 장주가 대오각성했음을 알아차리고는 5천 자에 이르는 『도덕경』의 비결을 하나도 남김없이 전수해 주었다. 장주는 온 정성을 다하여 『도덕경』을 읽고 외우고 수련을 하여 마침내 분신술, 은신술, 변신술 등을 부릴 수 있게 되었다. 이에 장주는 칠원리를 사직하고 노자를 떠나서 천하를 떠돌아다니며 도를 구했다. 장주가 비록 맑고 깨끗한 도를 수련했다고 하더라도 부부의 인연을 끊었던 적은 없었으니 결혼도 잇따라 세 차례나 했다. 첫째 부인은 병으로 일찍 세상을 떠났고, 둘째 부인은 잘못을 저질러 쫓겨났다. 지금 부인은 셋째로 성은 전田 씨며 제나라 왕족 출신이다. 장주가 세상을 떠돌아다니다 제나라에 이르렀을 때 제나라 종실에서 장주의 인품을 높이 사서 왕족의 여인을 시집보낸 것이다. 전 씨 여인은 장주의 첫째, 둘째 부인보다 미모가 훨씬 빼어났다. 살결은 눈처럼 하얗고 얼음처럼 매끄러우며 단아하기가 마치 신선과도 같았다. 장주는 본디 여색을 밝히는 사람은 아니었으나 그녀를 마치 물 만난 물고기처럼 아끼고 사랑했다.

초나라 위왕은 장주가 현명하다는 소문을 듣고 사신에게 황금 2천 냥과 비단 5백 필 그리고 말 네 마리가 끄는 수레를 가지고 가서 그를 재상으로 모시고 오라 했다. 장주는 사신에게 탄식을 하며 말했다.

"제물로 바치려 키우는 소가 그 몸에 수놓은 비단을 걸치고 날마다 여물을 배불리 먹으니 힘들게 밭 가는 소를 보고서 불쌍히 여기고 자기 잘났다고 자랑하더라. 그러나 제사 지내는 태묘에 들어가 제물 담는 그릇 앞에 서게 되면 그때 밭 가는 소로 돌아가고 싶어도 그게 되겠는가?"

장주는 그 제안을 받지 않고 거절했다. 아내를 데리고 송나라로 돌아가 조주의 남화산南華山에 은거했다.

하루는 산기슭을 산책하다가 주저앉은 무덤들이 이곳저곳에 널려 있는 것을 보게 되었다.

"장수하고 죽은 자의 무덤이나 요절한 자의 무덤이나 다 똑같구나. 잘난 사람이나 못난 사람이나 죽어서는 다 매한가지구나. 무덤에 들어간 사람 가운데 그 무덤에서 다시 걸어 나온 자 어디 있으랴!"

한참을 탄식한 다음 몇 걸음 더 걸어가노라니 갓 새로 흙더미를 올린 봉분이 하나 보였다. 봉분의 흙이 아직 마르지도 않았는데 한 젊은 아낙이 소복을 입고 무덤 옆에서 흰 비단 천으로 만든 부채를 들고서 무덤에 부채질을 하고 있었다. 장주가 이상하다 싶어 물었다.

"낭자, 무덤에 묻혀 있는 분은 뉘시오? 어인 일로 무덤에 부채질을 하고 있소이까? 필시 사연이 있을 것 같은데."

그 아낙은 자리에서 일어나지 않은 채 계속 부채질하기만 했다. 아낙은 그저 여인네 특유의 앳된 소리로 알아듣기 힘든 몇 마디 말을 할 뿐이었다.

듣자니 너무 우스워 입꼬리가 절로 올라가고,

말하자니 부끄러워 절로 창피하고.

그 아낙의 이야기인즉슨 이러했다.

"이 무덤 안에 잠들어 있는 자는 바로 제 남편입니다. 제 남편은 불행하게도 일찍 죽어 여기에 잠들어 있지요. 제 남편은 생전에 저를 무척 아꼈는지라 죽어서도 저랑 헤어지기를 아쉬워했나 봐요. 그래서 저에게 개가改嫁를 하더라도 장례를 치르고 무덤의 흙이 다 마른 다음에 하라고 유언했지요. 새로 쌓아 올린 무덤의 흙이 어느 세월에 다 마르겠어요? 하여 이렇게 부채질하고 있답니다."

장주는 미소를 머금으며 생각에 잠겼다.

'저 아낙 성격도 참 급하지. 남편을 사랑하기라도 했으니 저 정도지. 만약 사이가 좋지 않았더라면 어쩔 뻔했어?'

장주가 아낙에게 다시 물었다.

"이 무덤의 흙을 말리는 아주 간단한 방법이 있지요. 낭자가 부채질하기에는 팔 힘이 부족하니 소인이 낭자 대신에 힘을 좀 써볼까 하는데요."

아낙은 장주의 말을 듣고서 자리에서 일어나 인사를 올렸다.

"나리, 감사합니다."

아낙이 쥐고 있던 부채를 장주에게 공손히 건넸다. 장주가 도력을 발휘하여 무덤의 꼭대기를 향하여 부채질을 몇 차례 하니 물기가 말라 무덤 봉분이 뽀송뽀송해졌다. 아낙은 기쁜 표정을 지으며 인사를 올리고 장주에게 고마움을 표시했다.

"나리, 이렇게 애써주셔서 너무 감사합니다."

아낙은 가녀린 손가락을 자신의 머리 위로 올려 은비녀를 빼더니 하얀 부채와 함께 장주에게 감사의 선물로 주었다. 장주는 은비녀는 사양하고 부채만 받았다. 아낙은 너무도 기뻐하며 그 자리를 떠났다. 집에 돌아온 장주의 마음이 편치만은 않았다. 장주가 초당에 앉아 그 부채를 바라보노라니 입에서 저절로 시구가 읊조려졌다.

사랑하는 사이가 아니었다면 어이 만났을까,
그러나 만났으면 또 헤어짐이 있는 것.
죽고 나면 사랑도 끝나는 것을 안다면,
생전의 사랑도 정리하고 떠나야 할 것을!

장주의 부인 전 씨가 등 뒤에서 장주의 읊조리는 소리를 듣더니 나와 물었다. 도를 깨친 선비인 장주는 부부 사이에도 '선생'이란 호칭을 사용했다.

"선생께서는 어인 일로 이렇게 탄식하십니까? 이 부채는 어디서 나셨는지요?"

장주는 부채질하여 남편 무덤의 흙을 말리고서는 개가하고자 했던 아낙의 이야기를 부인 전 씨에게 해주고 나서 이렇게 말했다.

"이 부채가 바로 그 부채라오. 내가 그 아낙을 도와주었더니 나에게 선물로 주었다오."

장주의 말을 들은 전 씨는 화난 얼굴로 하늘에 대고 그 아낙이 어쩜 그렇게 현숙하지 못하냐며 한바탕 욕을 해댔다. 그런 다음 장주에게 이렇게 말하는 것이었다.

"이렇게 박정한 처자가 세상에 또 어디 있단 말입니까?"

장주는 또 시 네 구절을 지었다.

살아서는 서로들 죽고 못 산다고들 하지,

죽고 나면 무덤의 흙을 말리고자 안달이지.

용과 호랑이의 가죽을 그리기는 쉬워도 그 속 뼈까지 그려내기는 어렵지,

사람 겉모습 알기는 쉬우나 속마음 알기는 어렵지.

전 씨는 장주의 시를 듣고 너무 화가 났다. 옛말에 '원한은 일가친척도 끊고, 분노는 예의염치도 몰라보게 한다'고 하지 않는가! 전 씨는 체면이고 뭐고 없이 장주에게 막말을 퍼붓더니 장주의 얼굴에 침을 뱉어버렸다.

"사람이라고 다 같은 사람인 줄 알아요! 현명하고 우둔한 차이가 있는 거라고! 아니 어쩌자고 이렇게 말을 함부로 하는 거야? 세상 여인들의 남편 섬기는 도리가 다 다르거늘. 못된 여인들 때문에 착한 여인들이 욕을 먹게 되면 안 되지. 아니 그렇게 말 함부로 하면 벌 받는다고."

"너무 그렇게 큰소리치지 말라고! 그래 어쩌다 내가 먼저 저세상으로 떠나면 이제 막 피어난 꽃처럼 한창때인 자네가 3년, 5년을 버틸 수 있을까?"

"충신은 두 임금을 섬기지 아니하고, 열녀는 두 남편을 섬기지 않는다

는 말이 있지 않소! 현숙한 부인이 어찌 이집 저집의 차를 마시며 어찌 이집 저집의 침대에서 잠을 자겠소이까? 만약 불행하게도 그런 일이 나에게 생긴다 해도 나는 3년, 5년이 아니라 평생을 두고 절대 그런 일을 하지 않을 것이오. 나는 꿈이든 생시든 따지지 않고 언제고 예의염치가 있는 사람이오."

"그거야 두고 봐야지, 그거야 두고 봐야지!"

"지조 있는 여자가 남자보다 훨씬 나은 법이라오. 당신 같이 인의예지도 모르는 사람이야 부인이 죽으면 바로 새 부인을 들이고, 같이 살던 부인을 내쫓고는 다른 부인을 들일 것이니 다른 사람들도 다 그럴 줄 아는 모양이지. 나야 평생 안장을 하나만 얹는 말 같은 존재라고. 어찌 다른 사람의 입길에 오를 짓을 하겠으며 후세에 부끄러울 일을 하겠어? 그래 지금 당장 죽을 것도 아니면서 괜히 멀쩡한 나를 욕보이려고 들어요!"

부인 전 씨는 장주의 손에 들려 있는 부채를 와락 빼앗아 갈기갈기 찢어버렸다. 장주가 이렇게 말했다.

"뭘 그렇게 화를 내고 그래. 당신 말대로만 살면 되지. 성질내서 좋을 거 뭐 있다고!"

이러고 두 사람은 서로 입을 닫아버렸다.

며칠 후 장주는 병에 걸렸고 병세는 갈수록 위중해졌다. 부인 전 씨가 장주의 머리맡에서 눈물을 흘리며 울었다.

"병이 이렇게 위중하니 우리가 영원히 이별할 날도 얼마 남지 않은 모양이오. 당신이 지난번에 부채를 갈기갈기 찢어버려 너무 아쉽소이다. 그 부채가 있다면 당신에게 내 무덤에 부채질하라고 줄 터인데 말이오."

"선생께서는 그렇게 걱정하실 필요 없습니다. 나는 예의염치를 아는 자이니 일부종사할 것이외다. 만약 선생께서 믿지 못하시겠다면 내가 선생보다 먼저 죽어 내 마음을 증명해 보일 것입니다."

"내가 부인의 고매한 뜻을 확인했으니 죽어서도 편히 눈을 감을 수 있을 것이오."

말을 마치더니 장주의 숨이 끊어지고 말았다. 전 씨는 시신을 부여잡고 곡소리를 내며 울었다. 이웃 사람들을 불러 모으고 수의와 관을 준비하여 염을 했다. 전 씨는 소복을 입고서는 아침저녁으로 슬픔에 잠겨 울었다. 살아생전 장주가 베풀어준 사랑과 은혜를 생각하니 정신이 다 빠져나간 듯 멍하여 식음을 전폐하고 잠자는 것조차 잊은 듯했다. 인근에 살던 사람들도 장주가 학식과 인격이 높으며 은둔하며 살았던 선비라는 것을 잘 알기에 기꺼이 문상을 왔다. 물론 그 장례식이 성안에서처럼 그렇게 시끌벅적하거나 요란하지 않았음은 물론이다. 7일째 되는 날, 분을 바른 것처럼 하얀 얼굴에 주사를 바른 것처럼 빨간 입술의 잘생기기가 세상에서 둘째가라면 서러울 정도요 풍류가 천하제일인 듯한 젊은이가 찾아왔다.

그 젊은이는 자색 옷에 검은색 관, 수놓은 허리띠에 빨간색 신발을 갖춰 입었다. 그 젊은이는 나이든 하인 하나를 대동했다. 자신은 초나라의 왕족으로 몇 년 전 장주가 자신을 문하에 거두어주겠노라 약조한 바 있었기에 지금 이렇게 특별히 찾아온 것이라고 했다. 그 젊은이는 장주가 이미 저세상으로 떠난 것을 보고선 입으로 연신 애석하다는 말을 되뇌었다. 그 젊은이는 황망하게 화려한 색의 겉옷을 벗더니 하인에게 짐 속에서 소복을 꺼내라고 한 다음 갈아입었다. 그 젊은이는 장주의 영전에 사배했다.

"스승님, 불초한 제자가 스승님과 인연이 없어서 직접 뵙고 가르침을 청할 기회를 갖지 못했습니다. 원컨대 이 제자가 백일장을 치러 스승님을 사숙해온 저의 정을 표하고자 합니다."

그 젊은이는 말을 마치고 다시 사배를 올리고는 눈물을 훔치고 일어났다. 그 젊은이가 장주의 부인 전 씨를 만나 뵙기를 청했다. 전 씨가 일단 사양하니 그 젊은이가 이렇게 말했다.

"옛 풍습에 따르면 집안끼리 알고 지내는 남편의 절친한 친구에게는 내외하지 않는다고 합니다. 하물며 저와 장주 선생은 사제의 맹약을 맺은 사인데요!"

전 씨 부인은 하는 수 없이 빈소에서 나와 그 젊은이를 만나 인사를 나누었다. 인물이 잘나기가 그지없는지라 전 씨는 그 젊은이를 보자마자 흠모하는 마음이 절로 일었다. 오직 한 가지, 그 젊은이와 가까이할 수 있는 빌미가 없는 것이 안타까울 따름이었다.

"스승님이 돌아가셨다고 하더라도 이 제자는 감히 스승님을 사모하는 마음을 멈출 수가 없나이다. 이 제자 이곳에 100일 동안 머물면서 백일장을 치르고자 하며 더불어 스승님이 남기신 글을 읽어보면서 스승님의 남기신 가르침을 받들고자 합니다."

"집안끼리 알고 지내는 절친한 친구 사이인데 오래 머문들 무슨 문제가 있겠습니까?"

말을 마치고 곧바로 그 젊은이에게 밥을 차려내었다. 식사를 마치자 전 씨는 장주가 지은 『남화진경』과 노자가 지은 『도덕경』 등을 모두 꺼내어 그 젊은이에게 건네주었다. 그 젊은이는 고맙다며 인사했다. 장주의 집 한가운데에 빈소가 차려지고 그 빈소의 왼쪽엔 그 젊은이가 자리를 잡았다. 전 씨는 날마다 빈소에 곡하러 온다는 핑계로 빈소의 왼쪽에 자리잡은 그 젊은이와 말을 트곤 했다. 시간이 지나니 정이 붙고 눈길을 주고받으니 그 정은 차마 끊어버리기가 힘들 정도가 되어버렸다. 그 젊은이가 전 씨에게 쏠리는 마음이 다섯이라면 전 씨가 그 젊은이에게 쏠리는 마음은 열이었다. 다행히도 깊은 산 속 궁벽한 곳이라 뭔 일이 생겨도 소문이 잘 나지 않을 것 같았다. 하지만 이제 막 남편 장례를 치른 여자가 다른 남자에게 구애하자니 입을 열기가 여간 민망하지 않았다. 이렇게 보름 정도 지나니 여인네의 마음은 도시 갈피를 잡지 못하고 이리저리 흔들렸다. 전 씨는 사람들이 눈치채지 못하게 그 젊은이의 하인을 방으로 불러 술을 대접했다. 전 씨가 은근하게 물었다.

"그대의 주인 나리는 결혼하셨는가?"

"아직 결혼하지 않았습니다."

"그대의 주인 나리는 신붓감으로 어떤 여인을 꼽고 계시오?"

"나리께서 마님 같은 여자가 있으면 바로 결혼하겠노라고 말씀하신 적이 있습니다요."

"아니, 그런 말씀을 하셨다고! 설마 거짓말하는 것은 아니겠지?"

"마님, 제가 이 나이 먹어서 그런 거짓말을 하겠습니까?"

"그럼 그대가 중매 좀 서시구려. 만약 그대 주인나리가 나를 꺼려하지 않는다면 내가 그대 주인나리를 섬기고 싶소이다."

"저의 주인나리께서도 마님을 마음에 두신 지가 오래이나 다만 스승과 제자 사이라는 것 때문에 사람들의 입길에 오르내릴까 봐 걱정이 된다고 하셨습니다."

"그대의 주인 나리와 내 남편은 사제의 연을 맺자고 그저 입으로 약조한 것에 불과하고 직접 만나 가르침을 주고받은 사이는 아니니, 뭐 스승과 제자 사이라고 말하기도 힘들지요. 게다가 이렇게 산골짜기 궁벽한 곳이라 이웃도 별로 없으니 누가 나서서 입방아를 찧는단 말이오! 그대가 나서서 우리들 인연을 잘만 만들어준다면 그대는 혼삿날 축하주를 마시게 될 것이오."

늙은 하인은 그러마고 대답했다.

"만약 그대의 주인 나리가 승낙하시거든 언제든지 내 방으로 찾아와 나에게 일러주길 바라오. 나는 오직 그 소식만을 기다리겠소이다."

하인이 떠나고 난 다음 전 씨는 빈소 쪽을 수십 번 쳐다보고 또 쳐다보았다. 동아줄로 그 젊은이를 묶어 데리고 와서 함께 하고 싶은 마음이 굴뚝같았다. 해질녘 전 씨는 더는 참지 못하고 어둑어둑해진 빈소로 걸어 들어가 그 젊은이가 머무는 왼쪽 방에 귀를 기울였다. 이때 돌아가신 이를 모셔둔 곳에서 갑자기 소리가 들려오는지라 전 씨는 너무도 놀라며 죽은 자가 다시 나타난 것인가 의심했다. 황급히 내실로 돌아가 촛불을 가져와 비춰보니 그 나이든 하인이 술에 취하여 관을 올려놓은 침상 위에 누워있는 것이었다. 그 하인을 꾸짖지도 못하고 또 깨우지도 못하고 그저 혼자서 방으로 돌아왔다. 이러구러 시간이 흘러가 하룻밤이 또 지나갔다.

다음 날 그 늙은 하인은 왔다 갔다 어슬렁거리기만 할 뿐 전 씨가 부탁한 일에 대해선 가타부타 말이 없었다. 답답하여 더는 참을 수가 없게 된 전 씨는 그 하인을 방으로 불러 전에 부탁한 일을 물어보았다.

"안 되겠어요. 안 되겠어요!"

"안 되긴 왜 안 된다는 거야? 어제 내가 부탁한 일을 아예 말도 안 꺼낸 거겠지!"

"무슨 말씀! 진작에 제가 다 말씀드렸지요. 근데 제 주인 나리의 말씀도 그 나름대로 일리가 있어 보였어요. 나리께서는 자기하고 장주 선생은 정식으로 사제의 연을 맺은 사이도 아니니 마님처럼 예쁜 여인네를 맞아들이는 게 아무런 문제가 되지 않는다고 하셨습니다. 다만 세 가지 건이 꺼림직해서 마님에게 대답하기 어렵다고 하셨습니다."

"그래 그 세 가지 건이라고 하는 게 무엇인가?"

"제 주인 나리께서 말씀하시기를 집안에 관이 버젓이 놓여 있는데 어찌 혼례를 치를 수 있겠는가. 그건 아름다운 일이 아니로다. 둘째로 장주 선생과 마님은 살아생전에 서로 끔찍이도 아끼고 사랑했으며 장주 선생은 바른 도리와 덕을 겸비한 선비였으나 제 주인 나리의 학문과 덕행은 장주 선생에게 미치지 못하니 결혼하고 나면 마님에게 무시당할까 걱정이라고 하셨습니다. 그리고 세 번째로 주인 나리께서 출발하면서 부친 짐이 아직 도착하지 않았으니 결혼식을 치를 비용이 없다고 하셨습니다. 이런 세 가지 이유 때문에 지금은 응낙할 수 없는 형편이라고 합니다."

"이 세 가지 사항은 하나도 걱정할 필요가 없느니라. 관에 무슨 뿌리가 달린 것도 아니고 이 집 뒤쪽에 낡은 방이 하나 더 있으니 사람들을 불러서 관을 그곳으로 옮기면 될 것이니라. 자, 한 가지 일은 이렇게 해결되겠구나. 내 죽은 남편이 무슨 덕이 넘치는 현자라고! 내 남편은 집안을 제대로 다스리지 못하여 둘째 부인을 쫓아내는 일을 저지르고 말았으니 사람들은 모두 내 남편을 매정한 사람이라 흉을 보았느니라. 초나라 위왕이 내 남편의 헛된 명성에 혹하여 많은 예물을 보내어 내 남편을 재상으로 모시고자 했으나 내 남편이 스스로 그런 직분을 감당할 수 없음을 알고서 이 궁벽한 곳으로 도망쳐온 것이니라. 전에 내 남편이 혼자서 산기슭을 지나다가 한 과부가 죽은 남편의 무덤에서 부채질하는 것을 보았다지. 그녀는 남편 무덤을 부채질하여 말리고 나면 비로소 개가할 수 있을 거라고 대답했다지. 내 남편이 그녀를 놀리느라고 그 부채를 대신 잡고 무덤을 다 말려주고는 그 부채를 집에 들고 왔었지. 내가 부채를 갈기갈기 찢어버렸어. 내 남편이 죽기 며칠 전까지도 나는 그놈 때문에 화가 나고 골머리를 앓았다고. 이런 우리 부부가 무슨 금슬 좋은 부부라고! 그대의 주인 나리는 나이도 젊은데 학문을 좋아하여 앞으로 얼마나 더 발전할지 가늠하기 힘들 정도라네. 게다가 왕족이지 않은가. 나 역시도 제나라 왕족 출신이니 둘

사이의 가문도 잘 맞아떨어지는 셈이오. 오늘 우리가 이렇게 만난 것은 하늘이 마련해준 인연이오. 세 번째로 예물과 결혼식 비용은 이 몸이 알아서 할 것이라. 어찌 그대 주인 나리에게 결혼 예물을 별도로 마련하라고 하겠는가? 피로연 역시 문제될 것 없다네. 내가 백금 20냥을 따로 마련해 두었으니 그걸 내가 그대 주인 나리에게 주어 새 옷을 만들어 입게 하겠노라. 어서 가서 말을 전하도록 하게. 만약 그대 주인이 내 말을 받아들인다면 오늘이 길일이니 바로 혼례를 치르자꾸나."

늙은 하인은 백금 스무 냥을 받아들고 바로 그 젊은이에게 찾아가 아뢰었다. 그 젊은이는 그 말을 듣고 응낙했다. 늙은 하인은 전 씨 부인에게 보고했다. 전 씨 부인은 그 말을 듣고 뛸 듯이 기뻐하고는 상복을 벗어버리고 얼굴에 분을 짙게 바르고 입술을 붉게 칠하고 빛깔 고운 옷을 꺼내입었다. 그 늙은 하인을 시켜 근동의 사람들을 불러오게 하여 장주의 관을 들어 집 뒤쪽의 낡은 방에 옮기도록 했다. 그런 다음 집안을 대청소하고 혼례 치를 준비를 했다. 이를 증명하는 시가 한 수 있노라.

아름다운 과부, 특별히 멋지도다,

멋진 저 젊은이, 작심하고 덤비도다.

한 필의 말에는 오직 하나의 안장뿐이라는 말은 누가 했던가?

오늘 밤 새 짝을 맞이하려는구나.

이날 밤 그녀는 신방을 꾸몄고 집안에는 촛불이 휘황찬란하게 타올랐다. 그 젊은이는 갓을 쓰고 옷을 단장하였고 전 씨는 비단 적삼에다 수놓은 치마를 입었다. 둘은 서로 초례청에 마주 섰다. 그 두 남녀 한 쌍은 옥으로 쪼은 듯, 황금으로 도금한 듯 그 아름다움을 이루 다 말로 표현할 수가 없었다. 초례청에서 서로 마주 보고 인사를 나누니 더욱 사랑스러움이 더하여 마침내 서로 손을 잡고서 신방에 들어갔다. 합환주를 마시고 옷을 갈아입고 침대에 올라 막 잠을 청하려 했다. 바로 그 순간 그 젊은이는 미간을 온통 찡그리더니 한 발짝도 움직이지 아니하고 그 자리에서 나동그라져서 두 손으로 가슴을 움켜쥐고 견딜 수 없다며 소리를 질렀다. 전 씨는 그 젊은이를 사랑하는 마음이 앞선 나머지 신부의 염치고 뭐고 따질 것 없이 그 젊은이에게 다가가 가슴을 주무르며 웬일인지 물었다. 그 젊은이는 너무도 아파서 말도 못하고 그저 침만 질질 흘릴 뿐이라 막 숨이 넘어갈 것처럼 보였다. 그 늙은 하인도 당황하며 어쩔 줄 몰라 하고 있었다.

"평소에도 나리에게 이런 증상이 있었는가?"

"평소에도 이런 병을 앓기는 했습니다. 일이 년에 한 번씩 발병하기도 합니다. 백약이 무효이나 그래도 즉시 효과를 내는 게 하나 있긴 합니다."

"그게 무엇인가?"

"어의가 비방 하나를 알려주셨습니다. 살아 있는 사람의 뇌수를 따뜻한 술과 함께 마시면 통증이 즉시 낫습니다. 나리가 발병하면 나리의 부친께서 초나라 임금에게 아뢰어 죽음을 기다리는 죄수를 붙잡아와 그의 뇌수를 취했습니다. 그러나 이런 깊은 산중에서 어찌 그게 가능하겠습니까? 나리의 명도 이제 다했습니다."

"살아 있는 사람의 뇌수를 구하기는 힘들 것인데 죽은 사람의 뇌수라도 효험이 있을지 모르겠소."

"어의께서 말씀하시기를 죽은 지 49일이 되지 않은 자의 뇌수는 아직 마르지 않았으니 효험이 있다고 했습니다."

"내 남편이 죽은 지 20여 일밖에 되지 않았으니 관을 열어 뇌수를 취하면 되지 않겠소?"

"마님께서 내켜 하지 않으실까 봐 걱정입니다."

"나는 이미 자네 나리와 부부의 연을 맺은 몸, 부인이 남편을 섬기매 자기 몸조차 기꺼이 내놓을 수 있어야 하거늘 하물며 썩어질 시체 덩어리를 두고 무얼 망설인단 말이냐!"

전 씨가 하인에게 그 젊은이를 보살피라 하고 자신이 직접 도끼를 찾아서 오른손에 들고 왼손엔 등불을 들고서 집 뒤쪽 낡은 방으로 들어가 등불을 관 뚜껑 위에 걸어놓고 관을 한참 내려 본 다음에 있는 힘껏 도끼를 내려찍었다. 아녀자의 가냘픈 힘으로 어이 관을 쉬 쪼갤 수 있으랴! 하지만 일이 되느라고 그 나름의 이유가 다 있었으니, 장주는 도통한 사람으로서 장례를 후히 치르는 것을 원치 않았으므로 세 촌 두께의 오동나무 관을 썼던 것이다. 전 씨가 한 번 더 도끼로 내려치니 관이 그만 빠개지고 말았다. 그런데 장주가 관 안에서 기침을 하더니 관 뚜껑을 열고 벌떡 일어나 앉는 것이 아닌가! 전 씨가 비록 마음이 독하다 하더라도 여자는 여자인지라 너무도 놀라서 다리 근육이 다 얼어버리고 심장이 벌렁벌렁, 도끼를 그만 바닥에 떨어뜨리고 말았다. 장주가 소리를 질렀다.

"마누라, 나를 좀 꺼내주구려!"

전 씨는 하는 수 없이 장주를 안아서 관 밖으로 꺼내주었다. 장주가 등불을 들고 전 씨는 그 뒤를 따라서 안방으로 향했다. 안방에는 초나라에서 온 젊은이와 그 하인이 있을 것이라 전 씨는 진땀이 났다. 한 걸음 걸어갔다 두 걸음 다시 돌아오기를 거듭하다가 마침내 안방으로 들어서니 화려한 이불이 여전히 깔려있는데 그 젊은이와 늙은 하인이 보이지 않았다. 전 씨는 이상하다는 생각이 들면서도 외려 마음이 놓였다. 전 씨는 애교 어린 목소리로 장주에게 말했다.

"당신이 저세상으로 떠난 후 낮이나 밤이나 그저 당신 생각밖에 없었어요. 그런데 관 속에서 소리가 들려오기에 나는 죽은 영혼이 다시 돌아온 다는 옛말이 떠올라 당신이 다시 살아난 거란 생각이 들어 황급히 도끼로 관을 깨버린 거라오. 당신이 이렇게 다시 살아나다니 천지신명께 감사할 일이네요. 우리 집안에 이런 경사가 일어나다니요!"

"당신의 그 마음에 감사할 따름이오. 근데 어이하여 당신은 상중에 비단 치마저고리를 입고 계시오?"

"관을 열고 다시 살아난 남편을 보는 것은 기쁜 일 아니겠어요? 어떻게 상복을 입고 당신을 놀라게 할 수 있겠어요? 당연히 좋은 일에 어울리게 비단옷을 입어야지요."

"그건 그렇다 치고! 관은 어이하여 안방에 놓지 아니하고 집 뒤쪽 낡은 방에 갖다둔 것이오? 설마 이 역시 좋은 일을 예비하려고 그런 것이오?"

전 씨는 대꾸할 말이 없었다. 장주는 술상이 차려져 있는 것을 보더니 아무 말도 묻지 아니하고 술을 데워오라 했다. 장주는 마음을 풀어놓고 술잔에 따라서 몇 잔을 거푸 마셨다. 눈치가 빠르지 못한 전 씨는 그래도 남편 장주의 마음을 좀 풀어주고 다시 부부의 연을 이어가 볼까 하는 생각에 다가가 앉아 갖은 아양을 다 떨고 혀짧은 소리를 내며 장주와 같이 잠자리에 들어보려 했다. 장주는 코가 삐뚤어지도록 마시더니 지필묵을 찾아서는 시 네 구절을 적었다.

이 원수 놈의 사랑 빚은 이미 청산했으니,
그대는 사랑을 원하나 나는 사랑을 원치 아니하네.
만약 그대와 다시 부부의 연을 맺는다면,
그대의 큰 도끼가 나의 머리통을 빠개버릴까 걱정이라.

전 씨는 장주가 지은 시를 보더니 얼굴이 빨개지고 아무런 말도 하지 못했다. 장주가 다시 네 구절의 시를 적었다.

수많은 밤을 같이 보낸 부부의 인연 무슨 소용 있으리?
새 사람을 만나니 옛사람을 바로 잊어버리는구나.
관 뚜껑 덮자마자 도끼로 빠개려 드니,
무덤에 덮인 흙이 마르기를 기다리는 것조차 힘들었단 말인가!

장주가 전 씨에게 말했다.
"내가 두 사람을 보여주지."
장주가 손가락으로 바깥쪽을 가리키니 전 씨가 고개를 돌려 바라보았다. 그 젊은이와 늙은 하인이 안방으로 뚜벅뚜벅 걸어오는 것이었다. 전 씨는 너무도 깜짝 놀랐다. 다시 고개를 돌려보니 그 젊은이와 늙은 하인이 사라지고 보이지 않았다. 사실 그 젊은이와 늙은 하인이 어디 실제 존재하는 자들이었겠는가? 다 장주가 분신둔갑술을 부린 것이었다. 전 씨는 정신이 다 혼미해지고 당황 되어 무안하기 짝이 없었다. 전 씨는 허리에 두르고 있던 비단 끈을 풀어 대들보에 걸고는 목을 매었다. 오호애재라! 이렇게 전 씨가 저세상으로 떠났구나. 장주는 전 씨가 숨을 거둔 것을 보고서는 전 씨를 풀어내어 전 씨가 도끼로 내리쳐 부순 그 관에 담고는 물동이를 악기 삼아 두드리며 관에 걸터앉아 노래를 불렀다.

대지는 아무런 사심도 없이 그대와 나를 낳아주었네.
나는 그대의 남편이 아니고 그대는 나의 아내가 아니라네.
어쩌다 우연히 만나서 한집에 같이 살게 되었다네.

때가 이르렀나니, 만남이 있으면 헤어짐 또한 있는 법.

사람이란 본디 선량치 못한 존재런가, 죽고 삶에 따라 사랑 또한 쉬 변한다네.

속마음이 다 드러났으니 죽지 않고 배길 수 있으랴!

그대 이 세상에 태어남은 거취를 선택한 결과,

그대 이 세상을 떠남은 공으로 돌아가는 것.

그대는 나를 애도하며 도끼로 내리치고

나는 그대를 애도하며 노래를 부른다네.

도끼로 내리치는 소리에 내가 다시 깨어났으나,

내 노랫소리를 그대가 어이 들을까?

북 대신 깨진 물동이를 두드리누나,

그대는 누구이고, 나는 또 누구인가?

장주는 노래를 마치더니 네 구절의 시를 또 읊조렸다.

그대 죽으면 내가 꼭 묻어주리다만,

내가 죽으면 그대는 꼭 다시 시집가리.

내가 만약 진짜로 죽은 거였다면,

한바탕 웃음거리가 될 뻔했네!

장주는 가가대소하더니 장단 맞추던 물동이를 깨버렸다. 초가집에 불을 놓으니 활활 타올랐다. 관조차도 잿더미가 되어버렸다. 오직 『도덕경』과 『남화경』만이 그대로 남아 있다가 마을 사람에게 발견되어 오늘날까지 전해지게 되었다. 장주는 천하를 떠돌아다니며 죽을 때까지 다시 결혼하지 않았다. 함곡관에서 노자를 만나 노자와 함께 크게 도를 깨닫고 신선이 되었다고도 한다.

> 아내를 죽인 오기吳起는 너무도 무식하고,[3]
> 죽은 아내를 너무도 애도하던 순찬苟粲 역시 가소롭구나.[4]
> 죽은 아내를 두고 물동이를 두드리던 장주를 보시게나,
> 유유자적 떠도는 그가 진정 우리의 스승.

---

3) 춘추시대 노나라의 장수. 제나라가 노나라를 침공했을 때 자신의 아내가 제나라 출신이어서 장수의 직을 수행할 때 의심을 받을까 봐 주위의 만류에도 불구하고 자신의 아내를 죽여 자신이 제나라와 아무런 이해관계가 없음을 증명했던 일이 있다.

4) 남조 송나라의 순찬은 아내가 죽자 이렇게 예쁜 여자를 다시 만나기는 어려울 것이라며 슬퍼하고 울다가 슬픔에 겨워 결국 자신도 얼마 지나지 않아 죽었다고 한다.

왕 승상이 소동파를 골려주다

王安石三難蘇學士

— 왕안석이 세 번이나 소동파를 골려주다 —

바다를 노니는 거북이가 우물 안에 갇힌 개구리를 비웃네,

대붕이 날개를 펴니 하늘 끝까지 다 뒤덮는구나.

강한 자 위에 더 강한 자가 있나니,

다른 사람 앞에서 너무 자랑하지 말거나.

이 시는 자만하지 말고 자신을 비우고 다른 사람에게 공손하게 대하라고 권고하고 있다. '자만하면 손해 보고, 겸손하면 이익 본다'는 옛말은 하나도 그른 게 없도다. 끝날 때까지 밀고 가면 안 되고 족함을 알고 중도에 그쳐야 하는 것 네 가지가 있도다. 그 네 가지가 무엇이런가?

권세는 끝까지 다 부려서는 아니 된다.

복은 끝까지 다 누리려 들어서는 아니 된다.

내 편의만을 끝까지 다 보려 들어서는 아니 된다.

내 총명함을 끝까지 다 주장해서는 아니 된다.

　요즘 권세깨나 있다는 자들은 악한 일을 서슴지 아니하고 제멋대로 성질을 부려 사람을 해치니 마치 금수나 다름없어 사람들이 감히 그들 곁에 다가가질 못하더라. 그들은 남들이 자기에게 다가서지 못하는 것을 보고는 자기를 겁내서 그러는 줄 알고 의기양양하여 마치 뭐 대단한 일이라도 한 줄 안다. 음력 팔월의 거친 강 물결도 그칠 날이 있는 법. 그 거친 파도 가운데에서도 배를 띄우고 순풍을 받아 달려가면 얼마나 빠르던가? 하나, 나갈 때는 빠르지만 돌아올 때는 또 얼마나 힘들던가? 하나라의 걸임금, 은나라의 주임금은 천자의 몸이었으나 남소로 추방당하고 목이 잘려 태백 깃발에 걸렸도다. 걸임금, 주임금이 무슨 죄를 지었던가? 그들은 바로 자신의 귀함을 믿고 아랫사람들을 멸시했으며 자신의 강함을 믿고 약한 자를 능멸했으니 결국 자신의 권세를 함부로 부린 것이라. 만약 걸임금, 주임금이 일반 백성이었더라면 그런 일을 저지를 수 있었겠는가? 그런즉, 권세는 끝까지 다 부려서는 아니 되는 것이다.

　복은 끝까지 다 누리려 들어서는 아니 된다는 것은 또 무슨 말인가? '옷을 아끼면 옷이 부족할 일이 없고, 먹을 걸 아끼면 먹을 게 부족할 일이 없다', '오래 살고 일찍 죽는 게 어디 있으랴? 그저 정해진 복록이 다하면 죽을 뿐.' 이런 속담이 있지 않은가? 남북조 진나라의 태위 석숭石崇은 황족 왕개王愷와 서로 재산이 누가 더 많은지 다툰 적이 있다. 석숭은 술로 솥을 씻고 땔감 대신 촛불을 썼다. 비단 병풍을 50리에 쳤으며, 측간도 사방에 비단을 쳐두어 그 향기가 코를 찌르도록 했다. 석숭을 수행하는 노복조차도 화완포火浣布[1]로 만든 옷을 입었는데 그 옷 한 벌 값이 무려 천금에

달했다. 첩 하나를 사들이는 데 진주 열 말을 쓰기도 했다. 그러나 나중에 조왕趙王 윤倫의 손에 죽임을 당하여 목이 잘리고 말았다. 이게 다 복을 과도하게 끝까지 누린 업보이다.

내 편의만을 끝까지 다 보려 하면 안 된다는 말은 또 무슨 말인가? 장사하는 사람이 계산 착오로 자신에게 돈이 더 들어오면 얼굴 한가득 미소를 띨지도 모른다. 하지만 돈을 더 지불한 다른 장사치는 그 때문에 손해를 보고 마침내 온 가족이 밥을 굶을 수도 있을 것이니 자기의 편의를 좀 보려고 한 짓이 결국 다른 사람에겐 해악을 끼치는 것이 되고 만다. 옛사람이 지은 「편의를 누림」이란 시가 있도다.

네 이불을 내 이불처럼 덮고,

네 요를 내 요처럼 까네.

네 돈은 내 돈처럼 쓰고,

내 돈이 없으면 네 돈을 내 맘대로 쓰네.

등산할 땐 네 손으로 내 발을 받쳐주고,

하산할 땐 내가 네 어깨에 기대네.

내 아들 있으면 네 사위 시키고,

네 딸 있으면 내 옆에 재우네.

네가 나에게 지킬 약속이 있는데,

내가 너보다 먼저 죽을 수야 없지.

_____

1) 불에 타지 않고 더러워질 때마다 불에 넣으면 다시 깨끗해진다는 섬유. 불쥐[火鼠]의 가죽을 벗겨 만든다고 한다. 불쥐는 중국 신화에 나오는 괴물이다. 봄, 여름에는 타오르고 가을, 겨울에는 사그러지는 들불이 있는데, 그 들불 속에 불쥐가 산다고 한다. 불쥐는 체중이 약 250킬로그램 정도 되는 큰 쥐로, 몸에는 길이가 약 50센티미터쯤 되는 명주실보다 가는 털이 자란다고 한다.

내가 너에게 지킬 약속이 있다면,

네가 나보다 먼저 죽으라 하겠네.

세상 사람들이 다 이 시대로 살아간다면 세상에 다른 사람을 위해 뭐라도 양보할 바보가 어디 있으랴! 자기 생각만 하면서 양보하지 않고 살아가는 것은 잠시 득을 보는 거 같아도 결국 복이 달아나고 천수를 누리는 데 장애가 되는 것임을 알아야 할 것이니라. 그런즉 불교에서는 세상 사람들에게 잠시 손해를 보는 것이 한없는 복을 받는 것이라고 가르친다. 시 한 수로 이를 증명하노라.

작은 이익 얻음에 기뻐하고,

마음먹은 대로 되지 않는다 슬퍼하네.

이익 얻음이나 손해 보는 것이 없다면,

기뻐할 일도 슬퍼할 일도 없을 거라네.

이야기꾼이여, 그래 지금까지 세 가지 것에 대해 설명해주니 그 나름대로 이해할 만도 하오. 한데, 총명함이라는 것은 사람들이 바라 마지않는 것인데 어이하여 총명함을 끝까지 다 주장하지 말라고 하는 것이오? 천하의 일을 어이 다 살펴볼 수 있을 것이며, 천하의 책을 어이 다 읽어볼 수 있을 것이며, 천하의 이치를 어이 다 헤아릴 수 있을 것인가? 아둔한 자가 총명한 척하기는 쉬우나 총명한 자가 아둔한 척하기는 어렵도다. 이제 한 사람을 소개하련다. 천하제일의 천재, 일세를 풍미한 총명 덩어리, 하지만 한때 아둔한 노릇을 했던 사람이다. 그는 비단처럼 아름다운 이야기를 후세에 남겨 자신의 재주를 믿고 까부는 젊은 사람들의 귀감이 되었도다.

그래, 그 총명 덩어리가 누구이던가?

시나 부나 못 짓는 것이 없고,
우스갯소리든 수수께끼든 못하는 것이 없네.
공자가 환생하신 게 아니라면,
안회가 다시 살아난 것이라.

한편, 송나라 신종神宗(1068~1085 재위) 때에 이름난 선비가 있었으니 바로 소식蘇軾(1037~1101)이라. 성이 소蘇요, 이름이 식軾이며, 자는 자첨子瞻, 또 다른 별명은 동쪽 언덕이란 뜻의 동파東坡로, 사천 미주 미산 사람이다. 과거에 급제하여 한림학사에 임명되었다. 이 사람은 타고난 자질이 빼어나, 눈길 닿는 대로 외워버리고 입을 열어 하는 말마다 훌륭한 문장이 될 정도였다. 이태백과 같은 풍류, 조자건과 같은 총기를 지닌 그는 당시 승상이던 형공荊公 왕안석(1021~1086)의 문하에 있었다. 왕 승상은 소식의 재주를 너무도 아꼈지만 소식은 자신의 재주를 믿고 시큰둥하게 반응했다. 이에 왕 승상은 어원에 따른 글자 뜻풀이라는 의미의 『자설字說』을 지어 글자 하나하나마다 뜻을 풀이했다. 뜻풀이를 하다가 소식의 별명에 사용된 글자 '언덕 파坡' 자 차례가 되자 왕 승상은 이 파坡자를 토土와 피皮로 가르고 파坡자를 바로 '땅의 가죽'이라는 의미로 풀이했다. 소식은 이를 보고서는 웃으며 말했다.

"승상의 말씀대로라면 활滑자는 바로 물[水]의 뼈[骨]겠군."

하루는 왕 승상이 '예鯢'자를 설명하면서 이렇게 말했다.

"물고기와 아들이 만났으니 합하면 물고기 아들이구나. 말 네 마리가 만나면 '사驷'가 되고, 하늘과 벌레가 만나면 '잠蚕'이 되니 고인이 글자를 만드는 데 다 그 나름대로 깊은 뜻이 있었도다.”

소식이 두 손을 맞잡고 말씀을 올렸다.

“비둘기[鳩]는 아홉[九]과 새[鳥]로 이루어진 글자인데, 다 이유가 있습니다.”

왕 승상은 소식의 말을 진담으로 알아듣고 어서 한 번 설명해보라고 했다. 소식이 웃으며 대답했다.

“『시경』에 ‘뽕나무에 비둘기 앉아 우니, 그 새끼가 일곱이라’라는 구절이 나옵니다. 그러하니 암컷 비둘기 하나, 수컷 비둘기 하나와 새끼 비둘기 일곱 하면 전부 합해서 아홉 아니겠습니까.”

왕 승상은 아무 대꾸하지 아니하고 소식의 경박함을 언짢아했다. 그런 다음 소식을 호주자사로 좌천시켰다.

모든 시비는 입에서 나오고,
모든 고민은 번드르르한 말에서 나온다네.

소식은 호주에서 3년의 임기를 마치고 개봉으로 돌아와 대상국사大相國寺에 거처를 정했다. 자신이 왕 승상에게 죄를 지은 것도 다 자기 잘못임을 깨달았다. 당시에는 ‘천자를 뵙기 전에 먼저 왕 승상을 뵈어야 한다’는 속담이 있을 정도였다. 소식은 하인에게 자신의 이력서와 소개서를 준비하게 한 다음 말을 타고 왕 승상의 집으로 출발했다. 활을 쏘면 닿을 만큼 가까이 다다르자 말에서 내려 걸었다. 왕 승상 집 대문 앞에 문지기야, 일보는 관리들이야, 웅성웅성 모여 있었다. 소식이 손을 들어 말을 건넸다.

“여보시게나, 왕 승상 어르신 계신가?”

문지기가 다가와 대답했다.

"승상 나리께서 낮잠을 주무시고 계십니다. 행랑채 방에 잠시 앉아 계십시오."

왕 승상 댁 하인이 소식을 행랑채 방에 안내하고 방문을 반쯤 열어두고 나갔다. 잠시 후 나이가 스물쯤 되어 보이는 젊은이 하나가 말총머리 같은 큰 모자를 쓰고 녹색 비단으로 만든 도포를 입고 섬돌을 내려서는 게 보였다. 다른 하인들은 그 젊은이에게 한결같이 고개를 숙이고 예를 갖추었다. 그 젊은이는 동쪽에서 서쪽으로 향하고 있었다. 소식이 자기가 데리고 온 하인에게 말했다.

"방금 왕 상공 방에서 나간 자가 누군지 알아보라."

하인이 사람들에게 물어보고 돌아와 왕 승상 댁에서 서기를 맡은 자라고 아뢰었다. 소식도 기억이 났다. 왕 승상 댁 서재에서 일을 보는 자 가운데에서도 특별히 총애를 받는 서륜徐倫이라는 자인 듯했다. 3년 전의 어린 모습이 아닌 이미 스물을 넘긴 모습이었지만 그래도 옛 모습이 그대로 남아 있었다. 소식이 하인에게 분부했다.

"아, 왕 승상 댁의 서기 서륜이로군. 어서 달려가서 여기로 모시고 오너라."

하인이 나는 듯이 달려가 서륜을 찾았으나 등 뒤에서 감히 소리쳐 부르지는 못하고 내쳐 서륜 앞까지 달려가 손을 내저으며 길가에 다소곳이 서서 말씀을 올렸다.

"소인은 호주자사 소식 나리의 종놈이옵니다. 저희 나리께서 행랑채 방에서 기다리고 계십니다. 아마 나누고 싶은 이야기가 있는 듯싶습니다."

"아, 그 수염쟁이 소식 나리 말인가?"

"맞습니다요."

풍류를 즐길 줄 알고 재주도 많은 소식은 사람들과 잘 어울렸다. 소식은 서륜과도 사이가 좋았으며 부채에 시를 적어 선물로 주기도 했다. 서륜은 소식이라는 말을 듣고서 얼굴에 미소를 띠고는 몸을 돌려 그 하인을 따라갔다. 하인은 재빨리 돌아가 소식에게 서륜이 돌아올 것임을 알렸다. 서륜이 방 안에 들어와 소식을 뵈었다. 서륜이 무릎을 꿇고 예를 갖추려 하니 소식이 황급히 말렸다. 서륜은 왕 승상 댁에서 잔뼈가 굵고 이젠 왕 승상 댁의 서무를 맡아보고 있으니 외지에 직임을 맡은 벼슬아치들이 그런 서륜을 알아보고 선물도 바치고 명함도 보내고 했던 것이다. 그런 서륜이 소식을 보고서 무릎을 꿇고 예를 갖추려 했던 것은 또 무슨 연유인가? 소식이 왕 승상댁을 왕래한 지가 이미 오래라 서륜이 어렸을 적부터 소식에게 차를 대접하고 모셨으니 마치 예전의 주인을 만난 것과 같은 느낌이 들어 감히 뻣뻣하게 서지 못했던 것이다. 소식은 서륜의 체면을 세워주느라 황급히 손을 내밀어 말렸다.

"아니 무슨 그런 예를 다 차리고 그러시오!"

"아니 어떻게 이런 누추한 곳에 계십니까? 동쪽 서재로 옮기셔서 차 한 잔 대접받으시지요."

동쪽 서재란 왕 승상의 바깥 서재를 두고 하는 말이다. 바로 왕 승상이 문하의 제자들과 벗들을 접견하는 곳이다. 서륜은 소식을 동쪽 서재로 안내한 다음 소식이 자리를 잡고 앉는 것을 보더니 시동을 시켜 차를 내오게 했다.

"소인은 승상 나리의 명을 받들어 태의원에 약을 받으러 가는 길입니다. 여기서 오래 앉아 있을 형편이 되지 못하니 이를 어쩌지요?"

"걱정하지 말고 어서 가서 일 보시오."

서륜이 떠난 다음 소식이 고개를 들어 사방을 바라보니 네 벽에 있는 책장에는 모두 자물쇠가 채워져 있고 안궤에 붓과 벼루만이 덩그러니 놓여 있었다. 소식이 벼루 뚜껑을 열어보니 단계먹을 갈아놓은 녹색 먹물이 아주 신비로워 보였다. 벼루에는 아직도 그 먹물이 마르지 않은 채였다. 그냥 다시 닫아놓으려고 하는데 벼루 아래 빼꼼히 종이가 보였다. 벼루를 들어보니 바로 네모난 하얀 종이가 두 번 접혀 있었다. 소식이 펴보니 쓰다가 만 두 구절의 시구였다. 보아하니 왕 승상의 필체였고 시의 제목은 국화를 읊는다는 뜻의 「영국詠菊」이었다. 소식이 웃으면서 혼잣말했다.

"선비는 사흘만 안 봐도 뭔가 달라질 수 있다는 말이 있다는데, 왕 승상은 전에 내가 개봉에서 벼슬살이할 때는 붓을 한 번 들었다 하면 단숨에 수천 자씩을 써내시더니 내가 3년을 못 뵌 사이에 예전만 못해지셨네. 마치 말년에 재주가 말라버린 강엄江淹(444~505)처럼, 시 두 구절을 마저 다 짓지 못하시다니!"

소식은 왕 승상이 이미 지어놓은 두 구절을 한 번 읽어보더니 이렇게 다시 혼잣말했다.

"어이쿠, 이 두 구절도 몽땅 엉터리네!"

그럼 왕 승상이 지은 두 구절은 어떠했던고?

어젯밤 서풍이 원림을 스쳐가더니,
노란 꽃잎 쓰러져 온 땅이 황금빛이라.

소식은 어이하여 이 두 구절을 엉터리라 했을까? 일 년 사계절의 바람에는 각각 별명이 있으니 봄바람은 부드러운 바람[화풍和風], 여름바람은 높새바람[훈풍薰風], 가을바람은 선들바람[금풍金風], 겨울바람은 높바람[삭풍朔風]이라 각각 부른다. 화, 훈, 금, 삭 네 글자로 각각 사시사철에 짝지은 것이다. 왕 승상이 지은 시의 첫 구절에 서풍이라는 말이 나온다. 서쪽은 오행 가운데 금에 속하고 금풍은 또 가을철에 부는 선들바람이라. 선들바람이 불면 오동나무 이파리가 누렇게 바람에 날리고 꽃도 시들어 떨어진다. 둘째 구절 "노란 꽃잎 쓰러져 온 땅이 황금빛이라"에 나오는 노란 꽃잎은 바로 국화를 두고 하는 말이다. 국화는 늦가을에 피는 꽃으로 그 속성은 오행의 '화火'에 속하여 가을 서리와도 감히 일전을 벌이며 오래 버틴다. 국화는 비록 꽃대에 붙은 채 말라비틀어질지라도 그 꽃잎을 바닥에 떨어뜨리지 아니한다. 그런즉, "노란 꽃잎 쓰러져 온 땅이 황금빛이라"고 한 것은 아마도 잘못 알고 쓴 것 아니겠는가? 소식은 감흥을 주체하지 못하고 바로 붓을 들어 왕 승상이 지어놓은 두 구절의 시의 운에 맞춰 두 구절을 마저 적었다.

가을꽃이 어이 봄꽃처럼 떨어지던가?
시인이여, 이 점을 잘 알고 읊으시라.

이렇게 두 구절을 적고 나서 소식은 후회가 바로 밀려왔다.

"어이쿠, 이 노인네가 나를 만나러 이 서재로 오면 내가 적어놓은 시구를 볼 텐데 그럼 이건 내가 노인네 면전에서 문제점을 지적하는 것이라 후배가 할 도리가 아니로다. 내가 이 종이를 그냥 소매에 넣어 가져가 버리면 노인네가 다시 찾을 때 괜히 서륜이 곤란해질 것이로다."

이러저리 궁리해도 뾰족한 수가 없어 시를 적은 종이를 그냥 다시 접어 벼루로 눌러놓고는 서재에서 나왔다. 대문으로 다가가 이력서와 소개서를 문지기 관리에게 전달하고 당부했다.

"승상 어르신이 나오시면 소식이 한참 기다리다 가노라고 말씀 좀 올려주시게. 이제 막 개봉에 와서 조정에 보낼 공문을 다 마무리하지 못했다네. 내일 조회 때 공문을 제출하고 나서 다시 찾아오겠노라고 좀 전해주시게."

문지기 관리에게 부탁을 마친 소식은 말을 타고 처소로 향했다.

왕 승상이 방에서 나왔다. 문지기 관리는 소식에게서 따로 선물을 받지 못했는지라 소식이 당부한 말은 쏙 빼고 그저 소식의 이력서와 소개서만을 전달했다. 왕 승상은 문지기에게 건네받은 이력서와 소개서를 평소처럼 그냥 받아두기만 하고 따로 펴서 읽어보지는 않았다. 머릿속에는 온통 짓다 만 국화 시 생각뿐이었다. 마침 서륜이 약을 받아왔기에 동쪽 서재에 갖다 놓으라고 하고 뒤이어 자신도 따라 들어갔다. 왕 승상은 자리에 앉아 벼루를 들어 시를 적어둔 종이를 펴보고 나서는 서륜에게 물었다.

"이 서재를 다녀간 자가 누구냐?"

서륜이 엎드려 아뢰었다.

"호주자사 소식 나리가 다녀갔습니다."

왕 승상이 보니 소식의 필적임을 알아볼 수 있겠더라. 왕 승상은 아무말도 하지 않고 그저 속으로만 생각에 잠겼다.

'소식, 이놈 그래 한번 따끔한 맛을 보여줘도 그놈의 경박한 성품을 전혀 바꿀 줄을 모르다니. 자신의 학문과 재주를 낮추고 겸손해할 줄은 모르고 감히 어르신을 모욕하다니! 내일 조회 시간에 천자께 아뢰어 그놈의 관직을 박탈하고 말리라.'

'잠깐만, 그래 소식 이놈이 황주의 국화는 꽃잎을 떨군다는 것까지는 모를 것이니 내 어이 소식을 탓할 수 있으랴!'

왕 승상은 서륜에게 호광의 관직 결원 명부를 가져오게 했다. 황주의 관직 현황을 살펴보니 다른 관직은 결원이 없고 오직 단련부사團練副使2) 자리가 하나 남아 있을 뿐이었다. 왕 승상은 이 상황을 머릿속에 잘 담아

두었다. 아울러 서륜에게 시를 적은 종이는 방의 기둥에 붙여놓도록 했다. 다음 날 조회 때 왕 승상은 천자에게 소식의 재주가 부족하니 황주의 단련 부사로 좌천시켜야 하겠다고 아뢰었다. 개봉에 와서 이력서를 올리고 관 직을 제수받기를 기다리던 관원들은 승진했든 좌천했든 모두 아무런 불만 없이 명령을 받들었다. 오직 소식만은 마음속에 불만이 가득했다. 소식은 자신이 시 두 구절을 더 적어 넣은 일로 왕 승상이 대로했고, 왕 승상이 자 신에게 사사로운 원한을 품고 공적으로 복수한 것이라고 확신했다. 하지 만 어이하랴! 소식 역시 입으론 성은에 감사하다는 말을 하지 않을 수 없 었다. 소식이 조복을 갈아입는 방에 돌아와 조복을 갈아입자니 하인 녀석 이 아뢰었다.

"승상 나리께서 조회당에서 나오셨습니다."

소식이 조복 갈아입는 방에서 나와 왕 승상을 뵙고 예를 갖추었다. 왕 승상이 가마에서 소식을 향하여 손을 들어 보이며 말했다.

"내가 점심을 내지."

소식이 말씀하신 대로 하겠노라고 대답했다. 소식은 처소로 돌아와 서 찰을 닦아 호주에서부터 개봉까지 함께 왔던 수행원과 집사에게 건네주며 다시 호주로 돌아가 식솔들을 모시고 황주로 오라고 당부했다. 오시가 조 금 지난 무렵 소식은 하얀 도포에 허리띠를 매고 황주 단련부사로 발령받 은 임명장과 소개서를 새로 작성한 다음 말을 타고서 점심을 하고자 왕 승 상 댁을 찾았다. 문지기가 왕 승상에게 아뢰니 왕 승상은 어서 모시라 했 다. 소식은 왕 승상을 뵈러 대청으로 들어섰다. 왕 승상은 스승과 제자의

---

2) 단련사團練使는 본디 자치적인 민병의 지도자를 부르는 호칭이었다. 당송대에 이르러 주나 부의 군사를 책임지는 자를 단련사라 부르고 절도사나 자사刺史가 겸직했다. 단련부사는 그런 단련 사의 하위직이다. 아무튼 단련사나 단련부사는 공히 이름만 있고 실권은 없는 직위다.

예로 소식을 맞아주었다. 차를 내오라 하고서는 왕 승상이 입을 열었다. 왕 승상은 소식의 본명을 부르지 않고 그의 자 '자첨'으로 불렀다.

"자첨, 이번에 황주로 좌천된 것은 황상의 뜻이라 내가 비록 자네를 생각해서 막아주고 싶어도 그렇게 할 수가 없었네. 자첨, 설마 그대가 나를 원망하는 것은 아니겠지?"

"제자인 제가 저의 재주와 학식이 모자람을 잘 알고 있으니 어찌 승상 나리를 원망할 수 있겠습니까?"

"자네가 어찌 학식이 모자라겠는가! 다만 황주는 한가한 곳이라 그곳에서 벼슬살이를 하면 틈을 낼 수 있을 것이니 책을 많이 보면서 학식을 더 넓히기를 바라네."

소식이야 이미 만 권의 책을 읽었는지라 천 명이 덤벼도 그의 재주를 당하기가 힘들 것이거늘 그런 소식에게 책을 더 열심히 읽으라니! 그럼에도 소식은 그저 감사를 드릴 따름이었다.

"스승님의 가르침을 삼가 받들겠나이다."

그러나 소식의 맘은 더욱 불편해졌다. 왕 승상은 품성이 매우 검소해서 점심에 나온 거라고는 반찬 네 가지, 술 석 잔 그리고 한 젓가락이면 다 떠먹을 수 있는 밥이 전부였다. 소식은 왕 승상에게 하직인사를 올렸다. 왕 승상은 처마 아래까지 소식을 바래주고는 손을 잡고 말했다.

"내가 10년 동안 어렵게 과거 시험 공부할 때 병에 걸린 적이 있는데 그 병이 말년에 다시 도졌다네. 궁궐의 의사가 진단하기를 담과 열 때문에 생긴 병이라 약을 먹어도 근본치료가 어렵다는군. 오직 특효약이 있다면 바로 양선차陽羨茶라는군. 이 양선차를 진상 받으면 황상께서 나에게 보내주시곤 했다네. 내가 궁궐의 의사에게 이 차를 어떻게 끓여 먹어야 하는지 물어보니 구당삼협 가운데 중협의 물로 끓여야 한다는군. 내가 몇 번이나 사람을 보내어 그 물을 길어오라 하려다가 그만두었다네. 물을 길어오는 사람이 정성을 다할지 장담할 수가 없더군. 자네 고향이 바로 그곳이니 혹 부모님을 뵈러 다녀오는 길에 중협의 물을 한 동이리 길어 나에게 보내준 다면 그대 덕에 나의 생명이 더 연장될 수 있을 것이네."

소식은 왕 승상의 부탁을 받고서 대상국사로 돌아왔다. 다음 날 조회에 참석하여 인사를 올리고 황주로 길을 잡아 밤낮을 달려갔다. 황주의 전 관원은 천하의 내로라하는 학자이며 한림학사를 지낸 소식이 부임한다는 소식을 듣고는 성 밖에까지 마중을 나왔다. 소식은 좋은 날 좋은 시간을 택하여 취임했다. 한 달쯤 후에 식솔들도 도착했다. 소식은 황주에서 사천 출신 진계상陳季常3)과 교유했다. 소식은 산을 오르고 계곡을 다니고 술을 마시고 시를 지으며 시간을 보냈다. 군사문제나 백성들을 다스리는 건에는 추호도 관여하지 않았다.

시간이 이러구러 흘러 얼추 1년이 되어갔다. 중양절이 지난 무렵 며칠 동안 계속해서 큰바람이 불었다. 비로소 바람이 잠잠해진 날 소식은 서재에 앉아 생각에 잠겼다.

"정혜원定惠院의 장로가 나에게 국화 몇 종을 선물로 주어 내가 그걸 후원에 심었거늘 오늘 같은 날 구경하지 않을 이유가 없지."

막 자리에서 일어나려는데 친구 진계상이 왔다. 소식은 너무도 기뻐하며 그를 데리고 같이 국화를 보러 후원에 갔다. 국화 화단 아래에 황금 부

---

3) 본명은 조慥, 계상季常은 자이다. 방산자方山子, 용구거사龍丘居士라는 별명이 있다. 사천 미산 출신이며 북송의 은사隱士다. 진계상의 아내 유월아柳月娥가 술 좋아하는 남편을 간섭하고 잔소리를 심하게 하여 소리를 지르고 지팡이로 벽을 두드리기 일쑤였다고 한다. 소식이 이를 빗대어 시를 지었고 그 시에 나오는 '하동河東(하동은 유 씨 일족의 근거지) 사후獅吼(사자후, 큰 소리 지르기)'라는 네 글자가 특히 유명해졌다.

스러기가 가득 쌓이고 꽃대에는 한 떨기도 붙어있지 않았다. 소식은 너무도 놀라서 입이 다물어지지 않고 눈이 휘둥그레져서 한참 동안 입을 열지 못했다. 진계상이 소식에게 물었다.

"국화꽃이 떨어진 것을 보고서 어이 이리 놀라시오?"

"모르시는 말씀. 평소 이 국화꽃은 그냥 꽃대 붙은 채로 말라비틀어지고 꽃잎을 떨어뜨리지 않는다오. 내가 작년에 왕 승상 댁에서 「영국」이란 시를 본 적이 있소이다. 그 두 구절은 바로 '어젯밤 서풍이 원림을 스쳐가더니, 노란 꽃잎 쓰러져 온 땅이 황금빛이라.'이었소이다. 나는 왕 승상이 제대로 알지 못한 탓이라 생각하여 '가을꽃이 어이 봄꽃처럼 떨어지던가? 시인이여, 이 점을 잘 알고 읊으시라.'라고 마저 두 구절을 이어 지어드렸지요. 한데 황주의 국화는 꽃잎을 떨어뜨리는 것을 내가 몰랐던 탓이구려. 왕 승상께서 나를 황주로 좌천시킨 것은 황주의 국화가 꽃잎을 떨어뜨리는 것을 직접 보라고 한 뜻이 있었구려."

진계상이 웃으면 한마디 했다.

"옛말 그른 게 하나도 없소이다. 이런 시가 있소이다."

세상사 두루 알면 입을 열 필요도 없지,
사람 만나 이야기할 때도 그저 고개만 끄떡.
고개 끄떡하는 거마저도 하지 않을 수 있으면,
한평생 번뇌도 근심도 다 사라질 것이라.

소식이 대답했다.

"내가 처음 좌천당했을 때 내가 왕 승상의 실수를 지적한 것에 꽁하여 사사로운 감정을 공적으로 복수한 것이라 생각했다오. 하나 지금 보니 왕 승상은 틀린 게 없고, 오히려 내가 틀렸구려. 소위 배웠다 하는 자들도 이렇게 실수를 하는데 다른 사람이야 뭐 말할 필요가 있겠소! 함부로 다른 사람을 비난하거나 비웃어서는 절대 안 될 것이오. 이거야말로 실수를 통해서 배우는 거로다."

소식은 하인을 시켜 술을 내오라 하여 진계상과 함께 국화꽃 떨어진 곳에 자리를 잡고 앉아 술을 들이키려 했다. 바로 이때 문지기가 찾아와 아뢰었다.

"우리 고을의 마 태수 나리께서 찾아오신다고 하십니다."

"다음에 오시라고 하여라."

두 사람은 술과 이야기를 섞어서 밤늦게까지 마셨다. 다음 날 소식은 방문장을 작성하여 마 태수를 찾아갔다. 마 태수가 나와서 소식을 맞았다. 당시 황주에는 영빈관이 따로 없었기에 후당에서 손님과 주인의 자리를 각각 나눠 앉았다. 차를 마시고 난 다음 소식은 마 태수에게 작년에 왕 승상 댁에서 자신이 국화 시 두 구절을 잘못 지어 왕 승상에게 실수한 일을 이야기했다. 마 태수가 미소를 지으며 대답했다.

"사실 나도 처음 여기 왔을 때는 황주의 국화꽃이 꽃잎을 떨어뜨린다는 것을 몰랐소. 내가 내 눈으로 직접 보고서야 겨우 믿게 되었다오. 왕 승상 어르신의 학문이 얼마나 깊고 넓은지 이 세상 모든 이치를 다 꿰뚫고 있으시구려. 그대가 잠시 그 점을 헤아리지 못하고 실수한 것이니 어서 개봉의 왕 승상 댁에 가서 용서를 빌도록 하시구려. 그럼 왕 승상 나리께서도 화를 누그러뜨리고 외려 기뻐하실 것입니다."

"저도 당장 가고 싶으나 무슨 빌미가 있어야지요."

"그럴 일이 있기는 합니다만 너무 수고스럽지 않을까 걱정이외다."

소식이 마 태수에게 그게 무슨 일인지 물었다. 마 태수가 대답했다.

"규례에 따라 동지에 한해 인사를 담은 표를 써서 개봉에 보내는데 대체로 관리 한 명에게 그 일을 맡기곤 합니다. 그대가 이 일을 번거롭다 여기지 않는다면 표를 바치러 가는 일을 빌미로 개봉에 한 번 가는 것도 좋을 것 같소이다."

"태수 어르신께서 이렇게 마음을 써주시니 감사하기 그지없습니다. 기꺼이 다녀오겠습니다."

"그럼 이번 동지에 올리는 표는 그대의 붓을 좀 빌려야겠소이다."

소식은 그렇게 하겠노라고 대답했다.

마 태수와 작별하고서 돌아온 소식은 마침 왕 승상이 구당삼협 가운데 중협의 물을 길어달라고 부탁했던 일이 떠올랐다. 실은 처음 그 부탁을 들었을 땐 마음으로 받아들이지 못했기에 염두에 두지 않고 있었다. 하나 지금은 그 일을 들어드리는 것으로 왕 승상에게 제대로 알지도 못한 채 함부로 입을 놀린 죗값을 치르고 싶었다. 이 일은 경홀하게 다른 사람에게 부탁할 것이 아니었다. 마침 병들어 고생하는 소식의 아내는 자기 고향으로 돌아가고 싶어 하는 마음이 간절했다. 소식은 지금 마 태수가 자신의 편의를 봐주려고 하고 있으니 휴가를 신청하여 집안 식구들을 고향에 데려다주고 그 길에 중협의 물을 길어오면 일거양득이라는 생각이 들었다. 황주에서 미주까지는 한 물길로 연결되며 도중에 구당삼협을 지나게 되어있다. 그 삼협이 무엇이던고?

서릉협, 무협, 귀협.

서릉협이 상협, 무협이 중협, 귀협이 하협이다. 서릉협은 또 구당협이라고도 불리며 기주 성곽의 동쪽에 있다. 좌우로 높은 언덕이 마주 보고 이어지며 그 사이로 양자강이 흐르고 있다. 입구에 염여퇴灩澦堆라는 큰 바위덩어리를 품고 있는 서릉협이 이 구당삼협의 출입문 역할을 한다. 그래서 구당삼협이라는 호칭이 생긴 것이다. 이 구당삼협의 총 길이는 7백여 리에 달한다. 삼협의 좌우는 온통 산이라 봉우리가 봉우리로 이어져 하늘을 가리고 해를 덮는다. 구당삼협의 바람은 좌우로 부는 법이 없고 그저 상하로 불 따름이다. 황주에서 미주까지는 4천여 리에 달하는 노정이고 기주는 딱 한가운데 있다. 소식은 마음속으로 헤아려 보았다.

'만약 식솔들을 미주까지 데려다주고 오면 왕복 만 리, 동지절 인사를 담은 표를 올리는 기한을 맞출 수 없다. 집안일과 나랏일을 같이 처리할 수 있는 방법이 무엇일까. 일단 식솔들과 함께 육로로 기주까지 가고 그다음부터는 식솔들이 알아서 가도록 하고 나는 기주에서 배를 타고 내려와 중협의 물을 길어 황주로 돌아온 다음 개봉으로 출발하는 것이다. 이러면 집안일과 나랏일을 둘 다 잘 해결할 수 있겠다.'

자기 나름의 계산이 선 소식은 부인에게 알려주고 짐을 꾸리게 한 다음 마 태수에게 작별인사를 올렸다. 아문에 휴가 중이라는 팻말을 걸고 길일을 택하여 거마를 준비하고 인부를 불러 온 가족이 함께 출발했다. 그 여행길 내내 별일이 없었으니 굳이 다른 이야기를 할 필요가 없겠다.

이릉주를 지나니,
벌써 고당현이라.
역졸이 희소식을 전하니,
기주가 바로 코앞이라네.

기주에 도착하여 소식은 부인과 작별했다. 일 잘하는 집사에게 마님을 여행길 내내 잘 모시고 고향으로 돌아가라고 당부했다. 소식은 배 한 척을 빌려 기주에서 출발하여 강을 따라 내려갔다. 구당삼협 초입에 홀로 우뚝 서 있는 염여퇴는 여름철에는 물에 잠겼다가 겨울철에는 모습을 드러내곤 했다. 여름철 물에 잠겨 있을 때는 뱃사람들이 물길 잡아 나갈 때 주저하지 않을 수 없었으니 머뭇거리는 바위라는 의미로 유예퇴獪豫堆라는 별명이 붙었다. 이런 속담이 전해져 내려온다.

머뭇거림 바위는 코끼리처럼 크다네,
구당삼협을 거슬러가지 마소.
머뭇거림 바위는 말처럼 크다네,
구당삼협을 따라 내려가지 마소.

소식이 중양절이 막 지난 다음에 출발했으니 이때는 바야흐로 가을에서 겨울로 넘어가는 때라. 마침 올해는 팔월이 윤달이라 절기가 한 달씩 밀려 이때에도 물살이 여전히 거셌다. 강물을 거슬러 올라갈 때는 배가 한참 늦으나 강물을 따라 내려갈 때는 배가 한참 빠르다. 소식은 이 점을 미리 헤아려 기주까지 갈 때는 육로를 택하고 기주에서 출발할 때는 물길을 택했다. 강물을 따라 내려갈 때 물 기운을 잘 타니 일사천리로 얼마나 빠른지 모를 정도였다. 천 길이나 되는 강 언덕, 그 강 언덕에까지 쳐 올라가는 강 물결을 바라보며 소식은 시심이 절로 일어나 「삼협부」를 짓기 시작했으나 마무리하지는 못했다. 며칠 연이은 여행길에 노독이 깊이 들어 책상머리에 앉아 구상하다가 그만 잠들어버리고 말았다. 뱃사람들에게 중협에서 물을 길을 것이라는 말을 미리 해두지 않았기에 소식이 눈을 떴을 때는 배가 이미 하협에 들어서 버렸다. 소식이 뱃사람에게 분부했다.

"내가 중협에서 물을 긷고자 하니 어서 뱃머리를 돌려라."

뱃사람이 대답했다.

"나리, 삼협의 물길은 마치 폭포수 같고 배는 마치 화살과도 같습니다. 만약 뱃머리를 돌려 강을 거슬러 올라가라 하옵시면 아무리 힘을 써도 하루에 몇 리를 가기가 어렵습니다."

소식은 한참이나 생각에 잠겼다가 물었다.

"이곳에 배를 댈 수 있겠는가, 사람은 살고 있는가?"

뱃사람이 대답했다.

"삼협 가운데 서릉협과 무협은 강안이 낭떠러지인지라 배를 댈 수 없으나 귀협에 이르면 지세가 평탄해집니다. 게다가 강 언덕에 올라 몇 길 가면 사람 사는 마을이 나타납니다."

소식은 뱃사람들에게 배를 대라 했다. 그런 다음 하인에게 분부했다.

"강 언덕에 올라가서 세상 물정을 잘 아는 노인네가 있으면 배로 불러 오너라. 괜히 큰소리쳐서 노인네가 놀라는 일이 없도록 하라."

하인이 분부를 받들어 강 언덕에 올라가더니 얼마 지나지 않아 노인네 하나를 데리고 배로 돌아왔다. 노인네가 입을 열어 아뢰었다.

"촌놈, 나리께 머리를 조아리며 인사 올립니다."

소식은 그 노인을 좋은 말로 달래며 물었다.

"나는 이곳을 지나가는 관리로 그대를 직접 다스리는 관리는 아니라오. 그저 한 가지 물어볼 것이 있어서 모셨소이다. 삼협 가운데 어느 곳의 물이 가장 맛나오?"

"삼협의 물은 막힘이 없어 서로 연결되어 있습니다. 상협의 물은 중협으로 흘러들고 중협의 물은 또 하협으로 흘러듭니다. 매양 같은 물이라서 어느 물이 가장 맛난지 분간하기 어렵습니다."

소식은 생각에 잠겼다.

'왕 승상이 앞뒤가 꽉 막혀가지고! 삼협물은 다 같은 물이라는데 굳이 중협의 물을 떠오라는 건 또 뭔가?'

소식은 수하 사람을 시켜 마을에 가서 깨끗한 항아리를 사오게 했다. 소식은 직접 이물에 서서 뱃사람에게 하협의 물을 항아리에 가득 담게 한 다음 직접 종이로 주둥이를 막았다. 소식은 배를 출발시켰다. 곧장 황주에 도착하여 마 태수에게 인사를 올렸다. 저녁에 동지에 올리는 표문의 초를 잡은 다음 마 태수 댁에 묵었다.

마 태수는 표문을 읽고 소식의 글재주를 찬탄해 마지않았다. 마 태수는 즉시 소식을 표문전달관으로 임명했다. 길일을 택하여 소식의 출발을 전송하여 주었다. 소식은 표문과 물 항아리를 챙겨 밤을 낮 삼아 개봉에 도착했다. 소식은 대상국사를 숙소로 정했다. 아직 해가 뜨지 않은 이른 아침, 하인에게 명하여 물 항아리를 메게 하고 말을 타고서 왕 승상 댁을 찾아갔다. 왕 승상이 마침 별다른 일이 없어 집에 있던 차였다. 문지기가 아뢰었다.

"황주 단련부사 소식 나리가 찾아오셨습니다."

왕 승상이 미소를 지으며 한마디 했다.

"벌써 일 년이 지났구나."

왕 승상이 문지기에게 명했다.

"서둘지 말고 천천히 나가서 그를 동쪽 서재로 모시도록 하라. 내가 거기서 만나겠노라."

문지기가 명령을 받고서 돌아가자 왕 승상이 먼저 서재로 자리를 옮겼다. 작년에 기둥에 붙여놓았던 시 종이가 먼지를 이기지 못하고 있었다. 왕 승상이 직접 까치 꼬리 모양의 병에서 먼지떨이를 꺼내어 먼지를 털어

내었다. 종이는 다시 옛 모습을 되찾았다. 왕 승상이 서재에 좌정했다. 왕 승상의 하명을 받은 문지기가 소식에게 가서 말을 전했다. 왕 승상이 동쪽 서재에서 만나고자 한다는 말을 들은 소식은 자신이 왕 승상의 시의 뒤 두 구절을 임의로 적었던 일이 떠올라 얼굴이 절로 달아올랐다. 소식은 내키지 않는 걸음으로 동쪽 서재 안에 들어가 왕 승상에게 엎드려 절을 올렸다. 왕 승상이 손을 내밀어 소식을 안아 일으키며 말했다.

"공식 집무실에서 만나는 것도 아니고 먼 길 오느라 피곤할 터인데 너무 예를 차릴 필요 없소이다."

왕 승상은 시동을 시켜 자리를 봐주게 했다. 소식이 자리에 앉아 슬쩍 보니 맞은편에 시 종이가 붙어 있었다. 왕 승상이 먼지떨이로 왼쪽을 가리키며 입을 열었다.

"세월 참 빠르군! 이 시를 짓고서 벌써 일 년이 지났구먼!"

소식이 자리에서 벌떡 일어나 바닥에 머리를 조아렸다. 왕 승상이 물었다.

"아니, 왜 이러시는가?"

"이 제자 벌을 달게 받겠습니다."

"자네는 황주의 국화 꽃잎이 땅에 떨어지는 것을 보았는가?"

"그렇습니다."

"전에 황주의 국화꽃을 본 적이 없을 것이니 자네를 탓할 것은 아니지."

"이 제자 재주도 없고 식견도 짧으니 오직 스승님의 하해와 같은 학문으로 가르쳐주시기를 바랄 뿐입니다."

차를 들고 나서 왕 승상이 소식에게 물었다.

"내가 자네에게 구당삼협 가운데 중당협의 물을 길어달라고 부탁한 적이 있는데 어찌 되었소이까?"

"예, 승상 댁 입구에 갖다 놓았습니다."

왕 승상은 집사 둘을 시켜 물 항아리를 서재로 가져오게 했다. 왕 승상은 소매를 걷어 올리고 항아리의 종이 마개를 직접 열었다. 왕 승상은 시동에게 차 화로에 불을 지피게 하더니 은 찻주전자를 올려 물을 데웠다. 그런 다음 정주 산 찻잔을 준비하여 그 안에다 양선차를 한 줌 넣었다. 잠시 후 게눈 모양의 물거품이 나면서 물이 끓어오르자마자 바로 물을 찻잔에 따랐다. 한참이 지나자 물빛이 찻잎 색을 띠기 시작했다. 왕 승상이 소식에게 물었다.

"이 물은 어디에서 떠온 것인가?"

"무협에서 떠왔습니다."

"그러니까 중협에서 떠왔다는 말이로구먼."

"네, 맞습니다."

"자네가 또 이 노인네를 속이는구먼. 이 물은 하협에서 떠온 것인데 어이하여 중협에서 떠왔다고 거짓말하는가?"

소식은 깜짝 놀라서 하협의 촌로가 했던 말을 왕 승상에게 전달했다.

"삼협의 물은 서로 연결되어 있어 차이가 없다고 하기에 이 제자가 그 말만 믿었습니다. 사실 그 물은 하협에서 길어온 것입니다. 승상 나리께서는 어떻게 알아보셨습니까?"

"학문하는 자는 모름지기 함부로 행동하고 말해서는 아니 되고 늘 매사를 세밀하게 살펴야 한다네. 내가 황주에 직접 가보지 않고서 어찌 함부로 국화꽃이 떨어진다는 시구를 적을 수가 있었겠는가? 구당삼협의 물의 성질은 이미 『수경보주水經補註』에 잘 나와 있다네. 상협 물의 성질은 너무 급하고, 하협 물의 성질은 너무 느리며 오직 중협만이 빠르고 느린 것이 조화를 이루었다고 했네. 어의가 워낙 실력이 출중한지라 나의 병이 위장에 탈이 나서 생긴 것이라는 걸 알고 중협의 물을 사용하여 약효가 더욱 잘나게 했던 것이네. 삼협의 물로 차를 끓일 때 상협의 물은 맛이 너무 진하고, 하협의 물은 맛이 너무 연하나 오직 중협의 물만은 진하고 연한 것의 조화가 딱 맞지. 물을 부은 후에 차 색깔이 한참 후에야 도는 걸 보면 이 물은 바로 하협의 물임을 알 수 있다네.”

소식은 자리에서 일어나 사죄했다.

“죄는 무슨? 그저 자네가 너무 똑똑하다 보니 매사를 확인하지 않고 이렇게 대충 처리하는 문제가 생긴 것이지. 마침 오늘 내가 아무 일이 없어 직접 자네를 만나게 되었네그려. 우리가 서로 알고 지낸 지가 오래이나 내가 아직껏 자네 학문의 깊이를 직접 헤아려 보지 못했네. 내가 내 주제를 헤아리지 않고 감히 자네를 한 번 시험해보려네.”

“이 제자에게 무엇이든지 시제로 내주시옵소서.”

“아니, 잠깐만. 나 같은 노인네가 그저 세상에 좀 먼저 태어났다는 이유로 이렇게 갑자기 자네를 시험할 수는 없지. 자네가 먼저 이 노인네를 시험해보고 그런 다음 내가 자네를 시험하겠네.”

소식이 몸을 굽혀 절하며 말했다.

“제가 어찌 감히 승상 어르신을 시험하겠습니까?”

“자네가 나를 시험하지 못하겠다고 해서 내가 제멋대로 잘난 척할 수는 없지 않은가! 좋네. 서륜에게 이 서재에 있는 책장을 모두 열게 할 것이네. 책장은 모두 24개. 책이 그득 차 있네. 그 책장은 또 책 선반이 세 개 층이라네. 그럼 자네가 책장에서 아무 책이나 꺼내어 어떤 구절이든지 읽어보시게나. 내가 이어서 다음 구절을 외울 것이네. 만약 내가 다음 구절을 외우지 못한다면 나를 무식하다고 하시게나.”

소식은 혼자서 생각에 잠겼다.

'아니 이 노인네가 도대체 왜 이리 큰소리를 치는 거지. 설마 이 서재에 있는 책을 모두 다 외우고 있지는 않겠지! 아무튼 내가 이 노인네를 어떻게 감히 시험한단 말인가?'

마침내 소식이 입을 열어 대답했다.

"제가 어찌 감히!"

왕 승상이 이렇게 대꾸했다.

"어른 말씀을 따르는 게 바로 어른을 존경하는 것이라는 말도 있지 않은가?"

소식은 왕 승상의 말을 더는 거역할 수가 없어 오랫동안 사람 손이 닿지 않아 먼지가 많이 내려앉아 있는 곳에서 책 한 권을 빼어들었다. 책의 제목도 보지 않은 채 가운데 펴서 한 구절을 읽었다.

"여의군如意君(마음에 쏙 드는 사람)은 평안하신가?"

왕 승상이 망설이지 않고 바로 이어서 이렇게 읊었다.

"'내가 다 먹어치웠어요'라는 구절이 이어질 텐데 맞는가?"

소식이 대답했다.

"네, 바로 그렇습니다."

왕 승상이 책을 받아들더니 소식에게 물었다.

"이 구절이 무슨 말인지 알겠는가?"

소식은 이 책을 제대로 읽어본 적이 없었다. 소식은 한참을 생각에 잠겼다.

'당나라 사람들이 측천무후를 비웃고 그의 정부 설오조薛敖曹4)를 여의

---

4) 당나라 무측천의 정부로 알려진 사람이다. 무측천이 남성이 그리우매 잘 생기고 양물이 큰 남

군이라고 비꼬아 불렀으니 앞 대목은 측천무후가 사람을 보내어 설오조의 안부를 묻는 것 같은데, 뒤 대목 "내가 다 먹어 치웠네"라는 구절이 앞 대목과 어떻게 연결되는지 알 수가 없구나.'

소식은 한참을 고민하고 또 고민했다.

'괜히 이 노인네 화나게 만들지 말자. 천 번을 엉뚱하게 갖다 맞추는 것보다는 한번 솔직하게 모른다고 고백하는 게 나으리니.'

마침내 소식이 입을 열어 대답했다.

"이 아둔한 제자는 잘 모르겠습니다."

"이게 무슨 사람들에게 잘 알려지지 않는 비밀 책도 아닌데 잘 모르겠다니? 여기엔 관련된 일화가 하나 있지. 한나라 말기 영제(168~189년 재위) 때 장사군 무강산 뒤쪽에 여우 굴이 하나 있었는데 그 깊이가 몇 길이나 되었지. 그 굴 안에는 꼬리가 아홉 달린 여우 두 마리가 살고 있었어. 이 여우들은 나이가 들자 변신술을 부릴 줄 알게 되었어. 하여 이 여우들이 아름다운 여인으로 변신하여 왕래하는 남자들을 꼬여 동굴 안에 데리고 가서 쾌락을 누렸지. 하나 남자가 조금이라도 자기들을 만족시켜주지 못하면 죽여서 둘이 나눠 먹어버렸다네. 한데 이때 유새劉璽라는 자가 있었으니 방중술의 대가였어. 유새가 산에 약초를 캐러 갔다가 두 여우에게 붙잡혔어. 밤이 되자 유새는 단전호흡법까지 써가며 그들과 교접을 했다네. 두 여우는 잠자리가 너무도 즐거웠던 나머지 유새를 '마음에 쏙 드는 사람'이라 불렀다네. 큰 여우가 산으로 먹이를 구하러 가면 작은 여우가 유새를 지키고 작은 여우가 산으로 먹이를 구하러 가면 또 큰 여우가 유새를 지켰

자를 전국에서 찾아 바치는 전담부서가 있었다고 한다. 하나 어떤 남자에게도 만족을 느끼지 못했던 무측천이 바로 이 설오조를 만나고 나서는 너무나 마음에 든다(여의如意)고 했고 그 후로 이 설오조는 여의군이라는 별명으로 불리게 되었다고 한다.

지. 날이 가고 달이 가니 여우들이 유새를 꺼리지 아니하고 한식구처럼 여겨 같이 술을 마시다 자신들의 본래 모습을 드러내 보였지. 유새는 두려운 마음이 일어나는 데다 갈수록 정력도 빠져나가는 거라. 하루는 큰 여우가 먹이를 구하러 간 사이에 작은 여우가 유새에게 잠자리를 청했겠다. 하나 자신의 성에 차지 않자 작은 여우가 버럭 화를 내며 유새를 잡아먹어 버렸어. 큰 여우가 굴에 돌아와서 '마음에 쏙 드는 그 사람 어디 있어?' 이렇게 물었지. 그러자 작은 여우가 이렇게 대답했어. '내가 다 먹어치웠어요.' 이에 두 마리 여우가 서로 다투며 쫓고 쫓기니 온 산에 여우 우는 소리가 울려 퍼졌지. 나무꾼이 이 소리를 듣고 마침내 이 일의 전말을 알게 되어 그걸 한나라 말기의 모든 일을 기록한 책이란 뜻의 『한말전서漢末全書』에 적어두었지. 한데, 자네는 아직 그걸 읽어보지 않은 모양이군."

"승상 어르신의 학문이 이렇게 넓고 깊으시니 저 같은 사람은 감히 범접할 수가 없습니다."

"지금까지는 자네가 이 노인네를 시험해보았으니 이제 이 노인네가 자네를 시험할 차례네. 부디 체면 차리지 말고 마음껏 대답하게나."

"승상 어르신 좀 쉬운 거로 해주십시오."

"그래, 뭐 엉뚱한 거를 물어보면 이 노인네가 일부러 자네를 곤란하게 만든다고 할 거 아닌가. 허허. 이 노인네가 일찍이 자네가 상대방이 지은 시에 호응하여 이어짓기를 잘한다는 말을 들었네. 올해는 팔월이 윤달이고, 정월에 입춘이 들어있고 섣달에 다시 또 한 번 입춘이 들어있으니 한 해에 입춘이 두 번이라. 이 노인네가 이걸 가지고 먼저 시 두 구절을 지을 터이니 자네가 이어 지어서 자네의 재주를 좀 드러내 보여주게나."

왕 승상이 시동을 시켜 붓과 종이를 가져오게 했다. 왕 승상이 먼저 시 두 구절을 적었다.

한 해에 두 번의 봄, 팔월은 윤달.

사람들이 한 해에 두 살을 먹는 것인가?

소식이 아무리 재주가 빼어나다고 하여도 왕 승상의 시구가 너무도 기이하여 일시에 호응하여 이어짓기가 참으로 난감했다. 소식은 너무도 당황하고 부끄러워 얼굴이 온통 새빨개졌다. 왕 승상이 소식에게 물었다.

"자네가 호주에서 황주로 갈 때 소주와 윤주를 지나지 않았던가?"

"예, 그게 편한 길입니다."

"소주의 금창문 밖에서 호구에 이르는 길은 산당山塘이라고 부르지. 약 일곱 리쯤 되는 거리지. 그 중간까지 가는 길은 반당半塘이라고 부른다네. 윤주의 옛 이름은 쇠항아리 성이라는 의미의 철옹성鐵甕城으로 양자강 가에 있지. 거기에는 금산, 은산, 옥산이 있어서 세 봉우리 산이라 불린다네. 거기에는 또 부처님을 모시는 전당과 스님들이 거처하는 승방이 있다네. 자네도 역시 그곳을 유람해 보았을 것 같은데? 그럼 내가 소주와 윤주의 '소'자와 '윤'자 이 두 글자로 두 구절짜리 대구를 띄울 것이니 자네가 여기에 짝을 맞춰주기를 바라네."

일곱 리 길 산당, 반당까지 가면 셋 하고도 반 리.

철옹성 서쪽, 금, 옥, 은 산은 세 개의 보배로운 봉우리.

소식이 아무리 머리를 짜내도 도저히 그 대구에 짝을 맞출 수가 없었다. 소식은 하는 수 없이 왕 승상에게 사죄하고 자리에서 일어났다. 왕 승상은 소식이 속으로 상당히 기분이 상했을 것이라는 생각이 들었다. 왕 승상은 어쨌든 소식의 재주를 아까워하고 또 아까워했다. 다음 날 왕 승상은 입궐하여 황제를 뵙고 소식에게 한림학사 직을 복직시켜 주기를 주청했다. 후세 사람들은 재주 많고 똑똑한 소식도 왕 승상에게 세 번이나 창피를 당했는데 소식보다 못한 사람들이야 뭐 말할 필요조차 없지 않겠냐며 말들 했다. 하여 시를 지어 경계했구나.

항탁項托5)이 공자의 스승 노릇했다고 하더니,

왕 승상은 소식에게 치욕을 안겼네.

겸허함이 최고지,

학문은 넓고 넓어 끝이 없으니.

---

5) 항탁은 춘추시대 노나라 사람으로, 불과 일곱 살이 되었을 때 길에서 친구들과 흙으로 성곽을 쌓고 놀고 있었다. 공자가 수레를 타고서 그곳을 지나며 항탁에게 왜 수레를 비키지 않느냐 물으니 수레가 성곽을 피하는 것이지 성곽이 수레를 피하는 법은 없다고 답했다. 이를 기특하게 여긴 공자가 몇 가지 질문을 하니 항탁이 논리적이고 유려한 답변을 하고 정작 항탁의 질문엔 공자가 말문이 막혔다는 이야기가 『사기』와 『전국책』에 실려 있다.

고집불통 재상 왕안석

拗相公飮恨半山堂

― 고집불통 재상이 반산당에서 한을 품다 ―

오래 살 수만 있다면 오래 살고 싶어 하지,

즐거운 일 누릴 수 있기만 하면 다들 누리고 싶어 하지.

아서라, 세상만사 다 하늘에 달린 것,

어찌하여 이런저런 근심거리로 속을 끓이나!

마음 편히 먹을지니,

괜히 속 좁게 굴지 말지라.

고금의 흥망성쇠 말하자면 끝도 없으리니.

황금계곡金谷1)의 번화함도 눈앞의 먼지로 사라져,

위세 당당한 한신韓信은 칼끝에 피를 묻히며 사라져,

---

1) 서진 때 부자로 유명했던 석숭의 집이 있던 곳이다. 석숭은 자신의 부를 믿고 호사를 부리다
제 명에 죽지 못했다.

임동臨潼을 떠들썩하게 하던 오자서伍子胥의 담대함도 사라져,

단양현의 피리 소리도 끊어져.

운이 좋을 때는 잡초가 봄날의 화려한 꽃보다도 낫고,

운이 나쁠 때는 순금이 있어도 쇠붙이보다도 못하기도 하네.

하릴없이 거니는 그 기쁨,

나이 들면 그 기쁨의 맛을 알리라.

거친 옷, 소박한 밥이면 족하리니,

이 한세상 우둔하게 살리라.

서두 이야기는 이 시로 되었으나 그래도 본 이야기로 들어가기 전에 네 구절로 된 당시 한 수를 더 읊어보기로 하자.

주공은 헛소문에 시달리며 살았고,

왕망은 선비들에게 겸손하단 소리를 듣고 살았네.

진실이 드러나기 전에 그들이 그냥 죽고 말았다면,

그 진실이 어이 드러날 수 있었으리.

참된 인품도 있고 못된 인품도 있으니 싫다고 무조건 미워하지 말고 그 속에 들어있는 좋은 점을 볼 줄 알아야 하며, 좋다고 무조건 좋아하지 말고 그 속에 들어있는 나쁜 점 또한 볼 줄 알아야 한다는 뜻이렷다.

첫째 구절에 나오는 주공周公은 성이 희姬, 이름이 단旦으로 문왕의 작은 아들이다. 성스러운 덕을 지니고 있었던 주공은 형님 무공을 도와 상나라를 정벌하여 주나라 800년 역사의 기틀을 다졌다. 무왕이 병에 걸리자 주공이 글을 지어 자신을 대신 아프게 해달라며 하늘에 빌었다. 그런 다음

그 글을 금궤에 넣어 봉해 놓고는 아무도 보지 못하게 했다. 무왕이 그예 붕어했다. 무왕의 아들이 왕위를 이어 성왕이 되었다. 성왕의 나이가 어리니 무공이 성왕을 무릎에 앉히고 제후들의 조회를 받았다. 무왕의 배다른 형제인 관숙管叔, 채숙蔡叔이 불충한 생각을 품고 주공을 음해하면서 주공이 성왕을 무시하고 장차 왕위를 찬탈하고자 한다는 유언비어를 퍼뜨렸다. 성왕이 이 소문을 듣고서 흔들리니 주공은 스스로 재상의 직위에서 물러나 동방으로 옮겨가 근신하고 있었다. 하늘에서 큰바람이 불던 날 우레가 치더니 금궤가 저절로 열렸다. 성왕이 주공이 지은 글을 읽고서 비로소 주공의 단심을 알게 되어 주공을 다시 재상의 자리로 모시고 관숙과 채숙의 목을 베었다. 주나라 왕실은 이에 다시 안정을 되찾았다. 만약 관숙과 채숙이 주공이 모반하려고 하는 마음이 있다는 유언비어를 퍼트리기 시작했을 때 그냥 주공이 병들어 죽고 말았다거나 금궤의 글이 세상에 드러나지 않았더라면 성왕의 의심이 풀리지 않았을 것이니 누가 주공을 변호할 수 있었으랴? 그럼 후세 사람들도 선한 사람을 악한 사람으로 오해하고 말 것 아닌가?

이 시의 두 번째 구절에 나오는 왕망王莽(B.C. 45~A.D. 23)은 자가 거군巨君이며, 한나라 평제平帝(A.D. 1~5 재위)의 외삼촌이다. 왕망은 사람됨이 간사했다. 외척의 권세를 등에 업고, 재상의 권세를 누리며 한나라 왕실을 찬탈하고자 하는 음흉한 생각을 품게 되었다. 왕망은 사람들이 자신을 따르지 않을까 걱정되어 일부러 예의를 갖추고 겸손을 떨면서 현명한 선비들에게 겉으로 예를 다하여 섬겼다. 공정한 도리를 행하는 것처럼 과장하고 대단한 공적을 이룬 것인 양 허풍을 떠니 천하가 모두 왕망의 공덕을 칭찬해 마지않았다. 천하의 군현에 사는 백성 가운데 왕망을 칭송하는 자가 487,572명이라. 왕망은 천하의 인심이 자신에게 돌아왔음을 알고서 평제를 독살하고 태후를 폐위하고는 스스로 임금이 되었다. 나라의 이름을 신新이라 하고서 18년 동안 치세했다. 그러다 남양의 유문숙劉文叔이 병사를 일으켜 한을 부흥시키고 왕망의 목을 베었다. 만약 왕망이 18년 전에 이 세상을 떠났다면 현명하고 인자한 재상으로 이름을 역사에 길이 전하지 않았겠는가? 그래서 '시간이 오래 지나 봐야 사람 속마음이 드러난다'는 옛말이 있는 것이다. 아울러 '관 뚜껑을 덮어봐야 그 사람에 대한 평가가 비로소 확정되는 것이다'는 말도 생기게 되었다. 일시의 명성을 근거로 군자라 칭송해서도 안 되며, 일시의 비난을 근거로 소인이라 손가락질해서도 안 된다.

> 다른 사람들의 칭찬과 비방에 쉽게 넘어가지 말지니,
> 시시비비는 시간이 지나면 저절로 다 가려질지라.
> 사람들의 말을 함부로 믿다 보면,
> 현명한 자 억울하게 오해받는 때가 꼭 있더라.

이제 지난 왕조의 재상 이야기를 좀 해보련다. 그가 낮은 지위에 있을 때는 아주 명성이 자자했더라. 그러나 큰 권세를 얻자 제멋대로 행동하고 일을 잘못 처리하여 온갖 욕을 다 들어먹고 결국 가슴에 한을 품고 죽었더라. 만약 그가 명성이 자자했을 때에 그냥 죽어버렸다면 사람들은 모두 그를 너무도 안타까워하고 아까워하면서 나라에 복이 없어 저렇게 재주가 많은 사람이 크게 쓰임 받지 못하여 그 재주를 다 써보지도 못하고 죽었다고 할 것이니 좋은 이름이 후세에 길이 전해졌을 것이다. 그러나 이 세상 사람들의 욕을 모두 다 들어먹고 나서 죽었으니 죽는 것도 시기가 너무 늦었던 것이다. 이건 바로 몇 년 더 살아서 욕을 본 것이라.

그 재상이 누구일런고? 어느 왕조의 사람이던고? 그 왕조는 멀지도 가깝지도 않은 북송. 그 북송의 황제(1068~1085 재위) 때 재상이 있었으니, 성은 왕, 이름은 안석(1021~1086)으로 임천 사람이다. 이 사람은 한 번에 열 줄의 문장을 읽었으니 읽은 책만도 만 권이 넘는다 한다. 문언박文彦博(1006~1083), 구양수歐陽修, 증공曾鞏(1019~1083), 한유韓維와 같은 명신들 가운데 그의 재주를 보고 칭찬하지 않는 자가 없었다 한다. 그는 약관의 나이에 단번에 과거 급제하고 절강 경원부 은현의 지현으로 부임했다. 그곳에서 그는 좋은 것은 더욱 흥하게 하고 해가 되는 일은 사그리 없애서 능력이 출중하다는 명성이 널리 퍼졌다.

바로 이어서 왕안석은 양주 태수의 수석보좌관 격인 첨판으로 발령받았다. 그곳에서 그는 밤을 새워 책을 읽다가 미처 해가 떠오르는 것도 모를 때가 많았다. 태수가 이미 현청에 납시었다는 소리를 듣고는 세수도 하지 못하고 바로 현청에 달려가곤 했다. 당시 양주 태수는 위공魏公 한기韓琦였다. 그는 왕안석의 얼굴에 땟국물이 주르르 흐르는 걸 보고 세수도 안 했음을 바로 알아차렸다. 밤새 술 마시느라 그런 줄 지레짐작하고는 놀지 말고 열심히 공부하라고 충고했다. 왕안석은 그 충고에 오히려 감사하며 절대 토를 달지 않았다. 나중에 왕안석이 밤새워 책을 읽는다는 것을 알게 된 한기는 왕안석을 더욱 대단하게 여겼으며 칭찬을 아끼지 않았다. 왕안석은 강녕부의 지부로 승진했다. 그의 명성은 더욱 높아졌으며 마침내 황제의 귀에 들어가게 되었다.

전반기 인생의 명성 덕분에,

후반기 인생을 망치고 말았구나.

나라를 다스리는 데 온갖 힘을 다 쏟고자 했던 황제는 왕안석의 명성을 듣고 특별히 그를 불러 한림학사에 임명했다. 천자가 천하를 다스리는 법을 물으니 왕안석이 요순지도를 끌어들여 대답하니 천자가 기뻐하기를 그치지 않았다. 불과 2년 만에 왕안석은 우두머리 재상으로 임명되었으며 형국공荊國公에 봉해졌다. 조정의 관리들은 모두 왕안석을 고요皐陶, 기夔, 이윤伊尹, 주공이 환생한 것이라고 입을 모아 칭송했다. 다만 이승지李承之만큼은 왕안석의 두 눈이 흰자위가 검은 동자보다 많아 간사한 상이라 언젠가는 천하를 어지럽게 만들 것이라고 예언했다. 소순蘇洵은 왕안석이 한 달이 가도록 제대로 세수도 하지 아니하고 의복이 때가 줄줄 흐르는 것을 보고서는 이건 사람의 도리에 합당한 것이 아니라는 생각이 들어 간사한 사람들을 가려내는 법이란 의미의 「변간론辨奸論」이란 글을 지어 이를 풍자했다. 하나 이 두 사람의 독창적인 견해를 아무도 믿지 않으려 들었음은 두말할 필요도 없겠다.

왕안석은 재상이 된 다음에 황제의 총애를 등에 업고는 신법을 제정했다. 그 신법이 무엇이던고?

농전법農田法, 수리법水利法, 청묘법靑苗法, 균수법均輸法, 보갑법保甲法, 면역법免役法, 시역법市易法, 보마법保馬法, 방전법方田法, 면행법免行法.

왕안석은 여혜경呂惠卿이라는 소인배와 자기 아들 왕방王雱하고만 아침저녁으로 상의하고 모의하여 충신들을 몰아내고 올곧은 간언의 길을 막아버렸다. 왕안석은 늘 자신이 옳다고 믿었다. 그러면서 '무시해도 좋을 세 가지 일'을 늘 읊조리곤 했다.

하늘의 변고를 두려워할 필요 없으며,

사람들의 말을 신경 쓸 필요 없으며,

조상들의 법을 그대로 따를 필요 없도다.

왕안석은 너무도 고집이 세서 한번 결정을 내리면 부처님이 와서 권해도 절대 마음을 바꾸지 않는지라 사람들이 그를 고집불통 승상이라고 불렀다. 처음에 왕안석을 칭찬해 마지않았던 문언박, 한기와 같은 명신들은 이젠 자신들이 사람을 잘못 보았노라며 후회했다. 한 사람 한 사람씩 표를 올려 신법을 반대했지만 황제가 듣지 아니하자 사직하고 물러나 버렸다. 이후로 왕안석은 신법을 더욱 강력하게 밀어붙였다. 조상 대대로 이어 내려오던 법이 줄줄이 바뀌었으며 부쳐 먹을 땅을 잃는 자들이 날로 증가했다.

어느 날 아끼는 아들 왕방이 병들어 죽자 왕안석은 너무도 애통해했다. 천하의 고승들을 불러 49재 제단을 세우고 초재를 지내며 죽은 아들의 넋을 위로했다. 왕안석이 직접 향을 사르고 제문을 지어 올렸다. 49재를 마치는 날 새벽 사경 즈음에 왕안석이 부처님 전에 향을 사르다 그만 방석 위에 쓰러지고 말았다. 옆에서 시중들던 자들이 흔들어도 아무런 반응이 없었다. 오경이 되자 마치 꿈에서 깨어나듯이 일어났다. 그러면서 입으로 연신 이상하다는 소리를 되뇌었다. 시종들이 왕안석을 부축하여 침실로 들어갔다.

왕안석의 부인 오국부인吳國夫人이 하녀와 함께 침실로 찾아가서 그 연고를 물었다. 왕안석이 눈물을 흘리며 대답했다.

"내가 조금 전 잠시 혼절했을 때 어느 곳을 방문하게 되었소. 그곳은 마치 큰 관청 같은 곳이었는데 그곳의 대문이 열려있지 않겠소! 거기서 내

아들이 백 근이나 되는 큰 칼을 겨우겨우 힘에 부치게 쓰고 있고 봉두난발에다 얼굴엔 땟국물을 줄줄 흘리고 온몸에 피를 줄줄 흘리고 있었소. 그 녀석이 문밖에서 나를 보더니 이렇게 말하는 것이었소. '염라대왕이 아버지께서 높은 지위에 있으면서도 좋은 일은 하지 아니하고 그저 자기 고집만 피우고 청묘법과 같은 신법을 시행하여 나라를 좀먹고 백성들을 괴롭히니 그 원망의 기운이 하늘을 뒤덮었다고 했습니다. 소자가 불행하게도 이 세상에서 누릴 시간이 아버님보다 짧아 이렇게 먼저 저승으로 왔나이다. 이곳에서 받고 있는 벌은 너무도 무거워 초재 같은 것으로 어찌 풀어질 것이 아니옵니다. 아버님께서는 어서 마음을 고쳐먹으시어 더는 부귀에 미련 두지 마시옵소서.' 내 아들이 말을 다 끝마치기도 전에 그곳의 대문이 열리며 고함치는 소리가 나기에 내가 깜짝 놀라며 돌아왔소이다."

"나리께서 없는 이야기를 지어낸 것도 아닐 것인데 어찌하여 믿지 않겠나이까? 저도 바깥에서 사람들이 수군거리며 나리를 원망하는 것을 들었습니다. 나리, 기왕에 이런 마당에 어찌 하루라도 빨리 물러나실 생각을 안 하는 것인지요? 하루 일찍 물러나면 그 하루만큼 욕을 덜 먹는 거 아니겠습니까?"

왕안석은 부인의 말을 듣고 병이 들어 사직하기를 바란다는 표를 써서 연거푸 열 번이나 바쳤다. 황제 역시 외부의 여론을 그 나름대로 들어오고 있었던 데다가 신법을 계속 밀어붙이기가 어렵겠다는 생각도 들어 사의를 받아들이고 강녕부의 통판에 임명했다.

송나라 때에는 재상이 퇴임하면 지방관의 직함을 하사받는 게 관례였다. 물러난 재상은 지방관 직함에서 나오는 녹봉으로 노후를 보낼 뿐 굳이 일을 할 필요는 없었다. 강녕은 바로 고도 금릉金陵이요, 육조의 제왕이 도읍지로 삼았던 곳으로 산자수명山紫水明하고 걸출한 인물이 많이 배출되는 곳이라 평안하게 일생을 보내기 안성맞춤인 곳이었다. 왕안석의 부인은 출발 준비를 하면서 방 안의 비녀야 팔찌야 모두 다 꺼내고 금은보화 같은 것들을 모두 다 끄집어내어 인근 암자에 모두 보시하고는 죽은 아들 왕방의 고혼을 위로해 주기를 부탁했다. 날짜를 정해 조정에 인사를 올리고 출발하고자 했다. 조정의 권신들이 환송연을 열어준다 했으나 왕안석은 병을 핑계 대고 사양하고 그들을 일절 만나지 않았다. 자신의 집안일을 봐주던 아전 가운데 강거라는 자가 말귀도 잘 알아듣고 일 처리도 깔끔한지라 오직 그자 하나만 데리고는 하인들과 식솔들과 함께 출발했다.

동경에서 금릉까지는 물길이 닿았다. 왕안석은 나랏배를 타지 아니하고 자기 돈으로 배를 빌렸으며 관복 대신 평민의 옷을 입고서 황하의 흐름을 따라 천천히 흘러내려가고자 했다. 배가 출발하기 전에 왕안석은 강거와 여러 하인들을 불러 모아 놓고 분부했다.

"내가 비록 재상을 지냈다고는 하나 지금은 이미 사직하고 지방으로 내려가는 몸. 배를 타고 가다가 부두에 닿을 때 누가 나의 이름이나 관직을 묻거들랑 그저 지나가는 과객이라 대답하고 절대 내 신분을 밝히지 마라. 괜히 내가 누군지 밝히면 지방 관청에서 나를 영접한다느니 또 경호를 한다느니 해서 백성들만 귀찮게 할 뿐이다. 만약 내가 이렇게 배를 타고 이동하는 게 소문이 나게 된다면 그것은 너희들이 내 이름을 팔아서 무고한 백성들의 재물을 긁어내려 한 것으로 알고 엄중하게 벌주리라."

모두들 대답했다.

"나리의 말씀대로 행하겠나이다."

강거가 아뢰었다.

"나리께서 관복을 벗으시고 평민의 복장으로 갈아입으시고 이름까지 다 감추고 이동 중이신데 만약 도중에 자기 주제도 모르고 나리를 훼방하는 놈들이 나타난다면 그놈들을 어이하리까?"

"모름지기 재상이라면 자기 뱃속으로 배가 노를 저어 지나갈 수 있을 정도는 되어야 하지 않겠는가? 다른 사람들 말 신경 쓸 필요 없느니라. 나에게 좋은 말 해주는 사람이라고 다 좋아할 필요는 없으며, 나에게 싫은 소리 하는 사람이라고 해서 다 미워할 필요도 없느니라. 그저 귀에 바람이 지나가나 보다 생각하고 괜히 신경 쓰지 마라."

강거는 왕안석의 가르침을 받들어 뱃사람들에게 다 전달했다. 여행길은 순조로웠고 별다른 일이 없었다.

순식간에 20여 일이 지나고 종리현에 도착했다. 왕안석은 평소 담증과 울화증을 앓고 있었던 데다 며칠 배로 여행을 계속했더니 그 울화증이 더욱 심해졌다. 왕안석은 배를 대고 뭍에 올라 뭍길을 잡아 거리 구경도 하면서 머리를 식히고 싶었다. 왕안석이 집사에게 명했다.

"예서 금릉이 멀지 않구나. 네가 마님과 식솔들을 잘 모시고 물길을 따라 과보瓜步와 회양淮陽을 지나오너라. 나는 뭍길을 따라갈 것이니라. 금릉의 강어귀에서 다시 만나도록 하자."

왕안석은 배를 타고 출발하는 식솔들을 전송하고는 시동 둘과 강거 이렇게 셋을 거느리고서 뭍에 올랐다.

물에는 배, 땅에는 마차,
남으로 북으로 오가는 사람들.

강거가 아뢰었다.

"나리 뭍길을 걸어가시려면 여간 힘들지 않을 터인데 조정에서 내준 발령장을 보여주고 현의 역참에서 말이나 가마꾼을 빌릴까요, 아니면 저희 여비로 빌릴까요?"

"내가 이미 관가를 번거롭게 하지 말라고 분부하지 않았더냐! 그냥 우리 준비해 온 돈으로 하여라."

"그럼 우선 거간꾼부터 찾아봐야겠습니다."

시동들에게는 짐을 들게 하고 강거는 왕안석을 모시고 거간꾼을 찾아갔다. 거간꾼이 왕안석에게 물었다.

"손님은 어디까지 가실 거유?"

"강녕까지 갈 거외다. 가마 한 대 그리고 노새나 말 세 필을 빌리고 싶소이다. 바로 좀 빌려주시오."

"장사가 예전 같지 않아서 바로 구할 수가 없으니 좀 기다리셔야 하겠소이다."

"아니 어쩌다가 이런 일이?"

"말하자면 사연이 길다오. 그놈의 고집불통 재상이 권세를 잡더니 무슨 신법이라는 걸 밀어붙여서 백성들의 재산을 거덜 내버리고 백성들은 또 고향 떠난 떠돌이 신세가 되어버렸소. 마지못해 고향에 붙어 있는 사람들도 관청의 부역살이 하기에도 벅차니 어찌 자기 일을 할 겨를이나 있겠소? 게다가 늘 끼닛거리가 걱정이라 밥 한 끼도 제대로 입에 넣지 못하니 무슨 힘으로 말이든 노새든 키우겠소이까? 어찌어찌해서 겨우 몇 마리라도 기른다 해도 관청에 갖다 바치기도 버겁다오. 손님, 조금만 앉아서 기다리고 계시오. 내가 냉큼 가서 물색해 오리다. 말을 구해온다고 너무 호들갑 떨며 좋아하실 필요도 없고, 못 구해온다고 저를 너무 나무라실 필요도 없습니다. 다만 값이 두 배로 뛰었으니 그거나 미리 알고 계시오."

강거가 중간에 끼어들어 물었다.

"그 고집불통 재상이란 자가 도대체 누구요?"

"누구긴 누구요, 바로 왕안석이지. 그 사람은 눈에 흰자위가 특히 많다고 하던데 역시 관상은 못 속이는 법이라고."

왕안석은 눈을 껌뻑이며 강거에게 괜히 쓸데없이 나서지 말라고 눈치를 주었다. 쥔장이 나갔다가 한참 지나서 돌아와 아뢰었다.

"가마꾼은 겨우 둘밖에 못 구했소이다. 아무리 눈을 씻고 봐도 더는 못 찾아내겠소. 도중에 교대도 못 해주는 거라서 아무래도 두 사람이지만 네 사람 품삯은 줘야 하겠소이다. 말은 아무리 찾아도 없고 그저 노새와 나귀만 한 필씩 구했소이다. 내일 새벽 다섯 시에 우리 집에 오면 되오. 손님이 그것들을 빌리려 하신다면 지금 선금을 주고 가시오."

왕안석은 자신을 헐뜯는 이야기를 더는 못 듣겠다 싶었던지 성큼성큼 발걸음을 떼었다. 왕안석은 혼자서 생각에 잠겼다.

'가마꾼을 교대해줄 수 없으면 좀 천천히 가면 되지. 그러나 말, 아니 노새와 나귀가 다 해봐야 두 마리뿐이고 사람은 세 사람이라 한 마리가 부족한데 어떡한다. 어쩔 수 없이 일단 한 마리는 강거한테 타라 하고, 나머지 한 마리를 시동 둘이 번갈아 타라고 할 수밖에.'

마음을 정하고 나서 왕안석이 강거에게 명했다.

"저 쥔장이 달라는 대로 다 주거라. 괜히 따지지 말고."

강거는 왕안석의 말을 듣고는 주인이 달라는 대로 셈해주었다. 일을 다 보고 났는데도 해가 아직 중천에도 이르지 않았는지라 무료해진 왕안석은 시동한테 뒤따라오라 한 다음 저잣거리로 마실을 나갔다. 쥔장의 말대로 거리는 한산했다. 가게도 별로 눈에 들어오지 않았다. 왕안석은 자신도 모르게 애잔한 생각이 밀려들었다. 찻집 하나가 눈에 들어오기에 안으로 들어갔다. 왕안석이 찻집에서 차 한 잔을 마시려는데 벽에 적혀 있는 칠언절구가 먼저 눈에 들어왔다.

조상 대대로 이어 내려온 법도가 어찌 이리도 좋으냐,

만백성 그 법도에 따라 백 년 넘게 태평하게 살았네.

흰 눈자위 재상이 자기 고집만 피우니,

어지러운 변화가 사람 심사를 헤집는구나.

시 말미에는 '무명씨가 세상일에 비분강개하여 짓다'라고 적혀 있었다. 왕안석은 겉으로야 아무런 말도 하지 않았으나 속이 너무 상하여 차를 마실 기분조차 싹 사라져버렸다. 황망히 찻집을 나서서 몇백 걸음 걸었더니 사당이 하나 눈에 들어왔다. '그래 바로 저기나 한번 들어가서 이리저리 산책이라도 하면서 시간이나 좀 보내자.'

사당 대문 안으로 들어서 보니 세 칸짜리 건물이라. 왕안석이 먼저 머리를 조아리고 손을 모아 예를 갖춘 다음 건물 안으로 들어가야겠다고 생각하는 찰나 빨간색 벽에 노란색 종이 한 장이 붙어 있는 게 눈에 들어왔다. 그 종이 위에 시 한 수가 적혀 있었다.

다섯 황제[2], 밝고 신실하사 천하에 태평을 가져다주셨도다,

황제를 보좌하는 재상은 어이하여 그렇게 맘대로 바꾸셨나.

요순임금을 당연히 본받아야 하는 것처럼,

임금을 보필했던 이윤과 주공도 본받아야지.

조정의 기둥이 되던 중신들을 사방으로 다 쫓아내고

신법을 실시한다고 억조창생을 괴롭혔구나.

---

2) 왕안석이 모시던 황제는 송나라 제6대 황제 신종神宗이다. 이 시 원문의 오엽五葉은 황제 이전의 다섯 황제, 즉 태조太祖, 태종太宗, 진종眞宗, 인종仁宗, 영종英宗을 가리킨다.

뱃속 편한 둥지에서 사는 노인네의 말이 생각나누나,

낙양의 천진 다리에서 두견새 우짖는 소리 듣고 천하의 운수를 미리 말해주었지.

그러니까 영종 황제(1064~1067 재위) 시절, 고매한 선비가 살고 계셨으니 그분의 성은 소邵요, 이름은 옹雍이며, 별명은 요부堯夫라. 소옹은 천하의 이치를 숫자로 설명해내는 데 정통했으며 세상사를 모두 꿰뚫고 있었다. 자신의 거처를 뱃속 편한 둥지라 불렀다. 친구들과 늘 낙양 천진교에 가서 산책하곤 했다. 그러다 어느 날 두견새 우짖는 소리를 듣고 탄식하여 읊조렸다.

"천하가 한참 어지러워지겠구나!"

이 말을 듣고 친구가 소옹에게 물었다. 소옹이 대답했다.

"천하가 태평해지려면 땅의 기운이 북에서 남으로 흐르고 천하가 어지러워지려면 땅의 기운이 남에서 북으로 흐른다네. 낙양에서 본디 두견새가 없었더니 오늘 이렇게 두견새 우짖는 소리가 들려오는 것을 보니 땅의 기운이 남에서 북으로 흐르는 징조일세. 머잖아 황제께서 남녘 사람을 재상으로 등용하여 조상 대대로 전해 내려오던 법도를 제멋대로 바꿔 종당에는 우리 송나라가 혼란에 빠지고 말걸세."

소옹의 이 예언은 왕안석의 경우에 정확하게 딱 들어맞는 셈이다. 왕안석이 혼자서 말없이 이 시를 읽고 나더니 사당지기에게 물었다.

"저 시는 누가 지은 건가? 낙관이 없네."

"며칠 전 지나가던 과객이 시를 적어 벽에 붙여놓은 것입니다. 아, 무슨 고집불통 재상을 꾸짖는 시라고 말하더구먼요."

왕안석이 시가 적힌 노란색 종이를 벽에서 떼 소매 품에 넣고는 아무 말 없이 사당에서 나왔다. 다시 가마와 말을 중개하는 주인장 집으로 돌아와 그저 답답하게 하룻밤을 지냈다.

오경, 새벽닭이 울었다. 가마꾼 둘과 노새와 나귀를 몰고 온 사람 하나가 도착했다. 왕안석은 세수도 머리 빗질도 하지 않은 채 가마에 올라탔다. 강거는 나귀를 타라 하고, 시동 둘은 번갈아 가며 노새를 타라 한 다음 출발했다. 40여 리를 가니 한 마을에 도착했다. 때마침 중화참이었다. 강거가 나귀에서 내려 다가와 아뢰었다.

"나리, 점심 드실 때가 되었사옵니다."

왕안석은 담중과 울화가 다시 도져서 시동에게 제담환과 환약 그리고 차나 떡 같은 것을 미리 챙겨오게 했었는지라 바로 시동에게 명했다.

"뜨거운 물 한 사발이나 가져오도록 해라. 내가 알아서 먹을 것이니 너희들은 따로 점심을 먹도록 하여라."

왕안석은 끓는 물에 차를 우려내고 준비해 온 것으로 점심을 때웠다. 강거와 두 시동은 따로 점심을 먹는 중이었다. 강거와 두 시동이 점심 먹는 방 옆에 측간이 있었다. 마침 큰일 좀 봐야겠다는 생각이 들었던 왕안석은 측간 종이를 달라 해서 측간 안으로 들어갔다. 측간의 토벽에는 하얀 회칠이 되어있었고 여덟 구절의 시가 적혀 있었다.

은현의 지현을 맡았을 땐,

그런대로 명성이 자자하여 사람들의 지지를 받았다네.

소순은 미리 알고 「변간론辨奸論」을 지었고,

이승지李承之는 관상을 보고 그 사람됨을 미리 간파했네.

현명하고 바른 자들을 쫓아내고 권력을 농단하고,

부화뇌동하는 자들만 불러들여 혼돈의 씨앗을 뿌렸네.

'무시해도 좋을 세 가지 일'이란 터무니없는 말 퍼뜨렸으니,

그 해악 천년만년 이어지리라.

　왕안석은 일을 보고 나더니 주위에 아무도 없는 것을 확인하고는 왼발의 신발을 벗어 벽에 적힌 시의 글자가 잘 안 보일 때까지 빡빡 문질렀다. 강거 일행이 점심을 다 마치자 왕안석은 가마를 타고서 다시 길을 떠났다.

　삼십 리쯤 갔을까 싶을 때 역참 하나가 나왔다. 강거가 왕안석에게 아뢰었다.

　"나리 이곳 역참이 널찍하니 오늘 저녁에 머물 만합니다요."

　"내가 어제 이미 당부하지 않았더냐. 역참에서 머물게 되면 사람들이 이거저거 물어봐서 귀찮지 않느냐. 좀 더 가서 조용한 민가를 하나 찾아서 쉬도록 하자."

　다시 또 걸음을 재촉하여 오 리쯤 더 가니 해가 서산에 뉘엿뉘엿했다. 촌가가 하나 나오는데 대나무 울타리가 쳐진 초가집이었다. 사립문이 반쯤 열려 있었다. 왕안석이 강거를 보내어 오늘 하루 유숙하기를 청하라 했다. 강거가 사립문을 살짝 밀고서 안으로 들어갔다. 방 안에서 노인장 하나가 지팡이를 짚고 나오더니 어인 일이냐고 물었다. 강거가 대답했다.

　"지나가는 과객이온데 오늘 하루 신세를 좀 지고 싶습니다. 방값은 후히 쳐드리겠습니다."

　"뭐 편하실 대로 하시구려."

　강거가 왕안석을 모시고 안으로 들어가 노인장과 인사를 나누었다. 노인장이 왕안석을 상석으로 안내했다. 강거와 시동 둘이 왕안석을 모시고 있는 것을 보고 왕안석이 이들의 우두머리임을 알아본 노인장이 왕안석에게 따로 방을 안내해주었다. 노인장이 차와 식사를 준비하러 간 사이에 왕안석은 새로 회칠한 벽에 율시 한 수가 적혀 있는 것을 발견했다.

천의무봉의 문장을 지었다는 건 다 허튼소리,

곡학아세하는 자임을 꿰뚫어 보는 자 많지 않았을 따름.

메추라기 훔친 도둑을 죽인 자는 죄가 없다고 강변한 것이 어찌 옳은 일일까?[3]

물고기 미끼를 잘못해서 먹었다는 일이 진짜 있었으랴?[4]

살아서는 자기 고집대로 신법을 만들어내고,

죽어서는 고집불통 재상이란 이름만 남겠네.

죽은 아들 저승에서 고통받는 것을 보았으니,

하늘의 응보가 틀림없다는 걸 모르지는 아니할지라.

왕안석은 이 시를 읽고 나서 속이 다 뒤집어질 것만 같았다. 잠시 후 노인장이 밥상을 차려왔다. 강거 일행은 맛있게도 먹었지만, 왕안석은 그저 뜨는 둥 마는 둥 했다. 왕안석이 노인장에게 물었다.

"벽의 저 시는 누가 지은 것이요?"

"지나가는 과객이 적어놓고 간 것인데, 이름도 성도 모릅니다요."

왕안석은 고개를 떨구고 생각에 빠져들었다.

'내가 메추라기 때문에 사람을 죽인 녀석을 변호해주었다든가 미끼를 잘못 알고 먹었다든가 하는 일은 그래도 널리 알려진 일이니 그렇다 쳐도

---

3) 당시 송나라의 수도인 개봉에서 한 소년이 새 싸움하기에 적합한 메추라기 하나를 얻었다. 그 소년의 친구가 달라 했으나 소년은 일언지하에 거절했다. 친구는 평소 친구 관계만 생각하고선 그 메추라기를 들고 가버렸다. 그러자 그 소년은 자기 메추라기를 가져간 친구를 죽이고 말았다. 개봉부의 부윤은 소년을 살인죄로 치죄했으나 왕안석은 그 소년은 메추라기를 훔쳐간 도둑을 죽인 것이니 죄가 없다며 무죄를 주장했다. 당시 대다수 관리들은 왕안석과는 다른 의견을 개진했다.

4) 인종 황제가 군신들과 함께 낚시를 할 때 왕안석이 실수로 그 미끼를 먹었다는 일이 과연 있었는지, 혹은 알고도 일부러 먹은 것인지를 의심하는 것이다. 여기서는 왕안석이 늘 순수하지 못한 의도와 계략을 지니고 있었던 자라는 것을 보여주는 사례로 인용한 듯하다.

죽은 아들이 저승에서 고통받고 있더란 이야기는 마누라한테만 했으니 다른 사람들은 전혀 알 수가 없는 노릇인데, 이 시를 지은 자가 이 사실을 어떻게 알았단 말인가? 기이하고 기이하도다.'

왕안석은 시의 마지막 두 구절 때문에 특히나 가슴이 더 아렸다. 망설이다가 그 노인장에게 물었다.

"올해 연세가 어떻게 되시오?"

"일흔여덟이라오."

"아들은 몇이나 두었소이까?

"아들 넷을 두었는데 지금은 다 저세상으로 떠나고 할망구와 단둘이 살고 있소이다.

"아니 어쩌다가 아들들이 다 저세상으로 떠났소이까?"

"최근 10년 동안 신법에 시달린 탓이라오. 아들들이 다 살림을 맡고 있건만 관청에 부역 가서 죽기도 하고 오가는 길에서 죽기도 했다오. 이 늙은이야 나이 많이 먹은 덕에 살아남기는 했지만, 만약 내가 조금만 더 젊었더라면 나 역시도 목숨 부지하기 어려웠을 것이오."

"아니 신법에 무슨 문제가 있기에 이런 지경에 이른 것이오?"

"저 벽에 적혀 있는 시만 봐도 바로 알 요. 조정에서 왕안석을 재상으로 임명한 이래로 왕안석은 조상 대대로 전해 내려오는 제도와 법을 다 뜯어고쳤다오. 그뿐이 아니오. 백성들의 재산을 거둬들이기 바쁘고 올바른 말을 막아버리고 자기 잘못은 덮어 가리고 충신들을 쫓아내고 간신들만 남겨두었다오. 청묘법을 실시하여 농민들을 괴롭히더니 보갑, 조역, 보마, 균수 같은 법을 정신없이 들이대더구먼. 관리놈들이야 위에다가는 아부하고 아랫사람을 들볶기 일쑤고 날이면 날마다 뭐라도 뜯어가는 게 일상사가 되어버렸소. 관리들이 저녁에 문을 두드릴까 봐 편하게 잠들지 못

할 정도라오. 농사를 포기하고 처자를 버리고 깊은 산속으로 도망가는 자가 날마다 수십 명이라오. 이 마을도 백여 가구가 넘었는데 지금은 겨우 여덟아홉 가구만 남았을 뿐이라오. 우리 식솔만 해도 열여섯이던 게 지금은 겨우 넷만 남았다오."

말을 마친 노인장은 흐르는 눈물을 주체하지 못하는 듯했다. 왕안석 역시 코끝이 시려왔다.

"사람들이 다 신법이 좋다고들 하던데 노인장은 너무도 문제가 많다고 하시니 그 이유가 도대체 뭔지 좀 자세하게 설명 좀 해주시구려."

"왕안석이란 사람은 고집이 너무 세서 우리들끼리 고집불통 재상이란 별명을 붙여주었을 정도라오. 신법에 문제가 있다고 비판하는 자들은 득달같이 벌을 주고 신법이 좋다고 하면 바로 벼슬자리를 마련해준다고 합디다. 만약 신법이 백성들에게 이롭다고 이야기하는 자가 있다면 그거야 당연히 아부하느라 그런 소리를 하는 거로 봐야죠. 신법이 백성들에게 끼친 해악이 결코 가볍지 않소이다. 그놈의 보갑법만 해도 그래요. 한 집에서 장정 하나를 보내서 군사훈련을 받게 하는데, 일단 그 장정한테 아침, 저녁밥은 또 누가 갖다줘? 한번 소집되면 닷새 동안 훈련을 받는 건데 이런 장정들을 훈련하는 우두머리란 작자가 뒷돈이라도 받아야 집으로 돌려보내 주지, 뒷돈을 안 받으면 닷새 동안 훈련이 부실했다느니 하면서 온갖 트집을 잡아 집으로 돌려보내 주질 않는 겁니다. 이러다 농번기 다 지나가 버리고 결국 추운 겨울에 얼어 죽고, 굶어 죽게 되는 거죠. 한데 그놈의 고집불통 재상은 도대체 어디 있는 거요?"

"그야, 조정에서 천자를 보필하고 있는 거겠지요."

그 노인장이 가래를 끌어올려 탁하고 뱉더니 말을 이었다.

"아니, 그래 그런 놈을 귀양은 안 보내고 아직도 조정에 두고 쓰고 있다니, 그게 말이나 되는 일이오? 천자께서는 한기, 부필(1004~1086), 사마광(1019~1086), 소식처럼 덕 있는 자들은 다 내버려 두고 어쩌자고 그래 왕안석 같은 소인배만 가까이하시는지!"

강거와 시동들은 왕안석이 머무는 방에서 대화 소리가 들려오기에 건너와 보았다. 한데 저놈의 노인네가 왕안석에게 말을 너무도 함부로 하고 있지 않은가? 강거가 그 노인네에게 버럭 소리를 질렀다.

"노인장, 말을 너무 함부로 하시는 거 아뇨! 이런 말이 왕안석 재상의 귀에 들어가면 큰 벌을 받을 것이오."

그 노인은 강거의 말을 듣고서 깜짝 놀라는 듯하더니 버럭 화를 내며 소리를 질렀다.

"내 나이가 내일모레면 여든인데 무서울 게 뭐가 있어! 만약 그놈을 만나면 칼로 머리를 베어버리고 심장을 갈라서 먹어버릴 거요.. 이 몸이 펄펄 끓는 솥단지에 몸이 던져지고 칼로 몸이 잘리는 형벌을 받는다고 해도 하나도 두렵지 않소이다."

이 말을 들은 강거 일행은 모골이 송연하여 목이 움츠러들고 혀가 다 나올 정도였다. 왕안석 역시 얼굴이 흙빛이 되어 아무런 말을 할 수가 없었다. 왕안석이 자리에서 일어나 강거에게 말했다.

"달이 대낮같이 밝으니 지금 출발하여도 될 것 같구나."

강거는 왕안석의 말뜻을 알아차리고 바로 노인장에게 밥값을 치르고 가마와 노새, 나귀를 준비하여 떠날 채비를 했다. 왕안석이 손을 들어 노인장에게 작별인사를 했다. 노인장이 웃으면서 말했다.

"아니 당신이 왕안석하고 무슨 관계기에 이 노인장이 간사한 왕안석이 욕 좀 했다고 그렇게 붉으락푸르락 화를 내며 길을 떠나려 하는 거요? 친구라도 되오, 아니면 친척이라도 되는 거요?"

"그런 게 아니오.. 아무런 관계도 없소이다."

왕안석이 가마에 올라타 어서 출발하라고 성화를 부렸다. 가마꾼들은 달빛 아래서 걸음을 재촉했다. 십 리쯤 가자니 수풀이 나왔다. 수풀 속에 세 칸짜리 초가집 하나가 덩그러니 있는 게 보였다. 왕안석이 강거에게 일렀다.

"저 집은 참으로 조용하니 쉬었다 갈 만하구나."

강거를 시켜 문을 두드려보게 했다. 안에서 노파 하나가 문을 열고 나왔다. 강거가 그 노파에게 지나가는 과객인데 너무 길을 재촉하다 보니 객점을 그냥 지나쳐버려 이렇게 하룻밤 거하기를 바라노라고 설명했다. 노파가 대문 안쪽의 가운데 방을 가리키며 말했다.

"마침 빈방이 하나 있으니 주무시고 가신다고 뭐가 어렵겠습니까? 다만 마구간이 비좁아 가마와 말을 맬 수가 없을 것 같아 걱정입니다."

강거가 대답했다.

"걱정 마시오.. 다 생각이 있습니다."

왕안석은 가마에서 내려 대문 안으로 들어가고 강거는 가마꾼들에게 가마를 처마 밑에다 들여놓고 나귀와 노새를 수풀 나무에 매어놓게 했다. 왕안석이 방 안에 자리를 잡고 앉았다. 노파를 바라보니 의복이 남루하고 쑥대머리였으나 초가지붕에 새로 바른 흙담은 자못 정결해 보였다. 노파는 등잔불을 들고 와서 왕안석의 자리를 봐주더니 잠을 자러 돌아갔다. 왕안석이 바라보니 창문 사이로 글자가 눈에 들어오는지라 등불을 들고 가서 비춰보았다. 여덟 구절의 시였다.

살아서는 이름을 팔고 권세를 누리고,

죽어서는 거짓과 위선으로 후손들을 현혹하네.

부인에게 결코 좋은 이름 남겨주지 못할지니,5)

세상의 들뜬 말로 결국 엽도葉壽조차 욕보이겠구나.6)

온 들판엔 사람이 사라진 빈집만 가득하고,

신법을 비난하는 소리만 천년을 두고 들려오네.

행여 이곳 지나다가 이 시를 본다면,

하룻저녁에 머리카락이 다 하얗게 세리다.

이 시를 읽고 난 왕안석은 만 대의 화살이 일제히 자신의 가슴에 와서 꽂히는 것과 같은 고통을 느꼈다.

'아, 배에서 내려 여기에 오는 동안 찻집, 사당, 촌가 어디고 이렇게 나를 비판하는 시가 줄줄이 걸려 있다니. 노파 혼자 사는 이 집에까지 누군가 와서 저런 시를 적어놓은 것을 보니 나를 미워하여 적은 시가 사람들 사이에 널리도 퍼져 있는 모양이구나. 저 시에 나오는 오국은 바로 내 마누라요, 엽도는 또 내 친구 아니던가. 하나, 이 두 구절이 뭘 이야기하려고 하는 것인지 명확하지가 않구나.'

노파를 불러오게 하여 묻고 싶었으나 강거와 시동들의 코 고는 소리가 크게 들려왔다. 아마도 오는 길이 힘들어 곯아떨어진 모양이다. 왕안석은 전전반측 잠이 오지 않았다. 가슴을 치고 발을 구르며 후회한들 지난 일을 어디 되돌릴 수 있으랴.

---

5) 원문에는 오국吳國이라고 되어 있다. 왕안석의 부인을 오국부인이라 높여 불렀기에 여기서는 바로 왕안석의 부인을 말한다고 봐야 할 것이다.

6) 엽도葉濤(1050~1110)는 북송의 저명한 시인이자, 왕안석의 동생 왕안국王安國의 사위이다. 어려서부터 학문을 좋아하고 독서를 많이 했으며 시를 잘 지었다. 다른 사람들이 다 신법을 비판할 때 엽도는 홀로 신법을 지지했으며, 이로 인하여 고통을 많이 당하기도 했다.

'백성들이 신법을 아주 편하게 여기고 좋아한다는 복건에서 온 녀석 말만을 믿고서 결국 백성들을 괴롭히는 일을 저지르고 말았구나. 천하의 백성들이 이렇게 신법을 싫어하는 줄이야 꿈에도 생각하지 못했구나. 복건에서 온 녀석이 나를 망쳤구나.'

여혜경이 복건 출신인지라 왕안석이 여혜경을 일러 이렇게 복건에서 온 녀석이라 부른 것이다.

이날 밤 왕안석은 옷도 벗지 않고 그냥 자리에 누웠다. 잠이 올 리가 없었다. 소리를 죽이고 몰래 울었다. 눈물을 닦느라 두 소매가 다 젖었다. 새벽 어스름, 노파가 부스스한 얼굴을 한 채 맨발의 하녀랑 같이 돼지 두 마리를 우리 밖으로 몰고 나왔다. 하녀가 쭉정이랑 쌀겨를 들고 나오고 노파가 물을 들고 나오더니 나무 여물통에 담았다.

"자, 자, 자 고집불통 재상아 어서 와서 먹어라!"

돼지 두 마리가 성큼 다가와서는 주둥이를 갖다 대었다.

"구, 구, 구 왕안석아 어서 와서 먹어라!"

닭들이 종종걸음으로 달려와 먹이를 쪼아대었다. 강거와 시동들이 이 광경을 보더니 벌린 입을 다물지 못했다. 왕안석도 속이 속이 아니었다.

"아니 할머니, 어째서 돼지와 닭에다 그런 이름을 붙여주었소이까?"

"설마 손님이 모르실 리야! 왕안석이야 재상 노릇하는 사람이고, '고집불통'이란 그 재상의 별명 아니요? 왕안석이 재상이 되더니 그놈의 신법을 밀어붙여서 우리들을 못살게 굴지 않소. 이 할망구가 자식도 없이 그저 저 하녀 하나와 같이 살고 있는데 무슨 놈의 부역을 나오라 하고 부역 나오기 싫으면 돈을 바치라 하더니 돈을 바치고 나니 또 부역을 그대로 나오라 하네. 나야 누에 키워 입에 풀칠하지. 누에가 한잠 들기도 전에 일단 나중에 실 뽑을 거 담보로 돈부터 빌려. 누에 꼬치에서 실도 뽑기 전에 나중에 나올 베를 담보로 또 돈 빌려. 그러니 누에 키워서 어떻게 먹고 살아? 가외로 돼지랑 닭을 키우지. 아전이랑 이장은 또 시도 때도 없이 와서 부역세를 내라고 닦달이네. 그네들이 올 때마다 돼지 잡고 닭 잡느라 나는 고기 한 점 입에 넣어보지도 못했어. 우리 같은 백성들은 신법이라면 아주 치를 떤다고. 하니 돼지나 닭에다 고집불통 재상 왕안석, 이런 이름을 붙여준 거지. 왕안석이 바로 짐승 같은 놈이니까. 이승에서야 어쩔 수 없다지만 내생에서 그가 짐승으로 태어난다면 내가 기필코 그놈을 잡아먹을 거야. 그러면 분이 좀 풀리려나!"

왕안석은 자기도 모르게 눈물을 흘리며 감히 아무 말도 하지 못했다. 주위 사람들이 자기를 보고선 깜짝 놀라기에 왕안석은 거울을 꺼내서 비춰보았다. 왕안석의 머리카락이 온통 새하얘지고 눈덩이가 퉁퉁 부어올랐다. 이게 다 지나친 걱정과 슬픔으로 말미암아 변한 것이리라. '하룻저녁에 머리카락이 다 하얗게 세리다'라고 읊은 시 구절은 바로 일종의 예언이었던 셈이다. 왕안석은 강거에게 노파에게 사례하고 떠날 채비를 하라고 일렀다.

강거가 왕안석이 타고 있는 가마로 다가와 아뢰었다.

"나리께선 선정을 베풀고자 노력하셨음에도 우매한 백성들이 이를 알지 못하고 원망만 하는군요. 이젠 더는 민가를 찾지 마시고 관청의 역참으로 가시는 게 차라리 나을 듯합니다."

왕안석은 입을 열어 대답하지는 않고 그저 고개를 끄덕였을 따름이었다. 얼마 가지 않아 역참 하나가 눈에 들어왔다. 강거가 먼저 나귀에서 내린 다음 왕안석이 탄 가마를 같이 모시고 역참 안으로 들어갔다. 강거가 조반을 준비하러 간 사이, 왕안석이 역참의 벽을 바라보노라니 칠언절구가 두 수 적혀 있었다. 첫째 수에 이르기를.

부필, 한기, 사마광은 고독한 충신,

그들의 충심 어린 충고는 귓등으로 들었나.

그저 심복 여혜경의 말만 귀 기울이다니,

예를 죽인 자가 바로 봉몽逢蒙임을 모르는가?[7]

둘째 수에 이르기를.

입으로는 청산유수, 성인군자,

신법을 시행하려면 이거저거 두루 고려해야 함을 몰랐던가!

팔자가 쇠하고 시대가 바뀌면,

사람과 귀신이 모두 원망할 텐데 그걸 어이 견디려나?

이 시를 읽고 왕안석은 마침내 참았던 화가 버럭 치밀어 올랐다. 역참의 하인을 불러 물었다.

"어떤 미친놈이 조정의 대사를 이렇게 함부로 기롱한단 말이냐?"

늙은 하인이 다가와 아뢰었다.

"비단 이 역참만이 아니라 사방에 이런 시가 다 적혀 있습니다."

"도대체 이런 시를 왜 지었더란 말이냐?"

"왕안석이 신법을 시행한 이래로 백성들이 아주 진저리를 치고 있습니다. 듣자 하니 왕안석이 재상직에서 물러나 강녕부 통판에 임명되었다고 하던데, 이 길이 바로 강녕부 가는 길이 아니옵니까? 아마도 왕안석을 한

---

7) 봉몽逢蒙은 사냥꾼이었다. 예羿에게서 활쏘기를 배웠다. 배우기를 마치자 예만 없어지면 자신이 세상에서 제일 활을 잘 쏘는 사람이 될 거라는 욕심에 예를 죽이고 말았다. 이 시에서는 봉몽과 예의 관계를 여혜경과 왕안석의 관계에 비기고 있다.

번 보려고 벼르는 자들이 길목에 버티고 있을지도 모르겠습니다."

"아니 그놈들이 왕안석을 만나서 도대체 어떻게 하겠다는 건가?"

"그냥 만나려는 것이 아니고 몽둥이를 들고 기다리고 있다가 왕안석을 때려죽인 다음 갈가리 찢어 먹으려고 하는 것입죠."

왕안석은 깜짝 놀라서 바로 가마에 올라타 역참을 떠났다. 강거는 허둥대며 왕안석의 뒤를 따랐고, 간식거리를 사서 그걸로 끼니를 때웠다. 그 후론 왕안석은 가마에서 내리지도 아니하고 곧장 금릉까지 길을 서둘렀다. 금릉에 도착하여 오국부인을 만났다. 금릉 시내에서 살기가 부끄러워 종산의 중턱에 터를 잡았다. 왕안석은 그저 독경과 염불을 하면서 소일했다. 자신의 죄업을 씻고자 함이었다. 왕안석은 본디 뭐든 한 번 봤다 하면 바로 외우는 자라 금릉에 오는 동안 읽었던 시 구절이 한 글자도 빠짐없이 생생하게 기억이 났다. 그것들을 적어서 부인에게 보여주었다. 자신이 혼절했을 때 죽은 아들이 음부에서 고통받는 환상을 본 것이 허튼일이 아니었음을 알게 되었다.

이후로 왕안석은 속이 편한 날이 하루도 없었다. 화가 치밀고 가래가 끓었고 기는 갈수록 쇠하여 도대체가 음식을 넘길 수가 없었다. 한 해가 지났을까 왕안석의 몸은 쇠꼬챙이처럼 변해버렸고 침상에 의지하여야 겨우 앉을 수 있을 정도였다. 옆에서 시중을 들던 오국부인이 눈물을 뚝뚝 떨구며 물었다.

"뭐, 부탁하실 말씀이라도 있으시우?"

"부부라는 게 뭐 천생연분이라기보다는 우연히 그저 서로 만나 같이 사는 것. 내가 죽더라도 너무 슬퍼하지 마시오. 재산도 그저 다 거둬서 좋은 일에 쓰기 바라오."

왕안석 부부가 이야기를 나누고 있는데 엽도가 찾아왔다는 전갈이 왔다. 오국부인이 자리를 피해주었다. 왕안석은 엽도를 침상 가까이 오라고 했다.

"자네는 총명한 사람이니 불경이나 많이 읽고 괜히 쓸데없는 문장을 짓지는 마시오. 나는 괜히 살아생전에 멋진 문장 짓는 거로 남을 이겨 먹으러 들었소이다. 죽을 날을 앞두고 생각하니 그저 후회만 밀려올 뿐이오."

"나리는 아직 천수가 창창히 남았거늘 어찌 그런 말씀을 하십니까!"

"살고 죽는 거야 응당 하늘에 달린 것. 내가 저세상으로 떠나면 이런 말을 하고 싶어도 못할 것이니 오늘 그대를 만난 김에 이렇게 한마디 했소이다."

엽도가 하직인사를 하고 떠나가니 시골 노파의 오두막에서 봤던 시 가운데 '부인에게 결코 좋은 이름 남겨주지 못할지니, 세상의 들뜬 말로 결국 엽도조차 욕보이겠구나'란 두 구절이 떠올랐다. 오늘 그 두 구절의 말이 다 이루어진 셈이다. 왕안석은 자신의 허벅지를 치면서 장탄식했다.

"세상에, 이런 일이! 모든 게 다 미리 정해진 운명이란 말인가? 이 시를 지었던 자는 귀신이라도 되는 것일까? 하긴 귀신이 아니면 이런 일을 모두 다 미리 알 수가 없겠지. 그럼 나는 귀신한테 욕을 얻어먹은 셈인가? 귀신이 나를 찾으니 내가 이생에 더 오래 있을 수가 없겠군!"

며칠 더 지나지 않아 그의 병세는 더욱 심해졌다. 왕안석은 자기 손으로 자기 뺨을 때리면서 스스로 막 욕을 해대기 시작했다.

"나 왕안석은 위로는 천자를 속이고 아래로는 백성들을 욕보였도다. 이 죄를 어이 용서받을꼬! 저승에 가면 무슨 면목으로 당자방唐子方8)을 만

---

8) 본명은 당개唐介(1010~1069)로 왕안석의 신법을 반대했던 대표적인 인물이다.

날까?"

　왕안석은 사흘 내내 계속 욕을 해대더니 마침내 피를 토하고 죽었다. 당자방은 강직하고 청렴결백한 인물로 신법의 문제점을 조목조목 열거하며 극력 반대했던 인물이다. 왕안석은 끝내 당자방의 말을 듣지 않았다. 그에 당자방은 피를 토하고 죽었다. 피를 토하고 죽은 것은 매한가지이나 당자방은 후세에 두고두고 강직한 신하로 명성을 날리게 되었도다. 지금까지도 궁벽한 시골에서는 돼지를 고집불통 재상이라고 부르는 경우가 왕왕 있다. 후세 사람들은 송 왕조의 기운이 희녕熙寧 연간(1068~1077)의 변법으로 말미암아 쇠하고 말았고 그리하여 금나라에게 쫓겨 남쪽으로 도망가는 정강의 변이 생겼다고 평가했다. 시 한 수가 있어 이를 증명하노라.

　희녕 연간의 변법을 반대하는 간언도 많았으나,
　고집불통 무시하고 그 의견을 받아들이지 않았다네.
　그렇게 송나라의 원기가 쇠하지 않았다면,
　오랑캐가 어찌 감히 강을 건너 침공해올 수 있었겠는가?

　왕안석의 재주를 안타까워하는 시가 한 수 더 있도다.

　총명하고 똑똑한 왕안석,
　재주도 많아 관직을 역임하면서 명성도 자자했지.
　그가 액운을 당한 건 너무 높은 자리에 올라갔기 때문,
　평생 한림원에서 지냈어야 했던 것을!

잃어버린 아들을 되찾다

呂大郞還金完骨肉

— 여대랑이 은을 돌려주고 잃었던 가족을 다시 만나다 —

모보毛寶는 거북이를 풀어주고 높은 벼슬에 오르고[1]

송교宋郊는 개미를 살려주고 장원급제했도다.[2]

사람들은 하늘이 높고 먼 곳에 있다 하지만,

---

1) 모보 휘하의 병사 하나가 시장에서 어린 흰 거북을 하나 사서 기르다가 그걸 강에 풀어준 적이 있다. 나중에 모보의 군대가 후조後趙의 침략을 받아 거의 궤멸하게 되었을 때 그 병사는 그 거북의 등을 타고 강을 건너 목숨을 건지게 된다. 흰 거북이 주인을 구하다라는 의미의 백구구주白龜救主 이야기로 널려 알려져 있다. 시에 나오는 것처럼 거북을 살려주고 그 덕에 벼슬이 높이 올라가는 것은 아니고 거북을 살려준 덕에 목숨을 건진 것이다.

2) 관상을 잘 보는 승려가 송교와 그의 아우 송기宋祁를 보고 송기는 장원급제상이나 송교는 과거에서 떨어질 상이라 평한 적이 있었다. 그로부터 10년 후 우연히 송씨 형제와 그 승려가 다시 만나게 되었다. 승려가 송교를 보고 깜짝 놀라며 10만이 넘는 생명을 살린 적이 있느냐 묻는다. 송교의 인상이 완전히 변한 것이다. 송교는 비가 엄청 오던 날 개미굴이 떠내려갈까 봐 나무다리를 놔준 적이 있다고 말해주었다. 승려는 사람이든 개미든 다 살아 있는 생명체라고 대답한다. 마침내 형제는 과거를 치르고 동생이 장원, 형이 차석을 차지한다. 하나 황후가 이를 보더니 동생이 형보다 앞서는 경우는 없다며 형 송교를 장원으로 바꾸라 했다는 일화가 전해온다.

쌓은 음덕이 아무도 몰래 되돌아옴을 어이 알리!

한편, 절강성 가흥부 장수당이란 곳에 부자 한 명이 살고 있었으니 그의 성은 김金이요, 이름은 종鐘이라. 재산이 만금이요, 대대로 원외員外란 호칭을 달고 살았다. 그는 타고난 자린고비였다. 그가 원망하는 것이 다섯 가지 있었다. 그 다섯 가지가 무엇이던가?

첫째는 하늘이요, 둘째는 땅이요, 셋째는 자기요, 넷째는 부모요, 다섯째는 황제라.

일 년 내내 유월만 있으면 됐지, 하늘은 어째서 바람 부는 가을, 눈 오는 겨울을 만들어서 사람들이 추위를 막으려고 옷을 입게 한 것인가? 땅은 나무를 좀 제대로 키우지, 만약 제대로 키웠더라면 나무가 쭉쭉 뻗어 잘 자랄 것 아닌가. 나뭇가지는 우뚝 자라 집 지을 때 기둥이 되고, 나무 줄기 굵은 것은 대들보로 바로 쓰이고, 가는 것은 서까래로 바로 쓰일 것 아닌가? 그럼 괜히 목수 불러 돈 들이지 않아도 되니 얼마나 좋아? 이놈의 배는 어째 알아서 진득하게 지내지 못하고 하루라도 밥을 먹지 않으면 배고프니 밥 달라고 난리인가? 그래서 자기 자신이 미운 것이다. 부모는 어쩌자고 형제자매를 많이 낳아주셔서 우리 집에서 공짜 밥 먹는 자들이 그렇게 많게 한 것일까? 아니 황제 폐하는 어쩌자고 조상이 물려준 땅의 세금을 나한테 내라시는 것일까?
　　그에게는 또 네 가지 소망이 있었다. 그 네 가지 소망이 무엇이던고?

등통鄧通3)처럼 구리광산을 가졌으면,
곽가네 집처럼 황금동굴이 되었으면.4)

석숭처럼 흘러넘치는 보물단지를 가졌으면,

여동빈처럼 돌멩이도 황금으로 변하게 하는 손가락을 가졌으면.5)

이 네 가지 소원, 다섯 가지 원망 때문에 김 씨는 늘 마음에 불만이 넘쳤다. 날이면 날마다 재물과 곡식을 거둬들이느라 쉴 틈이 없었다. 쌀알 숫자를 세서 밥을 하고 땔 나무 무게를 재서 불을 지폈다. 동네 사람들이 그에게 별명을 붙여주었으니 자린고비 김 씨, 수전노 김 씨였다. 그는 스님을 제일 미워했다. 스님은 보시를 받기만 하고 다른 사람에게 보시하는 법이 없기 때문이었다. 하여 그는 스님을 눈엣가시요, 혀에 돋은 가시처럼 취급했다.

그가 사는 집 근처에는 복선암이란 암자가 있었다. 그는 쉰 평생 동안 한 번도 이 암자에 보시를 해본 적이 없었다. 다만 그래도 그의 아내 선斷 씨가 그와 태어난 해, 달, 날까지 같고 단지 시만 다른데도 그와는 달리 채식을 하며 보시하기를 좋아했다. 그는 아내의 채식은 너무도 환영했지만 아내가 보시하기 좋아하는 것은 몹시도 언짢아했다. 그의 아내가 마흔을 넘긴 나이에도 자식이 없을 적에 그녀는 남편 몰래 비녀랑 장신구를 팔아 금 스무 냥을 마련했다. 그녀는 그걸 복선암의 노승에게 주고 독경도 하고

---

3) 한나라 문제의 총애를 한몸에 받았던 신하. 등통은 당시 관상쟁이가 굶어죽을 상이라 평하는 것을 듣고는 구리광산을 내주고 동전 주조권을 독점하여 마침내 천하제일의 부자가 된다. 하나, 문제가 죽고 경제가 즉위하자 결국 미움을 받아 하옥되어 굶어죽게 된다.

4) 후한 광무제가 곽 황후의 동생인 곽황郭況을 예뻐하여 그 집에 자주 행차했고 더불어 황금을 하사하기를 주저하지 않았다고 한다. 곽가네 집에 황금이 넘쳐나니 당시 낙양 사람들이 곽가네 집을 일러 황금동굴이라 불렀다고 한다.

5) 본명은 여순양呂純陽이다. 여동빈呂洞賓으로 더 잘 알려져 있다. 중국 도교사에서 추앙받는 8대 신선 가운데 우두머리다. 스승 종리권鍾離權이 돌멩이도 황금으로 만드는 재주를 가르쳐 주겠다고 했으나 사양했다고 한다. 물질이 아니라 정신으로 사람을 구제하는 데 관심을 가졌다고 한다.

아들 낳게 빌어달라고 했다. 부처님의 가호가 있었던지 연거푸 아들 둘을 낳았다. 게다가 그 두 아들은 인물도 나무랄 데가 없었다.

복선암에 빌어서 얻은 두 아들이었기에 큰아들은 복아福兒, 작은아들은 선아善兒라 이름 붙였다. 두 아들을 얻은 이후로 선 씨는 틈만 나면 남편 눈에 띄지 않게 나무랑 쌀이랑 복선암에 실어나르고 노승을 보살폈다. 그러나 남편 자린고비 김 씨는 이 사실을 알고 나서는 앞뒤 안 가리고 무조건 욕을 퍼부었다. 부부 사이는 틀어지고 말았고 부부싸움이 잦았으며 그것도 한번 했다 하면 끝장을 볼 때까지 했다. 그래도 아내의 성격이 무던하고 심지가 곧은 편이라 부부싸움이 끝나면 언제 그랬냐는 듯이 그냥 괘념하지 않았을 따름이었다.

부부의 나이가 쉰이 되던 해, 큰아들 복아는 열 살, 작은아들 선아는 아홉 살, 연년생으로 태어난 아이들이 같이 서당에 다니게 되었으니 이 또한 경사 아니겠는가? 생일날 자린고비 김 씨는 일가친지가 찾아와 생일 축하를 해준다고 할까 봐 그전에 몸을 피해버렸다. 부인 선 씨는 딴 주머니를 차고 만들어 놓은 돈을 털어 복선암에 시주를 하고 재齋를 올려 달라 했다. 동갑인 부부가 생일을 맞이한 것도 축하할 일이요, 아이들이 이렇게 잘 자라게 해주셨으니 부처님 전에 응당 예물을 바쳐야 도리일 것이다. 며칠 전 선 씨가 남편에게 이런 뜻을 내비쳤으나 남편이 펄쩍 뛰는 바람에 할 수 없이 그저 혼자서 이렇게 준비하는 수밖에 없었다.

그날 밤 스님들은 불전에 등을 밝히고 재를 준비하는 한편 동자승을 보내 자린고비 김 씨의 부인에게서 시주를 받아오도록 했다. 부인은 몰래 창고 문을 열고서 쌀 서 말을 담아주었다. 마침 자린고비 김 씨가 밖에서 돌아오는데 아내가 창고 문을 잠그고 있지 않은가? 더군다나 바닥에 쌀알이 떨어져 뒹굴고 있었다. 자린고비 김 씨는 소리를 버럭 지르려다가 참았다.

　'그래도 오늘이 명색이 우리 둘 생일이잖아. 소리 지른다고 이미 없어진 쌀이 다시 돌아오는 것도 아닌데 괜히 기운 쓸 필요 없잖아.'

　자린고비 김 씨는 그냥 모른 척하고 넘겨버렸다. 그러나 밤새 편하게 잠을 이룰 수가 없었음은 물론이다.

　'저 대머리 놈들이 늘 우리 집에 와서 귀찮게 굴 텐데! 저놈들이 나와 내 집을 다 잡아먹고 말 것이야. 저 뻔뻔한 놈들이 죽어 없어져야 내 근심 걱정도 사라질 거야.'

　그러나 그럴 방법이 없는 게 원망스러울 따름이었다. 날이 밝자 노스님이 동자승 하나를 대동하고 와서는 자린고비 김 씨의 집을 찾아왔다. 곧 재를 올릴 거라고 알릴 참이었다. 하나 그 노스님도 자린고비 김 씨를 만나기가 내키지 않는지라 집 안으로 들어가기가 뭐하여 밖으로 돌고 있었다. 이런 상황을 진즉부터 눈치채고 있던 자린고비 김 씨는 미간을 찌푸리며 한참을 생각하다 마침내 꾀를 하나 내었다. 돈 몇 푼을 꺼내어 쪽문으로 살짝 나가서 시내 한가운데 있는 약방에서 비상을 샀다. 그런 다음 주전부리를 파는 왕삼랑의 가게로 갔다. 마침 왕삼랑은 대바구니 한가득 반죽을 넣고는 찌고 있었다. 아울러 설탕 한 주발을 옆에 놓고서 떡을 만들 참이었다. 자린고비 김 씨는 소매 품에서 여덟 푼을 꺼내서 계산대 위에다 푹 던지며 소리를 질렀다.

　"삼랑, 어서 돈을 받아둬. 그리고 떡 큰 거로 네 개만 줘. 아, 소는 넣지 마. 내가 직접 넣을 거니까. 그냥 가운데가 움푹 들어가게만 만들어 달라고."

　왕삼랑은 대답도 하지 아니하고 생각에 잠겼다.

　'한 푼은커녕 반 푼어치도 떡을 사 가본 적이 없는 저 자린고비 김 가놈이 오늘은 웬일로 여덟 푼어치나 사 간다는 거지! 이거 운수대통했네그려. 한데 설탕 소를 또 얼마나 많이 넣으려고 자기가 직접 넣는다고 하는 거야! 아이고, 넣고 싶은 대로 넣으라지 뭐. 소도 넣고 싶은 대로 넣게 하고 떡도 크게 쪄줘야 나중에 한 번이라도 더 올 거 아냐.'

왕삼랑은 대바구니 안에서 눈처럼 하얀 떡 반죽을 한 줌 떼내어 가운데가 움푹 들어가게 모양을 잡은 다음 자린고비 김 씨에게 건넸다.

"이제 나리께서 맘대로 편하게 하십시오."

자린고비 김 씨는 먼저 비상 가루를 몰래 떡 가운데 넣고 설탕 소를 듬뿍 넣어 떡 모양을 잡은 다음 왕삼랑에게 주고 쪄내라 했다. 자린고비 김 씨는 아직도 김이 솔솔 나는 떡 네 개를 소매에 넣고 가게를 나와 집을 향하여 발걸음을 옮겼다. 집에 돌아와 보니 노스님과 동자승이 대청에서 차를 마시고 있었다. 자린고비 김 씨는 기쁜 얼굴로 그들에게 인사를 올리고는 안으로 들어가 아내에게 말했다.

"저 스님들이 아침부터 오시느라 출출하실 거요. 마침 옆집에서 나에게 주전부리나 하라고 주더구먼. 뜨끈뜨끈한 거라 내가 소매 품에 잘 넣어왔지. 이걸 저 스님들께 드리라고!"

아내는 남편 자린고비 김 씨가 개과천선한 줄 알고 너무도 기뻐했다. 아내는 주홍색 접시를 꺼내어 떡을 담은 다음 하녀에게 들고 가게 했다. 노스님은 자린고비 김 씨가 집에 돌아오자 더는 그 집에 앉아 있고 싶지 않았다. 떡을 먹고 싶은 마음도 당연히 생기지 않았다. 하나 하녀가 떡 접시를 들고 오는 걸 보니 분명 마님이 자신을 챙겨주고자 했음이라 거절하기도 뭐하여 일단 떡을 소매 품에 넣어두고선 마님에게 감사하는 말을 연신했다. 노스님과 동자승은 암자로 돌아가고 자린고비 김 씨는 속으로 너무도 기뻐했음은 굳이 말할 필요도 없으렸다.

한편, 자린고비 김 씨의 두 아들은 서당 공부를 마치면 복선암에 가서 놀곤 했다. 이날 저녁도 복선암으로 찾아가 놀고 있었다. 암자에 돌아온 노스님은 이런 생각이 들었다.

'평소 저 두 도련님이 늘 이곳에 와서 놀곤 했으나 내가 대접할 게 없었더니 오늘 아침 마님에게서 받은 떡 네 덩이를 찬장에 잘 모셔두지 않았나. 어여 내가 그 떡을 데우고 차도 준비하여 저 두 도련님을 대접해야지.'

노스님은 동자승을 불러 떡을 노릿노릿하게 구워 오고 차도 두 잔 우려내오게 한 다음 방에다 차려놓고 두 도련님을 불렀다. 암자에 와서 한참이나 노느라 마침 배가 고팠던 김 씨의 두 아들은 떡을 보자마자 두 덩어리씩 뚝딱 먹어치웠다. 저 떡을 먹지 않았다면야 아무런 일이 안 생겼을 것이지만 저 떡을 먹고 말았으니, 아아, 이를 어찌리오.

불두덩이 한 덩어리가 가슴을 태우는 듯,
쇠창살 수만 개가 배를 찌르는 듯.

두 도련님, 복아와 선아가 배가 아프다며 떼굴떼굴 구르니 따라왔던 하인 놈은 일시에 얼이 빠진 듯했다. 하인 놈이 둘을 업고 돌아가고자 했으나 혼자서 둘을 어찌 업을 수 있으랴! 하인 놈은 발만 동동 굴렀다. 노스님도 이 꼴을 보고 어찌할지 모르고 당황하다가 마침내 동자승 둘을 불러 하나씩 들춰업게 하니 하인 놈은 황망히 그 뒤를 따랐다. 자린고비 김 씨 부부도 너무도 놀라 하인 놈에게 도대체 어찌 된 영문인지 물었다. 하인 놈이 대답했다.

"두 도련님께서 복선암에 가서 떡 네 덩어리를 각각 나눠 드시자마자 바로 배를 잡고 떼굴떼굴 구르기 시작하셨습니다. 노스님께서 말씀하시기를 그 떡은 오늘 아침에 마님이 주신 거라 너무도 고마워 암자로 가지고 돌아와 두 도련님에게 대접한 것이라고 합니다."

자린고비 김 씨는 이 말을 듣자마자 정신이 아득해졌다. 떡에 비상을 넣은 일을 아이들 엄마에게 말하지 않을 수 없었다. 남편의 말을 들은 선 씨는 온몸에서 기운이 다 빠져나가는 듯했다. 어떻게든 아이들을 살려보려고 차가운 물을 아이들에게 끼얹었으나 그런다고 아이들이 깨어나겠는가? 아이들은 콧구멍, 귓구멍, 입구멍에서 피를 쏟더니 마침내 저세상으로 떠나고 말았다. 저 아이들을 내가 어떻게 낳았던가. 부처님 전에 온갖 치성을 드리고 낳은 자식들 아니던가. 한데 저 망할 놈의 남편이란 작자가 자기 아들들을 독살하다니. 죽어라 욕을 해대었으나 그것이 무슨 소용이 있으랴. 화가 나서 참을 수가 없고 억울해서 견딜 수가 없었다. 마침내 안방으로 들어가 허리에 동여맸던 비단 허리띠를 풀어 대들보에 묶고서 목을 매어버렸다.

자린고비 김 씨는 아이들 주검을 앞에 두고 대성통곡을 하다가 겨우 눈물을 그치고 안방으로 들어갔다. 마누라와 이것저것 상의할 참이었다. 한데 눈에 들어오는 건 대들보에 대롱대롱 매달린 아내 몸뚱어리였다. 소리쳐 울다가 결국 몸져눕고 말았다. 자린고비 김 씨는 일주일을 버티지 못하고 저세상으로 떠났다. 평소에 자린고비 김 씨를 수전노입네, 인색하기 짝이 없는 놈이네 하고 손가락질하던 일가친지들은 애 어른 할 것 없이 하늘이 준 좋은 기회라 여기며 뭐 국물이 좀 떨어지는 게 없나 하며 달려와 세간을 이리 뒤지고 저리 뒤졌다. 천하에 부러울 것 없는 재산을 지니고 있던 자린고비 김 씨의 일생도 이렇게 끝나고 말았다. 선행을 쌓지 아니하고 악행을 저지른 대가였다. 이를 증명하는 시가 한 수 있노라.

떡 안에 비상이 들어있을 줄이야 누가 생각이나 했겠는가?

다른 사람 해치려다 외려 자기 아들 죽이고 말았네.

마음 속 내 생각, 하늘이 어이 모르리?

인과응보 이루시는 하늘의 도리는 한 치의 오차도 없도다.

지금까지는 자린고비 김 씨의 악행으로 말미암아 한 가족이 한꺼번에 다 저세상으로 떠난 이야기다. 그럼 이제 선행을 베풀어 온 가족을 구한 이야기를 해볼까나!

선악은 동전의 양면과도 같은 것,

화복은 선악을 따라 저절로 오는 것.

악행을 저지르지 말라,

오직 선행만을 할지니.

한편, 강남 상주부 무석현 동문 바깥에 남의 일을 받아서 베 짜는 가족이 살고 있었으니 형제가 셋이었다. 첫째는 여옥呂玉, 둘째는 여보呂寶, 셋째는 여진呂珍이었다. 여옥은 왕 씨랑, 여보는 양 씨랑 결혼했다. 왕 씨도, 양 씨도 모두 미색이 빼어났다. 여진은 나이가 어려 아직 장가들지 않았다. 왕 씨는 아들 하나를 낳았다. 이름은 희아喜兒였다. 여섯 살 먹은 그 아이가 이웃집 아이랑 밤에 법회를 구경 갔다가 그만 밤늦도록 돌아오지 않는 것이었다. 여옥 부부는 너무도 걱정이 되어 아이를 찾는 방을 붙인 다음 온 거리를 누비며 며칠이고 찾아다녔다. 그러나 아이의 그림자도 찾을 수가 없었다. 도저히 견딜 수가 없었던 여옥은 자신에게 일을 주는 큰 주인장을 찾아가 은자 몇 냥을 빌려 그걸 본전 삼아 태창과 가정 일대를 돌아다니며 목화와 베를 사고팔면서 아이 소식을 알아보고자 했다. 해마다 정월이나 2월이면 집을 떠나 8, 9월이면 다시 집에 돌아와 한 해 장사할 물건을 준비하곤 했다. 이렇게 4년이 지났다. 여옥은 장사를 해서 돈을 많이 벌기는 했으나 아들의 종적은 도저히 찾을 수가 없었다. 날이 갈수록 아들을 찾을 거라는 기대가 희미해져 갔음은 말할 필요도 없겠다.

5년째 되는 해에도 어김없이 여옥은 아내와 작별하고 장사하러 떠났다. 이 장삿길에서 여옥은 밑천이 두둑한 포목상 하나를 만났다. 포목상은 여옥이 빼어난 장사수완을 지닌 줄을 알게 되자 여옥에게 같이 산서성山西省에 가서 포목을 팔고 거기서 양모를 사 와서 팔자고 제안했다. 오가는 길에 사례는 심심치 않게 하겠다고 했다. 여옥은 사례를 후하게 해준다는 말에 끌려 그자의 말을 따르기로 했다. 산서에 도착하여 물건을 다 팔긴 했으나 물건을 사간 장사치들이 연이은 흉작에 대금을 결제하지 못하는지라 다시 돌아올 수가 없었다. 한참 혈기왕성한 나이에 하릴없이 기다리게 된 여옥은 기생집 출입을 하게 되었고 뜻하지 않게 부스럼병이 걸려 치료를 받게 되었다. 그냥 그렇게 집에 돌아가기엔 너무도 면목이 없었다. 이러구러 3년이 지나니 부스럼병도 다 나았고 외상값도 얼추 다 정리가 되었다. 포목상은 생각보다 긴 기간 동안 여옥이 외상 수금도 하면서 자기를 도와주었다며 원래 약속한 금액의 두 배를 사례금으로 내놓았다. 포목상은 다시 돌아가서 팔 물건들을 시간을 두고 꼼꼼히 고르고 있었으나 여옥은 여기서 더 지체하기가 뭐하여 포목상이 준 사례금을 밑천 삼아 양모의 품질을 크게 따지지 않고 바로 구입하여 먼저 고향으로 출발했다.

어느 날 그는 진류라는 곳에 도착하게 되었다. 그곳에서 우연히 볼일을 보러 측간에 가게 되었다. 측간의 발판 위에 어깨에 메는 청색 천 가방이 놓여 있는 게 눈에 띄었다. 가방을 들어보니 상당히 무거웠다. 그걸 들고서 숙소로 돌아와 열어보니 온통 하얀 것이었다. 바로 백은이었다. 2백 냥은 되어 보였다.

'내가 이런 뜻밖의 재물을 얻다니! 이걸 그냥 내가 가진다고 해서 뭐 안 될 것은 없겠으나 주인은 이걸 잃어버리고 얼마나 마음 상하겠는가. 옛날에 황금을 보고도 줍지 않은 사람이 있었으며, 잃어버린 옥 허리띠를 찾아준 배도裴度 같은 사람도 있지 않았던가.6) 내 나이가 이미 서른인데도 자식이 하나도 없으니 이런 황금을 가져다가 또 어디다 쓸 것인가?'

여옥은 황급히 다시 그 측간으로 돌아왔다. 누군가 잃어버린 물건을 찾으러 오는 사람이 있으면 돌려주고자 했다. 온종일 기다렸으나 아무도 나타나지 않았다. 다음 날 여옥은 더는 어찌하지 못하고 자기 길을 떠나야 했다. 다시 5백 리를 더 가자 남숙주라는 곳이 나왔다. 여옥은 저녁에 객점 하나를 정하여 숙박했다. 그날 밤 객점에서 다른 투숙객 하나를 만나 강호를 떠돌아다니며 장사하는 이야기를 서로 나누게 되었다. 그 투숙객은 자신이 5일 전에 진류현의 측간에서 백은이 들어 있는 어깨 가방을 풀어놓고 일을 보았다고 한다. 한데 마침 그때 관리가 수행원들과 행차하기에 마음이 급하여 그 어깨 가방을 챙기는 것을 까먹고 말았다고 한다. 어깨 가방에는 2백 냥이 들어있었다. 하나 그걸 까맣게 잊고 있다가 저녁에 잠자리에 들려고 옷을 벗다가 알아차렸다고 한다. 이미 하루가 지나버렸으니 누군가 집어가도 진즉에 집어갔을 터 괜히 속을 끓이며 고민해 봐야

---

6) 재상이 되기 전에 배도(765~839)가 부모를 여의고 산신묘山神廟에서 공부하고 있을 때 일이다. 당시 억울하게 옥살이하게 된 한 남자가 있었고, 그 남자의 아내와 딸은 옥 허리띠를 팔아 그 남자를 구하고자 했다. 그러나 그 아내와 딸은 그만 그 옥 허리띠를 잃어버리고 말았다. 배도가 그 옥 허리띠를 찾아주어 마침내 그 남자, 아내, 딸은 생명을 구했고, 배도는 음덕을 베푼 대가로 나중에 승승장구하게 된다.

득 될 것도 없으니 그거 재수 없었다 치고 넘어가 버렸다고 한다. 여옥이 그 사람에게 바로 물었다.

"그래 형씨는 이름이 어떻게 되오, 집은 또 어디시오?"

"나는 성이 진陳가고 이름은 조봉朝奉이요, 원래 휘주가 고향인데 지금은 양주 수문 근처에서 싸전을 열고 있다오. 그래 형씨는 이름이 뭐요?"

"나는 여呂가고 상주 무석현 사람이오. 무석현에 가려면 양주를 지나게 되는데 우리 같이 동행하면 어떻겠소이까?"

여옥이 동행하자고 하는 속사정을 알 턱이 없는 그 투숙객 진조봉은 그저 아무 생각 없이 편하게 대답했다.

"아이고, 가는 길에 저의 누추한 집을 들러주신다면야 저한테는 영광이지요.."

다음 날 아침 두 사람은 같이 길을 떠났다. 며칠 후 그들은 양주 갑문에 도착했다. 여옥은 진조봉을 따라 진조봉네 싸전에 들어섰다. 진조봉이 차를 내와서 여옥을 대접했다. 여옥이 먼저 진류현에서 진조봉이 백은을 잃어버린 일을 다시 언급했다. 그러면서 그 어깨 가방이 어떻게 생겼는지 은근히 물어보았다.

"그게 말이요. 청색 천으로 만든 어깨 가방이라오. 그리고 한쪽 끝에다 흰색 실로 '진陳' 자를 박아 놓았다오."

여옥은 마음속으로 확신이 들었다.

"실은 내가 진류현에서 어깨 가방 하나를 주웠는데 그게 형씨가 이야기하는 것과 똑 닮았소이다. 내가 그걸 가져올 테니 한 번 보시오.."

"맞소이다. 바로 이거외다."

어깨 가방을 열어보니 안에 들어있던 백은이 그대로더라. 진조봉은 그냥 지나갈 수가 없어 여옥에게 반씩 나누자고 제안했다. 여옥은 펄쩍 뛰었다. 진조봉은 여옥의 마음씨에 반했다.

'여옥과 같은 사람을 언제 다시 만날까? 백은을 찾아준 은혜를 갚을 길이 없구나. 열두 살 먹은 내 딸과 여옥 집안과 인연을 맺어주고 싶은데 여옥에게 아들이 있는지 모르겠다.'

서로 술잔을 주거니 받거니 하다가 진조봉이 여옥에게 물었다.

"슬하에 아들은 두셨소이까? 올해 몇 살이나 되었소이까?"

여옥은 술을 마시다 말고 눈물을 주르륵 흘리며 대답했다.

"아들이 하나 있기는 있었소이다만, 일곱 살 때 법회를 본다고 집을 나가서는 그길로 지금까지 감감 무소식이로소이다. 그놈 말고는 다른 자식을 두지 못했소이다. 이제 고향에 돌아가면 다른 아이라도 하나 입양하여 장사도 돕게 하고 싶소이다만 딱 맞는 놈을 찾기가 쉽지 않을 듯하외다."

"마침 내가 몇 년 전에 은자 세 냥을 주고 사환 하나를 산 적이 있습니다. 인물도 빠지지 않고 말귀도 잘 알아듣는 편입니다. 지금은 내 아이와 함께 서당에 다니고 있습니다. 만약 형씨께서 보시고 맘에 드시면 형씨께서 옆에 두시고 부리시도록 하시죠. 이것으로 형씨에게 작은 보답이라도 되었으면 좋겠습니다."

"나에게 그 아이를 주신다면 내가 값은 쳐드리겠소이다."

"무슨 그런 말씀을 하십니까! 형씨께서 그 아이를 받아주시지 않으면 내가 형씨의 은혜를 갚을 길이 없을까 그게 걱정일 따름이오."

진조봉은 즉각 점원 조장을 불러서 그 희아라는 아이를 불러오게 했다. 여옥이 들으니 바로 잃어버린 자기 아들과 이름이 같았다. 참 기이하다는 생각이 절로 들었다. 잠시 후 그 아이가 들어왔다. 무호無湖 산 푸른 천으로 만든 도포를 입은 잘생긴 소년이었다. 서당에서 예절을 제대로 배웠는지 여옥을 보자 정중하게 머리를 조아려 인사를 올렸다. 여옥은 그 소년을 보자 마음이 절로 밝아졌다. 자세히 살펴보니 잃어버린 자기 아들의 모습이 들어있었다. 자기 아들이 네 살 때 넘어져 왼쪽 눈썹 주위에 생채기가 났었는데 이 아이도 그 생채기가 있었다. 여옥이 그 아이에게 물었다.

"그래, 언제 여기로 오게 되었는가?"

그 아이는 속으로 숫자를 헤아려보는 눈치였다.

"한, 육칠 년쯤 되옵니다."

"그래, 고향은 어디인가, 누구한테 팔려서 여기까지 오게 되었는가?"

"정확하게 기억이 나지는 않습니다만, 저의 아버님은 여대呂大라고 했으며 숙부 두 분이 있었습니다. 어머니의 성씨는 왕 씨였으며, 집은 무석현 동문 밖에 있었습니다. 어렸을 적에 다른 사람의 꾐에 빠져 이곳에까지 팔려오게 되었습니다."

그 소년이 말을 마치자마자 여옥은 그 소년을 와락 껴안았다.

"얘야, 내가 바로 그 무석현의 여대란다. 내가 네 아비다. 너를 잃어버린 지가 7년, 내가 너를 여기서 만날 줄이야!"

아, 이런 일이 다 있구나.

모래알에서 바늘 찾기도 실제 이뤄지는구나,

잃었던 보배를 다시 찾기도 하는구나.

잔치 자리에서 꿈에 그리던 아들을 껴안으니,

꿈인가, 생시인가?

소년의 두 눈에서도 눈물이 흘러내렸다. 여옥의 마음이 애잔했음은 두말할 필요도 없었다. 여옥은 일어나 진조봉에게 감사의 인사를 했다.

"그대가 이 아이를 맡아주시지 않았다면 오늘 내가 어찌 이 아이를 다시 만날 수 있었겠소이까?"

"형씨께서 제 백은 가방을 찾아 돌려주셨기에 하늘이 형씨를 이곳에 인도하여 부자가 상봉하게 한 것이지요. 이 아이가 형씨의 아들이란 걸 이제까지 몰랐으니 그게 부끄러울 따름입니다."

여옥이 아들 희아를 시켜 진조봉에게 정식으로 인사를 올리게 했다. 진조봉은 희아의 인사를 받기만 할 수 없으니 맞절을 하겠다고 했다. 여옥은 그럴 수는 없다며 말렸다. 진조봉이 한참을 사양하다가 마침내 희아의 인사를 받았다. 진조봉은 그런 다음 희아를 여옥 옆에 앉게 했다. 진조봉이 입을 열었다.

"나에게 여식이 하나 있소이다. 나이는 열둘. 형씨의 아들과 정혼을 해두고 싶소이다만."

여옥은 진조봉이 진심으로 제안하는 것을 보고 거절할 수가 없었다. 그날 밤 여옥 부자는 잠자리에 같이 들면서 밀린 이야기를 나누었다.

다음 날 아침 여옥은 집으로 출발하고자 했다. 진조봉이 여옥을 붙잡고서는 큰 잔치를 열어 사돈과 사위를 축하해주었다. 술이 몇 순배 돌자 진조봉이 여옥에게 백은 스무 냥을 건네며 말했다.

"내 사위가 내 집에서 그동안 고생을 많이 했습니다. 하여 이렇게 보잘 것없는 백은으로나마 보답하고자 하오니 부디 사양하지 말고 받아주시기 바라오."

"그대의 배려를 이미 너무 많이 입었소이다. 정혼례를 치르는 비용도 마땅히 내가 부담하여야 하나 내가 고향을 떠난 상황이라 그러지 못했소이다. 그러면서도 이렇게 또 백은까지 주시다니요. 나는 차마 받을 수가 없소이다."

"하하, 이건 장인이 사위에게 주는 것이외다. 그대에게 주는 게 아니외다. 이걸 거절하면 이번 정혼을 거절하는 거로 알겠소이다.”

여옥은 하는 수 없이 그 백은을 받아두었다. 희아는 자리에서 일어나 감사의 인사를 올렸다. 진조봉이 희아를 안아 일으켜 세웠다.

“이런 약소한 거를 가지고 어찌 그리 큰 절을 받을 수가 있겠는가?”

희아는 안으로 들어가 장모에게 하직 인사를 올렸다. 그날 여옥과 진조봉은 서로 맘 놓고 술을 마시다 저녁이 되어서야 술자리를 파했다. 여옥은 생각에 잠겼다.

‘아, 내가 백은을 찾아준 덕분에 아들을 다시 찾을 수 있었구나. 이게 다 하늘의 뜻이로다. 게다가 내 아들과 진조봉의 딸이 정혼을 했으니 금상첨화로다. 이 은혜를 어떻게 다 갚을쏘냐! 게다가 진조봉이 나에게 백은 스무 냥을 주었으니 사실 이 백은 스무 냥은 진정 내가 그냥 받아둘 것이 아니로다. 내가 이 돈으로 공양미를 사서 암자에 시주하여 복을 짓는 일을 하는 게 낫겠도다.’

이튿날 아침, 진조봉은 또 성대한 아침 식사를 준비해주었다. 여옥 부자는 아침 식사를 마치고 짐을 챙겼다. 진조봉에게 인사를 올리고 진조봉의 집을 나섰다. 작은 배 한 척을 빌려 갑문을 나섰다. 몇 리 정도 갔을까 강변이 온통 왁자지껄했다. 배가 뒤집혀 물에 빠진 사람들이 살려달라고 아우성이었다. 강변 사람들은 주변의 뱃사람들에게 어서 저들을 좀 구해 달라고 사정했다. 하나 뱃사람들은 사람 구해주는 대가를 흥정하기 바쁘고 손 쓸 생각은 하지도 않았다. 여옥은 잠시 생각에 잠겼다.

‘사람 목숨 구하는 것이 칠 층 부도탑 쌓는 것보다 더 낫다고 하지 않는가! 내가 암자에 시주하려고 하는 이 백은 스무 냥을 써서 저 사람들을 구해주는 것 역시 큰 공덕을 쌓는 일일 것이다.’

여옥은 사람들에게 소리를 질렀다.

"내가 상금을 내걸 터이니 어서 저들을 구하도록 하라. 내가 백은 스무 냥을 그 대가로 내놓지."

주변의 뱃사람들이 백은 스무 냥이란 말을 듣더니 배를 몰고 벌떼처럼 달려들었다. 강 언덕에서 구경하던 자들 가운데 헤엄 좀 칠 줄 안다는 자들도 앞다퉈 강물로 뛰어들었다. 눈 깜빡할 사이에 물에 빠진 사람들이 다 구조되었다. 여옥은 백은 스무 냥을 사람들에게 골고루 나눠주었다. 구조된 사람들은 여옥에게 감사하고 또 감사했다. 그중에 한 사람이 여옥에게 물었다.

"나리는 어디서 오셨소이까?"

질문하는 사람을 자세히 바라보니 다른 사람이 아니라 바로 자신의 동생 여진이 아닌가. 여옥이 합장하며 대답했다.

"어찌 이런 일이! 하늘이 내 동생을 구하라고 나를 여기로 보냈구나!"

여옥은 서둘러 여진을 부축하여 자신의 배로 돌아가 옷을 갈아입혔다. 여진이 동생의 예로 인사를 올리니 여옥도 답례를 했다. 아울러 아들 희아에게 숙부에게 인사를 올리도록 했다. 여옥은 여진에게 자신이 백은을 찾아주고 아들을 다시 만난 이야기를 들려주었다. 여진은 찬탄해 마지않았다. 여옥이 여진에게 물었다.

"아우는 어이하여 이곳에 오게 되었는가?"

"이야기하자면 사연이 깁니다. 형님이 떠나신 다음에 삼 년이 되어도 소식이 없자 형님이 산서에서 몹쓸 병에 걸려 죽었다는 소문이 돌았습니다. 둘째 형님이 이리저리 알아보더니 사실이라고 하시고, 형수님은 상복을 입고 장사를 지냈습니다. 저는 그래도 형님이 돌아가셨다는 말이 믿기지가 않았습니다. 둘째 형님은 요즘에 와서는 형수님께 재가하시라고 부쩍 권했으나 형수님은 그 말을 듣지 않았습니다. 저는 제가 직접 산서에 가서 형님의 소식을 알아보리라는 생각을 하고 길을 떠났다가 어찌하다 보니 여기까지 오게 된 것입니다. 마침 여기서 배가 뒤집어졌는데 형님이 이렇게 저를 살려주셨으니 이는 하늘이 저를 구해주신 것입니다. 형님은 여기서 지체하지 마시고 어서 집으로 돌아가셔서는 형수님을 안심시켜 주시기 바랍니다. 늦으면 형수님한테 무슨 일이 생길까 걱정입니다."

여진의 말을 듣고 여옥은 당장 뱃사람들에게 배를 출발시키라 했다. 밤낮을 가리지 않고 배를 몰았다.

마음 급하도다, 배를 몰아라 쏜살같이 몰아라,

베틀의 북처럼 배는 날아가지만 그것도 늦다고 성화로다.

한편, 여옥의 아내 왕 씨는 처음에는 남편의 흉한 소식을 듣고 그럴 리가 없다고 생각했다. 그러나 도련님이 정말 맞는 말이라고 하도 자신 있게 이야기하기에 믿지 않을 도리가 없었다. 하여 소복으로 갈아입었다. 동생 여보는 흉악한 계략을 꾸몄다. 형은 이미 저세상 사람이 되었고 형수한테는 남은 자식도 없으니 형수를 개가시키기만 하면 남은 재산은 모조리 자기 것이 될 참이었다. 여보는 아내 양 씨를 시켜 형수에게 어서 개가하라고 종용하게 했다. 하나 왕 씨는 끝내 그 말을 듣지 않았다. 게다가 동생 여진이 아침저녁으로 그런 일을 하지 말라고 나서니 결국 여보의 계책은 수포로 돌아가고 말았다. 왕 씨는 혼자서 고민했다.

'그래, 백문이 불여일견이라고 하지 않는가. 남편이 죽었다고 하는 건 그저 소문일 뿐. 천 리 밖 만 리 밖의 일을 어이 제대로 알 수가 있나?'

왕 씨는 막내 도련님 여진에게 부탁했다.

"도련님, 산서로 가셔서 제대로 좀 알아봐 주셔요. 만약 형님이 불행하게도 진짜 저세상으로 떠났다면 유골이라도 수습하셔서 돌아오셔요."

여진이 산서로 떠나자마자 여보는 아무런 거리낌 없이 도박장을 드나들다가 재산을 탕진하고 어디서 돈을 구하나 고민하다가 마침 강서 출신 상인이 상처했다고 하는 소식을 듣고는 그에게 형수를 팔아넘길 작정을 했다. 그 상인도 여옥의 마누라가 제법 인물이 빼어나다는 소문을 듣고 있었기에 은자 30냥을 주고 여옥의 아내를 사기로 했다. 여보는 은자를 받아 쥐고선 상인에게 말했다.

"내 형수라는 사람이 고집이 워낙 세서 그냥 보통 방법으로는 절대 따라가지 않을 것입니다. 오늘 해가 저물고 나면 가마를 준비한 다음에 몰래 우리 집으로 들어오시오. 우리 집에서 상복을 입고 있는 여인을 보면 바로 우리 형수라고 여기고 아무 말할 필요 없이 그 여인을 데리고 가시오."

그 상인은 여보의 말을 듣고 알겠노라 대답했다.

한편 여보는 집에 돌아와 괜히 이 일을 입 밖에 꺼냈다가 산통이 깨질까 봐 한마디도 하지 않았다. 여보는 마누라 양 씨에게만 몰래 이렇게 일러두었다.

"저 다리 둘 달린 물건을 오늘 밤에 강서에서 온 상인에게 팔아치울 거야. 이걸 미리 알면 울고불고 난리를 치면서 어디로 숨어버릴 거니까 절대 이야기하지 말라고. 해가 지고 밤이 되면 형수를 태우러 오는 가마에 그냥 아무 말 하지 말고 올라타라고 해. 낮에는 절대 함구하고!"

말을 마치고 여보는 집을 나섰다. 여보는 강서의 상인이 오늘 저녁에 머리에 하얀 댕기를 매고 있는 여자를 가마에 태우고 갈 거라는 말은 쏙 빼고 하지 않았다. 여보의 마누라 양 씨는 평소 형님 왕 씨와 사이가 돈독했던지라 차마 그냥 두고 볼 수만은 없었지만 남편이 알아서 하는 일이라 자기도 어찌할 도리가 없노라 체념해버렸다. 그러나 황혼녘에 이르자 양 씨는 형님 왕 씨에게 털어놓지 않을 수가 없었다.

"남편이 형님을 강서에서 온 상인한테 개가시킨대요. 조금 있다가 그 자가 와서 형님을 데려갈 거라네요. 형님한테는 절대 말하지 말라고 했어요. 그래도 저하고 형님하고 어떤 사인데요. 제가 차마 말하지 않을 수가 없네요. 형님, 뭐 장신구나 보물 같은 거 있으시면 미리 챙겨두세요. 나중에 황급하게 준비하느라 당황하지 않게요."

왕 씨는 그 말을 듣고 땅을 치며 울었다. 양 씨가 달랬다.

"제가 뭐 형님을 달래려고 일부러 하는 소리가 아니라 형님은 지금 한창나이인데 어찌 평생 수절할 수 있겠어요? 이미 엎질러진 물입니다. 두레박을 우물에 던졌으면 그저 물을 길어야 들어 올리지요. 이것도 인연이라 생각하시지요. 울어봐야 무슨 소용이 있겠습니까?"

"자네는 무슨 말을 그리하는가? 내 남편이 죽었다는 소문은 무성하나 내 눈으로 직접 확인한 것은 아니라네. 막내 도련님이 알아보러 떠났으니 돌아오고 나면 확실한 소식을 알 수 있겠지. 지금 이렇게 나를 몰아붙이면 나는 어떡하란 말인가!"

왕 씨는 말을 마치고 목을 놓아 울었다. 양 씨는 이리 달래고 저리 달랬다. 그러자 왕 씨는 울음을 멈추더니 이렇게 말했다.

"그래, 내가 개가를 한다고 쳐. 아무리 그래도 그렇지, 남편이 죽어서 상중이라 하얀 댕기를 쓰고 있는 처지에 개가를 할 수 있겠는가? 자네가 어디 가서 검은 댕기 하나 구해와 주게나."

양 씨는 남편의 당부도 잘 지켜야겠고 어떻게든 형님을 달래기도 해야겠기에 일단 어서 가서 검은 댕기 하나를 찾아오려 했다. 그러나 하늘이 도왔던 것일까. 쓰던 검은 댕기를 아무리 찾아도 찾을 수가 없었다. 왕 씨가 양 씨에게 제안했다.

"여보게, 자네는 집에 남아 있을 것 아닌가. 자네가 지금 쓰고 있는 댕기를 나에게 좀 빌려주게나. 자네야 내일 아침 도련님 가게에서 하나 새로 얻어서 쓰면 되지 않겠어?"

"그러죠."

양 씨가 바로 쓰고 있던 댕기를 풀어서 왕 씨에게 건넸다. 왕 씨도 상중이라 특별히 쓰고 있던 하얀 댕기를 풀어서 양 씨에게 주고 쓰게 했다. 왕 씨는 또 자신의 소복을 벗어주었다. 해가 저물자 강서 상인은 등불을 들고 꽃가마 한 대를 마련하여 왕 씨를 데리러 찾아왔다. 악대도 부르기는 했으나 차마 그들에게 악기를 연주하게 하지는 않았다. 대신 조용히 살금살금 그러나 잽싸게 왕 씨를 데리러 왔다. 여보가 그들과 약조를 하고서 미리 문을 열어놓는 등 조치를 다 해두었기에 그들은 추호의 망설임 없이 바로 대문을 열고 안으로 들어와 흰색 댕기를 쓰고 있는 여자를 찾았다. 양 씨는 자기가 아니라며 소리를 질러댔지만, 그들이 어찌 들은 척이라도 하겠는가? 양 씨를 허겁지겁 가마에 태우고는 손뼉을 치고 악기를 울려대며 쏜살같이 내빼 버렸다.

생황소리 울려 퍼지며 배에 오른다,
하얀 댕기 쓰고 있어 잘못 맺은 인연.
자기를 보쌈해간 새신랑에게 하소연할 수도 없으니,
그저 전 남편을 원망할 노릇.

왕 씨는 혼자서 속으로 천지신명에게 감사하며 대문을 닫고 잠자리에 들었다. 다음 날 아침 여보가 의기양양하게 문을 두드리고 들어왔다가 형수가 자기를 맞이하는 것을 보고는 깜짝 놀라 자빠졌다. 자기 마누라는 보이지 않고 자기 마누라가 하고 있던 검은 댕기를 형수가 쓰고 있지 않은가. 여보는 너무도 의아하여 바로 형수에게 물었다.

"형수, 내 마누라는 도대체 어디 간 거요?"

"어젯밤 그 강서에서 온 불한당 같은 놈이 보쌈해 가버렸소."

"아니, 어떻게 그런 일이! 근데 형수의 그 하얀 댕기는 어찌하셨소?"

왕 씨는 여보에게 댕기를 바꾸게 된 연유를 설명해주었다. 여보는 가슴을 치며 분해했다. 형수를 팔아넘기려다가 자기 마누라를 팔아넘기다니! 강서 상인은 어젯밤에 이미 떠나버렸고, 여자를 팔고 받은 서른 냥 가운데 태반은 이미 노름판에서 사라져버렸다. 이제 자신이 다시 결혼하기도 힘들 거라는 걸 자기가 먼저 잘 알았다. 그래, 이왕 시작한 일 뿌리를 뽑아야겠다는 오기가 생겼다. 형수를 사갈 사람을 다시 찾아내어 형수를 팔고 그 돈으로 자기도 새장가를 가야겠다는 생각이 들었다. 막 대문을 열고 나가려고 하는데 문밖에서 너덧 명의 사람들이 문을 열고 들어왔다. 자세히 살펴보니 바로 길 떠난 형 여옥이었다. 형 여옥과 아우 여진, 조카 희아 그리고 짐꾼 둘이 나귀에 짐을 싣고 들어오고 있었다. 여보는 뒷문으로 걸음아 날 살려라 하고 도망쳐 버렸다.

왕 씨는 자신의 남편과 장성해서 돌아온 아들을 맞았다. 왕 씨가 도대체 어떻게 된 일인지 물으니 여옥이 전후 사정을 한차례 설명해주었다. 왕 씨도 강서 상인이 동서를 보쌈해 간 일, 여보가 형님 볼 면목이 없어 뒷문으로 도망친 일을 일일이 설명해주었다.

여옥이 아내에게 말했다.

"내가 만약 백은 이백 냥에 눈이 어두워졌더라면 아들을 어찌 다시 만날 수 있었겠소? 은자 스무 냥을 아까워하여 배가 뒤집혀서 물에 빠진 사람들을 구하는 데 내놓지 않았다면 여진을 어찌 다시 만날 수 있었겠소?

또 여진을 만나지 못했더라면 집안의 이런 꼴을 어찌 알 수 있었겠소? 지금 이렇게 우리 부부가 다시 만나고 우리 가족이 재회하게 된 것은 모두 하늘이 도운 덕분이오. 망할 놈의 동생이 자기 형수를 팔아먹으려다 제 꾀에 자기가 빠진 것도 다 하늘의 벌을 받은 것이오. 하늘이 하는 일은 이렇게 한 치의 오차도 없구려."

이 일을 계기로 여옥의 가족은 더욱 마음을 선하게 쓰니 가세가 더욱 흥성했다. 나중에 희아는 진조봉의 딸과 결혼하여 아들딸을 여럿 낳았다. 그중에는 높은 벼슬을 하고 권세를 누린 자들도 많았다.

자기 것이 아닌 재물, 주인을 찾아주니 잃었던 아들 다시 만나고,

억지 꾀를 내어 형수를 팔아치우려다 외려 자기 아내를 잃는구나.

하늘의 뜻이 이렇게 오묘하니,

선악에 따른 인과응보 어찌 틀림이 있으랴!

황제의 마음을 얻다

兪中擧題詩遇上皇

— 유중거가 시를 지어 황제의 눈에 들다 —

해와 달도 떴다 지고 찼다 기울어지고,

별도 빛을 냈다가 빛을 잃기도 하니,

사람이라손 어찌 잘 나갈 때와 힘들 때가 없을까?

장자방은 어렸을 적 서비로 도망가야만 했고,

이윤은 유신 들판에서 몸소 농사를 지었으며,

강태공은 반계에서 낚시질을 했다네.

그대는 보지 못했는가?

한신이 뜻을 얻지 못했을 때 남의 가랑이 사이를 기었던 일,

여몽정呂蒙正[1]이 기와 가마를 빌려 거처했던 일,

---

1) 여몽정은 977년에 치러진 과거에서 장원급제했다. 어려서 너무 가난하여 기와 굽는 가마에서 생활했다고 한다.

배도가 퇴락한 절간에서 더부살이했던 일.

그러나 때가 되면 모두 재상이 되었다네.

진짜 남자였다네.

한 무제 원수元狩 2년(B.C. 121), 사천 성도부에 한 선비가 살고 있었으니 그의 이름은 사마상여, 별호는 장경長卿이라. 어려서 부모를 여의고 의지가지없는 신세. 소금에 절인 부추만을 먹으면서도 제자백가와 경서를 읽고 또 읽었다. 강호를 떠돌아다니는 신세였으나 공명을 이루고자 하는 뜻을 포기하지 않았다. 성의 북문 밖 7리쯤 되는 곳에 신선이 승천한 다리라는 뜻을 지닌 승선교가 있었다. 사마상여는 그 승선교 교각에 이렇게 적어놓았다.

'나, 이 사내대장부는 말 네 마리가 끄는 마차를 타지 않고는 이 다리를 다시 건너오지 않으련다.'

사마상여는 장안과 낙양을 지나 동으로 제, 초 지역을 지나 마침내 지방의 왕인 양효왕梁孝王의 문하에 들어갔다. 사마상여는 양효왕의 문하에서 추양, 매고 등과 교유했다. 하나 예기치 않게 양효왕이 죽고 나니 사마상여는 병을 핑계 대고 그곳을 떠나 성도의 저잣거리로 돌아갔다. 임공현의 현령 왕길이 사람을 보내어 사마상여를 초대하곤 했다. 이때도 사마상여가 왕길한테 초대를 받아 찾아온 지가 십여 일이었다. 두 사람이 대화를 나누다 보니 자연스럽게 이곳에 사는 탁왕손을 언급하게 되었다. 탁왕손은 엄청난 부자로 그 집의 정자와 누각 그리고 연못은 세상 둘째가라면 서러울 정도로 아름답기가 그지없었다. 두 사람은 기회가 되면 한 번 같이 가보자고들 했다. 왕길은 탁왕손에게 사람을 보내어 한번 방문하고 싶다는 뜻을 전하게 했다.

탁왕손은 수천수만 금을 지닌 거부로 하인배들의 수만 해도 수백이었다. 집에는 온통 화려한 장식이 넘쳤다. 정원 한가운데에는 아름다운 정자가 하나 있었다. 그 정자의 이름은 상서로운 신선 누각이란 뜻의 서선정이었다. 서선정 주위엔 늘 기화요초琪花瑤草가 만발하여 아니 가면 후회할 곳이라는 소문이 자자했다. 장안과 낙양의 내로라하는 정자도 이만은 못할 것이었다. 탁왕손은 상처하고서 새장가를 들지 아니하고 그저 도를 닦고 수양하면서 소일했다. 그에겐 외동딸이 있었으니 이름은 문군文君, 방년 열아홉이었다. 문군은 갓 과부가 되어 친정에 돌아온 지 얼마 되지 않았다. 문군은 총명한 데다 용모까지 빼어났다. 비파 연주, 바둑, 서화에 모두 능했다.

어느 날 아침 탁왕손이 현령 왕길과 그의 친구인 빼어난 학자이자 문장가인 사마상여가 서선정을 구경하고자 찾아왔다는 전갈을 받았다. 탁왕손이 황급히 나가 그들을 맞이하여 서선정으로 안내했다. 서로 수인사를 나눈 다음 탁왕손이 하인들에게 술을 내오게 하여 대접했다. 탁왕손이 보니 사마상여가 인물이 너무도 훤칠했다. 게다가 현령 왕길의 친구라 하니 더욱 정중히 모시고자 했다.

"선생, 현령 내아內衙에서 지내기가 불편하실 텐데 사양하지 마시고 제 집에 와서 며칠 묵으시지요."

사마상여는 그 후의에 감동하여 사람을 시켜 자기 짐을 가져오게 하여 탁왕손 집에 머물렀다. 보름 세월이 그냥 훅 지나가 버렸다.

한편, 탁문군이 자기 방에 앉아 있자니 몸종 춘아春兒가 와서 고했다.

"아씨, 나리께서 사마상여라는 선비를 서선정에 초대하여 머물게 했사온데, 인물도 좋고 비파 연주 솜씨 또한 빼어나다고 하옵니다."

이 말을 듣고 마음이 동한 탁문군은 동쪽 담으로 다가가 담 가운데 격자창을 통해 사마상여의 생김새를 살펴보았다.

'나중에 필히 크게 될 관상이로다. 결혼은 했는지? 이런 사람을 남편으로 맞을 수 있다면 평생소원이 없겠네. 하나, 매번 거친 밥도 제대로 못 먹고 늘 쌀독이 빌 정도로 가난하다니 매파를 넣어서 혼인을 하려 하면 아버님이 결코 응낙하지 않으실 것이로다. 어떡하나? 이런 사람 한 번 놓치면 다시 만나기가 어려울 것인데!'

하루가 가고 이틀이 갔다. 몸종 춘아가 탁문군의 미간에 시름이 가득 고여 있는 것을 보고선 누군가 그리워하는 사람이 있구나 싶어 여쭈었다.

"아씨, 오늘이 삼월 보름, 달빛도 밝은데 화원에 산책이라도 가시죠!"

사실 탁문군은 겉으로 말은 하지 않았으나 마음으로는 늘 사마상여 생각뿐이었다.

'저 선비를 한 번 본 이래로 밥맛도 없고 잠도 안 오고 마음은 조마조마 두근두근. 내 마음의 작정은 이미 섰도다. 비록 부녀자의 도리에 어긋남이 있다고 하더라도 이 역시 내 남은 인생이 달린 문제 아니더냐!'

탁문군은 장신구를 챙기고 머리를 매만진 다음 춘아에게 일렀다.

"오늘 밤 나랑 같이 달구경 좀 하자. 회포를 풀고 싶구나."

춘아는 이런저런 채비를 다 마치더니 아씨를 모시고 나섰다.

한편, 사마상여도 탁문군에 대한 소문을 익히 듣고 있었다. 미모도 출중하고, 총명하고 게다가 음악에도 일가견이 있다 했다. 그런 탁문군을 사귀고 싶은 마음이 간절해졌다. 달빛이 맑은 거울과도 같이 밝은 이 밤, 화초 사이에 사람 움직이는 소리가 들려왔다. 시동에게 살펴보라 했다. 탁문군 아씨라는 대답이 돌아왔다. 사마상여는 향을 사르라 한 다음 비파를 끌어안고 연주하기 시작했다.

탁문군이 화원에서 몇 걸음 떼기가 무섭게 청량한 비파 소리가 들려왔

다. 서선정 쪽으로 천천히 발걸음을 옮겨 나무 그늘 아래로 다가가니 비파
가락에 노랫소리가 얹혀 들려왔다.

봉새여, 봉새여 고향을 그리워하시나,
천하를 주유함은 황새를 찾고자.
아직 때를 못 만나니 마땅히 갈 곳은 없고,
오늘 밤에는 어느 곳에 깃들일까.
요조숙녀 있는 규방,
규방은 멀리 있으나, 요조숙녀는 내 곁에 왔네.
한 쌍의 원앙처럼,
짝을 지어 저 하늘을 날아가고자!

황새여, 황새여 나도 그대 따라 깃들고 싶어요,
그대 꼬리를 붙잡고 날아가는 나는 암새.
정을 주고 몸을 통하니 이렇게 마음이 상큼,
한밤중에 만남을 누가 알리요.
서로의 날개를 잇대어 하늘로 날아가고 싶어라,
이 맘 몰라주면 나 얼마나 슬플까!

탁문군이 춘아에게 말했다.

"저 선비도 나에게 맘이 있고, 나도 저 선비에게 맘이 있도다. 오늘 밤
기왕에 여기까지 나왔으니 저 선비를 한 번 만나봐야겠구나."

이 말을 들은 춘아가 탁문군을 서선정으로 안내했다. 사마상여는 탁문
군이 오는 것을 보더니 바로 일어나 맞았다.

"아름다운 아씨를 언제고 맘에 그렸더니 이렇게 몸소 왕림하여 주실 줄이야! 미리 마중 나가지 못한 죄를 용서하소서."

탁문군도 옷깃을 여미며 앞으로 나가 인사했다.

"이렇게 훌륭한 선비께서 찾아주셨는데 제가 너무 오래 기다리게 했습니다. 선비께서 이곳에서 혼자서 적적하게 지내실까 봐 적이 걱정했나이다."

"저 때문에 걱정하실 필요는 없습니다. 그래도 비파가 있어 그 비파로 제 마음을 달래고 있습니다."

"뭐 그렇게 돌려 말하실 필요까지야! 비파에 실어 보낸 그 마음 저도 이미 알고 있나이다."

사마상여는 황급히 무릎을 꿇고서 아뢰었다.

"이제 그대의 꽃다운 얼굴을 직접 보았으니 죽어도 여한이 없나이다."

"어서 일어나십시오. 소녀 오늘 이렇게 여기로 선비님을 찾아와 같이 달 구경하며 술잔을 나누고자 합니다."

춘아가 서선정에 술자리를 차렸다. 탁문군과 사마상여가 서로 술잔을 기울였다. 사마상여가 탁문군을 가까이서 살펴보았다.

비취새 날개 같은 눈썹,

하얀 눈 같은 피부.

아름다운 몸이 아름다운 비단옷 속에 들어있네.

풍만한 듯하나 넘치지 아니하고,

가는 듯하나 마르지 않았도다.

강물의 여신이 강가에 서 있는 듯,

달의 여신이 달을 마주 대하고 있는 듯.

술이 몇 순배 돌았을 때 탁문군이 춘아에게 명했다.

"먼저 대강 정리하고 들어가거라. 나는 좀 더 있다가 천천히 돌아가겠노라."

사마상여가 탁문군에게 말했다.

"이곳이 누추하긴 하나 그대와 함께 침대를 같이 쓰는 기쁨을 누리고 싶소이다."

탁문군이 웃으며 대답했다.

"오늘 하룻밤 잠자리의 기쁨이 아니라 선비님과 평생을 함께하는 기쁨을 누리고 싶소이다."

"무슨 생각해둔 계책이라도 있으시오?"

"제가 금은보화를 모두 챙겨왔사오니 오늘 밤 이곳을 떠나 다른 곳으로 갑시다. 나중에 아버님이 저를 불쌍히 여겨서 부르시면 그때 돌아오면 될 것입니다."

두 사람은 그길로 서선정에서 일어나 후원을 통해 밖으로 나가버렸다.

거북이가 낚싯바늘을 벗어던졌으니,

헤엄쳐 바다로 나가 돌아올 줄을 모르네.

다음 날 아침 춘아가 일어나 보니 아가씨가 보이지 않았다. 이곳저곳을 찾아보아도 종적을 찾을 수 없어 탁왕손을 찾아가 이 사실을 고했다. 탁왕손이 서선정을 찾아가 보니 사마상여도 보이지 않았다.

'아니, 사마상여 같이 배웠다는 선비가 이런 짐승 같은 짓을 하다니! 그리고 문군, 저도 저 나름대로 이치를 아는 년일 터인데. 여자는 무슨 일이든 함부로 하지 아니하며 혼자서 밖으로 나가지 않는다는 말도 듣지 못

한 건가? 아버지의 말을 듣지 아니하고 외간남자와 야밤에 도망을 치다니 이제 너는 내 딸이 아니도다.'

관가에 고발할까 하는 생각이 들기도 했으나 집안 부끄러운 일이라 차마 그리 하지 못하고 그만두었다. 딸내미가 야반도주했으니 어찌 얼굴을 들고 일가친척을 볼 수 있을까? 탁왕손은 그저 아무 말 없이 은인자중했을 뿐 딸의 뒤를 쫓는 것도 포기하고 말았다.

자, 그럼 이제 사마상여와 탁문군의 이야기를 좀 해볼까. 사마상여는 탁문군을 자신의 집으로 데리고 가긴 했으나 쌀독에 쌀이 한 톨도 없는 걸 생각하니 앞으로 같이 살아갈 일이 참으로 막막했다.

'내가 데려온 탁문군은 부잣집 규수인데 이렇게 가난한 집에서 어떻게 견딜까? 뚱한 얼굴도 아니고 화도 안 내고 마음이 넓은 게 그나마 다행이로다. 내가 나중에 꼭 출세할 거라고 믿는 모양이로다.'

사마상여가 이렇게 한참 고민하고 있는데 탁문군이 곁으로 다가왔다. 사마상여가 탁문군에게 말했다.

"그대와 상의하여 조그만 장사라도 하고 싶은데 내가 가진 게 하나도 없네."

"일단 제가 가지고 온 금은보화를 팔 수 있는 대로 다 팔아볼게요. 제 아버님이 천만금을 가진 부자인데 설마 하나밖에 없는 딸을 모른 체하시겠어요! 일단 술집을 열도록 하죠. 제가 직접 주모를 맡겠어요. 아마 제 아버지가 제가 술장사하는 걸 아시면 틀림없이 후회하실걸요."

사마상여는 탁문군의 말을 따라 집을 하나 짓고서 술집을 열었다. 탁문군이 직접 술도 팔고 장부도 정리했다. 하루는 탁왕손의 하인 하나가 성도부에 일을 보러 왔다가 탁문군의 술집에 술 한잔하러 들렀다. 술 파는 아낙을 보니 바로 주인 아씨 아닌가. 그 하인은 너무도 놀라서 그길로 바로 돌아와 탁왕손에게 아뢰었다. 이 소식을 들은 탁왕손은 창피함에 얼굴이 다 빨개지면서 나에게는 그런 딸이 없다고 했다. 탁왕손은 문을 걸어잠그고 사람을 일절 만나지 않았다.

사마상여 부부가 술장사를 한 지도 어언 반년. 어느 날 조정의 사신이 천자의 조서를 들고 찾아왔다.

"천자께서 선생이 지은 「자허부子虛賦」를 보고서 문장의 기세가 넘치고 윤기 날 뿐 아니라 전대미문의 명문장이라고 감탄했소이다. 특히 그 문장은 우뚝 빼어나 다른 작품들과는 차원이 다르다고 하셨습니다. 천자께서는 이 문장을 지은 작가와 함께하지 못하다니 얼마나 안타까운가 하시며 서운해하고 있었습니다. 이때 양웅揚雄이 '이 글을 지은 자는 신과 동향인 사마상여입니다. 지금 성도에서 살고 있습니다.'라고 아뢰었답니다. 천자께서 이 말을 듣고 너무도 기뻐하시며 특별히 소신을 보내어 선생을 모셔오게 했나이다. 어서 소신이랑 함께 천자를 알현하러 갑시다."

사마상여는 바로 짐을 꾸리고 떠날 채비를 했다. 탁문군이 사마상여에게 이렇게 말했다.

"당신이 지금 천자를 뵈러 가면 틀림없이 벼락출세할 터인데, 그럼 서선정에서의 일을 잊어버릴까 걱정입니다."

"내가 당신에게서 받은 은혜를 갚지 못하여 늘 마음에 빚이 되고 있었거늘 어찌 그런 말을 하시오?"

"어찌 선비라고 다 같은 선비이겠습니까. 군자와 소인의 구분이 있지요. 군자란 모름지기 부귀에는 관심이 없고 마음이 한결같으나 소인은 부귀해지면 가난했던 시절을 잊어버리고 맙니다."

"그대는 걱정하지 마시오."

사마상여와 탁문군은 차마 내키지 않는 이별의 순간을 맞이했다. 탁문군이 사마상여에게 다시금 오금을 박았다.

"승선교에 새긴 포부 이제 이루었으니, 술 팔고 설거지하던 사람을 잊지 마소서."

사마상여가 사신을 따라 천자를 알현하러 간 이야기는 그만. 한편, 탁왕손의 하인이 장안에 갔다가 돌아와 양웅이 사마상여를 추천했다는 이야기를 탁왕손에게 고했다. 탁왕손이 이 말을 듣고 혼잣말했다.

"내 아이가 선견지명이 있었어. 사마상여가 재주와 용모를 겸비하여 언젠가는 꼭 출세할 거라고 믿고 부부의 연을 맺은 게지. 결혼이란 게 인륜지대사 아닌가. 내 사위가 천자께 정식으로 벼슬을 하사받기 전에 내가 먼저 춘아를 데리고 성도에 가서 내 딸을 한편 살펴봐야겠구나. 이거야다 부녀의 정으로 하는 것이니 나를 비웃을 자 어디 있을까? 만약 내 사위가 벼슬자리를 얻은 다음에 이러면 남들이 나를 부귀공명이나 따지는 속물이라고 손가락질할 거야."

이튿날 탁왕손은 춘아를 데리고 성도부로 가서 딸 문군을 찾았다. 문군은 아버지께 인사를 올렸다.

"소녀, 아버님께 불효를 저질렀습니다. 부디 용서해 주시옵소서."

"얘야, 그동안 너무 보고 싶었느니라. 지난 일은 뭐하러 이야기하는고! 내 사위를 천자께서 부르셨다니 네가 바란 그대로구나. 내가 춘아랑 같이 왔으니 이제 집으로 들어와 춘아의 시중을 받도록 해라. 내가 따로 장안에 사람을 보내어 내 사위에게 이 소식을 전하겠노라."

탁문군은 친정에 돌아가기를 한사코 거절했다. 탁왕손은 딸의 뜻을 꺾을 수 없음을 알는 재산의 반을 뚝 떼어 딸에게 주고 성도에 새집을 짓고 전답을 사들이고 하인 3, 4백 명을 붙여주었다. 탁왕손 역시 성도의 새집에서 머물면서 사위에게서 좋은 소식이 들려오기만을 기다렸다.

한편, 사마상여는 사신을 따라 입조하여 천자를 알현했다. 사마상여는 「상림부」를 지어 천자께 바쳤다. 황제는 너무도 흡족해하면서 사마상여를 저작랑에 임명하고 금마문에서 대기하게 했다. 근자에 파촉에서 남이 지역에 이르는 길들을 개척하면서 관리들이 '징발법'을 들이대며 물품을 이것저것 다 징발하여 변방의 백성들을 괴롭히고 있었다. 천자께서 이 소식을 들고서 대로하여 사마상여를 불러 이 일을 상의한 다음 파촉 지방에 보내는 격문을 짓게 했다.

"이 일은 조정에서 직접 관리를 보내어 처리하여야겠소. 그대가 아니면 아니 되겠소이다."

천자는 사마상여를 중랑장에 임명하여 신표를 주고 출발하게 했다. 아울러 검과 패찰을 하사하면서 명령을 듣지 않는 자가 있으면 먼저 목을 베고 그런 다음 보고하라 했다. 사마상여는 천자께 인사를 올리고 조정을 나섰다. 사마상여는 쉼 없이 달렸다. 파촉의 안정을 위해 설득하고 남이가 조용해지도록 노력했다. 보름이 채 못 되어 문제가 해결되니 마침내 금의환향 길에 올랐다. 몇 달 동안 길을 달려 마침내 성도에 이르니 성도의 관원들이 영접을 나왔다. 새로 지은 집에 이르니 탁문군이 마중 나왔다.

"책을 열심히 읽은 게 헛일은 아니었소. 이제 승선교에 새긴 내 포부를 이루었소이다."

"기쁜 일이 하나 더 있습니다. 당신의 장인이 새집에 와서 당신을 맞이하기 위하여 기다리고 있습니다."

"내가 어찌 감히 장인어른의 영접을 받을 수가 있겠소이까?"

탁왕손이 밖으로 나오니 사마상여가 앞으로 나아와 장인어른 탁왕손에게 인사를 올렸다. 서로 인사를 나누고 잔치를 벌였다. 이 일로 말미암아 사마상여는 성도의 거부가 되었다. 시 한 수가 이를 증명하노라.

보름달, 아름다운 누각에 밤은 깊어만 가고,

수풀 사이로 맑은 바람 불어오고.

비파 현에 실려 오는 사랑의 곡조,

들어줄 줄 아는 귀 없다면 누굴 위해 연주하리!

사마상여는 성도의 찢어지게 가난한 선비였으나 그가 지은 문장이 천자의 눈에 띄어 이렇게 하루아침에 벼락출세하게 되었던 것이다.

한편, 남송 때에 가난한 선비가 있었으니, 그 역시 성도 사람으로 탁금강에서 살았다. 이 사람도 문장 한 편을 잘 지어 금의환향했도다. 이 사람의 성은 유, 이름은 양, 별호는 중거로, 나이는 바야흐로 스물다섯. 조실부모하고 장 씨를 아내로 맞아들였다. 이 선비는 밤낮으로 시를 짓고 역사책을 읽으니 글 짓는 솜씨가 온몸에 가득했다.

천하의 빼어난 선비를 널리 구하는 과거 시험 방이 붙었다. 선비들이 과거에 응시하고자 남송의 수도인 임안으로 달려갔다. 유중거 역시 비파, 검, 책 등을 꾸려 과거에 응시하고자 길을 나서니 친구들이 송별연을 열어 축하했다. 유중거가 아내에게 당부했다.

"나는 이제 관직을 구하러 떠나오. 길면 3년, 짧으면 1년. 미관말직이라도 얻으면 바로 돌아오리다."

말을 마치고 유중거는 볼품없는 나귀에 올라타서 길을 출발했다. 며칠이나 갔을까 유중거는 길 위에서 그만 병에 걸리고 말았다. 객점을 찾아 몸을 눕히긴 했으나 고민은 깊어져만 갔다. 보름이나 객점에 드러누워 있다 보니 수중의 노자도 다 떨어지고 말았다. 할 수 없이 나귀를 팔아 노자에 보탰으나 과거 시험 날짜에 대어 가지 못할까 걱정이었다. 서둘러 짚신을 사고 등에 등짐을 직접 지고 달렸다. 얼마 가지 않아 발에 피가 고이니 그 고초가 이만저만이 아니었다. 이렇게 가다가 언제 과거 시험장에 도착할까? 유중거는 부르튼 발을 바라보면서 상서로운 학을 탄 신선이란 의미의「서학선」사 곡조에 부쳐 자기 심사를 읊조렸다.

봄철 과거 시험 날짜는 다가오기만 하는데,

임안 가는 길은 멀고도 멀어,

저 하늘 끝에 있는 듯하여라.

안타깝게도 내 두 발은,

걷는 데 어이 이리도 미숙하여,

걸음걸이는 이렇게 터덕터덕.

고통은 참을 수 없고,

짚신 신은 다섯 발가락이 힘들어할 때면,

부드러운 말로, 웃음 띤 말로, 달콤한 말로 위로한다네.

이 몸 얼고서 좀 걸어주시게나,

나 관직을 얻거든,

그땐 그대에게,

가죽 신발을 상으로 신겨주리라.

그땐 그대 가마 위에 올라타리니,

기름진 고기 음식 먹어,

그대 발바닥에 윤기가 다시 나게 하리니.

밤이면 등불 들고,

그대를 안내할 또 다른 발을 구하여 그대와 짝하게 할지니.

며칠을 더 고생하여 임안에 도착했다. 과거 시험장으로 가는 다리 아래 객점이 하나 있었다. 그 객점은 손씨 성을 지닌 노파가 운영하고 있어서 손 노파 객점이라고 불렸다. 유중거는 손 노파 객점에 짐을 풀었다. 며칠 지나지 않아 유중거는 과거 시험장 안으로 들어가 과거 시험을 다 치르고 방이 붙기만을 기다렸다.

과거 시험을 치르는 자들 가운데 이런 고초를 겪지 않는 자가 어디 있으랴만, 유중거는 특히 8천 리가 넘는 길을 걸어왔으니 일거에 급제하기를 바라는 심정이 더욱 간절했다. 그러나 유중거의 때가 아직 이르지 아니한 까닭일까, 유중거의 이름이 급제자 명단에 들어있지 않았다. 유중거의 가슴은 미어졌고, 눈에선 눈물이 흘러내렸다.

'천리만리 떨어진 고향에서 천신만고 끝에 여기 오느라 노자도 다 떨어졌는데 이제 어떻게 고향으로 다시 돌아간단 말인가?'

유중거는 임안을 떠돌아다니는 신세가 되었다. 아침에 해 뜨면 거리로 나가 수중에 돈푼이라도 있으면 술 한잔 걸치며 답답한 마음을 달래곤 했다. 꼴이 갈수록 궁색해져만 갔다. 그래도 처음에는 유중거를 챙겨주는 사람들이 있기라도 했으나 시간이 갈수록 피하게 되어 그를 상대해주는 사람도 없게 되었다. 주점에서 술 마시고 있는 선비들을 보면 다짜고짜 달려가 아는 척하고 자리에 끼어들었다. 빈속에 술을 마시곤 흠뻑 취하여 객점에 돌아와 쓰러져 자곤 했다. 이런 유중거를 보고 손 노파가 한소리 했다.

"아니, 이봐! 방세도 밀리고 있는 주제에 돈은 어디서 나서 그렇게 술에 취해서 다니는 거야?"

유중거는 대꾸도 하지 않았다. 아침마다 객점 사환에게 더운물을 부탁하여 대충 세수를 하는 듯 마는 듯 하고선 바로 객점을 나가곤 했다. 긴 문장은 재상에게, 짧은 문장은 공경대부公卿大夫에게 팔아 그 돈으로 주점에서 술 몇 잔을 사 마셨다. 해질녘에 술에 취한 채로 객점에 돌아와 잠들었다. 그의 하루하루는 이렇게 흘러갔다.

어느 날 유중거가 중안교에 있는 찻집을 지나다 보니 선비 몇 명이 앉아 있는 게 아닌가. 유중거는 일단 그 찻집 안으로 들어가 자리를 잡고 앉았다. 찻집 점원이 냉큼 달려와 물었다.

"나리, 차는 뭐로 드시겠습니까?"

유중거는 대답은 하지 않고 속으로 생각했다.

'아직 아침도 안 먹었구먼 차는 무슨 차. 손에는 땡전 한 푼 없는데 찻값은 또 어떻게 내!'

유중거는 마침내 이렇게 대답했다.

"조금 있다가 손님 한 분이 더 올 거야. 그때 주문하지."

유중거는 창가 쪽에 자리를 잡고 앉아 혹시 아는 사람이 지나가나 살폈다. 아는 사람이 한 명도 없었다. 이때 손에 팻말 하나를 들고 걸어가는 사람이 보였다. 그 팻말에는 '신통방통 운수풀이'라고 적혀 있었다. 점쟁이로구나. 유중거도 점을 한번 쳐보고 싶은 생각이 들었다. 점쟁이를 부르니 점쟁이가 찻집 안으로 들어와 앉았다. 유중거가 자신의 생년월일시를 읊었다. 유중거가 손님이 오면 같이 주문하겠다고 한 말을 기억한 점원이 다시 쪼르르 다가와 물었다.

"나리, 차는 뭐로 드시겠습니까?"

"산초차 둘."

유중거와 점쟁이가 같이 차를 마셨다. 점쟁이가 입을 열어 유중거의 운수를 풀어주었다.

"선비는 참으로 대단한 팔자를 타고났소이다. 사흘 안에 귀인을 만나 크게 출세할 것이오. 얼마나 크게 출세할지 도대체 말로 표현할 수 없을 정도요."

유중거는 속으로 이런 생각이 들었다.

'지금 내 이런 꼬락서니에서 무슨 출세! 당장 찻값도 없구먼.'

이런 생각을 하면서 유중거가 몸을 일으켜 그 점쟁이에게 인사했다.

"내가 나중에 정말 출세하면 선생에게 후히 사례하리다."

그런 다음 밖으로 나가려 하자 점원이 유중거에게 다가와 입을 열었다.

"나리, 찻값을 내셔야죠."

"아니, 내가 잠시 앉아 있는데 자네가 와서 차를 마시라고 한 거잖아. 내가 찻값을 내고 싶어도 돈이 있어야지. 점쟁이가 조금만 있으면 내가 크게 출세한댔어. 내가 출세하면 꼭 후하게 갚을걸세."

유중거가 점원을 뿌리치고 밖으로 나서려니 점쟁이가 유중거에게 돈을 요구했다.

"선비, 그래도 복채는 주셔야지."

"미안하게 됐소이다. 내가 출세하면 후히 사례하리다."

"참, 이거 오늘은 첫 손님부터 재수 더럽게 없네."

점원이 끼어들었다.

"나는 더 손해가 막심하구먼요. 두 잔 찻값은 어디서 받지!"

세 사람은 그렇게 헤어졌다. 유중거는 그 길로 이리 두리번 저리 두리번 아는 사람을 찾아내어 그예 빈속에 술을 두어 잔 얻어 걸쳤다. 해가 뉘엿뉘엿 질 무렵, 유중거는 이리 비틀 저리 비틀 손 노파 객점으로 기어들어 왔다. 술기운에 잠이 들었다. 손 노파가 유중거의 이런 모습을 보더니 악담을 퍼부었다.

"이놈 참 경우가 없네. 방세도 못 내는 주제에 매일 고주망태라니. 아니 다른 사람들이 네놈한테 술을 사준다 하더라도 하루 이틀이지 어떻게 매번 남들이 사줘 그래!"

"내 술 먹고 내가 취하는데 거 참 말 많네. 다른 사람이 사주는지 안 사주는지 그건 또 왜 따져!"

"방세 밀린 거 봐주는 것도 하루 이틀이지. 미안하지만 내일 바로 방을 빼주셔!"

술기운에 유중거가 도리어 큰소리를 쳤다.

"나가라고? 그럼 돈 다섯 꾸러미는 줘야지. 그럼 내가 내일 당장 나가지."

손 노파가 코웃음을 쳤다.

"이런 경우 없는 손님은 또 처음 보네. 아니 공짜로 방을 차지하고 있다가 이제 와서 돈을 주면 나가겠다고? 저러고도 무슨 선비라고!"

유중거가 이 말을 듣더니 가만히 있지 아니하고 또 대거리했다.

"내가 지금 한신과도 같은 포부를 지니고 있거늘 할망구는 그를 도와준 빨래하는 아낙과 같은 어진 마음이 손톱만큼도 없구먼.[2] 내가 이래 봬도 공부 엄청나게 한 사람이라고. 이번 과거 시험에선 운이 안 닿아 떨어졌지만 다음 과거에는 꼭 합격할 거라고. 그래 그때까지 나를 보살펴주는 게 뭐가 어려워!"

유중거는 술에 취한 김에 탁자를 두드리고 의자를 치면서 아주 기광을 했다. 손 노파는 유중거가 술에 취하여 이렇게 개망나니 짓을 하는 것을

---

[2] 한나라 개국공신인 한신은 젊었을 때 무척 가난했다. 하여 성 밖 개울로 나가 낚시하여 뭐라도 먹으려 했을 때 마침 빨래하던 아낙이 대장부가 먹을 것도 없이 고생하는 걸 안타까워하면서 도와주었다. 한신이 나중에 후사하겠다고 하니 그저 불쌍한 마음에 도와주는 것이지 보답을 바라고 한 것이 아니라며 사양했다.

보고 더 건드리지 아니하고 그냥 문을 닫고 나가버렸다. 술기운이 오른 유중거는 침대에 엎어져 잠이 들었다.

　오경쯤에 잠에서 깬 유중거는 지난밤 일이 떠올라 얼굴을 들 수가 없었다. 그냥 어디로 가버릴까 생각했으나 갈 곳이 없었다. 유중거가 이러지도 저러지도 못하고 있을 그때, 손 노파가 찾아와 돈을 내밀었다. 사실, 이전에 손 노파가 아들 손이와 상의한 적이 있었다. 다른 방법이 없으니 그냥 돈 두 꾸러미를 주고 방을 비워달라고 하자고 했다. 만약 순순히 돈을 받고 물러나면 그것 또한 좋은 일 아니냐는 생각이었다. 유중거는 손 노파가 내미는 돈을 차마 받지 못했다. 하나 수중에 돈 한 푼 없으니 체면을 무릅쓰고 받지 않을 수가 없었다. 유중거는 손 노파에게 작별인사를 하고 밖으로 나왔다.

　'임안에서 성도까지는 상거 8천 리. 이 돈 두 꾸러미로는 밥 몇 끼도 못 사 먹을 터. 아, 어떡하면 고향에 돌아갈 수 있을까?'

　손 노파 객점을 나서고 나니 동서남북 이리저리 잘도 통하는 이 저잣거리에 정작 갈 곳은 한 군데도 없었다. 밥때가 지나 배는 고프고 속상하기가 이루 말할 수 없었다. 수중의 돈으로 밥과 술을 실컷 한 번 먹고 서호에 뛰어들어 수중고혼이 될까나! 용금문을 지나가니 서호라. 엄청나게 큰 건물 하나가 떡하니 버티고 있었다. 그 건물의 현판에는 '풍악루'라는 빨간 글자가 쓰여 있더라. 생황 소리가 건물을 감싸고 들려오고 북소리가 하늘로 치솟더라. 유중거가 걸음을 멈추고 바라보니 출입문 앞에 두 사람이 서 있더라. 머리에는 사각 건을 쓰고, 자색 옷을 입고, 하얀 버선에 비단 신을 신고서 팔짱을 끼고 있다가 유중거를 보더니 한마디 했다.

　"안으로 들어와 앉으시지요."

　유중거는 그 말을 듣고서 흔쾌히 안으로 들어갔다. 그는 서호가 잘 내려다보이는 탁자로 가서 앉았다. 그 탁자가 놓여 있는 곳은 나무 칸막이가 되어있어 안으로 들어가니 다른 탁자가 보이지 않게 구분되어 있었다. 점원이 다가와 물었다.

"나리 술은 뭐로 준비할지요?"

"여기서 아는 사람을 만나기로 했으니 우선 젓가락 두 조하고 음식 접시 두 개를 준비해 오게나. 주문은 나중에 받고."

점원이 유중거의 말을 듣고, 탁자 위에 술 항아리, 술 국자, 젓가락, 술 잔 등을 차려놓았다. 모든 게 다 은제품이었다. 유중거는 말은 안 하고 속으로만 생각했다.

'이 술집은 엄청 비싸겠구나. 나는 수중에 돈 두 꾸러미밖에 없는데 이거 가지고는 턱도 없겠네.'

점원이 다시 와서 물었다.

"나리, 술은 얼마나 준비해 올까요?"

"만나기로 한 사람이 안 올 모양이네. 일단 두 병만 가져오지."

점원이 알았다고 하면서 바로 다시 물었다.

"나리, 안주는 뭐로 준비할까요?"

유중거가 대답했다.

"그냥 대충 알아서 가져오게."

점원은 유중거가 돈이 많고 만만한 손님이라고 생각하고선 신선한 과일, 맛난 반찬, 싱싱한 생선 등을 가지가지 차려왔다. 탁자 위에 있는 술 항아리에다 술 두 병을 담고 국자를 준비해주었다. 그런 다음 유중거가 술을 마실 때마다 연신 술을 데워주었다. 유중거 혼자서 아침부터 해가 뉘엿뉘엿 질 때까지 탁자 위의 모든 술과 안주를 다 먹어치웠다. 탁자 옆 난간을 손으로 잡고 서호에 지는 해를 바라보노라니 자기도 모르게 마음이 아려왔다. 유중거가 점원을 불렀다.

"붓과 벼루 좀 가져오게나."

"나리, 혹 시를 적으실 것인지요? 벽에다 그냥 적으시면 안 됩니다. 저희 술집은 시를 적는 판을 따로 준비해두었습니다. 만약 나리께서 벽에다 시를 적으시면 오늘 당직인 저의 하루 일당이 그냥 다 날아가 버립니다요."

"그래, 그럼 붓과 벼루 그리고 시 적는 판도 아울러 가져오너라."

점원이 붓, 벼루, 시판을 즉시 대령했다. 유중거가 점원에게 일렀다.

"그래, 이제 됐으니 그만 물러가게. 내가 부르기 전에는 오지 말게나."

유중거의 말을 듣고 점원이 곧장 물러갔다. 유중거는 칸막이 문을 닫아걸고 의자로 막아버렸다.

"내가 이 술집에라도 이름을 남겨 후세 사람들이 나를 알게 하리라. 흥, 시판에다 시를 적어두라고? 그래서 뭐하게! 아, 수중에 돈 두 꾸러미밖에 없는 주제에 이렇게 많은 술과 안주를 먹어버렸으니 계산할 길도 막막하구나. 그래 벽에다 시를 적고 저 창문을 열고 서호에 몸을 던지리라. 그래도 잘 먹고 죽으니 때깔이라도 좋겠거니."

유중거는 벼루에다 먹을 진하게 갈고 벽을 한번 닦은 다음 붓에다 먹물을 듬뿍 묻혀 까치다리 신선이라는 뜻의 「작교선」사를 적었다.

가을 저물 때 고향 떠나,

봄 저물 때 이곳에 왔다네,

고향 돌아가려니 또 가을 저물 때.

풍악정에 앉아 서쪽 하늘 바라보노니,

한 번 떠나면 8천 리 길.

청산은 끝없어,

백운도 끝없어,

녹수도 끝없어.

70을 넘기기 힘든 우리 인생.

그 짧은 생마저도,

누리는 자 몇이던고?

유중거는 사를 다 적고 나서 그 말미에 「성도에서 온 선비 유중거 씀」 이렇게 더 적었다. 붓을 내려놓으니 눈물만 주룩주룩 흘러내리더라.

'그래 살아 무엇하리. 살아서 온갖 고초를 당하느니 깨끗이 죽자!'

난간 위의 창문을 열어젖히고 아래에 펼쳐진 서호를 바라보며 뛰어내리려 했다. 하나, 창문 바로 아래는 서호 수면이 아니라 호숫가의 땅이었다. 괜히 뛰었다가 호숫가에 떨어져 죽지도 못하고 다리만 부러지면 낭패 아닌가. 다른 방법을 생각해야 했다. 허리춤에 차고 있던 허리띠를 풀어서 탁자 위의 대들보에 단단히 걸었다. 그리고 반대쪽 끝은 동그랗게 매듭을 지었다. 유중거는 한숨을 쉬고 나서 자신의 머리를 그 매듭에 집어넣으려고 했다. 바로 그 순간 유중거가 너무도 오랫동안 자기를 찾지 않는 것을 이상하게 여긴 점원이 유중거가 앉아 있는 탁자로 찾아왔다. 하나 문이 잠겨 있기에 감히 문을 막 두드리지는 못하고 그저 문구멍으로 안을 바라보았다. 유중거가 허리띠 매듭에 목을 집어넣으려고 하는 순간, 유중거 자신도 차마 바로 집어넣지 못하고 망설이는 것처럼 보였다. 점원은 너무도 놀라 다짜고짜 문을 열어젖히고 안으로 들어가 유중거를 붙잡았다.

"아니 지금 무슨 짓을 하는 거요? 여기서 죽으면 우리 가게에 얼마나 피해를 준다고!"

점원이 소리를 지르며 아래층으로 달려가 점원 조장, 주방장, 점원, 잡부 등을 모두 불러 2층으로 올라오게 하니 그들이 순식간에 유중거 탁자 주변에 몰려 와자지껄했다. 모두가 바라보니 유중거가 알딸딸하게 취하여 제정신을 차리지 못하고 계속 헛소리를 해대고 있었다. 점원이 고개를 돌려보니 벽에 찻잔 크기만 한 글자가 쭉 적혀 있었다. 점원이 죽는 소리를 하기 시작했다.

"오늘 참 재수 더럽게 없구먼, 오늘 일당 다 날아갔구먼! 여보슈, 술을 마셨으니 어서 술값이나 계산해주슈."

"뭐라고! 그냥 나를 때려죽이지 그래."

"괜히 시끄럽게 소란피우지 마시지. 당신이 오늘 마신 술값은 다해서 은자 다섯 냥이라고."

"허, 목숨을 내놓으라면 내놓겠지만 돈을 내놓으라면 못 내놓지. 내가 당신들 술집 앞으로 오니까 자색 옷 입은 문지기 두 명이 나한테 안으로 들어와 술 한잔하시라 해서 그렇게 한 것뿐이라고. 나는 지금 돈이 없으니 그저 죽어야겠네."

유중거가 난간을 붙잡고 뛰어내리려고 하니 점원이 황급히 달려와 붙잡았다. 점원과 다른 이들이 서로 모여서 상의하는 게 보였다.

"그냥 재수 옴 붙었다 치고 저놈을 보내버립시다. 근데 어디 사는 놈인지 모르겠네. 괜히 사람 죽어 나가면 당장 내일 이것저것 골치 아픈 일이 생기잖아요."

점원이 유중거에게 물었다.

"여보슈, 사는 데는 어디요?"

"공원교 근처 손 노파 객점에 산다고. 나는 사천 성도부의 유명한 선비라고. 돌아가는 길에 발을 헛디뎌 물에 빠지기라도 하면 내가 네놈들을 가만 놔두지 않을 거야."

"네 놈이 죽으면 우리도 귀찮아."

사람들은 어이없고 황당해도 그냥 꾹 참고 두 사람을 붙여서 유중거를 보내주도록 했다. 유중거가 어디로 갔는지 잘 확인해두어 나중에 문제가 생길 때를 대비하게 했다. 점원 둘이 유중거를 부축하여 아래층으로 내려가 술집 문을 나서 이리 비틀 저리 비틀 길을 찾아가니 하늘색은 이미 완연히 어두컴컴해졌다.

가까스로 손 노파 객점에 도착했으나 객점의 문은 이미 닫혀버렸다. 점원 둘은 유중거를 객점 문전에 세워놓고 문을 두드렸다. 안에서 사람 소리가 들려오더니 바로 문이 열렸다. 그들은 유중거를 잽싸게 문안으로 밀어 넣고는 도망치듯이 사라져버렸다. 유중거는 비틀거리며 넘어지기 일보 직전이었다. 손 노파가 등불을 들고 와 살펴보니 바로 유중거라. 손 노파가 깜짝 놀라며 아들 손이를 불러 유중거를 데려다 방에 뉘게 했다. 손 노파가 바로 욕을 해댔다.

"아니, 어제 우리한테 그렇게 난리를 피우면서 돈 두 꾸러미만 쥐여 주면 고향에 돌아간다더니 알고 보니 그 돈으로 또 술 사먹은 거였구먼."

유중거는 술 취한 핑계로 손 노파가 실컷 욕하도록 내버려 두고 따로 아무 말도 하지 않았다.

기세가 꺾이면 배포도 쪼그라들고,

주머니에 돈이 없으면 절로 주눅 든다네.

한편, 이야기는 여기서 둘로 나뉜다. 남송 고종 황제(1127~1162 재위)는 황제의 자리를 효종(1163~1189 재위)에게 넘겨주고 태상황이 되어 덕수궁에서 기거하고 있었다. 효종은 부친 태상황을 지극 정성으로 모셨으며 부친의 뜻을 감히 거역하지 않고자 노력했다. 아침저녁으로 문안 인사는 기본이요, 철 따라 경치 좋은 곳으로 모시고 나들이 갔다. 태상황은 그리고 틈이 나는 대로 내시들의 안내를 받아 서호에 유람을 가곤 했다. 태상황이 서호에 유람을 떠날 때는 민폐를 끼치지 않고자 평복 입기를 즐겼다. 하루는 태상황이 영은사 냉천정을 찾았다. 냉천정의 경치가 과연 어떠했던고? 장여張輿의 시 네 구절이 있구나.

겹겹 산봉우리 사이를 가마 지나네,
구름 사이에 솟아 있는 이 누각은 스님들의 도량.
온종일 난간에 기대어 있어도 사람 소리 없으니,
찬 샘물로 발 씻으며 꽃송이를 세누나.

태상황이 앉아서 샘을 구경하고 있노라니 주지 스님이 차를 준비시켰다. 행자 하나가 찻쟁반을 받쳐 들고 와서는 태상황 앞에서 무릎을 꿇고 쟁반을 올려바쳤다. 태상황이 넌지시 바라보니 인물이 훤칠하고 예의범절이 자못 그럴듯했다. 태상황이 행자에게 물었다.

"짐이 보기에 그대는 여느 행자 같지가 않도. 무엇을 하던 사람이었던고? 사실대로 말해 보거라."

그 행자는 두 줄기 눈물을 흘리며 엎드려 아뢰었다.

"소신은 성은 이李요 이름은 직直입니다. 본디 남검부의 태수였으나 뇌물을 받았다는 죄로 감사에 걸려 해직되었습니다. 해직되고 나니 집안이 가난하여 먹고 살길이 막막했습니다. 이 영은사 주지가 저의 외숙인지라 이렇게 영은사에 제 몸을 의지하여 밥술이라도 먹으며 모진 목숨을 이어

가고 있습니다."

태상황은 측은한 마음이 들어 한마디 했다.

"짐이 궁에 돌아가면 황제에게 잘 말해주겠노라."

이날 저녁 궁에 돌아가니 마침 황제가 환관을 보내어 문안 인사를 여쭈었다. 태상황은 남검 태수 이직의 일을 환관에게 말해주고 황제에게 보고하여 복직시켜 주도록 했다. 며칠이 지나고 태상황이 다시 영은사를 방문했다. 그 행자가 여전히 차 심부름을 하고 있었다.

"아직 복직이 되지 않았느냐?"

"그러하옵니다."

태상황은 멋쩍어했다. 이튿날 효종이 태상황과 황태후를 알현했다. 태상황은 한마디도 하지 아니하는 것으로 불만을 표시했다. 효종이 태상황에게 아뢰었다.

"이렇게 경치도 좋은 날에 기분 좀 푸시지요."

태상황이 아무런 대꾸도 하지 아니하니 황태후가 끼어들었다.

"아니, 우리 아이가 이렇게 우리를 모시고 좋은 경치 구경을 시켜주는데 그렇게 뾰로통하게 말 한마디 안 하시는 건 또 뭐랍니까?"

태상황이 한숨을 쉬면서 한마디 했다.

"'나무가 오래되면 바람을 잘 타고, 사람이 나이 먹으면 눈치를 잘 탄다'는 옛말이 하나도 그른 게 없지. 짐이 나이를 먹으니 뭐라 말해도 듣는 사람이 없구나!"

효종은 영문을 몰라 깜짝 놀라며 그저 머리를 조아리며 어인 영문인지 여쭈었다.

"짐이 며칠 전에 남검 태수 이직의 일을 특별히 부탁했을 것인데 아직도 처리를 안 했더구려. 어제 다시 영은사에 갔다가 그 이직을 다시 만나니 부끄러워 얼굴도 못 들겠소이다."

"말씀을 듣고서 다음 날 바로 재상에게 논의를 붙였으나 재상이 이직은 너무 심하게 부정을 저질러 복직시키기가 어렵다고 했사옵니다. 오늘 이렇게 다시 말씀하시니 다음번 조회에서 바로 처리하겠사옵니다. 오늘은 마음을 푸시고 한잔 드시지요."

태상황은 그제야 빙그레 웃으며 술잔을 받았다. 다음 날 효종은 재상과 이직의 복직 문제를 다시 논의했다. 재상은 여전히 난감해했다.

"이건 태상황께서 특별히 부탁하신 일일세. 어제는 버럭 화를 내시니 짐이 어떻게 할 수가 없었다네. 대역죄를 저질렀다고 하더라도 복직시켜야 할 판이네."

마침내 이직이 복직되었다. 이 일은 그만 거론하기로 하자.

한편, 유중거가 다시 손 노파 객점으로 돌아와 잠을 자던 바로 그날, 태상황이 서호에서 노니는 꿈을 꾸었다. 서호에 비치는 수만의 광선 가운데 갑자기 두 줄기 검은 광선이 하늘로 치솟는 순간 태상황이 잠에서 깼다. 다음 날 아침 해몽가를 불러 꿈 이야기를 자세하게 해주었다. 해몽가가 이렇게 풀이했다.

"현명한 선비 하나가 서호를 유랑하고 있습니다. 그의 입에서는 세상을 원망하는 기운을 감출 수가 없기에 태상황 전하의 꿈에 나타난 것입니다. 오늘날 조정은 자기와 같은 현명한 선비를 등용해야 할 것임을 말하고 있는데, 이 꿈이 길한 꿈인지 흉한 꿈인지를 지금 판단하기는 어렵습니다."

태상황은 그 말을 듣고 기뻐하며 복채를 던져주었다. 태상황은 자신의 궁으로 돌아와 선비 복장으로 갈아입고 가까이서 시중드는 자들에게도 모두 선비 복장을 차려입게 하고는 성 밖으로 나와 발길 닿는 대로 걸었다.

풍악정에 다다르니 문 앞에서 자색 옷을 입고 있는 두 사람이 태상황 일행을 맞이하여 안내했다. 태상황과 수행원은 2층으로 올라갔다. 그날따라 2층에 손님이 가득 차서 전에 유중거가 앉았던 칸막이 탁자 말고는 자리가 없었다. 주렴을 열어젖히고 그 안으로 들어가려고 하니 점원이 냉큼 달려와 가로막았다.

"나리 거긴 들어가지 마세요. 이 탁자는 재수 옴 붙은 탁자입니다요. 오늘 우리 주인 어르신이 푸닥거리를 좀 할 것이니 푸닥거리가 끝난 다음에 이 탁자를 이용하시지요."

"아니, 이 탁자가 왜 재수 없다고 하는 건가?"

"아이고 나리, 설명하려면 간단하지가 않아요. 아, 그러니까 지난번에 사천 성도에서 왔다는 선비 하나가 여기 와서는 은자 다섯 냥 어치 술과 안주를 실컷 먹고 마시더니 자기 수중에 돈이 한 푼 없으니까 그제야 자기가 여기서 목숨을 끊어버릴 것이라면서 물에 빠져 죽을 거라는 둥, 목을 매달아 죽을 거라는 둥 온갖 난리를 피웠답니다. 괜히 관에서 오라 가라 하는 귀찮은 일이 생길까 봐 점원 둘을 붙여서 그 사람 숙소에다 데려다주게 했죠. 그놈은 사는 곳도 멀어서 공원교 손 노파 객점이더라고요. 이러니 이거 재수 옴 붙은 거 아뇨. 그래서 우리 주인 어르신이 푸닥거리를 먼저 하고 그런 다음 손님을 들이라고 한 거죠."

"걱정 말게. 명색이 우리는 선비가 아닌가. 우린 그런 거 신경 안 쓴다네."

태상황과 그 일행은 자리에 앉았다. 고개를 돌려보니 벽에 찻잔 크기만 한 글자가 적혀 있는데 제목이 바로 「작교선」이었다. 그리고 시 말미에는 '성도에서 온 선비 유중거 씀'이라고 적혀 있었다. 태상황은 속으로 옳거니 하는 생각이 들었다.

'이 성도에서 온 선비가 바로 내 꿈에 나타난 그 선비로구먼. 이 사에 온통 불만이 가득 차 있어!'

태상황이 점원에게 물었다.

"그래 저 시는 누가 지은 건가?"

"아, 바로 지난번에 죽네 사네 하면서 야단법석을 떨었던 그 선비가 지은 겁니다요."

"그래, 그 선비가 어디 산다고 했지?"

"예, 공원교 손 노파 객점에서 지낸다고 합니다."

태상황은 술을 다 마시고 나서 술값을 치르고 궁으로 돌아왔다. 아울러 내시를 불러 일렀다.

"이 지역을 맡은 관원을 불러 공원교 손 노파 객점에 기거하는 유중거라는 선비를 찾아서 데려오라 일러라."

내시가 태상황의 명령을 받들어 전후 사정은 다 빼버리고 아주 간명하게 하달했다.

"태상황께서 유중거를 불러 들이랍신다."

명령을 하달받은 관원도 영문을 모르기는 매한가지였다. 즉시 말을 달려 손 노파 객점을 찾아가 아전을 시켜 손 노파를 찾아오게 한 다음, 그저 "유중거, 유중거"만 연신 외쳐댔다. 손 노파는 유중거 이놈이 괜히 자기를 고소한 거로 알고 얼굴이 흙빛이 되었다. 무조건 무릎을 꿇고 머리를 조아렸다. 관원이 소리를 쳤다.

"아니, 지금 할망구를 잡으러 온 게 아니라 사천 성도에서 온 유중거라는 사람을 찾는 거라고. 그 사람 지금 여기 있어 없어?"

손노파는 그제야 겨우 입을 열어 대답했다.

"아, 예, 그 유중거라는 작자가 우리 집에 머물고 있었던 게 맞긴 맞는

데요. 오늘 아침 날이 밝자마자 제 고향으로 돌아간다고 출발했어요. 제 아들놈이 배웅해준다고 같이 떠났는데 아직 안 돌아왔구먼요. 출발하기 직전에 우리 집 담벼락에다 사를 한 수 적어놓고 갔다고요. 믿지 못하시겠거든 직접 보시구려.”

관원이 객점 안으로 들어가 보니 과연 사 한 수가 적혀 있더라. 먹물이 채 마르지도 않았다. 그 사의 이름은 「작교선」이었다.

> 살구꽃 빨간 비처럼 떨어지고
> 배꽃 눈꽃처럼 날리는데,
> 초라한 모습으로 고향 가는 먼 길 나섰네.
> 봄을 주관하시는 신도 고향 돌아가는 내 길을 어여삐 여겨,
> 꽃과 버들솜을 온 땅에 뿌려주시도다.

> 만 권의 책을 읽고
> 고래의 역사를 기록했건만,
> 벼슬살이하는 게 나의 길이 아님을 이제 알겠네.
> 이름을 날리는 길이 달리 있을 것이니 서둘지 말라,
> 짚신 다시 고쳐 신고 고향 향해 가노라.

지난밤 술 취해 손 노파 객점에 돌아온 유중거는 손 노파에게 욕을 바가지로 들었다. 새벽녘 오경에 손 노파는 유중거가 또 객점에서 들러붙어 떠나지 않을까 봐 아들을 시켜 유중거를 성곽 문밖에까지 쫓아내 버리라고 했다. 저 사는 유중거가 고향으로 떠나기 직전에 써놓은 것이다. 관원은 좌우에 명하여 저 사를 베끼라 했다. 그런 다음 나는 듯이 말에 올라타

더니 말 한 필을 더 가져오게 하여 손 노파를 태우고 북쪽을 바라고 달려갔다. 달려가노라니 손이가 보였다. 손 노파를 놔주고 손이에게 물었다.

"유중거는 어디 있느냐?"

손이가 벌벌 떨면서 대답했다.

"아, 유중거가 노자가 없어 차마 길을 떠날 엄두가 나지 않는다면서 북관문北關門 국밥집에 들어갑디다요."

관원은 그 말을 듣자마자 손이를 앞세워 북관문 국밥집까지 달려갔다. 유중거는 거기서 손으로 국밥 그릇을 들고 훌훌 입에 넣고 있었다. 관리가 소리를 질렀다.

"어서 성지를 받들라."

깜짝 놀란 유중거는 국밥 그릇을 얼른 내려놓고 달려 나와 무릎을 꿇었다. 관원이 명령서를 읽었다.

"유중거는 덕수궁으로 와서 태상황을 알현하라."

유중거는 영문을 알 수가 없었다. 아전들한테 둘러싸여 말에 올라탄 다음 덕수궁 앞까지 달려갔다. 관원은 유중거에게 덕수궁의 대기실에서 분부가 있을 때까지 기다리라고 한 다음 궁문 앞으로 달려가 아뢰었다.

"유중거를 데려왔나이다."

태상황이 유중거를 자색 옷을 입혀 궁 안으로 들여보내라는 명령을 내려보냈다. 유중거는 자색 도포를 입고, 관대를 차고, 관모를 쓰고, 검은 신발을 신었다. 덕수궁 계단 아래에서 몸을 조아려 태상황에게 인사를 올렸다. 태상황이 유중거에게 물었다.

"풍악정 벽에 적은 「작교선」은 그대가 지은 것인가?"

"소인이 취중에 적은 것입니다. 상황 폐하의 눈을 더럽힐 줄은 몰랐습니다."

"그대처럼 재주가 넘치는 자가 불원천리하고서 이렇게 와서 과거에 응시했거늘 낙방했다면 그것은 그대의 죄가 아니라 과거 시험을 관리하는 자의 잘못이로다. 너무 원망하지는 마라."

"출세는 하늘에 달린 것인데 소인이 어찌 감히 원망하겠습니까?"

"그대 같은 재주를 가지고 어떤 직인들 감당하지 못하겠는가! 짐이 그대에게 관복을 하사했나니 그 김에 황제에게 부탁하여 그대에게 벼슬을 하사하고자 하노라. 그대의 의향은 어떠한고?"

"소인에게 덕과 재주가 한없이 부족하와 폐하의 은총을 받잡기가 송구스럽기 그지없습니다."

"그대는 짐의 면전에서 사를 한 수 지어보라. 짐이 사람을 시켜 풍악정 벽에서 베껴온 그 작품보다는 나아야 할지니."

유중거는 태상황에게 어떤 제목으로 지어야 할지 여쭤보았다. 태상황이 대답했다.

"그럼 그대가 오늘 짐을 만나게 된 전후 사정을 가지고 지어보아라."

유중거는 태상황의 명령을 받들었다. 태상황은 좌우에 명하여 유중거에게 문방사우를 준비해주도록 했다. 유중거가 일필휘지 「과용문령過龍門令」이라는 제목의 사를 지었으니, 바로 잉어가 저 관문을 통과하여 용으로 변신한다는 그런 의미라.

내 인생을 걸고 진관을 지나,

장강에 몸을 맡겼네,

험한 고초 다 겪고 항주에 이르렀네.

과거에 낙방하니 돌아갈 길 막막하여,

거리를 떠돌며 걸식하는 신세.

어긋난 운명에 견디기 힘든 고초,

어쩌다 지은 사 한 수,

그 몇 글자가 우리 황제에게 감동을 주었다네.

우리 황제께서 관복을 하사하시고 귀향시켜 주시니,

이젠, 금의환향하리로다.

태상황이 이 작품을 보고 미소를 띠면서 유중거에게 말했다.

"그대가 금의환향하고자 한다면 짐이 그 꿈을 이루게 해주리라."

태상황이 그 자리에서 여섯 구절의 글을 적어주었다.

성도 출신 유중거,

시와 문장이 빼어나도다.

재주는 많으나 운이 좋지 않아,

뜻을 이루지 못하고 슬퍼하누나.

그에게 관직을 하사하여,

금의환향하게 하노라.

태상황이 내시에게 명령했다.

"이 글을 황제께 갖다드려라. 아울러 유중거를 안내하여 황제를 알현할 수 있게 하여라."

효종 황제가 그 글을 받았다. 지난번 남검 태수 이직의 일로 태상황의 대로를 살 뻔했으니 이번엔 어이 조금이라도 지체할까? 유중거가 성도 출신이라고 하고 또 태상황이 그를 금의환향하게 하려고 하니 유중거를 다른 곳으로 파견하면 태상황의 맘에 흡족하지 않을 것 같았다. 효종 황제가 이렇게 비준했다.

"유중거를 성도 태수에 임명하고 은자 천 냥을 하사하여 노자로 삼게 하라."

다음 날 유중거가 자색 도포를 입고 황금 요대를 차고서 효종 황제를 알현했다. 그런 다음 덕수궁으로 가서 태상황에게 감사했다. 은자로 마필과 노복을 장만하고 다시 은자를 따로 떼서 손 노파에게 감사했다. 유중거가 앞뒤로 수행원을 세우고 성도로 돌아갔음을 두말할 필요도 없을 것이다. 효종 황제는 그날로 덕수궁으로 태상황을 찾아뵙고 훌륭한 선비를 추천해주셔서 고맙다고 인사를 올렸다. 태상황이 효종에게 이렇게 말했다.

"천하에 공포하여 선비들이 과거를 치르매 먼저 향시를 치러 합격한 자들만 임안에 와서 시험을 치르도록 하시게."

이 일로 말미암아 향시 제도가 생겨나게 되었고 오늘날까지 이어지게 된 것이다.

옛날 사마상여는 양웅의 추천을 받았고
오늘 유중거는 태상황의 인정을 받았구나.
자신의 문장을 알아주는 사람을 만날 수만 있다면,
공명 이루는 게 늦어진들 무슨 걱정 있으랴!

단오에 태어나 단오에 죽다

陳可常端陽仙化

― 진가상이 단오절에 신선이 되다 ―

공명과 재물은 본디 원하지 않았네,

백 년도 못 되는 인생 그저 바람 앞에 사그라지는 등불과도 같은 것.

스님이 되었는가 했더니,

그 역시 복을 누리는 스님은 못 되었던 모양이라.

송나라 고종 소흥紹興 연간(1131~1162), 온주부 악청현에 선비 하나가 살고 있었으니 그의 성은 진陳, 이름은 의義, 별명은 가상可常, 나이는 스물넷이었다. 용모가 수려하고 총명했을 뿐 아니라 읽지 않은 책이 없을 정도였다. 그러나 소흥 연간에 세 번이나 과거에 응시했지만 한 번도 급제하지 못했다. 진가상은 임안부 중안교에 있는 점집에 가서 자신의 사주를 풀어 보기로 했다. 점쟁이가 진가상에게 말했다.

"사주가 참 좋기는 한데 관운이 없어요. 출가할 팔자구먼요."

진가상은 어려서 어머니한테 자기를 낳을 때 황금빛 나한이 몸 안에 들어오는 태몽을 꾸었노라고 들은 적이 있었다. 지금 이렇게 출셋길도 막히고 점쟁이도 관운이 없다는 말을 하니 울컥 화가 치밀었다. 머물고 있는 객점으로 돌아가 하룻밤을 더 지내고 다음 날 아침 일찍 일어나 방세를 치렀다. 사람을 사서 짐을 들게 한 다음 영은사에 들어가 인철우印鐵牛 장로 밑에서 행자 수업을 받기로 했다. 인 장로는 경전에 통달했으며 휘하에 열 명의 시봉 행자를 두었다. 그 행자들을 갑甲, 을乙, 병丙, 정丁, 무戊, 기己, 경庚, 신申, 임壬, 계癸라고 불렀다. 행자들은 다들 공부도 잘하고 똑똑했다. 진가상은 둘째 시봉 행자가 되었다.

소흥 11년(1141) 고종 황제의 외숙 오칠군왕吳七郡王네 집에서 단오를 맞이하여 하루 전에 찹쌀 약밥을 댓잎에 싸서 먹는 쫑즈를 싸고 있었다. 군왕이 집사에게 명했다.

"내일 영은사를 찾아가 스님들 음식 대접도 하고 보시를 하고자 하노라. 음식 일체를 준비하도록 하라."

집사는 군왕의 지시를 받고 시주할 은자도 준비하고 내일 행차에 필요한 물건 일체도 챙기는 등 만반의 준비를 했다. 이튿날 아침을 먹고 나서 군왕은 준비한 물건들을 한번 점검한 다음 가마에 올랐다. 집사, 살림꾼, 나졸, 하급관리 등이 군왕의 행차를 수행했다. 전당문을 나서 석함교, 대불두를 지나 서산 영은사에 도착했다. 먼저 사람을 보내어 방문장을 접수하니 인 장로가 여러 스님에게 바라를 울리고 북을 치게 하고는 군왕을 법당으로 모셔 향을 사르게 했다. 인 장로가 직접 군왕을 방으로 안내하여 여러 스님과 함께 군왕에게 차를 대접했다. 스님들은 양쪽에 열을 지어 앉았다. 군왕이 인 장로에게 말했다.

"해마다 5월 5일이면 이 영은사로 찾아와 시주도 하고 쫑즈도 대접하곤 했으니 오늘도 어김없이 이렇게 왔소이다."

시동이 부처님 전에 음식을 올린 다음 쫑즈를 큰 쟁반에 담아서 방마다 돌렸다. 군왕이 회랑을 천천히 걷노라니 벽에 네 구절의 시가 적혀 있는 게 보였다.

제나라에는 맹상군이 있었고,

진나라에는 진악이 있어 힘세고 위세당당했다지.

어이하여 이내 몸의 운세는 이리 꼬였나,

점쟁이라도 불러 물어볼까나.

군왕이 시를 다 읽고 나서 한마디 했다.

"원망이 가득한 시로구나. 누가 지은 것일까?"

군왕이 방으로 돌아갔다. 인 장로가 자리를 만들어 군왕을 맞았다. 군왕이 인 장로에게 물었다.

"스님, 스님 휘하의 행자들 가운데 누가 시를 잘 짓소이까?"

"군왕님 덕분에 행자를 많이 두고 있습니다. 제 밑으로 갑, 을, 병, 정, 무, 기, 경, 신, 임, 계 이렇게 열 명의 행자가 있사온데 모두 시를 잘 짓습니다."

"모두 다 좀 불러주시지요."

"군왕님, 여기에는 지금 둘밖에 없습니다. 나머지 여덟은 마을에 나갔습니다."

갑, 을 두 행자가 군왕 앞으로 불려 왔다. 군왕이 갑 행자에게 시를 지어보라 했다. 갑 행자가 어떤 제목으로 시를 지을지 여쭈자 군왕은 쫑즈를 제목으로 시를 지어보라 했다. 갑 행자가 시를 지었다.

각진 네 귀퉁이, 허리엔 이파리를 둘렀네,

솥단지 요동치는 물살 사이를 헤엄쳐 건넌다.

삼장법사를 만나면,

이파리 다 벗겨지겠네.

군왕이 이 시를 보고서 한참 웃었다.

"하하, 잘 지었구나. 하나 시적인 미감이 좀 덜하구나."

군왕은 다시 을 행자를 불러 시를 지어보라고 했다. 을 행자가 시 제목을 여쭈니 군왕은 다시 똑같이 쫑즈를 제목으로 지어보라 했다. 그가 시를 지었다.

해마다 쫑즈를 만듦은 굴원을 기리고져,

오늘은 쫑즈를 만들어 스님들과 인연을 만드네.

한 방 가득 모여 앉아 쫑즈를 몇 개나 먹었으리,

삶과 죽음의 경계에서 누가 먼저인가, 나인가 쫑즈인가?

군왕은 이 시를 읽고 찬탄해 마지않았다. 군왕이 그 행자에게 물었다.

"회랑의 벽에 적혀 있는 시는 그대가 지은 것인가?"

"예, 그러하옵니다."

"그래, 그대가 지었다면 그 시에 얽힌 사연을 나에게 들려주겠는가?"

"제나라의 맹상군이란 자는 식객을 3천 명이나 두었습니다만, 그는 사람들이 불길하다고 여기는 5월 5일 오시에 태어났습니다. 진나라의 대장군 왕진악王鎭惡도 5월 5일 오시에 태어났다고 합니다. 저 역시 5월 5일 오시에 태어났으나 저는 반대로 이렇게 고초를 겪고 있습니다. 그리하여 스스로 탄식하면서 이렇게 시를 짓게 되었습니다."

"그대는 어디 사람인가?"

"저는 온주부 악청현 출신으로 성은 진, 이름은 의, 별명은 가상이라고 하옵니다."

군왕은 이 행자가 대답도 또박또박 잘하고 재주도 있어 보여 어떻게든 그를 챙겨주고 싶었다. 군왕은 나졸을 임안부의 승려 관리를 담당하는 승록사에 보내어 도첩을 받아오게 한 다음 그 행자가 머리를 밀고 정식 승려가 될 수 있게 해주었다. 아울러 법명도 그의 별명인 가상으로 하도록 했으며 군왕부에 같이 기거하며 군왕부의 승려가 되도록 했다. 군왕이 해거름에 집으로 돌아간 일은 굳이 이야기할 필요조차 없겠다.

시간은 쏜살같이 흘러 벌써 1년, 다시 5월 5일 단오. 군왕은 또 스님들을 대접하고자 영은사를 찾았다. 인 장로는 진가상과 다른 스님들과 함께 군왕을 맞았다. 차와 음식을 내고 정성을 다하여 대접했다. 그때 군왕이 진가상을 면전에 불러 일렀다.

"어디 그대의 인생을 소재로 사를 한 수 지어보게나."

진가상의 그 명을 받들어 사를 한 수 지었으니 바로 「보살만菩薩蠻」이다.

오늘 이날 나 태어나 평생을 헛되이 살았네,
하나 바로 오늘 이날 나 헛되이 살았던 평생을 보상받았네.
오늘 5월 5일 단오,
승려로서 한 끼 대접받는 날.

주인은 의롭고 진중하사,
2년에 걸쳐 거듭 나를 보살피셨네.

승려가 되어 마음 갈고 닦으니,

이 평생은 맑게 지나가리라.

군왕은 이 사를 읽고 기분이 너무 좋았다. 얼큰하게 취해서 집에 돌아오는 길에 진가상을 함께 데리고 와서 양국 부인에게 보였다.

"이 스님은 온주 출신으로 성은 진이요 이름은 의로서 세 번 연거푸 과거에 낙방하여 세상을 등지고 출가하여 영은사의 행자 노릇을 하고 있었소. 그의 시 짓는 재주가 탁월하여 내가 주선하여 바로 삭발하고 승려가 되도록 했으며 가상이란 이름 그대로 법명으로 삼게 했소이다. 그러고 1년이 지났지. 오늘 내가 특별히 이 스님을 모시고 와서 부인과 인사를 나누게 하는 거요."

부인은 군왕의 말을 듣고 무척이나 기뻐했다. 게다가 진가상이 총명하고도 착실하니 군왕부 사람들 가운데 좋아하지 않는 자가 없을 정도였다. 군왕과 부인이 쫑즈의 속을 싸고 있는 댓잎을 풀고 먹으려다 진가상에게도 하나 주었다. 그러면서 쫑즈로 사를 지어 방금 지은 「보살만」과 짝을 지었으면 좋겠다고 했다. 진가상이 지필묵을 달라 하여 사를 지었다.

향긋한 기장밥을 댓잎으로 각지게 싸서,

오색실 꼬아 짠 끈으로 그 댓잎 묶었네.

잔과 도마에 창포풀이 올라오는 걸 보니,

아하, 5월 5일 단오로구나.

우리 주인은 은혜롭고 의리가 있으시네,

그 주인에게 사랑과 은총 입었네.

산사를 방문할 때는 언제가 가장 좋을까?

아욱과 쑥이 서너 송이 꽃을 피울 때.

군왕은 신하저新荷姐를 불러와 진가상이 지은 이 사를 노래로 부르게 했다. 신하저는 눈썹이 길고 눈이 갸름하며, 하얀 얼굴에 앵도 같은 입술에 행동 하나하나가 모두 귀엽기 그지없었다. 손에는 상아 박자판을 들고 탁자 앞에 서서 노래를 부르기 시작했다. 사람들이 모두 그녀의 노랫소리에 갈채를 보냈다. 군왕은 진가상에게 또 「신하저」 사 한 수를 지어주기를 부탁했다. 이 역시 「보살만」 가락에 맞춰 지어주도록 했다. 진가상은 붓을 들어 바로 써내려갔다.

타고난 아름다운 자태, 가느다란 허리,

새로 지은 노래 다 부르니 그 목소리 맑고 고와라.

끝없이 펼쳐지는 맑고 기이한 노랫소리,

바닥에 먼지까지 다 날려버리는구나.

우리 주인은 은혜롭고 의리가 있으시네,

연회 자리에 아름다운 아씨 불러내시어,

그 아씨 감상하게 하시니,

잠시라도 한눈팔 수 있으리오!

군왕이 더더욱 좋아했다. 연회 자리는 밤이 늦어서야 파했다. 군왕이 진가상을 영은사에 바래다주도록 했다. 다음 해 5월 5일 단오, 군왕이 또 영은사에 가서 스님들을 대접하고 보시하고자 했다. 그러나 하늘에서 비가 마치 양푼으로 들이붓듯이 내리니 군왕은 직접 가는 것을 포기하고 하인을 불러 분부했다.

"네가 가서 스님들께 음식도 대접하여 드리고 가상 스님을 집에 모셔오너라."

하인이 영은사에 가서 인 장로를 만나 인사를 드렸다. 더불어 준비한 음식을 바쳤다. 하인이 인 장로에게 말씀드렸다.

"군왕께서 가상 스님을 모셔오라 하셨습니다."

"근자에 가상 스님이 가슴에 병이 들어 승방에서 나오지 못하고 있소이다. 어디 나랑 같이 가서 한 번 물어봅시다."

하인이 인 장로와 함께 가상의 승방으로 가보니 가상이 침상에 누운 채로 하인에게 부탁하는 말을 했다.

"돌아가셔서 군왕에게 말씀드려주시오. 소승이 가슴에 병이 들어 나갈 수가 없습니다. 소승이 서찰을 한 통 써두었으니 이를 군왕에게 전달하여 주시길 바라오."

하인은 가상 스님이 전해달라고 부탁한 서찰을 들고 군왕부로 돌아왔다. 군왕이 하인에게 물었다.

"가상 스님은 왜 같이 오지 않았느냐?"

"아뢰옵니다. 가상 스님은 며칠 계속하여 가슴에 병이 들어 같이 올 수가 없었사옵니다. 대신 직접 봉인한 서찰 한 통을 소인에게 주면서 군왕께 전해달라고 했습니다."

군왕이 그 서찰을 뜯어보니 「보살만」 사 한 수가 적혀 있었다.

지난 단오, 같이 창포주를 마셨으나,

올해는 승방에서 혼자 지내네.

호사다마런가,

하나 어쩔 수 없는 일.

우리 주인은 은혜롭고 의리가 있으시네,

내 가슴앓이하는 걸 아시고,

'신하'를 감상하자고 부르셨으나,

어이하리, 내 가슴앓이가 더욱 도지는 것을.

군왕은 즉시 신하저를 불러 이 사를 곡조에 맞춰 노래 부르라 했다. 이 때 여종 하나가 와서 아뢰었다.

"나리, 요즘 신하저가 자꾸 졸려 하고 가슴이 봉긋 부풀어 오르고 배가 불러와 나올 수가 없습니다."

군왕은 버럭 화를 내면서 신하저를 다섯째 부인에게 데리고 가라 했다. 다섯째 부인이 신하저에게 자초지종을 물어보았다.

"소녀, 가상 스님과 잠자리를 같이하고 임신했나이다."

다섯째 부인은 이 사실을 군왕에게 보고했다. 군왕이 격노했다.

"어째, 저 대머리 놈이 지은 사에 늘 '신하', '신하'하는 단어가 철철 넘치더라니! 저 대머리 중놈이 무슨 가슴에 병이 나긴 병이냐! 상사병이 난 거지. 오늘도 도둑이 제 발 저린다고 감히 우리 집에 못 온 거지. 임안부에 사람을 보내어 어서 관리를 파견하여 가상 그 중놈을 잡아들이라고 부탁하여야겠구나."

임안부의 관원은 영은사의 인 장로를 찾아가 가상 스님을 잡으러 왔노라 말했다. 인 장로는 그 관원에게 술과 음식을 대접하고 아울러 돈푼도 쥐여 주었다. 그러나 '추상같은 나라 법은 인정사정 봐주지 않는다'는 말도 있지 않은가? 가상은 병을 핑계 대고 버틸 수 있는 상황이 아님을 알고 자리에서 일어나 그 관원을 따라 임안부 청사에 가서 무릎을 꿇었다. 부윤이 청사에 나왔다.

북소리는 둥둥,
아전이 두 줄로 도열하고 있네.
부윤의 책상에는 저승길 가는 문서 놓여 있고,
부윤이 앉은 자리는 혼을 빼놓은 자리.

부윤이 가상 스님을 향해 소리를 질렀다.
"너는 명색이 출가한 중이 아니냐. 게다가 군왕이 너에게 이만저만 은혜를 베푼 게 아닌데 어찌하여 그런 도리에 어긋나도 한참 어긋난 일을 했느냐? 어서 실토하라."
"소승은 결코 그런 일을 한 적이 없습니다."
부윤은 가상 스님의 말은 들으려고 하지도 않고 좌우에 명하여 가상 스님을 매우 치라 했다. 가상 스님이 곤장을 맞으니 피가 튀고 살점이 떨어져 나갔다. 드디어 가상 스님이 입을 열어 공초供招했다.
"소승이 신하저와 정을 통했나이다. 소승이 일시 생각을 잘못 먹었나이다. 지금 공초한 것은 모두 사실입니다."
신하저도 불려 나와 같이 심문을 받았다. 임안부의 관원은 가상 스님과 신하저의 자백문서를 군왕부에 보냈다. 군왕은 본디 두 연놈을 때려죽일 생각이었으나 가상 스님의 문장 재주가 아까워 차마 그리하지 못하고 감옥에 처넣게 했다.
한편, 영은사 인 장로는 이 일을 두고 생각에 잠겼다.

'가상은 덕이 넘치고 행실이 바른 승려로다. 게다가 평소에 산문을 나서지도 않고 불경만 열심히 읽지 않았던가? 물론 군왕부에 초대되어 다녀온 일이 있긴 하나 반나절 정도 머물다 바로 돌아왔으니 군왕부에서 저녁을 난 것도 아니라 여인과 동침하는 일이 일어날 수가 없었도다. 분명 무슨 사연이 있을 것이다.'

인 장로는 황급히 임안부 성안에 있는 전법사傳法寺를 찾아가 주지 고대혜橋大惠 장로에게 부탁하여 그와 함께 군왕부를 찾아가 군왕에게 가상 스님에게 인정을 베풀어주실 것을 호소했다. 군왕은 응접실에 나와 두 장로를 맞아 차를 나누었다. 군왕이 두 장로에게 말했다.

"가상은 참으로 염치가 없는 놈이오. 내가 평소에 그자를 어떻게 대했거늘 이렇게 뒤통수를 치고 불의한 짓을 한단 말이오?"

두 장로는 머리를 조아리며 연신 부탁했다.

"가상이 지은 죄를 저희가 어찌 염치없게 아무 일 없는 것처럼 용서해 달라고 하겠나이까? 다만 군왕께서 평소 가상의 재주를 아끼셨던 그 마음으로 조금이라도 그 죄를 면하게 달라고 부탁드리나이다."

군왕은 두 장로에게 절로 돌아가시라고 하면서 이렇게 말했다.

"내가 임안부에 사람을 보내 처벌을 좀 가볍게 하라고 부탁할 것이오."

인 장로가 입을 열어 이렇게 대답했다.

"군왕, 이 일은 세월이 흐르면 저절로 명백하게 밝혀질 것입니다."

군왕은 이 말을 듣고 기분이 팍 상했다. 곧바로 안방으로 물러나 다시는 밖에 나오지 않았다. 두 장로는 군왕이 나오지 않는 걸 보고선 군왕부를 빠져나왔다. 고 장로가 인 장로에게 말했다.

"인 장로, 그대가 이 일은 세월이 흐르면 저절로 명백하게 밝혀질 것이라고 하니 군왕이 그 말을 듣고 기분이 나빴던 모양이오. 군왕은 자신이 잘못한 일이 없다고 확신하는 눈치요. 그래서 들어가서 다시 나오지 않았던 거겠지."

"가상은 덕이 넘치고 행실이 바른 승려라오. 평소에 산문을 나서지 아니하고 그저 승방에서 불경만 읽곤 했소이다. 혹여 군왕부에서 가상을 찾아도 반나절만 묵고 곧바로 돌아오곤 했으니 애당초 이런 무도한 일을 저지를 수가 없었소이다. 그래서 내가 세월이 흐르면 진상이 저절로 명백히 드러날 것이라고 말한 것이오. 가상은 분명 억울한 일을 당한 것이오."

"'가난한 자가 어찌 부자를 당할 것이며, 천한 자가 어찌 귀한 자와 다툴 수 있으랴'는 말이 있지 않소! 중놈 주제에 어찌 군왕부와 시비를 다툴 수 있겠소이까! 이게 다 숙생의 인연으로 말미암아 생긴 일일 것이오. 우선 가상이 큰 벌을 받지나 않도록 노력합시다. 그다음 일은 나중에 생각하지요."

두 장로가 각자 자기 사찰로 돌아갔음은 말할 필요조차 없겠다.

다음 날 군왕은 가상과 신하저의 벌을 부디 가볍게 해달라고 서찰을 써서 임안부에 보냈다. 임안 부윤이 군왕에게 아뢰었다.

"신하저가 몸을 풀고 나서 이 일을 처리하는 게 좋을 듯싶습니다."

군왕이 지체 없이 일을 처리하라고 득달했다. 임안 부윤은 하는 수 없이 바로 가상의 승적을 박탈하고 곤장 100대를 때리고 영은사로 보냈다. 그런 다음 가상을 집으로 돌려보내고 부역살이를 하게 할 참이었다. 신하저에게는 곤장 80대를 때리고 전당현으로 보냈다가 나중에 집으로 돌려보내도록 했다. 아울러 군왕에게 전 1천 꾸러미를 보상하게 했다.

한편 영은사로 돌아온 가상을 인 장로가 받아들이자 승려들은 인 장로에게 가상을 받아들이면 절의 위신이 깎인다고 하며 받지 말자고 건의했다. 인 장로가 승려들에게 대답했다.

"이 일엔 분명 곡절이 있을 것이니 시간이 지나면 자연스럽게 밝혀질 것이다."

인 장로는 사람들을 시켜 절 뒤쪽에 초가집을 하나 짓고서 가상이 곧 장 독을 치유하고 고향 집으로 돌아갈 때까지 머물게 했다.

한편 군왕은 신하저를 집으로 돌려보내고 전 1천 꾸러미를 보상하라고 요구했다. 신하저의 부모가 신하저에게 말했다.

"우리한테 무슨 돈이 있다고! 네년이 따로 모아둔 거라도 있으면 그거로 갚아라."

"그 돈 내줄 사람은 따로 있어요."

신하저의 아버지가 다시 신하저를 꾸짖었다.

"이런 망할 년, 그래 땡전 한 푼 없는 중놈하고 놀아나다니! 그 중놈은 이제 승적마저 박탈되었는데 그 중놈한테 무슨 돈이 있다고 그 돈을 대신 내준단 말이냐?"

"사실, 그 스님은 괜히 억울하게 얽힌 거예요. 전 사실 군왕부의 전원 錢原이란 집사하고 정을 통한 거라고요. 제가 임신을 하자 그 집사가 일이 발각될까 봐 '일단 군왕 면전에선 가상이란 중하고 정을 통했다고 해. 군왕이 가상이란 중을 총애하는 까닭에 너를 용서해 주실 거야. 내가 너희 집안도 보살피고 네가 필요한 거를 다 줄 테니까.' 이렇게 말했지요. 그러니 그 사람을 찾아가서 돈을 달라고 하셔서 군왕부에 보내십시오. 저의 배를 부르게 한 놈이 그놈인데 설마 딴소리야 하겠어요. 만약 그가 모른다고 잡아떼면 저야 뭐 이판사판이니 저는 군왕부에 찾아가서 군왕에게 이실직고하여 가상 스님의 억울함을 풀어줄 거예요."

신하저의 아버지는 군왕부로 찾아가 문밖에서 전원이란 집사가 나오기만을 기다렸다가 딸내미가 한 말을 그대로 전해주었다. 전 집사는 당황해서 갑자기 화를 버럭 내었다.

"아니, 이 영감태기가 지금 무슨 소리를 하는 거야. 아니 어쩌면 이렇게 염치가 없을 수가 있어. 네놈의 딸내미가 중놈이랑 붙어먹은 거로 다 결론이 났는데 지금 다시 나한테 와서 없는 소리를 만들어 하면서 해코지를 하려고 들어. 아니 그래, 네놈의 딸내미 벌금 낼 돈이 없으면 좋은 소리로 좀 도와달라고 하지, 불쌍한 마음에 한두 꾸러미라도 도와줄 수 있잖아. 근데 이렇게 밑도 끝도 없이 황당한 소리를 하니 다른 사람들이 듣기라도 하면 대체 어떻게 생각하겠어!"

전 집사는 자기 할 말을 마치더니 그냥 사라져버렸다. 신하저의 아버지는 화를 삭이고 한숨을 쉬면서 집으로 돌아와 딸내미에게 이 사실을 알렸다. 신하저는 이 말을 듣더니 두 줄기 눈물을 흘렸다.

"아버지, 어머니 걱정하지 마세요. 제가 내일 그놈에게 그대로 돌려줄 거예요."

다음 날 신하저는 아버지 어머니와 함께 군왕부를 찾아가 억울한 일이 있다고 소리를 질러댔다. 군왕이 소리 지르는 자들을 데려오라 했다. 그들은 바로 신하저와 그의 아비, 어미였다.

"아니, 네놈들의 딸내미가 하늘에 부끄러운 짓을 저질렀거늘 무슨 억울하다는 소리를 하고 난리인가?"

신하저의 아버지 장 씨가 아뢰었다.

"나리, 복도 지지리도 없는 여식이 벌 받아 마땅한 죄를 지은 것은 사실이나 이로 말미암아 억울하게 당한 사람이 있으니 군왕께서는 굽어살펴 주시옵소서!"

"그래 그 억울하게 당한 사람이 누구더란 말이냐?"

"소인은 잘 모르옵니다. 제 여식에게 하문하여 보시면 바로 아실 것입니다."

"그래 네 여식은 지금 어디 있느냐?"

"지금 대문 밖에서 기다리고 있습니다."

군왕은 신하저를 안으로 들이라 하여 자세히 물어보고자 했다. 신하저는 대문 안으로 들어와 대청 앞에 무릎을 꿇고 앉았다. 군왕이 신하저에게 말했다.

"그래, 네년이 무도한 일을 행하면서 누군가를 억울하게 당하게 했다는데 도대체 누구를 그렇게 만든 것이냐?"

"군왕 나리께 아뢰나이다. 소첩이 다른 남자와 정을 통한 일이 있사온데 그 일과 관련하여 가상 스님을 억울하게 만들고 말았습니다."

"가상 스님을 억울하게 만들었다고! 그래 사실대로 말하면 용서하여주겠다."

"군왕 나리, 소첩은 가상 스님과 정을 통한 적이 없사옵니다."

"아니, 그럼 왜 처음부터 사실대로 밝히지 않았느냐?"

"소첩과 정을 통한 자는 바로 전원 집사이옵니다. 제가 임신을 하자 일이 발각될까 봐 걱정하던 전원이 소첩에게 만약 이 일이 드러나면 절대 자기 이야기는 하지 말고 그저 가상 스님하고 정을 통했다고 하라고 했습니다. 나리께서 가상 스님을 총애하시니 반드시 저를 용서해 줄 것이라고 하면서."

"아니 이 몹쓸 년, 어쩌자고 가상 스님에게 그런 누명을 씌웠느냐?"

"전원이 일이 마무리되면 자기가 저희 집안을 책임지고 또 벌금을 내야 하면 그 벌금도 대신 내주겠다고 했나이다. 하여 소첩이 다시 소첩의 집으로 쫓겨나게 되고 또 군왕 나리께서 소첩에게 부과한 벌금도 내야 할 형편이라 소첩의 아버지가 전원에게 찾아가 돈을 달라고 했습니다. 한데 그 전원이란 놈이 외려 소첩의 아버지에게 죄 없는 자기를 해치려 한다고 욕을 해댔습니다. 소첩이 이제 진실을 밝혔사오니 군왕 앞에서 죽는다 하여도 여한이 없습니다."

"그래, 전원 이놈이 네년의 집안을 보살펴주겠노라 약속했을 때 무슨 징표 같은 걸 준 게 있느냐?"

"나리, 나중에 그놈이 저희 집안을 보살펴주겠노라 한 약속을 뒤집을까 봐 걱정되어 그놈이 근무할 때 차는 주홍색 표지 하나를 이미 받아두었습니다."

군왕은 화가 나서 발을 동동 구르며 욕을 했다.

"몹쓸 년, 가상 스님한테 이런 억울한 누명을 씌우다니!"

군왕은 즉시 전원을 붙잡아 임안부 청사로 끌고 가게 했다. 임안부에서 전원에게 주리를 틀고 심문하니 전원이 견디지 못하고 자신이 저지른 죄를 낱낱이 자백했다. 백 일째 되는 날, 부윤은 전원에게 곤장 백 대를 치게 하고 사문도 감옥에 보내어 노역하도록 했다. 신하저는 다시 자기 집으로 돌아갔으며 더불어 1천 꾸러미의 벌금도 면제받았다. 군왕은 즉시 영은사로 사람을 보내어 가상 스님을 모셔오게 했다.

한편, 가상 스님은 절 뒤쪽의 초가집에서 몸조리하고 있었다. 몸을 어지간히 추스르고 나니 또 5월 5일 단오였다. 가상 스님은 붓과 종이를 준비하여 세상을 하직하는 노래라는 뜻의 「사세송辭世頌」을 적었다.

태어난 것도 단오,

중이 된 것도 단오,

죄를 얻은 것도 단오,

죽는 것도 단오.

전생에 내가 그에게 빚진 게 있으나,

그걸 내가 인정하지 아니하려 했으니,

외려 다른 사람이 고통받게 했구나.

오늘 모든 게 다 밝혀졌나니,

나는 이제 몸을 빼내어 내 본향으로 돌아가려네.

오월 오일 오시에 적노라,

내 입 내 혀로 지은 죄업 모두 사라지리라.

오월 오일 수릿날,

내 입 내 혀로 지은 죄업 모두 사라지리라.

가상 스님은 「사세송」을 다 적고 나서 초가집에서 나왔다. 초가집 옆에 샘이 하나 있었다. 가상 스님은 가사를 다 벗고 온몸을 깨끗이 씻었다. 다시 가사를 입고 초가집으로 돌아와 가부좌를 한 채로 입적했다. 다른 스님이 인 장로에게 알렸다. 인 장로는 나중에 자신이 쓰려고 미리 마련해두었던 관에다 가상 스님을 입관하게 했다. 관을 메고 산꼭대기까지 올랐다. 막 불을 붙이려고 하는 순간, 군왕부에서 하인이 와서 가상 스님을 찾았다. 인 장로가 군왕부에서 보내온 하인에게 말했다.

"여보게, 군왕부에 돌아가서 아뢰게. 가상이 입적했노라고. 이제 막 다비식을 하려고 불을 붙이려던 참이야. 군왕이 다른 분부가 있으신 거라면 내가 잠시 기다리겠네."

"가상 스님의 억울한 사정이 다 밝혀졌습니다. 군왕께서 특별히 저를 보내어 가상 스님을 모셔오라고 한 것입니다. 제가 얼른 가서 군왕님께 보고하겠습니다. 군왕님도 다비식을 보고 싶어 하실 것입니다."

하인은 황급히 군왕부로 돌아가 가상 스님이 입적했다는 사실을 아뢰고 가상 스님이 지은 「사세송」을 보여드렸다. 군왕은 대경실색했다. 이튿날 군왕은 양국 부인과 함께 가상 스님의 다비식을 보고자 영은사를 찾았다. 스님들이 군왕을 산꼭대기까지 안내했다. 군왕과 양국 부인이 향을 살랐다. 군왕이 좌정했다. 인 장로는 스님들에게 독경을 지시했다. 독경이 끝났다. 인 장로가 불쏘시개를 들고서 입으로 이렇게 읊조렸다.

굴원은 가도 향기로운 쫑즈는 남고,
용선을 타고 서로 앞서기를 다투네.
이제 녹색 줄을 다 끊어버렸으니,
다음 생애 인연을 묶는 일은 없으리라.

아, 가상 스님이 입적하시도다. 단오는 본디 길일, 오늘 누가 향초탕에서 몸을 씻었는가? 향긋한 기장밥을 황금으로 싸고, 덧없게 창포물로 옥을 문지른다. 『묘법연화경』을 알아야 할지니. 큰 깨달음 얻어야 할지니. 신하저의 몸에 손 한번 대지 않았으나 꽃을 땄다고 하는 모욕을 받았네. 이제 자초지종 다 드러났으나 이별의 노래를 불러야 할 시간. 오늘은 단오, 어찌 이리 급하게도 서천으로 떠나시는가! 인생이란 본디 허무한 것, 인생이 고달팠노라 애석해할 필요 어디 있으랴. 이 산의 스님들 모두 찾아와 그대 가는 길에 불을 밝혀주노라. 이제 이 불로 열반에 드실 것이니 그대 진면목이 드러나리다. 예, 잇!

그대가 지은 「보살만」을 부르니,
이제 작별하고 도솔천으로 돌아가소서.

사람들은 불길 속에서 가상 스님이 나타나 군왕, 군왕 부인, 장로 그리고 스님들에게 인사하는 것을 보았다.

"소승이 전생에 진 빚이 있어 그 빚을 갚으러 이생으로 나들이를 나왔나이다. 이제 소승은 신선 세상으로 들어가노니 다시 인간 세상에는 나오지 않을 것입니다. 소승은 오백나한 가운데 상환희존자常歡喜尊者로소이다."

하늘의 도를 듣기가 어찌 어려울까?
선악은 결국 마지막에 모습을 드러내나니.
사람들에게 선한 길을 가도록 권면하여야 할지니,
역시 덕을 닦고 음덕을 베풀어야지.

이승과 저승을 넘나든 사랑

崔待詔生死寃家

― 옥장인 최녕이 이승과 저승을 넘나드는 여인과 사랑하다 ―

아지랑이 덮인 봉우리, 경치도 빼어날시고,

따듯한 햇살에 모래톱에서 날개 털고 돌아오는 기러기.

동쪽 들녘에 피어나는 꽃들이 내 눈을 호강시키고,

남쪽 밭두둑에는 드문드문 풀싹이 패어난다.

아직 강둑 버들가지에 새들이 둥지 틀기는 이른 때,

꽃 따라 걷다 보니 산골 초가집.

들판 몇 그루 나무에서 떨어지는 홍매화 꽃,

살구꽃 봉오리는 아직 입을 열지 아니했네.

이 「자고천」 사는 초봄의 경치를 읊었다. 하지만 봄이 한창일 때를 노래한 「중춘사」만 못한 것 같다.

날마다 기루에서 취생몽사,

어느덧 성 밖 들판에 봄이 익었네.

살구꽃은 비에 젖어 꽃잎 후두두 떨구고,

버들가지는 살랑살랑 바람에 춤을 춘다.

놀잇배를 탈까,

말을 타고 나갈까,

성문 밖 시냇물 다리엔 녹음이 짙어 오네.

사람들은 들어올 수 없는 신선 세상 같으니,

주렴 몇 겹 너머엔 그 사람 있겠네.

이 「중춘사」는 봄이 한창일 때의 경치를 읊은 것이다. 하지만 황부인
이 늦봄을 노래한 「계춘사」만 못한 것 같다.

봄빛은 농익은 술처럼 향기로워,

제비 소리 때때로 주렴 뚫고 들려오네.

성문 밖 시냇물 다리엔 버들솜이 바람에 날리고,

산사 복숭아나무에선 빨간 꽃 떨어지누나.

앵무새 소리도 쇠해져 가고,

나비는 이리저리 날아다니네,

떠나는 봄 찾을 수 없으니 아쉬움만 끝없어.

계단의 풀색도 아침 비를 맞아 더욱 새로운데,

배꽃은 새벽바람에 이리저리 날리네.

하지만 이 세 수의 사도 왕안석이 꽃잎 떨어져 바람에 날리는 것을 보고서는 바로 저 바람 때문에 봄이 가는 것이라 결론을 내리고 지은 시만은 못하다.

　봄바람은 좋은 때도 있지,
　봄바람은 나쁜 때도 있지.
　봄바람 불어 꽃이 피더니만,
　봄바람 불어 그예 꽃이 지네.

　소동파는 봄바람이 봄을 날려 보내는 것이 아니라 봄비가 봄을 씻어 보낸다고 했도다.

　비 내리기 전 꽃들이 듬뿍도 보이더니만,
　비 내리고 나니 꽃은 지고 이파리만 남았네.
　나비와 벌들이 담장 넘어 날아가는 건,
　옆집에 아직 있는 봄기운을 찾아가고자!

　진소유는 바람도 아니요, 비도 아니요, 버들솜이 봄을 실어가 버린다고 했도다.

　춘삼월 버들솜은 가볍기도 하여,
　한들한들 날갯짓 봄에게 작별인사.
　아무것도 모르는 저 버들솜,
　여기로 저기로 그저 날아다닐 뿐.

소요부邵堯夫는 버들솜도 아니요, 나비의 날갯짓이 봄을 보내버린다고 했도다.

꽃이 피네, 춘삼월,
저 나비 날갯짓은 쉼도 없어라.
봄을 지고 저 하늘 끝으로 날아가시나,
나그네에게 슬픔 몇 방울 떨어뜨리면서.

증량부曾兩府는 나비도 아니요, 앵무새가 울어서 봄을 보내는 것이라고 했도다.

꽃 피어 한창 아름답고 농염할 때,
봄날 저 꽃을 슬프게 만들 수 있는 게 어디 있을까?
앵무새 울음 울어 봄을 몰아가니,
꽃밭은 한순간 텅 비고 말았네.

주희진은 앵무새도 아니요, 두견새가 울어서 봄을 보내는 것이라 노래 했다.

두견새 울어 봄이 가네,
부리에 핏망울은 아직도 선명한데.
텅 빈 꽃밭엔 공연히 긴 하루,
황혼이 다가오는 건 또 어이 견디나?

소소소蘇小小는 이것저것 다 아니고 제비가 봄을 물고 가는 것이라 했다. 그가 지은 「접련화蝶戀花」 사는 이러하구나.

소녀는 전당강 가에 살지요,
해마다 어김없이,
꽃은 피고 지고.
제비가 봄을 입에 물고 날아가니,
비단 창문 가에 장맛비 내리기 시작한 지 몇 차례.

빗질하다 빗을 그냥 꽂은 채,
백단나무판 가볍게 두드리며,
황금실오라기라는 노래 부르네.
노래 마치니 구름마저 개고,
남포南浦에 뜨는 달 보려 자리에서 일어나네.

왕암수王巖叟는 바람도 아니요, 비도 아니요, 버들솜도 아니요, 나비도 아니요, 앵무새도 아니요, 두견새도 아니요, 제비도 아니요, 다만 90일 봄날이 흘러 봄이 가는 것일 뿐이라고 했도다.

바람도 비도 원망 마시게나,
바람과 비가 아니더라도 봄은 갈 것이니.
매화꽃 지니 매실 조그맣게 맺히기 시작하네,
부리의 누런빛 사라지면서 제비 새끼 날갯짓 시작하네.
두견새 울어 예니 꽃은 지고,

누에 먹이느라 뽕잎은 남은 게 없네.

가는 봄을 어디 가서 찾아오랴,

세상엔 도롱이 입은 나 혼자만 남았는걸.

아니 이야기꾼, 봄을 지나가는 걸 읊은 시를 이렇게 마구 읊어대는 이유가 대체 무엇이오? 소흥 연간(1131~1162)에 남송의 수도 임안에 관서 연주 연안부 출신인 삼진절도사 함안군왕咸安郡王이 있었겠다. 이 함안군왕이 봄이 가버리는 게 못내 아쉬워 권속들을 이끌고 봄나들이를 떠났다. 저녁나절 나들이를 마치고 집에 돌아오는 길, 전당문 안쪽 거교 앞에 일행이 도착하게 되었다. 권속들이 탄 가마가 앞서고 군왕이 탄 가마가 뒤섰다. 이때 거교 아래 표구점에서 소리가 들려왔다.

"애야, 나와서 군왕 행차를 구경하여라."

마침 군왕이 가마에서 표구점 여식이 나오는 것을 보더니 나졸에게 명했다.

"내가 지금까지 찾아온 여인을 바로 여기서 만났구나. 일단 네가 가서 잘 이야기하여 그 여인을 챙기고 그런 다음 내일 나에게 데려오도록 하라."

나졸이 즉시 대답하고서는 군왕의 행차를 구경하러 나온 여인을 찾았다. 그 여인은 어떻게 생긴 여인일까?

마차가 달리면 흙먼지가 언제고 따라 일어나지,

사람을 보면 마음이 언제고 따라 요동치지.

가게는 거교 아래에 있었다. 가게에는 간판이 하나 달려 있었다. '거璩씨네 표구점. 고금 서화 표구 전문.' 가게 안에서는 나이가 지긋해 보이는 남자가 여식 하나를 데리고 있었다. 그 여식의 생김생김이 어떠했던가.

풍성한 머리칼을 매미 날개 모양 묶었네,
옅은 화장을 한 눈썹은 새 생명 돋아나는 봄날의 수풀 같아라.
앵도처럼 빨간 입술,
백옥처럼 하얀 이는 위아래로 두 줄.
작아서 너무도 앙증맞은 발,
입에서 나오는 그 목소리에는 교태가 좔좔.

아까 밖에 나와 군왕의 행차를 바라보던 바로 그 여인네였다. 나졸은
일단 거 씨네 표구점 맞은 편 찻집에 가서 자리를 잡고 앉았다. 찻집 노파
가 차를 내오자 나졸이 말했다.

"할멈, 내가 할 말이 있어서 그러니 저 맞은편 거 씨네 표구점 쥔장 좀
데려다주시오."

찻집 노파가 쏜살같이 가더니 거 씨를 모셔왔다. 두 사람은 서로 인사
를 나누고 자리에 앉았다. 거 씨가 먼저 입을 열었다.

"무슨 일로 나를 보자고 한 거요?"

"뭐 특별한 일은 아닙니다. 그저 이야기나 좀 나누자는 거죠. 방금 전
군왕의 행차를 보러 나왔던 그 젊은 처자는 그대의 따님이시오?"

"그러하오. 딸까지 해서 세 식구요."

"따님은 올해 나이가 몇이나 되었습니까?"

"열여덟이오."

"따님을 시집보내실 요량이요, 아니면 어디 대갓집 나리를 모시는 일
이라도 하게 할 작정이요?"

"어이쿠, 집안이 가난해서 시집보낼 돈 마련하기는 글렀고 그저 높으신 분 댁에 일이라도 하라고 보낼 작정입니다."

"그럼 따님은 무슨 재주가 있소이까?"

거 씨가 자기 딸의 손재주가 어떤지를 말해주었다. 그럼 그 손재주를 「안아미眼兒媚」란 사 곡조로 설명하노라.

규방 깊은 곳, 아침 해 갓 뜰 때부터,
비단 치마 바느질.
그녀는 봄을 오게 하는 재주는 없어도,
바늘과 실로 꽃을 피우는 재주는 있어라.

빗긴 나뭇가지, 부드러운 이파리, 탐스럽게 핀 꽃,
향긋한 내음 풍기더니,
뜰 안 깊은 곳으로,
벌과 나비를 불러들이도다.

거 씨의 딸은 자수에 능했더라. 군왕부의 나졸이 말했다.

"그렇지 않아도 저의 함안군왕 나리께서 가마에서 따님이 수놓은 치마를 입고 있는 것을 보았답니다. 지금 마침 군왕부에 침선을 잘하는 여인이 하나 필요한데 이참에 따님을 군왕부에 보내시지 그러시오."

거 씨는 집으로 돌아가 마누라에게 이 제안을 말해주었다. 다음 날 아침 거 씨는 딸을 보내겠다는 내용의 문서를 써서 딸과 함께 군왕부를 찾았다. 군왕은 거 씨에게 딸의 몸값을 치러주었다. 군왕이 거 씨의 딸에게 수수라는 이름을 지어주었다.

그로부터 며칠 후, 군왕은 꽃무늬 전포를 조정에서 하사받았다. 그때 수수가 직접 꽃무늬 자수를 놓아 군왕이 하사받은 전포와 똑같은 전포를 만들어내었다. 군왕이 그걸 보고서 너무도 흡족해했다.

"주상께서 나에게 꽃무늬 전포를 하사하셨으니 나는 과연 어떤 특별한 것으로 주상께 답례를 올린다?"

군왕은 보물 창고에서 투명하고 양 기름처럼 윤기가 좔좔 흐르는 옥을 꺼내오게 했다. 그런 다음 문하의 옥장인들을 불러 물었다.

"이 옥으로 무엇을 조각하면 좋을까?"

옥장인 가운데 하나가 아뢰었다.

"술잔 한 쌍을 만들면 좋을 듯합니다요."

군왕이 아쉬운 듯 대답했다.

"그래도 이렇게 훌륭한 옥으로 술잔을 만들기는 좀 아깝구나."

다른 옥장인이 아뢰었다.

"이 옥은 생긴 게 위쪽은 뾰쪽하고 아래쪽은 뭉툭하니 마후라摩侯羅[1]를 조각하면 좋을 듯합니다요."

군왕이 바로 대꾸했다.

"마후라는 칠월칠석에 바느질 잘하게 해달라고 빌 때 말고는 쓸 데가 없잖은가?"

옥장인 가운데 나이가 스물다섯 남짓 한참 젊은 녀석이 있었다. 그자

---

[1] 마후라摩睺羅라고도 적는다. 범어 mahoraga의 음역으로 본디 마후라가摩睺羅伽라고 적었다. 사람 몸에 뱀의 머리를 지녔다. 한국의 조각은 왼손에 뱀을 잡고 오른손은 앞가슴에 대고, 머리에 뱀 관을 쓴 모습이 대부분이다. 인도 신화에서는 음악의 신이었고 불교에 수용되어 팔부신중 가운데 하나가 되어 주로 사찰 외부를 수호하는 가람신의 역할을 맡는다. 중국에서는 당, 송, 원 시기에 흙이나 나무 밀랍 등으로 조각하여 칠월 칠석에 바느질 잘하게 해달라고 빌면서 공양으로 바치는 작은 보살상을 가리킨다. 문화콘텐츠닷컴 해당 항목 참고.

의 성은 최崔, 이름은 녕寧으로 군왕부에서 일한 지 몇 년 되었으며 승주 건강부 출신이었다. 옥장인 최녕은 두 손을 공손히 가슴께로 모으고 군왕을 바라보며 말씀 올렸다.

"군왕 나리, 이 옥은 위쪽은 뾰쪽하고 아래쪽은 뭉툭하니 조각하기가 쉽지 않습니다. 남해관음보살상을 조각하는 수밖에 없겠습니다."

군왕이 그를 바라보며 대답했다.

"옳거니, 내 생각과 딱 들어맞는구나."

군왕은 최녕에게 바로 작업을 시작하라고 일렀다. 두 달이 채 못 되어 이 옥은 남해관음보살상으로 거듭났다. 군왕은 즉시 폐하께 표를 작성하여 관음보살상을 올리니 폐하께서 너무도 흡족해했다. 이 일로 말미암아 최녕은 군왕에게서 급여도 올려 받았을 뿐만 아니라 여러모로 좋은 대우를 받게 되었다.

세월은 흘러 다시 봄, 옥장인 최녕은 봄나들이를 나갔다가 돌아오는 길에 전당문에 있는 술집에 들러 친구 서너 명과 술을 몇 잔 주거니 받거니 하고 있었다. 이때 갑자기 거리가 소란스러워지기 시작했다. 최녕과 친구들이 황급히 술집 창문을 열고 보니 사람들이 이리저리 어지럽게 몰려다니며 소리 지르는 게 보였다.

"정정교에 불이 났다."

그들은 마시던 술잔을 내려놓고 황급히 술집 밖으로 나가 바라보았다.

얼핏 보니 그저 반딧불,

다시 보니 환한 횃불.

수천 개의 촛불이 동시에 타오르는 듯,

수만 개의 솥단지가 동시에 끓어오르는 듯.

불의 신이 하늘 화로를 쏟아버린 듯,

여덟 역사가 온 산에 불을 놓은 듯.

여산의 봉화런가,

포사가 기뻐하며 아양이라도 떨었을 듯,[2]

적벽강 기념의 불덩이런가,

주유가 신묘한 계책을 펴기라도 한 듯.[3]

오통신五通神이 불 호롱박을 계속 들이붓고 있는 듯,

송무기宋無忌[4]가 불덩이 나귀를 몰고 가는 듯.

촛농을 들이붓고 기름을 끼얹지 않아도,

어쩜 그렇게 활활 타오르고 연기가 날릴 수 있을까!

최녕이 이 광경을 멀리서 바라보면서 황급히 소리를 질렀다.

"우리 군왕부 바로 앞이네!"

최녕이 서둘러 군왕부에 달려가 보니 아무것도 보이지 않았으며 사방이 너무도 조용하고 사람 자취를 찾을 수조차 없었다. 최녕이 왼편 회랑쪽으로 들어가 보았다. 주변은 불이 활활 타올라 대낮 같았다. 왼편 회랑으로 들어가니 군왕부의 대청에서 한 여인이 비틀거리는 듯, 뒤뚱거리는

---

2) 주나라 유왕幽王의 총희였던 포사褒姒가 평소에 웃지 아니하자 유왕은 어떻게 그녀를 웃게 할까 고민했다. 유왕이 어쩌다 장난으로 봉홧불을 놓아 천하의 제후들을 모으자 제후들이 헐레벌떡 달려왔다가 낭패한 표정을 지으며 흩어졌다. 포사가 그 모습을 보고 그제야 이를 드러내 보이며 웃었다고 한다. 이에 유왕은 거듭 봉홧불 장난을 했고, 정작 외적이 침입하여 봉홧불이 올라왔을 때는 아무도 달려오지 않았다고 한다.

3) 주유周瑜가 적벽강에서 조조의 대군을 맞이하여 화공으로 섬멸했던 일을 두고 읊은 대목.

4) 송무기는 불귀신이다. 『수신기』에 보면 어떤 아이가 태어나자마자 부뚜막으로 달려 들어가 타 죽는 일이 있었다는 기록이 나온다. 아울러 『수신기』는 갓 태어난 아이가 혼자 달려갈 수는 없는 노릇이니 송무기 귀신이 씌어서 그런 것이라고 설명한다.

듯 걸어 나오다 최녕과 부닥뜨렸다. 최녕이 보니 자수장이 하녀 수수였다. 최녕이 두어 걸음 뒤로 물러나 나지막한 목소리로 인사를 건넸다. 본디 보살상 조각을 바치던 날 군왕이 최녕에게 언질을 준 바 있었다.

"수수가 몸값만큼 일하여 기한이 되면 너에게 시집보내마."

하여 당시 그 자리에 있던 사람들이 모두 이구동성으로 거들었다.

"아주 잘 어울리는 한 쌍입니다요!"

최녕은 거듭거듭 절하며 감사했다. 총각이었던 최녕은 그 말을 철석같이 믿고 수수에게 마음을 주었다. 수수 역시 젊은 최녕을 보고서 그와 결혼할 날을 손꼽아 기다렸다. 바로 오늘 이렇게 큰불이 난 날, 수수가 보자기에 금은보화를 한가득 싸서 왼편 회랑 쪽으로 걸어오다가 최녕을 만났다.

"최 옥장인님, 제가 너무 늦게 나왔군요. 군왕부의 하녀들이 이리저리 흩어져 저를 돌봐줄 사람은 아무도 없네요. 옥장인님이 저를 안전한 곳으로 좀 데려다주세요."

최녕은 수수랑 함께 곧바로 군왕부 문을 나서 강변을 따라 걸어 석회교石灰橋까지 갔다. 이때 수수가 최녕에게 하소연했다.

"다리가 너무 아파 더는 못 걷겠어요."

최녕이 앞쪽을 가리키며 수수에게 말했다.

"몇 걸음만 더 가면 바로 내가 사는 곳이요. 조금만 더 가서 우리 집에서 쉬는 게 좋을 듯하오."

두 사람은 조금 더 걸어 최녕의 집에 도달했다. 수수가 최녕에게 다시 말했다.

"배가 너무 고프군요. 가서 먹을 것 좀 사다 주셔요. 오늘 너무 놀랐으니 술 한 잔 할 수 있으면 더 좋겠네요."

그 말을 듣고 최녕은 바로 술을 사 와서 수수와 한 잔 두 잔 마셨다.

댓잎 술 석 잔이 가슴까지 찌르르 들어오니,
양 볼은 복숭앗빛 홍조로 변하도다.

봄은 꽃을 피우는 전령사요, 술은 정욕을 불러일으키는 요물이라지 않
는가. 수수가 최녕에게 말을 건넸다.

"지난번 누각에서 달구경 하다가 군왕께서 소녀를 옥장인님에게 혼인
시키겠다고 했던 일, 그리고 옥장인님이 군왕님께 몇 번이고 고맙다고 인
사한 일을 기억하고 계시겠지요?"

"아, 네!"

"그때 사람들이 모두 우리 둘이 참 잘 어울린다고 칭찬을 해주었잖아
요! 설마 잊으신 건 아니겠지요?"

"아, 네!"

"그저 무작정 기다리느니 오늘 밤 바로 소녀는 옥장인님과 부부의 연
을 맺기를 원하나이다. 옥장인님의 의향은 어떠하신지요?"

"어찌 감히?"

"아니, 어찌 감히라뇨! 소녀 고함을 질러서 옥장인님을 곤경에 빠뜨릴
거예요. 옥장인님은 어떻게 소녀를 이 집에까지 데리고 온 거죠? 내일 군
왕부에 가서 해명하셔야 할걸요."

"나랑 부부의 연을 맺고자 하는 건 좋소! 그러나 이곳에서 살 수는 없
소이다. 불이 나서 사람들이 이리저리 흩어진 이 틈을 타서 오늘 밤 바로
멀리 도망갑시다."

"이미 부부가 되기로 약속한 이 몸, 소녀 어찌 옥장인님의 말을 따르지

않겠습니까?"

그들은 이날 밤 부부의 연을 맺었다.

새벽 사경이 조금 지난 시각, 최녕과 수수는 각자 자신의 귀중품과 돈이 될 만한 것들을 챙겨 문을 나섰다. 배고프면 밥 먹고, 목마르면 물 마시고, 밤에는 자고, 새벽에 일어나 걸어 구주衢州에 도착했다. 최녕이 수수에게 일렀다.

"이곳은 사통팔달, 어디든 통하는 갈림길이라 이제 어느 길을 잡아서 가야 할지. 아무래도 신주信州 가는 길이 좋겠소. 내가 옥장인 아니요, 게다가 거기에는 내가 아는 사람도 많으니 자리 잡는 데 문제가 없을 것 같소."

그들은 신주로 가는 길을 잡아 걸어갔다. 신주에 도착한 지 며칠이 지나고 최녕이 수수에게 말했다.

"이곳은 임안에 왕래하는 자들이 많으니 그들 가운데 누구라도 군왕에게 우리를 여기서 봤다고 고하면 군왕은 틀림없이 우리를 잡으려 들것이오. 그러니 여기는 안전한 곳이 못 되오. 여기를 떠나 다른 곳으로 갑시다."

그들은 다시 짐을 챙겨 담주로 길을 잡아 갔다. 며칠 후 담주에 도착했다. 임안에서 한참이나 멀리 왔다는 생각이 들어 이곳 담주 시장통에 터를 얻어 공방 간판을 내걸었다.

'임안 출신 옥장인 최 씨네 공방.'

최녕이 수수에게 일렀다.

"이곳은 임안에서 이천 리나 떨어진 곳이니 아마 별일 없을 거요. 그대나 나나 마음이 편해졌으니 이제 이곳에서 부부로 같이 잘 살아봅시다."

담주라고 하여 행세깨나 하는 사람이 없을쏘냐! 그들은 최녕이 임안에서 온 기술자라는 걸 알고서는 일을 맡기니 최녕 공방이 갈수록 잘 되었다. 최녕은 몰래 다른 사람 편에 임안 함안군왕부 소식을 알아보았다. 임안에 다녀온 자가 소식을 물어왔다. 군왕부에 불이 났을 때 하녀가 하나 사라져서 상금을 걸고 찾기를 며칠이었으나 끝내 소식을 알지 못했다는 소식을 전해주었다. 아마 수수가 최녕이랑 같이 담주로 도망친 것은 모르는 눈치였다.

세월이 쏜살같이 흘렀다. 해와 달이 뜨고 지고 뜨고 지고 1년이 훌쩍 지났다. 어느 날 아침 일찍 가게 문을 열었다. 두 사람이 가게로 찾아오는데 검은 옷을 입은 게 나졸이나 아전 같았다. 그 둘이 가게 안으로 들어와 자리를 잡고 앉더니 물었다.

"우리 주인 나리께서 이곳에 임안에서 온 옥장인 최 씨라는 사람이 있다고 들으시고 그 사람을 초대하여 일을 맡기고자 하십니다."

최녕은 수수에게 집안일을 부탁하고 두 사람을 따라 상담현으로 출발했다. 상담현에 도착하여 최녕은 그 두 사람의 주인 나리를 뵙고 그 주인 나리가 내주는 옥을 받아 조각해주었다. 일을 마치고 같은 길을 되짚어 집으로 돌아오는 중에 대나무 갓을 쓰고, 양쪽 옷깃에 하얀 공단을 덧댄 웃옷을 입고, 청백색 각반으로 바짓가랑이를 동여매고, 대마 끈으로 만든 신발을 신고, 어깨에 짐대를 메고 걸어오는 사람을 만났다. 그는 마주 보고 오면서 최녕의 얼굴을 정면으로 바라보았다. 그러나 최녕은 그 사람의 얼굴을 미처 제대로 보지 못했다. 그 사람은 최녕을 알아보고서는 뒤에서 성큼성큼 최녕의 뒤를 밟았다.

뉘 집 자식이 괜스레 뱃전을 두드려,

원앙을 놀라게 해 푸드덕 날아가게 하나.

그 사람이 과연 누구던가? 다음 회를 듣고 궁금증을 푸시라.

대나무 시렁에 줄기를 얹고 온 거리를 가득 채운 나팔꽃,
성긴 울타리, 초가지붕을 뚫고 들어오는 달빛.
잔에는 직접 담근 거친 술 한 잔,
쟁반에는 소금에 절인 매실 안주.

고민은 털고 가슴은 펴시라,
우리네 인생도 웃으며 보내야 하지 않겠나.
이 세상천지에 나를 알아주는 이 없다니,
이래 봬도 십만 대군을 호령하던 몸인데.

이 「자고천」 가락에 맞춘 사는 관서 진주 웅무군 출신 유량부劉兩府가
지었다. 그는 순창 대첩에 참전하고 나서 은퇴하여 호남 담주 상담현에서
여생을 보내고 있었다. 평소 재물을 탐하지 않은 장수였던 유량부는 은퇴
후에 더욱 형편이 어려웠고 그저 촌 주막에서 술 한잔 걸치는 게 유일한
낙이었다. 주막 점원들도 유량부가 어떤 사람이었는지는 알 길이 없었으
니 그가 들어오든 말든 신경도 쓰지 않고 그저 자기들끼리 희희낙락 떠들
기 일쑤였다. 유량부는 백만 오랑캐를 우습게 여겼던 자신이 이젠 촌동네
술집 점원한테도 무시당하는 신세가 되었음을 한탄하면서 위에 인용한
「자고천」 사를 지었다고 한다. 이 사는 널리 퍼지고 퍼져 마침내 임안에까
지 유행하게 되었다. 지금의 궁정호위대장 격인 전전태위 양화왕楊和王은
유량부의 「자고천」 사를 듣고는 마음이 적잖이 안타까웠다.
　'유량부 장군이 이렇게 고독하고 빈한한 여생을 보내고 있다니!'

양화왕은 즉시 재무를 담당하는 관리를 불러 유량부 장군에게 돈을 보내주라 했다. 최녕의 주인이었던 함안군왕 역시 유량부의 소식을 듣고 따로 사람을 보내어 유량부 장군에게 돈을 전달해 주라 했다. 함안군왕의 돈 심부름을 하는 이가 담주를 지나다 마침 상담현에서 일을 해주고 돌아오던 최녕을 우연히 발견하고 최녕의 뒤를 밟아 최녕의 옥 공방까지 따라갔다. 그 공방의 계산대에 수수가 앉아 있는 것 아닌가. 심부름꾼이 얼굴을 내밀고 앞으로 나섰다.

"최 씨, 오랜만이오. 여기에서 살고 있었구먼. 그런데 수수는 어째서 여기에 있는 거요? 군왕께서 나에게 서찰을 전달하고 오라 하셨기에 이곳 담주까지 오게 되었소이다. 한데 수수가 최 씨 자네에게 시집을 왔나 보네. 참 보기 좋네!"

최녕과 수수는 너무 놀라 얼어붙어 버렸다. 저놈이 누구인가? 바로 군왕 휘하의 나졸이 아니던가. 아주 오랫동안 군왕을 충직하게 모셔왔기에 군왕이 믿고서 돈 심부름까지 시키는 것 아니겠는가. 이 사람은 성은 곽, 이름은 립, 사람들은 그를 나졸 곽 씨라 불렀다. 최녕 부부는 곽립을 안으로 들어오라 한 다음 술 한 상을 가득 차려 대접했다. 최녕 부부가 곽 씨에게 간절하게 부탁했다.

"돌아가거든 제발 군왕에게 우리가 여기 산다고 말하지 말게나!"

"군왕이 자네들이 여기 사는 걸 어찌 알겠나? 게다가 내가 뭐하러 굳이 그걸 또 이야기하겠어!"

곽립은 최녕 부부에게 술대접 잘 받았다고 인사하고서 길을 나섰다. 군왕부에 도착하여 군왕을 뵙고서 유량부에게서 받은 답신을 전달했다. 답신을 전달하고 나서 곽립이 아뢰었다.

"소인이 나리의 서찰을 전달하고서 돌아오는 길에 담주를 지나게 되었는데 거기서 두 사람이 사는 것을 보았습니다."

"두 사람이라니 대체 누구를 말하는 것이냐?"

"하녀 수수와 옥장인 최녕이온데 그들이 소인에게 술을 대접하고 이 사실을 비밀로 해달라고 간청했나이다."

"이것들이 감히 이런 일을 저지르다니! 아니 어떻게 거기까지 갔단 말이더냐?"

"자세한 사정을 소인도 모르오나 최녕은 거기서도 간판을 걸고 옥 세공소를 열고 있었습니다."

군왕은 즉시 임안부에 사람을 보내 관원에게 추노꾼을 파견해주길 부탁하도록 했다. 추노꾼이 심부름꾼을 대동하고 경비를 챙겨서 즉시 호남 담주부로 출발했다. 추노꾼은 담주부에 도착하면 공문을 전달하고 담주부 관원과 함께 최녕 부부를 잡을 참이었다.

검은 독수리가 제비 새끼를 덮치는 격,
맹호가 양 새끼를 잡아먹는 격.

두 달이 못 되어 추노꾼이 최녕 부부를 잡아 왔다. 군왕에게 보고하니 군왕이 대청에 나왔다. 군왕이 외적과 싸울 때 왼손에는 '소청小靑'이란 칼을 들고, 오른손에는 '대청大靑'이란 칼을 들고서 수없이 많은 적병을 죽였더라. 군왕은 늘 그 칼 두 자루를 칼집에 넣어 벽에 걸어놓고 있었다. 군왕이 대청에 등장하니 사람들이 "나리 나오셨습니까" 하고 크게 외쳤다. 사람들이 최녕 부부를 끌고 와서 무릎 꿇렸다. 군왕은 몸을 부들부들 떨며 벽에 걸어둔 '소청'을 왼손으로 잡아 내리더니 오른손으로 칼을 쑥 뽑아 들고는 변방에서 오랑캐를 노려보던 것처럼 눈을 부릅뜨고 이를 부득부득

갈았다. 이를 보고 깜짝 놀란 군왕의 부인이 병풍 뒤에서 아뢰었다.

"나리, 여기는 황제가 사는 도성입니다. 오랑캐가 득실대는 변방이 아니옵니다. 저놈들에게 죄가 있다면 임안부 청사로 보내어 처결하게 하십시오. 여기서 이렇게 소란스럽게 처결할 일이 아니옵니다."

"저 죽일 놈들이 감히 도망을 치다니! 이제 이렇게 잡아들였으니 어찌 저놈들을 쳐 죽이지 않으리오! 하나 부인이 이렇게 간청하니 수수는 뒷마당으로 데리고 가고 최녕은 임안부로 압송하게 하겠소이다."

군왕은 그 자리에서 즉시 최녕 부부를 잡아 온 자들에게 행하를 주며 치하했다. 임안부에 압송된 최녕은 자초지종을 소상하게 자백했다.

"그날 군왕부에 불이 난 것을 확인하고서 황급히 군왕부로 달려가 보니 다른 사람은 하나도 보이지 아니하고 수수가 왼편 회랑으로 걸어 나오는 게 보였습니다. 수수가 소인에게 자기 말대로 하라고 했습니다. 자기 말을 들어주지 않으면 저를 곤경에 빠뜨리겠다고도 했습니다. 그러면서 저랑 함께 도망가자고 했지요. 저는 어쩔 수 없이 수수랑 도망갔습니다. 제가 말씀드린 것은 하나도 틀림이 없습니다."

임안부에서는 최녕의 자백을 적은 문서를 함안군왕에게 전달했다. 함안군왕 역시 올곧은 사람인지라 최녕을 더는 문제 삼지 않고자 했다.

"최녕이 기왕 이렇게 자백했으니 이제 용서하고 선처하여주고자 하노라. 하나, 최녕이 도망친 것 자체를 없었던 일로 할 수는 없는 일, 최녕을 곤장 형에 처하고 고향인 건강부로 돌려보내도록 하라."

최녕은 즉시 건강부로 압송되었다. 북관문을 나서서 아정두에 이를 즈음, 두 명의 가마꾼이 가마를 메고 오는 게 보였다. 가마 안에서 여인의 목소리가 들려왔다.

"여보세요, 잠시만 기다리세요."

최녕이 듣자니 꼭 수수의 목소리만 같았다. 아니, 수수가 나를 쫓아와서 도대체 어떡하자는 것인가? 최녕의 마음은 갈피를 잡을 수 없었다. 하나 화살 맞은 새와 같은 신세라. 자기 마음대로 날아갈 방도가 없었다. 최녕은 그저 고개를 숙인 채 걷기만 했다. 가마는 뒤에서 계속 따라오더니 멈추어 섰다. 가마에서 한 여인이 내려오는데 다름 아닌 수수였다.

"당신, 지금 건강부로 가시는 거죠? 그럼 저는 어떻게 해야 하죠?"

"글쎄 어떡하면 좋을까?"

"군왕께서 당신을 임안부로 압송시킨 다음 소녀를 뒷마당으로 끌고 가라 하시더니 대 몽둥이로 30대를 때리고 소녀를 내쫓으셨습니다. 소녀는 당신이 건강부로 가신다는 소식을 듣고서 이렇게 따라나선 것입니다."

"고것 참 잘 되었소이다."

최녕과 수수는 배를 빌려 곧장 건강부를 향해 갔다. 압송을 담당하던 이는 최녕이 건강부에 도착하는 것을 보고는 돌아갔다. 만약 이 압송 담당자가 입 놀리기를 좋아하는 사람이었더라면 뭔가 일이 생겨도 바로 생겼을 것이다. 하나 군왕의 성격이 불같아서 한번 화를 냈다 하면 좀처럼 가라앉히기가 어렵다는 것을 압송 담당자는 누구보다도 잘 알고 있었다. 더욱이 그 압송 담당자는 군왕의 직속 부하도 아니니 굳이 사서 일을 만들려 들지 않았다. 게다가 최녕이 압송당하는 길 내내 자기에게 술도 사주고 대접을 섭섭지 않게 했으므로 담당자는 돌아가서 보고할 때 어떻게든 좋은 말만 해주고자 노력했다.

한편, 최녕 부부는 건강부에 자리를 잡았다. 두 사람은 이미 재판과 처벌을 받은 몸이라 이제 다른 사람의 눈을 의식할 필요도 없었다. 그들은 건강부에 옥 공방을 새로이 열었다. 어느 날 수수가 최녕에게 말을 건넸다.

"우리들은 여기서 이렇게 잘살고 있는데 제 친정 부모님은 제가 당신과 담주로 도망친 이래 갖은 고통을 다 겪으셨지요. 제가 다시 붙잡혀 군왕부에 끌려가자 친정 부모님은 자결하려고까지 했습니다. 이제 누구라도 보내서 친정 부모님을 모셔왔으면 좋겠어요."

"고것 참 좋은 생각이오."

최녕은 임안으로 사람을 보내어 장인 장모를 모셔오게 했다. 최녕은 임안으로 떠날 사람에게 장인 장모의 이름, 생김새 그리고 다른 정보를 다 적어주었다. 그 사람이 임안에 도착하여 최녕이 적어준 주소로 찾아가 이웃에게 물었다. 이웃은 손가락으로 가리키며 바로 저 집이라고 알려주었다. 그 사람이 대문을 바라보니 대문은 자물쇠가 굳게 채워져 있고 대나무로 빗장까지 질러놓았더라. 그 사람이 다시 이웃에게 물어보았다.

"이 집 사는 노부부는 어디 가셨습니까?"

"아이고, 말도 마셔! 아니 그래 그 집에 예쁘고 귀여운 딸이 하나 있었다네. 그 딸을 아주 으리으리한 집에 보냈지. 근데 그 딸아이가 복을 걷어차고 옥장인하고 눈이 맞아 야반도주했다네. 그랬다가 둘 다 호남 담주부에서 붙잡혀 왔어. 남자는 임안부 현청에서 재판을 받았지. 여자는 군왕부 뒤뜰로 끌려갔고. 자기 딸이 다시 붙잡혀 왔다는 소식을 들은 노부부는 그날로 자결했다고들 하는데 그 후 소식은 전혀 들리지 않고 대문은 저렇게 굳게 닫혀 있다네."

그 사람은 이웃의 말을 듣자마자 바로 건강부로 가는 길을 되짚어 출발하여 부지런히 발걸음을 떼고 있었다.

한편 임안에 심부름 갔던 자가 아직 돌아오지 않았던 바로 그즈음, 최녕이 집에 앉아 있자니 밖에서 사람 말소리가 들려왔다.

"옥장인 최 씨네 집을 찾는다고요? 바로 여기입니다."

최녕은 아내 수수에게 한번 나가보라고 했다. 수수가 나가보니 다른 사람이 아니라 바로 친정 부모였다. 그들은 서로 기쁨에 겨워 인사를 나누고 함께 지내게 되었다. 최녕 부부의 부탁을 받고 임안을 찾아간 사람이 그다음 날 도착했다. 그자가 최녕의 장인 장모를 보더니 한마디 했다.

"두 분을 모셔오려고 임안까지 갔다가 찾지 못하고 허탕을 치고 왔더니 이렇게 두 분이 알아서 찾아오셨네!"

"하하, 이 노인네가 젊은 양반을 헛고생시켰구먼. 나는 우리 사위가 여기 사는 것도 모르고 이곳저곳을 찾아 헤매었지."

이날 이후로 최녕 부부와 최녕의 장인 장모가 한집에 같이 살게 되었음은 굳이 말할 필요도 없겠다.

한편, 황제가 하루는 편전에서 보물을 구경하다가 옥관음보살상을 집어 보았다. 한데 그 관음보살상에 붙어 있는 방울 하나를 그만 잘못 건드려서 떨어뜨리고 말았다. 황제가 좌우 보좌관에게 그걸 어떻게 수리하면 좋을지 물었다. 보좌관이 옥관음보살상을 집어 이리저리 살펴보더니 아뢰었다.

"정말 훌륭한 옥관음보살상인데 그만 방울 하나가 떨어지고 말았습니다."

그러고서 그 보좌관이 다시 바닥 부분을 살피더니 '최녕작崔寧作'이라고 적혀 있는 걸 발견했다.

"폐하, 수리하는 건 그리 어려워 보이지 않습니다. 기왕에 누가 만들었는지를 알 수 있게 되었으니 그자를 불러들여 수리하게 하면 좋을 것 같습니다."

조정에서는 군왕부에 통기하여 옥장인 최녕을 조정으로 들여보내라 했다. 군왕이 다시 서찰을 써서 조정에 보냈다.

"옥장인 최녕은 죄를 짓고서 건강부에 유배되었습니다."

조정에서는 즉시 건강부로 사람을 보내어 최녕을 임안부로 데려오게 했다. 최녕은 임안에서 객점을 잡아 짐을 풀고 황제를 알현했다. 황제는 최녕에게 옥관음보살상을 주면서 가지고 가서 잘 좀 수리해보라고 했다. 최녕은 황제에게 절하고 물러나 옥 덩어리 하나를 구하여 방울을 다시 조각한 다음 관음보살상에 붙여서 어전에서 황제께 올렸다. 황제는 너무도 기뻐하며 최녕에게 특별한 상을 내리라 했다. 이 일로 말미암아 최녕은 다시 임안에서 살 수 있게 되었다. 최녕은 이렇게 혼잣말했다.

"내가 오늘 황제 폐하를 뵙고 이렇게 칭찬을 들었으니 이제 다시 고개를 들고 살 수 있겠구나. 청호 강가에서 집을 빌려 옥 공방을 열어야 하겠구나. 이제 다른 사람들이 볼까 봐 신경 쓸 필요가 없구나."

어쩜 이렇게 기묘한 일이 다 있는가! 최녕이 임안에 공방을 연 지 이삼 일 지났을까, 한 남정네가 공방 안으로 들어서는데 다름 아닌 곽립이었다.

"최 씨 축하하네! 자네 여기 살아?"

그 곽립이 고개를 들어 계산대를 보았다. 최녕의 아내 수수가 거기 서 있는 것을 발견한 곽립이 깜짝 놀라더니 냅다 도망치기 시작했다. 수수가 최녕에게 부탁했다.

"저 사람을 좀 잡아주십시오. 제가 몇 가지 물어볼 게 있습니다."

평생 눈살 찌푸릴 일 하지 않으면,
원수질 사람도 없을 것이건만.

최녕이 잽싸게 뛰어가서 곽립을 잡아 세웠다. 곽립이 연신 고개를 절레절레 흔들며 입으로 중얼대었다.

"정말 이상해, 정말 이상해!"

곽립은 그렇게 중얼거리면서도 하는 수 없다는 듯이 최녕을 따라서 다시 최녕의 집으로 들어왔다. 곽립이 자리에 앉았다. 곽립이 자리에 앉는 것을 보더니 수수가 물었다.

"곽 씨, 지난번에 내가 술이야 밥이야 해서 지극 정성으로 대접했거늘 어찌하여 군왕부에 돌아가자마자 고자질하여 나와 최녕의 행복을 짓밟으셨소이까? 우리 남편이 황제께 알현한 것을 알기나 하는지? 이제 곽 씨가 어디 가서 고자질한대도 하나도 겁 안 난다고!"

곽립은 수수의 질문에 뭐라고 대답할 말이 없었다. 곽립은 그저 연신 미안하다고, 죄송하다고 말하며 고개를 주억거릴 뿐이었다. 곽립은 최녕 부부와 헤어지자마자 곧바로 군왕부에 찾아가 군왕을 뵈었다.

"군왕 나리께 아뢰나이다. 귀신을 봤습니다."

"귀신은 무슨 귀신?"

"조금 전 소인이 청호강을 지나다가 우연히 최녕의 옥 공방을 발견하고 안으로 들어가 보았습니다. 아, 그런데 글쎄 공방 계산대에 수수가 서 있지 뭡니까요!"

군왕이 더는 못 참겠다는 듯이 물었다.

"또 무슨 헛소리냐! 수수야 진즉에 나한테 맞아 죽어서 뒤뜰에 묻혔지 않았느냐? 그걸 네놈도 봤거늘 지금 어디서 수수를 봤다는 게냐? 지금 나를 놀리자는 게냐?"

"나리, 소인이 어찌 감히 나리를 놀리겠습니까? 조금 전 수수가 직접 소인을 붙잡고 말을 하기까지 했습니다. 만약 나리께서 정 믿지 못하겠다면 소인이 군령장을 쓰겠습니다요.."

"그래, 수수가 정말 살아 있다고 확신한다면 군령장을 써오너라."

곽립이 이제 제 발로 벌을 받을 운명이런가. 진짜 군령장을 써서 바쳤다. 군왕이 군령장을 받아두고선 당직 군관 두 명에게 가마를 메고 가서 수수를 데려오게 했다.

"어서 가서 그년을 잡아 오너라. 정말 그년이 살아 있는 것이라면 내가 단칼에 그년의 목을 베리라. 만약 그년이 살아 있는 것이 아니라면 곽립 네놈의 목을 대신 내놓아야 할 것이니라."

곽립은 군관 둘과 함께 수수가 있는 데로 갔다.

밀 이삭이 한 줄기에서 양쪽으로 갈라지니,
어느 이삭이 어느 쪽에 붙어 있는지 알 수가 없구나.

곽립은 관서 촌놈인지라 군령장이란 건 그렇게 함부로 쓰는 게 아니라는 걸 잘 몰랐다. 아무튼, 세 사람은 나란히 최녕 공방을 찾아갔다. 최녕 공방의 계산대에는 여전히 수수가 그대로 앉아 있었다. 곽립이 군왕에게 군령장을 써주고 이렇게 황망하게 자신을 잡으러 오는 걸 수수가 알 턱이 없었다. 곽립이 수수에게 외쳤다.

"수수 낭자, 나 곽립이 군왕 나리의 명령을 받들어 그대를 잡으러 왔소이다."

"그렇습니까? 조금만 기다리십시오. 이 아낙, 그래도 머리라도 만지고 따라가겠습니다."

말을 마친 수수는 안으로 들어가 머리를 매만지고 옷을 갈아입고 나왔다. 수수는 남편 최녕에게 몇 마디 당부도 하고 작별인사도 나누더니 가마에 올랐다. 두 사람의 가마꾼이 가마를 메고서 군왕부로 곧장 달음질했다. 곽립이 먼저 앞서서 문을 열고 들어가니 군왕이 대청에 앉아서 기다리고 있는 게 보였다. 곽립이 군왕에게 아뢰었다.

"수수를 잡아왔습니다."

"어서 이리 데려오너라."

곽립이 다시 대문을 열고 나와 소리쳤다.

"수수 낭자, 나리께서 어서 들어오랍신다."

곽립이 이렇게 소리를 지르면서 가마의 주렴문을 열었다. 곽립은 마른 하늘에 날벼락이라도 맞은 것처럼 어안이 벙벙했다. 수수가 그 안에 없었다. 곽립은 벌린 입을 다물지 못하다가 가마꾼들에게 물었다. 가마꾼들이 대답했다.

"그거야 우린 모르죠. 그 여인이 가마에 타길래 가마를 메고 여기까지 왔고, 그리고 그 가마 안에서 누가 나오는 걸 본 적도 없으니까요!"

곽립이 문을 열고 안으로 들어가며 소리쳤다.

"군왕 나리, 정말로 귀신이옵니다."

군왕이 이 소리를 듣더니 이렇게 말했다.

"정말 더는 두고 볼 수가 없구나."

군왕이 주위에 명령했다.

"저놈을 붙잡아라. 저놈이 쓴 군령장도 가져오너라. 내가 저놈의 목을 베리라. 어서 '소청'도 가져오너라."

사실 곽립은 군왕을 모시는 동안 진급할 기회가 십여 차례 넘게 있었다. 하나 곽립은 사람이 너무 거칠어 그저 나졸 직에서 더는 진급하지 못하고 있었다. 아무튼 그런 곽립이 이렇게 아뢰었다.

"저 두 가마꾼도 증인입니다. 어서 불러 하문하여 주시옵소서."

군왕이 가마꾼들을 불러 물어보니 여자가 가마에 타기에 메고 여기까지 왔으나 그만 사라지고 말았다고 대답했다. 그들의 말이 곽립의 말과 다름이 없으니 정말 귀신이 나타난 것인가 하는 생각이 들었다. 군왕은 최녕을 불러 물어봐야겠다는 생각이 들어 바로 사람을 시켜 최녕을 불러오게 했다. 최녕이 군왕에게 자초지종을 소상히 아뢰었다. 군왕이 최녕의 설명을 듣고서 이렇게 명령했다.

"이것은 최녕이 꾸민 일이 아니로다. 최녕을 풀어주도록 하라."

최녕은 군왕에게 인사를 올리고 떠났다. 화가 안 풀린 군왕은 곽립에게 곤장 50대를 치게 했다. 군왕부에서 수수가 귀신이라는 소리를 들었던 최녕은 집에 돌아오자마자 바로 장인 장모에게 어찌 된 영문인지 물었다. 장인과 장모는 서로 얼굴을 마주 보더니 밖으로 나가 청호강으로 풍덩 뛰어들었다. 최녕은 바로 사람을 사서 강을 뒤지게 했으나 장인 장모의 시체를 찾을 수가 없었다. 수수가 맞아 죽었을 때 장인 장모는 그 소식을 듣자마자 강물에 투신하여 자결했던 것이라. 장인 장모도 실은 귀신이었더라. 최녕이 다시 집으로 돌아와 보니 수수가 침대에 걸터앉아 있더라. 최녕이 수수에게 빌었다.

"여보, 제발 나 좀 살려주구려!"

"바로 당신 때문에 군왕에게 맞아 죽고 뒤뜰에 묻히게 된 거죠. 곽립이 입이 싸서 일을 그르친 게 너무도 한스러웠으나 그건 그래도 오늘 원수를 갚았으니 되었습니다. 군왕이 곽립에게 곤장 50대를 치게 했습니다. 이제 세상 사람들이 모두 내가 귀신이란 걸 알게 되었으니 더는 이 세상에서 살 수가 없습니다."

수수가 말을 마치더니 침대에서 일어났다. 두 손으로 최녕의 몸을 잡고서 외마디 소리를 내었다. 최녕이 그 자리에 풀썩 쓰러졌다. 이웃 사람들이 우르르 몰려와 구경했다.

손목을 짚어보니 전혀 맥박이 뛰질 않네,
한 사람이 이렇게 황천길로 갔구나.

이렇게 최녕은 수수, 장인 장모와 더불어 네 귀신 가운데 하나가 되었
다. 후대 시인이 이렇게 잘도 읊었도다.

함안군왕은 불같은 성미를 제대로 못 추스르고
곽립은 그놈의 주둥아리를 제대로 못 다물고.
수수는 남편 최녕을 차마 살려두지 못하고
최녕은 귀신 아내와 차마 떨어지지 못하고.

하늘에서 귀양 온 신선

李謫仙醉草嚇蠻書

— 이태백이 취중에 오랑캐 꾸짖는 글을 쓰다 —

하늘에서 귀양 온 신선이라 일컬어지던 이태백,

술 한 잔에 시 한 편.

가슴의 재능은 뭇 선비들을 너끈히 뛰어넘고,

글 쓰는 재능은 고래의 문인들을 부끄럽게 하네.

오랑캐에 글 보내니 오랑캐들이 그 위세에 놀라고,

시를 쓰니 양귀비가 비파를 연주하며 노래한다.

이태백의 풍류가 다했노라 말하지 말라,

밝은 달은 내일도 어김없이 채석采石에 뜨리라.

그러니까 당 현종(712~755 재위) 시절에 재주가 빼어난 한 선비가 살고 있었으니 그 사람의 성은 이, 이름은 백, 별명은 태백이라. 그는 서량西梁 무소흥성武昭興聖 황제 이고李暠의 9세손으로 서천 금주 출신이다. 그의 어머니가 태백성이 품 안에 들어오는 태몽을 꾸고서 그를 낳았다. 그래서 그의 이름과 별명을 그렇게 지어준 것이다. 이태백은 용모가 빼어나고 골격도 훤칠하고 보통 사람들하곤 차원이 다른 그 무엇이 있었다. 10살이 되어서는 역사서에 능통하고 일필휘지 글도 잘 지어 사람들이 모두 가슴에 시상이 가득하고 입으로 내뱉는 말은 모두 한 편의 시와 같다고 칭송해 마지않았다. 이태백을 하늘에서 귀양 온 신선이라고 추켜세우며 그를 이적선李謫仙이라고도 불렀다. 두보가 지은 시가 그 증거가 될 수 있겠도다.

미치광이가 하나 있었네,
그는 하늘에서 귀양 온 신선.
붓을 들어 글 지으면 바람과 비가 놀라고,
시 지으면 귀신이 울더라.
잊힌 줄 알았더니만,
그의 명성이 하루아침에 천지를 덮더라.
그의 문장의 광채는 윤기가 번드르르,
뭇 사람들과는 차원이 다르니 그 이름 길이길이 전해지리라.

이태백은 또 자기 자신을 푸른 연꽃의 은둔자라는 뜻의 청련거사青蓮居士로 불렀다. 그는 평생 술을 좋아했으며 벼슬자리를 구하지 않고 그저 세상을 떠돌아다니며 천하의 명산을 두루 구경하고 맛난 술을 맛보기만을 바랐다. 아미산에 올랐다가, 운몽에서 노닐다가, 조래산 죽계에 은거하여 공소보를 포함한 다섯 명과 함께 밤낮으로 술을 마시며 어울리니 사람들이 죽계의 여섯 은둔자라는 별명을 붙여주었다. 어느 날 호주 오정의 술이 너무 맛나다는 말을 듣고서 불원천리하고 달려갔다. 술집에 들어앉아 허리띠를 풀고 술을 마시니 거리끼는 바가 아무것도 없는 듯했다. 마침 이때 호주의 부주지사 가엽迦嶫이 지나다가 이태백이 미친 듯이 노래하는 것을 보고는 수행원을 보내어 대체 누구인지 알아보게 했다. 이태백이 즉석에서 시를 지어 대답해주었다.

나는 청련거사, 하늘에서 귀양 온 신선,

30년 세월 동안 술집을 안식처로 삼아왔노라.

호주의 부주지사가 어인 일로 나를 찾으시는지?

나는 유마힐의 환생이로다.

수행원의 말을 전해 들은 가엽은 깜짝 놀라며 수행원에게 말했다.

"금주 이태백이란 말이더냐? 내가 그 사람의 명성은 오래전부터 듣고 있었느니라."

가엽은 이태백을 초청하여 열흘을 같이 지냈으며 선물 또한 후하게 챙겨주었다. 이태백이 그만 떠나려 하자 가엽이 물었다.

"그대의 재주로 벼슬자리를 구하는 것은 땅에 떨어진 지푸라기 하나 줍는 것처럼 쉬운 일인데 어이하여 장안에 가보지 않으시는 거요?"

"지금의 조정은 너무도 어지럽고 도가 무너지고 말았소이다. 아부하는 자들이 승진하고 뇌물을 바치는 자들이 과거에 급제하니 이런 세상에 공자나 맹자와 같은 성현이나 조착晁錯이나 동중서董仲舒 같은 재주 있는 선비라 하더라도 벼슬길에 나갈 수가 없소이다. 이렇게 술 마시며 시를 짓는 게 바보 같은 과거 시험관들에게 모욕을 당하는 것보다 백번 낫소이다."

"그대 말이 일리가 있긴 하오만, 그대 이름을 모르는 자가 세상에 없을 정도이니 장안에 가기만 하면 그대를 추천해 줄 자가 반드시 나타날 것이오."

이태백은 가엽의 말을 듣고 장안으로 출발했다. 하루는 자극궁紫極宮에서 노닐다가 한림학사 하지장賀知章을 만나 통성명했다. 서로가 서로를 알아본 두 사람은 서로 존중하고 챙겨주었다. 하지장이 이태백을 술집으로 초대하더니 자신의 관모를 벗어 술값 대신 잡히고는 이태백과 더불어 술을 마시기 시작했다. 밤이 깊어도 차마 헤어지기가 아쉬워 하지장은 이태백을 자신의 집으로 데리고 가서 같이 밤을 지새우며 마시더니 마침내 의형제를 맺기에 이르렀다. 이튿날 날이 밝자 이태백은 자신의 짐을 하지장의 집으로 옮겼다. 이렇게 두 사람은 같이 술도 마시고 시도 지으며 우정을 나누었다.

시간은 무심하게도 흘러 어느덧 과거 시험 날짜가 코앞에 닥쳤다. 하지장이 이태백에게 이렇게 말했다.

"이번 봄에 있을 전시의 시험관은 바로 양귀비의 오빠 양국충이며 감독관은 환관 고력사요. 이 두 사람은 특히 뇌물을 좋아한다오. 아우님의 학식이 하늘을 가득 덮을 정도로 넓다고 해도 뇌물로 바칠 돈이 없으니 어전에서 황제를 봬올 기회가 올지 모르겠소이다. 내가 이 두 사람과 그래도 안면이 좀 있는 사이라 서찰을 써줄 것이니 이걸 가지고 찾아가 보시오. 혹시 내 체면을 봐줄지도 모르잖소!"

재주가 충천할 기세인 이태백이었지만 시절이 시절인 만큼 그리고 이렇게 추천장을 써주겠다는 한림학사 하지장의 정성을 뿌리치기 어려워 추천장을 써달라 부탁했다. 하지장은 추천장을 써서 양국충과 고력사에게 보냈다. 두 사람은 하지장의 추천장을 받아보고는 코웃음을 쳤다.

"이 사람 하지장이 말이야, 이태백에게서 뇌물은 자기가 다 받아먹고선 달랑 이렇게 추천서 한 장 써 보내면서 우리한테 잘 봐 달라고? 나중에 이태백 답안지를 보면 잘 썼든 못 썼든 우리 그냥 떨어뜨려 버립시다."

3월 3일, 장안의 과거 시험 날, 천하의 선비들이 모두 모여 시험지를 받아들었다. 재주가 넘치는 이태백인지라 시험지를 받자마자 일필휘지 일등으로 답안을 제출했다. 양국충은 답안지에서 이태백이라는 글자를 보자마자 읽어보지도 아니하고 답안지 위에 이렇게 휘갈겼다.

'이런 서생은 본인의 먹 갈이 시동으로 삼기에 딱 좋음.'

이때 옆에서 고력사가 한마디 거들었다.

"사실 이런 서생은 먹을 갈 재주도 없어 보이고 그저 나의 신발 벗겨주고 버선 신겨주는 일이나 맡겨야 할 것 같소."

이들은 좌우에 명하여 이태백을 과장에서 쫓아버리도록 했다.

세상 사람을 위해서 문장을 지을 게 아니라네,

시험관을 위해 문장을 지어야 하는 것이라네.

자신의 답안지가 이렇게 부당하게 대접받는 것을 보고서 앙앙불락 머리끝까지 화가 치밀어 오른 채로 이태백은 하지장의 집으로 돌아왔다. 이태백은 하지장 앞에서 이렇게 맹세했다.

"내가 나중에 출세하면 양국충에게는 먹을 갈게 하고 고력사에게는 내 신발을 벗기고 버선을 신기게 할 거요!"

"그만 화를 푸시고 내 집에서 좀 쉬시게나. 3년 후에 다시 과거가 열릴 것이고 그땐 시험관과 감독관도 바뀔 것이니 아우님은 꼭 합격할 거요."

하지장은 온종일 이태백과 더불어 술을 마시고 중간중간 시를 짓곤 했다. 날이 가고 달이 가고 어느덧 한 해가 또 지났다.

하루는 외국에서 사신이 자국의 서찰을 들고 당나라 장안을 방문했다.

조정에서는 한림학사 하지장을 불러 그 사신을 마중하여 역관에 모시도록 했다. 다음 날 연회와 접대를 전담하는 관리가 사신이 가져온 국서를 받아서 황제께 올렸다. 현종은 한림학사들을 부른 다음 그 국서를 열어보게 했다. 그러나 한 글자도 읽어낼 수 없었다. 한림학사들이 엎드려 아뢰었다.

"폐하, 이 국서는 모두 우리글과는 전혀 통하지 않는 글자로 적혀 있습니다. 신 등은 학식이 일천하와 도무지 읽어낼 수가 없사옵니다."

현종은 그 말을 듣고 과거 시험관 양국충에게 해독해 보게 했다. 본디 까막눈과도 같은 양국충이 어찌 읽어낼 수 있겠는가? 현종이 조정의 신하들에게 두루 읽어보게 했으나 읽을 수 있는 자가 하나도 없어 그 국서의 내용이 길한 것인지 흉한 것인지 알 길이 없었다. 현종이 버럭 화를 냈다.

"이렇게 조정에 사람들이 득실대도 짐의 고민을 해결해 줄 학식을 갖춘 신하가 하나 없다니! 아니, 보내온 서찰을 읽어낼 수 없으니 답장은 또 어떻게 써서 저 사신을 돌려보낸단 말인가? 우리가 저 오랑캐 나라에 업신여김을 당하면 저놈들이 감히 병사를 일으켜 우리를 침공할 텐데, 이 일을 어찌한단 말이냐? 짐이 3일의 기한을 주리라. 그 안에 이 일을 해결하지 못하면 녹봉을 감할 것이다. 6일의 기한을 주리라. 그 안에 이 일을 해결하지 못하면 정직을 시킬 것이로다. 9일의 기한을 주리라. 그 안에 이 일을 해결하지 못하면 죄를 물으리라. 그런 다음 신하들을 다시 뽑아 이 사직을 지켜나가리라."

현종의 명령이 발하자 조정의 신료들은 아무 말도 못 했다. 현종 역시 고민이 깊어져만 갔다.

하지장은 조회를 마치고 집으로 돌아왔다. 그리고 오늘 조정에서 있었던 일을 이태백에게 이야기했다. 이태백이 냉랭한 미소를 지으며 한탄하여 말했다.

"이 아우가 작년에 과거에 급제했으면 황제 폐하의 근심을 해결해 드렸을 것인데 말입니다."

"맞아. 아우님은 박학다식하니 다른 나라의 글자도 분명 해독할 줄 알 것이오. 내가 황제께 아우님을 꼭 추천하리다."

다음 날 입궐한 하지장이 조회 시간에 대열에서 나와 황제께 아뢰었다.

"폐하께 아뢰나이다. 신의 집에 선비 하나가 같이 기거하고 있사온데 성은 이요, 이름은 백입니다. 한데 그자가 너무도 박학다식하와 신의 좁은 소견으로는 이 건은 그자 말고는 해결할 자가 없을 것 같습니다."

현종은 하지장의 건의를 받아들여 즉시 조서를 작성하게 하고 사신을 파견하여 이태백을 데려오게 했다. 이태백은 황제의 조서를 가지고 온 사신에게 이렇게 말했다.

"나는 시골에서 온 일개 서생으로 학식도 변변치 못하다오. 오늘날 조정에는 난다긴다하는 신하들이 많이 있는데 어찌하여 나 같이 별 볼 일 없는 서생을 찾는단 말이오. 나는 감히 이 명령을 받들지 못하겠소이다. 괜히 조정의 권신들에게 죄를 지을까 봐 겁이 나외다."

이태백이 조정의 권신들에게 죄를 지을까 봐 겁이 난다고 말한 것은 사실 양국충과 고력사 두 사람을 은근히 꼬집기 위함이었다. 사신이 황급히 조정으로 돌아가 현종에게 보고했다. 현종이 다시 하지장을 불러 하문했다.

"이태백이라는 자가 짐의 명령을 따르지 않고 있는데 대체 무슨 이유 때문이오?"

"신이 알기로 이태백의 문장은 천하의 으뜸이고 학문은 인간의 수준을 뛰어넘습니다. 그러나 작년 과거 시험에서 시험관에게 제대로 평가받지 못하여 이를 굉장히 창피하게 여기고 있습니다. 아무런 벼슬도 하지 못하고 백의 차림으로 궁궐에 들어오기가 스스로 내키지 않는 모양입니다. 폐하께서 은혜를 한 번 더 베푸셔서 직급이 높은 관리를 파견하셔서 불러주시면 틀림없이 폐하의 명령을 받들 것입니다."

"경의 말대로 하리다. 어명으로 이태백에게 진사 급제의 자격을 하사하고 자색 관복과 황금 허리띠 관모와 상아홀을 아울러 내리노라. 아무래도 경이 직접 가는 게 제일 좋을 듯하오, 경은 사양하지 마시오."

하지장은 현종의 명을 받들어 집으로 갔다. 이태백에게 외국 사신이 가져온 국서를 보이며 황제가 얼마나 진심으로 이태백을 모시고자 하는지 설명했다. 이태백은 현종이 하사한 복식을 갖춰 입고 대궐 쪽을 향하여 절을 올렸다. 그런 다음 말을 타고서 하지장을 따라 입궐했다.

현종이 어좌에 앉아 이태백을 맞이했다. 이태백이 계단 아래에 엎드려 절을 하고 쩌렁쩌렁한 목소리로 황제 폐하 만세를 부르고 서서 허리를 숙였다. 현종이 이태백을 보는 심정은 가난한 자가 보물을 얻는 듯, 어두운 곳에서 헤매던 자가 등불을 얻는 듯, 배고픈 자가 밥을 얻는 듯, 가뭄에 단비를 맞는 듯한 심정이었다. 마침내 입을 열어 말했다.

"지금 외국에서 사신이 서찰을 가지고 왔으나 그걸 해독할 자가 아무도 없어 특별히 경을 불렀으니 어서 짐의 근심을 풀어주기 바라오."

"신은 학문이 비천하와 양 태사한테 선발되지 못했고 고 태위 역시 신을 과장에서 쫓아내었습니다. 그 서찰이라면 양 태사나 고 태위에게 하문하심이 옳을 듯한데 어찌하여 궐 밖에 있는 신을 찾으셨사옵니까? 저는 아둔한 선비라 과거 시험관의 마음조차도 사로잡지 못했는데 어찌 폐하의 맘에 들게 할 수가 있겠습니까?"

"짐이 경을 잘 아노라, 그렇게 사양할 필요 없느니라."

현종이 외국에서 보내온 국서를 가져와 이태백에게 보여주도록 했다.

이태백이 그 국서를 보더니 싱긋 미소 짓고 현종을 향하여 당나라의 말로 옮겨 보고했다. 목소리가 마치 청산유수와 같았다.

발해의 가독可毒이 당나라 조정에 이 국서를 올립니다.

귀국이 고구려를 정복한 이후 우리나라와 국경을 마주하게 되자 귀국의 병사들이 우리나라 국경을 침범하는 일이 잦아지고 있습니다. 아마도 조정의 허락 없이는 이런 일이 발생하지 않을 것입니다. 이 일을 더는 묵과할 수 없어 사신을 보내 요청하니 고구려의 176개 성을 우리 발해에 넘겨주기 바랍니다. 이에 아래와 같은 귀한 선물을 드립니다. 백두산 호랑이, 남해南海1)에서 나는 미역, 책성柵城의 북, 부여扶餘2)의 사슴, 막힐鄚頡3)의 돼지, 솔빈率賓4)의 말, 옥주沃州5)의 면화, 미타하湄沱河6)의 붕어, 구도九都의 매실, 낙유樂遊의 배. 이 선물들은 당나라 조정에서 받아 마땅할 것입니다. 만약 우리의 요구를 들어주지 않으면 부득불 병사를 일으켜 공격하여 승부를 가릴 수밖에 없습니다.

뭇 관리들은 이태백이 통역해주는 것을 듣고 난 다음 자신들도 모르게 대경실색하여 서로 얼굴을 마주 보고 이구동성으로 한마디 했다.

"이런 해괴망측한 일이!"

현종은 이태백이 번역해준 변방 국가의 국서를 듣고서 기분이 내심 불

---

1) 발해가 설치한 부 가운데 하나로 동해안, 즉 지금의 원산 일대를 포함한다. 남해부.
2) 발해가 설치한 부 가운데 하나로 지금의 길림성 송화강 일대이다. 아마도 고대국가 부여가 소재한 지역과 일치할 듯하다.
3) 발해가 설치한 부 가운데 하나로 지금의 흑룡강성 하얼빈시 일대이다.
4) 발해가 설치한 부 가운데 하나로 지금의 러시아 블라디보스토크 위쪽 지역이다.
5) 남해부의 부청사 소재지.
6) 지금의 흑룡강성의 흥개호興凱湖.

쾌했다. 현종은 한참을 아무 말 없이 가만히 있다가 문무백관에게 물었다.

"그래 지금 변방 국가에서 군사를 일으켜 옛 고구려 땅을 빼앗아가겠다고 하는데 경들은 무슨 대책이 있으시오?"

문무백관들은 모두 나뭇조각 흙 인형처럼 아무 말도 없었다. 하지장이 아뢰었다.

"태종 황제 때부터 세 번에 걸쳐 고구려를 정벌하려 했으나 승리를 얻지는 못했사옵고, 수많은 목숨을 잃고 창고만 텅 비게 되었습니다. 다행스럽게도 연개소문이 죽고 권력 다툼이 일어났을 때 그 아들 남생이 우리 조정에 귀순하여 길 안내를 했기에 선대 고종 황제께서 이적李勣, 설인귀薛仁貴에게 백만 병사를 거느리고 출정하게 하여 크고 작은 백여 차례의 전투를 치르며 겨우 그들을 섬멸할 수 있었습니다. 지금은 태평성대를 구가한 지 오래되어 나라에 병사의 수가 적으니 전쟁을 한다고 해도 승리를 장담할 수 없습니다. 게다가 한번 전쟁을 벌였다 하면 언제 끝날지도 모릅니다. 바라옵건대 폐하께서는 이 점을 통촉하여 주시옵소서."

"경의 간언이 그럴 법하오. 자, 그럼 어떻게 답장을 써주는 게 좋겠소?"

"폐하, 이태백에게 한번 하문하여 보십시오. 그자는 필시 외교사령外交辭令에 밝을 것이옵니다."

현종이 이태백을 불러 의향을 물었다. 이태백이 아뢰었다.

"폐하, 심려치 마시옵소서. 내일 이방에서 온 사신을 조정으로 들어오라 하시옵소서. 소인이 그 자리에서 바로 답장을 작성해주도록 하겠습니다. 그 답장에 이방을 모욕하고 무시하는 언사를 담아 이방의 가독이 스스로 알아서 항복하러 오게 하겠습니다."

"한데, 가독이란 게 대체 무엇이오?"

"발해의 풍속은 왕을 가독이라고 부릅니다. 위구르에서는 칸이라 부르고, 티베트에서는 캄포라 부르고, 육조六詔7)에서는 조라 부르며, 가릉訶陵8)에서는 여왕을 실막悉莫9)이라 부르니 이는 각 나라의 풍습이 서로 다른 탓입니다."

현종은 이태백이 막힘없이 응답하는 것을 보고 무척이나 흡족해했다. 현종은 즉시 이태백을 한림학사에 임명했다. 금란전에서 잔치를 열고 노래를 부르고 악기를 연주하게 했으며 궁녀들이 술을 따르고 시녀들이 그 술잔을 날랐다. 현종이 이태백에게 당부했다.

"경은 가슴을 활짝 펴고 예법에 얽매이지 말고 마음껏 술을 들라."

이태백이 맘껏 술을 마시니 자기도 모르게 취기가 올라 몸이 풀렸다. 현종은 내시를 시켜 이태백을 편전에 눕히도록 했다. 다음 날 오경, 현종이 정전에 납시었다.

회초리 세 번 내려치는 건 '장내 정숙' 하라는 뜻,

문무백관이 두 줄로 정렬했네.

이태백은 어제 마신 술기운에 아직 취해 있었다. 내관이 찾아와서는 어서 어전으로 나오라고 성화를 부렸다. 문부백관이 도열하고 있는데 현종이 이태백을 앞으로 나오라 불렀다. 이태백의 얼굴은 발그레, 두 눈은

---

7) 당나라 때 오늘날의 사천성 남부와 운남성에 해당하는 지역을 차지하고 있던 여섯 부족, 이때 조詔는 추장을 의미한다고 한다.

8) 오늘날 인도네시아 자바에 있었던 고대 왕국. Kaling이라 부른다. 중화백과전서 참고. (http://ap6.pccu.edu.tw/encyclopedia/data.asp?id=5318&forepage=5)

9) 『新唐書·南蠻傳下·訶陵』 "至上元間, 國人推女子爲王, 號'悉莫', 威令整肅, 道不擧遺."

몽롱, 어제 술 마신 흔적이 아직 남아 있었다. 현종이 내관에게 명했다.

"주방에 명하여 해물 해장국을 끓여오도록 하라."

잠시 후 내관이 해장국 한 그릇을 금쟁반에 올려왔다. 현종이 보니 해장국이 너무 뜨거운지라 직접 젓가락을 잡고서 국을 휘휘 저으며 식힌 다음 이태백에게 건넸다. 이태백이 무릎을 꿇고 받아먹으니 잠시 후 정말 속이 개운해졌다. 문무백관들은 현종이 이태백을 이렇게 특별히 우대하는 것을 보고서는 너무 놀라기도 하고 기쁘기도 했다. 현종이 이태백을 우대하는 것이 너무 파격적이라 놀랐으며 현종이 드디어 믿고 일을 맡길 만한 자를 얻었음을 알았기에 또한 기뻐했던 것이다. 오직 양국충과 고력사만이 뭐가 못마땅하다는 듯이 얼굴을 찡그리고 있었다. 현종이 발해국의 사신을 들여보내라 명령하니 사신이 들어와 우렁찬 목소리로 현종의 만수무강을 빌었다. 사신은 자색 관복을 입고 관모를 쓰고 있는 이태백의 모습을 발견했다. 이태백의 모습은 마치 속세를 떠난 신선과도 같았다. 그런 이태백이 좌측 기둥에 서서 발해국에서 보내온 국서를 들고 읽어 내려갔다. 발해국 사신은 이태백이 자신이 들고 온 국서를 한 치의 오차도 없이 한 글자 한 글자 읽어 내려가는 것을 보고는 깜짝 놀랐다. 이태백이 이렇게 일갈했다.

"조그만 나라가 예의가 없어도 너무 없구나! 우리 성상께서 하늘처럼 넓은 아량으로 이번만은 그냥 문제 삼지 않고 넘어가시기로 하셨도다. 그대 나라에서 보내온 국서에 이제 답장을 하노니 주의하여 듣기 바라노라."

발해국의 사신은 전전긍긍 아무 말도 하지 못하고 어좌 앞에 무릎을 꿇었다. 현종은 어좌 옆에 칠보 좌탁을 갖다놓게 하시고 백옥 벼루에 향내 나는 묵을 갈게 하고 상아로 만든 붓대에 토끼털을 붙인 붓과 오색찬란한 화전지를 준비케 하더니 이태백에게 어좌 옆 비단 방석 위에 앉아 답장을 쓰게 했다. 이때 이태백이 현종에게 아뢰었다.

"신의 신발이 깨끗하지 못하여 어좌를 더럽힐까 걱정입니다. 성상께서 허락하신다면 신은 신발을 벗고 버선으로 갈아 신고 어좌 옆에 오르고 싶습니다."

현종이 이태백의 말을 듣더니 내관에게 명했다.

"이태백의 신발을 벗겨 드리도록 하여라."

이태백이 다시 아뢰었다.

"소신이 한 말씀 아뢰고 싶습니다. 성상께서 용서해 주신다면 소신이 감히 아뢰겠나이다."

"걱정하지 마라. 경이 실언을 한다고 하더라도 짐은 그대를 용서하겠노라."

"신이 전에 과장에서 답안지를 제출하자 양 태사는 그 답안지를 퇴짜 놓고 고 태위는 신을 과장에서 내쫓았나이다. 오늘 보니 그 둘이 다 여기에 있습니다. 사실 그 둘이 있으면 신이 글 구상이 잘 안 됩니다. 바라옵건대, 양국충에게는 신을 위하여 먹을 갈게 하시고 고력사에게는 신의 신발을 벗기고 버선을 신기게 하여 주십시오. 그렇게 해주시면 신의 기분이 절로 풀려서 어명을 받들어 답장을 쓰매 아무런 문제가 없이 성상의 기대에 부응할 수 있을 것 같습니다."

현종이 이태백의 재주를 부리고자 하매 이태백의 심기를 거스를 일을 할 리가 있겠는가. 현종은 명령을 내렸다.

"양국충은 먹을 갈고, 고력사는 신발을 벗겨주도록 하라."

두 사람이 전에 과거 시험장에서 이태백을 자신들을 위해 먹이나 갈고 신발이나 벗겨주면 딱 좋을 거라고 무시했던 일이 떠올랐다. 이제 저 이태백이 천자의 총애를 믿고 거꾸로 자신들에게 되돌려주려는 것이렷다. 하나, 천자의 명령을 거역할 수는 없는 노릇, 화가 나지만 감히 화를 낼 수는 없었다.

척지지 말지니,
한번 척지면 영원히 없어지지 않으리니.
다른 사람 모욕하면 자기 역시 그대로 모욕당하노니,
다른 사람 비난하면 자기 역시 그대로 비난당하노니.

이태백은 아주 의기양양하게 버선을 신은 채로 어좌 옆의 방석에 가서 앉았다. 양국충은 먹을 진하게 갈고 난 다음 벼루를 받쳐 들고 서 있었다. 아니 지위가 한참 낮은 한림학사 이태백은 앉아 있고 양국충은 그 옆에서 벼루를 들고 서 있다니? 이태백은 황제를 대신하여 글을 짓는 것이고 지금 황제가 특별히 총애하고 있지 않은가? 양국충은 어명을 받들어 먹을 갈았고 자신이 앉을 자리는 없으니 당연히 서 있어야 했다. 이태백은 왼손으로 수염을 한번 쓰다듬고 오른손으로 중산中山 토끼털로 만든 붓을 들고서 화전지 위에다 일필휘지 글을 써내려가기 시작했다. 잠시 후 변방 오랑캐를 꾸짖는 격문이 완성되었다. 글자 한 획 한 획이 아주 정확하고 전후좌우 균형이 딱 맞았다. 이태백이 그 글을 현종에게 바쳤다. 현종이 받아 보고선 깜짝 놀랐다. 그 종이에 적힌 글자는 모두 발해국의 글자로 현종은 한 글자도 알아볼 수가 없었다. 문무백관에게 보여주니 그들도 그저 놀랄 따름이었다. 현종이 이태백에게 한 번 읽어보라 하니 이태백이 당나라 말로 바꾸어 읽었다.

위대한 당나라의 개원 황제가 발해국 가독에게 이르노라.

자고로 계란은 바위에 대항하지 아니하며 뱀은 용에게 덤비지 아니하는 법이니라. 우리 당나라가 천명을 받아 나라를 세워 천하를 주름잡으니 장수와 병사들이 모두 용맹하며 무기는 모두 날카롭고 굳세도다. 투르크의 칸 힐리頡利10)는 약조를 어긴 까닭에 태종 황제에게 사로잡혔으며, 농찬弄賛11)은 황금 거위 같은 귀한 보물을 바쳐 관작을 얻을 수 있었다. 신라는 우리 당나라를 찬송하는 노래를 비단에 수를 놓아 바쳤으며, 인도는 사람 말을 흉내 내는 앵무새를 바쳤고, 페르시아는 쥐를 잡아먹는 뱀을 바쳤고, 동로마제국은 말을 끌 줄 아는 개를 바쳤고, 가릉訶陵에서 는 하얀 앵무새를, 베트남에서는 야광 구슬을, 골리간骨利幹에서는 명마를,12) 네 팔13)에서는 최고급의 식초를 바쳤도다. 이들이 이렇게 조공을 바친 것은 우리 당나라의 위세를 두려워하고 덕을 흠모하여 자기 나라와 우리 당나라 사이에 전쟁이 나지 않고 평화롭기를 바랐기 때문이다. 그러나 유독 고구려만이 당나라에 대항하니 우리 당나라가 군대를 파견하여 결국 900년 역사를 지닌 고구려를 멸망시켜버렸으니 이는 하늘의 명을 거스른 대가이자 대국에 저항하면 어떻게 되는지를 보여주는 좋은 본보기라 할 것이다. 하물며 너희 발해는 동쪽 구석에 있는 나라로 우리 당나라가 보자면 일개 촌구석 군현에 불과하니 병사나 병마나 군량미나 모두

---

10) Illig Qaghan(*The Cambridge History of China,* Vol. 3., Cambridge University Press, 1978, p. 181.) 莫賀咄設Baghatur shad, 본명은 阿史那咄苾 a-shih-na to-pi. 동돌궐의 칸으로 620~630 재위.

11) 송찬간포松贊干布Songtsen Gampo(617~650). 『신당서新唐书』에는 기종농찬棄宗弄贊으로 표기. 정관貞觀 14년(640)에 당조에 사신을 파견하여 구혼, 641년 당에서는 문성공주文成公主를 예부상서 이도종李道宗이 호송하여 티베트로 감, 송찬캄포는 석가모니상, 보물, 경서, 경전 360권 등을 결혼 예물로 보냄.

12) 바이칼 호수 이북의 왕국. 『역주중국정사외국전, 구당서편』 및 동북아역사넷 참고. http://contents.nahf.or.kr/id/NAHF.jo_014m_0090_0010_0120

13) 『역주중국정사외국전, 구당서편』 및 동북아역사넷 참고. http://contents.nahf.or.kr/directory/itemResult.do?itemId=jo&setId=16862&position=2

우리 당나라의 만분의 일에도 미치지 못할 것이다. 사마귀가 감히 수레를 막아서고 거위처럼 목을 뻣뻣하게 들고 교만을 떨면 우리 당나라가 병사를 동원하여 그대 나라를 정벌하러 갈 것이다. 그러면 그대 나라에서 흘린 피가 천하를 덮을 것이며, 그대 나라의 가독은 투르크의 칸 힐리 짝이 날 것이며, 그대 나라는 망한 고구려의 뒤를 이을 것이다. 지금 우리 성상께서 하해와 같은 아량으로 너희의 미치광이 짓과 오만불손한 행동을 너그럽게 용서하노니 어서 잘못을 뉘우치고 해마다 바치는 조공을 부지런히 바칠 것이로다. 괜히 목숨을 잃어 천하의 웃음거리가 되지 않기를 바랄 뿐이로다. 그대 나라의 가독이 재삼재사 숙고하기를 바라는 마음에 이 답장을 쓰노라.

현종은 이 내용을 듣고서 너무도 기뻐했다. 발해국 사신에게 한 번 더 읽어주고 난 다음에 국새를 날인하고 봉함하라 했다. 이태백은 고태위에게 신발을 신기라 한 다음 천천히 어좌 옆에서 내려와 발해국 사신이 있는 자리로 가서 답장의 내용을 읽어주었다. 조서를 읽어주는 이태백의 목소리가 우렁차고도 낭랑하니 발해국 사신은 얼굴이 흙빛으로 변하여 감히 무어라 한마디도 하지 못하고 그저 현종 황제에게 큰소리로 인사를 올리고 물러날 수밖에 없었다. 발해국의 사신은 궐문을 나서면서 한림학사 하지장에게 조용히 물었다.

"좀 전에 우리나라에 보내는 답장을 낭송한 자는 대체 누구요?"

"한림학사 이태백이라오."

"아니 얼마나 대단한 자이기에 양 태사에게 먹을 갈게 하고 고 태위에게 신발을 벗기게 하오?"

"태사는 권세가 높고 태위는 황제의 총애를 받는 자인 것은 사실이나 그렇다고 하늘에서 귀양 온 신선을 당할 수는 없겠지요. 이태백이 바로 하늘에서 귀양 온 신선이라오. 그런 이태백이 우리 당나라를 돕고 있는데 이태백을 당할 자가 어디 있겠소?"

발해국 사신은 고개를 끄덕이며 떠났다. 발해국 사신은 자기 나라로 돌아가 가독에게 이 전후 사정을 상세히 아뢰었다. 가독은 당나라에서 보내온 답장을 보고서 깜짝 놀라 신하들과 상의했다.

"당나라에는 신선이 내려와 도와주고 있다는데 이 일을 어찌하면 좋겠소?"

마침내 발해국 가독은 항복문서를 써서 바치고 해마다 조공을 바치고 사신을 파견하여 내조하기로 약조했다고 한다. 아, 물론 이것은 나중의 이야기다.

한편, 여기서 이야기는 둘로 나뉜다. 현종은 이태백을 심히 아끼고 존경하여 초고속으로 승진시켜 주고자 했다. 이에 이태백은 현종에게 표를 올려 아뢰었다.

"신은 승진을 원하지 않나이다. 신은 한나라의 동방삭처럼 그저 아무런 부담 없이 평안한 마음으로 성상을 보필하고 싶나이다."

"그래, 경이 벼슬을 사양하니 짐이 그대에게 황금과 옥 그리고 온갖 보물을 하사하고자 하노라."

"신은 황금과 보물도 필요 없습니다. 다만 폐하를 따라 노닐면서 맛난 술 3천 잔을 마실 수만 있다면 다른 건 바랄 게 없습니다."

현종은 이태백의 고귀한 뜻을 이해하고 더 강권하지 않았다. 이후로 시간 나는 대로 이태백을 위하여 잔치를 열어주었고 금란전에 머물게 하여 이야기를 나누었으니 이태백을 향한 현종의 총애는 더 깊어져만 갔다.

하루는 이태백이 말을 타고서 장안가를 지나고 있었다. 이때 북소리

징소리가 나기에 바라보니 도부수들이 죄인을 이송하는 중이었다. 이태백이 말을 멈추고 물어보니 변주의 장수 하나가 처형당하러 동시로 이송되는 중이라고 했다. 수레 안에는 잘 생긴 장수 하나가 포박되어 있었다. 딱 보아도 영웅호걸임을 한눈에 알 수 있었다. 이태백이 그자에게 이름을 물어보니 그 장수가 아주 우렁차게 대답했다.

"성은 곽郭이고, 이름은 자의子儀라 하오."

이태백이 보아하니 그자의 용모가 비범한 것이 언젠가는 나라의 주춧돌이 될 것 같은지라 도부수에게 소리를 쳤다.

"내가 황제 폐하에게 이 일을 아뢰고 올 것이니 잠시 멈추어라."

사람들이 보니 바로 이태백 아닌가. 황제 폐하가 친히 해장국을 호호 불어 식혀 주었다는 그 이태백의 말을 누가 감히 거역할 것인가. 이태백은 곧바로 말을 돌려 궐 안으로 돌아가 현종을 알현했다. 현종에게 자초지종을 아뢰고 드디어 사면장을 받아와 다시 동시로 달려가서 큰 소리로 사면장을 낭독했다. 죄수를 압송하던 도부수가 수레 문을 열어주고 곽자의를 나오게 했다. 이태백은 곽자의에게 죄를 씻을 수 있는 큰 공을 세우라 권면했다. 곽자의는 자신을 구해준 이태백에게 감사했다.

"소인이 나중에 반드시 결초보은하겠나이다."

아무튼 이 이야기는 여기서 잠시 접자.

한편 당나라 장안의 궁정에서 가장 값진 꽃으로 목작약木芍藥을 꼽았다. 지금 우리가 모란화라고 부르는 꽃이다. 궁중에 이 목작약이 네 그루 심겨 있었고 네 그루는 각각 다른 색 꽃을 피웠다. 이 네 종의 꽃 색깔이 어떠했는가 하면 맑은 빨강, 진보라, 연분홍, 새하양이었다. 현종은 이 네 그루의 목작약을 침향정 앞에 옮겨 심고서 양귀비와 더불어 감상하면서 이원에 소속된 궁실 악사들을 불러 연주하게 했다.

"짐이 양귀비와 더불어 꽃을 감상하노니 새로 피어난 꽃을 감상하면서 어찌 옛날 노래를 연주하라 할 수 있겠느냐?"

현종이 이원의 우두머리 이구년李龜年에게 한림학사 이태백을 불러오라 명했다. 이때 내관이 옆에서 이구년에게 귀띔해주었다.

"한림학사 이태백은 지금 장안의 술집에 있습니다."

이구년은 이 말을 듣고 다른 데로 가지 아니하고 곧바로 장안에 있는 술집으로 찾아갔다. 그 술집에서 노랫소리가 들려왔다.

석 잔 술이면 도와 통하고,

한 말 술이면 자연과 합일하네.

술에 취하여야만 느낄 수 있는 이 기쁨,

술에 취하지 않은 자에게 어찌 전하랴!

이태백이 아니면 이런 노래를 부를 자가 누구랴! 이구년은 성큼성큼 술집 안으로 들어가 위층으로 올라갔다. 이태백은 작은 탁자에 앉아 있었다. 그 탁자 위에는 봄 복숭아꽃이 꽂힌 꽃병이 놓여 있었다. 이태백은 혼자서 술을 마시고 있었다. 이미 술에 흠뻑 취했음에도 이태백은 손에서 술잔을 놓지 않고 있었다.

"폐하께서 침향정에서 찾으십니다. 어서 가시지요."

그 술집에서 술을 마시고 있던 자들은 저 술 취한 자를 황제께서 보자신다는 말에 깜짝 놀랐다. 서로들 앞다퉈 자리에서 일어나 이태백을 바라보았다. 이태백은 사람들이 쳐다보든 말든 상관하지 아니하고 취한 눈으로 이구년을 바라보며 도연명의 시 한 구절을 인용하여 대답했다.

"나, 술에 취했으니 그대는 그냥 가시게."

이 시 구절을 읊조리더니 이태백은 눈을 감고 아예 잠을 잘 기세였다. 이구년도 자기 나름대로 꾀를 내어 아래층에서 대기하고 있던 휘하의 종자들을 불렀다. 예닐곱 명의 종자들이 일제히 위층으로 올라와 다짜고짜 이태백을 덥석 안아서 아래층으로 데려갔다. 이태백을 말안장에 앉히더니 서로들 넘어지지 않게 이태백을 부축하고선 달리기 시작했다. 이구년도 뒤에서 말을 몰고 따라갔다. 오봉루쯤 갔을까, 현종이 내관을 보내어 빨리 입궐하라고 성화였다. 말에서 내리지 말고 곧장 입궐하라는 명령도 아울러 내렸다. 이구년은 이태백을 말에서 내리게 할 필요가 없게 되었으니 이태백을 말안장에 앉힌 채로 그대로 궐문을 통과하여 후궁으로 들어가 흥경지를 지나 침향정에 도착했다.

현종은 이태백이 술에서 깨지 못한 채 그대로 말안장에 앉아 있는 것을 보고선 내관을 시켜 침향정 옆에 자줏빛 보료를 깔게 하더니 이태백을 말에서 안아 내려 그 보료 위에 눕히게 했다. 현종이 직접 이태백에게 다가가 보니 침을 흘리고 있는지라 현종이 직접 옷소매로 그 침을 닦아주었다. 양귀비가 아뢰었다.

"소첩이 듣기로 차가운 물을 얼굴에 뿌리면 술 깨는 데 효과가 있다고 합니다."

현종은 내관에게 흥경지의 물을 떠오게 한 다음 궁녀에게 입에 머금고 이태백의 얼굴에 뿜게 했다. 이태백이 비몽사몽 중에 깜짝 놀라 깨어보니 바로 현종 면전이라 너무도 당황하여 엎드려 아뢰었다.

"소신 죽어 마땅하옵니다. 신은 술에 취한 신선이니 바라옵건대 폐하께서 신을 용서하여 주시옵소서."

현종이 이태백을 안아 일으켰다.

"오늘 짐이 귀비와 꽃을 구경하다 보니 새로운 노래 한 곡조가 없어서야 되겠나 하는 생각이 들어서 경을 부른 것이오. 「청평조淸平調」 가락에 붙여 세 수만 지어보시오.”

　이구년이 이태백에게 황금빛 화전지를 건네주었다. 이태백은 취중에 일필휘지, 세 수를 단숨에 지었다.

　구름은 그녀의 치마저고리, 꽃은 그녀의 얼굴,

　봄바람은 난간에 와서 부딪치고, 아침 이슬은 꽃에 윤기 더하고.

　아마도 옥산의 여신이거나,

　달빛 아래 요대의 미녀이리라.

　한줄기 붉은 꽃, 이슬 머금어 더욱 향기롭네,

　무산의 여신보다 외려 더 아름다운 그녀.

　한나라 왕실에서 그녀에 비할 자 있을까?

　온갖 치장한 비연飛燕도 그녀 당하긴 힘들걸.

　꽃과 여인이 마주 보네,

　꽃과 여인을 흐뭇하게 함께 바라보는 임금.

　모든 원망 녹여주는 따스한 봄바람,

　그 여인은 침향정 난간에 기대어 봄바람을 맞이하네.

　현종은 이태백이 지은 작품을 보고서 찬탄해 마지않았다.

　“경은 정말 천재로다. 한림원 학사들이 다 몰려나와도 경을 당해내기 힘들 것이라.”

　현종은 즉시 이구년에게 이 세 수의 작품을 노래하게 했다. 이원 자제들이 악기를 연주하고 현종이 직접 피리를 불었다. 양귀비는 비단 수건을 들어 올려서 현종에게 감사했다. 현종이 대꾸했다.

"짐에게 감사할 것이 아니라 한림학사 이태백에게 감사하여야 할 것이오."

양귀비는 유리 칠보잔에 서량西凉 포도주를 직접 따라서 궁녀 편에 이태백에게 건넸다. 현종은 특별히 이태백에게 내원을 거닐 수 있도록 허락하시고 내관을 시켜 술동이를 들고 이태백의 뒤를 쫓아서 이태백이 언제고 술을 마실 수 있게 했다. 이 일을 계기로 궁정에서 잔치가 열릴 때마다 늘 이태백을 초대했고 양귀비 역시 이태백을 애지중지했다. 고력사는 자신이 이태백의 신발을 벗겨준 일을 무척이나 창피하게 여기고 있었으나 어쩔 도리가 없었다.

하루는 양귀비가 이태백이 지은 「청평조」 세 수를 읊조리다가 난간에 기대어 탄식했다. 양귀비를 모시던 고력사가 주위에 아무도 없는 것을 확인하고 나서는 양귀비에게 아뢰었다.

"소인이 감히 살펴보건대, 전에 이태백이 이 「청평조」를 지어 바쳤을 때 원망하는 기색이 완연하셨으면서 이렇게 다시금 잊지 못하고 읊조리시는 것은 어인 연유이십니까?"

"내가 무슨 원망을 했다고!"

"'온갖 치장한 비연飛燕도 그녀 당하긴 힘들걸'이란 구절이 있지 않습니까. 그 비연은 성은 조요, 한나라 성제의 비였습니다. 그런데 지금 전해 내려오는 그림을 보면 무사가 금 쟁반을 받쳐 들고 있고, 그 금쟁반 위에서는 여인이 소매를 펄럭이며 춤을 추고 있습니다. 그 여인이 바로 조비연입니다. 개미허리에, 사뿐사뿐 매혹적인 걸음걸이, 손에 쥐면 날아가 버릴 것만 같은 꽃잎 같은 자태, 조비연은 성제의 총애를 한 몸에 받았지요.

한데 조비연이 이중벽을 만들고 그 안에 연적봉燕赤鳳을 숨겨놓고서 정을 통했다지요. 어느 날 성제가 납셨다가 벽 안에서 기침 소리가 나는 것을 듣고는 마침내 연적봉을 찾아내어 죽여 버렸지요. 조비연은 동생 합덕슴德이 적극 나서주어 목숨은 건졌으나 결국 죽을 때까지 정궁에 발걸음을 못하게 되었습니다. 지금 이태백이 시에서 귀비를 조비연에 비긴 것은 은근히 귀비를 비방하고자 하는 것입니다. 귀비께서는 어이 이 점을 심각하게 받아들이지 않는 것입니까?"

사실 양귀비도 타타르인 안녹산을 양자로 들이고 궁궐을 무단으로 출입시키면서 그와 더불어 사통하고 있다는 소문이 이미 궁 안에 널리 퍼졌다. 오직 현종만이 눈치채지 못하고 있었다. 고력사가 양귀비에게 조비연 이야기를 한 것은 양귀비의 마음을 콕 찌르고자 함이었다. 이 일을 계기로 양귀비는 틈이 날 때마다 현종에게 이태백이 행동이 경망하고 술에 절어 지내고 신하로서 갖춰야 할 예의를 전혀 차리지 않는다고 험담했다. 현종은 양귀비가 이태백을 별로 좋아하지 않는 것을 알아차리고는 궁내 잔치에 이태백을 더는 부르지도 않았으며 자연스럽게 궐내에서 숙식하는 일도 드물게 되었다. 이태백은 고력사가 자기를 중상모략했음을 바로 알았다. 현종이 자기와 거리를 두는 것도 다 이 때문임을 알고 여러 차례 벼슬을 그만두고 물러가기를 청했으나 현종이 허락하지 않았다. 하여, 이태백은 오히려 술을 더 마시고 하지장, 이적지, 여양왕진, 최종지, 소진, 장욱, 초수와 더불어 같이 술도 마시고 교유했으니 사람들이 이들을 일러 술 마시는 여덟 신선이라 했다.

현종은 이태백을 아끼는 마음이 간절했으나 이태백을 경원시하는 세력이 궁중에 적지 않으니 하는 수 없이 이태백과 거리를 두었다. 이태백이 여러 차례 벼슬을 그만두기를 바라고 더는 궁궐에서 머물고 싶어 하지 않는 낌새라 현종이 이태백에게 물었다.

"경이 훨훨 날아가고 싶은 마음이 간절함을 짐이 아노니 고향에 돌아가도록 허락하노라. 하나 짐이 부르면 언제고 다시 달려와야 할 것이니라. 경이 짐에게 큰 공을 세웠으니 어찌 빈손으로 경을 돌려보낼 수 있겠는가. 경이 필요한 것이 무엇인지 어서 말하라."

"소신에게 필요한 것이 무엇이겠습니까? 소신에게는 술 사 먹을 돈만 있으면 아무것도 필요 없습니다."

이에 현종이 금패를 하사했다. 그 금패에는 이렇게 적혀 있었다.

'근심초월 학사, 천하유람 수재 이태백에게 아무 데서나 술 마시고 술값을 지불받을 권리를 하사하노라. 부에서는 천관, 현에서는 오백관 한도 내에서 지급하라. 관리나 백성을 막론하고 이태백에게 결례를 범하는 자는 법을 어기는 것과 동등하게 처벌하겠노라.'

현종은 이태백을 그냥 보내기 못내 아쉬웠던지 황금 천 냥과 비단 도포 그리고 옥 허리띠, 날랜 말에 황금 안장을 더불어 하사하고 하인 스물을 딸려 주었다. 이태백이 엎드려 성은에 감사하니 현종은 황금 꽃 두 송이, 술 석 잔을 내려주었다. 이태백은 현종이 보는 앞에서 말을 타고 궁을 나섰다. 관리들도 휴가를 내고 특별히 이태백과 술잔을 기울이며 석별의 정을 나누었다. 장안가에서 십 리 떨어진 장정까지 술자리가 끝없이 이어졌다. 다만, 양 태사와 고 태위 둘만은 속이 꽁하여 이별연에 나오지 않았다. 그 가운데에서도 특히 하지장을 비롯한 일곱 친구는 백 리까지 따라와 사흘 동안이나 같이 머물면서 전송해주었다. 이태백의 시집에 이 분위기를 묘사한 「환산별금문지기시還山別金門知己詩」란 작품이 실려 있다. 이 시의 제목은 고향에 돌아가고자 궁궐을 떠나며 친구와 이별한다는 의미다.

봉새가 아침 햇살에 날개 펴듯,

성상의 은혜 입어 꿈결처럼 분에 넘치는 명성 누렸다네.

이제 궁궐을 떠나,

바람에 날리는 갈대처럼 천하를 떠돌아다니게 되었다네.

애오라지 「동무음행東武吟行」이란 노래를 부르나,

이별의 정을 어이 다 표현할 수 있으랴.

이 글 지어 친구들에게 작별 고하니,

나는 이제 일엽편주에 몸 맡기고 낚시하는 노인네나 찾아 떠나려네.

　이태백은 비단옷을 입고, 관모를 쓰고, 말을 타고서 길을 잡아나갔다. 노정 내내 이태백은 금의공자[비단옷을 입은 선비]라 자칭하며 술집만 보였다 하면 들러 술을 마셨다. 지방 관리들이 나와서 술값을 계산해주었다. 며칠이 걸려 고향 금주錦州로 돌아와 부인 허 씨와 만났다. 금주의 관원들도 이태백이 돌아왔다는 소식을 듣고서 모두 인사하러 왔다. 그들과 인사를 주고받느라 연일 술이었다. 날이 가고 달이 가고 어느덧 반년이 훌쩍 지나갔다. 하루는 이태백이 선비 행색으로 차려입고 부인에게 산수를 유람하러 가겠노라 했다. 몸에는 현종이 하사한 금패를 차고, 시동을 하나 대동하고, 노새를 타고, 발길 닿는 대로 길을 나섰다. 그가 마시는 술값은 부와 현에서 알아서 내주었다.

　화음현에 이르렀다. 마을 사람들이 현령이 가렴주구를 심하게 한다고 말들을 많이 했다. 이태백은 그놈을 혼내줄 그 나름의 궁리를 했다. 시동에게는 따라오지 말라 이르고 말을 탄 채로 현청 문 앞에 이르러 세 차례나 연거푸 문을 두드렸다. 현령이 현청에서 공무를 보고 있다가 이 소리를 듣고서 역정을 내었다.

"아니, 어떤 놈이 부모 같은 관리 앞에서 이런 패악질을 하느냐?"

현령이 즉각 아전들에게 명하여 그놈을 잡아오라 했다. 이태백은 일부러 취한 척, 현령이 묻는 말에는 하나도 대답하지 않았다. 현령은 일단 이태백을 옥에 가두었다가 이태백이 술에서 깨면 자초지종을 잘 알아보고 심문서를 받아 내일 판결을 할 작정이었다. 옥리가 이태백을 옥으로 끌고 가는 동안 이태백이 수염이 다 흔들릴 정도로 껄껄 웃었다. 옥리가 이태백에게 말했다.

"이놈 이거 완전히 미쳤구먼."

"난 미치지도, 정신이 나가지도 않았느니라!"

"그래 미치지도, 정신이 나가지도 않았다면 어서 심문서나 작성해보자. 그래 넌 도대체 어떤 놈이기에 이렇게 당돌하게 나귀를 타고 현령 나리 앞에 불쑥 나타난 것이냐?"

"나한테 심문서를 받겠다고? 그럼 어서 종이와 붓을 가져오너라."

옥리가 종이와 붓을 가져왔다. 이태백이 옥리를 한쪽으로 밀치면서 한마디 했다.

"잠시 뒤로 물러나서 좀 기다려라."

"그래 이 미친놈이 도대체 뭐라고 쓰는지 한번 보자."

이태백이 천천히 쓰기 시작했다.

심문서를 작성하노니, 나는 금주 사람으로 성은 이, 본명은 한 글자 백이로다. 약관의 나이가 되어서 글을 제법 잘 쓸 줄 알게 되었으니 썼다 하면 귀신도 감동하여 울 정도였다. 장안에서는 여덟 신선 가운데 하나였으며, 죽계에서는 여섯 은둔자라 칭해졌도다. 일찍이 오랑캐를 꼼짝 못 하게 하는 글을 써서 내 명성을 저 이역만리까지 떨쳤노라. 황제께서 늘 나를 불러 함께했으며, 금란전이 나의 침실이었노라. 황제께서 손수 마련해주신 해장국을 먹었으며 내가 자다가 흘리는 침을 황제께서 직접 닦아주셨느니라. 고 태위가 내 신발을 벗겨주었고, 양 태사가 나를 위해 먹을 갈았느니라. 황제께서는 특별히 나에게 말을 탄 채로 입궐하는 특전을 베풀어주셨는데 화음현에서는 내가 나귀를 타고 현청에 들어오는 것조차 허락 못 할 이유가 있겠느냐? 황제께서 하사하신 이 금패를 보면 자초지종을 바로 알리라.

이태백이 쓰기를 마치고 옥리에게 건네주었다. 옥리는 혼비백산, 바로 엎드려 절을 했다.

"나리, 소인은 상관의 명령을 따라야 하는 입장이라 어쩔 수 없었습니다. 부디 하해와 같은 넓은 아량으로 용서하여 주시옵소서."

"내가 너한테 볼 일이 있는 게 아니로다. 어서 가서 네가 모시는 현령에게 일러라. 내가 황제께서 하사하진 금패를 차고 이 현청에 들어왔는데, 내가 무슨 잘못을 했다고 나를 옥에 가둔 거냐고?"

옥리는 이태백에게 감사 인사를 올리고서는 곧장 이태백이 직접 쓴 심문서를 들고 현령에게 바쳤다. 더불어 이태백이 황제께서 하사하신 금패를 가지고 있다는 사실도 아뢰었다. 현령은 마치 천둥소리를 처음 들은 어린아이가 숨을 구멍을 못 찾는 것처럼 다른 방법은 도저히 생각하지 못하고 그저 옥리랑 같이 옥으로 가서 이태백을 뵙고서 머리를 조아리며 애걸했다.

"소인이 눈이 있어도 태산을 몰라보고 이렇게 죄를 범했습니다. 제발 불쌍히 여기시고 용서하여주시옵소서."

현청에 근무하던 다른 관원들도 모두 이태백에게 달려와 사죄하고 이태백을 현청의 대청 정중앙으로 안내했다. 모든 관원들이 이태백 앞에 모였다. 이태백이 금패를 꺼내어 관원들에게 보여주었다. 그 금패에는 이렇게 적혀 있었다.

'관리나 백성을 막론하고 이태백에게 결례를 범하는 자는 법을 어기는 것과 동등하게 처벌하겠노라.'

이태백이 관원들에게 일갈했다.

"너희가 무슨 죄를 지었는지 이제 알겠느냐?"

관원들이 금패에 적혀 있는 황제의 명령을 읽고선 일제히 머리를 숙이고 사죄했다.

"저희는 천만 번 죽어도 마땅하옵니다."

이태백은 뭇 관원들이 애절하게 용서를 비는 것을 보고선 웃으면서 말했다.

"너희는 이미 조정에서 녹을 받아먹고 있지 않느냐? 그런데 어이하여 재물을 탐하고 백성들을 괴롭히느냐? 너희가 잘못을 뉘우치고 고치려 한다면 내가 너희의 지난 잘못을 용서하겠노라."

관원들은 모두 두 손을 맞잡고 말씀을 따라 앞으로 다시는 이런 일을 하지 않겠노라고 말씀을 올렸다. 관원들은 바로 현청에 술자리를 마련하여 이태백에게 술을 대접했다. 이 술자리가 사흘이나 이어졌다. 이 일을 계기로 현령은 마음을 깨끗이 씻고 백성을 위한 선한 관리가 되었다. 이 소문이 다른 곳에까지 퍼지니 다른 현에서는 이태백이 조정에서 파견한 암행어사라도 되는 줄 알고 탐욕 부리던 마음, 패악질하던 행동을 청렴하고 선하게 바로 잡았다.

이태백은 조, 위, 연, 진, 제, 량, 오, 초 지역을 두루두루 떠돌아다니며 술 마시고 시를 지었다. 나중에 안녹산이 반란을 일으키매 현종이 촉 지역으로 피난을 오게 되었다. 양국충을 이 피난 중에 처형하고, 양귀비에게는 스스로 목을 매어 자살하게 했다. 이태백은 난리를 피하러 여산에 은거했다. 당시 동남절도사는 영왕永王 린璘이었다. 이 영왕은 기회를 보아 조정에서 독립할 꿍꿍이를 지니고 있었다. 영왕은 이태백이 여산에 은거하고 있다는 소식을 듣고는 이태백을 억지로 하산시켜 자신을 돕게 할 생각이었다. 이태백이 말을 듣지 아니하자 이태백을 억류시켰다.

얼마 후 숙종이 영무靈武에서 즉위했다. 숙종은 곽자의를 천하병마대원수에 임명하고 장안과 낙양을 수복하는 임무를 맡겼다. 영왕이 반란을 일으켰다는 소식이 전해지자 숙종은 즉시 곽자의에게 군사를 이끌고 가서 토벌할 것을 명했다. 영왕의 군대가 패하니 이태백은 겨우 구금상태에서 풀려날 수 있었다. 이태백은 심양강尋陽江 입구에 다다랐다가 강을 지키는 군관에 붙잡혔다. 군관은 이태백을 반군으로 오해하여 곽자의 장군 앞으로 끌고 갔다. 곽자의가 보니 바로 이태백이 아닌가. 곽자의가 화들짝 놀라며 이태백을 잡아 온 군관을 소리쳐 쫓아버리고 친히 이태백의 포박을 풀어주고 윗자리에 앉게 했다. 곽자의가 머리를 조아리며 큰절을 올렸다.

"전에 장안 동시에서 학사님께서 저를 구해주시지 않으셨다면 저한테 어찌 오늘 같은 날이 있을 수 있겠습니까?"

곽자의는 즉시 술자리를 마련하여 이태백을 대접하는 동시에 전후사정을 설명하는 표를 열심히 작성하여 숙종에게 이태백의 억울함을 잘 아뢰었다. 더불어 이태백이 발해국에 보내는 답서를 작성했던 일을 말씀 올리고 그가 놓치기 아까운 인재임을 강조했다. 이게 바로 은혜를 베풀면 꼭 보답 받을 날이 있다는 말과 딱 어울리는 것이라.

강물에 떨어진 부평초 두 이파리, 결국은 바다에서 만나듯,

사람 살다 보면 어디서인들 다시 만나지 않으랴.

양국충은 이미 저세상 사람이 되었고, 고력사는 변방으로 유배를 떠났고, 현종은 환궁하여 태상황의 자리에 올랐다. 현종이 숙종에게 이태백을 추천하니 숙종이 이태백을 좌습유에 임명했다. 이태백은 벼슬자리를 받으면 매사에 얽매여 마음대로 천하를 주유할 수 없는 까닭에 사양하고 받지 않았다. 이태백은 곽자의와 헤어져 배를 타고 악양을 지나고 금릉을 지나 채석강采石江에 도착했다. 그날 밤, 달이 대낮같이 밝았다. 이태백은 강변에 배를 대고 술을 마셨다. 하늘에서 악기 연주 소리가 은은하게 들려오더니 점점 그 소리가 배에 가까워졌다. 뱃사람들은 듣지 못하고 오직 이태백만 그 연주 소리를 들을 수 있었다. 강 물결이 갑자기 요동치기 시작했다. 몇 길이나 되는 고래가 벌떡 물 위로 뛰어오르는가 싶더니 선동仙童 두 명이 표식을 손에 들고서 이태백에게 다가오더니 한마디 했다.

"상제께서 별 주인이신 그대를 원래 별이 있던 곳으로 모셔오라고 했나이다."

뱃사람들은 그 광경에 놀라 모두 기절했다가 한참 후에 겨우 깨어났다. 악대가 앞에서 인도하고 뒤에는 고래가 이태백을 등에 태우고 하늘로 날아 올라갔다. 다음 날 이 사실을 당도현 현령 이양빙李陽氷에게 아뢰었다. 이양빙은 다시 이 사실을 표문을 닦아 조정에 아뢰었다. 황제는 채석산에 하늘에서 귀양 온 이태백의 사당을 짓고 봄가을 두 차례 제사를 지내도록 했다. 송나라 태평흥국 연간에 한 선비가 달 밝은 밤에 채석강을 지나다 비단 돛이 서쪽에서 다가오는 것을 보았다. 그 뱃머리에 하얀 패가 있었고 그 패에는 시인의 우두머리라는 의미의 '시백詩伯'이란 두 글자가 쓰여 있었다. 그 시인은 마침내 시 두 구절을 읊조렸다.

뉘라서 강물 위에서 시인의 우두머리라 자칭하는가,

멋진 시를 한번 보여주어야 믿지 않겠는가.

그 배에서 이런 답가가 들려왔다.

깊은 밤 어찌 감히 함부로 시를 지으랴,
하늘의 별이 차가운 이 강물 위로 우수수 떨어질까 걱정이로다.

선비는 깜짝 놀라며 채석산 아래 있는 그 배로 가보고자 했다. 그 배 안에 있던 자줏빛 관복을 입고 비단 관모를 쓴 신선 하나가 이태백 사당으로 성큼 다가가고 있었다. 선비가 황급히 그 뒤를 따랐으나 사당 안에는 아무 흔적도 없었다. 선비는 그제야 방금 자기에게 화답해준 자가 바로 이태백임을 직감할 수 있었다. 지금까지 전해지는 술 취한 신선, 시인의 우두머리라는 호칭은 모두 세상에서 으뜸가는 이태백의 시와 문장을 칭송하는 것이다.

오랑캐를 혼내주는 문장을 지으매 그의 실력이 절로 드러나고,
천자는 몸소 해장국을 대접했네.
고래 등을 타고서 하늘로 올라가니,
채석산 아래 흐르는 저 강물 위로 애잔함만 흘러라.

제비 누각의 슬픈 사연을 노래하다

錢舍人題詩燕子樓

— 중서사인 전희백이 연자루에서 시를 짓다 —

흐드러지게 꽃 피던 풍경, 눈앞에서 다 사라져버린 이곳,

연자루만 남아 있구나.

사랑을 꿈꾸는 자라면 춘삼월 난초를 어이 잊으랴,

아름다운 사랑의 기억은 일생의 근심을 날려버린다.

석류꽃 떨어져 버려 바람 일어도 다시 춤추지 못하고,

외롭게 핀 연꽃 한 송이 짝을 이루지 못하네.

아름다움을 펴지도 못하고 쓸쓸히 땅에 묻힌 자 어이 없으랴,

오늘날까지 사랑 이야기는 끝없이 이어지고.

이야기인즉슨 정치 잘하고 성인군자이시며 효성스러운 태종이 당나라
를 개국한 이래로 12대 황제 헌종이 즉위했으니 대저 193년이 지난 것이
다. 그동안 천하는 무사태평하여 칼과 창에는 녹이 슬 지경이고 형벌도구

는 쓸 일이 없었다. 이때 예부상서 장건봉張建封이 너무 오랫동안 현직에 있어 괜히 후배들 앞길이나 막는 거 아닌가 하는 걱정이 일어 그만두고 전원으로 돌아가고 싶다는 상소문을 지어 올렸다. 헌종이 이 상소문을 보고 말했다.

"경의 나이는 아직 한창때를 지나지 않는데 어찌 은퇴를 이야기한단 말이오? 다만 번거로운 일을 잠시만 내려놓고 싶다면 청주와 서주 같은 곳의 절도사로 몇 년 나가 있기 바라오."

"신이 비록 재주는 없사오나 성상께서 소임을 맡겨주신다면 있는 힘을 다하겠사옵니다."

헌종은 장건봉을 무녕군 절도사로 임명했다. 장건봉은 너무도 기뻤다. 평소에 재주 있는 자를 사모하고 가까이하기를 좋아했던 그였던지라 장건봉은 부임하자마자 재주 있는 선비들을 가려 뽑아 자신의 문하에 두고 가까이했다. 자신의 애첩, 가기家妓, 무희 역시 모두 글을 알고 예절에 밝은 자들 가운데에서 뽑았다. 무녕군에 관반반關盼盼이란 기생이 있었으니 서주를 통틀어 가장 빼어난 미인이었다.

노래하는 목소리는 맑고 귀여워,

춤추는 모습은 사뿐사뿐.

비파 연주 소리 신기하고,

피리 소리는 세속을 벗어나 우아하다.

음악은 고전을 연주하나 싶더니,

바둑 두는 수는 누구도 흉내 못 낼 새로운 수.

글자를 갈고 닦아 시를 지어내매,

시경의 흥취를 고스란히 살려내네.

붓을 들어 그림 그리니,

천하의 조화가 붓끝 아래 일어나네.

　장건봉은 관반반이 빼어나다는 소문은 익히 듣고 있었으나 부임 초기에 너무 바빠서 그녀와 밥이라도 한 끼 같이할 기회조차 없었다. 하루는 중서사인 백낙천이 연주와 운성에 황제의 명령서를 전달하러 가는 길에 무녕군이 있는 서주를 지나게 되었다. 백낙천과 친분이 두터웠던 장건봉은 당연히 멀리서 찾아온 친구를 위해 절도사 공관에 술자리를 마련했다. 술자리 모습이 어떠했던가.

　술이 달린 칸막이는 살짝 걷어 올리고,

　빨간색 휘장은 아래까지 내렸네.

　오리 모양 향로에서는 한 줌의 향기 피어나고,

　옥잔엔 맛난 술이 흘러넘치네.

　과일을 자르니 하늘이 내린 과즙이 흐르고,

　안주마다 독특한 맛.

　비단과 보석으로 장식한 아리따운 아가씨들,

　화장 곱게 하고 두 줄로 늘어섰네.

　피리와 비파 그리고 아름다운 목소리,

　멋들어진 새 곡조를 연주하노라.

　화려한 돗자리 위엔 춤추는 아가씨들,

　잔치 자리 노랫소리에 맞춰 박자판을 두드리는 소리.

　술이 몇 순배 돌고, 안주상이 두어 번 들려 나오고 치워졌다. 노랫소리가 멈추니 춤사위도 따라서 그쳤다. 이때 홀연히 한 기녀가 네 줄짜리 서역 비파를 들고서 잔치 앞자리로 나오더니 비파 줄을 고르고 한 곡을 연주했다. 섬섬옥수로 현을 누르고 가볍게 튕기어 내었다. 술에 취한 자들의 혼령을 맑게 해주는 듯한 비파소리였고, 잔치 자리에 찾아든 사람들의 온갖 시름을 날려주는 소리였다. 연주를 마치자 그 기녀는 비파를 들고 다소곳이 일어섰다. 장건봉과 백낙천은 청아한 연주 소리가 너무도 맘에 들어 대체 어떤 처자인지 궁금했다. 한 송이 꽃처럼 아름답고 발그레한 얼굴, 물에 젖은 듯 촉촉한 두 눈동자, 너무도 자연스러운 자태는 다른 기녀들과는 차원이 달랐다. 다른 기녀들은 화장을 한 게 아니라 흙을 바른 것처럼 보일 정도였다. 장건봉이 그녀를 불러 세워 대체 누구인지 물었다. 그 기녀가 비파를 안은 채 오종종한 걸음걸이를 옮겨 앞으로 다가와 대답했다.

"소녀는 관반반이옵니다."

이 말을 듣고 장건봉은 너무도 반가웠다. 장건봉은 웃으면서 백낙천을 바라보고 말했다.

"온 서주를 돌아다녀도 이보다 더한 기쁨을 얻기는 힘들 것입니다."

"이 같은 미인이기에 장안에까지 소문이 나는 것이겠지요.."

"지당하신 말씀이외다. 그대가 시를 한 수 읊어주지 않으시겠소?"

"나의 시가 외려 저 여인의 아름다움에 누가 될까 걱정이오.."

관반반이 들고 있던 비파를 내려놓고 옷소매로 얼굴을 살짝 가리며 백낙천에게 말했다.

"못생긴 소첩이 어찌 감히 나리의 시에 등장하기를 바라겠습니까마는, 그래도 이 못난 여인을 불쌍히 여기셔서 읊어주신다면 소첩은 시를 통해 영원히 후세에 전해지는 것이니 이것은 소첩에게 두고두고 영광일 것입니다."

백낙천은 관반반의 말솜씨에 반하여 오언절구를 한 수 읊었다.

황금 장식 비파 줄 사이에서 봉새가 날아오르듯,
비파 몸통 뒤쪽에 비단 매듭 장식이 찰랑거리네.
비파 연주하는 저 여인 너무도 교태로워 듣는 이 옴짝달싹 못 하네,
바람 사이로 모란꽃 가지 한들거리네.

관반반이 백낙천에게 감사의 말씀을 올렸다.

"소첩의 이름이 후세에 전해진다면 그건 오롯이 나리께서 소첩에게 은혜를 내려주신 덕분이옵니다."

이에 주인과 객이 모두 기쁨에 겨워 흠뻑 취하도록 마시고 밤늦게 자리를 파했다.

이튿날 백낙천은 동쪽으로 떠났다. 장건봉은 관반반을 아끼고 사랑하여 관사 옆에 따로 자리를 마련하여 누각을 하나 짓고 제비 누각이란 의미로 '연자루'라 이름 붙였다. 장건봉은 관반반을 연자루에 기거하게 했다. 장건봉은 공무가 없는 한가한 때면 남의 눈에 잘 띄지 않게 조심스럽게 연자루를 찾았다. 장건봉과 관반반은 술잔을 나누고, 악기를 연주하고, 서로 부둥켜안기도 하고, 비단 이불을 함께 덮기도 했다. 연자루에 앉아, 달빛 아래 하늘거리는 꽃을 창문 너머 바라보면서 시를 읊조리고 밀어를 나누기도 하고, 소나무를 두고 사랑을 맹세하고, 악기를 연주하며 노래 부르기도 했다. 그 둘의 사랑이 농익어가는 것이야 당연하겠으나 예쁜 구름은 늘 머무는 것이 아니요, 밝은 보름달은 쉬 이지러지니 어찌 서운치 아니하랴!

장건봉이 병에 걸려 자리에 눕자, 관반반이 의원을 불러 치료를 부탁

했으나 백약이 무효라, 점쟁이를 불러 물어보니 타고난 명이 다한 것 같다더라. 장건봉의 병이 위독해지더니 마침내 돌아오지 못할 길을 떠나고 말았다. 아들과 손주들이 운구하여 북망산에 묻었다. 관반반만 외롭게 연자루에 남겨졌다. 옷과 이불의 향내는 다 날아가 버리고, 비파와 아쟁에는 먼지가 슬었다. 방문을 굳게 걸어 잠그고 바닥까지 내린 휘장은 걷힐 날이 없었다. 관반반은 향을 사르며 하늘에 맹세했다.

"소첩이 장 절도사님의 은공을 갚을 길이 없사옵니다. 청컨대 삭발하고 비구니가 되어 평생 독경하며 장 절도사님의 명복을 빌 것이오며, 절대로 재혼하지 않을 것이옵니다."

이렇게 10년 세월이 지났고, 관반반의 얼굴을 볼 수 있었던 자는 아무도 없었다. 서주의 호사가들이 관반반의 미모를 흠모하여 몰래 서찰을 써 보내어 인연을 만들어 보고자 했으나 관반반은 그때마다 답장 삼아 시를 지었다. 그렇게 모인 시가 어언 삼백 편, 그걸 모아 『연자루집』을 내니 그 시집이 세상에 전해지게 되었다. 가을바람이 더위를 몰아가고, 서늘한 이슬이 내리기 시작하고, 기러기가 하늘을 날고, 메뚜기가 들풀에서 울었다. 누각 안에는 오직 관반반 한 사람만 가을 색 완연한 이 날, 이렇게 갇혀 있구나. 관반반이 난간에 기대어 장탄식했다.

"내 시는 한결같이 나의 그리움과 애수를 읊었나니 나의 심사를 이해해 자줄 자가 과연 있을까?"

관반반은 혼잣말하다가 홀연히 한 생각이 떠올랐다.

'그래 한림학사 백낙천 나리라면 내 마음을 헤아려 주실 수 있을 거야. 나의 시집을 백낙천 나리께 보내어 이 애끓는 속마음을 하소연하고 돌아가신 장건봉 나리를 내가 잊지 않았음을 알려드려야겠구나.'

관반반은 이에 절구 세 수를 지은 다음 봉투에 넣어 늙은 하인에게 장

안에 가서 백낙천 나리께 전해드리고 친히 뜯어보시게 하라 했다. 백낙천은 관반반이 보낸 하인에게서 봉투를 받아 열어보았다. 그 안에 시 세 수가 들어 있었으니.

북망산 무덤가 잣나무엔 애수의 안개가 자욱,
연자루 지키는 여인네의 가슴엔 설움만 가득.
그대의 장검과 관모를 묻으며 내 노래도 같이 묻었나니,
내 옷소매에서 향기가 사라진 지 어언 이십 년.

기러기 악양루 돌아 날아 돌아오고,
제비는 저무는 한 해와 작별하네.
비파도 피리도 연주하고 싶지 않아,
먼지 쌓이고 거미줄만 슬었네.

새벽 서리 맞은 누각의 등은 잔불만 조금 남기고,
임과 함께 잠들던 침대에서 홀로 일어나는 여인네.
그리움에 지새던 이 밤은 어이 이리 길까?
이 세상 끝까지 가는 길도 이 밤보단 길지 못하리.

백낙천은 작품을 읽고 나서 한참이나 감탄하고 탄식했다. 기녀가 이처럼 수절할 줄이야. 이런 상황에서 어이 답장을 주지 않을까? 백낙천 역시 시 세 수를 지어 관반반의 시를 들고 온 하인 편에 보냈다. 관반반은 백낙천이 보낸 시 봉투를 열어보았다.

화려한 비단옷 색깔 다 바랬으니,

바라볼 때마다 눈물이 앞을 가리누나.

예상우의곡霓裳羽衣曲을 추지 않은 지가 벌써 몇 년,

춤출 때 입었던 옷은 그저 상자 속에서 자리만 차지하고 있구나.

오늘 아침 낙양에서 찾아오신 손님,

장건봉 무덤을 찾아갔다 오시는 길.

무덤가 백양나무가 아름드리 자라나,

날아오는 흙먼지를 막아주고 있다더라.

창문 가득 고개를 들이미는 달빛, 정원에 가득한 서리,

향기 사라지고 냉랭한 잠자리에 홀로 눕는 저 여인.

연자루에 밤비는 내리고,

혼자 지새우는 가을밤은 너무도 길다.

관반반은 백낙천이 보내준 시를 한참이나 읽고 또 읽었다. 세상의 그 어떤 보배도 이 시보다 더 값질 수는 없을 것 같았다. 관반반이 시녀에게 미소 지으며 말했다.

"이 시야말로 나의 진심을 있는 그대로 표현해주고 있구나!"

관반반이 이 시 종이를 접어 상자에 넣어두려다가 종이 아래쪽에 연한 먹으로 찍어 쓴 작은 글자가 몇 줄 더 쓰여 있는 것을 발견했다. 다시 그 종이를 펴서 보니 시 한 수가 더 적혀 있는 것이었다.

미인의 마음을 사고자 황금을 아끼지 않았네,

한 떨기 꽃송이 같은 미인이었네.

몸과 마음을 다하여 춤과 노래를 가르쳤으나,

나는 죽어 저곳으로 갔으나 미인의 춤과 노래는 나를 따르지 않도다.

이 마지막 시를 읽고 나서 관반반은 수심이 밀려왔다. 두 눈에는 눈물이 가득하여 자기도 모르게 오열했다. 관반반이 시녀에게 말했다.

"전에 나리께서 세상을 떠나셨을 때 따라 죽지 못한 것이 못내 아쉬웠노라. 사실 내가 그때 같이 따라 죽지 아니한 것은 장 절도사 나리의 첩이 뒤따라 죽는 것을 두고 장 절도사가 여색이나 탐한 위인으로 취급받을까봐 걱정해서였다. 그건 돌아가신 장 절도사님을 욕보이는 짓이로다. 하나, 내가 죽지 못해 억지로 하루하루를 살고 있는 그 심정을 백낙천 나리가 잘 헤아리지 못하고 이렇게 마지막 시를 지어 풍자한 것이리라. 내가 지금 죽지 아니하면 온갖 비방이 멈추지 않으리라."

관반반은 백낙천의 시에 화답하는 시를 한 수 지었다.

연자루에서 홀로 잠들 때면 외로움에 미간을 찌푸렸다오,

이 몸은 봄 지나고 말라비틀어진 나뭇가지 신세.

그대는 이내 마음 몰라주시고,

왜 장 절도사를 따라 같이 죽지 않았는지 묻고 계시군요.

관반반은 시를 다 적고 나서 얼굴을 가리고 길게 탄식했다. 한참 후 눈물을 닦고서 시녀에게 일렀다.

"내가 돌아가신 장 절도사님의 은혜를 갚을 길이 따로 없으니 그저 이 누각에서 떨어져 죽는 것으로 나의 일편단심 심정을 보여주고자 하는도

다."

관반반은 말을 마치고 나서 섬섬옥수로 소매를 걷어붙이고 난간을 붙잡고서 장 절도사에게 생전에 받은 은혜를 보답하고자 저세상으로 떠나고자 했다. 아래를 내려다보고서는 이제 훌쩍 뛰어내릴 기세였다. 이때 시녀가 급히 옷자락을 부여잡고 말렸다.

"아씨 어찌하여 이렇게 스스로 목숨을 내놓으시려고 하십니까?"

"나의 일편단심을 알아주는 이 하나 없으니 내가 죽지 않고 어찌하겠느냐?"

"죽음으로써 자신을 알아주었던 자의 은혜를 갚는 일이야 그래도 의의가 있을 것입니다. 하나, 누각에서 떨어져 산산조각이 난 아씨의 육신이 이미 저세상에서 기다리고 계신 장 공께 무슨 유익이 있겠습니까? 더구나 아씨의 연로하신 어머니는 누가 봉양할 것입니까?"

관반반은 한참을 고민하다가 입을 열었다.

"그래 죽는 것도 내 뜻대로 안 되는구나. 그럼 이제 나는 불경을 독송하여 돌아가신 장 절도사님의 명복을 빌리라."

그날 이후로 관반반은 하루에 한 끼, 그것도 채식으로만 먹었으며 연자루를 닫아걸고 향을 피우고 독경했다. 하여 이웃 사람들조차도 그녀 얼굴을 볼 수가 없었다. 머리 빗질도 귀찮아하고 눈썹 화장도 하지 않고, 비파나 거문고도 켜질 않았으며, 원앙금침에 눕기도 싫어했다. 얼굴에 분칠도 하지 않으니 마치 봄이 지나 꽃잎을 떨구는 유령庾嶺의 매화꽃 같았다. 갈수록 살이 빠지고 허리가 가늘어지니 가을 지나 말라가는 수제隋堤의 버들가지 같았다. 환하게 피는 꽃이나 밝은 달빛을 보면 어김없이 예전의 추억이 떠올라 침식을 잊었다. 결국, 병에 들어 자리에 누웠다. 한 달쯤 앓다가 그예 일어나지 못하고 말았다. 관반반의 어머니는 길일을 잡아 연자루 뒤뜰에 관반반을 묻어주었다.

관반반이 죽고 20년이 채 못 되어 장건봉의 자손들은 뿔뿔이 흩어지고 재산도 다 날아가 버렸다. 관반반이 기거하던 연자루는 관가의 재산으로 편입되었다. 연자루의 지세가 화원을 만들기에 딱 알맞고 또 관청의 다른 화원과도 가깝고 하여 연자루는 화원으로 꾸며졌고 현령이 혼자서 드나들 며 꽃을 감상했다. 달이 가고 해가 가고 세월은 흘러 당나라의 운명도 끊어지고 다섯 왕조가 서로 갈마들었다. 후주後周 현덕顯德(954~960) 말년에 천수진인天水眞人 조광윤趙匡胤이 하늘의 기운을 타고 일어나 나라의 기틀을 세우고 예법을 바로잡았다. 천수진인이 눈을 들어 바라보는 곳마다 사악한 기운이 다 사라지고, 손가락으로 가리키는 곳마다 사방이 말끔하게 정돈되었다. 그 후 송나라 제2대 황제 때에 이르러 천하의 개들이 짖을 일이 사라졌다. 당시 중서사인으로 성이 전錢, 이름은 이昜, 별명은 희백希伯이라 일컬어지는 자가 있었으니 바로 오월왕吳越王 전류錢鏐의 후손이었다. 문장과 시가 조정 안팎에서 으뜸이었다. 전희백은 너무도 오랜 기간 내직에서만 근무했기에 외직을 한번 나가보고 싶은 생각이 들었다. 하여 전희백은 다른 안건으로 황제께 글을 올릴 때 겸하여 자신의 의향을 황제께 아뢰었다.

"소신이 성상께 아뢰는 표주문을 작성하는 일을 담당한 지 오래되었사오나 아무런 공을 세우지 못했으니 작은 고을 하나를 맡아 제 노둔한 재주를 다하고자 합니다."

"청노 지역은 땅이 비옥하고 인심이 후한 곳이로다. 경은 무녕군 절도사를 맡는 게 좋을 것이오."

황제가 마침내 전희백을 무녕군 절도사로 임명했다. 전희백이 황제의 명령을 받들고 성은에 감사를 올렸다.

전희백은 임지에 부임하자 마자 황제의 가르침을 백성들에게 널리 알리고 법에 정한 바를 엄정하게 시행하고 가가호호 방문하여 백성들을 직접 만나고 감옥을 찾아가 억울하게 갇힌 자가 없는지 살폈다. 자신을 낮추고 겸손하게 사람을 대했고 직접 농사를 지으며 농사를 권장했다. 관용과 인자함으로 백성들을 아끼고 사랑했으며 고집 세고 거친 자들을 권유하고 가르치니 백성들이 모두 본업에 충실하고 약조를 잘 지켰으며 염치를 알고 근면했고 매사에 공정했다.

전희백이 부임한 지 한 달쯤 지나자 청명절이 다가왔다. 관청 문을 닫는 날이라 공무도 없었다. 한가롭게 동쪽 누각에 앉아 있었다. 이렇게 좋은 날씨에 가만히 있을 수가 없어 하인을 불러 앞세우고 화원을 찾았다. 화원의 모습이 어떠했던고.

따사로운 햇살,

봄날 특히 아름다운 화원.

복숭아꽃은 빨갛게 입을 내밀고,

버들가지는 여인네 가는 허리마냥 하늘거린다.

멋들어진 정자와 누각이,

꽃과 나무 사이에 숨어있구나.

구불구불 이어지는 연못에는,

배 한 척, 노 하나.

앵무새는 봄빛을 탐하느라 연신 지저귀고,

나비는 햇살에 몸을 맡기고 날갯짓.

전희백은 발길 닿는 대로 거닐었다. 붉은 꽃, 자주 꽃이 흐드러지게 피어있는 곳에 높다란 누각이 하나 솟아 있었다. 유난히 하늘로 높이 솟아 외로워 보일 정도였으나 아무튼 웅장하기도 하고 아름답기도 했다. 전희백이 고개를 들어 올려다보니 연자루라고 적혀 있는 편액이 보였다.

'아, 이 누각이 바로 장건봉이 관반반을 총애하여 지어주었다는 연자루로구나. 오랜 풍상을 견디고 아직도 남아 있을 줄이야!'

전희백은 옷자락이 걸리지 않게 끌어올리고는 누각 계단을 올랐다.

화려한 기둥엔 구름이 휘감겨 있고,

조각 장식된 대들보는 하늘까지 치솟아 있네.

사방이 한눈에 들어오니,

수만 리 땅이 손에 잡힐 듯하네.

바람막이 휘장은 높게도 쳐놓았네,

해가림 휘장은 발아래까지 내려오네.

한 걸음 옮기니 하늘에 더욱 가까이 가는 듯,

눈 들어 바라보니 우주가 이리 넓음을 이제 알겠네.

전희백은 연자루 난간에 기대어 장탄식했다.

"옛날 이곳에서 무녕군의 절도사 장건봉이 맑은 노랫소리, 아름다운 춤, 맛난 술로 손님을 대접했다더니 그가 죽자 그 모든 게 구름이 흩어지듯 사라져버렸구나. 세상사 모두 이와 같으니 특별히 애달파할 거야 없겠도다. 그러나 장건봉의 애첩 관반반은 일개 기생임에도 불구하고 장건봉에게서 받은 은혜를 갚고자 죽음마저도 달게 맞이했으니 이는 사내대장부도 쉽게 흉내 낼 수 없는 것이로다. 백낙천이 그녀가 장건봉을 따라 죽지 아니한 것을 기롱하는 시를 지었다니 어찌 이런 일이 있을 수가 있는가?

그녀가 십 년 넘게 수절했음에도 그녀의 정결한 마음이 세상에 전해지지 않는다니! 이제 내가 이 일의 자초지종을 알게 되고서도 입을 다물고 세상에 전하지 않으면 관반반은 저세상에서 그 한을 풀지 못하리라."

전희백은 바로 하인에게 먹을 갈라 하고 붓에 먹물을 듬뿍 묻혀서 옛날 곡조에 맞춰 하얀 병풍에다 장편의 시를 적기 시작했다.

백 년 사는 인생이라지만 사실 따지면 얼마나 짧은가,

망아지가 훌쩍 틈 하나를 건너뛰는 것 같네.

잔에 술이 넘친들 무엇이 기쁠 것이며,

죽어서 명예가 남은들 그게 무어랴!

무녕군의 절도사 장건봉, 천하의 호걸,

봄바람 불 제 복숭아, 배를 심었네.

청춘을 붙잡고 싶은 간절한 마음,

그러나 청춘은 강물처럼 흘러가 버렸네.

여인은 목숨보다 의를 중시했고,

은혜를 갚고자 죽음조차 마다하지 않았네.

그녀의 시 삼백 수,

『시경』과 『초사』 같은 품격은 그대로 읽는 이의 마음을 씻어주었네.

높디높은 제비 누각은 하늘에 걸려있는데,

휘장이 드리워져 제비가 날지 못했는가.

그녀의 혼백을 찾을 길 없으니,

그저 난간을 잡고서 이리저리 왔다 갔다.

전희백은 시를 다 적고 나서 읽어보고 또 읽어보았다. 이때 홀연히 맑은 바람이 옷깃에 스미고 특별한 향기가 얼굴을 때렸다. 전희백이 의아하게 생각하고 있는 바로 그 순간, 병풍 뒤에서 발걸음 소리가 들려왔다. 전희백이 병풍 뒤로 돌아가 보니 한 여인이 있었다. 윤기 나는 검은 머리, 초승달처럼 가늘고 긴 눈썹, 눈처럼 하얗고 촉촉한 피부, 꽃처럼 아름다운 얼굴, 연꽃과도 같은 발걸음은 사뿐사뿐, 한 줌 비단처럼 날씬한 허리. 그녀는 전희백을 보자마자 부끄러운 표정을 얼굴 가득 지으며 문 뒤로 살짝 몸을 숨겼다. 강가에 피어 눈 맞은 매화도 이처럼 멋진 분위기를 낼 수는 없을 것 같았다. 전희백은 놀라며 그 여인에게 이름을 물었다. 그 여인은 문 뒤에 빼꼼히 나오더니 소매로 얼굴을 가리고 앞으로 나아와 인사를 올리고 대답했다.

"소녀는 이 화원을 지키는 화원 지기의 딸입니다. 청명절을 맞이하여 한가롭게 이 누각에 올랐다가 공께서 이곳에 계신 것을 알고는 황급히 몸을 숨겼습니다. 이 못난 얼굴을 드러내고 싶지 않았던 것이지요. 하나, 공께서 관반반을 애도하는 시를 짓는 것을 보고선 마치 천하의 보배를 얻은 듯한 느낌이 들어 저도 모르게 이렇게 병풍 뒤까지 나와 공의 시를 계속 듣고 있다가 공을 얼굴을 뵙게 되었습니다. 소녀가 이곳에 오게 된 사연은 이러합니다."

전희백은 이 여인이 용모도 빼어나고 말하는 모양새도 단정한지라 자기도 모르게 기쁜 마음이 솟아올랐다.

"그대가 말하는 걸 들어보니 시에 대한 조예도 깊겠구려. 그래 방금 내가 지은 시는 어떠하더이까?"

"소녀 비록 학식은 깊지 못하지만 방금 공께서 읊어주신 시는 사람에게 감동을 주고 입에 짝 달라붙으니 저 구천에 한을 품고 있는 망자라도 마음이 다 녹아내릴 듯합니다."

전희백은 이 말을 듣고 너무도 기뻤다.

"오늘 우리가 만난 것은 진정 재주 있는 선비와 아름다운 아가씨가 만난 격이라 할 것이오. 그대도 나를 이렇게 생각하는지 모르겠소이다."

여인은 정색하더니 소매로 입을 가리면서 대답했다.

"공께서는 괜히 딴생각 품지 마시고 소녀의 정결한 마음을 지켜주시옵소서. 제가 시 한 수를 공께 바쳐 공의 후의에 감사하고자 할 따름입니다."

여인이 소매에서 화전지 한 폭을 꺼내어 전희백에게 건넸다. 전희백이 그 화전지를 받아 펼쳐보았다.

사람 떠난 연자루엔 쓸쓸히 옛일만 남아 있네,
백낙천의 시는 아직도 이 여인을 섭섭하게 하는구려.
그대의 빼어난 시가 아니었다면,
그 무엇이 황천의 이 여인네 일편단심을 위로하리까?

전희백은 시를 다 읽고 나서 물었다.

"화원 지기 딸이 어떻게 이런 시를! 그대는 누구인가?"

"공께서 제가 바친 시의 의미를 제대로 아셨다면 제가 누구인지도 아실 수 있을 터, 어찌 구태여 그걸 물어보시나이까?"

전희백이 그 여인을 향한 춘정을 주체하지 못하고 그녀에게 다가가 옷소매를 잡아끌었다. 바로 이때 대나무가 바람에 흔들려 창문을 두드리는 소리가 들려왔다. 깜짝 놀라 일어나 보니 꿈속에서 신선계에 들어가 본 것이라. 서재의 향로에서는 향기가 아직 뿜어 나오고 꽃 그림자는 어엿이 화원에 그대로 드리워져 있으니 아직 정오라. 전희백은 베개를 밀치고 일어나 앉아 생각에 잠겼다.

'그래, 내가 꿈에서 만난 여인은 관반반이 틀림없도다. 꿈이 어쩌면 이렇게도 생생하더냐. 이런 드문 일이 일어나다니 길조임이 틀림없다.'

전희백이 한참을 찬탄하더니 마침내 입을 열었다.

"그래, 사 한 수를 지어 이 일을 기록하여 두어야겠다."

전희백이 마침내 「접련화」 한 수를 지었다.

봄날 낮에 베개 베고 누웠다가,

꿈속에서 선계에 들어갔다네,

선계에서 선녀를 만났지.

아름다운, 그러나 슬픔에 찬 그녀는 말 한마디 없었네,

그저 시 한 수를 새로 지어 나에게 주었네.

짧은 순간 그녀 마음을 제대로 알지도 못했는데,

바람에 나부낀 대나무 창문을 흔드는구나,

깜짝 놀라 깨어보니 그녀의 자취는 온데간데없네.

사랑을 나눠보지도 못했는데 그녀는 사라져,

슬픈 마음에 저 멀리 그녀 사라진 길만 바라보네.

종이 위의 먹물이 채 마르기도 전에 창문 밖에서 박수를 치고 박자를 맞추며 맑은 목청으로 노래 부르는 소리가 들려왔다. 전희백이 찬찬히 들어보니 방금이 자신이 지은 「접련화」사였다. 전희백이 깜짝 놀랐다.

"아니, 내가 방금 지은 사를 누가 알고 노래 부른단 말인가?"

전희백이 창문을 열고 바라보니 청옥으로 만든 머리 장식을 쓰고 진주

귀걸이를 했으며 비단 치마에 옥 장식을 단 여인네가 만경창파 너른 태호 호숫가 대나무 수풀에서 서 있었다. 그녀의 옷자락이 바람에 한들거리고 있었다. 전희백이 그 여인네를 바라보니 버드나무를 돌아 꽃 사이를 지나 멀어져 갔다. 전희백은 아쉽고 슬픈 마음을 가눌 수가 없었다. 나중에 전 희백이 승진하여 상서尙書가 되었다. 백성을 아끼고 사랑하니 백성들의 존 경을 한 몸에 받았다. 나중에 병을 앓지도 않고 편하게 저세상으로 떠났다 는 이야기가 전해온다.

연자루에서 시를 지어 여인을 위로했네,
그 여인 꿈에 미소 머금고 나타났네.
문인들 사이에 미담으로 널리 전해지는 일이나,
그래도 이렇게 이야기로 만들어 사람들에게 널리 전하노라.

소 현령이 비단 적삼을 다시 찾다

蘇知縣羅衫再合

― 현령 소운이 비단 적삼 덕분에 가족과 재회하다 ―

아침 파도 밀려가고 저녁 파도 밀려온다,

한 달이면 육십 번.

아침 가고 저녁 오매 세월만 흐르는 게 아니라,

이곳 항주도 세월에 밀려 늙어가노라.

이 시는 당나라 백낙천이 항주 전당강에서 파도를 바라보며 지은 것이다. 한편, 항주에 재주 많은 한 선비가 살고 있었으니 성은 이李, 이름은 굉宏이며, 별명은 경지敬之였다. 그는 가슴엔 비단 같은 문장, 배에는 옥구슬 같은 글재주를 품었으나 운이 따르지 않아 과거에서 세 번이나 낙방했다. 때는 바야흐로 늦가을, 가슴엔 억울함을 담고 전당강을 건너 엄주에 사는 친구를 만나고자 했다. 시동에게 명하여 짐을 챙기게 하고 배를 사서 출발했다. 강어귀를 벗어나니 때는 이미 오후라. 이굉은 배에서 돛을 들어 올리고 밖을 바라보았다. 가을 강의 경치가 너무도 빼어났다. 그 경치를 소동파가 지은 강의 여신이란 의미의 사, 「강신자江神子」로 풀어볼까나.

봉황산 아래 비는 개고,
강물 위에 부는 바람 맑은데,
저녁노을 밝다.
한 떨기 부용꽃,
꽃망울 터뜨리고 아직 생생하다.
어디선가 백로가 짝지어 날아오고,
서로 사랑을 아는가, 그 자태가 귀엽다.

홀연히 들려오는 가슴이 아리는 아쟁 소리,
그 애틋한 소리를 누구한테 들으란 말인고.
안개와 구름이 걷힘은,
강의 여신의 뜻인가 보다.
아쟁 소리 그치면 가서 물어보리라 했더니,
연주자는 사라져버리고,
산봉우리만 혼자서 푸르다.

이굉이 풍경을 바라보노라니 강어귀에 추강정이란 정자 하나가 있었다. 뱃사공이 혼자서 중얼거렸다.

"이 정자는 구경 오는 사람들로 매일 북적거렸는데 오늘은 웬일로 이렇게 조용하지!"

이 말을 들은 이굉은 문득 이런 생각을 하게 되었다.

'그래 나같이 실의에 빠진 자가 오늘처럼 사람이 없을 때 추강정에 안 가보면 언제 가보겠나.'

그는 뱃사공에게 배를 추강정 옆에 대라 했다. 노를 멈추고 밧줄을 내렸다. 이굉은 강 언덕에 내려 정자에 올랐다. 정자의 사면에 나 있는 창을 다 열고 난간에 기대어 바라보니 산봉우리와 강물이 서로 닿아 있고 하늘 색과 강물 색이 한 색깔이었다. 이굉은 즐거운 마음에 시동에게 탁자와 의자의 먼지를 닦으라 한 다음 향을 피우고 탁자 위에 비파를 올려놓고 한 곡조 켰다. 연주를 마치고 정자의 벽을 바라보니 서로 다른 글자체로 많은 글귀가 적혀 있었다. 그중에서도 해서와 초서를 섞어 적어놓은 게 특별히 눈에 들어왔다. 이굉이 일어나 가까이 가서 바라보니 「서강월」 사 한 수였다. 술과 여색과 재물과 노여움을 경계하라는 내용이었다.

술은 몸을 태우는 불꽃,
여색은 육신을 잘라내는 칼,
재물은 시기와 갈등의 싹,
노여움은 연기 없는 화약.

이 네 가지 것은
어느 것 한 가지라도 해롭지 않은 게 없구나.
이 네 가지에 빠져들지 않는 게,
몸을 닦는 바른 길이로다.

이굉은 다 읽고 나서 코웃음을 치며 말했다.
"이 사, 이거 좀 문제가 많네. 사람이 살면서 술과 여색과 재물과 노여움에 안 빠질 수가 있나. 만약 술이 없으면 제사는 어떻게 지내고 잔치는 어떻게 치르나. 여색을 멀리하면 결혼은 어떻게 하고 자식은 어떻게 낳나. 재물이 없으면 천자든 백성이든 곤궁해서 어떻게 살아가나. 노여움이 없다면 충신이나 영웅이 전부 다 위축돼 버릴 것 아닌가. 그래 내가 다른 사를 지어서 이 사의 문제를 해결해주는 게 낫겠다."

이굉은 그 자리에서 바로 먹을 갈아 붓에다 먹물을 듬뿍 묻혀 원래 적혀 있던 사의 뒤쪽에 해서와 초서를 섞어서 사 한 수를 적었다.

석 잔 술이면 만 가지 일이 다 해결되고,
한 번 취하면 천 가지 근심이 다 사라진다네.
음양의 조화야 누구든지 바라는 바,
과부와 홀아비만 살면 아이는 누가 낳나.
재물은 집안을 윤택하게 만드는 것,
노여움은 생명의 원천.
사람의 성정에 도움을 주는 이 네 가지를 원수로 만들어버렸으니,
이 사는 얼마나 문제가 많은가.

이굉은 사를 다 적고 나서 탁자 위에 붓을 내려놓았다. 향로의 향이 아직 다 타지 않은 것을 확인하고는 의자에 앉아서 비파를 켰다. 이때 갑자기 처마 앞쪽에서 일진광풍이 불어왔다.

마당 앞 풀을 한쪽으로 쏠리게 하는 바람,
물 위의 부평초를 이리저리 흩뿌리는 바람,
온갖 나무를 소리 지르게 하는 바람,

그러나 아무런 모습도 보여주지 않는 바람.

시를 적고 난 이굉은 자기도 모르게 정신이 혼미해져서 탁자 위에 그 대로 엎드렸다. 몽롱한 상태에서 패옥이 흔들리는 소리가 나고 기이한 향 기가 추강정 안에 가득 찼다. 미인 넷이 눈에 들어왔다. 황색, 빨간색, 하 얀색, 검은색 옷을 입은 미인 넷이 안으로 들어왔다. 그네들은 이굉에게 두 손을 모으고 허리를 숙여 인사를 올렸다. 이굉은 이게 꿈인가, 생시인 가 알 수가 없었다.

"그대들은 뉘시오, 어인 일로 여기에 오시었소?"

네 미인은 미소를 머금고 대답했다.

"저희 네 자매는 신녀로 마침 인간 세상을 유람하고 있습니다. 예전에 어떤 시인이 여기에 와서는 「서강월」 사를 지어 저희를 꾸짖었습니다. 저 희는 얼굴을 들 수가 없을 정도로 창피했지요. 한데 오늘 선생께서 다시 「서강월」 사를 새로 지어 저희의 억울함을 풀어주셨습니다. 하여 저희가 특별히 감사드리러 온 것입니다."

이굉은 이 네 미인이 바로 술과 여색과 재물과 노여움의 정령임을 알 게 되었다. 두려움이 사라진 이굉이 네 미인에게 물었다.

"그래, 네 미인이여 각자 자기소개를 좀 해주시오."

네 미인은 각자 칠언시 한 구절로 자기를 소개했다. 황색 옷을 입은 여 인이 먼저 읊었다.

두강杜康[1]이 나를 만들어 온 세상에 기쁨을 주었네.

---

1) 술을 처음 만들었다는 술의 신

빨간색 옷을 입은 여인이 그다음에 읊었다.

분단장 곱게 하고 격정적인 사랑을 불러오네.

하얀색 옷을 입은 여인이 그다음에 읊었다.

살고 죽고 편하고 옹색한 것 그 모두가 나 때문이라네.

검은색 옷을 입은 여인이 그다음에 읊었다.

하늘과 땅을 모두 덮어버리는 건 바로 나.

황색 옷을 입은 여인은 술, 빨간 옷을 입은 여인은 여색, 하얀 옷을 입은 여인은 재물, 검은 옷을 입은 여인은 노여움의 정령이었다. 이굉은 상황을 다 파악한 다음 네 여인을 손짓하여 불렀다.
"이제 그대들은 내 논평을 들어라."

향기롭고 맛나기로는 술이 최고,
한창때 여인의 미모는 더욱 아름답지,
보물이 수천 상자면 얼마나 부귀할까,
온갖 성깔을 제대로 다스릴 줄 알아야 제대로 된 신선!

네 여인은 너무도 기뻐하며 감사의 절을 올렸다.
"이렇게 저희에게 설명도 해주시고, 칭찬도 해주시니 너무도 고맙습니다. 선생께서 우리 네 자매 가운데 하나를 선택하시면 선생을 잠자리에서 모시겠습니다."

이굉은 손을 휘저으면서 사양했다.

"나는 달 속의 계수나무를 잡고 싶지 들판에 핀 야생화를 잡고 싶지는 않소이다. 더는 말하지 마시오. 괜히 행실을 더럽힐까 걱정되오."

네 여인이 웃으면서 대꾸했다.

"선생, 무슨 말을 그렇게 하셔요. 저희는 무산과 낙수의 여신과 같은 존재이지, 노류장화는 아니올시다. 한나라의 사마상여는 천하제일 유명한 문장의 대가요, 당나라의 이정李靖은 으뜸가는 개국공신이었으나 그들 역시 탁문군과 홍불紅拂과 사랑을 나눴습니다. 이들의 사랑 이야기는 모두 아름다운 풍류로 기억되고 있으며 이를 나무라는 사람은 아무도 없습니다. 이렇게 좋은 때 선생께서 우리를 만났으니 이 기회를 그냥 흘려보내지 않기를 바랍니다. 다시 생각하여 보시옵소서."

이굉이야말로 한창나이 아니던가. 마음속으로 욕망이 이글거렸으나 아직 마음을 정하지 못하고 그저 입으로 이렇게 말했다.

"허허, 아가씨들에게 이런 사랑을 받다니! 한데 이 넷 가운데 누가 결점이 없는 아가씨인지 모르겠소이다. 나는 그 결점이 없는 아가씨와 함께 하고 싶소이다."

말을 마치기가 무섭게 황색 옷을 입은 술의 정령이 앞으로 나서며 말했다.

"제가 바로 아무런 결점이 없는 여인이옵니다."

"아니, 그걸 어찌 알 수 있소이까?"

"저 역시 「서강월」 한 수를 읊어드리리다."

영웅의 담을 키워주고,

시인의 시상을 아름답게 다듬어주네.

신선께서 인간에게 근심을 풀 수 있는 방법을 주셨으니,

눈 내린 밤 달빛 아래서 꽃을 감상하면서 술 한잔하는 것.

"중요한 구절이 더 있으니 계속해서 들어보시옵소서."

색을 밝히면 병이 나지만,

술에 취하면 그저 잠시 정신만 아롱거릴 뿐.

여덟 신선은 자운향紫雲響에서 술에 흠뻑 취하여,

왕후장상을 부러워하지 않았다지.

"'여덟 신선은 자운향에서 술에 흠뻑 취하여'라는 이 구절이 특히 좋네. 내가 그대와 함께 하리다."

황색 옷을 입은 여인에게 다가가려는데 빨간색 옷을 입은 여인이 앞으로 나와 버들가지처럼 날씬한 눈썹에 힘을 주고 눈을 동그랗게 뜨고는 말했다.

"저년 말을 듣지 마시옵소서. 아니 저년이, 그래 어디 한번 물어보자. 그래 네년의 장점을 이야기하면 되었지. 어째서 자기 자랑하려고 남을 깎아내려! 색을 좋아하면 병이 난다고? 그럼 서너 살 먹은 아이가 병나는 것도 색을 좋아해서냐? 너는 자신의 장점만 알지 단점은 모르는구나."

평제平帝는 술 때문에 몸을 망쳤네,

이태백은 술 때문에 강물에 빠져 죽었네.

권하노니, 저 쓸모없는 술을 마시지 말게나.

마시고 나면 얼마나 정신이 흐릿해지는가.

이굉이 빨간색 옷을 입은 여인의 말을 듣고 맞장구쳤다.

"일리 있네. 옛날에 나라를 망치고 신세를 망친 게 다 술 때문이잖아. 그래 나는 황색 옷을 입은 여인과 같이할 수는 없겠다."

빨간 옷을 입은 여인이 사뿐사뿐 다가와 말했다.

"제가 바로 아무런 결점이 없는 여인입니다. 저도 「서강월」 사를 한 수 읊어드리지요."

사람들은 원앙이 짝을 짓는 걸,

연리지가 꽃을 피우는 걸 보고 좋아한다네.

하나, 새와 꽃도 저렇게 사랑을 나누는데,

사람들 사이에 사랑이 없을 수가 없음은 어이 모를까?

군자와 숙녀는 아주 이상적인 짝,

재자와 가인은 더할 나위 없는 상대.

비단금침 안에서 둘이 서로 사랑 나누면,

그 한순간은 천금을 주고도 살 수 없는 귀한 시간.

"맞아, 정말로 '그 한순간은 천금을 주고도 살 수 없는 귀한 시간'이지."

이굉이 이렇게 맞장구치고 빨간색 옷을 입은 여인에게 다가가려는데 하얀 옷을 입은 여인이 노발대발했다.

"아니, 저년이 어째서 천금을 주고도 살 수 없다고 지껄이면서 이 귀한 재물을 함부로 들먹여. 그러니까 내가 너만 못하다 이거지? 그래 너의 결점을 이야기하자면 한두 가지인 줄 알아?"

여자 친구와 약속 지키려다 다리 밑에서 강물 붓는 것도 신경 쓰지 않은 미생尾生,
오나라 서시의 이야기는 또 얼마나 가련한가.
꽃 더미에 파묻히면 결국 재앙이 있기 마련,
선하게 맺은 인연이 결국 악인연으로 끝날 것이라.

이굉이 말했다.
"미생이 죽음을 맞이하게 된 것이나 부차가 나라를 잃은 것이나 모두 여자 때문이지, 여색의 폐단이 술 못지않네. 어이 물러나라, 어이 물러나라!"
이굉이 하얀 옷을 입은 여인에게 물었다.
"그대는 무슨 할 말이 있는 것인가?"

하늘과 땅과 사람의 모든 권세를 다 쥐고,
부귀영화를 평생 누리네.
아무리 선을 좋아하고 성현과 같은 마음 갖고 있어도,
빈손으로 무슨 덕행을 펼칠 수 있으랴.

나를 갖고 있으면 사람들의 존경을 받고,
내가 없으면 사람들의 무시를 받지.
괜히 노여워하거나 다투지 말게,
나한테 오면 다 수가 생긴다네.

"그대 말이 참으로 일리 있도다. 세상 사람들이 존경하는 것은 바로 재물. 나한테 재물이 있었다면 과거급제도 식은 죽 먹기였을 거야."

이굉이 그녀를 곁에 두고자 하는 마음이 일었다. 바로 그때 검은 옷을 입은 여인이 얼굴에 노기를 가득 띤 모습으로 나타나 욕을 해댔다.

"아니, 괜히 노여워하지 말라고? 사람이 이 세상 살면서 의기나 노여움이 없으면 어떻게 살아? 내가 너 대신 한번 말해줄까?"

재물과 권세를 가지면 영웅이 된다고들 하나,
내가 영웅이 될 팔자가 아니면 그저 다 부질없는 짓이지.
옛날 석숭은 외려 부자라서 죽었고,
한나라의 동전을 주조하며 천하 재물을 다 쥐었던 등통도 결국은 배고파 죽었다네.

이굉은 말없이 고개를 가로저으며 생각에 잠겼다.

'석숭은 많은 재물 때문에 오히려 화를 입었고, 등통은 한나라의 동전을 주조하는 구리 동산을 소유하고서도 결국 굶어 죽고 말았지. 그러니 재물이 많다고 모든 게 다 해결되는 것은 아니로다.'

이굉은 검은 옷을 입고 있는 노여움의 정령에게 물었다.

"그대의 말은 알겠도다. 하나 그럼 나는 평소에 도대체 어떻게 처세하여야 하지?"

검은 옷을 입은 여인이 대답했다.

"제가 권하는 처세술은 이와 같습니다."

천지가 개벽한 이래로,
음과 양이 생겨났다네.

음양이 합해지면 원기가 되고 흩어지면 바람이 된다네,

만물은 모두 다 이 음양에서 생겨나지.

육 척에 달하는 우리 몸도,

세 치 목구멍으로 들락날락하는 숨이 좌우하네.

세상의 모든 재물과 술과 여인을 다 가져도,

숨 쉬지 못하면 무슨 소용!

검은 옷을 입은 노여움[氣]의 정령이 말을 마쳤다. 이굉은 섣불리 대
답하지 못하였다. 술과 여색과 재물의 정령 세 여인이 일제히 입을 열었다.

 "선생이시여, 그 말을 귀담아듣지 마시옵소서. 아니 우리 셋이 저 노
여움이 없으면 살 수도 없다니요! 우리가 저 노여움의 결점을 이야기할 터
이니 들어보소서."

항우는 오강에서 스스로 목숨을 버렸으며,

똑똑한 주유는 오래 살지 못했지,

전쟁터의 저 용맹한 장수들 가운데,

분기탱천하여 목숨 잃은 자 얼마나 많은가.

 "선생이시여, 저년과 함께하지 마시옵소서."

이굉은 멈칫하며 생각에 잠겼다가 이렇게 말했다.

 "아, 그대들 네 미인도 그 나름의 결점이 다 있구려. 소생은 가난한 선
비라 그대들과 함께하기 힘들겠소이다."

그러자 네 여인 사이에서 자중지란이 일어났다.

"선생이 나랑 함께한다고 했는데 네가 왜 끼어들어서 막아?"

"아니, 선생이 나를 좋아한다는데 네가 왜 먼저 나서?"

서로 말이 안 통하니 결국 욕하고 때리고 난리가 났다.

술은 여색을 욕하지,

사람의 골수를 빼먹는다고.

여색은 술을 욕하지,

사람들 사이에 분란만 일으킨다고.

재물은 노여움을 욕하지,

사람의 오장육부를 상하게 한다고.

노여움은 재물을 욕하지,

사람의 마음을 황폐하게 한다고.

서로 싸우다 보니, 술의 여인은 머리카락이 다 헝클어지고,

여색의 여인은 비녀 꽂은 머리가 다 흐트러지고,

재물의 여인은 가슴을 치며 소리를 지르고,

노여움의 여인은 바닥에 드러누워 데굴데굴.

모두 하나같이 헝클어진 머리칼이 화장한 얼굴 앞으로 흘러내리고,

황금 연꽃처럼 예쁜 발은 비단 신발 밖으로 삐져나왔네.

네 여인은 한 덩어리가 되어 서로 뒤엉켰다. '저 여인들이 나 때문에 이렇게 싸우고 있구나' 하는 생각이 들어 이굉은 그 여인들에게 다가서서 말리려고 했다. 이때 노여움의 여인이 막아섰다.

"선생, 잠시 비키셔요. 내가 저 세 년을 때려죽이고 말 거예요."

이굉이 깜짝 놀라며 움직이니 소맷자락이 비파에 부딪혔다. 비파가 띵

땅 하는 소리를 내었다. 이굉은 그제야 잠에서 깨어 눈을 비비고 나서 주위를 살폈다. 네 여인이 보일 리가 있겠는가? 이굉은 허벅지를 두드리며 장탄식했다.

"아하, 내가 이런 것들에 너무 관심을 두다 보니 꿈에까지 이런 게 나타났구나. 맞아. 꿈에서 이미 본 것처럼 이 네 가지 것들은 각각 다 결점이 있구나. 그런데도 내가 이것들을 무턱대고 찬양하는 사를 지었으니 나중에 사람들이 내가 지은 이 사를 보고서 술, 여색, 재물, 노여움에 빠져들면 어떡한다? 내가 지금 얼마나 큰 잘못을 한 것인가. 이 네 가지 것들의 결점까지도 읊자니 이미 다 지어놓은 사를 고쳐야 하지 않나. 그래, 차라리 칠언절구를 새로 지어 나중에 사람들이 두 작품을 서로 헤아려 읽도록 하여야겠다."

마음을 정한 이굉이 「서강월」 사를 적은 벽 옆에다 붙여 또 시를 적기 시작했다.

술을 마시되 취하지 않게 마시는 게 최고,

여색을 좋아하되 분란을 일으키지 않으면 진짜 영웅,

의롭지 않은 재물을 취하지 말지니,

노여움을 참고 남에게 관대하면 화가 스스로 사라진다.

이 논평은 술, 여색, 재물, 노여움이 모두 문제가 있음을 밝히고 있다. 그런데 술을 마실 줄 모르는 사람도 있고, 화를 잘 참는 사람도 있을 수 있으니 재물과 여색이 이 넷 가운데에서도 특히 더 해롭다. 재물이 많고 여색을 밝히는 사람은 대체로 술 마시기를 좋아하고 술을 마시다 보면 화를 주체할 수 없기 마련이니 결국 술과 화라는 것도 재물과 여색에 달린 것이다. 오늘 들려주고자 하는 것도 재물과 여색으로 말미암아 엄청난 재앙이 닥친 기이한 이야기다. 서로 헤어지고 만나면서 아름다운 사연이 만들어 졌도다.

간사한 사람의 간담을 서늘하게 만드는 이야기,
의로운 사람의 가슴을 애잔하게 만드는 이야기.

한편, 우리 왕조 초년 영락 연간(1403~1424), 조정의 직할 구역인 직예라고 하는 곳, 그중에서도 탁주라고 곳에 형제 둘이 살고 있었다. 그들의 성은 소蘇, 형의 이름은 운雲, 동생의 이름은 우雨였다. 부친은 일찍 돌아가셨고 모친 장 씨만 살아계셨다. 소운은 어려서부터 독서를 좋아하고 공부에 몰두했다. 스물넷 나던 해에 북경 궁궐에서 실시하는 전시에 2등으로 합격하여 절강성 금화부 난계현의 현령에 임명되었다. 소운은 집에 돌아와 며칠 머물렀다. 부임할 날이 다가오니 길일을 잡아 출발하고자 했다. 소운이 부인 정 씨에게 말했다.

"내가 이른 나이에 과거에 급제하여 첫 관직으로 목민관의 자리를 받았소이다. 나는 오로지 선한 목민관이 되고자 하는 마음밖에 없으니 내가 난계현으로 부임하여 가면 먹는 물 빼고 나머지는 다 나 스스로 챙겨 해결하고자 하오. 가산을 정리하여 십 분의 삼은 어머님을 드리고 나머지는 내가 가지고 가서 쓰고자 하오."

소운은 어머니께 하직 인사를 올리고 아우 소우에게 이렇게 당부했다.

"어머니를 잘 봉양하여라. 내가 목민관 생활을 대과大過 없이 마무리할 수 있다면 3년이 지나고 다시 만날 수 있겠구나."

말을 마치니 자기도 모르게 눈물이 흘러내렸다. 아우 소우가 대답했다.

"형님, 목민관이 되어 임지로 가는 게 얼마나 영광된 일입니까. 집에는 제가 있으니 걱정하지 마십시오. 만 리 길을 떠나시는 형님, 부디 몸조심하십시오."

소우는 형님 소운을 따라 같이 길을 떠났다. 형님과 함께 한참을 같이 가던 소우는 그만 전송을 마치고 형님을 보내드리고 돌아갔다. 소운은 부인 정 씨 그리고 하인 소승蘇勝 부부와 함께 길을 떠났다. 장가만張家灣에 이르자 소승이 아뢰었다.

"여기서부터는 뱃길이옵니다. 배를 빌려야 할 것인데 일 마치고 돌아가는 관선을 만나면 나리께서 타고 가시기에 편할 것 같습니다."

"그러게나 말이다."

배를 타는 데도 그 나름의 관례가 있으니, 일 마치고 돌아가는 배는 자기 짐이든 손님 짐이든 배 가득히 짐이 많기 마련. 이때 관리를 태우면 그 관리의 위세를 빌려 세금을 면제받을 수 있었으니 당연히 그 관리한테는 뱃삯을 받지 않았고 오히려 몇십 냥을 사례로 건넸으며 그걸 승선사례금이라 불렀다. 소운은 순진해서 그런 속도 모르고 그저 뱃삯을 내지 않는 것만도 다행으로 여겼으니 승선사례금을 받을 것은 아예 상상도 못 했다. 하인 소승은 그 승선사례금 4, 50냥을 받아서 술값으로 챙겼다. 뜻밖의 수입에 너무도 기뻐했다. 소운은 집안 식구들과 함께 관선에 승선했다.

황하의 흐름을 따라 흘러내려가 양주 광릉역을 지나 의진이 코앞이었다. 이때 갑자기 배에 물이 들어오기 시작했다. 배가 오래되어 낡고 게다가 짐까지 많이 실었기 때문이었다. 사람들이 당황하기 시작했다. 소운은 즉시 배를 강둑에 대라 이르고 가족을 이끌고 짐을 메고 강둑에 올랐다. 그런데 바로 이 일로 말미암아 이야기가 갈린다. 소운 가족의 불행이 이렇게 시작되었으니, 정말 옛말 하나도 그른 게 없더라.

물건 간수 제대로 못 하면 결국 도둑을 부르고,

화려하게 얼굴 꾸미다 보면 결국 음탕한 일을 부른다.

한편, 의진현 오패 윗거리에는 관청 몰래 장사하는 서능徐能이라는 사람이 있었다. 서능은 은냥을 바치고 매해 산동 왕 상서의 배를 빌려 남북으로 왕래하며 사람과 짐을 실어 날랐다. 그는 조趙가네 셋째, 콧물쟁이 옹가, 욕쟁이 양가, 남 벗겨 먹는 범가, 수염쟁이 심가 같은 불량한 뱃사람들을 데리고 일을 했다. 더불어 하인 요대도 있었다. 서능은 이놈들을 데리고 강물 위를 왔다 갔다 하다가 먹잇감을 발견하면 야밤에 몰래 그 배로 다가가 배를 사람 눈에 안 띄는 곳으로 몰고 가서는 배에 타고 있던 사람들을 해치고 돈이 될 만한 것들만 빼앗았다. 이렇게 십 년을 굴러먹어서 서능은 상당한 재산을 모았다. 서능의 패거리들도 모두 등따습고 배부르게 살았으니 이거야말로 '부자치고 바른 놈 없고, 바르게 살아서는 부자가 못 된다'라는 옛말 그대로 아니던가?

그런데 서능은 의진현 사람인데 어째서 산동 사는 왕 상서의 배를 모는가? 또 관청 몰래 장사해서 천금을 모은 서능이 자기 배 한 척 부릴 돈도 없단 말인가? 여기엔 다 그 나름의 사연이 있다. 왕 상서가 남경에서 관직 생활할 때 양주에서 첩을 하나 들였다. 그 첩의 친정 부모가 이 의진현으로 이사해 와 살게 되었고 왕 상서는 그 첩의 친정 부모 살림을 챙겨주었다. 그러나 의진현과 남경은 거리가 너무 떨어져 있어 결국 왕 상서가 첩의 친정 부모에게 배를 한 척 사주고 그 배를 세놓아 먹고 살게 해주었다. 그 배를 처음 빌린 사람이 바로 서능이었다. 서능은 왕 상서 소유임을 표시하는 깃발을 그대로 꽂고 운행했다. 관청의 허가를 받지 않고 몰래 장사하는 서능 입장에서는 자기 배를 직접 가지고 다니기가 껄끄러웠으니 왕 상서의 명의로 된 배를 가지고 다니는 것은 다른 사람의 의심을 사지 않고 다니기에 딱 맞았기에 지금껏 들키지 않을 수 있었다.

오늘 소운에게 일이 생기려고 그랬나. 마침 서능이 집에서 빈둥거리다가 강둑으로 슬슬 걸어 나와 어디 먹잇감 없나 살피는 중이었다. 이때 관선 하나가 물이 샌다는 말이 들리기에 잽싸게 달려가 보니 엄청나게 많은 상자를 옮기는 게 보이더라. '어이쿠, 저게 다 내 건데' 하는 생각이 절로 들면서 서능은 피가 끓었다. 게다가 인물이 번듯한 젊은 아낙이 같이 강둑으로 올라오는 게 보였다. 서능은 재물만 좋아하는 게 아니라 여자 밝히는 데도 결코 뒤지지 않는 자라 소운의 부인을 보자마자 바로 눈에 불이 튀었다. 짐을 나르는 자를 보니 아마 하인 놈 같았다. 서능이 사람 사이를 비집고 하인 놈 뒤로 다가가 그의 옷소매를 살짝 잡아당겼다. 하인 놈 그러니까 소승이 고개를 돌려 바라보았다. 서능이 얼굴에 미소를 가득 머금고 물었다.

"어디 가시는 길이시오? 배를 바꿔 타야 하는 거 아뇨?"

"우리 나리께서 이번에 진사 급제하셔서 난계현 현령에 임명되셨다오. 하여 지금 임지로 가는 길인데 타고 가던 배에 물이 들어와서 잠시 강둑으로 올라온 거요. 괜찮은 배가 있다면야 굳이 오늘 객점 신세 지지 않아도 되어서 좋지요."

"저기 산동 왕 상서 댁의 깃발이 꽂혀 있는 저 배 좀 보쇼. 그 배가 바로 소인의 배인데, 막 새로 수리한 거라 단단하기도 하고 깔끔하기도 합니다. 절강과 직예 물길은 우리가 하도 많이 다닌 길이기도 하고 뱃사공들도 다 힘세고 대단하지요. 만약 오늘 소인의 배에 타시면 오늘 밤은 배에서 주무시고 내일 아침 고사 한 번 지내고 순풍 받아서 달려가면 며칠 안 돼서 바로 도착할 겁니다."

소승이 이 말을 듣고 신나서 곧장 소운에게 달려가 아뢰었다. 소운은 소승에게 먼저 가서 배를 좀 살펴보라 했다. 소승이 배를 살펴보러 가서는 즉석에서 뱃삯도 흥정했다. 소승은 소운 일가족이 단체로 승선하니 다른 손님은 일절 받지 말아 달라고 조건을 내세웠다. 서능은 소승의 제안을 그대로 받아들였다. 일단 뱃삯의 절반은 지금 선불로 내고 나머지 절반은 도착해서 내기로 했다. 소운이 짐을 다시 강 언덕 아래의 왕 상서 배에다 옮겨 싣게 했다. 서능은 서둘러 늘 함께 일을 저지르고 다니는 조가네 셋째를 비롯한 자기 패거리를 불러 모았다. 콧물쟁이 옹가, 하인 요대를 빼고는 다 모였다.

신에게 고사 지내는 물품도 사고 나서 막 배를 출발시키려 하는데 강 언덕에서 한 녀석이 "나도 같이 한몫 끼워줘야지" 하면서 배 안으로 뛰어들어왔다. 서능이 그 녀석을 한참이나 어이없다는 듯이 바라보고 있었다. 사실 서능에게는 서용이라는 동생이 있었다. 그 패거리에서는 서능을 큰형, 서용을 둘째 형이라고 서로 불렀다. 그런데 한 형제라도 성품이 완전히 달랐으니 서능은 온갖 망나니짓을 다 저지르고 다니는데 서용은 참 맘씨도 고왔다. 서용이 같이 배에 타고 있으면 형 서능이 나쁜 짓을 할 때마다 말려서 열에 여덟아홉은 서능이 자기 마음먹은 대로 실행에 옮기지 못하곤 했다. 이런 연유로 서능은 오늘 일부러 서용을 부르지 않았다. 한데 서용은 또 오늘 젊은 나이에 진사 급제하고 현령으로 발령받은 자가 형님 배에 타게 되었다는 소식을 들었다. 늑대 같고 호랑이 같은 형님 성격을 잘 아는 서용인지라 형님한테는 아무 말도 안 하고 일부러 이렇게 배 안으로 들어온 것이다. 서능은 또 서능 그 나름대로 이렇게 좋은 먹이를 저 녀석이 망치면 어떡하나 하는 생각에 영 찜찜했다.

경수와 위수는 청탁이 분명히 나뉘고,

난초와 잡초는 향내와 썩은 내가 분명히 갈리지.

한편, 막 배가 출발하려고 할 때 누군가가 황급히 배에 뛰어들어오는 것을 보고서 소운은 조금 이상하단 생각이 들었으나 그저 배 타려는 사람인가 보다 했다. 아무튼 소승을 시켜 아까 그 사람이 누군지 물어보게 했다. 소승이 물어보고 와서는 아뢰었다.

"방금 배에 탄 사람은 선주 서능의 동생 서용이라고 합니다."

소운은 그 말을 듣고서 '그래 선주 가족이구먼' 하고 생각했다. 배가 출발했다. 몇 리쯤 갔을까 서능이 배를 강기슭에 대더니 이렇게 말했다.

"순풍이 불질 않으니 먼저 고사부터 지내고 음복도 좀 하자고."

술을 마시다가 서능이 용변을 본다는 핑계를 대고 강기슭에 올라가더니 동생 서용을 불러올려 말했다.

"저 소운이란 작자의 짐을 보니 묵직한 게 족히 천금은 되어 보이더라. 게다가 겨우 하인 한 명이 수행하고 있으니 이렇게 좋은 기회를 그냥 넘겨버릴 수는 없잖으냐. 너 괜히 나 하는 일 방해하지 마라."

"형님, 그러시면 안 됩니다. 만약 저자가 임기를 마치고 돌아가는 길이라면 저 상자에 가득 들어있는 게 가렴주구한 불의한 재물일 것이니 우리가 뺏어도 무방할 것입니다. 지금 저 사람은 임지로 출발하는 사람이니 집안 살림 가운데 돈 되는 거 몇 가지만 챙겨 노자 삼아 가지고 온 것일 터라 천금이나 될 턱이 없습니다. 그리고 젊은 나이에 진사 급제한 걸 보면 하늘이 낸 인재일 것인데 만약 형님이 그런 젊은이를 해치면 하늘이 가만두지 않을 것이라 나중에 형님한테 후회할 일이 생길 것입니다."

"아우야, 재물은 또 그렇다 쳐도 저 처자를 봐라, 얼마나 예쁘게 생겼냐? 마침 이 형님이 형수가 죽어서 집안 살림 맡아줄 여자가 없는데 이건 하늘이 나한테 배필을 내려주신 것이니 이번엔 네가 이 형님 일을 꼭 도와주어야겠다.”

“형님, 자고로 부부란 서로 격이 맞아야 한다고 하지 않습니까? 관리의 마누라라면 저 여자도 관리 집안 출신일 텐데 남의 부부 사이를 억지로 갈라서게 하고 그 여자를 형님이 취해도 그 여자가 형님을 믿고 따르지 않을 것이니 이 일은 안 될 일입니다.”

서능 형제가 옥신각신하고 있는 동안 조가네 셋째가 고물에서 멀리 광경을 보고선 저들이 무슨 이야기를 나누나 궁금해져서 단숨에 달려왔다. 서용은 조가네 셋째가 오는 걸 보고선 자리를 피했다. 조가네 셋째가 서능에게 방금 서용과 무슨 이야기를 나눴는지 물으니 서능이 조가네 셋째 귀에다 대고 소곤댔다. 조가네 셋째가 서능에게 말했다.

“기왕에 서용 형이 하지 못하게 말린다면 아예 더는 이야기하지 마시고 저랑 둘이서 이 일을 해치웁시다. 오늘 밤에 이렇게 저렇게 합시다.”

“하하, 그래, 자네를 ‘단칼’이라고 부르는 이유를 알겠네.

본디 조가네 셋째는 성정이 포악했고 걸핏하면 ‘나는 단칼에 뭐든지 끝장내는 성격이라고, 그 칼에 살가죽이든 뼛조각이든 하나도 안 남아난다고!’라고 자랑해댔다. 그래서 그 녀석의 별명이 바로 단칼 조가였다. 아무튼 술자리는 이렇게 끝나고 다들 자리에 들었다.

날이 저물자 소운 부부도 잠자리에 들었다. 밤 일경이 넘어갔을 무렵, 배를 출발시키려고 사람들이 움직이며 매어놓은 밧줄을 끌어올리고 돛을 다는 소리가 들려왔다. 소운이 하인 소승을 불러 물으니 소승이 대답했다.

“배를 운항하는 거야 모두 바람에 달린 일이 아니겠습니까. 지금 이 밤 바람을 타고 가면 내일 아침에는 남경에 도달할 것입니다. 나리께서는 걱정 마시고 편히 주무십시오. 제가 다 알아서 하겠나이다."

소운은 북방 사람이라서 뱃일은 익숙지 않은지라 소승의 이 말을 듣고 더는 뭐라 따져 물을 수가 없었다.

한편, 서능이 강기슭에서 이물을 밀어 배를 출발시키면서 보니 바람 방향이 남경 쪽과는 반대인지라 어쩜 그렇게 자기 뜻에 딱 맞게 바람도 불어오나 싶었다. 사람과 짐을 가득 실은 이 배를 몰아 죽음의 소용돌이라는 뜻인 황천탕으로 가고자 했다. 황천탕은 인가라곤 없는 황량한 벌판 가운데에 있어 일단 배가 그곳에 들어가기만 하면 사방으로 아무것도 거칠 게 없었다. 요대가 닻을 내리고, 욕쟁이 양가가 뱃전에서 망을 보고, 수염쟁이 심가가 키를 잡고, 조가네 셋째가 칼을 꼬나 쥐고 앞장서고, 서능이 도끼를 들고 뒤따랐다. 물론 서용은 부르지 않았다. 소승이 배 뜸 문 쪽에서 코를 골며 자고 있다가 누군가가 들어오는 기척을 느끼고선 이불에서 고개를 빼꼼히 내밀었다. 그걸 바라보던 조가네 셋째는 잽싸게 칼을 휘둘러 소승의 목을 따버리려 했다. 이를 본 소승이 황급하게 '도둑이야' 하고 소리를 질렀다. 이와 동시에 조가네 셋째의 칼이 허공을 가르더니 소승의 몸을 뜸 밖으로 밀쳐내고 마침내 물속에 던져버렸다. 그곳에서 옷을 입은 채로 잠들었던 소승의 마누라가 소란한 소리를 듣고 일어났다가 결국 서능의 도끼에 몸이 결딴나버렸다. 요대가 불을 붙여서 배 안을 환하게 밝혔다. 깜짝 놀란 소운은 무릎을 꿇고서 빌었다.

"나리, 짐은 다 가져가시고 그저 목숨만 살려주십시오."

"살려줄 수가 없다"라고 외치며 도끼로 소운을 내리치려는 순간, "그러면 안 됩니다."라는 소리가 들리고 누군가가 서능의 허리를 움켜쥐었다.

늦가을에 사면장이 도착한 격,

죽을병에 걸린 환자가 신선을 만난 격.

　서능의 허리를 움켜쥔 자가 누구겠는가? 바로 서능의 동생 서용이었다. 사람들이 분분히 왔다 갔다 하는 소리를 들은 서용은 이 자들이 분명 안 좋은 일을 꾸미고 있구나 하는 생각에 뜰 안으로 뛰어들어와 형 서능의 허리를 붙잡고서 해치면 안 된다고 말린 것이다. 서능이 말했다.

　"이미 일을 이렇게 벌였는데 어떻게 여기서 그만두란 말이냐?"

　"아니, 진사 급제하고 하루도 벼슬살이를 못 해본 사람의 재산을 다 뺏어가, 처자도 유린해, 하인도 죽여, 그러곤 마침내 저 사람마저 죽인다면 이건 정말 못 할 짓이잖아요."

　"아우야, 다른 건 다 네 말을 듣지. 하지만 이건 네 말대로 할 수가 없어. 저 사람을 살려주면 그게 다 화근이 된다고. 그럼 우리 목숨도 장담할 수가 없는 거라고."

　"형님, 그럼 그냥 저 사람을 강물에 던져버립시다. 그럼 죽더라도 몸이 베이거나 찍히지는 않을 거 아뇨."

　"그래 그건 네 말을 들어주지."

　"형님이 도끼를 내려놓으시면 나도 형님 허리를 놔주겠소."

　서능이 도끼를 내려놓으니 서용도 형을 붙잡고 있던 손의 힘을 풀었다. 서용이 소운에게 말했다.

　"당신이 도끼에 맞아 죽는 것은 내가 어찌 면하게 해주었으나 그래도 당신을 살려줄 수는 없겠소이다."

　마침내 소운을 밧줄로 꽁꽁 묶으니 그 모습이 마치 훈둔餛飩과도 같았다. 서능 일행은 소운을 물에 던져버렸다. 물에서 풍덩 소리가 났다. 소운은 살아날 가망이 없어 보였다. 소운의 부인은 울부짖으며 선창을 뛰쳐나가 물에 뛰어들려고 했다. 하나, 서능이 어찌 그녀를 가만히 놔두겠는가. 그녀가 있던 선창 문을 밖에서 잠가 버리더니 이물로 가서 돛을 한껏 달아 올리라고 한 다음 다시 돌아왔다. 강이나 호수에서 배를 운항할 때는 정반대 방향으로 바람이 불어오는 경우를 제외하고는 돛을 달고 바람을 타고 가는 게 순리였다. 의진현에서 소백호까지는 50리 거리에 불과한지라 해가 밝을 무렵이면 오패 입구에 도달할 수 있었다.

서능은 집에 도착한 다음 가마 한 대를 불러 집안 살림을 맡은 주 노파를 시켜 소운의 처를 모셔오게 했다. 소운의 처는 가마에 타고서도 울며불며 버텼으나 어찌할 도리가 없었다. 서능이 주 노파에게 일렀다.

"할멈, 저 처자를 잘 달래봐. 기왕 일이 이렇게 된 거 그냥 인정하고 따르는 게 낫지 않느냐고 말이야. 괜히 고민하지 말고 오늘 밤 말 잘 들으면 평생 부귀영화를 누릴 것이니, 괜히 가난한 관리 마누라로 늙는 것보다 나을 거라고 말이야. 저 처자만 잘 설득하면 내가 할멈한테 큰 상을 내림세."

주 노파는 서능의 말을 듣고 나서 소운의 부인을 방으로 모시고 들어갔다. 서능은 졸개들과 함께 배로 가서 상자들을 강기슭으로 옮겨 다 열어보고 나서는 여섯 등분하여 나눴다. 그들은 돼지도 잡고 소원을 적은 종이도 태우며 고사를 지냈다. 콧물쟁이 옹가, 남 벗겨 먹는 범가도 함께 와서는 같이 술도 마시고 축하해주었다. 서용의 마음은 내내 찜찜하기 그지없었다. 형이 하도 막돼먹은 인간 종자라 오늘 밤 분명 소운의 아내를 겁탈할 것 같았다. 만약 그녀가 말을 듣지 않으면 목숨이 위험해질 것이고 그녀가 말을 들으면 결국 자신의 절개를 더럽히는 일이 아닌가. 서용도 이들과 한자리에 같이 있었지만 마치 바늘방석에 앉아 있는 것 같았다. 다른 사람들은 술을 벌컥벌컥 마시고 고기 안주도 우적우적 먹으며 밤 깊도록 놀고 있었다.

　서용은 자기 나름의 꾀를 생각해내었다. 서용은 대짜 술잔에다 한 근 정도나 되는 독주를 그득 따랐다. 서용이 이 술잔을 받쳐 들고서 서능 앞에 다가가 무릎을 꿇었다. 서능이 깜짝 놀라 동생을 일으켜 세우며 말했다.

　"아니 동생 갑자기 왜 이래?"

　"좀 전에 배에서 제가 형님을 말렸던 일은 실은 동생으로서 형에게 해서는 안 될 일이었습니다. 만약 형님이 저를 용서해주시고 탓하지 않으신다면 이 술잔을 받아주십시오."

　서능이 비록 망나니 같은 놈이라 하여도 형제 사이의 우애는 돈독한 사람이라 서용의 술잔을 거절하면 동생이 또 실망할까 봐 차마 거절하지 못하고 그 술잔을 받아 단숨에 마셔버렸다. 서용이 서능에게 술을 권하는 것을 보고는 다른 패거리들도 일제히 술잔을 올리며 말했다.

　"오늘은 우리 형님이 새장가를 드는 날이니 얼마나 기쁜 날입니까. 우리가 한 잔씩 축하주를 올리겠습니다."

　서능은 이미 많이 취했다며 사양했다. 그러자 패거리들이 모두 따지듯이 말했다.

　"아니, 서용 형이 따라주는 술은 친동생이 주는 거라서 마시고 우리가 따라주는 것은 친형제가 아니라서 안 받아 마시겠다 이거요?"

　서능은 입장이 참 곤란해져서 결국 패거리가 주는 술을 한 잔 한 잔씩 다 받아 마셨다. 이렇게 마시다 보니 서능은 아예 술에 뻗어 버렸다. 서용은 형이 의자에 뻗어서 자는 걸 보고서는 오줌을 싸러 간다고 핑계를 대고 등불을 들고서 대문을 나와 후문으로 들어가려고 하니 후문이 잠겨 있었다. 서용은 담을 넘어 안으로 들어갔다. 그리곤 후문의 자물쇠를 깨부숴서 열어놓고 자신이 들고 있던 등불을 감췄다. 부엌에서는 찬모 둘이 술을 데우고 있었다. 서용은 부엌 쪽은 신경 쓰지 아니하고 바로 방 앞으로 갔다. 방문이 닫혀 있는데 안에서 도란도란 이야기 나누는 소리가 들려왔다. 서용이 귀를 가까이 대고 들어보니 주 노파가 소운의 부인 정 씨한테 서능의 재취로 들어가라고 어르는 소리였다. 하나 주 노파가 아무리 얼러대도 정 씨는 그저 눈물 콧물만 훌쩍거릴 뿐이었다.

"아니, 서능 나리의 말을 안 들을 거였으면 배에서 바로 자진을 하셨어야지. 인제 와서는 뭐 다른 수가 있겠수?"

"아주머니, 내가 뭐 내 목숨 부지하고 싶어서 환장한 게 아니라, 뱃속에 아홉 달 난 아기 생각을 한 거라오. 나 죽는 건 두렵지 않으나 이 아이마저 세상 구경 못 하면 내 남편의 가문이 절손되고 말 거요."

"그래 아씨가 아이를 낳는다고 칩시다. 누가 아씨와 아이를 돌봐준답니까? 나야 일개 아녀자 주제인데 설마 나한테 정영程嬰이나 공손저구公孫杵臼2) 같은 역할을 바라는 것은 아니겠죠?"

바로 이때 서용이 성큼성큼 방문 앞에 다가가 발로 문을 걷어찼다. 정

---

2) 『사기·조세가史記·趙世家』에 실려 전하는 이야기다. 춘추시대 진晉나라 경공景公 3년(B. C. 597) 때, 사구司寇 벼슬을 하고 있던 도안고屠岸賈가 조삭趙朔의 아버지 조순趙盾에게 영공靈公을 살해했다는 죄를 뒤집어씌우고 조 씨 일가족을 몰살한다. 이때 조삭의 친구인 정영程嬰이 한궐韓厥의 도움을 받아 조삭의 갓난 아들 조무趙武를 구출해낸다. 정영은 자기 아들을 조삭의 문객인 공손저구公孫杵臼에게 조무 대신 주고서는 같이 도망가 숨게 한다. 나중에 정영은 관에 나가 자수하며 자신에게 천금을 주면 조 씨의 갓난 아들이 숨어있는 곳을 알려주겠다고 한다. 결국 도안고는 정영이 말해준 곳으로 군사를 보내어 공손저구와 어린 아들을 살해한다. 정영은 배반자와 밀고자라는 손가락질을 견디며 조무를 기른다. 15년이 지나고 한궐이 경공에게 조 씨네 제사를 지내줄 아들을 찾아주자고 설득하였고 이에 조무가 입궁하게 된다. 경공은 이 조무를 조 씨 가문의 적자로 인정해주고 직위를 되살려 준다. 이 일을 마무리 짓고 정영은 억울하게 죽은 공손저구와 자기 아들을 생각하며 스스로 목숨을 끊는다. 이 이야기는 나중에 유명한 희곡 『조씨고아』로 만들어진다.

씨 부인은 이미 정신이 다 달아나버렸고 주 노파마저도 제정신이 아니었다. 서용이 입을 열어 일갈했다.

"놀라지 마시오. 나는 당신을 구해주러 온 것이오. 내 형님은 술에 취해 곯아떨어졌으니 이 틈을 타서 내가 그대를 후문으로 빼내 주겠소. 하나, 나중에 만나더라도 오늘 그대가 겪은 험한 일은 나 서용이 저지른 게 아님을 꼭 기억하여주시오."

정 씨 부인은 머리를 조아리며 감사했다. 오늘 하루 내내 정 씨 부인을 설득하고 설득하다가 정 씨 부인이 불쌍하다는 생각이 든 주 노파는 차라리 자기도 정 씨 부인과 함께 피신하는 게 낫겠다는 생각이 들었다. 서용은 은자 열 냥을 꺼내 주 노파에게 주고 노자로 쓰라 했다. 서용이 두 사람을 데리고 후문으로 나와 큰길까지 나가게 해주었다. 서용은 그 여인에게 몸조리하라고 신신당부했다. 그리고 서용은 돌아갔다.

옥 새장 박차고 봉새가 날아가고,
황금 사슬 풀어헤치고 용이 달아나네.

먼저 정 씨 부인과 주 노파 이야기부터 해보자. 정 씨 부인과 주 노파는 한밤중에 도저히 어디로 방향도 못 잡겠고 하여 그저 발길 닿는 대로 가면서 어디 남의 눈에 안 띄는 곳을 찾아보고자 했으나 발은 작고 걸음은 더뎠다. 시오 리쯤 더 갔을까, 정 씨 부인은 마음이 급하여 발이 아픈 것도 신경 쓰지 아니하고 걸었으나 주 노파가 도저히 못 걸을 형편이었다. 그러나 어디 방법이 있을 수 없으니 서로 안아주고 끌어주며 다시 십 리를 더 갔다. 아직 동틀 무렵은 아니었다. 한편 주 노파는 천식을 앓고 있어서 걷다 보니 자꾸만 기침이 나왔다.

"아씨, 이 노파가 이랬다저랬다 하는 게 아니라 이제 한 발짝도 떼기 힘들어서 내가 외려 짐이 될 것 같소이다. 다행히 지금 날이 밝아오고 있으니 아씨가 먼저 혼자서 떠나서 몸을 맡길 만한 곳을 찾아보시구려. 나는 이 동네 지리는 훤하니까 내 걱정은 하지 마시고."

"내가 지금 한창 환난을 당하고 있는 형편이라 아주머니하고는 헤어질 수밖에 없구려. 다른 사람 만나더라도 나 봤다는 말은 절대 하지 말아 주시게."

"걱정 말고 어서 갈 길 가셔요. 아씨한테 해 되는 말은 절대 하지 않을 테니."

정 씨 부인이 몸을 돌려 발걸음을 떼기 시작했다. 주 노파가 그 자리에서 한참을 탄식하면서 생각에 잠겼다.

'그래, 오갈 데도 없게 된 신세, 구차하게 더 사느니 차라리 깔끔하게 여기서 인생을 마무리하자.'

마침 길가에 마을 공동우물이 보이니 주 노파는 신발을 가지런히 벗어 놓고 공동우물에 몸을 던졌다. 뒤돌아 바라보던 정 씨 부인의 눈엔 두 줄기 눈물이 흘렀으나 발길을 멈출 수는 없었다. 십 리를 더 갔을까. 아마 다 해서 삼십 리쯤 걸어왔나 보다. 부른 배가 갈수록 더 아파와 더는 참기 힘들었다. 동녘에 해가 얼굴을 내밀기 시작했다. 멀리 길옆에 풀로 지붕을 이은 허름한 암자 하나가 눈에 들어왔다. 암자의 문은 굳게 닫혀 있었다. 정 씨 부인은 암자에 들어가 쉬고만 싶었다. 잠시 후 "나갑니다" 하는 소리가 들리더니 문이 열렸다. 이때 고개를 든 정 씨 부인은 갑자기 정신이 번쩍 들었다.

'내 정신 좀 봐. 본래 중, 특히 남방의 중들은 버릇이 안 좋다던데. 강도를 피해 도망 나왔다가 이렇게 중을 만나다니. 정말 재수 더럽게 없구

나. 하나, 이래 죽으나 저래 죽으나 마찬가지. 일단 안으로 들어가서 분위기나 살펴보자.'

그 암자의 중은 정 씨 부인의 옷 입은 것이나 얼굴 생김새가 천출은 아닌 것 같아서 일단 정중하게 안으로 모셔 사연을 물어보았다. 정 씨 부인이 가만히 살펴보니 비구니라 그래도 마음이 좀 놓였다. 황천탕에서 강도를 만난 일부터 쭉 하소연했다. 늙은 비구니가 대답했다.

"며칠 쉬어 가시는 거야 뭐가 문제이겠습니까만 오래 머물게 해드릴 수는 없을 것 같습니다. 그 강도 놈이 나중에 들이닥치면 마님이나 이 암자나 다 큰 피해를 입지 않겠습니까?"

비구니가 말을 채 마치기도 전에 정 씨 부인의 배에서 진통이 밀려왔다. 이 비구니도 나이가 이미 쉰을 넘었고 속세에서 반평생을 살다가 출가한 사람이라 대강 감을 잡고서 물었다.

"마님, 이렇게 배가 아픈 건 출산하려고 그러는 것은 아닌지요?"

"스님, 사실 저는 임신 9개월째입니다. 어제 이것저것 안 가리고 황급하게 걷다 보니 배가 이렇게 아파져 오는 게 아무래도 아이가 나오려나 봅니다."

"마님, 제 말을 너무 섭섭하게 듣지 마십시오. 여기는 부처님을 모시는 자리 아닙니까. 상서롭지 못한 일이 있어서는 안 됩니다. 아무래도 마님은 다른 데로 가시는 게 좋을 것 같습니다."

정 씨 부인은 눈물을 주룩주룩 흘리면서 애원하고 또 애원했다.

"스님, 부디 자비를 베푸소서, 여기 사방 십 리 지간에 머물 곳이 도저히 없는데 저한테 어디로 가란 말입니까? 아무래도 저희 소 씨 집안에서 전생에 큰 업을 지어 지금 이렇게 큰 재앙을 입었으니 차라리 죽느니만 못할 것입니다."

"고정하십시오. 암자 뒤편에 측간이 하나 있으니 마님이 정 갈 곳이 없다면 우선 그곳에서 몸을 푸셨다가 아이를 낳고서 다시 암자로 들어오시지요."

정 씨 부인은 달리 방법이 없는지라 튀어나온 배를 두 손으로 받치고 암자 뒤편의 측간을 찾아 들어갔다. 비바람을 피할 수도 있으려니와 생각보다 깨끗했다. 정 씨 부인이 측간으로 들어가니 몇 차례 진통이 계속해서 밀려왔다. 정 씨 부인이 마침내 해산했다. 비구니가 갓난아이의 울음소리를 듣고 바로 달려왔다.

"순산하셨으니 다행입니다. 하지만 이 암자에 모자가 같이 머물 수는 없습니다. 만약 아이를 이 암자에 맡기시려고 한다면 소승이 아이를 맡아 길러줄 사람을 찾아보지요. 하지만 마님은 이곳을 떠나셔야 합니다. 만약 마님이 이 암자에 머무르고자 하신다면 아이를 포기하셔야 합니다. 부처님 계신 이곳에 모자가 같이 기거하면서 아이 울음소리가 난다면 사람들 의심 사기에 딱 좋으니, 그러다 사람들이 그 사연을 파고들다 보면 반드시 문제가 생길 겁니다."

정 씨 부인이 그 말을 듣고 한참이나 고민했으나 도대체 어떤 결정도 내릴 수가 없었다. 마침내 정 씨 부인이 입을 열었다.

"그래요, 이제 마음을 정했습니다."

정 씨 부인은 자기가 입고 있던 속적삼을 벗어서 아이를 쌌다. 자신의 머리카락에 있던 금비녀를 빼서 아이의 가슴 앞에 잘 꽂아놓고선 하늘에 대고 빌었다.

"하늘이시여, 제 남편 소운에게 후손이 전해질 운명이라면 이 아이가 좋은 사람 만나서 자랄 수 있게 하여 주시옵소서."

빌기를 마친 정 씨 부인은 아이를 비구니에게 건네주면서 이 아이를 네거리에 갖다 놓아달라고 부탁했다. 비구니는 아미타불을 외며 아이를 받아서 반 리 떨어진 버드나무 마을, 즉 대류촌大柳村의 버드나무 아래에 아이를 갖다 놓았다.

길가에 버려진 기棄[3]와 같은 신세로다,
속이 빈 뽕나무에서 태어난 이윤伊尹[4]과 같은 신세로다.

비구니가 돌아와서 정 씨 부인에게 이러이러했노라 말해주었다. 정 씨 부인은 슬픔에 겨워 죽고 싶은 심정이었다. 비구니가 정 씨 부인을 달랬음은 말할 필요조차 없으리라. 비구니는 손을 씻고서 부처님 전에 나가 『혈분경血盆經』을 염송하고 나서 정 씨 부인에게 공양이랑 물이랑 제공해 주는 대신 시주를 해야 한다고 알려주었다. 정 씨 부인은 비녀랑 귀고리랑 팔찌 같은 것을 다 빼서 비구니에게 주었다. 한 달이 지나고 정 씨 부인은 머리를 깎고 예불도 드리고 염불도 했다. 몇 달이 더 지나고 나서 비구니는 이곳에 정 씨 부인을 머물게 하면 혹 시빗거리가 생길까 염려되어 정 씨 부인을 당도현 자호암으로 보내어 바깥출입을 하지 말고 숨어 지내게 했다.

---

3) 여기서 기는 후직后稷을 가리킨다. 후직의 이름이 바로 기棄다. 주나라 희姬씨 성의 시조로 일컬어진다. 전설에 따르면 강원姜嫄이 거인의 발자국을 밟고서 잉태해 낳은 아이라고 한다. 이에 강원이 핍박에 못 이겨 아이를 버렸으며 그래서 아이의 이름을 기라고 지었다고 한다. 요순시대에 농업을 관장하는 관리였으며 백성들에게 농사를 가르쳤다.

4) 전설에 따르면 상나라 탕왕을 보좌한 재상 이윤의 어머니가 이윤을 잉태했을 때, 꿈에 신령이 나타나 이수에 절구통이 떠내려오거든 무조건 동쪽으로 도망하되 절대 뒤돌아보지 말라고 했다. 이튿날 정말 이수에 절구통이 떠내려오는지라 그녀는 무조건 동쪽으로 달렸다. 처음에는 잘 참고 뒤돌아보지 않았으나 어느 정도 시간이 지나 이젠 괜찮겠지 하며 뒤돌아보았다. 그러자 그녀는 그만 속이 빈 뽕나무로 변했으며 마을이 다 물에 잠기고 말았다고 한다. 며칠이 지나 물이 빠지고 난 다음 마을 아가씨가 뽕을 따러 갔다가 아이 울음소리를 듣고서 어린아이를 발견했다. 그자가 바로 이윤이다.

한편, 서능은 술에 취해 의자에 뻗어서 잠들었다가 새벽 다섯 시 경이 되어서야 깨어났다. 다른 사람들은 서능이 술에 곯아떨어지는 것을 보고서는 다들 흩어졌다. 서능은 술이 깨고 나서야 소운의 부인 일이 생각나서 방으로 찾아가 보았으나 방 안은 텅 비었고 주 노파마저도 보이지 않았다. 여종들을 불러 물어보니 서로 얼굴만 쳐다볼 뿐 아무런 대답도 하지 못했다. 후문에 가보니 문이 활짝 열려 있는지라 도망친 게 분명했다. 대체 어디로 도망갔는지 알 수는 없었으나 여인네들의 형편을 보아 뒤쫓지 못할 것도 없어 보였다. 그 여인네들은 남쪽이 아니라 북쪽으로 갔을 것으로 예상하고 북쪽 길을 잡아가면서 한적한 곳을 주로 뒤지며 쫓았다. 결국 정씨 부인과 주 노파가 갔던 길을 그대로 되짚어 마침내 마을 공동우물까지 다다랐다. 공동우물 가에 여자 신발 한 쌍이 보였다. 죽은 자기의 전 마누라가 신던 신발이라 필시 주 노파가 신고 왔던 것이 틀림없었다. 소운의 부인이 여기서 몸을 던져 죽으려고 도망쳤을 리는 없을 것 같았다. 그래도 우물 안을 들여다보았으나 컴컴해서 아무것도 보이지 않았다.

서능이 우물 안을 살피는 것은 포기하고 다시 길을 떠났다. 한 십 리쯤 더 갔을까. 서능이 버드나무 마을에 도착했다. 거기에도 두 여인의 자취를 찾을 수는 없었다. 그냥 돌아서려는데 버드나무 아래에서 어린아이 울음소리가 들려왔다. 다가가 살펴보니 아주 똘똘하게 생긴 어린아이가 금비녀를 품에 안고 있었다. 아마 누가 버린 아이 같았다.

"아, 내가 마흔이 다 되어가는 나이에도 자식 하나 없는 걸 보고 하늘이 나에게 이렇게 아이를 주시나 보구나."

서능이 그 아이를 품에 안으니 아이가 울음을 멈추었다. 서능은 아이를 얻은 기쁨에 두 여인을 뒤쫓을 생각은 하지 않고 아이를 안고 바로 걸음을 돌렸다. 집에 돌아와 생각해보았다.

'그래 요대의 마누라가 계집아이를 하나 낳았으나 그 계집아이가 한 달을 못 채우고 죽었으니 유모로 세우기 딱 좋겠구나.'

서능은 아이의 품에 있던 금비녀를 요대의 마누라에게 사례로 주고 이 아이에게 젖을 먹여주라 부탁했다. 더불어 아이가 장성하면 섭섭지 않게 보답해주겠노라 약속했다.

장미꽃에는 가시도 있는 법,
호랑이 새끼를 키우니 결국은 내 생명을 해하리라.
사람이 어찌 하늘의 오묘한 조화를 알리,
재앙의 싹이 자라기만 기다리누나.

여기서 이야기는 두 갈래로 나뉜다. 소운은 강도를 당하여 황천탕에 던져졌다. 자고로 목숨은 하늘에 달린 것이란 말이 있으니 죽을 운명이면 천 번의 기회가 와도 결국 죽는 것이다. 하나 소운은 정말 하늘의 도우심이 있어 물에 빠진 다음에도 물에 잠겼다 떠올랐다를 반복하면서 향수響水 갑문까지 떠내려갔다. 마침 이때 휘주에서 오는 객선 한 척이 갑문에 정박하고 있었다. 이 객선의 손님 도陶 씨가 야밤에 일어나 오줌을 갈기려는데 배 밑에 뭔가 있는 게 보였다. 도 씨는 뱃사람을 불러 이야기하니 뱃사람이 상앗대로 그걸 건져 올렸다. 올려놓고 보니 사람이라. 온몸이 꽁꽁 묶여있는 게 너무도 괴이했다. 살았는지 죽었는지 알 수가 없었다. 다시 물속으로 집어 던지려고 하는데 어찌 이런 괴이한 일이 있는가. 소운이 물속에서 야밤까지 떠내려왔음에도 죽지 않았구나. 소운이 입을 열어 소리쳤다.

"사람 살려, 사람 살려!"

도 씨는 소공이 죽지 아니하고 살아 있는 것을 보고선 바로 밧줄을 풀어주고 생강탕을 끓여 먹인 다음 사연을 물어보았다. 소운은 길을 출발했다가 산동 왕 상서의 뱃사람들에게 강도를 당한 일 그리고 앞으로 관가에 고발하여 이 일을 처리하고자 한다는 말을 상세하게 말해주었다. 도 씨는 원래 자기 일 외에는 끼어들기를 싫어하는 성격인 데다 소운이 산동 왕 상서 집안을 고소하려고 한다는 말까지 들으니 혹시 이 일에 연루될까 봐 걱정이었다. 도 씨의 얼굴에 후회하는 빛이 완연했다. 소운은 도 씨의 얼굴이 일변하는 것을 보고서 도 씨가 자기를 도와주지 않을까 걱정되어 바로 말을 바꾸었다.

"지금은 제가 노자 한 푼도 없고, 임명장도 잃어버린 데다가 어디 발붙일 곳도 하나 없으니 우선 당장은 이 몸 의지할 곳이라도 찾고 난 다음 천천히 생각해보아야 할 것 같습니다."

"너무 야박하다고 생각하지 말고 들으시오. 만약 그대가 관가에 고소하러 간다 할 것 같으면 난 그런 일에 절대 끼어들고 싶지 않소이다. 하나 그저 몸 의지할 곳을 찾는다면 우리 동네에 서당이 하나 있으니 우선 거기 가서 지내보도록 합시다."

"고맙소이다."

도 씨는 마른 옷 한 벌을 가져와 소운에게 갈아입게 했다. 도 씨는 소운을 데리고 자기 동네로 갔다. 동네 이름이 세 가구 사는 촌동네, 삼가촌이었으나 실제로는 열너덧 가구가 사는 동네였다. 각 가정의 아이들이 너나 할 것 없이 다 서당에 와서 공부했다. 도 씨가 촌장 역할을 맡아서 각 가정에서 서당 훈장의 사례를 분담시키고 걷었다. 도 씨는 또 소운에게 집에서 아이들만 가르치고 바깥출입은 하지 못하게 했다. 소운이 촌동네에서 아이들을 가르치게 되었다는 것을 여러분은 잘 기억해두시라.

관리가 되어 나랏일을 하기 전에,

우선 하늘천 따지 가르치는 훈장이 되었네.

　한편 고향에 있던 소운의 어머니는 큰아들 소운 생각이 나서 둘째 아들 소우에게 말했다.

　"네 형이 관리가 되어 임지로 출발한 지도 벌써 3년이나 되었는데 아무런 소식이 없구나. 네가 형제간의 우의를 생각하여 난계현에 가서 소식 좀 알아보고 와서 이 어미의 애타는 마음을 좀 위로해 주어라."

　소우는 어머니의 말을 듣고 짐을 꾸린 다음 길을 나섰다. 뭍길에서는 나귀에 짐을 싣고, 물길에서는 배를 타고 며칠을 가고 또 가서 마침내 난계현에 도착했다. 소우는 순박한 촌놈이라 앞뒤 안 가리고 바로 현청으로 찾아갔다. 마침 현령이 퇴근한 시간이라 사저로 가서 문을 두드렸다. 문지기가 황급히 다가와 누구인지 물었다. 소우가 대답했다.

　"난 현령 나리의 동생이다. 어서 가서 동생이 찾아왔다고 여쭈어라."

　"나리, 참 위세도 당당하시네. 현령 나리의 동생이니 어디 이름이나 알려주시구려. 냉큼 안에 들어가서 전하게."

　"나는 이곳 소 현령님의 친동생으로 고향 탁주에서 일부러 찾아왔느니라."

　이 말을 듣자마자 문지기는 소우의 얼굴에다 대고 한바탕 욕을 퍼부어 댔다.

　"뭐라고, 아니 무슨 귀신 씨나락 까먹는 소리여! 우리 나리는 고 씨여, 그리고 강서江西가 고향이시라고. 무슨 말이 되는 소리를 해야지!"

　현청 뒤뜰에서 할 일 없이 어슬렁거리던 아전들이 이 소란을 보더니 다가와 끼어들어 한마디씩 거들었다.

"저놈은 어디서 굴러들어온 개뼈다귀야, 그냥 두들겨 내쫓아버려!"

소우가 이렇게 저렇게 하소연을 하여도 아무도 들으려 하지 않았다. 그렇게 거기서 말 대거리를 하고 소란을 피우니 현청 전체가 시끌시끌해 졌다. 고 현령도 이 소란에 결국 사저 문을 열고 나와 무슨 연유인지 물었다. 소우는 현령 나리라는 소리에 현령이 나오는 쪽으로 눈을 돌렸다. 형이 아니었다. 갑자기 말문이 막혔다. 소우는 무릎을 꿇고 아뢰었다.

"소인은 직예 탁주에서 온 소우라고 하옵니다. 소인의 친형 소운이 3년 전에 이 난계현의 현령으로 발령받아 부임하러 떠난 이후로 감감무소식이라 노모께서 집에서 걱정하다가 특별히 소인한테 먼 길 달려가 소식을 알아보라 했는데 이렇게 나리를 만나 뵐 줄은 꿈에도 생각하지 못했습니다. 나리께서 지금 이 난계현의 현령을 맡고 계시니 전임 현령의 소식을 알고 계실 것 아니겠습니까?"

고 현령은 황망히 소우를 일으켜 세우고는 소우에게 읍하여 예의를 표하고 자리에 앉게 했다.

"그대의 형님은 이곳에 부임하지 못했습니다. 이부에서는 그저 형님께서 병사했다고만 귀띔해주고는 이 자리를 본관에게 보임하여 주었소이다. 그대 모자가 형님 소식을 듣지 못했다면 아마 배가 뒤집혔거나 강도를 만난 모양이외다. 만약 병사했다면 그렇게 일자무소식일 리가 없지 않소?"

소우는 고 현령의 말을 듣고서 통곡했다.

"아이고 형님, 어머님께서는 집에서 형님이 금의환향하기만을 기다리고 계시는데 이렇게 생사조차 모르게 되다니요. 제가 돌아가 어머님께 뭐라고 말씀드린단 말입니까!"

고 현령은 이를 보고 측은한 마음이 들어 차마 그냥 넘어갈 수가 없어 소우를 위로했다.

"기왕에 벌어진 일 아니요. 너무 괴로워하지만 말고 이곳에서 한두 달 머물고 계십시오. 내가 사람들을 동원하여 형님 소식을 알아보겠소. 그런 다음 고향으로 떠나도 늦지 않을 것입니다. 고향 가는 여비는 내가 도와드리리다."

고 현령은 아전을 불러 창고에서 열 냥을 가져오게 하여 소우에게 노자에 보태라고 건넸다. 아울러 하인 하나를 딸려서 소우를 성황묘에서 기거하게 했다. 소우는 비록 고 현령의 호의를 면전에서 거절하지는 못했으나 마음은 너무 고통스러워 밤낮으로 통곡했다. 보름쯤 지났을까 갑자기 병이 들어 아무리 약을 써도 낫지 않더니 결국 저세상으로 떠나고 말았다.

형을 찾으러 떠난 동생은 형을 만나보지도 못하고,
자기마저 어미 곁을 떠나고 말았구나.

고 현령은 관을 마련하도록 지시하고 자기도 직접 성황묘에 가서 소우의 시신을 염하는 것을 지켜보았다. 도사에게 소우의 장례를 경건하게 치를 것을 명령했음은 말할 필요도 없겠다.

한편 서능은 그 갓난아이를 안고 돌아와 요대의 마누라에게 길러달라고 부탁하고 자기 아들로 입적했다. 속담에 애들은 다 자기 알아서 자란다고 하지 않는가? 아이는 무럭무럭 자라 여섯 살이 되었다. 아이는 총명하기 그지없었다. 아이 이름을 서계조徐繼祖라 짓고 서당에 가서 공부하게 했다. 서계조는 나이 열셋에 경서에 통달하여 지방에서 실시하는 과거에 급제하여 생원이 되었다. 열다섯에 성에서 실시하는 과거에 급제하여 거인이 되어 북경에 회시會試를 보러 가게 되었다.

서계조가 북경으로 출발하여 길을 가다가 탁주를 지나게 되었다. 마침 몸이 피곤한지라 말에서 내려 좀 쉬었다 갔으면 했다. 이때 가을 낙엽처럼 얼굴에 기름기가 쫙 빠지고 은실처럼 머리카락은 온통 새하얀 할머니가 항아리를 들고 우물가에 와서 물을 긷고 있었다. 서계조가 그 할머니에게 다가가 읍을 하고서 물 한 잔을 청했다. 어릿한 할머니의 눈에도 서계조가 참으로 인물이 훤하게 생겨 보여서 그랬는지 자기 집에 가서 차라도 한잔 들고 가라고 청했다. 서계조가 할머니 집이 예서 멀까 봐 사양하니 할머니는 열 걸음이면 바로 자기 집이라며 더욱 청했다.

서계조는 하는 수 없이 말에서 내려 할머니를 따라갔다. 할머니 집은 낡기도 하고 냉랭하기도 했다. 집 뒤편은 모두 화재로 소실되었고 기와는 내려앉았으나 손보지도 않은 채 그대로였다. 겨우 방 세 칸만 형체를 유지하고 있었다. 흙으로 거칠게 칸막이가 되어 있었다. 왼쪽은 할머니가 기거하는 방인 듯하고 오른쪽은 장작이야 살림살이를 쟁여두는 곳 같았다. 가운데는 아무 세간도 없이 그저 두 개의 위패만 모셔져 있었다. 하나에는 '장남 소운', 다른 하나에는 '차남 소우'라고 적혀 있었다. 대청에 붙어 있는 곁방에서 늙은 여종이 불을 피우고 있었다. 할머니는 서계조를 대청 가운데 앉혔다. 자기도 서계조 옆에 앉아 여종에게 차 한 잔 따뜻하게 데워서 들고 오라 했다. 여종이 차를 내오자 할머니가 서계조에게 권했다.

"도련님, 어서 드시지요."

할머니는 서계조를 한참 그대로 바라보더니 두 줄기 눈물을 흘렸다. 서계조가 참으로 괴이쩍다 싶어 어인 연유인지 할머니에게 물었다. 할머니가 대답했다.

"아이고, 이 할망구가 올해 벌써 일흔여덟이라오. 혹여 쓸데없는 이야기를 하더라도 늙어서 그러겠거니 생각하고 책망하지 마시구려."

"걱정하지 말고 말씀하셔요. 책망은 무슨 책망."

"도련님은 이름이 어떻게 되우, 올해 나이는 몇이우?"

서계조는 자신의 이름을 밝히고 더불어 올해 열다섯이라는 것과 다행히 거인시에 합격하여 회시를 보러 북경에 가는 길이라는 걸 말해주었다. 할머니는 그 말을 듣더니 손가락을 꼽아보고서는 눈물을 흘리기 시작하더니 멈출 줄을 몰랐다. 서계조 역시 자신도 모르게 할머니가 안쓰러운 생각이 들었다.

"할머니, 그렇게 구슬피 우는 걸 보니 필시 사연이 있을 것 같소이다."

"이 할망구한테 아들이 둘 있었지요. 큰아들 소운이 진사에 급제하여 난계현 현령에 임명되어 15년 전 며늘아기랑 함께 임지로 떠났으나 일자무소식이었지요. 그래서 이 할망구가 둘째 아들에게 한번 가서 소식 좀 알아보라 했더니 글쎄 둘째 아들마저 감감무소식이지 뭐요. 나중에 들리는 말이 큰아들은 임지로 가는 뱃길에서 강도를 만났다 그러고 둘째 아들은 형 소식을 알아보러 난계현에 갔다가 거기서 저세상으로 떠났다고 합디다. 게다가 이웃집에 불이 나설랑 그게 우리 집까지 옮겨붙어 방이 다 타버렸다오. 이 할망구랑 여종 하나랑 같이 이 집에 이렇게 살면서 그저 죽을 날만 기다리고 있다오. 우연히 도련님을 보니 죽은 내 큰아들을 빼다 박았는지라 그리고 도련님 나이가 열다섯이라니 큰아들이 변고를 당한 지가 또 15년이라 이 할망구가 그만 나도 모르게 감정이 북받쳤던 것 같습니다. 날도 이미 저물고 했으니, 도련님, 우리 집이 너무 허름하다고 생각지 마시고 하룻밤 주무시고 제가 지어드리는 밥이라도 드시고 출발하시지요."

할머니는 말을 마치고 또 울기 시작했다. 서계조가 다른 사람 보살펴주기를 좋아하고 어려운 일 보면 나서서 도와주는 성격인지라 불쌍한 이 할머니의 청을 차마 거절하지 못하고 승낙하고 말았다. 할머니는 닭 잡고

쌀을 안쳐 밥을 짓고는 서계조를 대접했다. 자정이 넘은 시각까지 이야기를 나누다 서계조에게 대청에 잠자리를 봐주었다. 다음 날 아침 할머니는 또 서계조에게 아침이라도 먹고 가라고 붙잡았다. 서계조가 출발할 때 할머니는 그냥 보내기가 너무도 아쉬운 듯, 거의 다 깨진 상자 하나를 들고 와서는 그 상자 안에서 한 번도 입거나 접지도 않은 듯한 적삼 하나를 꺼내어 서계조에게 주었다.

"이 적삼은 이 늙은이가 직접 지은 거라오. 똑같은 모양으로 남자 거 하나 여자 거 하나 만들었지요. 여자 거는 내가 며늘아기에 입으라고 주었지요. 근데 남자 거는 내가 동정을 달 때 불똥이 떨어져 동정에 구멍이 나버려 재수가 없을까 봐 아들한테 주지 않고 이렇게 보관하고 있었지요. 오늘 도련님을 보니 마치 아들 소운을 보는 것 같네요. 도련님께서 이 적삼을 받아두시오. 도련님이 꼭 내년 봄 진사시에 급제하시고 금의환향하시기 바랍니다. 그리고 오늘 낼 하는 이 늙은이를 불쌍히 여겨주시고 난계현에 사람을 보내어 소운과 소우의 소식을 알아보시고 이 늙은이에게 전해주신다면 이 늙은이는 죽어도 여한이 없겠나이다."

할머니는 말을 마치고 목을 놓아 울었다. 서계조 역시 까닭 모를 눈물이 흘러나왔다. 할머니는 서계조가 말을 타고 떠나는 것을 전송하고는 울면서 집 안으로 들어갔다. 서계조에게 슬픔이 한 자락 밀려왔다. 서계조는 북경의 진사 시험에서 이갑二甲5)으로 급제하고 중서中書에 임명되었다.

---

5) 진사 합격자는 일갑一甲, 이갑二甲, 삼갑三甲 이렇게 세 등급으로 나뉘었다. 단지 세 명에 불과한 1갑은 1등급으로, 진사 급제라 불렸고, 세 명 가운데도 1등부터 3등까지를 순서대로 장원狀元, 방안榜眼, 탐화探花라 불렸다. 2갑은 2등급이며, 진사進士 출신이라 불렸다. 3갑은 3등급이며 동진사同進士 출신이라 불렸다. 1갑 장원은 한림원수찬翰林院修撰, 방안과 탐화는 한림원편수翰林院編修에 임명되었다. 2갑, 3갑 진사, 동진사 출신들은 각각 서길사庶吉士(한림원 안의 단기 직위, 업무를 익혀 다른 중직으로 나가도록 배려함), 주사主事, 지현知縣 등에 임명되었다.

서계조가 나이가 어린데도 듬직하고 매사를 차분하게 잘 처리하는지라 조정의 관원들이 모두 신임하고 아꼈다. 그리고 서계조가 아직 장가들지 않은 걸 알고는 기꺼이 돈을 써서라도 혼인을 맺고자 했다. 서계조는 부친의 허락을 받지 않고는 마음대로 허혼할 수 없다며 사양했다. 북경에 머문 지 2년 차 나던 때 어사 자리가 비어서 급히 어사로 보임되어 남경의 문서를 감사하게 되었다. 그 김에 고향에 들러 부친에게 인사를 올리고 혼사를 치렀으니 서계조의 나이 열아홉이었다. 서능은 아들 덕에 대감마님 같은 위세를 집 안팎에 떨쳤다. 하나 옛말 하나도 그른 게 없구나.

저 게의 걸음걸이를 가만히 보라,
옆걸음치면서6) 얼마나 오래갈 수 있으랴?

한편 정 씨 부인은 자호암에서 19년을 지내면서 한 번도 바깥출입을 하지 않았다. 어느 날 거울에 비친 자신의 얼굴이 예전의 모습과 완연히 달라졌음을 느꼈다. 자기도 모르게 두 줄기 눈물이 주르륵 흘러내렸다.

"남편을 죽인 놈들에게 원수를 갚지도 못하고, 아들의 생사를 알지도 못하고 있구나. 내 아들을 데려간 사람이 있을까, 있다면 누구일까, 어디서 살고 있을까? 이제 세월이 흘러 나도 이렇게 늙었으니 나를 알아볼 자도 없겠구나. 나만 이렇게 이 암자에서 편안하게 앉아서 밥만 축내고 있으니 미안하기 그지없구나. 그래, 탁발을 나가자. 그게 암자에 조금이라

---

6) 원문은 '횡행橫行'이다. 한 글자씩 뜯어보면 게가 옆걸음친다라는 뜻이니 게의 걸음걸이를 묘사하는 단어다. 그러나 이 단어는 제멋대로 행동하고 난폭한 짓을 한다는 의미로 일상생활에서 더 자주 사용된다. 게의 걸음걸이를 형상화하면서 중의적으로 서능이 비도덕적인 방법으로 재물을 모으고, 남의 자식을 자기 자식으로 가로채고, 위세를 떠는 모습을 빗대어 표현하고 있다.

도 도움을 주는 길이고 의진현으로 가서 아들의 소식을 알아볼 수 있는 길이지 않은가. 물 위를 떠도는 부평초라도 어쩌다 서로 만나는 수가 있다고 하더라. 하늘이 우리 아들을 불쌍히 여겨 내가 아들을 버린 그 근처에 사는 사람이 주워 기르고 있다면 내가 아들을 만나서 출생에 얽힌 사연을 말해주고 우리 가족의 원수를 갚아 달라고 할 것이야. 그래야, 내 응어리가 풀리지 않겠는가."

정 씨 부인은 자호암의 늙은 여승과 상의를 마치고 암자를 떠나 탁발을 나섰다. 정 씨 부인은 탁발하며 당도현까지 이르렀다. 당도현의 거리에는 '환영, 어사 서계조 나리'라고 적은 오색 깃발이 나부끼고 있었다. 정 씨 부인이 한 집에 이르러 보시를 청했다. 그 집은 마을 이장의 집이었다. 이장이 정 씨 부인에게 이렇게 말하는 것이었다.

"북경에서 관리 한 분이 오셔서 모시느라고 정신이 없으니 다음에 한 번 오시면 그때 보시하겠나이다."

이때 이웃집 아낙이 문 앞에서 오색 깃발 다는 것을 구경하다가 나이도 지긋하고 참 단정하게도 생긴 비구니가 탁발하려다 빈손으로 물러나는 걸 보고선 불렀다. 정 씨 부인은 자기를 부르는 소리를 듣고 다가가 인사를 나눴다. 그 여인은 정 씨 부인을 대청으로 안내하고선 푸성귀로 밥을 지어와 대접하면서 내력을 물었다. 정 씨 부인은 이 여인이 설마 남편을 죽인 강도 패거리는 아니겠지 싶었다.

'그래 내가 내 사연을 밝히지 아니하면 이 일이 해결될 가망성도 없는 것이겠지.'

정 씨 부인은 19년 전의 일을 낱낱이 이야기해주었다. 허허, 누가 알았으리? 마침 그때 여인의 아버지가 병풍 뒤에서 이 말에 귀 기울이고 있었을 줄이야. 한참을 듣고 있던 여인의 아버지는 마음이 짠하여 더는 못 견디겠다 싶었던지 대청으로 나와서 정 씨 부인을 불렀다.

"스님, 이렇게 힘든 일을 겪으셨다니! 마침 지금 어사가 여기 오셨으니 고소장이라도 써서 한 번 하소연해보지 그러시오?"

"소승은 여자라서 미처 글을 배우지 못했는지라 고소장을 쓸 엄두가 나지 않습니다."

"그렇다면 내가 대신 써드리리다."

여인의 아버지는 나가서 세 자 세 촌짜리 헝겊 종이를 사 와서는 자초지종을 고소장에 적었다.

고소인 정 씨, 나이 42, 직예 탁주 출신. 남편 소운이 진사 급제 후 절강 난계현 현령으로 임명되어 모년 모월 임지로 가던 중 의진현을 지나다가 배가 물이 새서 배를 갈아탔으나 마침 그 배의 주인 서능이 자기 패거리를 모아 재물을 탈취하고자 도중에 남편의 목숨을 빼앗고 자신을 짓밟고자 했습니다. 저는 다행히 암자에 숨어들어가 자취를 감추고 오늘까지 아무도 모르게 숨어 지냈습니다. 그런 세월이 지금까지 19년, 저의 원수를 갚을 길이 없사옵니다. 서능이 오패 거리에 살고 있다고 들었습니다. 바라옵건대, 어사께서 법의 본보기를 보여주신다면 저는 죽어서도 그 은혜를 잊지 않을 것이옵니다. 이런 이유로 이렇게 고소장을 올리나이다.

정 씨 부인은 고소장을 받아들고 감사 인사를 하고서 나왔다. 새로 부임하는 관리를 맞이하는 정자에 도착하여 보니 어사 서계조는 배 위에서 영태 지역의 주周 군사와 인사를 나누고 있었다. 마침 이물에는 나졸 한 명도 보이지 않고 조용했다. 정 씨 부인은 앞뒤 가리지 않고 종종걸음을 쳐서 배 위로 올라갔다. 뱃사공이 황급히 정 씨 부인을 막아서니 정 씨 부인이 어사에게 드릴 고소장이 있다며 떼를 썼다. 아무래도 정 씨 부인과 서계조가 만날 운명이었는지, 서계조가 선창에서 이 소란한 소리를 들으니 왠지 모르게 그 여인의 목소리가 서럽게만 느껴졌다. 서계조는 아전을 시켜 그 여인에게서 고소장을 받아오게 하여 주 군사와 같이 살펴보았다. 그 고소장을 보지 않았다면야 아무 일도 없었을 것이다. 하나 서계조가 그 고소장을 읽어보고야 말았으니 서계조의 얼굴이 흙빛으로 변했다. 서계조는 주위 사람들을 물리고 조용히 주 군사에게 도움을 청했다.

"저 여인이 고소하고 있는 자는 바로 나의 부친이외다. 만약 내가 이 건을 심리하지 아니하고 내치면 저 여인이 다른 아문을 찾아가 고소할까 걱정입니다."

주 군사는 가가대소하며 대답했다.

"어사께서 아직 경험이 없으셔서 임기응변에 능치 않으신 겁니다. 이 일이 뭐 어려울 게 있겠습니까. 아전에게 저 여인을 내일 어사 아문으로 데려오라 하신 다음 심문하십시오. 심문하시면서 곤장을 내리치시면 저 여인 같으면야 곤장을 못 견디고 바로 황천길일 것이니 저절로 후환이 없어지지 않겠습니까."

서계조는 일어나 감사의 인사를 드리고서는 밖으로 나와 아전에게 분부했다.

"조금 전 고소장을 들고 온 여인을 내일 아침에 아문으로 데려오너라. 내가 심리하겠노라."

분부를 마치고 서계조는 어사 숙소로 돌아가 쉬었다. 하나 밤새 잠을 이룰 수가 없었다.

'아버님이 몇 해를 두고 도적질을 했다면 저 여인의 말이 사실일 수도 있지 않을까. 그럼 아버님은 재물을 빼앗으려 저 여인의 남편을 죽이고 나는 또 부인을 곤장으로 죽이는 셈이로다. 이건 정말로 억울한 일을 당한

자에게 억울한 일을 하나 더 저지르는 것이구나. 저 여인을 죽이지 아니하면 일은 더욱 커질 것이고.'

이때 갑자기 3년 전 진사 시험을 보러 북경으로 가다가 탁주를 지날 때 만났던 할머니가 떠올랐다. 그 할머니의 아들 소운이 강도를 만나 죽임을 당했다고 했는데 그 일이 바로 이 일일 것만 같았다.

'내 아버지가 한평생 도적질을 해왔다면 분명 엄청난 죄업을 쌓았을 것인데 대체 무슨 음덕이 있어 아들인 내가 과거에 급제할 수 있었을까? 그래 이 일은 분명 나를 길러준 유모의 남편 요대가 잘 알고 있을 거야.'

마음에 계책을 하나 세우고 나서 서계조는 황급히 서신을 작성했다.

임지에 달려가느라 고향에 가서 가족을 뵐 시간이 없습니다. 아버님과 친척들을 남경 어사 아문에 모셔서 만나 뵙고자 합니다. 제가 부임지에 가는 동안 저를 보살펴줄 사람도 필요하니 우선 요대를 당도현 채석역朶石驛으로 먼저 보내주십시오. 바로 실행하여 주시고, 실수 없길 바랍니다.

다음 날 업무를 시작하자마자 바로 심부름꾼에게 서신을 주고 의진현 오패 거리에 있는 자신의 부친에게 직접 전해드리라고 당부했다. 아전이 정 씨 부인을 데리고 아문으로 들어왔다. 서계조는 정 씨 부인을 보고서 웬일인지 동정심이 마구 생겼다. 이런저런 사항을 먼저 물어보고 나서 이 질문을 했다.

"그대에겐 아들이 없소이까, 어찌하여 직접 나서서 고소장을 접수하는 것이오?"

정 씨 부인은 그 질문을 받더니 눈물을 와락 흘리며 암자에서 애를 낳던 일, 그 애를 속적삼에 싸고 금비녀를 품에 꽂아준 다음 버드나무 마을에 버린 일을 소상하게 아뢰었다. 서계조는 함부로 판결할 수가 없어 일단 정 씨 부인에게 이렇게 분부했다.

"우선 암자로 돌아가 기다리고 있으시오. 그대가 말한 강도 건을 좀 더 상세하게 조사해 본 다음 다시 그대를 부르도록 하겠소."

정 씨 부인은 감사의 인사를 올리고 떠났다. 서계조는 말을 몰아 채석역까지 달려가 요대가 도착하기를 기다렸다. 해질 때까지 별일이 없었다. 황혼이 되어 요대가 채석역 객사에 도착하자 서계조가 그를 자기 침실로 불러 오느라 고생했다며 위로한 다음 요대에게 물었다.

"나는 누구의 자식이요?"

"그야 당연히 나리의 자식이지요."

서계조가 두 번 세 번 연거푸 물어봐도 요대의 대답은 한결같았다. 서계조가 버럭 화를 내며 말했다.

"나를 낳은 자가 나의 부친 서공이 아니라는 것쯤은 나도 이미 소상하게 알고 있노라. 네가 사실대로 이야기하면 나를 키워준 너의 안식구의 은공을 생각하여 목숨은 살려줄 것이다만 만약 끝까지 사실을 감춘다면 내가 현청으로 너를 데리고 가서 때려죽이고야 말리라."

"정말 나리께서 직접 낳으신 것이옵니다. 소인이 어찌 거짓말을 하겠습니까?"

"황천탕에서 소 현령을 죽이고 재물을 빼앗은 일을 설마 모른다고 잡아떼지는 못하겠지."

요대는 그래도 사실을 말하려 들지 않았다. 서계조는 버럭 화를 내며 판결장에다 요대의 이름을 쓰고 요대를 당도현 현청으로 데리고 가서 곤장 백 대를 죽을 때까지 치고 그 결과를 보고하라고 적었다. 판결장을 작성하는 것을 본 요대는 벌떡 일어나 머리를 조아리며 말했다.

"소인이 사실대로 말씀드리겠습니다. 제가 발설하는 말은 절대 영감 나리께 말씀하지 말아 주십시오."

"모든 일은 내가 담당자로 처리하는 것이니 너는 조금도 걱정하지 마라."

요대는 소운을 물에 빠뜨린 일, 소운의 아내 정 씨 부인을 억지로 취하려 했던 일, 버드나무 촌에서 아이를 주워 집에 돌아와 자신의 아내에게 젖을 먹이게 한 일을 미주알고주알 이야기했다.

"아이를 주울 때 아이 몸을 싸고 있던 적삼, 금비녀는 지금도 보관하고 있느냐?"

"적삼에 피가 묻었길래 빤다고 빨았으나 그 흔적이 그대로 남았지요. 아무튼 적삼과 금비녀를 지금도 보관하고 있습니다."

"그래, 이 일은 너하고 나만 알고 있는 거다. 내일 아침 날이 밝자마자 다시 집으로 가서 비녀와 적삼을 가지고 밤을 밝혀 남경 아문으로 달려와서 나를 찾아라."

요대는 서계조의 명령을 받들고 바로 출발했다. 서계조는 이튿날 아침 따로 아전 하나를 자호암에 보냈다.

"노자를 두둑이 챙겨서 출발하여 자호암에 간 다음 비구니 한 분을 이곳으로 모셔오너라."

서계조도 부임지인 남경을 향하여 길을 출발했다.

소년이 과거 급제하여 그 명예 드높고,
어사의 위세 무섭기가 번개나 다름없구나.

한편, 소운이 삼가촌에서 훈장 노릇 한 지도 벌써 19년. 19년 전 일을 떠올리자니 소식이 끊긴 채 고향에 혼자 계실 노모가 생각났다. 더불어 임신 중이었던 아내 정 씨의 생사조차 모르고 있으니 늘 걱정되고 외로웠다. 이러한 사정을 도 씨에게 하소연하고 의진현에 가서 사정을 좀 알아보겠노라 했다. 도 씨는 괜히 갔다가 사고나 생길까 봐 그러지 말라고 말렸다. 청명절, 사람들이 모두 벌초하고 성묘하러 간 틈에 소운은 도공에게 감사하는 내용을 담은 서찰 한 통을 써서 서당에 두었다. 붓과 먹을 챙겨 길을 떠나 도중에 글자를 써주며 숙식을 해결하면서 상주常州의 열제묘烈帝廟까지 가게 되었다. 밤이 깊어 그곳에 하룻밤 머물게 되었다. 꿈에 열제묘가 대낮처럼 환해지기에 엎드려 절하며 점괘를 뽑았다. 점괘에는 이렇게 쓰여 있었다.

땅 위는 평안하나 물 위는 흉하도다,
수풀의 낙엽이 일진광풍에 어지러이 날리네.
피붙이를 만나는 날 알고 싶거든,
금릉의 해태가 지키는 곳으로 가보는 수밖에.

새벽 다섯 시쯤 눈을 떴다. 한 글자도 빼먹지 않고 그대로 생생하게 기억났다. 혼자 곰곰이 생각해보았다.

'강물 위에서 강도를 당했다가 산골짜기 삼가촌에서 숨어지냈으니 "땅 위는 평안하나 물 위는 흉하도다"라는 구절은 이해될 법도 했다. "수풀의 낙엽이 일진광풍에 어지러이 날리네"라는 구절은 피붙이가 서로 이리저리 떨어져 지내는 형국을 묘사하는 것 같았다. 그래 우리가 다시 만나는 날이 올까? 금릉이라면 남경을 가리키는 것이고 해태가 지키는 곳이라면 감찰관 아문을 말하는 것이라. 그래, 그럼 나는 지금 의진현으로 갈 것이 아니

라 남경에 가서 감찰관에게 고소장을 내야겠다. 나의 이 억울함이 밝혀질 날이 올지도 모르지.'

날이 밝아오기 시작했다. 소운이 천지신명께 감사의 인사를 올렸다. 소운이 산가지 하나를 꺼내어 이렇게 빌었다.

"만약 제가 남경에 가야 한다면 길한 점괘를 하나 점지해 주시옵소서."

소운이 다 빌고 나서 산가지를 던지니 길한 점괘가 나왔다. 소운은 너무도 기뻤다. 열제묘를 나와 곧장 장강의 감찰관 아문으로 달려가 고소장을 써서 감찰관 아문에 제출했다.

고소장을 제출하는 소운은 직예 탁주 출신입니다. 진사에 급제하여 난계현 현령에 임명되어 식솔들을 이끌고 임지로 출발하여 의진현을 지나게 되었습니다. 그때 타고 가던 배가 물이 새서 산동 왕 상서 집안 소속 배로 옮겨 타게 되었습니다. 그 배를 모는 서능, 서용 형제가 강도질하던 자들이란 것은 꿈에도 몰랐습니다. 야밤에 인적이 드문 곳으로 배를 몰고 가서 저를 밧줄로 묶어 물속에 집어 던졌습니다. 다행히 저는 다른 사람에게 구조되어 학동들을 가르치며 입에 풀칠하며 살게 되었습니다. 저의 짐은 다 뺏겼고 제 처는 죽었는지 살았는지 알 길이 없습니다. 권세 있는 집안에서 강도를 키우고 있으니 하늘이 아니면 그 강도를 벌 줄 수 없을 것입니다. 이에 이렇게 고소장을 올립니다.

장강을 책임지는 감찰관의 성은 임 씨로, 마침 소운과 같은 해에 진사에 급제한 자였다. 고소장을 받아 든 임 감찰관은 소운을 동정하는 마음이 저절로 일어나 바로 문서를 닦아 산동 순무에게 보내어 왕 상서의 위세를 등에 업고 나쁜 짓을 일삼는 서능, 서용 등의 행방을 찾아달라고 부탁했다. 임 감찰관이 문서를 막 발송하고 나니 어사 서계조가 찾아왔다. 임 감찰관은 서계조와 이야기를 나누다가 자연스럽게 소운의 고소 건을 언급하게 되었다. 서계조는 마음속에 짚이는 것이 있어 임 감찰관에게 인사를 마치고 나와 바로 아전 하나를 불렀다.

"임 감찰관의 명령을 받들고 출발하는 자를 일단 나에게 먼저 데려오너라. 내가 꼭 이를 말이 있느니라."

아전이 바로 임 감찰관의 문서를 수발하는 자를 데리고 도착했다. 문서 수발 아전이 머리를 조아렸다.

"나리, 무슨 분부하실 일이라도?"

"왕 상서의 배를 타고 다니며 강도짓하는 놈들 가운데 한둘은 내가 이미 파악해두었느니라. 내가 지금 은자 두 냥을 너에게 상급으로 줄 터인즉, 너는 일단 왕 상서 댁으로 출발하지 말고 이삼일 정도 대기하고 있다가 내가 부르면 그때 오너라. 네가 진짜 도둑을 붙잡고 장물을 찾을 수 있도록 도와주겠노라. 너는 산동에 갈 필요가 없느니라."

문서 수발 아전이 물러나고 얼마 지나지 않아 서능 일행이 포구에 도착했다는 보고가 올라왔다. 서계조는 아전을 시켜 서능 일행을 맞이하여 아문까지 모셔오도록 했다. 그동안 자기를 길러준 은혜를 생각하니 무작정 미워할 수만은 없었다. 그래 오늘 밤만은 내가 예를 갖추어 모시리라. 아전이 나가서 서능 일행을 모시고 아문으로 들어왔다. 서능, 서용이 출발할 때 조가네 셋째, 콧물쟁이 옹가, 욕쟁이 양가, 남 벗겨 먹는 범가, 수염쟁이 심가도 피만 나누지 않았다뿐이지 다 한 집안이나 마찬가지라며 축하예물을 마련하여 함께 따라왔다. 이거야말로 하늘이 저들을 한꺼번에 사지로 몰아넣는 셈이라. 요대가 다른 사람들보다 먼저 서계조를 찾아 머리를 조아렸다.

서계조는 서능과 서용을 먼저 모셔서 자리를 깔고 인사를 올렸다. 서능은 자리에 앉아서 인사를 받았다. 서계조가 다음으로 서용에게 인사를 올리려 하자 서용은 한사코 사양하며 그저 길게 읍하는 것으로 대신하게 했다. 조가네 셋째 등은 서계조를 늘 친조카처럼 귀여워했으나 이제 고관 대작인 된 서계조를 감히 함부로 대하지 못하고 '어사 나리'라 높여 불렀다. 서계조 역시 그들은 '친척 어르신'이라는 호칭을 써서 예우했다. 서로 인사를 나누고 난 다음 술상을 차려 대접했다.

밤이 깊은 시각, 서계조는 요대를 서재로 조용히 불러서 요대가 가져온 피 묻은 적삼과 금비녀를 살펴보았다. 그 피 묻은 적삼은 탁주의 할머니가 자신에게 준 적삼과 모양이 정확하게 들어맞았다.

'탁주의 그 할머니가 내가 자기 아들하고 너무 닮았다고 한 걸 보면 그 할머니가 바로 내 친할머니임이 틀림없다. 그렇다면 자호암에 있다는 여인은 내 친어머니로구나. 게다가 이 고소장을 보니 나의 친아버지까지 아직 살아계신 것을 알겠으니 이제 흩어진 가족이 한꺼번에 다 만나는구나.'

다음 날 서계조는 안채에서 큰 잔치를 열고 서능과 그 일행을 대접했다. 음악 연주에 맞춰 노래도 부르고 술도 마셨다. 서계조는 공무를 핑계 대고 조용히 빠져나와 명령을 하달했다.

"장정 5, 60명을 모아서 배치하고 기다리고 있다가 내가 부채로 신호를 보내면 일제히 안채로 달려와 일곱 도둑을 생포하도록 하라."

그런 다음 임 감찰관의 문서 수발 아전을 불러 명령을 내렸다.

"너는 어서 가서 임 감찰관 나리께 고발장을 접수한 소공蘇公을 예로 모시고 오너라."

잠시 후 소운이 도착했다. 소운은 서계조를 보자마자 바로 무릎을 꿇었다. 서계조가 황급히 소운을 일으켜 세우며 그간의 상황을 물으니 소운은 그저 눈물이 앞을 가리는 듯 아무런 말도 하지 못했다. 서계조가 소운에게 말했다.

"이제 걱정하실 필요 없습니다. 지금 안채에다 공께서 아실 만한 분들을 다 모셔놓았습니다. 어서 가셔서 한 번 보시지요."

소운이 안채로 들어섰다. 소운이 파란 옷에 평민이 쓰는 모자를 써서 그랬을 수도 있고 아니면 소운이 그 세월 동안 늙어버려서 그랬을 수도 있고 그도 아니면 너무 뜻밖이어서 그랬을 수도 있겠으나 아무튼 서능 일행은 지금 들어서고 있는 자가 소운이라는 것을 아무도 알아보지 못했다. 하나, 소운은 자신이 강도를 당하던 그 순간을 한 번도 잊어본 적이 없기에 그들을 보자마자 그 기억이 다시 생생하게 되살아나서 깜짝 놀라 몸을 돌려 나와서는 서계조에게 말했다.

"저 사람들이 바로 그 강도놈들입니다. 어떻게 해서 그들이 지금 여기에 있는 것입니까?"

서계조가 대답은 하지 않고 부채를 흔들어 표시하니 5, 60명의 장정이 순간 벌떼처럼 들이닥쳐서는 서능과 그 일행을 순식간에 포박했다. 서능이 바로 소리를 질렀다.

"아이고, 내 아들 계조야 어서 이 아비 좀 살려다오."

"이런 죽일 놈의 강도가 지금 누구를 아들이라고 부르는 것이냐? 넌 19년 전에 네가 강도질한 그 소운을 기억하느냐?"

서능이 서용을 바라보며 욕했다.

"그러기에 이놈아, 당초에 저놈을 죽여 버렸어야지. 이제 와서 후회한들 무슨 소용이 있단 말이냐!"

서계조가 요대를 불러내어 대질심문을 하니 아무도 더 말하지 못했다. 서계조가 휘하의 아전들에게 명령했다.

"저 여덟 놈을 모두 하옥시켜라. 내가 내일 아침에 저놈들을 심문하고 조서를 작성한 다음 감찰관 아문으로 이송시킬 것이다."

서계조는 명령을 하달한 다음 아문을 닫도록 했다. 아울러 다시 소운을 안채로 모셔오게 했다. 소운은 안채에서 술을 마시던 강도들이 모두 일제히 포박당하는 것을 보고서 도대체 어찌 된 영문인지 알 길이 없었다. 기회를 봐서 전후 사정을 알아보고 꼭 감사의 인사를 하리라 마음먹고 있었다. 안채로 들어가 보니 서계조가 팔걸이의자를 남쪽으로 향하여 놓고서 자기를 그 의자에 앉으라 권한 다음 머리를 조아려 인사를 올리는 것이었다. 소운이 황망히 말리며 말했다.

"저하곤 일면식도 없으신데 어찌 이렇게 극진하게 대접하시는지요?"

"이 모자란 아들이 아버님의 소식도 모른 채 지내고 아버님을 모시지도 못했습니다. 이 불효막심한 아들을 부디 용서하여 주시옵소서."

"아니, 그게 무슨 말씀이신지요? 소인에게는 아들이 없사옵니다."

"이 불효자식이 바로 아들입니다. 정 못 믿으시겠다면 이 적삼을 보시옵소서."

서계조가 탁주 할머니에게서 받아온 적삼을 꺼내어 소운에게 보여주었다. 소운은 동정에 구멍 난 그 적삼을 보았다.

"이것은 제 어머님이 손수 바느질한 적삼입니다만 이것을 어떻게 손에 넣으셨는지?"

"아, 한 가지 더 있습니다."

서계조는 핏자국이 있는 적삼과 금비녀를 가지고 와서 소운에게 보여주었다.

"이 비녀는 제 처의 것입니다만 어떻게 손에 넣으셨는지요?"

서계조는 탁주를 지나다 할머니를 만난 일, 채석역에서 비구니의 고소장을 접수했던 일, 요대에게 사건의 전말을 자백받은 일을 소상하게 말씀드렸다. 소운은 그제야 자초지종을 알고선 고개를 숙이고 울기 시작했다. 부자가 상봉한 바로 이 순간, 문밖에서 소리가 들려왔다.

"자호암에서 비구니 스님이 도착했습니다."

서계조가 황급히 대답했다.

"어서 안채로 모셔라."

소운은 아내와 헤어진 지 19년 만에 여기서 이렇게 상봉하게 되었다. 소운이 서계조를 어머니 정 씨 부인에게 인사시켰다. 셋은 한 덩어리가 되어 껴안고 울었다. 한참 후 안채를 치우고 잔치를 열었다.

고목에 다시 새잎이 나고,

구름 지나고 달이 다시 나오니 더없이 밝구나.

다음 날 아침, 남경의 어사, 부의 장관, 도의 지사, 현령들이 서계조가 부모와 상봉했다는 소식을 듣고서 모두 달려와 축하해주었다. 임 감찰관은 소운이 접수한 고소장을 서계조에게 주면서 알아서 처리하도록 했다. 서계조는 축하하러 온 관리들에게 인사를 한 다음 부하들에게 형틀을 준비하게 했다. 감옥에서 도적놈들을 차꼬와 쇠고랑을 채워 한 놈씩 데리고 나와 아문 계단 아래 무릎을 꿇렸다. 서계조는 서능 아래에서 자라면서 저놈들이 사람 죽이고 재물을 빼앗는 일을 밥 먹듯이 해온 것을 익히 잘 알고 있었기에 심문하고 말 것도 없었다. 그러나 평소에 입바른 소리를 곧잘 하던 서용만큼은 조금 달랐다. 소운과 정 씨 부인이 저 서용 덕분에 그래도 목숨을 건질 수 있었다며 벌을 면하게 해달라고 간청했다. 서계조는 처결장에 일필휘지 서용의 죄를 사면하여 주노라 적고는 아문에서 썩 꺼지라고 했다. 서용은 연신 감사하며 아문을 떠났다.

서능 일행이 저지른 일은 산동의 왕 상서하고는 아무 관련이 없는 일이라 왕 상서를 따로 조사할 필요는 없었다. 서능과 조가네 셋째가 죄가 가장 크므로 곤장 80대에 처했다. 욕쟁이 양가, 수염쟁이 심가는 직접 배를 타고 같이 일을 저질렀으므로 곤장 60대에 처했다. 요대는 배에서 일을 같이 저지르긴 했으나 그의 아내가 서계조를 젖 먹여 키운 은공이 있으므로 남 벗겨 먹는 범가, 콧물쟁이 옹가와 함께 곤장 40대에 처했다. 곤장 댓수가 약간 다르긴 했으나 모두 맞아서 살이 문드러지고 피가 줄줄 흘러나왔다. 요대가 곤장을 맞다가 나리께서 사실대로 말하면 용서해 주신다고 했으면서 왜 이렇게 곤장을 때리느냐며 하소연하니 서계조가 곤장 열 대를 감하여 30대만 때리도록 했다. 곤장을 때리고 나서 그들을 다시 옥에 가두도록 했다.

서계조는 안채로 돌아가 부친 소운의 허락을 받고서 천자께 이 일의 자초지종을 아뢰는 표문을 작성했다. 먼저 서계조는 서씨 성을 버리고 소씨 성을 되찾았다는 것, 고생 끝에 큰 낙이 찾아왔다는 의미에서 이름을 태泰라 바꿨다는 것, 다음으로는 도적 떼를 지체 없이 처결하고 그들의 재산을 적몰하여 나라를 지키는 비용에 보태 써야 한다고 서술했다. 서계조는 표문을 이렇게 마무리했다.

소신의 부친 소운은 과거에 이갑의 성적으로 합격했사옵니다. 그러나 관직에 임명되었음에도 부임하지도 못하고 19년 동안이나 환난을 겪느라 관가의 사정에 익숙하지 못합니다. 소신의 조모는 이미 팔순을 넘긴 나이에 고향에 계셔서 그 생사를 확실히 알 수 없는 형편입니다. 소신이 이미 열아홉이나 아직 장가를 들지 아니했으니 황상께서 소신에게 휴가를 주신다면 소신의 부친과 함께 잠시 고향으로 돌아가 조모를 만나고 아내를 얻고자 하나이다.

소태는 표문을 작성한 다음 득달같이 북경에 보냈다. 소태는 개명했기에 새 명함을 새겨서 남경 일대의 관리들에게 돌렸다. 특별히 임 감찰관에게는 감사 서찰을 썼다. 이 서찰에서 소태는 아버지와 동년에 과거에 급제한 임 감찰관의 조카로 자처했다. 아울러 탁주에서 만난 할머니가 당부했던 말이 떠올라 난계현 현청에 바로 서신을 보내어 숙부 소우의 소식을 알아보았다. 난계현의 아전이 달려와 소우는 15년 전에 형님 소운의 소식을 알아보러 왔다가 병을 얻어 저세상으로 떠났다고 알려주었다. 고 현령이 장례를 주관하여 성황묘에 장사지냈다는 것도 알려주었다. 소운과 소태 부자는 한참을 통곡했다. 난계현에서 심부름 온 아전에게 은냥을 챙겨주어 다시 난계현에 돌아갈 때 노자에 보태 쓰게 했다. 아울러 배를 빌려 소우의 관을 싣고 탁주의 선산에 안장하여 달라고 부탁했다.

며칠 후 소태가 올린 표문에 비준서가 도착했다. 소태가 청한 것들을 허락했을 뿐 아니라 소운에게 어사의 직함을 다시 내려주고 소운과 소태 부자가 고향으로 돌아갈 수 있도록 배려했다. 형부에서는 처형을 집행하면서 소운과 소태 부자가 참관할 수 있도록 했다. 소태는 요대가 옥중에서 목을 맬 수 있도록 허락하여 몸에 칼을 대지 않을 수 있게 했다. 서능은 탄식하며 이렇게 한마디 했다.

"내가 소운의 부인 정 씨와 부부의 연을 맺지는 못했으나 데려다 키운 아들 덕분에 3년 동안 나리 호칭을 실컷 누렸으니 죽어도 여한이 없도다."

도적들은 목을 길게 빼고 칼을 받았다.

북이 울린다, 천둥처럼,

징이 울린다, 귀청이 뚫릴 것처럼.

처형 집행관은 염라대왕이요,

망나니는 바로 야차로다.

칼로 빼앗아온 재산,

이제 다 부질없게 되었구나.

강호를 떠났던 영웅들,

이제 다시 제 자리로 돌아오네.

저승에서는 흉악한 놈이 들어온다고 놀라고,

이승에서는 도적놈들 저승으로 떠난다고 안심하더라.

처형 집행관이 보고문서를 꾸미기 전에 양주부와 의진현의 관리들에게 저 도적 여섯 명의 집을 찾아가 가족들을 내쫓으라는 명령서가 도착했다. 집에 아무리 금은보화가 많은들 이제는 모두 몰수되어 하나도 만져볼 수도 없게 되었구나. 집집마다 아녀자들이 울음 울고 사람들이 이리저리 흩어졌음은 굳이 말할 필요조차 없겠다. 다만 요대의 마누라, 그러니까 소태를 키워준 유모가 울며불며 남경에 있는 소태를 찾아왔다. 소태는 자신을 길러준 은공을 생각하고 더군다나 그녀의 남편이 이미 벌을 받아 형장의 이슬로 사라진 정상을 고려하여 굳이 마누라까지 벌을 받을 필요는 없겠다는 생각이 들었다. 그러나 요대의 마누라를 곁에 두고 모시자면 친어머니가 불편해할 것 같아 은자 50냥을 주고 어디든지 가서 여생을 보내라고 했다.

이제 남경에서 처리할 일을 다 처리했으니 소태는 임 감찰관에게 하직 인사를 올리고 다른 관리들과도 작별인사를 하고서 말을 타고 길을 떠났다. 앞에는 앞뒤로 황금색 글자를 써 붙인 팻말을 세웠다. 한 면에는 '황상의 명령을 받들어 고향을 방문한다'는 글자가, 다른 면에는 '황상의 명령을 받들어 고향 가서 장가든다'라는 글자를 써 붙였다. 깃발을 세우고 북을 울리니 그 모습 성대하기 짝이 없었다. 양주를 지나 고향으로 향했다.

의진현을 지날 때 소운은 마음이 착잡했다. 정 씨 부인은 아들 소태에게 주 노파가 우물에 몸을 던진 일과 암자에서 노승의 도움을 받은 일을 이야기했다. 소태가 의진현 관리를 통해 알아보니 19년 전 마을 우물에 시체가 하나 올라왔기에 사람들이 3일 동안 수소문했으나 아무도 알아보는 자 없어 돈을 추렴하여 관을 사서 우물 가까운 곳에다 장사지내주었다고 하더라. 그 말을 듣고 나서 소태는 주 노파를 위해 지전을 준비하여 관리에게 우물가 무덤에 가서 주 노파의 혼령을 불러내어 제사를 지내게 했다. 아울러 은 백 냥을 마련하여 암자의 비구니에게 사례하고 또 은 열 냥을 따로 마련하여 소우와 소승 부부 그리고 주 노파를 위해 천도재를 지내달라고 했다. 이것이 바로 원수를 품어주는 것이요, 덕을 베푼 자에게 더 큰 덕으로 갚는 것이리라. 소운과 소태 부자도 직접 천도재에 참례하여 향을 사르고 절했다.

며칠 후 산동성 임청에 이르자 가장 먼저 도착하는 역참에서 잠시 쉬어가고자 했다. 마침 이곳에서 내로라하는 집안이 있었으니 바로 성은 왕, 이름은 귀郞, 상서 벼슬을 지낸 적이 있어 사람들이 그를 왕 상서라 불렀다. 왕 상서는 은퇴하고서 이곳에서 여생을 보내고 있었다. 서능이 몰고 다녔던 배가 바로 이 왕 상서네 배였다. 서능의 도적질이 밝혀졌을 때 조사관들이 의진현 일대를 이 잡듯이 뒤졌고 그 때문에 의진현에 살던 왕 상서의 첩이 괜히 자기네들한테 불똥이 튈까 봐 아예 이곳 임청으로 이사 와 왕 상서를 모시고 살게 되었다. 나중에 소태가 비록 배는 왕 상서 배이나 그저 빌려준 것에 불과하고 왕 상서 댁과 첩은 아무것도 모른다는 자초지종을 소상히 밝혀내었기에 왕 상서는 소태에게 무척 고마워하고 있었다.

그 소태가 오늘 임청에 온다는 소식을 듣고 왕 상서는 친히 강나루까지 나가 소태와 소운 부자를 맞이하고 한참이나 감사의 말을 하고선 연회 자리를 마련했다. 그 자리에서 왕 상서가 물었다.

"그래 황상의 명령을 받들어 고향에 가서 장가들 예정이시라는데 정해둔 혼처라도 있소이까?"

소운이 대답했다.

"아직 정해둔 혼처는 없습니다."

"내 막내 딸년이 나이가 이제 열여섯, 용모도 단정합니다. 공께서 우리 집안을 비루하게 여기지 않으신다면 사돈을 맺었으면 합니다."

소운은 왕 상서의 청을 차마 거절하지 못하고 승낙하고 말았다. 하여, 임청에서 머물면서 길일을 택하여 혼례를 치렀다.

> 월하노인이 일찍이 남자와 여자의 발을 묶었으니,[7]
> 굳이 화살로 참새 눈깔을 맞출 필요까지는 없으리다.[8]
> 왕 상서의 배를 죽도록 원망했더니,
> 그 왕 상서와 혼사를 맺을 줄이야!

혼사를 치르고 사흘이 지나 소태가 길을 떠나고자 하니 왕 상서가 붙잡았다. 소운이 나서서 한마디 했다.

"노모와 헤어진 지가 너무 오래되어 생사조차 모르나이다. 어서 가서

---

7) 월하노인은 혼사를 주관하는 자이다. 그가 주머니에서 붉은 끈을 꺼내어 남녀의 발을 묶어주면 혼인하게 된다고 한다.

8) 당나라 고조 이연李淵이 두의竇毅의 딸과 결혼하는 과정에서 나온 말이다. 두의는 병풍에 참새 한 마리를 그려놓고 그 참새의 눈깔을 맞추는 자에게 딸을 주겠노라고 했다. 마침 이연이 자신의 무예 실력을 믿고 그 시험에 응하여 화살로 쏘아 맞추고 그 딸과 결혼하게 된다.

뵙고 싶은 마음을 주체할 수 없나이다."

왕 상서가 더는 아무 말 하지 아니했다. 이레째 되는 날 별도로 마필을 더 마련하고 금은보화야 옷가지야 준비하여 신부가 신랑을 따라 신랑 고향에 가도록 했다. 아무튼 도중에 별다른 일은 없었다.

탁주에 도착하여 보니 노모가 아직 살아 있는지라. 중년이 넘어 돌아온 아들을 부여잡고 눈물을 흘렸다. 과거 시험 보러 가는 청년을 붙잡아 밥해준 적이 있는데 그 청년이 바로 자기 친손자라는 걸 알고선 더없이 기뻐했다. 아들이 사라졌다 슬퍼했는데 이젠 손자까지 나타났다. 게다가 두 대에 걸쳐 진사에 급제하고 따르는 하인들까지 이렇게 많구나. 노모가 거처하는 곳은 불에 탔던지라 그대로 거처하기 힘들어 일단 아문을 빌어 거처하기로 했다. 소운 소태 부자가 집을 짓기 시작하니 현청에서 나와서 돕더라. 하여 집은 금세 완공되었다. 소운은 집에서 노모를 봉양했다. 노모는 아흔 살까지 장수했다. 소태는 여러 관직을 두루 거치며 최고 감찰관에까지 승진했다. 소태의 부인 왕 씨는 두 아들을 낳았다. 둘째 아들로는 소우의 후사를 잇게 했다. 두 아들이 모두 과거에 급제했다. 지금까지도 항간에 소운 현령이 고난을 당하고 보답 받은 이야기가 전해온다.

달은 어둡고 바람은 거세고 파도는 높구나,
황천탕에서 도적들이 발광을 하는도다.
힘든 곳, 편안한 곳을 왔다 갔다 하는 것도 모두 다 하늘의 뜻,
흉악한 놈이 장수하는 걸 본 적이 있는가?

원앙 거울이 이어준 부부의 연

范鰍兒雙鏡重圓

— 미꾸라지 범 씨가 양면 거울 덕분에 아내와 다시 만나다 —

수서루水西樓의 휘장 걷어 올리고,

새 곡조에 맞춰 멋들어진 시나 한 수 읊어볼까나.

운우지정을 꿈꾸는 젊은이여,

그런 꿈 그만 꾸시고,

그저 살아있는 지금 술이나 한잔 비우세.

내일 또 배를 타고 뱃놀이 나서면,

오늘 밤 이 뱃놀이도 과거 일로 추억하리라.

고민하지 말지라,

저 초승달이 얼마나 멀리 비추랴!

앞에 인용한 사의 마지막 구절은 오나라 지역 민요를 인용한 것이다.

그 민요를 한번 볼까나.

저 초승달이 얼마나 멀리 비추랴!
어느 집은 기쁨에, 어느 집은 시름에 잠겼으리.
한 이불 덮고 잠든 부부가 얼마일까,
저 먼 곳으로 임 떠나보낸 자는 또 얼마일까?

이 민가民歌는 남송 건염 연간(1127~1131)에 유행하던 것으로 서로 헤어져 유랑하는 사람들의 심정을 그리고 있다. 선화 연간(1119~1125)에 실정이 거듭되어 간신들이 권력을 쥐고 흔들었으며 그런 정세가 정강 연간(1126~1127)까지 이어졌다. 금나라가 송의 수도를 침략하여 휘종, 흠종 두 황제를 북으로 잡아가 버렸다. 강왕이 북송의 수도였던 변경을 포기하고 진흙 말을 타고 장강을 건너1) 항주에 도읍을 정하고 남송을 여니 연호가 건염建炎이었다. 이때 변경에 살던 백성들은 여진족의 금나라에 포로로 잡힐지 모른다는 불안감에 황실을 따라 남부여대하여 강을 건넜다. 그러다 전쟁 통에 금나라 병사들에게 쫓겨 이리저리 흩어진 가족이 얼마나 많은지 모른다. 부모와 자식, 부부가 서로 헤어져 평생 다시 만나지 못하는 경우가 부지기수였다. 이 와중에 서로 헤어졌다가 극적으로 다시 만나는 경우도 있으니 이 사연이 사람들 사이에 전해져 이야깃거리가 되고 전설이 되었다.

---

1) 송 흠종의 아들 강왕康王 조구趙構에 얽힌 전설이다. 금나라가 침공하여 도망칠 때 강물을 앞에 두고 아무런 방도가 없어 당황하고만 있자 사당에 있던 진흙으로 만든 말 인형이 강왕을 태워 강을 건네주었고, 그 덕에 강왕이 무사히 항주에 도착하여 남송을 창업하고 고종으로 즉위했다고 한다. 다른 전설에 따르면 흠종이 송나라를 침략한 금나라에 볼모로 강왕을 바쳤고, 강왕이 북으로 끌려가다가 도망쳐 황하를 앞에 두었을 때 마침 말 한 필을 발견하고 그 말을 타고서 무사히 황하를 건너 도망했으며, 그 말은 강왕을 건네주고 스스로 사당 안으로 가서 조각으로 변했다고 한다.

풍성검은 결국 다시 합쳐지고,[2]

연꽃 옥구슬은 깨졌다가 다시 온전해지고,

세상사 다 운명이니,

모든 건 하늘이 주관한다네.

한편, 진주에 한 사람이 살고 있었으니 그의 성은 서徐, 이름은 신信이라. 어려서부터 무예 익히기를 좋아했으며 최씨 성을 가진 아내와 결혼했는데 아내가 또 미모가 출중했다. 집안 형편도 넉넉하여 부부가 행복한 나날을 보내고 있었다. 한데 금나라가 쳐들어오고, 휘종과 흠종 두 황제가 북으로 잡혀가는 일이 벌어졌다. 서신은 아내와 상의했다. 자신들이 사는 이곳이 불안하니 금은보화를 챙겨서 짐 두 개로 꾸려 부부가 각각 하나씩 메고서 다른 피난민들과 함께 떠나기로 했다.

우성에 이르렀을 때 뒤쪽에서 고함이 하늘을 찌르더니 금나라 병사들이 쫓아온다는 소리가 들렸다. 그러나 실은 금나라 병사가 아니라 송나라의 패잔병들이었다. 군수물자가 부족하고 군기는 해이해져 적과 싸울 엄두는 내지 못하고 도주하다가 민간인들을 만나면 재물을 빼앗고 여자를 겁탈하는 등 위세를 부렸다. 서신도 그 나름대로 무예를 익힌 사람이나 파도처럼 밀려오는 패잔병 앞에서는 속수무책 그저 도망치는 수밖에 없었다. 사방에 사람들 고함만 가득 들려오고 있는데 아뿔싸 아내가 보이지 않았다. 이 소용돌이 속에서 아내를 찾을 엄두가 도저히 나지 않아 그냥 그대로 길을 가는 수밖에 없었다. 며칠이 지났으나 나오느니 한숨이요, 아무

---

2) 진나라 풍성에서 검광劍光이 비치매, 당시 풍성 현령이던 뇌환雷煥이 그곳에서 검 두 자루를 파내어 한 자루는 자신이 갖고 나머지 한 자루는 장화張華에게 선물했다. 두 사람이 죽은 후 두 검이 다시 풍성으로 돌아오게 되었고, 마침내 용으로 변해서 하늘로 날아갔다고 한다.

런 대책도 떠오르지 않았다. 그저 포기하는 수밖엔 없었다. 저양에 이르니 배도 고프고 목도 말라 마을 객점에 들려 술과 밥을 주문했다.

난리 통이라 그런지 객점도 술을 팔지 않았다. 밥도 그저 형편없었으나 그마저도 그냥 먹고 도망가는 사람이 있을까 봐 돈을 미리 내야만 판다고 했다. 서신이 돈을 꺼내어 세고 있자니 아녀자가 구슬피 우는 소리가 들려왔다. 괜히 남의 일에 신경 써봐야 귀찮은 일만 생긴다고 하나 서신은 돈 세는 걸 멈추고 황급히 객점 밖으로 나가 살펴보았다. 한 아낙이 홑옷에 봉두난발, 땅바닥에 철퍼덕 앉아 있었다. 비록 자기 마누라는 아니었으나 자기 마누라와 나이가 얼추 비슷해 보였다. 서신은 그 아낙의 딱한 처지를 역지사지하여 헤아려보며 혼자 중얼거렸다.

'저 아낙은 무슨 어려운 일을 당해서 저러는가?'

서신은 자기도 모르게 그 아낙에게 다가가 내력을 물었다. 그 아낙이 서신에게 하소연하듯이 대답했다.

"저는 정주에서 온 아낙으로 성은 왕王, 이름은 진노進奴라고 합니다. 난리 통에 남편과 같이 피난 나왔다가 그만 남편과 헤어지고 말았습니다. 저 혼자서 패잔병들에게 잡혀 일박이일 동안 걸어서 여기까지 오게 되었습니다. 두 다리는 퉁퉁 부어서 도저히 더 걸을 수 없을 지경입니다. 패잔병들이 쇤네의 옷까지 벗겨가고 쇤네를 여기다 버렸습니다. 홑옷에 배는 고프고 사방을 둘러봐도 아는 사람 하나 없으니 이제는 죽을 길밖에 없구나 싶어 이렇게 슬피 울고 있습니다."

"허허, 나도 패잔병들이 달려오는 바람에 피하느라 아내를 잃었으니 참으로 동병상련이올시다. 다행히 내 수중이 노자가 좀 있으니 아낙께서는 이 객점에서 며칠 머물면서 몸을 추스르시오. 내가 내 아내의 소식을 알아본 다음에 그대 남편의 소식도 알아봐 주리다. 그대의 의향은 어떠시오?"

아낙은 감격하여 눈물을 흘렸다.

"그렇게만 해주신다면 너무나 고맙겠습니다."

서신은 가지고 있던 보따리를 풀어서 옷가지 몇 벌을 아낙에게 입으라 건네주었다. 그리고 그 아낙을 데리고 들어와 객점에서 같이 식사를 했다. 객점의 방 한쪽을 빌려 아낙과 함께 머물렀다. 서신은 날마다 먹을 거랑 마실 거를 건네주며 아낙을 보살폈다. 아낙은 서신의 정성에 감동했다. 이 난리 통에 잃어버린 아내를 찾고 남편을 찾는 게 쉬운 일도 아니니 홀아비 홀어미가 서로 만난 이 인연으로 서로 살 맞대고 사는 것도 인륜에 그렇게 어긋난 일만도 아닐 것 같았다. 며칠이 지나자 아낙의 다리도 나나았다. 서신은 그 아낙과 부부의 연을 맺고 건강으로 갔다. 때는 바야흐로 고종 황제가 남으로 도읍을 옮기고 도읍하던 때라 연호를 건염이라 했다. 나라에서 군사를 모집하니 지원 입대하고선 건강성 안에 살게 되었다.

세월이 유수처럼 흘러 벌써 건염 3년. 하루는 서신이 아내랑 함께 성밖에 사는 친척 집을 방문했다가 돌아오는 길에 날도 저물어가고 아내가 목이 마르다고도 하니 같이 찻집에 들렀다. 서신과 아내가 찻집에 들어서니 먼저 차를 마시고 있던 한 남정네가 서신의 아내를 뚫어져라 쳐다보았다. 서신의 아내야 다른 데를 쳐다보지도 않고 그저 다소곳이 바닥만 내려다보고 있어서 그 남정네가 자기를 바라보는 걸 몰랐을 것이나 그 남자가 자신의 아내를 쳐다보는 걸 눈치챈 서신은 매우 이상하게 생각했다. 차를 마시고 나서 찻값을 치르고 나오니 그 남자도 멀리서 따라오는 눈치였다. 서신이 아내와 함께 집에 도착했는데도 그 남자는 서신의 집 문밖에 서서 도대체 갈 생각을 하지 않고 있었다. 서신은 화가 나서 그 남자에게 다가가 물었다.

"누구쇼, 왜 남의 마누라는 그렇게 뚫어지게 쳐다보는 거요?"

그 남자는 두 손을 맞잡아 읍하고서는 대답했다.

"형씨, 너무 화내지 마시오. 그보다 제가 물어볼 게 있소이다."

서신은 화를 삭이지 못하고 물었다.

"그래 뭘 물어보겠다는 거요?"

"형씨께서 저를 이상하게 생각하지 않으신다면 저랑 잠시만 같이 조용한 데로 가주시겠습니까? 제가 실은 형씨에게 알려줄 사실이 하나 있습니다. 만약 저를 이상하게 생각하신다면 저도 그 사실을 감히 말씀드릴 수가 없군요."

서신이 그 남자를 따라가니 그 남자는 서신을 조용한 골목으로 안내했다. 그 남자가 입을 열어 뭔가를 이야기하려고 하다가 다시 망설이는 듯한 눈치였다. 서신이 먼저 입을 열었다.

"나 서신은 그렇게 쩨쩨한 사람이 아니니 걱정 말고 할 말이 있으면 어서 하시오."

그 남자는 그제야 입을 열어 물었다.

"아까 형씨와 같이 있던 그 여인은 뉘시오?"

"내 마누라요."

"결혼하신 지는 몇 년이나 되었습니까?"

"3년 되었소이다."

"혹시 부인이 정주 사람이고, 성은 왕 씨에 이름은 진노 아닙니까?"

서신은 깜짝 놀라며 되물었다.

"아니, 형씨가 그걸 어떻게 아시오?"

"형씨랑 같이 살고 있는 그 여인이 실은 제 아내올시다. 내가 아내랑 난리 통에 헤어졌는데, 제 아내가 형씨랑 같이 살고 있군요."

서신은 그 남자의 말을 듣고 참으로 답답하기도 하고 불안하기도 했다. 하여 우성에서 전 부인이랑 헤어지게 된 일, 저양 객점에서 지금 아내를 만나게 된 일을 소상하게 이야기해 주었다.

"당시에 여인네가 불쌍하여 그저 도와주다 보니 부부의 연을 맺은 것이라오. 나는 그 여인네가 형씨의 아내라는 것은 알 길이 없었소이다. 이를 어찌하면 좋겠소?"

"형씨 걱정하실 필요 없소이다. 실은 나도 재혼했소이다. 예전에 맺은 혼약을 지금 와서 뭐라 왈가왈부하겠소이까. 다 지나간 일이 아니요. 그러나 이렇게 우연히 다시 만나게 되었으니 작별인사라도 한마디 하고 싶소이다. 잠시 얼굴을 볼 수 있다면 그동안의 사정을 하소연할 수 있을 것이니 그렇다면 죽어도 여한이 없겠소이다."

서신 역시 그 남자의 말을 듣고 마음이 짠했다.

"사내대장부끼리 속마음을 털어놓았으니 어찌 만나 소식을 못 전하겠소이까. 내일 우리 집으로 오시오. 기다리고 있겠소이다. 형씨도 새장가를 들었다고 하니 올 때 새부인과 같이 오시면 마치 친척이 우리 집을 찾아오는 것 같을지라 마을 사람들도 이상하게 생각하지 않을 것이오."

그 남자는 고마워하며 기쁜 마음으로 인사를 하고 떠나갔다. 떠나려고 하는 그 남자에게 서신이 이름을 물으니 정주에서 온 열준경烈俊卿이라 대답했다. 이날 밤 서신은 아내에게 열준경을 만난 이야기를 해주었다. 아내는 옛 남편을 떠올리며 남몰래 눈물을 훔치며 밤새 잠을 이루지 못했다. 이튿날 일어나 소세를 마치니 열준경 부부가 찾아왔다. 서신이 대문을 열고 열준경 부부를 맞았다. 서신과 열준경의 아내는 서로를 바라보며 소스라치게 놀랐다. 열준경의 아내는 바로 서신의 전처 최 씨였던 것이다. 우성에서 남편과 헤어진 뒤 아무리 찾아도 남편을 찾을 수가 없기에 한 노파랑 같이 건강으로 와서 금은붙이를 팔아서 방을 얻었다고 한다. 석 달이 지났을 무렵 노파가 남편도 없이 어떻게 혼자서 지내느냐며 중매를 서줘서 열준경과 인연을 맺게 되었다고 한다. 오늘 이렇게 새 남편과 함께 찾아와 전 남편을 만나게 되었으니 하늘이 맺어준 인연이라. 두 부부는 서로서로 전 남편, 전 부인을 만나 부둥켜안고 울었다. 그 자리에서 서신과 열준경은 맞절을 하고 친구의 예를 맺고 술잔을 나누었다. 밤이 되자 두 부부는 서로 원래의 아내와 남편을 찾았다. 그 후로 서로 친형제 집처럼 드나들었다.

두 부부가 서로 아내와 남편을 맞바꾸었네.
아내와 남편을 맞바꾸다니, 얼마나 황당한 일인가.
전 아내와 전 남편을 다시 찾음은 하늘의 뜻일 터,
환한 등불 아래 웃으며 전 아내와 전 남편을 다시 만나네.

이게 바로 「짝이 맞바뀐 부부」라는 이야기다. 건염 3년에 건강에서 있었던 일이다. 이 이야기 말고 또 「양면 거울 덕분에 다시 만난 부부」 이야기도 있다. 양면 거울 이야기는 짝이 맞바뀐 부부 이야기처럼 그렇게 인연이 기이하지는 않아도 부부 사이의 믿음과 의리에 대한 교훈을 준다는 측면에서는 몇 배나 더 낫다.

이야기가 단순하고 재미있어야 널리 전해지는 법,
이야기가 교훈을 줄 수 있어야 사람을 감동시키는 법.

한편, 남송 건염 4년 관서 지방에 관리 한 명이 살고 있었으니 그의 이름은 여충익呂忠翊, 그가 이번에 맡게 된 직책은 복주 세금감독관이었다. 이때 복건 지방은 최고의 전성기를 누리고 있었다. 여충익은 식솔들을 거느리고 임지로 출발했다. 복주는 산과 바다를 함께 두고 있으며 남부의 요충지라 사람도 많고 물산이 풍부한 곳이었으며, 중원에 난리가 자주 일어나는 이때 복주라면 그런 난리도 피할 수 있을 것 같아 여충익은 기꺼이 식솔을 다 거느리고 임지로 출발했다. 임지를 향해 출발한 발걸음은 한 해를 넘겨 다음 해 봄에 건주를 지나게 되었다. 각 지역의 특징을 설명하고 지도도 싣는 『여지지輿地志』에서는 건주를 일러 산은 푸르고 물은 맑으며 복건 지방의 요충지라고 기록해두고 있다. 하나 지금의 건주는 다음과 같은 옛말이 더 잘 어울리는 것 같도다.

낙양의 3월은 꽃이 비단처럼 만발한다더니,
어찌하여 나는 하필 봄을 피해 낙양을 찾는고.

자고로 전쟁과 기근이라는 두 단어는 늘 붙어 다니는 법, 금나라 병사가 양자강을 넘어 침공하니 양절지방3)이 모두 격파당했다. 복건 지방은 비록 직접 금나라 병사가 침공하지는 않았으나 큰 흉년을 당했으니 이 역시 하늘의 뜻이었으리라. 건주 역시 흉년으로 말미암아 곡물 가격이 하늘 높은 줄 모르고 치솟아 올라 백성들은 살길이 막막했다. 게다가 조정에서는 전쟁을 치러야 할 판이니 군비가 달려서 관청에서는 백성들에게 세금을 못 거둬들여서 안달이라 백성들의 삶을 돌볼 겨를이 없었다. '아무리 재주 좋은 며느리도 쌀 없이는 죽을 못 끓인다'고 하지 않는가. 백성들은

---

3) 지금의 절강성과 상해 그리고 강소성의 남부 일대를 말한다.

세금 낼 쌀도 돈도 없고, 관에서는 또 세금 내라고 닦달하니 이판사판 삼삼오오 떼를 지어 산으로 들어가 도적 떼가 되었다. 뱀도 머리가 없으면 움직이지 못한다고 이들 사이에서 범여위范汝爲라는 사람이 나서서 사람들을 조직하고 명령을 세워 백성들을 이끌었다. 뭇 도적들이 구름처럼 몰려와 그를 따르니 그 수가 순식간에 10만을 헤아리게 되었다.

> 바람이 거세지면 불을 놓고,
> 달빛 어두워지면 사람을 죽인다.
> 먹을 게 없으면 같이 굶고,
> 고기를 얻으면 공평히 나눈다.

관병은 그들을 당해내지 못하고 연전연패했다. 범여위는 마침내 건주를 근거지로 삼아 원수로 등극하고 병사를 나눠 사방을 공략했다. 범 씨 문중의 자제들은 모두 작위를 받고 병사를 거느리는 직책을 맡았다. 범여위에게 조카가 하나 있었으니 그 이름은 범희주范希周였다. 범희주의 나이는 스물셋, 어려서부터 특이한 재주를 지니고 있었으니 물질을 잘하여 물속에 들어가 사나흘을 버틸 정도였다. 이 때문에 미꾸라지라는 별명을 얻었다. 본디 공부하여 출세하고자 했으나 뜻을 이루지 못했다. 범여위가 범희주에게 자기를 도우라 하자 정말 내키지 않았으나 범여위가 자기 뜻을 거스르는 자는 모두 죽이는 터라 목숨을 보전하고자 부득이 범여위의 휘하로 들어갔다. 비록 도적 패거리가 되었으나 기회만 있으면 사람 살리는 일에 앞장서고 함부로 노략질을 하지 않았다. 도적들은 범희주가 매사에 나서지 않고 벌벌 기는 것을 보고 원래 있던 별명을 눈먼 미꾸라지라고 바꿔 부르며 놀렸다.

한편, 여충익에게는 딸이 하나 있었으니 이름은 순가順哥, 나이는 열여섯, 용모 단정하고 성격도 온순했다. 그 순가가 복주로 부임하는 아버지 여충익을 따라 같이 길을 나섰다. 여충익 일행이 건주에 이르렀을 때 마침 범여위의 패거리에게 지니고 있던 짐과 패물을 모두 뺏기고 가족도 뿔뿔이 흩어지고 말았다. 딸을 잃은 여충익은 백방으로 딸을 찾았으나 찾지 못하고 한숨을 쉬고 안타까워하면서 그저 부임지로 향할 수밖에 없었다.

발은 작고 걸음에 익숙지 못한 여순가는 멀리 도망가지도 못하고 도적 패거리에 잡혀 건주로 끌려갔다. 여순가가 울며불며 난리를 치니 범희주가 불쌍히 여기고 다가가 물으니 여순가가 자신의 내력을 말해주었다. 이에 범희주는 여순가가 양반집 규수라는 걸 알게 되었다. 범희주는 도적 떼에게 물러서라고 하고는 자기가 직접 여순가의 포박을 풀어주고 자기 숙소로 데려가 좋은 말로 위로하고 자기의 속마음을 털어놓았다.

"나 역시 본디 도적은 아니었소. 그저 도적질하지 않으면 죽이겠다고 협박을 받아 어쩔 수 없이 도적 패거리에 끼게 된 거요. 나중에 조정의 사면을 받으면 다시 양민이 될 수 있을 것이오. 그대가 나를 천박하다 여기지 않고 나랑 결혼해 주신다면 나에게는 전생과 이생과 후생을 잇는 큰 기쁨이 되겠소이다."

여순가는 내키지 않았으나 이미 도적 떼에게 잡혀 다른 방도가 없는 신세라 범희주의 말을 따를 수밖에 없었다. 다음 날 범희주가 범여위에게 이 사실을 보고하니 범여위가 몹시 기뻐했다. 범희주는 일단 여순가를 도적 떼가 머무는 숙소에 보내어 머물게 하고는 길일을 잡아 결혼식을 올렸다. 범희주에게는 집안 대대로 내려오던 보배가 하나 있었으니 바로 양면 거울이었다. 그 양면 거울을 펴면 양쪽이 반짝반짝 빛났다. 또 원앙이 조각되어 있어 원앙 보배 거울이라고 불렸다. 범희주는 이 거울을 결혼 예물로 여순가에게 주었다. 범희주는 범 씨 친척들을 두루 초청하여 화촉을 밝혔다.

> 본디 책을 읽던 번듯한 총각,
> 본디 양반집 규수,
> 본디 의젓하고 점잖은 총각,
> 본디 부드럽고 착한 규수.
> 비록 도적들과 함께하여도,
> 청운의 기상은 그대로.
> 비록 도적에게 잡혔어도,
> 양반집 규수의 자태는 그대로.
> 오늘만큼은 녹림처사들이 결혼식의 하객,
> 오늘 밤, 저 처녀가 총각을 맞아 신방에 드는구나.

결혼식을 올리고서 신랑과 신부는 서로에게 순종하고 존중했다. '칼로 일어난 자는 칼로 망하고, 물 항아리는 물 긷다가 깨지는 법.' 범여위가 천하를 어지럽히고 날뛸 수 있었던 것도 금나라와 전쟁을 벌이느라 조정에서 신경 쓸 겨를이 없었던 그 틈을 탔기 때문이라. 이제 장준張浚, 악비岳飛, 장영張榮, 오개吳玠, 오린吳璘과 같은 명장들이 금나라의 침략을 여러 차례에 걸쳐 막아내자 조정이 조금씩 안정을 찾아갔다. 고종은 임안을 새 도읍지로 정하고 연호를 소흥紹興이라 정했다. 이해 겨울 고종은 한세충韓世忠을 시켜 병력 10만을 거느리고 범여위의 무리를 토벌하게 했다. 범여위가 어찌 한세충의 적수가 될 수 있겠는가. 범여위는 성문을 굳게 걸어 잠그고 지키기에 급급했다. 한세충은 성 주위를 겹겹이 에워싸고 압박했다.

한세충은 본디 동경, 그러니까 북송의 수도 개봉 시절부터 여충익과 교분이 있었다. 한세충은 범여위 정벌 작전을 수행하면서 여충익이 복주에서 세금감독관으로 봉직하고 있는 것을 떠올리고 여충익이라면 복건 지방의 사정에 익숙할 것으로 생각했다. 당시 원정을 떠나는 사령관은 백지 발령장을 지니고 다니다가 지방의 인재를 발견하면 즉시 임명하여 부릴 수 있었다. 한세충은 여충익을 토벌대장으로 임명하여 건주에 같이 머물면서 범여위 일당 소탕 작전을 지휘하고 있었다. 건주성 안은 아수라장이었다. 범여위는 몇 번이고 결사대를 보내어 관군의 포위를 뚫고 도망치고자 했으나 번번이 실패하고 말았다. 전세는 갈수록 불리했다. 여순가가 범희주에게 심정을 말했다.

"'열녀는 두 남편을 섬기지 아니하고, 충신은 두 임금을 섬기지 아니한다.' 했으니 저는 관군에 잡혀 능욕당하느니 차라리 스스로 목숨을 끊겠나이다. 당신의 도움을 받아 모진 목숨 이어왔고 당신의 아내가 되었으니 이 몸은 당신 것이옵니다. 관군의 기세를 보면 범가네 세력은 결국 격파당하고 말 것입니다. 그러면 당신은 범 씨네 친족이라 용서받기 어려울 것입니다. 차라리 제가 먼저 죽어 당신이 험한 꼴 당하는 것을 보지 않는 것이 나을 것 같습니다."

말은 마친 여순가는 침대 밑의 칼을 빼어들고 목에 갖다 대었다. 범희주는 황망히 일어나 이를 말리며 칼을 빼앗아 던져버리고는 여순가를 달랬다.

"내가 비록 도적 떼와 함께 기거하고 있으나 본디 내가 원해서 그리한 것은 아니라오. 하나 나의 결백함을 입증할 방법이 없으니 내가 도적들과 도매금으로 취급되어 죽임을 당한다손 그 역시 팔자려니 할 것이외다. 당신은 본디 양반집 규수로 억지로 끌려온 것이니 당신이야말로 도적 떼와는 하등의 관련이 없는 사람이오. 한세충 휘하의 장병들은 모두 장강 이북에서 온 사람들이고 당신도 장강 이북 출신이니 말투도 같지 않소. 분명 고향 사람이라 하여 당신을 봐줄 것이오. 만약 고향 사람들 가운데 당신 아버님의 소식을 아는 자를 만나면 아버님을 다시 만날 수도 있을 것이니 미리 포기하진 마시오. 세상에 사람 목숨보다 중한 게 어디 있다고 그렇게 쉽게 목숨을 버리려고 하시오."

"제가 죽지 않고 다시 살아갈 수 있다 하더라도 저는 결코 재혼하지 않을 겁니다. 다만, 병사들의 손에 잡힐까 그게 걱정이니 차라리 스스로 죽으면 절개를 더럽힐 일은 없을 듯합니다."

"그대의 절개를 지킨다는 그 맹세를 들으니 나는 죽어도 여한이 없소이다. 만약 내가 정말 만에 하나 죽지 않고 살아난다면 나 역시도 절대 재혼하지 아니하여 오늘 보여준 그대의 일편단심에 보답하고자 하오."

"여보, 원앙 보배 거울은 당신 집안에서 대대로 전해 내려오는 보배이니 그 거울을 둘로 갈라서 하나씩 간직하도록 해요. 언젠가 이 한쪽 거울이 양쪽 거울로 합쳐진다면 우리도 다시 만날 수 있겠지요."

말을 마치고 범희주와 여순가는 서로 껴안고 울었다. 이게 바로 소흥 원년(1131) 겨울 섣달에 벌어진 일이다. 소흥 2년 정월에 한세충은 건주성을 본격적으로 공략하기 시작했다. 사정이 다급해진 범여위는 불을 지르고 스스로 불길 속에 뛰어들어가 생을 마감했다. 한세충은 노란 깃발을 세우고 잔당들에게 투항을 권유했다. 다만 범 씨 일족에게만은 자비를 베풀지 않았다. 범 씨 일족은 반은 관군의 칼과 창 아래 죽고 반은 포로로 잡혀 임안으로 끌려갔다. 여순가는 세 불리함을 절감했다. 남편 범희주도 틀림없이 죽었을 것만 같았다. 여순가는 폐가로 들어가 머릿수건을 풀어 목을 매었다.

차라리 절개를 지키고자 죽은 귀신이 될지언정,

죽기를 두려워하여 절개를 잃는 사람이 되지는 않으려네.

그러나 아직 죽을 운명은 아니었던지 토벌대장 여충익이 병사를 이끌고 이곳을 지나다가 폐가에서 누군가가 목을 매 자살하려고 하는 것을 발견하고는 병사를 시켜 구해주도록 했다. 여충익이 가까이 가서 보니 바로 자신의 딸 여순가가 아닌가. 죽음의 문턱을 넘다 살아난 여순가는 한참이나 있다가 겨우 말을 할 수 있게 되었다. 부녀가 다시 상봉하니 기쁘고도 슬펐다. 여순가는 범여위 병사에게 붙잡혔던 일, 범희주에게 도움을 받은 일을 소상하게 말씀드렸다. 여충익은 너무도 놀라 입을 다물지 못했다.

한편, 한세충은 건주 공략을 마치고 백성들을 진정시켰다. 그런 다음 여충익과 함께 임안으로 개선했다. 천자께서 논공행상했음은 두말할 필요가 없겠다. 하루는 여충익이 부인과 함께 딸 순가가 아직 나이도 창창한데 그냥 혼자 늙게 만들 수는 없다며 둘이 나서서 딸에게 재혼을 권했다. 순가는 남편 범희주와 했던 약속이 있는지라 부모의 말에 귀를 열려고 하질 않았다. 여충익이 버럭 역정을 내었다.

"그래 양반집 딸로 태어나 도적놈하고 결혼한 것은 당시 사정이 그래서 어쩔 수 없다 치자. 그러나 천만다행으로 그 도적놈이 죽어 네가 재혼할 수 있게 되었는데 지금 와서 그놈을 생각해서 어쩌겠다는 거냐!"

"제 남편은 본디 과거를 준비하는 자였어요. 다만 같은 집안의 도적 괴수가 강요하여 어쩔 수 없이 도적질에 가담한 것입니다. 제 남편은 천리에 어긋나는 일을 저지른 적이 없어요. 만약 하늘이 무심하지 않으시다면 제 남편을 보살펴 죽음을 면하게 해주셨을 거예요. 그렇다면 강물 위를 떠도는 부평초처럼 언젠가는 다시 만날 수도 있을 거예요. 저는 지금처럼 이렇게 친정에서 어머님, 아버님을 모시며 과부로 수절하겠나이다. 정말 그러면 아무런 미련이 없을 것입니다. 만약 억지로 저를 재혼시키려 하시면 저는 하는 수 없이 스스로 목숨을 버려 절개를 지키겠나이다."

여충익은 딸내미가 조목조목 따지고 들자 더는 재혼하라고 강요하지 못하였다.

세월은 쏜살같이 흘러 소흥 12년, 여충익은 사령관으로 승진하여 병사를 거느리고 봉주封州에 주둔하게 되었다. 하루는 광주 수비대장이 부관 하승신賀承信 편에 봉주 사령부에 공문을 보내왔다. 여충익은 하승신을 사령부 청사에서 접견했다. 그 김에 여충익이 하승신에게 광주 지역의 사정을 이모저모 물어보았다. 여순가가 안채에서 휘장 너머로 이 장면을 유심히 살펴보다가 여충익이 나오자 여쭤보았다.

"좀 전에 공문을 가지고 왔던 자는 누구이옵니까?"

"광주에서 온 하승신이란 자로다."

"참 이상하네요. 행동거지를 보면 꼭 제 전남편 같사옵니다."

"하하, 무슨 소리. 건주성이 격파당할 때 범씨 성 가진 자들은 모조리 잡아 죽였노라. 네 남편도 죽었을 수는 있어도 살아날 수는 없었느니라. 게다가 광주에서 공문를 가지고 온 자는 성이 하 씨였노라. 과거에 그런 심대한 잘못을 저지른 자가 어찌 조정의 녹을 받는 신하가 될 수 있겠느냐? 쓸데없는 생각은 하지도 마라. 다른 사람이 들으면 얼마나 황당하겠느냐."

여순가는 아버지에게 면박을 당하고서는 너무도 부끄러워 감히 더 이렇다저렇다 말하지 못했다.

부부 사이의 사랑이 너무도 깊어,

부녀 사이의 대화가 겉돌기만 하네.

다시 반년이 지났다. 하승신이 또 군사문서를 가지고 봉주의 사령부 청사를 방문했다. 이때 여순가가 몰래 휘장 뒤에서 하승신을 살폈다. 아무리 보아도 의심이 더 커져가기만 했다. 여순가가 아버지께 여쭈었다.

"소녀, 이미 속세를 떠나 도의 세계에서 노닐기를 작정했사온즉, 어찌 아녀자처럼 세상에 조그만 미련이라도 있겠나이까. 하지만 광주에서 왔다는 그 하승신이라는 사람은 아무리 보아도 제 전남편과 너무도 많이 닮았습니다. 아버님께서 그자를 안채로 부르셔서 술 한잔 대접해 주시고 조용히 한 번만 물어봐 주십시오. 제 남편의 아명은 미꾸라지고, 전에 건주성에서 범 씨네 병사들이 꼭 패할 것만 같아 이 원앙 보배 거울을 두 짝으로 나눈 다음 한 짝씩 나눠 가지고서 징표를 삼았습니다. 아버님, 이 거울로 시험해 보시면 가부가 판가름 날 것입니다."

여충익은 딸에게 그렇게 하겠노라 응낙했다. 다음 날 여충익은 하승신을 안채로 따로 불러 술자리를 가졌다. 서로 술잔을 기울이면서 고향에 대해서 물으니 하승신이 부끄러워하는 기색을 내보이며 머뭇거렸다. 여충익이 다시 하승신에게 물었다.

"그대의 별명이 혹 미꾸라지가 아니요? 내가 이미 다 알고 있으니 걱정하지 말고 사실을 다 말해보시오."

하승신은 여충익에게 좌우의 사람들을 물려달라고 요청하고 나서 바로 무릎을 꿇고 아뢰었다.

"죽을죄를 지었습니다."

여충익은 하승신을 안아서 일으키면서 이럴 필요 없노라 안심시켰다. 하승신은 비로소 가슴에 담아둔 사연을 이야기하기 시작했다.

"소인은 건주 출신으로 실제 성은 범가이옵니다. 건염 4년에 저의 일족 범여위가 주린 백성들을 꾀어 건주성을 근거로 반란을 일으켰을 때 저역시 그 패거리와 함께했습니다만 실은 제가 원해서 그런 것이 아니라 겁박을 당하여 어쩔 수 없이 그렇게 한 것입니다. 후에 관병이 토벌하러 왔을 때 저의 일족은 고스란히 죽임을 당했습니다. 그러나 소인은 평소에 사람들에게 야박하게 굴지 아니하여 인심을 잃지 않았던지라 다른 사람의 도움으로 목숨을 부지하고 하승신이라고 변성명하고서 관군에게 투항했던 것입니다. 소흥 5년에는 악비 장군 휘하의 병사로 편입되어 동정호의 괴수 양요楊幺 토벌 작전에 참가하게 되었습니다. 악비 장군 휘하의 병사들은 대부분 북방 출신이라 수전에 익숙지 않았습니다. 하지만 소인은 남방 출신으로 어려서부터 물질을 잘하여 사흘 밤낮을 물속에서 견딜 수 있는지라 미꾸라지라는 별명을 지니고 있습니다. 악비 장군께서는 소인을 선봉으로 삼아주셨고 저는 매번 전투를 벌일 때마다 앞장서서 마침내 양요를 토벌할 수 있었습니다. 악비 장군께서는 제가 공을 세운 것을 기특하게 여겨 군대에서 직을 맡을 수 있도록 배려해주셨습니다. 지금은 광주 수비대장의 부관직을 맡고 있습니다. 10년 동안 저는 이 사실을 아무에게도 말하지 못하고 있었습니다만 지금 사령관님께서 물으시니 차마 감출 수가 없었나이다."

"그대 부인 이름은 무엇이오? 본처요, 아니면 새장가를 든 거요?"

"난리 통에 양반 규수를 아내로 맞이했사온데 다음 해 건주성이 함락될 때 헤어지고 말았습니다. 헤어질 때 서로 죽지 않고 살아난다면 평생 재혼하지 않기로 맹세했습니다. 나중에 소인은 고향인 신주信州에서 노모랑 같이 서로 의지하며 여종 하나를 두고 살림을 맡기면서 살고 있을 따름입니다. 소인은 아직 재혼하지 않았습니다."

"그래 그대가 아내랑 약조하고 헤어질 때 주고받은 징표가 있는가?"

"원앙 보배 거울이 있사옵니다. 그 거울은 합치면 하나가 되고 나누면 둘이 됩니다. 저희 부부가 하나씩 나눠 가졌습니다."

"그 거울을 아직도 가지고 있는가?"

"예, 그 거울은 낮이나 밤이나 제 몸에서 떨어진 적이 없습니다."

"어디 한 번 볼 수 있는가?"

하승신은 겉저고리 부리를 들어 올리고 비단 허리띠에 같이 묶어 놓은 주머니를 꺼내었다. 그 주머니 안에 거울이 들어 있었다. 여충익은 하승신이 꺼내서 전달한 거울을 받아들더니 자기 소매 품에서 거울을 꺼내어 합쳐 보았다. 거울 두 쪽은 정확하게 딱 들어맞았다. 하승신은 거울 두 쪽이 딱 들어맞는 것을 보고선 자기도 모르게 대성통곡했다. 여충익도 마음이 짠하여 두 줄기 눈물을 흘렸다. 여충익이 하승신에게 말했다.

"그대의 아내가 바로 내 딸일세. 내 딸아이가 지금 안채에서 자네를 기다리고 있다네."

여충익이 하승신을 안내하여 안채로 갔다. 하승신과 여순가가 서로를 알아보고선 대성통곡했다. 여충익은 그들을 진정시키고 축하하는 잔치를 열어주었다. 그날 밤 하승신은 사령관 아문에서 머물렀다. 며칠 후 여충익은 공문서의 답신을 써서 하승신에게 주고 출발하게 했다. 더불어 딸 여순가에게 하승신의 임지로 가서 같이 살게 했다. 1년이 지나고 임기가 만료되자 하승신은 아내랑 함께 임안으로 돌아가는 길에 봉주에 들러 여충익에게 인사를 올렸다. 여충익은 수천 금의 금은보화를 준비하여 하인을 시켜 임안까지 호송하게 했다. 아울러 사위가 지난날 범여위가 건주성에서 도적질을 할 때 참예했던 건은 이미 시간이 많이 지나 굳이 각박하게 문제 삼을 자가 없을 것 같기도 하고, 또 범 씨 가문에 그래도 후손 하나 정도는 있어야 하지 않겠나 싶은 생각에 예부에 문서를 올려 범씨 성을 회복하게 하고 대신 이름은 그냥 현재 이름을 그대로 쓰는 것으로 부탁하니 하승신은 이제 범승신이 되었다.

범승신은 나중에 양회유수로 승진했고 아내와 같이 늙어갔다. 그 원앙 보배 거울은 지금껏 가보로 전해진다. 후세 사람들이 미꾸라지 범 씨가 도적 떼하고 같이 지내면서도 함부로 휩쓸리지 아니하고 인정을 베풀어 많은 사람을 살려주어 결국 자신도 죽을 고비에서 살아나 부인을 다시 만났으니 이게 다 선행에 대한 하늘의 보답이라고 평했다.

10년 동안 저 멀리 서로 떨어져 있었던 새,
오늘 이렇게 만나서 거울 속의 원앙이 되었네.
물 위를 떠다니는 부평초 다시 만난 것처럼 우연이라 하지 마소,
양면 거울 다시 만남은 그가 쌓은 덕이 하늘을 움직였기 때문이라네.

포공이 귀신의 억울함을 풀어주다

三現身包龍圖斷冤

— 포공이 세 번이나 나타난 혼령의 억울함을 풀어주다 —

감라甘羅는 일찌감치 출세하고[1], 강태공은 늘그막에 출세하고,

팽조는 장수하고, 안회는 요절하고.

범단范丹은 찢어지게 가난했고[2], 석숭은 천하제일 부자였지,

맞아, 모든 건 다 때를 어떻게 맞추느냐에 달렸지.

한편 송나라 원우元祐 연간(1086~1093)에 궁정에서 의전을 담당하는 태상 벼슬을 지내던 진아陳亞가 장자후章子厚를 탄핵하려다 실패하고는 강도 유수 겸 건강(지금의 남경) 부윤으로 발령받았다. 하루는 휘하의 관리들

---

1) 진나라 여불위의 식객이었던 감라는 12살의 나이에 진왕 정政을 설득하여 조나라, 연나라와의 관계를 재정립하는 데 큰 공을 세우고 상경上卿의 지위에 올랐다고 전해진다. 초년 출세의 대명사로 자주 인용된다.

2) 별명은 사운史雲, 범염范冉으로도 불렸다. 후한 환제桓帝 때 내무萊蕪 지방의 장을 지냈으나 퇴직 후 너무도 가난하여 시루에 먼지가 슬고 솥단지에 벌레가 기어다닐 정도였다고 한다.

과 강가의 정자에서 잔치를 벌이다가 정자 바깥쪽에서 누군가가 음양오행과 사주팔자를 굳이 보지 않고도 사람의 미래를 알 수 있다고 큰소리치는 걸 들었다. 진아가 어떤 자이기에 감히 이런 큰소리를 치느냐 물으니 주위 사람들이 장님 변 도사라 했다. 진아가 변 도사를 불러들이라 명하니 사람들이 즉시 변 도사를 데려왔다.

챙이 다 달아난 모자,
너덜너덜 다 해진 옷,
서리 앉은 머리칼, 감긴 눈,
꾸부정하게 굽은 어깨.

변 도사는 지팡이를 짚으며 걸어 들어와 읍하고선 계단 옆을 더듬어 자리를 잡고 앉았다. 진아가 버럭 화를 내며 말했다.

"너는 눈조차 멀어 성현들의 책을 볼 수도 없으면서 어찌 감히 함부로 음양오행을 무시하는 말을 지걸이느냐?"

"소인은 죽간을 긁는 소리를 듣거나 홀이 움직이는 소리를 들으면 나아가고 물러날 때를 알며, 신발 끄는 소리를 듣고 죽고 사는 것을 압니다."

"그래, 그럼 그대의 점괘가 믿을 만한가?"

마침 이때 강물 위로 배 한 척이 철퍼덕철퍼덕 노 젓는 소리를 내면서 흘러내려 오고 있었다. 진아가 변 도사에게 물었다.

"저 배의 쥔장은 길할까, 흉할까?"

"노 젓는 소리에 애곡성이 가득합니다. 필시 고관대작의 관을 싣고 있을 것입니다."

진아가 곧바로 사람을 보내어 확인해 보게 했다. 과연 임강臨江의 낭중

郎中 이李 공이 재임 중에 죽어 그의 관을 싣고 고향으로 가는 길이었다. 진아가 깜짝 놀라며 말했다.

"아니, 한나라 때 동방삭이 다시 살아난다고 해도 너보다 나을 수는 없을 것이다."

진아는 변 도사에게 술 열 잔을 연거푸 내리고 은 열 냥을 준 다음 그를 보내주었다.

지금까지 이야기한 것은 노 젓는 소리를 듣고서 길흉화복을 알아낸 변 도사 이야기다. 이제 오늘 이야기하려는 점쟁이는 성은 이李 씨요, 이름은 걸杰로 북송 개봉 출신이다. 이걸은 연주부 봉부현 현청 앞에 점집을 열었다. 태아보검을 황금색 종이로 싸서 걸어 놓고 그 아래에 '무식한 주제에 남에게 쓸데없는 말을 지껄이는 자는 목을 벰'이라고 적은 간판을 걸었다. 이걸이 음양을 따져 치는 점은 너무도 영험했다.

『주역』을 꿰뚫고,
운명의 흐름에 정통하네.
하늘의 무늬와 운행을 손금 보듯 알고,
땅의 무늬, 바람과 물의 흐름을 낱낱이 아네.
길흉화복을 귀신같이 알아맞히고,
삼생의 감춰진 사연을 읽어내,
흥망과 성패를 눈앞에 보는 듯이 이야기하네.

이걸이 점집 간판을 내건 바로 그날 한 사람이 가게 안으로 걸어 들어왔다. 그 사람의 생김새가 어떠했던가.

등짐 메고, 두건 쓰고,

동정을 두 겹으로 덧댄 검정 적삼 입었네,

허리에는 천 허리띠,

말끔한 신발과 양말을 갖춰 신고,

소매에는 글자를 적은 두루마리 한 폭.

그 사람이 가게 안으로 들어와 점쟁이 이걸에게 인사하고는 자신의 사주를 이야기해 주었다. 이걸이 그 사주를 듣고 점괘를 뽑았다. 이걸이 이 점괘를 보더니 이렇게 말하는 것이었다.

"이 괘는 내가 어떻게 봐줄 수가 없소이다."

점을 치러 온 자는 봉부현의 압사押司(문서담당 주임) 손문孫文이었다. 손문이 이걸에게 물었다.

"어째서 점괘를 풀어줄 수 없다는 것이오?"

"사실대로 고백하건대, 이 점괘는 풀어내기가 정말 어렵소이다."

"대체 뭐가 어렵다는 거요?"

"손님은 술이 있어도 사드시지 마시고, 다른 사람한테 잘못이 있어도 덮어주고 묻지도 마시오."

"나야 뭐 술을 마시지도 않는 사람이고, 또 다른 사람 잘못을 덮어주고 말 것도 없는 사람이오."

"생년월일시 여덟 글자를 다시 한번 말해주쇼. 혹 내가 잘못 점괘를 잡았을 수도 있으니 다시 확인해 봅시다."

손문이 사주팔자를 다시 읊어주니 점쟁이가 점괘를 다시 뽑아보고는 역시 풀이를 못 해주겠노라 말했다. 손문이 절대 화내지 않고 타박하지 않을 테니 이야기해 보라고 권했다. 점쟁이가 점괘가 너무 불길하다며 네 구절의 시를 적었다.

백호가 나타나는 날,
재앙이 나타나는 날.
내일 새벽 자시가 지나기 전에,
그대 가족들이 모두 슬퍼 울리라.

손문은 이 네 구절을 시를 보고서 물었다.
"그러니까 이 점괘가 길조요, 아니면 흉조요?"
"사실대로 말씀드리면 손님께서 죽는다는 점괘입니다."
"그럼 내가 어느 해에 죽는다는 거요?"
"올해 죽습니다."
"그럼 내가 올해 몇 월에 죽는다는 거요?"
"이번 달에 죽습니다."
"그럼 내가 이번 달 며칠에 죽는다는 거요?"
"오늘 죽습니다."
"그럼 내가 오늘 몇 시에 죽는다는 거요?"
"올해, 이달, 오늘 한밤중 자시가 지나가기 직전인 자정이 30분쯤 지난 시점에 죽습니다."
"허허, 그래! 오늘 밤 내가 죽는다면 모든 게 끝나는 것이고, 만약 내일 아침에도 내가 살아 있으면 당신은 내일 현청 아문에서 나를 좀 봐야 할 것이오."
"만약 손님이 내일 살아계신다면 저기 걸어놓은 '무식한 주제에 남에게 쓸데없는 말을 지껄이는 자의 목을 베는' 칼로 내 목을 베겠소이다."

점쟁이의 이 말을 듣고 손문은 참았던 노기가 버럭 치밀어 올라 점쟁이를 가게 바깥으로 메다꽂아버렸다. 이 점쟁이가 과연 어떻게 되었을까?

그저 인간 세상의 일을 꿰뚫고 있다는 죄로,
쓸데없는 원망만 한가득 받는구나.

봉부현 현청에서 아전들이 지나가다가 이 광경을 목격하고선 일단 뜯어말리고 어이하여 이런 사달이 일어났는지 물었다. 손문이 대답했다.

"아니, 무슨 이런 경우가 다 있어. 내가 그저 심심풀이로 점괘나 하나 뽑아달라고 했더니, 내가 오늘 밤 자정이 30분쯤 지날 때 죽는다지 뭐야. 내가 몸에 무슨 병이 있는 것도 아닌데 오늘 밤 그 시각에 죽는다는 거야. 내가 저놈을 패대기친 다음 현청으로 끌고 가서 혼쭐을 내줄 거야."

아전들이 손문을 달랬다.

"아니 나리, 저놈의 점괘를 진짜 믿을 것 같으면 어서 가서 집을 팔아버리셔야지. 점쟁이들이야 지들 입에서 나오는 대로 아무렇게나 갖다붙여서 이야기하는 거잖아요."

아전들은 손문을 잘 달래서 보낸 다음 점쟁이한테 와서 한바탕 훈수를 했다.

"여보쇼, 아니 그래 어쩌자고 우리 현청의 압사 나리를 건들었소? 이제 여기서 장사하기 힘들겠구먼. 사람이 가난해지는 거, 신분이 깎이는 거 미리 알기는 쉬워도 사람이 언제 죽을지 알기는 지극히 어려운 거 아뇨. 당신이 무슨 염라대왕의 아비라도 되고 저승사자의 형이라도 된다고 누구 죽는 날, 시각까지 정확히 꼭 짚어줘 그래. 말을 너무 빼도 박도 못하게 해버렸어."

"사람 입장 고려하다 보면 점을 제대로 칠 수가 없습니다. 물론 있는 그대로 이야기하면 듣는 사람이 화를 내지요. 여기서 더 못살게 되면 또 어딘가 갈 데가 있겠지요."

이걸은 탄식하면서 점포를 닫아걸고 주섬주섬 물건을 챙겨서 다른 곳을 찾아 떠났다.

손문은 아전들이 말리는 바람에 그만 화를 삭이고 나오기는 했지만 여전히 기분이 찜찜했다. 이날 현청에서 공문처리를 대강 마치고 집에 돌아왔다. 마음이 영 개운치 않아 보였다. 손문의 아내는 남편이 심히 미간을 찡그리고 얼굴에는 수심이 가득 차 있는 것을 보고 물었다.

"무슨 안 좋은 일이라도 있으셔요, 현청에서 공문처리가 제대로 안 된 건가요?"

"아냐, 알 거 없어."

"혹시 현령 나리가 잔소리를 심하게 하십디까?"

"아니라니까."

"아니면 다른 사람하고 다투기라도 하신 거예요?"

"그것도 아냐. 사실 오늘 내가 현청 앞에 있는 점집에 들렀지. 근데 그 점쟁이가 나더러 올해 이달 오늘 자정이 30분쯤 지나서 죽는다는 거야."

손문의 아내는 이 말을 듣고 미간을 찡그리고 두 눈을 동그랗게 뜨고 선 물었다.

"아니, 어쩌자고 멀쩡한 사람한테 오늘 저녁 죽는다는 그런 말을 해요? 현청으로 데리고 가서 혼내주지 그러셨어요?"

"그렇지 않아도 그놈을 패대기쳐서 데리고 가려는데 사람들이 말려서 참았어."

"그럼 당신은 잠시 집에 계셔요. 그래도 평소에 당신한테 일이 생기면

제가 다 현령 나리 찾아뵙고 아뢰었더랬죠. 일단 제가 당신 대신 점쟁이를 만나서 우리 남편은 관가에게든 개인에게든 돈을 함부로 빌린 적도 없어 송사에 휘말릴 양반이 아닌데 어째서 오늘 밤 자정 30분 지나서 죽는다고 감히 예언을 하는지 따져 물어볼 것입니다."

"그럴 필요 없어. 오늘 저녁에 내가 죽지 않고 살아남아서 내일 내가 직접 가서 그놈의 점쟁이와 따질 거야. 그게 당신 같은 아낙네가 지금 가는 것보다 훨씬 나아."

해가 뉘엿뉘엿 기울기 시작했다. 손문이 아내에게 일렀다.

"가서 술상 좀 봐와. 난 오늘 밤에 잠 안 잘 거니까 밤새 술이라도 마시고 시간을 보내야지."

손문은 한 잔 두 잔 마시다 보니 자기도 모르게 흠뻑 취해버렸다. 손문은 팔걸이의자에 앉아 꾸벅꾸벅 졸았다. 손문의 아내가 손문에게 물었다.

"아니 어떻게 벌써 졸고 그러세요?"

손문의 아내는 영아를 시켜 나리를 흔들어 깨워보라 했다. 영아가 손문에게 다가가 흔들어 깨워도 손문은 일어나지 않고, 소리쳐 불러도 대답하지 않았다. 손문의 아내가 영아에게 일렀다.

"아이고 너랑 나랑 부축하여 방으로 모시고 들어가자."

어떡하나! 만약 지금 이 이야기를 하는 이야기꾼이 손문과 나이도 같고 키도 비슷했더라면 나라도 나서서 손문의 허리와 팔을 꽉 붙잡고 손문을 다시 탁자로 끌고 오고 싶은 심정이다. 손문은 그저 무료함을 달랠 만큼 한두 잔 정도만 마셨어야 했다. 절대 술에 취하여 침실로 들어가 잠이 들어서는 안 되었다. 이리하여 올해, 이달, 오늘 밤, 『오대사』에 나오는 이존효李存孝(894 졸), 『한서』에 나오는 팽월彭越(B.C. 196 졸)보다 더 비극적인 죽음을 맞이하게 되었다.

나뭇가지 사이로 가을바람 불어오면 매미가 먼저 알지,

하나 그 바람에 먼저 세상을 떠나는 자 역시 자기라는 걸 매미는 모르지.

남편이 잠자리에 들자 손문의 아내는 영아에게 부엌의 불을 끄게 했다.

"참, 나리가 오늘 점을 쳐봤더니 점쟁이가 오늘 밤에 죽을 팔자라고 얘기했다는데 너도 알고 있느냐?"

"예, 저도 들었습니다만 참 허무맹랑한 말이더라고요."

"그래 그럼 나랑 같이 잠을 자지 말고 바느질하면서 점쟁이 말대로 되는지 한번 보자꾸나. 오늘 네 나리가 무사하시기만 하면 내가 내일 그놈의 점쟁이한테 가서 꼭 따질 것이로다. 잠들면 안 된다."

"제가 어찌 감히 잠들겠어요.."

말을 마치기가 무섭게 영아는 꾸벅꾸벅 졸기 시작했다.

"아니 내가 같이 날을 새자고 했는데도 벌써 잠든 게냐?"

"저 안 자요."

겨우 대답하고 영아가 또 잠들어버렸다. 손문의 아내가 다시 큰소리를 질러서 영아를 깨워서 물었다.

"지금 몇 시나 되었느냐?"

현청에서 밤 시각을 알려주는 북소리가 들려왔다. 자정 하고도 딱 30분이 되는 시각이었다. 손문의 아내가 영아에게 다시 말했다.

"그만 좀 졸아라. 사실 이 시각이 가장 힘든 시각이긴 하다."

영아는 그만 깊이 잠들어버려 다시 불러도 대답하지 못했다. 이때 갑자기 손문이 침대에서 벌떡 일어나는 소리, 그리고 중문 여닫는 소리가 들려왔다. 손문의 아내가 황급히 영아를 깨워 불을 가져오게 하여 비춰보았다. 대문 여닫는 소리가 또 들려왔다. 손문의 아내와 영아가 등불을 비추며 소리 나는 쪽으로 가보니 하얀 옷을 입은 사람이 한쪽 소매로 얼굴을 가리고 뛰어나가더니 풍덩 하는 소리와 함께 봉부현 강물에 뛰어들었다.

차마 얼굴 돌려 마주 볼 수 없는 그런 상황이 되면,
모든 걸 저 불어오는 동풍에 맡기고 포기하게 되지.

봉부현의 이 강줄기는 황하로 흘러가는 데다 물살까지 세니 어디 물에 빠진 시신을 걷어 올릴 수 있으랴! 손문의 아내와 영아는 강가로 달려가 땅을 치고 하늘을 올려다보며 대성통곡했다.

"아니 여보 어쩌자고 그래 물에 뛰어들었단 말이오, 남은 우리 둘은 대체 어떻게 살라고!"

곡소리를 듣고서 동네 사람들이 다 몰려들었다. 윗집 사는 조 아주머니, 아랫집 사는 모 아주머니, 앞집 사는 고 아주머니, 포 아주머니 할 것 없이 하나도 빠짐없이 모두 달려왔다. 손문의 아내는 이들한테 지금껏 있었던 일을 시시콜콜 하소연했다. 조 아주머니가 한마디 거들었다.

"아니 어째 이런 해괴한 일이 다 일어났을까 그래!"

모 아주머니도 거들었다.

"내가 낮에 손 씨가 퇴근하는 걸 봤는데 검정 저고리 소매 안에 뭔가 문서 같은 것을 가져오는 것 같더라고. 나랑 인사를 나누기도 한걸."

고 아주머니도 빠지지 않고 끼어들었다.

"맞아, 나도 손 씨랑 인사를 했다니까."

포 아주머니 역시 끼어들었다.

"우리 집 양반이 지난 아침에 현청에 일 보러 갔다와설랑 나한테 손 씨가 점쟁이 멱살을 잡고 뭔가 따지는 걸 봤다고 얘기해주더구먼. 근데 어쩌다가 진짜로 이렇게 죽어버렸다니?"

조 아주머니가 또 입을 열어 한마디 했다.

"아니, 손 씨 어떻게 우리 이웃한테 말 한마디 없이 그렇게 죽을 수가 있어 그래!"

조 아주머니는 눈물을 그렁그렁 흘렸다. 모 아주머니가 말을 이었다.

"아이고, 손 씨가 평소 우리 이웃한테 좀 잘했어, 그 생각만 하면 영 마음이 짠하네!"

모 아주머니 역시 덩달아 눈물을 훔쳤다. 포 아주머니가 넋두리하듯 소리를 질렀다.

"아이고, 손 씨 이제 언제나 다시 만난대요!"

이장이 이 사건을 관가에 보고했다. 손문의 아내는 여하튼 죽은 남편을 위해 독경도 하고 죽은 혼령이 저승길을 잘 떠나도록 빌어주었다.

눈 깜빡할 사이에 석 달이 지났다. 하루는 손문의 아내와 영아가 집에 있으려니 술에 취해 얼굴이 다 빨개진 두 여인이 대문 안으로 들어오는 것이었다. 한 여인은 술 한 병을 들고, 다른 여인은 종이꽃 두 송이를 들고서 주렴을 걷고 들어오면서 자기들끼리 서로 말을 주고받았다.

"아, 여기고만."

손문의 아내가 고개를 돌려 여인네들을 바라보았다. 그녀들은 바로 중매쟁이로 한 여인은 장 씨, 다른 한 여인은 이 씨였다. 손문의 아내가 그녀들을 맞아주었다.

"오랜만이네요."

"이거 괜히 번거롭게 하는 건 아닌지 몰라. 암튼 우리가 그 소식을 늦게 듣는 바람에 부의금도 못 전해줬네그려. 너무 서운하게 생각하진 마셔. 참 근데 댁의 바깥양반이 돌아가신 지는 얼마나 되었소?"

"어제가 백일이었구먼요."

"세월 참 빠르지, 어제가 벌써 백일이었다니! 손문 나리가 참 얼마나 호인이었어. 내가 인사를 하면 인사는 또 얼마나 잘 받아줬다고. 그나저나 집에 남자가 없으니 너무 적막하구먼. 아무래도 남자를 들여야겠어."

"아이고 됐어요. 어디 가서 우리 남편 같은 사람을 찾아요?"

"아냐, 그게 꼭 어려운 일만은 아니라고. 마침 우리한테 아주 좋은 짝이 하나 있긴 한데."

"무슨 말씀을요. 제 남편 같은 사람은 세상에 다시 없을걸요."

중매쟁이 두 여인이 차를 마시고 나서 돌아갔다. 며칠 더 지나고 나니 두 중매쟁이가 다시 와서 또 중매 이야기를 꺼냈다. 손문의 아내가 마침내 중매쟁이에게 이렇게 제안했다.

"그래요, 만약 저에게 중매해줄 요량이면 제가 말하는 세 가지 조건을 먼저 맞춰주셔야 해요. 만약 하나라도 못 맞춰주면 저는 재혼하지 않고 수절과부로 평생 지낼 거예요."

손문의 아내는 입을 열어 마침내 그 세 가지 조건이 무엇인지 밝히기 시작했다. 하나 바로 이 때문에 5백 년도 넘는 인연으로 맺어진 연인이 결국 쌍으로 형장에 달려가는 일이 벌어지고 말았구나.

사슴을 일러 말이라 하는 진나라 재상의 억지를 설파하기 쉽지 아니하고,
꿈에서 나비가 된 장자는 자기가 본디 장자였는지 나비였는지를 모른다네.

매파가 손문의 아내에게 물었다.

"그래 그 세 가지 조건이라는 게 대체 뭐요?"

"첫째, 제 죽은 남편 성이 손가이니 새로 맞을 남편의 성도 손가여야

해요. 둘째, 제 남편이 봉부현에서 압사를 지냈으니 새로 맞을 남편도 그런 직업을 가진 사람이어야 해요. 셋째, 제가 그 사람 집으로 들어가는 게 아니라 그 사람이 제집으로 들어와야 해요.”

"그러니까 지금 하는 말은 손씨 성을 가진 사람한테 재가하고 싶고, 그 사람이 전남편과 같은 직업을 가진 사람이어야 하고, 그 사람이 그대 집으로 들어와 살아야 한다 이거지? 다른 조건을 맞추려면 한참 골머리를 앓아야겠지만 지금 자네가 말한 세 가지 조건은 우리가 다 맞춰줄 수 있어. 우리가 지금 자네한테 다 말해줄게. 자네 전남편이 봉부현에서 압사였잖아. 그래서 사람들이 형님 압사 손 씨라고 불렀었지. 지금 우리가 자네한테 소개해 줄 남잔 말이야, 원래 봉부현에서 부압사를 지냈어. 게다가 자네 남편이 저세상으로 떠난 후 승진하여 이젠 '부'자를 떼고 당당히 압사가 되었다지. 아마 그래서 사람들이 그를 젊은 압사 손 씨라고 부른다네. 그 젊은 압사 손씨가 기꺼이 여자 집으로 들어온다고 했어. 그래서 우리가 자네를 이 젊은 압사 손 씨하고 한번 엮어보려고 하는데 어떠셔?"

"설마 그렇게 딱 맞는 사람이 있으려고요!"

중매쟁이 장 씨가 손문 아내의 말을 받았다.

"내가 올해 일흔둘이요. 만약 내가 허튼소리를 하면 내가 일흔두 마리 암캐가 되어 자네 집안의 똥을 먹겠네."

"정말 그러시면 가서서 한 번 주선 좀 해주세요. 연분이 맞을지 모르겠네요."

"마침 오늘이 길일이니 바로 사주단자를 써주시게나."

"근데 집안에 사주단자 쓸 종이 같은 게 있어야지요."

옆에 있던 중매쟁이 이 씨가 거들었다.

"마침 내가 가지고 온 게 있다네."

중매쟁이 이 씨는 앞가슴 배자 안쪽에서 5남 2녀 어린아이들이 복스럽게 그려진 사주단자 적는 데 쓰는 종이를 꺼냈다.

눈 쌓인 곳에 숨어 있는 백로는 날기 전에 보이지 아니하고,
버들가지에 숨어 있는 앵무새는 지저귀기 전에는 알지 못하네.

손문의 아내가 바로 영아에게 붓과 벼루를 가져오게 하여 사주단자를 써서 중매쟁이들에게 주었다. 중매쟁이들이 사주단자를 받아서 돌아갔다. 당연히 정해진 수순 대로 예물을 주고받고 혼례절차도 상의하면서 말이 왔다 갔다 했다. 두 달이 채 못 되어 동생 압사가 손문의 아내 집으로 들어왔다. 새로 인연을 맺은 두 남녀는 죽이 너무도 잘 맞았다.

어느 날 새로 인연을 맺은 동생 압사와 손문의 아내가 술을 마시다가 영아에게 해장국을 끓여오게 했다. 영아가 부엌으로 가서 불을 지피려고 하면서 입으로 계속 중얼거렸다.

"지난번 나리가 살아계셨을 때는 지금 시각에는 이미 잠자리에 들었을 텐데. 지금은 이 늦은 시각에 이렇게 해장국이나 끓이고 있으니 원!"

보아하니 연통 구멍이 막혔는지 불이 잘 붙지 않았다. 영아는 고개를 숙여 연통 밑동을 빼서 화로 받침대 다리에다 대고 툭툭 쳤다. 몇 번 쳤나 싶은데 갑자기 화로 받침대가 땅에서 한 자 정도나 쑥 올라왔다. 한 남자가 그 화로 받침대를 머리에 이고 목에는 사각 우물 덮개 틀을 쓰고 머리칼은 풀어헤치고 혀는 쑥 내밀고 눈에서는 핏물을 흘리면서 영아에게 말을 걸었다.

"영아야, 나를 좀 도와다오."

영아는 너무도 놀라 비명을 지르고 그냥 졸도해버렸다. 얼굴은 누렇게

뜨고 눈은 멍하니 초점이 사라져버리고 입술은 파래지고 오장육부는 어디로 갔는지 사지육신을 꼼짝도 못 했다.

몸은 새벽녘 산등성이 너머 저무는 달과 같고,
목숨줄은 삼경에 기름이 다 닳아가는 등잔불과 같구나.

손문의 아내와 젊은 압사 남편이 화들짝 달려와 영아를 보살피면서 혼백을 되살리는 안혼정백탕을 먹였다.

"아니 대체 뭘 봤기에 그렇게 기절한 거야?"

영아가 손문의 아내에게 말했다.

"제가 화로에다 불을 붙이는데 화로 받침대가 쓱쓱 올라가는 거예요. 글쎄 돌아가신 나리가 목에다 사각 우물 덮개 틀을 쓰고 눈에서는 핏물을 흘리면서 봉두난발한 채로 '영아야' 하면서 저를 부르는 거예요. 그 소리를 듣자마자 저는 바로 기절해버렸지요."

손문의 아내는 그 말을 듣자마자 바로 영아의 뺨따귀를 갈겨버렸다.

"아니 그래 해장국을 끓여 오랬더니 지금껏 게으름 피운 건 그렇다 쳐도 무슨 얼토당토않은 소리를 하는 거냐? 그래 됐다, 됐어. 그냥 화롯불 끄고 어서 들어가서 잠이나 자라."

영아는 그냥 잠자러 들어갔다. 두 사람도 방으로 돌아왔다. 손문의 아내가 젊은 손 압사에게 말했다.

"영아가 하는 소린 신경 쓸 필요 없어요. 그냥 집에서 쫓아내면 돼요.."

"어디로 보낸다는 거여?"

"나한테 다 생각이 있어요.."

다음 날 날이 밝자 젊은 손 압사가 아침을 먹고 현청으로 출근했다. 집에 있던 마님이 영아를 불렀다.

"영아야, 네가 우리 집에서 같이 생활한 지도 벌써 칠팔 년이 되었구나. 나도 네가 참 맘에 든다만 지금 형편이 전 나리 살아계실 때만 못하구나. 너도 결혼하고 싶어 하는 눈치이기도 하니 내가 남편감을 하나 골라서 혼사를 치러주마."

"제가 감히! 그리고 제가 누구한테 시집간다고요?"

손문의 아내가 영아를 이 남자에게 시집보냄으로 말미암아 자기 역시 죽은 손 압사에게 목숨을 잃게 되는구나.

바람 소리 자기 전까지는 매미 울음소리 들리지 아니하고,

등잔불 꺼지기 전까지는 창밖에 다가온 달빛 보이지 아니하네.

영아는 가만히 있는데 그냥 손문의 아내가 나서서 영아를 결혼시켜 버렸다. 상대방 이름은 왕흥, 별명은 주정뱅이였다. 술과 노름에 이골이 난 자였다. 영아가 시집간 지 석 달이 채 못 되어 왕흥은 영아가 가져온 혼수를 탕진해버리고 술을 먹기만 하면 영아를 욕해대었다.

"이 등신 같은 년, 내가 이렇게 날마다 고생하는 걸 보면 네 쥔장한테 가서 돈이라도 좀 빌려와야 할 거 아냐."

영아는 견디다 못해 치마끈을 질끈 동여매고 손문의 아내한테로 달려 갔다. 손문의 아내가 영아에게 말했다.

"아니 영아야 실컷 시집보내놨더니 여기는 뭐하러 왔어?"

"아이고 그놈, 도저히 안 되겠어요. 늘 술주정에다 노름만 해대니. 석 달도 못 돼서 제가 마련해 간 걸 탕진해버렸다고요. 하는 수 없이 마님한 테 달려왔으니 어떻게 돈이라도 좀 융통해줘 봐요."

"아니 영아야, 네가 시집 잘 가고 못 가는 건 다 네 팔자지. 아무튼 이번에 은자 한 냥을 준다만 다음번엔 국물도 없을 줄 알아."

영아는 은자를 받아들고서 감사 인사를 올리고 집으로 돌아갔다. 왕흥이 사나흘 만에 그 돈을 다 써버렸다. 해거름에 왕흥 그 인간이 술을 거나하게 마시고 돌아와 영아를 보고서 말했다.

"이 등신 같은 년아, 내가 이렇게 고생하는 게 안 보여? 어서 가서 돈을 마련해 와야 할 거 아냐."

"지난번에 가서 은자 한 냥 얻어오면서도 온갖 소리를 다 들어먹었는데 지금 어떻게 또 가라는 거야."

"뭐라고? 이 등신 같은 년, 그래 안 가겠다는 거야? 너 안 가면 내가 다리몽둥이를 부러뜨려버릴 거라고."

영아가 왕흥한테 시달리다 못해 밤을 도와 손문의 아내 집을 찾아갔다. 한데 대문이 이미 잠겨 있었다. 문을 두드리자니 또 한 소리를 들을 것 같아 이러지도 저러지도 못하고 있었다. 그저 다시 돌아가는 수밖에 없었다. 걸어서 두세 집을 지나노라니 한 남정네가 이렇게 말하는 소리가 들렸다.

"영아야, 너한테 부탁할 일이 있어."

바로 이 사람으로 말미암아 손문의 아내와 젊은 손 압사에게 골치 아픈 일이 생기고 만다.

거북이 물 위를 헤엄쳐 간다. 파란 물 위에 검은 점 하나.

백학이 솔가지에 앉았도다. 푸른 하늘에 하얀 점 하나.

영아가 고개를 돌려보니 한 사람이 처마 밑에 우두커니 서 있더라. 두건을 쓰고, 빨간 옷에 허리띠를 동여매고, 손에는 문서를 들고 낮은 목소리로 이렇게 말했다.

"영아야, 나는 죽은 손 압사다. 내가 지금 거처하는 곳을 너한테 말해줄 형편이 못 되는구나. 손을 내밀어 보아라. 내가 너에게 보여줄 것이 있느니라."

영아가 손을 내밀어 뭔가를 받았다. 다시 보니 그 남자는 어디론가 사라져버렸다. 영아가 손안에 쥐어진 물건을 보니 우그러지고 닳아빠진 은자 한 꾸러미였다. 영아가 자기 집으로 돌아와 문을 두드리니 안에서 대답하는 소리가 들렸다.

"아니, 전에 모시던 쥔장 찾아가는데 뭐 이렇게 시간이 오래 걸린 거야?"

"말도 마. 내가 전 쥔장 집에 가서 쌀 좀 꿔오려고 했거든. 근데 문이 잠겨 있는 거야. 한데 잔소리를 들을까 봐 문을 못 두드리겠더라고. 그냥 돌아오려는데 집 처마 밑에 전에 모시던 손 압사가 서 있는 거야. 귀 양쪽으로 한일자 모양 삐쭉 나온 두건을 쓰고, 빨간 옷에 허리띠를 동여매고서는 나에게 은자 한 꾸러미를 쥐여 주더라고."

"아니 이런 망할 년! 지금 무슨 황당한 소리를 하는 거야? 대체 그놈의 은자 꾸러미가 어디서 났다는 건지 알 수가 있어야지. 하여간 일단 안으로 들어오기나 해."

"네가 화롯가에서 죽은 손 압사를 보았다는 이야기를 입에 달고 다니는 걸 내가 잘 알지. 그리고 이건 냄새가 좀 나. 다른 사람이 들으면 좋을 거 없으니까 이렇게 안으로 들어와서 이야기하자는 거야. 일단 그 은자 꾸러미를 잘 간수하고 있다가 낼 날 밝으면 현청에 가서 신고하자고."

공들여 심은 꽃은 싹도 나지 않더니,

아무렇게나 던져 놓은 버들이 자라 무성해지네.

날이 밝았다. 왕흥이 생각에 잠겼다.

'아 참, 이건 두 가지 이유 때문에라도 내가 현청에 가서 신고할 게 아니네. 첫째, 상대방은 현청에서 압사 자리를 꿰차고 있는 사람이잖아. 내가 그 사람한테 어찌 감히 척지는 일을 하지! 둘째, 물증이 없어요. 내가 이 은자를 현청에다 갖다 주면 아전들이 외려 해결할 실마리도 찾기 힘든 귀찮은 일거리만 생겼다고 생각할 거 아냐. 일단 전당포에 가서 옷이라도 좀 사서 입고 주전부리할 거도 두어 상자 마련해서 일단 손 압사 집을 찾아가는 게 좋을 거 같군.'

궁리를 마친 왕흥은 주전부리할 거리를 두 상자 사왔다. 왕흥과 영아는 입성을 깔끔하게 차려입고서 손 압사 집을 찾아갔다. 손문의 아내가 보니 두 사람이 제법 깔끔하게 옷을 차려입고 선물도 두 상자나 들고 온 것을 보고서 바로 한마디 했다.

"아이고, 돈은 어디서 나셨대?"

"어제 손 압사 나리가 뭔가를 기록한 문서도 주시고 은자도 한 꾸러미나 주셨어요. 저도 이제 술도 끊고 노름도 안 할 겁니다."

"왕흥, 자넨 먼저 집에 돌아가 있게. 영아는 여기 며칠 더 있게 하고."

왕흥이 집으로 돌아갔다. 손문의 아내가 영아에게 일렀다.

"내가 태산에 가서 향을 사르고 불공을 좀 드리고 돌아오고 싶구나. 내일 나랑 같이 가자."

그날 밤은 별일 없이 지나갔다. 이튿날 아침에 일어나 소세를 마치고 젊은 손 압사는 현청으로 출근했다. 손문의 아내는 대문을 잠그고 영아와 함께 길을 나섰다. 태산 동악묘에 도착하여 본당에서 향을 사르고 본당에서 내려와 양쪽 회랑에서 다시 향을 살랐다. 보응전에 가려는데 영아의 치마끈이 헐렁해지더니 그만 풀려버렸다. 손문의 아내가 앞서가고 영아는 뒤에서 치마끈을 조이고 있는데, 보응전 안에서 귀 양쪽으로 한일자 모양의 두건을 쓰고 빨간색 도포를 입고 짐승 뿔로 장식한 허리띠를 맨 판관이 이렇게 말하는 것이었다.

"영아야, 내가 너의 전 주인이다. 내 억울함을 좀 풀어주어라. 내가 너에게 줄 것이 있느니라."

영아는 그 물건을 받아 쥐고서 중얼거렸다.

"참 이상하기도 하지. 아니 그래, 어떻게 진흙 동상이 다 말을 한다니? 그리고 이건 또 왜 나한테 주는 거지?"

천지가 개벽한 이래로 이런 일은 없었구나,

예부터 지금까지 정말 드문 일이로다.

영아는 그 물건을 황망히 품 안에 집어넣었다. 손문의 아내에게는 차마 이 사실을 알리지 못했다. 향을 사르는 일을 다 마치고 각자 자기 집으로 돌아갔다. 영아는 집에서 왕흥한테 오늘 동악묘에서 있었던 일을 이야기해 주었다. 왕흥이 영아가 받아온 것을 살펴보니 종이 한 장이었다. 그 종이에는 다음과 같이 쓰여 있었다.

큰딸의 아이, 작은딸의 아이,

앞사람은 심고 뒷사람은 거두네.

삼경에 있었던 일을 알려면,

불을 들어내고 밑의 물을 퍼내야지.

내년 2월 혹은 3월이 되면,

'구사句巳'가 와서 이를 해결하리라.

왕홍이 아무리 뜯어봐도 도시 무슨 말인지 알 수가 없었다. 왕홍이 영
아에게 한소리 했다.

"괜히 다른 사람한테 떠들지 마. 내년 2월이나 3월이면 무슨 일이 생
기겠지."

이러구러 세월은 흘러 다음 해 2월. 현령이 갈렸다. 새로 부임한 현령
은 여주 금두성 사람으로 이름은 포증包拯(999~1062), 후세 사람들에게 전설
의 판관이라 전해지게 되는 그 사람이었다. 그는 나중에 용도각학사龍圖閣
學士가 되었기에 사람들이 그를 포룡도라고 불렀다. 봉부현 현령은 포증의
첫 번째 관직이었다. 포증은 어려서부터 사람이 올곧고 총명하여 현령으
로 발령받았을 때도 인간사 얽히고설킨 일, 애매하고 복잡한 일을 정확하
고 속 시원하게 해결해 내었다. 포증이 부임한 지 사흘째, 아직 정식으로
업무를 시작하기 전, 밤에 잠이 들었다가 꿈을 꾸었다. 현청 집무실에 앉
아 있는데 집무실 기둥에 두 줄짜리 대련이 붙어 있었다.

삼경에 있었던 일을 알리려면,

불을 들어내고 밑의 물을 퍼내야지.

포증은 이튿날 조회 시간에 현청의 아전들을 다 불러 꿈에서 본 대련
을 읊어주고 물었으나 그 뜻을 풀이해주는 자는 아무도 없었다. 포증은 아
무것도 쓰지 않은 하얀 종이를 가져오게 하여 해서체로 이 대련의 내용을
적게 했다. 포증이 불러주는 내용을 받아 적은 자가 바로 젊은 손 압사였

다. 포증은 그 종이 아래쪽에 빨간색 글자로 '이 글귀의 뜻을 풀이하는 자에게는 은자 열 냥을 상금으로 줄 것이다'라고 적었다. 그런 다음 그 종이를 현청 대문에 걸어 놓게 했다. 온 현청의 아전들 그리고 백성들이 은자 열 냥이라는 말에 귀가 솔깃하여 너나 할 것 없이 몰려들어 서로 어깨를 밀치고 등을 밀면서 이 종이를 보려고 다투었다.

왕흥도 이때 마침 현청 앞에 대추떡을 사러 왔다가 사람들이 현령 나리가 현청 문 앞에 방을 붙였는데 거기에 쓰여 있는 내용을 풀이할 줄 아는 자가 하나도 없다고 수군거리는 소리를 들었다. 왕흥이 다가가서 그 종이를 보니 영아가 보응전 판관한테 받아왔던 그 글자들 아닌가. 왕흥은 흠칫 놀랐다.

"내가 가서 사실대로 이야기하자니 신임 현령이 좀 괴팍하다는데 괜히 그 양반 성질이나 건드는 것은 아닐지 걱정이고, 그렇다고 가만있자니 나 말고는 이 글의 내력을 아는 사람이 아무도 없을 것이라 걱정이네."

왕흥이 대추떡을 사서 집으로 돌아와 아내 영아에게 이 일을 말해주었다. 이 말을 듣고서 영아가 말했다.

"죽은 손 압사가 세 번이나 내 앞에 나타나 억울함을 풀어달라고 하고 은자 한 꾸러미를 주기까지 했는데, 이걸 사실대로 밝히지 않으면 내가 귀신한테 혼날 것 같아."

왕흥은 아직도 확실하게 마음을 정하지 못한 채 현청 앞에 갔다가 이웃 배裵 주사를 만났다. 왕흥은 평소에 배 주사가 그 나름대로 세상 돌아가는 물정을 잘 아는 자라고 하는 걸 익히 알고 있었기에 그의 소매를 끌고 골목 안쪽 조용한 곳으로 데리고 갔다. 왕흥이 배 주사에게 저간의 사정을 쭉 설명해준 다음에 물었다.

"내가 이거 가서 말해야 하나 아니면 가만있어야 하나?"

"그래, 그 보응전 판관이 주었다는 종이는 지금 어디 있나?"

"마누라 옷상자 안에 넣어놨지."

"일단 내가 먼저 가서 보고할 테니까 자네는 집에 가서 그 종이를 가지고 현청으로 오라고. 현령 나리가 부르면 그때 그 종이를 가지고 와서 증거로 보여주라고."

왕흥은 바로 집으로 돌아갔다. 배 주사는 포증이 퇴청하여 안채로 들어간 것을 확인했다. 마침 포증 옆에 작은 손 압사가 없었다. 배 주사는 포증에게 찾아가 아뢰었다.

"나리, 제 옆집에 사는 왕흥이라는 자가 나리께서 현청문에 내건 대련 글자의 내력을 알고 있다고 하옵니다. 동악묘 보응전의 판관이 종이를 건네주었다고 하는데 그 종이에 쓰여 있는 구절 중 일부라고 하옵니다."

"그래, 왕흥은 지금 어디에 있느냐?"

"지금 그 종이를 가지러 갔습니다."

포증은 즉시 사람을 파견하여 왕흥을 데려오게 했다.

한편, 왕흥이 집에 돌아가 마누라의 옷상자를 열어서 그 종이를 꺼내보니 아뿔싸 종이는 있으나 위에 적힌 글자가 하나도 보이지 않는 것이었다. 현청에 도저히 갈 수가 없어서 그저 혼자 속으로만 끙끙 앓으면서 집에 죽치고 있었다. 이때 현령이 파견한 아전이 도착하여 왕흥을 찾았다. 신임 현령의 득달같은 명령을 어찌 감히 거부할 수 있으랴! 왕흥은 하는 수 없이 이 글자 하나 남아 있지 않은 빈 종이를 들고서 아전을 따라서 현청으로 들어가 바로 안채로 갔다. 포증은 좌우 사람을 물리고 배 주사만 옆에 남아 있게 했다. 포증이 왕흥에게 물었다.

"배 주사가 말하길 네가 동악묘에서 종이 한 장을 얻었다고 하던데 그 종이를 한번 보자."

왕흥이 연신 머리를 조아리면서 말씀을 올렸다.

"소인의 처가 작년에 동악묘에 향을 사르러 갔을 때 보응전의 한 신령이 나타나 종이 한 장을 주었사옵고 그 종이에 글귀가 적혀 있었사옵니다. 나리께서 현청 문에 걸어놓은 글귀 역시 제 아내가 받은 종이에 적혀 있던 글귀 가운데 두 구절입니다. 소인은 그 종이를 소인의 처 옷상자에 넣어두었습니다. 조금 전 제가 다시 그 종이를 꺼내보니 글자는 간데없고 그저 빈 종이만 있는 것이었습니다. 지금 그 종이를 이렇게 가지고 왔습니다. 소인이 어찌 감히 허튼소리를 하겠습니까."

"그래 그 종이에 적혀 있던 글자를 아직도 기억하고 있느냐?"

"소인, 아직 기억하고 있습니다."

왕흥이 구술하니 포증이 그걸 받아 적었다. 포증은 받아 적고 나서 한참을 뚫어지게 바라보았다.

"그래, 왕흥아, 어디 한 번 물어보자. 그 보응전의 신령이 네 아내에게 그 종이를 주면서 다른 말은 하지 않았느냐?"

"예, 억울한 것을 풀어달라고 부탁했다고 하옵니다."

포증이 크게 화를 내며 소리를 쳤다.

"아니 지금 무슨 헛소리를 하는 거냐. 신령이 스스로 해결하지 못하는 억울함이 뭐가 있다고 사람한테 부탁을 다 한단 말이냐! 그리고 하고많은 사람 중에서 네놈 마누라한테 부탁하라는 법은 또 어디 있느냐 말이다. 지금 나에게 와서 이걸 고하는 놈은 바로 너니, 너한테 부탁했어야 했겠네. 이따위 얼토당토않은 말로 나를 속이려 들다니!"

왕흥이 연신 머리를 조아리며 포증에게 아뢰었다.

"나리 거기에는 다 사연이 있습니다."

"그래, 어서 자세하게 이야기해 보아라. 말이 그럴듯하면 너에게 상을 내리고 또 헛소리하면 몽둥이찜질을 할 것이다."

"소인의 마누라는 본디 이 봉부현의 손 압사 집에서 여종으로 있었던 아낙으로 이름은 영아라고 합니다. 어느 날 점쟁이가 손 압사한테 바로 그날 자정이 30분 지난 시각에 죽을 것이라고 예언했는데 손 압사가 정말로 그날 그 시각에 죽고 말았습니다. 그 손 압사의 아내가 영아를 저에게 시집보냈습죠. 제 마누라가 첫 번째로 그 손 압사 집 부엌에서 죽은 손 압사를 보았답니다. 손 압사가 목에다 사각 우물 덮개 틀을 쓰고 봉두난발에 혀를 쑥 내밀고 눈에서는 핏물을 흘리면서 이렇게 말했답니다. '영아, 네가 내 일 좀 해결해다오.' 두 번째는 손 압사 집 대문 앞에서 손 압사를 보았는데 귀 양쪽으로 한일자 모양 두건을 쓰고 빨간색 도포를 입고 짐승 뿔로 장식한 허리띠를 매고서 은 부스러기 한 꾸러미를 주었다고 합니다. 세 번째는 동악묘 보응전에서 판관이 나타나 제 마누라에게 이 종이를 주고 억울함을 풀어달라고 부탁했다고 합니다. 그 판관의 모습은 죽은 손 압사, 그러니까 제 마누라가 모시던 옛 주인이 틀림없었다고 합니다."

포증은 왕흥의 말을 듣더니 가가대소했다.

"원래 이렇게 된 거였구먼."

포증은 좌우 아전에게 명하여 젊은 손 압사와 그 아내를 잡아오게 했다.

"너희 둘이 아주 훌륭한 일을 하셨더구먼!"

젊은 손 압사가 대답했다.

"저는 아무 일도 한 적이 없습니다."

포증이 영아가 동악묘 보응전에서 받아온 종이에 적힌 내용을 설명해주기 시작했다.

"'큰딸의 아이, 작은딸의 아이'라는 구절에서 딸의 아이란 바로 외손을 말하며 여기서는 남편의 성이 손 씨라는 말이다. 그러므로 여기서는 형님 손 압사, 젊은 손 압사를 가리키는 것이다. '앞사람은 심고 뒷사람은 거두네'라는 구절에서 거둔다는 것은 네가 죽은 손 압사의 아내와 재산을 거저 차지한다는 것을 가리키는 것이다. '불을 들어내고 밑의 물을 퍼내야지'라고 한 것은 영아가 자신이 모시던 주인을 본 그대로를 그린 것이다. 손 압사가 화롯불을 머리에 이고 봉두난발하고 혀를 쑥 내밀고 눈에서는 피눈물을 흘리고 있었으니 이는 그가 깔려 죽었음을 말하는 것이다. 목에 우물 덮개를 걸고 있으니 우물이야말로 물이고, 화로는 바로 불이다. 네놈이 지금 사는 집의 부뚜막은 예전에 우물이 있던 자리, 죽은 자는 필시 그 옛 우물에 빠져 있을 것이다. '내년 2월 혹은 3월'은 바로 지금 아니냐! '구사句 巳가 와서 이를 해결하리라'고 했는데 구사는 포包자를 말함이니 바로 나로다. 내가 이 봉부현에 부임하여 그 구절의 의미를 해석해내고 자신의 억울함을 풀어준다는 말이로다."

포증은 아전들과 왕홍에게 명하여 어쨌든 손 압사 집에 가서 화로 아래를 파보고 시체를 찾아오라고 했다. 사람들은 반신반의했다. 손 압사 집으로 달려가 화로를 치워보니 과연 그 밑으로 돌판이 하나 있었다. 다시 돌판을 들어내니 우물이 나왔다. 인부를 불러서 우물물을 다 퍼내고 대바구니에 사람을 앉히고 그걸 밧줄로 묶어 아래로 내려보내 찾아보게 하니 시신 한 구를 찾아내었다. 사람들이 일제히 다가와 쳐다보았다. 그 시체는 얼굴빛이 하나도 변하지 않은 형님 손 압사였다. 형님 손 압사 목에는 비단 끈이 그대로 묶여 있었다. 젊은 손 압사는 놀라서 얼굴이 흙빛으로 변하여 아무 말도 하지 못했다. 사람들은 모두 깜짝 놀랐다.

이 젊은 손 압사는 추운 겨울 큰 눈에 쓰러져 죽을 뻔했던 사람이다. 형님 손 압사는 젊은 손 압사가 인물이 훤칠한 젊은이인 것을 보고서 살려주었다. 그에게 글도 가르쳐주고 공문 작성하는 방법도 알려주었다. 그러나 누가 알았으리. 자기 아내가 그와 바람을 피울 줄이야. 형님 손 압사가 점집에서 점을 치고 나오던 그 날, 마침 젊은 손 압사가 몰래 형님 손 압사 집에 숨어들었다가 형님 손 압사가 자기가 죽을 점괘를 받았다는 말을 듣고 이 기회에 형님 손 압사를 술에 흠뻑 취하게 한 다음 목 졸라 죽이고 시체를 우물에 숨겨 놓았다. 젊은 손 압사는 또 얼굴을 가리고 봉부현의 강으로 달려가 큰 돌덩어리를 던져 풍덩 하고 돌이 물에 빠지는 소리를 내었다. 그러곤 형님 손 압사가 물에 빠져 죽었다는 소문을 냈다. 나중에 우물을 덮어버리고 그 위에 부뚜막을 만들어버렸다. 혼담이 오간 것은 그다음이었다.

아전들과 왕흥이 다시 현청으로 돌아와 포증에게 손 압사 집을 다녀온 이야기를 보고했다. 젊은 손 압사와 그 아내는 굳이 문초하기도 전에 알아서 자백했다. 그 둘은 죽임을 당함으로써 형님 손 압사에게 죄를 갚았다. 포증이 이 사건과 관련하여 한 말이 다 맞는 말이었음이 증명되었다. 포증은 왕흥에게 은자 열 냥을 상급으로 주었다. 왕흥은 그 가운데 세 냥을 배주사에게 다시 나눠주었다. 포증은 첫 번째 부임지에서 이 사건을 깔끔하게 처리함으로써 천하에 명성을 드날리게 되었다. 지금까지도 포증은 낮에는 사람 일을 똑 부러지게 처리하고, 밤에는 귀신 일을 제대로 처리하는 판관으로 알려지게 되었다.

시에 숨겨 있는 비밀을 누가 풀어내리,
포증이 단번에 해결해내니 귀신도 깜짝 놀라는구나.
죄짓고 어두운 곳에서 가슴 졸이는 자들이여,
하늘이 모를 거라고 오판하지 말거나.

귀신에게 장가든 선비

─ 窟鬼癩道人除怪

─ 문둥이 도사가 귀신 소굴을 소탕하다 ─

살구꽃 위로 비 지난다.

꽃잎 지면 입술연지 같은 때깔도 저문다.

시냇물은 살구꽃 향기를 싣고 흘러가고,

점점 멀어져가는 사람아, 끝없는 그리움을 전할 길도 멀어져 가는구나.

그대와의 아쉬운 이별,

담벼락 그늘에서 눈 빠지게 기다릴 뿐,

파란 매실을 누가 따가리까?

말 등에 앉으신 그 님은 어디로?

아마도 버들가지 여전히 푸른 남쪽 들녘으로 가실 듯.

잠시 비와 구름이 숨을 고르면,

다정도 병인 양, 불현듯 왔다가 불현듯 가버리고.

온갖 소리를 내며 지저귀는 저 제비도,

내 님 집 소식을 물어올 수는 없다네.

금쪽같은 사랑의 맹세,

다시 만나지 않고서야,

이 마음 어이 놓으랴.

하나, 나는 아무것도 할 수 없어,

이 아린 가슴에 천 년 한을 쌓고 있지요.

위 사는 「염노교念奴嬌」이다. 성도로 과거 시험을 보러 가던 심문술沈文述이라는 선비가 지었다. 그런데 이 작품은 옛사람들의 유명한 작품 가운데 한 구절씩 따와서 지은 것이다. 어떻게 그걸 아느냐고? 자, 그럼 첫 구절부터 하나씩 밝혀 주리라.

첫 번째 '살구꽃 위로 비 지난다.'라는 구절은 진자고陳子高가 「알금문謁金門」이란 작품에 운을 맞춰 지은 「한식사寒食詞」에 나온다.

버들가지 파르라니,

인가에 찾아온 한식.

꽃은 한마디 말이 없건만 앵무새만 속절없이 입을 놀리고,

비 맞은 계단에 풀은 촉촉하다.

우두커니 저 향로를 바라보노라,

이 마음을 누가 알아주리?

향내는 벽과 창을 타고 도는데,

살구꽃 위로 비 지난다.

두 번째 '꽃잎 지면 입술연지 같은 때깔도 저문다.'라는 구절은 이이안 李易安이 「품령品令」이란 작품에 운을 맞춰 지은 「모춘사暮春詞」에 나온다.

꽃잎 지면 입술연지 같은 때깔도 저문다.

해마다 봄이면,

버들솜 하늘을 가벼이 날고,

죽순은 키를 한 뼘 키우고.

새로 나온 정원의 푸름을 마주하는 것은,

오직 적막.

높은 산봉우리 올라 아래를 내려다봐도,

내 님을 볼 수 없네.

떠나간 님 돌아온다고 약속한 날짜는 다가오건만.

그래 나 꿈길에 들면,

천릿길도 그저 성곽 저편 시냇가 가는 길처럼 가까울 터.

시냇가 물안개 피어오르는 그곳,

내 님이 나를 바라보고 있을지도 모를 일이지.

세 번째 '시냇물은 살구꽃 향기를 싣고 흘러가고'란 구절은 연안延安의 이李 씨가 「완계사浣溪沙」에 운을 맞춰 지은 「춘우사春雨詞」에 나온다.

힘없는 장미 꽃잎은 비 맞아 고개를 떨구고,

정 많은 나비는 꽃 사이를 헤집고 다니고,

시냇물은 살구꽃 향기와 제비 새끼 지저귀는 소리를 싣고 흘러간다.

이 내 심사 녹아내려가는 걸 저 봄이 어이 알리?

이 내 몸이 야위어가는 걸 저 거울이 먼저 아는구나.

오늘 밤에도 달빛이 누각을 비춘다.

네 번째 '점점 멀어져가는 사람아, 끝없는 그리움을 전할 길도 멀어져 가는구나.'라는 구절은 보월선사가 「유초청柳梢靑」에 운을 맞춰 지은 「춘사春詞」에 나온다.

끝없는 그리움,

점점 멀어져가는 사람아,

끝없는 그리움을 전할 길도 멀어져 가는구나.

비 그치니 살짝 차가운 기운,

바람 앞에 꽃향기는 새콤,

배꽃에 봄이 달려 있구나.

내 님은 노를 저어 저 하늘끝으로 가셨나,

해거름에 갈가마귀 나는 곳에서 술 깨시려나.

마당의 그네,

그네를 타는 여인,

누구일까?

다섯 번째와 여섯 번째 '그대와의 아쉬운 이별, 담벼락 그늘에서 눈 빠지게 기다릴 뿐'이라는 구절은 구양영숙歐陽永叔이 「일곡주一斛珠」에 운을 맞춰 지은 「청명사淸明詞」에 나온다.

봄을 슬퍼하니 애간장 녹네,

청명절 지나니 앵무새도 좋고, 꽃도 예쁘다.

그대여 사람을 슬프게 만드는 저 길로는 나서지 마시게나,

이 봄, 향내 나는 그대 수레가 저 푸른 들판에서 방황할지니.

밤에서 새벽까지 달빛 아래 바람은 불어도,

담벼락 그늘에서 눈 빠지게 기다릴 뿐.

그대와의 아쉬운 이별 그리움만 쌓이니,

갑자기 불어온 봄바람 차가워 꽃망울을 움츠리게 하는 듯.

일곱 번째 '파란 매실을 누가 따가리까?'라는 구절은 조무구晁無咎가
「청상원」에 운을 맞춰 지은 「춘사」에 나온다.

바람은 한들한들,

비는 부슬부슬,

푸른 나뭇가지 흔들거리고 꽃망울 비에 젖어 무겁다.

이 봄, 얇은 옷으론,

나, 견디기 어려워,

생각난다,

그대와 함께 파란 매실을 따던 일.

이제는 다 지난 꿈,

언제 다시 오려나,

애달프다, 몇 올의 머리카락으론 봉황 비녀를 꽂지도 못하니.

우리 사이 가로막는 저 산,

저 산 위로 푸른 구름,

제비는 날아오는데,

그대 소식은 왜 물어오지 않는 것이냐.

여덟 번째, 아홉 번째 '말 등에 앉으신 그님은 어디로? 아마도 버들가지 여전히 푸른 남쪽 들녘으로 가실 듯.'이라는 구절은 유기경柳耆卿이 「청평악」에 운을 맞춰 지은 「춘사」에 나온다.

흐렸다, 개었다,
엷은 햇살 구름 사이로 빛나네.
말 등에 앉으신 그님은 어디로?
아마도 버들가지 여전히 푸른 남쪽 들녘으로 가실 듯.
사랑 찾는 이내 마음 여전하나,
아쉽구나 나이 들어 이룰 길 없네.
하얀 귀밑머리를 뽑고 뽑으나,
내 머리칼은 봄 되면 다시 돋는 저 녹음방초와는 다르더라.

열 번째 '잠시 비와 구름이 숨을 고르면'이란 구절은 안숙원晏叔原이 「우미인虞美人」에 운을 맞춰 지은 「춘사」에 나온다.

꽃잎이 바람에 날리는 건 사랑하는 님을 찾아가는 것,
님 찾아가느라 나뭇가지에서 떨어지는 것.
새벽바람이 불어와 꽃잎 흩날리고,
그 꽃잎 물결에 몸 싣고 진루를 지난다.
잠시 비와 구름이 숨을 고르면,
한가롭게 난간에 기대네.

붉은 뺨을 타고 흐르는 눈물,

저 미인의 운명은 떨어지는 꽃잎과도 같아라.

열한 번째 '다정도 병인 양, 불현듯 왔다가 불현듯 가버리고'라는 구절
은 위부인魏夫人이 「권주렴捲珠簾」에 운을 맞춰 지은 「춘사」에 나온다.

그대 오셨을 땐 봄이 지기 전,

손에 손을 잡고 꽃을 꺾으니,

소맷부리엔 꽃에 묻어있던 이슬이 젖고,

우린 꽃을 향해 사랑을 맹세했었네,

우린 서로 두 떨기가 하나로 붙어 있는 꽃을 찾았지.

다정도 병인 양 우리 사랑 서로를 버렸네,

불현듯 왔다가 불현듯 가버리고,

누구한테 하소연하리.

내 눈물 홀로 해당화 나뭇가지를 적시니,

봄의 신이 그저 나를 눈물만 흘리게 했구나.

열두 번째 '온갖 소리를 내며 지저귀는 저 제비'란 구절은 강백가康伯可
가 「감자목란화減字木蘭花」에 운을 맞춰 지은 「춘사」에 나온다.

버들솜은 사방으로 다 날아가 버리고,

푸른 나무에 구름 걸리고 바람 잠시 멎었구나.

휘장 드리워진 곳,

온갖 소리를 내고 지저귀며 저 제비 날아간다.

깊고도 조용한 여인네의 방,

아침에 일어나 화장 아직 마치지 아니했네.

사랑하는 님이 돌아왔던 건 그저 꿈속의 일,

황금자수 비단옷에 눈물 자국만 방울방울.

열세 번째 '내 님 집 소식을 물어올 수는 없다네'라는 구절은 진소유秦 少游가 「야유궁夜遊宮」에 운을 맞춰 지은 「춘사」에 나온다.

어인 일로 봄이 또 가시는가?

뜰엔 떨어진 꽃잎과 버들솜만 한가득.

귀여운 제비 짹짹, 나에게 속삭이는 듯하지만,

내 님 집 소식을 물어올 수는 없다네.

내 가슴은 왜 이리 아릴까,

저 멀리 떠나간 내 님 생각 때문이지.

그님을 만나는 꿈을 꾸고 깨었더니,

밤새 비는 내리고,

이 밤 어이 견디랴,

저 두견새 우는 소리를.

열넷, 열다섯 번째 '금쪽같은 사랑의 맹세, 다시 만나지 않고서야'라는 구절은 황로직黃魯直이 「도련자搗練子」에 운을 맞춰 지은 「춘사」에 나온다.

매화꽃 져서 날리고요,

버들솜 사방에 떠다니더니,

바람 불고 비 내리니 온 들판에 내려앉았네요.

금쪽같은 사랑의 맹세, 어디 하소연할 데가 있어야지요.

그저 그 사랑 다시 만나지 않고서야.

열여섯 번째 '이 마음 어이 놓으랴'는 주미성周美成이 「적적금滴滴金」에 운을 맞춰 지은 「춘사」에 나온다.

매화꽃이 봄소식을 떨어뜨려 주니,

버들가지 허리를 뻗고,

들녘 마른 풀이 생기를 얻네.

나도 모르게 나이 들었나 머리 온통 새하얗다,

세월 흘러가는 게 애달프구나.

규방에 들어앉아 술 한 잔에 임 생각 한 번,

미간에는 주름만,

봄인데 외려 시름만.

천 리 멀리 가신 님 소식 전하기도 어려워,

내 님 보기 전에 이 마음 어이 놓으랴.

열일곱, 열여덟 번째 '하나, 나는 아무것도 할 수 없어, 이 아린 가슴에 천 년 한을 쌓고 있지요.'라는 구절은 구양영숙이 「접련화蝶戀花」에 운을 맞춰 지은 사에 나온다.

휘장으로 샛바람 막아도 찬 기운 여전하고,

눈 속에 핀 매화만이 봄소식 전하네요.

나는 아무것도 할 수 없어,

이 아린 가슴에 천 년 한을 쌓고 있지요.

금색 화로에 불 지피고 향내로 몸을 씻고,

금색 가위로 본을 뜨고 수를 놓네요.

새벽이 다 되어서야 비단 이불에 몸을 뉘었더니,

어느덧 창밖에 아침이 찾아오셨네요.

지금까지 설명한 사 작품을 지은 심문술은 선비였다. 지금부터 하려고
하는 이야기의 주인공도 선비다. 그 선비는 남송의 수도였던 임안에 과거
시험을 치르러 왔다가 구구절절 사연이 열 개도 넘는 그런 이야기의 주인
공이 되었다. 그래 이야기꾼이여, 그 선비의 이름이 대체 무엇이오? 소흥
13년(1143년)에 선비 한 명이 살고 있었으니 그는 복주福州 위무군威武軍 사
람으로 성은 오吳요, 이름은 홍洪이었다. 오홍은 고향을 떠나 임안에 와서
과거를 치러 공명을 이루고자 했다.

첫 번째 과거 시험에서 떡하니 장원급제하여,

10년 안에 최고의 관직에 오르리라.

그러나 어이하랴. 아직 운이 닿지 않았는지 과거에서 낙방하고 말았
다. 오홍은 너무도 답답했다. 노자도 다 떨어지고 또 고향에 돌아갈 염치
도 없었다. 그는 하는 수 없이 오늘날 주교州橋라고 부르는 다리 아래에 조
그만 서당을 열고 소일했다. 3년이 지나서 다시 과거 시험 방이 붙으면 과
거에 응시하여 공명을 이룰 작정이었다. 이렇게 어린 학동들과 씨름하면
서 한 달 한 달 지내다 보니 어언 1년이 지나갔다. 황송하게도 인근 동네

사람들이 아이들을 그에게 맡겨주는 바람에 돈도 좀 저축할 수 있었다.

하루는 오홍이 학동들을 한참 가르치고 있었다. 서당 주렴에 달아둔 종이 딸랑딸랑 소리를 내는가 싶더니 한 사람이 안으로 들어왔다. 오홍이 고개를 들어 바라보니 다른 사람이 아니라 바로 반년 전에 이사를 나갔던 이웃집 왕 노파였다. 왕 노파는 남녀 사이를 맺어주는 것으로 먹고사는 중 매쟁이였다. 오홍이 왕 노파에게 읍을 하고 나서 물었다.

"오랜만입니다. 지금 어디서 사시는지요?"

"훈장님께서 이 노파를 아예 잊으신 줄 알았더니! 난 지금 전당문錢塘門 성곽 안쪽에서 살고 있다오."

"할머니 올해 나이가 얼마나 되셨소?"

"이 노파 올해 벌써 칠십하고도 다섯이우. 우리 훈장님은 올해 몇이우?"

"저는 올해 스물둘입니다."

"아니 스물둘이라고? 근데 서른도 넘어 보여. 매일 학동들 가르치느라 신경을 너무 많이 쓰셨나 봐. 아무래도 우리 훈장님을 보살펴줄 여자가 필요한 모양이야."

"그렇지 않아도 나를 찾아와서 말을 건넨 사람들이 몇 있긴 한데 맘에 딱 맞는 짝을 찾을 수가 있어야지요!"

"사람이 만나고 맺어지는 건 다 인연 소관이라잖아. 내가 우리 훈장님께 알려드리는데 정말 좋은 혼처가 하나 있어. 지참금이 엽전 천 꾸러미에다 여종까지 하나 딸려준다지. 게다가 인물이 너무 좋아. 악기도 못 다루는 게 없어. 글도 쓸 줄 알고 셈도 잘해요. 게다가 고관대작 집안 출신이라 선비나 관리 아니면 상대를 안 한대요. 언제 한 번 소개받아볼 거야?"

오홍은 왕 노파의 말을 듣고 이거 호박이 넝쿨째 굴러들어 왔구나 싶었다. 오홍은 만면에 미소를 띠고 대답했다.

"정말로 그런 혼처가 있다면야 좋다뿐이겠습니까! 근데 그런 아가씨가 대체 어디 있다는 거요?"

"내가 우리 훈장님한테만 살짝 알려주지. 이 아가씨는 진 태사 나리의 셋째 아들인 진 부현령을 모시다 나온 지 두 달 정도 되었는데 그동안 받은 청혼서만 해도 얼마나 많은지 셀 수도 없다네. 삼성육부와 추밀원의 관리들도 청혼서를 보내왔고, 궁내 차인들 역시 청혼서를 보내왔고, 가게를 직접 운영하거나 집사를 맡고 있는 자들도 청혼서를 보내왔지. 근데 상대가 너무 과하거나 부족하여 결정을 못하고 있다네. 이 아가씨는 꼭 공부하는 선비와 결혼하고 싶어 한다고. 친정 부모도 없고 금아錦兒라는 여종 하나만 달랑 딸려 있을 뿐인 데다 못 다루는 악기가 없어서 진 태사 집 사람들이 이 아가씨를 악사 이 소저라고 부를 정도였다네. 이 아가씨는 지금 하얀 기러기 호수[白雁池] 근처의 지인 집에 머물고 있다고 하네."

오홍과 왕 노파가 한참 이야기를 나누고 있는데 서당 문 주렴이 바람에 흔들리고 또 누군가 그 주렴 앞을 지나가는 것이 보였다. 왕 노파가 오홍에게 말했다.

"훈장님, 방금 누군가가 이 서당 문 앞을 지나가는 걸 보셨죠? 아무래도 훈장님이 악사 이 소저를 아내로 맞을 팔자인가 봐."

왕 노파가 서당 문밖으로 나가 그 사람을 찾았다. 그 사람은 바로 지금 악사 이 소저와 같이 살고 있는 진건낭이었다. 왕 노파가 진건낭을 안으로 데리고 들어와 오홍에게 인사시켰다.

"건낭, 그래 당신 집에 그 아가씨 혼처는 정해졌어?"

"뭘요, 아직 정해지지 않았죠. 뭐 좋은 혼처가 없는 게 아니라 이 아가씨가 선비한테만 시집가겠다고 고집을 피우는 바람에 아직 혼처를 못 정하고 있는 거죠."

"내가 아주 딱 맞는 사람을 한 명 알고 있는데 건낭이나 그 아가씨 맘에 들지 몰라?"

"그래 그 아이를 누구한테 시집보내라는 거예요?"

왕 노파가 오홍을 가리키며 말했다.

"바로 이 사람이야. 어때, 좋아, 안 좋아?"

"무슨 농담을 그렇게 하세요. 이런 분에게 시집보낼 수만 있다면 얼마나 좋겠어요.."

오홍은 그날 학동들을 더는 가르치지 아니하고 집으로 돌려보냈다. 학동들은 신나서 먼저들 집으로 돌아갔다. 오홍은 서당 문을 잠그고 왕 노파와 진건낭을 따라 길을 나섰다. 오홍이 그들에게 술을 한잔 대접했다. 술이 몇 순배 돌고 나자 왕 노파가 자리에서 일어나 한마디 했다.

"오 훈장이 이 혼사를 받아들이기로 했으니 건낭은 아가씨의 사주단자를 보여주시는 게 도리일 것 같소이다."

"그렇지 않아도 지금 저한테 있습니다."

건낭이 품에서 사주단자를 꺼내 건넸다. 왕 노파가 건낭에게 일렀다.

"여보게, '성실한 사람한테 거짓말 못 하고, 마른 땅에서 헤엄칠 수 없다'는 속담도 있지 않은가. 하루 날을 잡아서 아가씨와 금아를 데리고 매가교 아래 주점으로 오셔서 우리 오 훈장님에게 인사를 시켜주시게나."

건낭이 그러마고 대답했다. 건낭과 왕 노파가 오홍에게 인사를 하고 떠났다. 오홍도 술값을 치르고 집으로 돌아왔다. 별로 중요하지 않은 이야기는 그냥 넘어가자.

약속 날, 오홍은 새 옷으로 갈아입고 학동들을 집으로 돌려보낸 다음 매가교 아래 주점으로 향했다. 주점으로 가는 길에서 왕 노파를 만나 둘이서 같이 주점으로 갔다. 주점 2층으로 올라가니 진건낭이 맞아주었다. 오홍이 물었다.

"아가씨는 어디 있습니까?"

"아 지금 동쪽 방에서 기다리고 있습니다."

오홍이 손가락에 침을 묻혀 동쪽 방 종이 문에 구멍을 내고 슬쩍 안을 들여다보았다. 오홍은 자기도 모르게 큰소리 탄성을 질렀다.

"우와, 저 둘은 인간 세상의 인물을 뛰어넘었구나!"

도대체 어떻게 생겼기에 인간 세상의 인물이 아니라고 하는가. 아가씨의 모습은 관음보살 모습이요, 금아의 모습은 옥황상제 궁전에서 향로를 담당하는 옥녀의 모습이라. 그럼 아가씨의 모습을 먼저 살펴볼까나.

두 눈동자는 맑은 물에 잠겨 있는 듯,

한 떨기 꽃망울 같은 뺨,

매미 날개처럼 빗은 양 머리칼,

봄빛 나는 산봉우리 같은 눈썹.

앵두 같은 입술,

옥을 조각한 것 같은 치아.

그 자연스러운 자태는,

이미 보통 사람들이 넘볼 수 없는 수준.

옥대에서 내려온 직녀,

월궁에서 놀러 나온 항아.

금아의 모습도 살펴볼까나.

맑은 두 눈동자 한없이 아름답고,

곱게 빗어 올린 머리 예쁘기 그지없다.

초승달 같은 눈썹,

복숭아 때깔 같은 뺨.

필 듯 말 듯한 꽃망울 같은 자태,

보드라운 옥빛 살결에서는 향내가 가득.

조막만 한 귀여운 발에는 비단신,

소라처럼 말아 올린 머리카락엔 금비녀.

매실 따는 핑계로 내 님 보러 나온 여인,

살구 줍는 핑계로 담장 밖으로 나온 여인.

이렇게 만나고서 그날로 혼약을 확정하니 예물을 주고받고 사주단자를 서로 주고받았다. 며칠 후 오홍이 아가씨를 데려오니 신랑 신부가 너무도 잘 어울렸다.

맑은 구름 저편 한 쌍의 난鸞새와 봉鳳새,

물가에서 서로 붙어 있는 한 쌍의 원앙새.

살아서는 백년해로,

죽어서는 영원히 떨어지지 않는 한 쌍의 영혼.

어느 보름날 학동들이 모두 일찍 나와서 공자님께 참례하는 날이었다. 오홍은 아내에게 먼저 나가겠노라고 말하고 자리에서 일어났다. 오홍이 잠자리에서 나와 부뚜막 화롯가를 지나는데 금아가 서 있었다. 등 뒤로 검은 머리카락을 길게 늘어뜨린 채, 두 눈은 위쪽을 올려다보고 있었고, 목에는 핏자국이 선명했다. 오홍은 그걸 보고서 "악!" 비명을 지르더니 그

자리에서 쓰러져 버렸다. 아내가 달려와 오홍을 부축하고 금아도 함께 거들었다. 아내가 오홍에게 물었다.

"여보, 대체 무엇을 보신 것인지요?"

오홍이 그래도 한 집안의 가장인데 "방금 내가 보았더니 금아가 글쎄 어떤 모습을 하고 있었는지 알아?" 뭐 이런 식으로 마구 생각 없이 말을 꺼낼 위인은 아니었다. 그러다 보면 괜히 자신만 헛것을 본 것으로 취급당하고 금아에 대하여 알아볼 기회조차도 날아가 버릴 것이라. 오홍은 아내에게 짐짓 거짓말하기로 작정했다.

"아무것도 아니요. 내가 오늘 아침에 일어나서 옷을 너무 가볍게 입었더니 찬바람을 맞아서 그만 잠시 혼절했던 모양이오."

금아는 서둘러 안혼정백탕을 준비해 와 오홍에게 먹게 했다. 일은 이렇게 일단락되었다. 하지만 오홍은 속으로 의심의 눈초리를 감춰두었다.

쓸데없는 소리는 다 그만두자. 때는 바야흐로 청명절, 학생이 수업하러 오지 않는 날이다. 오홍은 아내에게 산책이나 해야겠다고 말하고는 옷을 갈아입고 나섰다. 만송고개를 넘어 오늘날의 정자사淨慈寺에 들러 한번 둘러보고 나오려는데 누군가가 오홍에게 알은체를 했다. 오홍이 답례를 하고 보니 바로 정자사 맞은편 주점의 점원이었다.

"우리 가게 손님 한 분이 저한테 훈장 나리를 모셔오라고 하시네요.."

오홍이 점원과 함께 주점 안으로 들어갔다. 자기를 찾은 사람은 다른 사람이 아니라 바로 왕칠王七이었다. 사람들은 그를 왕칠 나리라 높여 불렀다. 오홍은 왕칠과 인사를 나누었다.

"마침 훈장님이 지나가시는 걸 보았는데 어떻게 함부로 부를 수도 없고 하여 주점의 점원을 시켜 이렇게 모셔오라고 했습니다."

"어르신은 어디 가는 길이시오?"

왕칠은 장가든 지 얼마 안 되는 오홍에게 장난도 치고 좀 골려주고 싶다는 생각이 들었다.

"실은 우리 선산에 가는 길이라오. 방금 전에 우리 묘지기가 와서는 복숭아꽃이 만발하고 새로 담은 술이 아주 잘 익었노라고 합디다. 우리 같이 가서 술이나 한잔합시다."

"좋소이다."

오홍과 왕칠은 주점 문을 나서 소동파 제방으로 가는 길을 잡았다. 상춘객의 모습이 이러하구나.

사람들이 몰려든다.

말과 마차가 달려든다.

바람 불어 만물을 만져준다.

해가 떠서 만물에 빛을 더한다.

앵무새가 푸른 버들가지 사이에서 울음 운다.

노란 날개 나비가 꽃에 내려앉았다 다시 날아간다.

피리 소리 비파 소리 흘러나오는 곳은 누구네 정자일까?

사람들이 웃고 떠드는 소리가 봄 누각 여름 정자에서 새어나오누나.

향내 나는 수레, 옥안장 얹은 말은 서로 앞을 다투며 달려나가는구나.

백면서생 금장식 말안장을 두드리며 지나니 화장 곱게 한 여인네 살포시 주렴 걷고 눈길 주네.

남신로 입구에서 배 한 척을 빌려 타고 가, 모가 나루터에 배를 대고 강둑에 올라 옥천과 용정을 지났다. 왕칠의 선산은 서산 타헌령 아래쪽에 있었다. 타헌령이 얼마나 높은지! 타헌령을 넘어 1리 정도 더 가니 묘지가 보이기 시작했다. 묘지기 장안이 오홍과 왕칠을 맞아주었다. 왕칠이 장안에게 바로 술과 안주를 내오게 했다. 두 사람은 바로 옆쪽의 조그만 뜨락 안으로 들어가 자리를 잡았다. 집에서 직접 담근 술이라 그런지 몇 잔에 그만 바로 취기가 올랐다. 하늘을 보니 그 모습이 이러하구나.

붉은 해 서산에 몸을 뉘이고,
밝은 달 동산에 몸을 내민다.
미인은 촛불을 밝혀 들고 규방에 들어가고,
강에서 낚시하던 어부는 낚싯대를 걷는다.
어부는 대숲 옆길로 돌아와 낚은 물고기를 팔고,
목동은 송아지를 타고서 꽃마을로 돌아온다네.

날이 저물어 자리에서 일어나려는데 왕칠이 붙잡으며 한마디 했다.
"한 잔만 더 하고 같이 일어납시다. 우리 타헌령을 넘어 9리 소나무 길에 있는 기생집에 가서 하루 묵으며 놀다 갑시다."
오홍은 입으로 말을 내지는 않고 속으로만 생각했다.
'아니 그래도 갓 결혼한 아내가 있는데 말도 없이 집에 안 들어가고 기생집에서 하룻밤을 묵으면 아내가 안 자고 기다릴 것 아닌가, 이걸 어쩌면 좋지? 아이고, 하지만 지금 아무리 서둘러도 전당문이 닫혔을 것 같네.'
오홍은 하는 수 없이 왕칠의 손에 이끌려 타헌령을 넘어가게 되었다. 참으로 기묘하고 우연하게도 마침 타헌령에 구름이 몰려오고 안개가 자욱해지더니 소낙비가 쏟아지기 시작했다. 은하수가 땅으로 쏟아지는 듯, 하늘에서 파란 물을 퍼붓는 듯 엄청나게 내렸다. 마땅히 비를 피할 곳도 없어 하는 수 없이 몇십 보 걸음을 떼었다. 잠시 후 대나무 사립문이 달린 집이 하나 보였다. 왕칠이 오홍에게 말했다.

"우선 저기 들어가서 좀 피합시다."

하나 이것은 비를 피하는 게 아니었구나.

돼지와 양이 제 발로 도살장을 찾아드는 격,

한 걸음 한 걸음 죽을 길로 들어서는구나.

오홍과 왕칠이 헐레벌떡 안으로 들어가 비를 피하려고 보니 들녘 공동
묘지였다. 그저 사립문만 달랑 있을 뿐, 그 안쪽으로 무슨 집 같은 것이
보이지 않았다. 하는 수 없이 그곳 바위 위에 걸터앉아 쉬다가 비가 그치
면 다시 길을 가려 했다. 소낙비가 쏟아지는 이때 옥리 행색을 한 사람이
옆 대숲에서 이곳 공동묘지로 달려왔다. 그자는 어떤 묘지로 달려가더니
이렇게 소리를 질렀다.

"야, 주가네 넷째야! 오늘은 네가 모습을 드러낼 차례다."

이때 무덤 안쪽에서 소리가 들려왔다.

"할아버지, 넷째 나가요."

잠시 후 무덤이 열리더니 한 사람이 튀어나왔다. 옥리 행색을 한 사람
이 무덤에서 튀어나온 사람을 이끌고 갔다. 오홍과 왕칠은 그 광경을 보고
는 등과 무릎이 덜덜 떨리고 두 다리는 가만히 있고 싶어도 저절로 흔들거
렸다. 비가 좀 그쳤나 싶어 오홍과 왕칠이 다시 걷기 시작했다. 비가 내린
터라 길은 미끄럽고, 속은 두렵기만 하고, 가슴은 벌렁벌렁하고, 두 다리
는 투계에서 패한 수탉 다리 같고, 뒤는 천군만마가 쫓아오는 것 같아 고
개를 돌려 쳐다볼 엄두도 나지 않았다. 산꼭대기까지 올라가 가만히 귀를
기울여보니 빈 골짜기 수풀 사이에서 몽둥이질하는 소리가 들려왔다. 잠

시 후 옥리 행색을 한 사람이 무덤에서 튀어나온 사람을 쫓는 게 보였다. 오홍과 왕칠은 이 광경을 보고 다시 달리기 시작했다. 고개 옆에 다 쓰러져 가는 산신령 사당이 눈에 들어와 황급히 사당 문 안으로 들어가 문을 닫아걸었다. 오홍과 왕칠은 있는 힘껏 그 문 안쪽을 밀며 버티고 섰다. 숨도 제대로 쉬지 못하고 방귀도 제대로 뀌지 못했다. 바깥에서 무슨 소리가 나나 귀 기울여보니 누군가 이렇게 소리를 치는 것이었다.

"나를 때려죽여라!"

"이 요물아, 나에게 일을 해주기로 했으면서 약속을 지키지 않으니 내가 너를 때려죽이지 않을 수가 있겠느냐?"

왕칠이 오홍에게 나지막하게 말했다.

"밖에서 나는 소리 들리지? 바로 옥리 행색을 한 사람과 무덤에서 튀어나온 사람의 목소리야!"

두 사람은 문 안쪽에서 무서워 덜덜 떨었다. 오홍은 왕칠을 원망했다.

"아니 뭐하러 나를 이런 데 데리고 와서 이렇게 놀라고 덜덜 떨게 만든 거야? 집에서 마누라가 나를 기다리면서 얼마나 걱정하겠어!"

오홍이 구시렁대는데 갑자기 밖에서 문을 두드리는 소리가 들려왔다.

"문을 열어라!"

"누구냐?"

두 사람이 자세히 들어보니 아녀자의 목소리가 들려왔다.

"왕칠, 대체 무슨 짓을 한 거예요? 뭐하러 이 밤에 제 남편을 이곳에 데려와 내가 이렇게 찾아오게 하는 거죠? 금아야, 우리 같이 저 문을 열고 우리 나리를 꺼내야겠다."

오홍이 밖에서 들려오는 목소리를 듣고서 이렇게 말했다.

"저 목소리는 바로 아내와 금아의 목소리. 아니 우리가 여기 있는 걸 어떻게 알았지? 그럼 저들도 귀신이란 말인가!"

오홍과 왕칠은 감히 아무 소리도 내지 못했다. 이때 밖에서 소리가 들려왔다.

"문을 열지 않아도 우리가 문틈으로 들어갈 수 있느니라."

두 사람은 이 소리를 듣자마자 낮에 마신 술이 모두 식은땀이 되어 흘러나오는 듯했다. 밖에서 또 소리가 들려왔다.

"마님, 이 금아가 허튼소리 한다고 나무라지 마십시오. 마님께서 돌아가 계시면 나리께서 내일 알아서 돌아오실 거 같습니다."

"그래 금아야, 네 말이 일리가 있도다. 괜히 번거롭게 하지 말고 일단 돌아가기로 하자. 왕칠, 우린 지금 일단 돌아갑니다. 내일 아침에 바로 남편을 돌려보내 주시길 바라오.."

오홍과 왕칠이 어찌 감히 대꾸라도 할 수 있었으랴. 오홍의 아내와 금아가 떠나가자 왕칠이 오홍에게 말했다.

"오홍, 그대의 아내와 하녀 금아는 모두 귀신인 게야. 그리고 이곳도 우리 같은 사람이 머물 곳은 못 되는 거 같아. 어서 떠나자고."

두 사람이 사당 문을 열어보니 새벽 오경 때라. 아직은 사람 다니는 기척이 없었다. 두 사람이 타헌령으로 한 1리 정도 걸어내려 왔을까! 수풀이 나오고 그 수풀에서 두 사람이 걸어나왔다. 앞서 오는 자는 진건낭이었고, 뒤따라오는 자는 왕 노파였다.

"훈장 나리, 오랫동안 기다리고 있었습니다. 왕칠이랑 어디 다녀오시는 길이십니까?"

오홍과 왕칠이 서로 얼굴을 마주보며 말했다.

"이 두 여인네도 귀신이요. 우리 어서 도망갑시다."

노루와 사슴이 놀라 달리듯, 원숭이가 뛰고 매가 날 듯 그렇게 단숨에 타헌령을 달려 내려왔다. 진건낭과 왕 노파는 서두르지 아니하고 천천히 뒤따라왔다.

"밤새 이리저리 뛰어다니느라 아무것도 먹지 못했더니 정말 배고프네. 우리를 구해줄 사람이 어디 없을까?"

두 사람은 이렇게 중얼거리면서 걸었다. 그러다 고개 아래 인가를 하나 발견했다. 문 앞에 솔가지를 걸어놓았다. 왕칠이 한마디 했다.

"저 집은 필시 술을 담가 파는 곳일 거야. 우리 가서 술을 몇 잔 걸치고 담을 좀 키워서 저 두 여인네를 따돌리자고."

오홍과 왕칠이 술집 안으로 들어서니 한 남자가 보이더라.

머리에는 소 쓸개 색깔 같은 파란 두건을 쓰고,

허리에는 돼지 간 색깔 같은 허리띠를 매고,

다 낡아빠진 바지, 짚신 한 켤레.

왕칠이 물었다.

"여기 술은 어떻게 팔아요?"

"아직 술 데울 물이 준비가 안 되었소이다."

오홍이 쥔장에게 말했다.

"그냥 차가운 거로 한 잔 주시면 됩니다."

쥔장은 아무 소리도 하지 않았다. 숨조차 쉬지 않는 듯했다. 왕칠이 한마디 거들었다.

"이 술집 남자도 어째 좀 이상한 게 귀신인 것 같네. 어서 도망가자고."

말을 마치기도 전에 술집 안에서 일진광풍이 휘몰아쳤다.

호랑이가 울부짖는 바람도 아니요,

용이 포효하는 바람도 아니요,

버들가지 시들게 하고 꽃을 피게 하는 바람도 아니요.

산과 강에 요괴를 숨기는 바람이요,

지옥문 앞의 흙을 말아 올리는 바람이요,

죽음의 골짜기의 먼지를 말아 올리는 바람이라.

바람이 지나간 자리를 살펴보니 술집의 그 남자는 온데간데없었다. 오홍과 왕칠은 그저 무덤 위에 서 있을 뿐이었다. 놀라서 혼백이 다 빠져나가는 듯했다. 오홍과 왕칠은 급히 9리 소나무 길 주점으로 달려가 배 한 척을 빌려 전당문까지 저어갔다. 강둑에 배를 대고 강둑 위로 올라섰다. 왕칠은 길을 잡아 집으로 돌아가 버렸다. 오홍은 혼자서 전당문 성 아래 왕 노파 집을 찾아가 보았다. 왕 노파 집 대문이 굳게 잠겨 있었다. 이웃에게 물으니 이렇게 대답했다.

"아이고, 그 왕 노파 죽은 지가 벌써 다섯 달이나 되었어."

깜짝 놀란 오홍은 눈이 똥그래지고 입이 다물어지지 않았다. 어찌해야 좋을지 몰랐다. 전당문을 떠나 오늘날 경령궁의 과거 시험장을 지나 매가교를 지나 하얀 기러기 호수에 이르러 진건낭 집을 찾았다. 진건낭 집 대문도 대나무가 열십자 모양 엇갈려 걸린 채 잠겨 있었다. 그 앞에 관청의 등이 걸려 있었고 그 등에 붙어 있는 천에 다음과 같이 적혀 있었다. '사람의 마음이 강철이라면, 관가의 법은 용광로로다.' 오홍이 그곳 사람들에게 물으니 진건낭이 죽은 지 이미 일 년이 되어간다고 대답했다. 오홍은 하얀 기러기 호수를 떠나 길을 잡아 주교 아래까지 돌아왔다. 자기 집 대문에 자물쇠가 걸려 있기에 이웃 사람에게 물었다.

"내 마누라와 하녀는 어디로 간 거요?"

"아 글쎄 어제 훈장 나리가 집을 나선 다음에 마님께서 금아랑 같이 진 건낭네 집에 가겠다고 하고 떠나고는 지금까지 돌아오지 않고 있네요."

오홍은 아무 말도 못 하고 그저 이웃 사람의 얼굴만 멍하니 바라보았다. 이때 문둥이 도사가 오홍을 보고 말했다.

"그대에게 요기가 너무 많이 달라붙어 있소이다. 내가 그대의 요기를 끊어내어 후환을 없애주겠소."

오홍은 즉시 도사를 모시고 들어가 향, 촛불, 부적과 부적을 태워 담을 물그릇을 준비했다. 도사가 법술을 부리고 주문을 외더니 소리를 질렀다.

"어서 나오라!"

이마에 노란 두건을 매고,

허리엔 비단 띠 두르고,

꽃무늬 새겨진 검은 비단 도포,

몸에 딱 맞는 황금색 갑옷.

시퍼런 칼을 옆구리에 차고,

사자 모양 아로새긴 신발을 신었구나.

위로는 극락과,

아래로는 지옥을 왔다 갔다 한다.

용이 사악한 짓을 저지르면,

파도치는 저 바다 밑바닥에까지 가서 잡아온다.

요괴가 못된 짓을 저지르면,

산속 깊은 동굴에까지 가서 붙잡아온다.

저승 세계의 신장神將이요,

옥황상제를 모시는 장수로다.

신장이 아뢰었다.
"도사께서는 저를 어디로 보내려 하시나이까?"
도사가 대답했다.
"오홍의 집 안에 똬리를 틀고 있는 요괴와 타헌령에 있는 요괴들을 모두 잡아오너라."
신장이 도사의 명령을 받들어 오홍의 집에 일진광풍을 불러일으켰다.

형체도 그림자도 없는 것이 사람의 품에 파고들고,
이른 봄 도화를 피우고,
땅 위의 낙엽을 이리저리 굴리고,
산 위의 구름을 말아 올리고.

바람이 불었다 자는가 싶더니 요괴 몇 마리가 붙잡혀 왔다. 오홍의 부인 악사 이 소저는 본디 진 태사의 셋째 아들을 모시던 첩이었다. 셋째 아들과 관계를 맺어 임신하여 출산하다가 죽은 귀신이었다. 금아는 셋째 아들 본부인의 질투를 받아 흠씬 두들겨 맞은 다음 스스로 목을 매 죽은 귀신이었다. 왕 노파는 피 빨아 먹는 벌레에 물려 죽은 귀신이었다. 중매를 선 진건낭은 하얀 기러기 호수에서 빨래하다가 호수에 빠져 죽은 귀신이었다. 타헌령의 무덤에서 옥리 행색을 한 사람에게 불려 나온 주가네 넷째는 생전에 무덤지기였으나 일이 너무 힘들어 견디지 못하고 죽은 귀신이었다. 타헌령 아래 술집 주인은 온역을 앓다가 죽은 귀신이었다. 도사가 요괴들을 일일이 심문하여 이런 사연들을 다 밝혀냈다. 그런 다음 도사는 허리춤에서 조롱박을 꺼냈다. 사람들이 보기에는 그저 조롱박이겠으나 요괴들이 보기에는 바로 감옥소라. 요괴들은 머리를 감싸 쥐고 마치 생쥐처럼 이리저리 도망가려 했으나 도사의 주문에 걸려 모두 조롱박 안으로 끌려 들어가고 말았다. 도사가 오홍에게 명했다.

"이걸 타헌령 아래에 묻으시오."

문둥이 도사가 자신의 지팡이를 하늘로 던지니 지팡이가 한 마리 학으로 변했다. 도사가 그 학을 타고 떠났다. 오홍이 무릎을 꿇고 절을 올렸다.

"이 오홍이 속된 인간의 눈이 갖고 있어 신선을 보고도 알아채지 못했습니다. 제가 출가하고자 하오니 부디 저를 받아서 가르쳐 주시옵소서."

"나는 신선 세상의 감진인甘眞人이로다. 너는 내 밑에서 약초를 캐던 제자였으나 인간 세상에 미련이 많아 마음을 다잡지 못하고 출가한 것을 후회하고 마침내 인간 세상에 내려가고 말았다. 내가 너를 인간 세상에서 가난한 선비로 고생도 해보게 하고 요괴들에게 시달림도 받아보게 하여 색에 미혹되는 너의 마음을 정화해주고자 하였노라. 이젠 네가 스스로 그 이치를 깨달아 가기를 바라노라. 12년의 세월을 기다려라. 내가 다시 와서 너를 구제하겠노라."

말을 마친 도사는 바람이 되어 사라져버렸다. 이후 오홍은 속세를 버리고 정처 없이 떠돌아다녔다. 12년이 지나고 오홍이 종남산에서 감진인을 다시 만나 그 뒤를 따랐다.

온전히 마음 다해 속세를 벗어나고자 도를 닦는다면,

요괴들이 어찌 감히 덤비랴?

바르고 그른 것이 모두 마음에 달렸으니,

서산의 귀신 소굴에서 몸을 건져냈구나.

도둑 누명을 쓴 수동

金令史美婢酬秀童

― 아전 김 씨가 수동에게 예쁜 여종을 사례로 주다 ―

변방의 노인네 말 한 필 얻은 게 결코 복이 아니었네,

송나라의 그 사람 집안 식구 둘씩이나 장님이 된 것이 오히려 복이었네.

길흉화복은 누구도 알 수 없는 것,

그저 맘 편히 먹고 하늘의 뜻을 기다리는 것.

이야기인즉슨 소주 성안에 현도관玄都觀이란 사원이 있었으니, 양梁나라(502~557) 때 세운 것이다. 당나라 때 자사 유우석劉禹錫(772~842)이 '현도관에는 복숭아나무가 천 그루'라고 읊은 바 있는데 유우석이 언급한 현도관이 바로 이 현도관이다. 현도관은 현묘관玄妙觀이라고도 불렸다. 소주성 안에 자리 잡고 있는 이 현도관은 소주에서도 손꼽히는 경승지다. 터가 넓고 건물도 장엄하다. 위로는 삼청궁, 아래로는 열 개의 저승 전각 등 모든 건물이 다 갖추어져 있었다. 각 건물 안에서 노란 두건을 쓰고서 맡은 바

일을 하는 도사들이 수백 명이었다. 그 가운데 북극진무전北極眞武殿이 있었다. 사람들은 그걸 그냥 조사전이라 불렀다. 이 조사전의 도사들은 바로 도교 정일파正一派의 계승자로 부적을 잘 쓰고 신장을 잘 부려 횡액을 미리 잘 쫓아냈으며 길흉화복을 잘 맞혀냈다. 그 도사들 가운데에서 특별히 한 명을 이야기하련다. 그 도사는 성이 장張이요, 가죽으로 만든 참새 인형을 들고 다녀서 사람들이 그를 가죽 참새 장 도사[張皮雀]라 불렀다. 이 장 도사는 참 유별난 괴짜였다. 고기나 술도 가리지 않았을 뿐더러 특히 좋아하는 게 있었으니.

> 황량한 들판의 마을, 달빛 아래 짖는다,
>
> 눈 온 날 바람을 가르며 사냥한다.
>
> 클 태太 자에 있는 점을 오른쪽 위로 바꾸면,
>
> 바로 그 글자가 된다네.

장 도사가 좋아하는 건 바로 개고기였다. 장 도사는 보신탕집의 단골이었다. 보신탕집에서 개를 잡으면 그에게 꼭 별도로 연락하곤 했다. 개고기를 먹고 기분 좋으면 얼마인지 물어보지도 않고 자신이 시주로 받은 돈을 아낌없이 보신탕집 쥔장에게 주기도 했다. 귀신 들린 사람한테 부적을 써달라는 부탁을 받으면 젓가락으로 개고기를 한 점 집어 입에 넣고 오물거리며 부적을 써주고는 대문에 붙여놓으라고 했다. 이웃 사람들이 부적을 써 붙여놓은 곳을 보면 신장이 왔다 갔다 하는 듯했고 과연 그 재앙이 모두 사라지곤 했다.

현도관이 있는 고을에 부자가 한 명 있었으니 그의 성은 교嶠 씨였다. 여러 해 동안 전당포를 운영하면서 큰돈을 벌고 천지신명에게 감사하는 마음으로 단을 쌓고 초재를 지내고자 했다. 교 씨는 청진관의 주 도사를 모셔서 이 초재를 주관하게 했다. 주 도사는 장 도사가 대단한 신통력을 지닌 자라고 칭송하기도 하고 평소에 교 씨 역시 장 도사의 명성을 익히 들어왔는지라 전당포의 점원을 보내어 장 도사를 모셔오게 했다. 교 씨네에게는 집 지키는 개가 한 마리 있었다. 그 개가 아주 통통하여 장 도사가 평소에 눈독을 들이고 있었다. 장 도사는 교 씨네에서 자기를 모시려 한다는 말을 듣고 이렇게 대답했다.

"자네 주인 나리가 나를 초대하고 싶으면 자네 주인집 그 개를 잡아서 푹 삶고 술도 좀 데워놓고 기다리라고 해라."

점원이 돌아와 교 씨에게 장 도사의 말을 전했다. 교 씨는 장 도사가 괴짜라는 말을 익히 들어왔는지라 장 도사 말대로 할 수밖에 없었다. 술을 데워놓고 개를 푹 삶아 놓으니 장 도사가 도착했다. 교 씨는 장 도사를 맞아 대청 안으로 모시고는 초대한 까닭을 설명했다. 대청 안에는 이미 향을 준비하고 촛불을 밝혀 각 신령을 받들어 모셔놓고 도사들이 일어서서 향을 사르기 시작했다. 장 도사는 고개를 뻣뻣이 들고 안으로 들어갔다. 신령들에게 예를 갖추지도 아니하고 다른 도사들에게 인사도 하지 아니하고 그저 입으로 이렇게 말할 따름이었다.

"어서 개고기 삶은 거를 가져오라고. 술도 데우고!"

교 씨는 그 말을 듣고 이렇게 생각했다.

'그래 일단 갖다 줘보자. 그리고 저 장 도사가 개고기를 먹고 어떻게 하는지 좀 보자.'

큰 접시에 개고기를 담고 큰 항아리에 술을 부어 장 도사 앞에 갖다 주고는 맘껏 먹고 마시게 하니 쟁반에 고기 한 점 안 남고, 항아리에는 술 한 방울 안 남았다. 배불리 먹고 흠뻑 취해서는 "고맙소이다." 이렇게 한마디 하더니 입도 닦지 아니하고 신령들에게 절할 때 사용하는 방석에 고개를 처박고 잠이 들어버렸다. 코 고는 소리는 또 얼마나 요란한지! 해질녘에 잠들어 한밤중까지 일어날 줄을 몰랐다. 다른 도사들이 초재를 다 마칠 때까지도 일어나지 않았다. 일부러 장 도사를 깨우기도 뭐했다. 교 씨는 화가 나서 괜히 주 도사에게 신경질을 부렸다. 주 도사 역시도 민망하여 차마 뭐라고 대꾸하지는 못하고 속으로 이렇게 중얼거렸다.

'장 도사는 한번 술에 취하여 잠들면 이삼 일 동안 일어날 줄을 모르는데 이번엔 언제나 일어날꼬?'

주 도사는 하는 수 없어서 그냥 장 도사를 내버려 둔 채 축문을 적은 종이를 태우고 신령과 신장에게 감사드리고 초재를 마무리했다. 새벽 오경, 도사들이 음복을 하고 나서 막 자리를 뜨려는데 장 도사가 제단에서 펄쩍펄쩍 뛰고 떼굴떼굴 구르기 시작했다. 그러면서 입으로 이렇게 소리를 질렀다.

"열흘 열흘, 닷새 닷새!"

교 씨와 도사들은 장 도사가 미쳤다고 생각하고는 장 도사 주위로 빙 둘러섰다. 주 도사가 용기를 내어 한 걸음 나아가 장 도사를 껴안고는 흔들어 깨웠다. 장 도사는 여전히 입으로 "닷새 닷새"라고 외치고 있었다. 주 도사가 대체 그게 무슨 말이냐고 물으니 장 도사가 외려 이렇게 물었다.

"방금 저 축문은 누가 쓴 거요?"

주 도사가 대답했다.

"내가 직접 쓴 것입니다만."

장 도사가 대답했다.

"그 축문 가운데 한 글자가 빠지고, 두 글자가 틀렸습디다."

이 말을 듣고 교 씨가 한마디 거들었다.

"내가 직접 몇 번이나 읽어보았소이다. 틀린 글자나 빠진 글자는 발견할 수가 없었는데요. 지금 무슨 소리를 하는 거요?"

장 도사의 소매 품에서 스스슥 소리가 났다. 장 도사가 노란 종이 하나를 꺼내어 보여주며 말했다.

"이게 바로 그 축문 종이 아니요?"

사람들이 그걸 바라보고 깜짝 놀랐다.

"아니 그 축문은 이미 태웠는데 그게 어떻게 장 도사 소매 품에 들어가 있단 말이요? 종이 네 귀퉁이가 하나도 상한 데가 없네그려!"

사람들이 다시 자세히 읽어보니 과연 하늘의 신령들 이름을 적은 부분에서 한 글자가 빠져 있었다. 그러나 글자를 잘못 쓴 곳은 도시 찾을 수 없었다. 장 도사가 축문 가운데 한 곳을 가리키며 큰소리로 읽어주었다.

손해도 보고 고생도 하고,

재산을 두 배로 불렸네.

작은 고난 큰 시련 다 견뎌내고,

이제 겨우 부자라 불릴 만하게 되었네.

장 도사가 이어서 설명했다.

"여기서 손해보다, 고생하다는 말을 '홀휴홀고吃虧吃苦'라고 썼던데 여기서는 '홀吃' 대신 '끽喫'으로 썼어야 한다고. '홀吃'이란 글자는 말을 더듬는다는 의미고, 발음은 '거'야.[1] 그러나 '끽喫'이란 글자는 먹다, 당하다는

---

[1] '吃'의 우리말 발음은 '홀', 현대중국어 발음은 '츠'다. 아마 당송대 발음이 '거'에 가까웠을 것이다. '喫'의 우리말 발음은 '끽', 현대중국어 발음은 '츠'다.

뜻에 발음은 '츠'이니 두 글자는 발음과 뜻이 다 다른 거야. 그리고 '작은 고난 큰 시련 다 견뎌내고'란 문장을 적을 때 능금나무란 뜻을 지닌 '내柰' 자를 적었던데 어찌하랴라는 의미를 지닌 '내하柰何'라고 적을 때는 '내柰' 자를 쓰는 게 맞고 여기선 '내柰'도 아니고 '내柰'도 아닌 참고 견딘다는 의미의 '내耐' 자를 써야 한다고. 근데 어떻게 과수나무 이름을 나타내는 '내柰' 자를 거기다 썼단 말인가? 신령님이 글자를 모를 거라 생각하신 건가? 신령님이 화를 내시기라도 한다면 나도 어쩔 도리가 없다네."

교 씨와 도사들이 장 도사의 말을 듣고 축문을 보니 과연 그 말이 맞는지라 일제히 장 도사에게 물었다.

"그럼 다시 축문을 쓰고 제단을 쌓아서 초재를 지내면 어떨까요?"

장 도사가 대답했다.

"소용없어. 소용없다고. 사실 축문에 글자가 빠지거나 글자 잘못 쓴 거는 그렇게 중요한 일은 아니야. 하나 이제 축문을 써서 하늘에 고했으니 하늘의 문서에 자네의 선행과 악행 기록을 모두 조사해 볼 거라고. 자네가 전당포 영업을 시작한 이래로 돈을 벌 욕심에 못 할 짓을 많이 했지. 전당 잡히는 물건값은 참 박하게 쳐주고 그 물건 되가져 갈 때는 엄청난 이자를 물리고, 돈 내줄 때는 막은 주고 받을 때는 순은으로 받았지. 손님들이 맡긴 보물 가운데 값나가는 것은 모두 자기 것으로 삼았지. 손님들의 물건 가운데 좋아 보이는 것은 팔아 치워버리고는 돌려주지 않았지. 이렇게 가난한 사람들의 등을 쳐서 부자가 되었으면서도 축문에는 그걸 뉘우치는 말이 한마디도 없고 그저 자기 자랑만 늘어놓고 있으니 이미 벼락신에게 명하여 오늘 당장 자네 집을 불태워버리고 자네의 재산을 없애라고 하셨다네. 내가 자네한테 개고기를 얻어먹은 죄로 신령님께 빌고 또 빌어 열흘만 말미를 달라 했으나 안 된다고 하셨어. 내가 다시 사정사정해서 겨우 닷새 말미를 얻어냈다네. 자네가 신령님께 용서를 받고 싶다면 이 닷새 안에 자네 전당포에 물건을 맡기고 돈을 빌려간 사람들에게 이자를 면해주고 본전만 받고 돌려준다고 하시게. 지난날 양심을 속이고 팔아먹은 금은보화는 이제 와서 다시 되사올 수는 없을 것이나 그렇게 얻은 돈을 길을 닦고 다리 놓는 비용으로 희사하시게나. 자네가 이런 선행을 하면 신령께서도 마음을 바꾸셔서 벼락신에게 내린 명령을 거둬들일지도 모르지.”

교 씨는 장 도사의 말을 처음에는 믿었다가 벼락신에게 내린 명령을 거둬들인다는 둥 이런 말을 듣자 허무맹랑하다는 생각이 들었다.

‘이 미친놈의 도사가 이런 식으로 핑계를 대어 나한테 재물을 보시하게 하려는 속셈이군. 아니 그래 벼락신이 그렇게 쉽게 벼락을 내렸다가 말았다가 하실 수 있겠나!’

교 씨 역시 장사하는 사람이라 본전과 이자를 계산하는 게 빠삭한 사람인데 어찌 자기 재물을 쉽게 내놓으려 하겠는가? 교 씨는 입으로만 건성건성 대답하고 마음으로는 전혀 받아들이지 않았다. 장 도사는 다른 도사들과 함께 교 씨네 집을 떠났다. 교 씨는 장 도사의 말을 그냥 귓등으로 듣고 행동에 옮기지 않았다. 닷새째 되는 날 교 씨네 전당포에 불이 나더니 앞채 뒤채 가릴 것 없이 모두 다 타버렸다. 이튿날 교 씨네 전당포에 물건을 맡겼던 사람들이 몰려와 물건을 돌려달라고 했다. 그 사람들은 배상도 필요 없고 그저 물건으로만 돌려달라며 관가에 고소했다. 결국 교 씨는 갖고 있던 전답을 모두 팔아야 했다. 교 씨네는 알거지가 되고 말았다. 사람들은 장 도사가 교 씨에게 닷새라는 기간을 정해놓기까지 하면서 경고했던 것을 떠올리고는 장 도사를 더욱 경외하기 시작했다. 장 도사는 현도관에서 50여 년을 지냈다. 어느 날 전당강을 건너는데 역풍이 불어 건너기가 너무 어려웠다. 장 도사가 신장을 불러 배를 저어달라고 부탁했다.

배는 마치 나는 듯 나아갔다. 장 도사가 가가대소했다. 격노한 신장이 장 도사를 치니 장 도사는 그만 목숨을 잃고 말았다.

나중에 어떤 점쟁이가 휘주 상인의 집에서 점을 쳤다. 장 도사가 그 점쟁이 붓 위에 나타나 이렇게 스스로 적었다.

"나는 본디 천상의 구斲 대원수였도다. 천상에서 속진 세상으로 내려와 그 기한이 다하여 신장들이 내려와 나에게 다시 천상으로 돌아가기를 청한 것이로다. 그들이 나를 쳐 죽인 것이 아니로다."

휘주의 상인은 진무전이 이렇게 영험한 것임을 새삼 깨달아 천금을 시주하여 진무전 앞에 인공 동산을 쌓아 장엄하고 멋져 보이게 했다. 이 인공 동산은 비록 멋져 보이기는 했으나 풍수지리를 거슬렀기에 그 이후로 진무전에서는 득도한 도사가 더는 나오지 않았다.

> 번개가 치더니 전당포 창고가 모두 불에 타버렸구나,
> 부적으로 귀신을 쫓아낸다는 말 허튼 말이 아니었네.
> 현도관의 장 도사,
> 뉘라손 신통력이 없다고 할 텐가.

이 장 도사 이야기를 내가 왜 했던고? 부적과 신장을 맹신하여 목숨을 잃을 뻔한 사람을 소개하기 위함이라. 그 사람의 성은 김金, 이름은 만滿이라. 이 김만도 소주 사람이다. 김만은 소주부 곤산현 출신이다. 어려서 학문을 닦아 벼슬자리에 나가고자 했으나 뜻을 이루지 못하여 돈을 바치고는 자기가 사는 현의 아전이 되었다. 그는 영리하고 붙임성이 좋아 일 처리나 대인관계가 두루 원만하여 사람들 사이에 신임을 얻었다. 석 달도 채 못 되어 현청 관리들 가운데 그를 좋아하지 않는 자가 하나도 없을 정도였

다. 김만은 또 문지기 같은 아랫사람하고도 친하게 지내고 그들에게 술도 대접하고 선물도 주곤 했으니 김만에 대하여 나쁘게 말하는 사람이 하나도 없었다. 그들이 현령에게 밤늦게까지 시달리기라도 하면 김만은 그들을 자기 집에 데리고 가서 쉬게 하고 같이 농담도 주고받곤 했다. 그들은 이런 김만에게 너무도 감동했다. 비록 김만을 위하여 현령 앞에서 힘을 쓸수 있는 처지는 아니었으나 그래도 김만을 위해서는 전심전력을 다했다.

때는 바야흐로 5월 중순, 이방이 창고지기를 뽑는 추첨 준비를 할 때였다. 그 자리는 김만이 평소에 탐내던 자리였다. 원래 한번 창고지기가 되면 두 철은 연달아 하는 게 관례였고 현령이 임의로 임명했다. 아전들 모두가 노른자위 자리라 여겨서 모두 그 자리에 임명되기를 바랐다. 사정이 그런지라 현령이 누구를 임명해도 뽑히지 못한 자들은 입을 삐죽거리기 마련이었다. 창고지기는 현령이 임명하는 것으로 끝나는 것이 아니라 상부의 비준을 받아야 했으므로 현령은 육방 가운데 집안 형편이 넉넉하고 사람이 착실하고 이력에 큰 흠결이 없는 자를 선발하곤 했다. 아전들은 모두 상부에 서약서를 제출하고선 이제 막 보직을 받은 신참이나 퇴직을 앞둔 말년은 추첨에 참가하지 않는 것으로 했다. 하지만 비록 그 사정이 이와 같다고 하더라도 창고지기를 누가 맡느냐는 결국 이방 손에 달려 있다고 해도 과언이 아니었다. 평소에 이방하고 사이가 좋았거나 아니면 선물이라도 갖다 바친 자가 결국은 당첨 제비를 뽑게 되어 있으니 신참이든 말년이든 집안 형편이 넉넉하든 말든 상관할 바가 아니었다. 이게 바로 제도는 좋아도 실제 일 처리는 구린 것이라. 김만이 속으로 생각했다.

'내가 비록 신참이긴 하지만 이방 유劉 씨와 평소 사이가 좋으니 이번 기회에 선물을 좀 갖다주면 당첨 제비를 뽑지 말란 법이 없잖아! 당첨 제비를 뽑으면 나의 이런 수고가 헛된 것이 아닐 것이라. 근데 당첨 제비를

못 뽑으면 괜히 돈만 버리고 웃음거리만 되는 건데. 어디 확실한 방법이 없을까?'

이때 문득 문지기 왕문영王文英이 떠올랐다. 그자는 이 현청에서 잔뼈가 굵은 사람이니 그 나름의 식견이 있을 터, 이런 때 그를 찾아가서 상의하지 않을 이유가 없지 않은가. 현청에서 밖으로 나가려는데 때마침 현청 대문에서 왕문영을 만났다. 왕문영이 김만을 보더니 말을 건넸다.

"김 씨 나리, 어딜 그렇게 바삐 가시우?"

"왕 형, 그렇지 않아도 왕 형에게 할 말이 있소이다."

"나한테 뭐 좋은 일이라도 있는 거요?"

"우리 어디 앉아서 이야기합시다."

두 사람은 현청 옆의 술집을 찾아들었다. 김만은 술잔을 기울이면서 자신이 창고지기 자리를 탐내고 있다는 사실을 왕문영에게 털어놓았다.

"그 일이야 이방한테 달린 거지. 나만 믿으라고. 그대가 뽑히게 해줄 테니."

"이방을 걱정하는 건 아니고. 추첨은 사람들 앞에서 공개적으로 하는 건데 그걸 어떤 식으로 잘 넘어가지?"

왕문영이 김만의 귀에다 대고 이렇게 속삭였다.

"그건 이렇게 이렇게 할 테니까 걱정을 붙들어 매라고."

김만은 그 말을 듣고 너무도 기뻐하며 연신 감사했다.

"그렇게만 된다면야 내가 후사하리다."

두 사람은 술을 더 마시고는 일어나 술값을 치르고 헤어졌다. 김만은 현청 아문으로 돌아와 저녁 찬거리로 이것저것 샀다. 이방 유운劉雲을 집으로 와달라고 초청하여 그 일을 부탁했다. 유운이 승낙하니 김만은 은자 다섯 냥을 꺼내어 유운에게 건네며 이렇게 말했다.

"우선 이것은 그저 과잣값이나 하라고 드리는 거고 일이 잘되기만 하면 제가 다시 다섯 냥을 더 드리겠소이다."

유운은 괜히 한 번 사양하는 척했다.

"아니 우리야 친형제 같은 사인데 뭐 이런 걸 다 주고 그래!"

"아이고 형님, 저한테는 그냥 편하게 대하셔도 돼요. 저는 그저 형님께서 이거 너무 적다고 거절하지 않으시기만 바랄 따름입니다."

"그렇다면 우선 받아두기는 하겠소이다."

안주랑 술이랑 준비하여 두 사람은 권커니 잣거니 하며 밤늦도록 마시다가 헤어졌다. 다음 날 아침 아전 하나가 소문을 듣고 다른 아전들과 함께 유운을 찾아왔다.

"김만은 아전이 된 지 6개월밖에 안 된 신참인데 어떻게 그런 자를 창고지기를 시키려고 하는 거야? 이럴 수는 없는 법이지. 김만한테 제비뽑기를 시킬 거면 한번 시켜보라고. 내가 이걸 죄다 상부에 보고할 테니까. 그러면 당신까지 재미없을 것이니 그때 가서 괜히 날 원망하지 말라고."

"무슨 말을 그렇게 막 하나! 세상사 모든 일엔 그 나름의 사정이 있는 법이라고. 김만은 대인관계도 원만하고 특별히 실수한 일도 없잖아. 게다가 김만한테 제비 뽑는 기회를 준다고 그가 꼭 당첨되리라는 법도 없잖아. 그게 인정에 맞는 거지. 상부에 보고하면 우리 다 서로들 잘 아는 친구 사이에 모양도 우습고 또 너무 야박한 거잖아."

이 말을 듣고 다른 아전이 입을 열었다.

"아니, 지금 자리와 돈을 눈앞에 두고 있는데 무슨 친구네 아니네, 야박하네 마네 하는 이야기는 뭐하러 하는 게야?"

"그래! 괜히 나한테 따지지 말고 자네 운수가 어떤지나 따져보라고. 지금 이렇게 말하는 걸 보니 내일 제비를 제대로 뽑겠구먼. 만약 당신이 뽑지 못할 것 같으면 괜히 이런저런 말 해봐야 다 쓸데없는 소리 아냐! 자, 여기서 끝내자고."

아전들 가운데 나이도 있고 경험도 좀 있는 자가 들어보니 유운의 말이 뭐 틀린 게 없는지라 이렇게 말하고 나섰다.

"그려, 이방 말이 맞긴 맞네. 아무리 그래도 나는 김만이 너무 서두르는 것 같다는 생각이 들어. 김만이 창고지기가 되는 게 과연 복일지 모르겠어. 아무튼 시간이 지나고 일이 마무리되면 드러나겠지. 나야 뭐 창고지기가 되어도 그만 안 되어도 그만이라고. 괜히 여기서 쓸데없이 따지지 말고 가서 일이나 하자고."

아전들이 돌아갔다. 김만은 이 건을 가지고 사람들이 말이 많은 것을 보고선 일이 제대로 안 될까 봐 빚을 얻어 이 고을에서 말이 좀 먹힌다는 양반에게 부탁하여 현령에게 말 좀 잘해 달라고 했다. 그 양반이 이렇게 현령에게 말을 해주었겠다.

"김만은 노련하고 이치에도 밝으며 집안 형편도 넉넉하니 어떤 업무든 맡길 만합니다."

사실, 이건 뭐 드러내놓고 말만 안 했다뿐이지 김만을 창고지기에 임명하라는 압력을 행사한 것이 아니고 무엇이랴!

번다한 이야기는 여기서 그만. 제비뽑기를 하는 날, 이방 유운은 제비뽑기에 참가할 자들의 이름을 적어서 현령에게 보고했다. 그리고 서기를 서재로 불러 그 각각의 이름을 종이쪽지에 적게 하고는 다시 현령에게 보여드렸다. 문지기에게 그 종이쪽지를 잘 섞게 했다. 그런 다음 참가한 사람들을 불러 뽑게 했다. 종이쪽지를 섞고 제비뽑기할 사람을 불러오는 일을 맡은 문지기는 바로 왕문영이었다. 왕문영은 이미 그 나름의 술수를 다 부려놓았다. 김만이 첫 번째로 불려와 제비를 뽑으니 바로 자기가 당첨되었다. 아니 현청 대청마루에서 공개적으로 이루어진 제비뽑기에서 어떻게 이런 술수가 통할 수 있는가? 이방 유운이 제비뽑기에 참가하는 순서를 이, 호, 예, 병, 형, 공방 순서로 정했던 것이다. 이방은 이미 예전에 창고지기를 맡은 적이 있고 또 퇴직할 날도 얼마 남지 않아서 제비뽑기에 참가하지 않았다. 김만은 호방을 맡고 있었다. 그러니 김만이 첫 번째로 제비를 뽑게 되었다. 왕문영이 제비를 섞을 때 이미 다 약속해 놓은 대로 당첨 제비에 암호표시를 해놓았으니 김만이 당첨 제비를 뽑는 것은 식은 죽 먹기라. 하나 다른 사람들이 이런 속사정을 어이 알리요?

　　높은 자리에 있는 양반들 아무리 청렴하게 일 처리 하고 싶어도,
　　아전들이 미꾸라지처럼 빠져나가는 걸 알기나 하는지?

　　김만이 창고지기 당첨 제비를 뽑자 여러 아전들이 현령을 찾아가 무릎을 꿇고서 아뢰었다.
　　"김만은 새파란 신참인지라 창고지기를 맡겨서는 안 됩니다. 게다가 돈이야 쌀이야 관리하는 일이 작은 일이 아니라서 우리 아전들이 같이 연대 보증하여 상부에 보고하여야 합니다. 한데 김만이 창고지기를 맡게 된다면 우리들은 그를 보증해 주기가 어렵습니다."
　　"그럼 처음부터 김만을 제비뽑기에서 제외했어야 하는 거 아니냐!"
　　"그건 이방 유운이 김만에게서 돈을 받고 그 이름을 제비뽑기 대상자 명단에 올렸기 때문입니다."
　　"이방이 그런 일을 했다면 바로 나에게 달려와 보고했어야지. 김만이 당첨 제비를 뽑은 다음에야 이렇게 말들을 하고 있으니 이건 김만이 당첨된 것을 시기 질투하는 것이 아니고 뭐란 말인가!"

창고지기를 임명하는 건 현령의 권리니 아전들이 어떻게 감 놔라 대추 놔라 할 수 있겠는가? 계속 반대해 봐야 외려 미운털만 박힐 터였다. 현령이 여러 아전에게 공정하게 일 처리 한다는 걸 보여주기 위하여 공개적으로 제비뽑기한 것이니 아전들도 다시 그걸 문제 삼기도 어려웠다. 마음속으로 인정하지 못하는 아전들 역시 내색은 하지 못하고 그저 김만에게 창고지기에 당첨된 기념으로 술을 한잔 사라고 하더니 마침내 연대 보증서를 작성하여 상부에 보고했음은 말할 필요조차 없다.

한편, 김만은 6월 1일 자로 창고지기에 취임했다. 김만은 이방 유운에게 은자 다섯 냥을 보내어 사례했다. 문지기 왕문영도 제비를 섞을 때 같이 도와준 인연으로 김만과 더욱 가까워졌다. 김만이 비록 창고지기를 맡기는 했으나 마침 그때가 농사가 한창 바쁜 철이라 농부들이 다른 일에 신경 쓸 겨를이 없어 세금 바치는 일마저도 못하고 있었으니 어찌 창고에 곡식이 쌓일 리가 있으랴! 7, 8월 내내 비가 내리지 않아 큰 가물이 들었다. 아무것도 수확하지 못할 정도는 아니었으나 겨우 반타작하는 정도였다. 마을 주민들이 매번 찾아와 흉년 들어 못 살겠다고 도와달라고 하소연했다. 현령이 하는 수 없이 현의 각처를 돌아다니며 살폈으나 그가 달리 뭘 할 수도 없는 상황이었다. 겨우 반년 동안 거둬들인 창고 수입으로는 현청의 일상적인 지출이나마 겨우 감당할 수 있을까 싶었다.

시간은 쏜살같이 흘러 11월이 되었다. 관상감에서는 이달 15일에 월식이 있을 거라 예고하고 널리 문서를 보내어 안녕을 기원하는 제를 지내도록 했다. 곤산현의 현령도 이 문서를 받고서 속현에 하달했다. 현령은 아전, 승려, 도사들을 모아 제를 준비했다. 관례대로라면 창고지기가 후당에다 잔치 준비를 해놓고서 제를 지낼 자들을 모시게 되어 있었다. 김만은 창고지기 일을 대신 맡아줄 사람을 찾을 수 없어서 주방장에게 은량을 건네주고 잔치 준비를 하라 하고 자기는 창고에서 떠나지 않았다. 김만은 이방 유운과 문지기 왕문영에게 술자리 준비와 관련된 모든 일을 부탁했다. 아전들은 제를 지내는 자리에 참석하여 몇 번 절하더니 곧장 후원으로 와서 술자리에 끼어들었다. 승려, 도사들만이 앞마당에 남아 징과 바리때를 두드리고 피리를 불고 거문고를 타면서 새벽이 될 때까지 제를 올렸다.

술자리를 치우자마자 새 감찰사가 부임하여 왔다는 전갈이 왔다. 현령은 즉각 배를 보내어 새 감찰사를 모셔오도록 했다. 김만은 제를 지내러 온 자들을 대접하는 술자리를 준비하랴 새 감찰사를 맞아오는 배를 준비하랴 눈을 붙이지도 못하고 밤을 꼴딱 새웠다. 날이 밝고 창고의 물건을 점검해보니 은정 네 덩어리가 사라지고 보이지 않았다.

"아니 내가 이 창고에서 한 시도 떠난 적 없는데 어떻게 이렇게 감쪽같이 훔쳐갈 수가 있지? 아직 여기 어딘가에 있는 거 같은데!"

김만은 창고 안을 샅샅이 뒤졌다. 하지만 은정은 코빼기도 보이지 않았다.

"어떻게 이런 일이! 은자 2백 냥이나 되는 은정을 잃어버리다니! 이걸 도대체 어떻게 채워 넣지? 내가 채워 넣지 못하면 고소당하고 창피스러운 일을 당할 터인데 어쩌면 좋지!"

김만은 중얼거리면서 다시 또 이 잡듯이 뒤져보고 또 뒤져보았다. 하지만 은정은 도대체가 찾을 수가 없었다. 그는 머리가 백지장처럼 하얘져서 아무런 생각이 나지 않았다. 이제 창고에서 은정이 사라졌다는 말이 밖에까지 흘러나갔다. 사람들이 찾아와 그 사정을 물어대니 김만은 입술이 부르트고 혀가 바짝바짝 탈 때까지 대답하여야 했다. 김만이 창고지기를 맡아서는 안 된다고 반대했던 아전들은 전혀 안 그런 얼굴을 하면서 엄청나게 뒷소리를 하고 입방아를 찧어댔다.

남이 잘못되는 걸 보고 좋아하는 게 인지상정,

남의 불행을 보고 같이 걱정해 주는 자 정말 없구나.

5, 6일이 지나자 현령이 새 감찰사를 모시고 현청으로 돌아왔다. 김만은 현령에게 은정을 잃어버린 사실을 보고했다. 현령이 입을 열기도 전에 아전들이 너 한마디 나 한마디 주워섬겼다.

"창고지기를 맡은 자라면 당연히 자기가 변상해 놓으면 되는 것이지 그걸 뭐하러 현령 나리께 보고하는 거야. 설마 현령 나리께 변상해 달라고 하려는 수작은 아니겠지!"

현령이 지난번 김만을 창고지기로 임명할 때는 김만 편을 많이 들어주었으나 이번 은정 분실 건에서는 외려 얼굴을 붉히며 버럭 소리를 질렀다.

"창고를 지키는 것은 바로 네놈의 임무 아닌가? 게다가 외부 사람이 들어온 흔적도 없는데 어떻게 은정이 없어질 수 있단 말이냐? 네놈이 그걸로 노름하고 화류계에서 탕진해 놓고 지금 딴소리하고 있구나. 너에게 열흘 말미를 줄 테니 어서 은정을 보충해 놓아라. 그렇지 않으면 가만두지 않을 테다."

김만은 억울하고 답답한 마음 그대로 현청을 나섰다. 김만은 바로 현의 사복 포졸을 청하여 상의했다. 강남 지역에서는 이들을 사복 포졸이라 불렀고, 북방 지역에서는 도적 잡이꾼이라 불렀다. 이들 가운데 관청에 등록된 자는 관청 포졸이라 불렀고, 이 관청 포졸을 보조하는 자는 사립 포졸이라 불렀다. 김만은 관청 포졸, 사립 포졸 가리지 않고 모두 술집으로 불러 모아 같이 술잔을 기울였다.

"내가 오늘 여러분을 이렇게 모신 것은 제 개인적인 일 때문이 아닙니다. 은정 네 덩어리가 어디 보통 돈이요? 그건 쓰기도 쉽지 않은 액수라

분명 꼬리가 잡힐 것이오. 여러분이 조금만 힘 좀 내주시오. 만약 이 은정을 찾게 되면 내가 백금 이십 냥을 상금으로 내놓겠소이다."

포졸들이 한목소리로 대답했다.

"당연히 그래야지요.."

하루가 가고 이틀이 가고 현령이 준 열흘 기한이 다 되고 말았다. 포졸들도 김만에게 술대접을 받아가며 열심히 찾았으나 은정은 그 그림자도 찾을 수 없었다. 현령이 김만을 불러 물었다.

"은정을 찾았느냐?"

"소인이 포졸들과 함께 찾고 있습니다만 흔적이 없습니다."

"아니 내가 너에게 은정 잃어버린 거 배상하라고 말미를 준 거지, 어디 은정을 찾으라고 말미를 준 것이더냐?"

현령이 아전들에게 소리를 질렀다.

"저놈을 어서 잡아 뉘고 쳐라."

김만이 머리를 조아리며 빌었다.

"소인이 꼭 배상하겠나이다. 나리 열흘만 말미를 더 주십시오. 제가 살림살이를 팔아서라도 꼭 배상하겠습니다."

현령이 말미를 연장해주는 것을 허락했다. 김만이 창고지기를 맡은 이래로 창고 물건을 하나라도 손댄 적이 없는데, 이렇게 2백 냥에 해당하는 은정 네 덩어리를 생으로 물어내려니 보통 일이 아니었다. 집에 있는 옷이야 장신구야 모두 팔아도 턱없이 모자랐다. 한편 김만에게는 하녀가 하나 있었다. 그 하녀의 이름은 김행, 나이는 열다섯에다 용모도 출중했다.

오똑한 콧날 가름한 얼굴,
새하얀 치아 앵두 같은 입술.

수려한 두 눈썹,

교태가 넘치는 눈망울.

새까만 귀밑머리 길게 늘어진 머리카락,

섬섬옥수에 뽀얀 살결.

아직도 향기를 머금고 있는 육두구,

이제 막 꽃술을 내미는 복숭아꽃.

    김만은 이 김행을 자기 딸처럼 아꼈다. 한두 해 더 기다렸다가 돈 많고 권세 있는 집안의 남자를 만나 첩으로 들어가거나 하녀 겸 애첩으로 들어가면 백여 냥 은자를 거뜬히 받을 수 있을 것이나 지금 황급히 팔게 되면 값을 제대로 받을 수 없을 것이니 어찌 애석하지 않으랴. 아무리 생각해 보아도 집을 담보로 돈을 빌리는 수밖에 없었다. 김만은 가까스로 이백 냥 은자를 마련하여 그걸로 은정 네 덩어리를 만들어 현령에게 보고한 다음 창고에 넣어두었다. 현령이 한마디 했다.

    "다음부터는 조심하게."

    김만은 속이 너무도 상하여 바로 창고 문을 닫아걸고는 관사로 돌아와 버렸다. 생각하면 생각할수록 화가 치밀었다.

    '도대체 왜 이런 일이 생긴 것인가? 이렇게 생돈을 쓰다니, 정말로 재수에 옴 붙었구먼!'

    바로 이때 김만이 두고 부리는 하인 수동이 술에 취해서 돌아오다가 주인장을 보고선 흠칫 몇 걸음 물러났다. 김만이 수동에게 욕을 해대었다.

    "야 이 등신 같은 놈아, 주인 나리는 이렇게 화가 나서 미칠 지경인데 너는 그래 술이나 마시고 싸돌아다녀! 주인은 돈이 한 푼도 없는데 너는 그래도 술 사 먹을 돈이 있는 모양이구나."

"아버님께서 요 며칠 동안 너무 기분이 좋지 않으셔서 저도 힘들었습니다. 술을 마시면 기분이 좀 풀린다는 말도 있지 않습니까? 마침 수중에 그동안 안 쓰고 모아놓은 돈도 좀 있고 해서 술을 한잔 사서 마시고 기분이나 풀고자 했습니다. 아버님께서 돈이 없으시면 제가 술집에 돈을 좀 남겨두었으니 가서 술을 받아오도록 하겠습니다."

"이놈아, 내가 지금 너한테 술 사달라고 이러는 줄 아느냐?"

하인이 자신이 모시는 아전한테 나리라고 부르는 게 소주 지방의 풍속이었다. 하지만 수동은 아홉 살 때 팔려와 그때부터 쭉 김만과 함께 생활하여 마치 아들이나 진배없이 보살핌을 받았기에 김만을 아버지라 부른 것이다. 수동이 김만한테 다시 가서 술을 받아오겠다고 한 것도 다 김만을 받들어 모시고자 하는 효심에서 우러난 것이었다. 그러나 사람 마음이 다 같은 것은 아니어서 바로 이 수동의 효심이 오히려 김만의 심사를 거슬러서 자신의 목숨을 잃을 뻔했도다.

늙어빠진 거북이 살이라 삶아도 삶아도 부드러워지지 않는 것을,
괜히 애꿎은 마른 뽕나무 장작만 태워대네.

수동은 곧장 안으로 들어갔다. 김만은 혼자서 생각에 잠겼다.

'그날 밤 내가 눈도 한 번 안 붙이고 지켰으니 어디 외부 사람이 들어와 훔칠 수는 없을 것인데. 그럼 저 수동이란 놈이 물건을 건네주느라 들락날락했으니 저놈이 은정을 훔친 것 아냐? 한데, 저 수동이란 놈은 어려서부터 나를 수족처럼 있는 힘을 다해서 보필하던 놈인데 그런 놈이 무슨 이유로 도둑질할 생각을 했을까!'

'하긴, 저놈이 술을 좋아하긴 해. 대개 도둑질하게 되는 게, 술을 좋아

하거나 도박에 빠지거나 해서 그런 거지. 저놈이 술을 마시다 외상을 지고 갚을 길이 없어서 고민이었는데 은정을 보고 그냥 회까닥해서 훔친 거라. 눈앞에 은정이 있는데 안 훔칠 놈이 어딨어! 그렇지 않다면 저놈이 저렇게 술 마시고 돌아다니는 돈이 어디서 났겠어?'

'저놈이 아닐지도 모르지. 저놈이 훔쳤다면 팔아먹기 좋고 쓰기 좋게 부스러기 은을 훔쳤을 거라고. 저놈은 저렇게 큰 은정 덩어리를 덜컥 훔칠 깜냥은 못돼. 설사 그런 은정을 훔쳤다고 해도 그걸 어디다 팔아먹지? 그럼 저 은정을 전당포에 맡겨놓고 조금씩 바꿔서 쓸지도 모르지. 그럼 언젠가는 꼬투리가 잡힐 거야. 저놈이 은정을 전당포에 맡겼다고 하더라도 네 덩어리 가운데 한 덩어리만 맡겼을 것이니 나머지 세 덩이는 집에 있을 것이렷다. 오늘 밤 내가 저놈 침상을 뒤져보면 어찌 된 일인지 밝혀지겠지.'

'아냐, 그게 아니지. 만약 저놈이 은정을 훔쳤다면 여기다 둘 것이 아니라 자기 부모 집에다 두려고 하겠지. 만약 내가 저놈 방에서 은정을 찾아내지 못한다면 외려 비웃음만 살 것이니 어떡한다. 그래 우리 현에서 점잘 친다고 소문난 막莫 도사란 자가 지금 옥봉사玉峯寺에 있다고 하니 그를 불러와서 나의 이 골치 아픈 건을 좀 해결해 달라고 하여야겠다.'

밤이 지났다. 김만은 새벽같이 일어나 수동에게 향촉, 종이로 접은 말, 과일 등을 사서 준비하게 하고 더불어 술과 고기를 준비하라 했다. 김만은 이걸로 신장을 대접하고자 했다. 그런 다음 김만은 먼저 옥봉사에 가서 막 도사를 만나고자 했다. 한편, 김만의 이웃에 살았던 계計가네 일곱째가 수동이 이런저런 물건을 사들이는 것을 보더니 숨을 헐떡거리며 달려와 웬 일이냐고 물었다. 수동이 그에게 대답했다.

"일이 아주 우습게 되어버렸구먼요. 우리 아버지가 정말 운이 없어서 이런 재수 없는 일을 당하여 이미 은자 이백 냥에 해당하는 금액을 배상했어요. 그냥 재수 없는 일을 당했다고 생각하고 넘어가시면 좋을 텐데 다른 사람 말을 듣고는 신장을 부리는 무슨 도사라는 작자를 모셔오겠다고 하시네요. 그 도사라는 작자가 오면 하루 종일 술 마시며 흥청망청 보내다가 사례나 바라고 그러겠지요. 일이 되든 안 되든 술 세 병은 마셔 없앨 거라고요. 본전을 날린 것도 억울한데 이제 거기다가 이자까지 나가게 생겼어요. 이게 얼마나 어처구니없는 짓인지! 나리는 도사 몸속에 신선이 산다고 하는 말을 믿으십니까? 이렇게 좋은 술과 안주를 저한테 주면 제가 우리 아버지를 위해서 모든 힘을 다 쓸 것인데! 이렇게 재를 지낸다고 해서 그 도사놈들이 고맙다는 말이라도 한마디 할 것 같아요?"

수동과 계가가 한참 이야기를 나누고 있을 때 김만이 옥봉사에서 돌아왔다. 수동은 김만이 돌아오는 것을 보고 먼저 자리를 떴다. 김만이 계가에게 물었다.

"그래 수동하고는 무슨 이야기를 나눈 거요?"

계가 역시 신장의 도움을 받아 무슨 일을 해결한다고 하는 걸 믿지 않는 사람이라 수동이 자기에게 들려준 이야기를 다시 한 번 김만에게 읊어 주고선 이렇게 한마디 덧붙였다.

"그래도 저 젊은 녀석이 제법 식견이 있네그려!"

김만은 그 말을 듣고 아무런 대꾸도 하지 않았다. 계가가 그저 생각 없이 농담 삼아 한 말이지만 이 말이 김만의 생각만 더 굳혀 주었음을 어이 알았으랴.

나리의 의심으로 말미암아,
종놈의 목숨이 위험해지고 마는구나.

김만은 계가와 헤어져 현청으로 돌아오는 길에 내내 생각에 잠겼다.

'이런 말을 하다니 정말 의심스럽군. 그놈이 훔치지 않았으면 내가 도사를 초청하든 말든 무슨 상관이라고, 왜 그렇게 도사를 못 잡아먹어서 안달이야!'

김만이 비록 입을 열어 말하진 않았으나 그의 마음은 이러하구나.

흙 속에 사는 지렁이,
뱃속엔 온통 진흙이 가득.[2]

잠시 후 막 도사가 도착했다. 제단을 차렸다. 신장이 옆집 어린 학생에게 내렸다. 막 도사는 별들에게 절을 올리고 주문을 외우고 부적을 적었다. 그 어린 학생이 춤을 추기 시작했다. 마치 칼을 들고 춤을 추는 것 같았다. 어린 학생이 입을 열어 소리를 질렀다.

"등장군이 단에서 내려가신다."

그 목소리가 너무 커서 도저히 어린 학생의 목소리 같지 않았다. 신장이 하늘에서 내려오신 것이라고 믿는 막 도사는 연신 머리를 숙이고 조아렸다. 아울러 이렇게 제사를 지내는 이유를 설명하고 그 은정을 훔쳐간 놈이 도대체 누구인지 알려달라고 사정했다.

"말해줄 수가 없어. 말해줄 수가 없어."

---

2) 土中曲蟮, 满肚泥心。 지렁이는 흙 속에 살면서 흙을 먹는다. 지렁이 속에는 진흙이 가득하다. 진흙에 해당하는 중국어 단어는 '泥'다. 이 '泥'의 발음이 '니'로 의심하다라는 뜻의 '疑'자의 발음 '이'와 유사하다. 또 일부 지방의 사투리에서는 '泥'와 '疑'의 발음이 '니'로 같기도 하다. 이는 말하는 사람이 "흙 속에 사는 지렁이"라고만 해도 그럼 "그 지렁이 뱃속에는 진흙(의심)이 가득하겠구나"라고 바로 연상하게 하는 대화법이다. 아울러 뜻은 다르지만 발음이 비슷하거나 같은 글자를 적재적소에 활용하여 겉으로 하는 말과 그 속에 담긴 뜻을 서로 다르게 하는 대화법이기도 하다.

김만이 재삼재사 머리를 조아렸다. 대장군의 신통력으로 도둑놈의 이름을 알려달라고 간청했다. 막 도사는 다시 신령을 모시는 위패를 하나 더 마련했다. 그리고 이렇게 소리쳤다.

신령은 사사롭지 아니하시며,
인과응보를 밝히시며,
머리를 조아리고 빌면 응답하시니,
그 빠르기가 나라의 명령과도 같도다.

김만이 머리를 조아리기를 그치지 아니하니 신장이 입을 열었다.

"다른 쓸데없는 사람들을 다 내보내면 내가 너에게 알려주마."

이때 제단 주변에는 아전들의 식솔이야 현청에서 일을 보는 자들이야 모두 막 도사가 김만 집에 와서 신장을 부르고 기이한 일을 보여줄 거라는 소문을 듣고 우르르 몰려와 있었다. 김만은 좋은 말로 그 사람들을 다 내보냈다. 그리고 혹시 몰라 심부름을 시키려고 수동만 남겨두었다. 신장이 다시 소리 질렀다.

"쓸데없는 사람이 아직도 있도다."

막 도사가 김만에게 말했다.

"수동도 내보내도록 하십시오."

신장이 김만에게 손바닥을 펴라 했다. 김만이 무릎을 꿇고 왼손바닥을 펼쳤다. 신장은 손가락으로 제사상의 술을 찍어서 김만의 손바닥에 '수동'이란 두 글자를 적었다. 신장이 외쳤다.

"똑똑히 보아라!"

김만은 신장이 적어준 글자가 자신이 평소 의심하던 것과 딱 맞아떨어져서 깜짝 놀랐다. 그래도 혹시 잘못 알아들었을까 봐 머리를 조아리며 신장에게 아뢰었다.

"소인이 십 년 넘게 수동을 보살펴왔습니다만 수동은 한 번도 남의 물건에 손댄 적이 없습니다. 만약 수동이 정말로 은정을 훔쳤다면 법으로 엄히 따져 묻고 다스려야 할 것이지, 그리 쉽게 넘어갈 문제가 아닙니다. 신령께서 하늘에서 다시 한번 살펴주십시오. 함부로 사람 뜻대로 하지 않게 하옵소서."

신장은 또 한 번 술을 찍어서 탁자 위에다 '수동' 두 글자를 적었다. 그런 다음 또다시 허공에 대고 한 획 한 획 글자를 쓰는데 바로 이 두 글자였다. 김만은 신장의 계시를 사실로 믿고 더는 의심하지 않았다. 막 도사가 제사를 거두는 부적을 쓰니 어린 학생은 그만 뒤로 쓰러지며 혼절하고 말았다. 막 도사가 그를 부축하여 일으키고 나서도 한참 후에야 깨어났다. 어린 학생은 깨어나서 방금 자기가 한 일을 하나도 기억하지 못했다. 김만은 제사상에 올린 음식을 막 도사에게 주고 음복하게 했다. 김만은 막 도사를 바래다준다는 핑계로 그 밤에 바로 사복 포졸에게 달려가 도둑놈을 잡아달라고 부탁했다. 사복 포졸의 우두머리는 장 씨였다. 이 장 포졸이 그 자리에서 김만에게 어찌 된 상황인지를 물었다. 김만은 수동이 했던 말 그리고 옆집 어린 학생의 입을 빌어 신장이 세 번이나 수동을 범인으로 지목했던 사실을 장 포졸에게 자세하게 설명해주었다. 장 포졸은 김만의 말을 들으며 거의 모두 다 맞장구를 쳐주었으나 자신이 직접 조사한 사건이 아니라 나서고 싶지가 않았다.

"관에서 정식으로 처리한 사건이 아니어서 내가 나서서 조사하고 심문하기가 좀 그러네."

김만도 관청 밥 먹고 사는 사람인데 그 말을 듣고 어떻게 해야 하는지를 모를 리가 없었다.

"이 일은 내가 책임을 질 거요. 다른 사람들한테 전혀 피해가 안 가게 할 것이오. 그놈에게 뜨거운 맛을 보여주고 제대로 심문해서 그 훔친 물건을 찾게 해주기만 하면 내가 전에 약속한 은자 20냥을 단 한 푼도 빠지지 않게 다 챙겨줄 것이오."

장 포졸은 김만의 말을 듣고 나더니 즉시 자기 동생을 불러냈다. 그런 다음 자기를 도와줄 새끼 포졸과 함께 셋이서 김만을 따라나섰다. 이제 해가 어슴푸레 지는 시각, 수동은 제사를 지낸 자리를 정리하고 나서 저녁을 먹고 등불을 밝혀 들고 관사를 나서 김만을 맞이하려 했다. 수동이 관사 문을 나서는 순간 서너 명의 포졸이 득달같이 달려와 수동을 머리부터 오라를 씌워버렸다. 그들은 다짜고짜 수동을 성 밖의 버려진 역참으로 끌고 갔다. 수동이 입을 열기도 전에 포졸 하나가 철 막대기로 수동의 어깨를 내리치며 소리를 질렀다.

"허, 참 대단한 일을 하셨더군!"

수동은 너무도 아파서 소리를 질렀다.

"도대체 내가 무슨 일을 했다고 그러는 거요?"

"이놈, 창고에서 은정 네 덩어리를 훔쳐서 어디에다 숨겨 놓았느냐? 누구네 집에다 숨겨 놓았느냐 말이다. 네놈의 주인이 이미 자초지종을 우리한테 다 알려주고 네놈을 넘겨준 것이다. 괜히 사서 고생하지 말고 어서 사실대로 불어라."

수동은 울면서 '아이고 하늘이시여'라고 소리를 질렀다. 옛말 하나도 틀린 거 없더라.

옳다고 믿는 자의 목소리는 당당하기 마련,

억울하다고 느끼는 자의 목소리는 높아지기 마련.

　수동은 자신이 도둑질한 적이 없는지라 포졸들이 고문을 해대서 너무
도 아파 참을 수 없었음에도 이를 악물고 견디며 자기는 결코 훔치지 않았
노라 했다. 대명률大明律에서는 사건을 해결할 때 사사로운 고문을 못하도
록 했다. 심문을 통해 진범을 밝혀낸 관리에게는 공을 인정해주었다. 아
울러 대명률에서는 포졸이 사람을 붙잡아 심문하고서도 그의 죄를 밝혀내
지 못하면, 그 사람이 오히려 포졸이 무고한 사람을 붙잡아 괴롭혔노라고
관가에 고발할 수도 있게 했다. 포졸들은 수동에게 주리를 틀고 치도곤을
안겼다. 그래도 수동이 자백하지 않으니 포졸들은 당황하기 시작했다. 이
제 써먹을 수 있는 고문 방법이라곤 머리통 조여 염라대왕 보게 하기,[3] 무
릎에 철판 바지 입혀서 쪼이기밖에 없었다. 머리통 조여 염라대왕 보게 하
기는 쇠로 만든 모자 같은 것을 머리에 씌워 누르는 것으로 눈깔이 다 튀
어나오는 고문이며, 무릎에 철판 바지 입혀서 쪼이기는 날카로운 돌멩이
가 붙어 있는 몽둥이를 무릎 사이에 넣고 쪼이는 것이니 무릎 사이에 그
몽둥이를 넣기만 해도 아파 죽을 정도라. 이 둘은 고문 방법 가운데에서도
가장 악랄한 것이었다. 수동이 머리통 조여 염라대왕 보게 하기 고문을 당
하면서 죽었다가 깨어나고 죽었다가 깨어나기를 몇 번이나 했다. 수동은
고문을 받아 정신이 혼미해지면 자신이 훔쳤노라 인정했다가도 정신이 들
면 절대 훔친 일이 없다고 했다. 포졸들은 마침내 수동의 무릎에 철판 바
지를 입혀서 쪼였다. 수동은 더는 참지 못하고 이렇게 입을 열었다.

---

　3) 이것은 사실 고문이라기보다는 사람을 죽이는 것에 가까웠다. 형틀에 투구 같은 것이 달리고
그 투구를 고문당하는 자에게 씌우고 위에서부터 도르래를 돌리듯 누른다. 그러면 눈알이 튀어나오
고, 이빨이 뭉개지고, 골이 빠개지면서 서서히 죽음에 이르게 된다.

"소인이 재물을 보고 일시에 눈이 멀어 그만 훔쳐서 매형 이대李大 집 침상 밑에 숨겨 놓았습니다. 재물은 아직 처분하지 않았습니다."

장 포졸은 고문대 위에 묶여 있는 수동을 그대로 들어 자기 집으로 옮겨놓고는 죽을 먹이고 날이 밝기를 기다려 김만의 관사로 가서 이 사실을 알렸다. 이때 수동은 겨우 숨만 깔딱거릴 뿐 몸을 움직이지도 못했다. 김만은 배를 한 척 빌려 포졸들과 함께 이대 집으로 달려가 장물을 찾으려 했다. 성 밖 들녘에 있는 이대 집은 수동 부모의 집에서 멀지 않았다. 포졸들이 달려가 보니 이대는 없고 놀란 이대의 부인만이 얼굴이 흙빛이 되어 어찌할 바를 모르니 그저 뒷문으로 빠져나가 자기 친정으로 내빼버렸다. 장 포졸이 이대네 침실로 들어가 침상 머리를 들춰보니 흙을 파낸 흔적이 없는지라 수동이 한 말이 거짓임을 직감했다. 김만이 그래도 한번 파보자고 보채니 호미를 이리저리 한 자 깊이나 긁어보았으나 아무것도 찾을 수 없었다. 포졸들이 말했다.

"아무튼 여기나 한번 제대로 뒤집어엎어서 찾아보자고."

온갖 상자랑 바구니랑 모조리 다 엎어보고 온 집 안을 샅샅이 뒤져보았지만 없어진 은정은 그림자조차 보이지 않았다. 김만은 하는 수 없이 포졸들과 함께 돌아왔다. 이번에는 김만이 직접 수동을 심문했다. 수동이 두 줄기 눈물을 죽죽 흘리며 대답했다.

"저는 결코 도둑질하지 않았습니다. 포졸들이 하도 죽일 듯이 저를 고문하고 자백하라 하기에 제가 도저히 견딜 수는 없고, 그렇다고 다른 사람을 끌어들일 수는 없고 해서 그냥 제가 도둑질한 것이라고 했을 따름입니다. 매형 집 침상 밑에 숨겨두었다는 말도 다 그냥 지어낸 말입니다. 저는 아홉 살 때부터 나리의 보살핌을 받고 자라 지금은 벌써 스물이 넘었습니다. 저는 그동안 한 번도 허튼짓한 적이 없습니다. 지난번 아버님께서 살림을 줄여서 창고 물건을 변상하는 것을 보고서 마음이 짠했습니다. 아버님께서 미신에 빠져서 돈을 낭비하시는 걸 보니 마음이 더욱 안 좋았습니다. 한데 아버님이 그렇게 의심하는 자가 바로 저라뇨! 이제 제가 아버님께 드릴 수 있는 것은 저의 목숨밖에 없습니다. 달리 할 말이 없습니다."

수동은 말을 마치자마자 혼절하고 말았다. 김만이 포졸을 시켜 흔들어 깨우게 하니 수동이 겨우 눈을 떴다. 수동은 깨어나서도 계속 애달프게 울기만 했다. 김만의 속도 짠했다. 얼마 지나지 않아 수동의 부모와 매형 이대가 달려왔다. 그들은 수동이 고문대 위에 온몸에 상처를 입고 묶여서 겨우 가쁜 숨을 쉬고 있는 것을 보고선 대성통곡을 하면서 현청 문 앞으로 달려가 소리를 질렀다. 마침 이때 현령이 현청의 대청에 앉아 있다가 수동의 부모와 매형의 하소연을 듣고 바로 사람을 시켜 김만을 데려오게 했다.

"네놈이 잘못하여 창고에 있던 은정을 잃어버리고서는 사복 포졸을 동원하여 죄 없는 백성을 함부로 죽이려 들고 고문을 하고 난리야?"

"소인이 개인 재산으로 창고에서 분실한 물건을 채워 넣었으니 도대체 누가 훔쳐갔는지 밝혀내고자 하는 건 인지상정 아니겠습니까? 신장을 잘 부리는 도사를 초빙하니 정말 신장이 내려오셔서 세 번이나 수동이란 이름을 써 보여주었습니다. 그러고 보니 수동의 행동거지도 의심스러워 딱 곧이듣게 되었습니다. 이 아이 수동 말고는 제가 손댄 아이는 아무도 없습니다. 저도 하도 답답해서 그런 것이지, 일부러 그런 것은 아닙니다요."

현령 역시 김만이 살림을 줄여 어렵사리 배상한 것이야 잘 알고 있었지만 지금 김만이 하소연하는 무슨 신장이 강림해서 수동을 도둑이라고 알려주었네 하는 거야 알 턱이 없었다. 게다가 수동의 부모랑 매형이 번연히 눈앞에서 지켜보고 있으니 어찌할 도리가 없었다. 때는 바야흐로 섣달하고도 열여드레, 현령이 이렇게 하명했다.

"지금은 연말이라 일이 많이 밀려있도다. 새해 정월 초순이 지나면 내가 직접 이 사건을 처리하겠노라."

사람들은 하는 수 없이 다 물러났다. 김만은 자신이 수동에게 한 짓이 미안했던지 수동의 부모에게 자기 집에 남아서 수동을 보살피라 하고는 의원을 불러 진료하게 했다. 김만은 매일 수동에게 음식을 장만해주고 먹게 했다. 수동의 부모는 매일매일 울어대고 끊임없이 구시렁대었다.

청룡과 백호가 같이 길을 가니,[4]
길흉을 도무지 점칠 수가 없구나.

한편, 사복 포졸들은 수동 부모의 하소연이 받아들여졌다는 소식을 듣고는 너무도 당황스러웠다.

"우리가 그렇게 심하게 잡아 족쳐도 입을 열지 않았던 수동이라 다음에 현령이 캐물어도 절대 자기가 훔쳤다고 하진 않을 거란 말일세. 대신 자기가 우리한테 엄청스레 고문을 당했다고 까발릴 텐데 말이야. 그럼 우리 관가에서 쫓겨나는 거 아냐!"

그들은 종이 성황신 상을 창고에 모시고는 향을 사르고 촛불을 밝히며 매일 빌었다. 밤이면 김만과 함께 창고에서 눈을 붙이며 그저 성황신의 보응이 있기만을 고대했다. 김만 역시 그 포졸들을 위해 돈푼을 쓰지 않을 수 없었다.

섣달그믐, 현령이 창고 재물 조사를 한 다음 새로운 창고지기에게 임무를 넘겼다. 김만은 창고지기 부담에서 벗어나기는 했으나 자신이 은정

---

4) 청룡은 길조를, 백호는 흉조를 각각 상징한다.

을 도둑맞은 사건을 아직 해결하지 못했던지라 장 포졸과 함께 신임 창고지기를 만났다. 그리고 김만이 신임 창고지기에게 부탁했다.

"장 포졸이 여기 창고에서 좀 묵었으면 좋겠소이다."

신임 창고지기가 김만과 동향 사람이라서 평소에 사이가 좋았던지라 김만의 부탁을 거절하지 않았다. 밤에 김만은 소, 돼지, 양고기 그리고 향과 지전을 준비해 와서 성황신에게 제사를 올리고 나서 신임 창고지기, 장 포졸과 함께 음복했다. 한 석 잔 정도 마셨을까, 신임 창고지기가 집에 일이 있다며 김만에게 창고 좀 봐 달라고 하더니 먼저 일어서고자 했다. 섣달그믐 명절이라 김만도 신임 창고지기를 붙잡기가 어려웠다. 신임 창고지기는 물품 상자가 다 잘 잠겨 있나 확인하고는 창고 열쇠를 김만에게 건네고 부탁한다는 말을 남기고 떠나버렸다. 김만은 술을 몇 잔 더 한 다음 일어나서 장 포졸에게 말했다.

"오늘이 섣달그믐, 이제 날이 새면 새해네. 술 몇 잔 더 하시고 좋은 꿈 꾸시게나. 이제 난 물러가야겠네."

말을 마치고 김만은 창고 문을 닫아걸어 자물쇠를 채우고 열쇠를 들고서 돌아갔다. 장 포졸은 창고 안에 꼼짝없이 갇혀버렸다. 장 포졸은 한숨을 내쉬었다.

"허허, 섣달그믐 다들 가족들을 만나러 가는데 나만 이렇게 재수 없게 다른 사람 대신 창고나 지키고 있다니!"

마음이 답답하고 울적해진 장 포졸은 혼자서 술을 따라 연거푸 마셨다. 그러다 자기도 모르게 그만 옷을 입은 채로 잠이 들고 말았다. 새벽 사경쯤 되었을까, 꿈에 신령이 나와 신발을 신은 채 잠든 장 포졸을 발로 차서 깨우며 이렇게 말하는 것이었다.

"은정을 찾았어. 진대수가 그걸 물건 놓는 선반 맨 꼭대기에 있는 박

안에 놓아둔 거라고.”

장 포졸은 놀라서 꿈에서 깨었다. 벌떡 자리에서 일어나 선반 맨 꼭대기를 더듬어 박을 찾았으나 어디 박이 있을 리가 있겠는가?

“신령이 사람 가지고 장난할 리는 없는데! 내가 너무 피곤해서 헛것을 본 건가?”

잠시 머뭇거리다 장 포졸은 다시 잠들었다. 장 포졸은 또 꿈을 꾸었다.

“은정이 박 안에 들어 있는데 왜 안 찾는 거냐?”

장 포졸은 깜짝 놀라 일어났다. 마침 파루를 알리는 북소리가 울렸다. 일어나 창문을 여니 새벽빛이 들어왔다. 다시 한번 선반 꼭대기를 찾아보았으나 아무것도 없었다. 김만을 찾아가 꿈 이야기를 해주고 싶었으나 창고 문이 잠겨 있으니 나갈 수도 없었다. 장 포졸은 다시 잠자리에 들 수밖에 없었다. 얼마 후 창고 문밖이 시끌시끌했다. 악기 연주 소리도 들려왔다. 현령이 아전들과 함께 위패와 현령 깃발을 들고 공자 사당에 차례를 지내러 가는 모양이었다. 날이 밝았으니 김만은 창고 문 자물통의 열쇠를 신임 창고지기에게 건넸다. 신임 창고지기가 붉은 종이와 도장을 가지러 창고 안에 들어왔다. 장 포졸은 더는 견딜 수 없어서 서둘러 모자를 쓰고 창고 문밖으로 뛰어나갔다. 마침 공자 사당에서 차례를 지내고 돌아온 현령이 아전들을 도열시키고 현령 대청마루 의자에 앉아 있었다. 김만도 관복을 차려입고 다른 아전들과 함께 도열하여 읍하고 있었다. 장 포졸은 김만에게 다가가 그를 살짝 옆으로 나오게 한 다음 말했다.

“꿈에 신령이 나타나서 이렇게 저렇게 말씀하시더군요. 그것도 연거푸 두 번이나. 너무나 신기해서 이렇게 와서 특별히 말해주는 거요. 어서 진 대수라는 사람이 있는지 찾아보시오.”

말을 마친 장 포졸이 자기 집으로 돌아갔음은 물론이다.

한편, 김만은 현령에게 인사를 올리고 나서 창고로 돌아와 성황신에게 네 번이나 연거푸 절을 올리고 집으로 돌아와 식사했다. 세배를 드리러 나서지도 아니하고 현청에서 그 진대수라는 이름을 조사했다. 아전, 서기, 포졸, 문지기, 옥리, 야경꾼 등등 아무튼 현청을 한 번이라도 드나든 사람들은 하나도 빼지 않고 모두 조사해보았으나 진대수라는 이름은 찾을 수 없었다. 으레 마시곤 하던 새해맞이 술조차 마시지도 아니했다. 김만은 얼굴이 붉으락푸르락, 배는 소화도 안 되었다. 김만은 장 포졸을 찾아가 괜히 거짓말한 거 아니냐고 따졌다. 장 포졸이 김만에게 이렇게 대답했다.

"내가 진짜 꿈꾼 게 맞다니까요.. 신령이 나를 속인 거라면 몰라도."

김만은 '지난번 막 도사 편에 신장을 불러 물었을 때도 제대로 알려주지 않았는데 꿈에서 해준 말이 얼마나 들어맞을까' 싶은 생각이 들어 이 일을 그냥 한켠으로 젖혀두었다.

이틀이 더 지나 정월 초닷새. 소주 사람들은 이날 가가호호 재물신에게 복을 빌었다. 이걸 사람들은 '지전 태워 복 빌기'라 불렀다. 사람들은 지전을 태워 복을 빌고 음복을 한 다음에야 한 해 일을 시작했다. 김만 역시 복 빌기를 마치고 음복을 하고 있는데 고참 문지기 육유은陸有恩이 새해 인사를 하러 찾아왔다.

"김형, 새해 복 많이 받으시게. 지전 태워 복 빌기하고 남은 술 있으면 같이 좀 음복하자고."

"육형, 제사 지낸 음식 말고는 뭐 다른 음식이 없네. 암튼 잘 왔어. 우리 같이 술 좀 들자고."

김만이 바로 부인을 시켜 술을 데우고 생선이랑 고기 안주도 챙기게 하여 육유은과 술을 마시기 시작했다. 이런저런 이야기를 하다가 육유은이 은정 잃어버린 걸 물어보았다.

"김형, 은정 훔쳐간 도둑놈 단서는 좀 찾았어?"

"찾기는 무슨!"

"도둑맞은 물건을 찾으려면 포졸한테 부탁해야지. 포졸한테 은자라도 좀 쥐여 주면 아무리 잘 도망 다니는 도둑이라도 잡아다 줄 거라고!"

"나도 진작에 도둑맞은 물건만 찾아주면 은자 스무 냥이나 주겠다고 했다고! 한데 그 포졸은 그 돈 받아갈 능력이 안 되었던 모양이야."

"그럼 말이야, 그 은정을 훔쳐간 도둑놈의 소식을 알려주는 사람이 있다면 그 사람한테 은자 스무 냥을 줄 텐가?"

"아니 왜 안 주겠어?"

"김형, 나한테 은자 스무 냥을 주면 내가 그 도둑놈을 잡아주지."

"육형, 정말 그 도둑놈을 잡아서 나와 수동하고 얽힌 이 사건을 좀 해결할 수 있게 해주게. 괜히 뜬구름 잡는 이야기 그만하고, 진짜 육형이 직접 보고들은 이야기를 좀 해달란 말이야."

"아니 내가 직접 보고 들은 게 아니면 뭐하러 주둥이를 놀리겠어?"

그 말을 들은 김만은 즉시 모자를 벗더니 상투에 꽂은 두 돈쯤 되는 귀이개를 빼내어 육유은에게 건네주었다.

"작지만 우선 이거라도 받아두게. 만약 잃어버린 은정을 찾게 해주면 다른 거는 몰라도 지금 나에게 유일하게 남은 은자 스무 냥만큼은 몽땅 육형한테 주리다."

"내가 김형한테 무슨 대가를 바라고 이러는 거 아냐. 그래도 오늘이 지전 태우고 복을 비는 정월 초닷새이니 나에게 복이 굴러 들어온 셈 치지."

육유은은 관모를 쓸 정도로 고참 문지기였다. 육유은은 관모의 머리망에다 귀이개를 꽂아 넣었다.

"김형, 문을 닫으시오. 내가 자세히 설명하여 주리다."

김만이 대문을 닫아걸었다. 두 사람은 무릎을 맞대고 이야기를 시작했다.

신발 바닥이 다 닳도록 돌아다녀도 찾을 수 없더니만,
찾으려니 이렇게 힘 하나도 아니 들다니.

육유은의 옆집에 사는 사람도 문지기였다. 성은 호^郝, 이름은 미^美, 나이는 열여덟. 그에게는 노지고^{盧智高}라는 매형이 있었다. 그 노지고가 자신의 마누라가 죽은 후에 처남인 호미랑 같이 살고 있었다. 호미가 워낙 잘 생겨서 주변에 건드는 사람도 많았으나 호미는 흐트러지지 않고 본분을 지켰다. 호미는 부모가 돌아가신 다음부터는 누나를 의지하고 살았다. 그러다 누나가 세상을 떠나고 나니 매형이랑 몹쓸 짓을 하고 돌아다녔다. 그가 하는 짓이란 열 글자로 요약할 수 있었다.

도박, 음주, 여자 꼬드기기.

지난해 섣달 하순, 육유은이 외출했을 때 육유은의 마누라가 이웃집에서 도끼로 뭔가를 찍어대는 소리가 들려오기에 뭐 그런가 보다 했다고 한다. 그러나 육유은이 집에서 나가면 그 소리가 들려왔다가 육유은이 집에 돌아오면 그 소리가 그치곤 했다고 한다. 섣달그믐 밤, 육유은의 마누라가 육유은과 같이 술을 마시다가 이 일을 이야기하면서 도대체 호미네 집에서 뭘 그렇게 찍어대는 것인지 모르겠다고 했다. 육유은은 부쩍 수상쩍다는 생각이 들었다. 일단 정월 초하루를 보내고 초이틀부터 초사흘까지 이틀 동안 집에서 귀를 쫑긋 세우고 들어보았으나 아무런 소리도 들려오지 않았다.

초사흘, 육유은은 일부러 집을 나서서 친척 집에 새해 인사를 하러 가는 척하고는 멀찌감치 가서 이웃집 대문이 닫히자 살금살금 다시 집에 돌아와 숨어서 지켜보았다. 과연 이웃집에서 뭔가를 내려치고 찍어대는 소리가 들려왔다. 육유은이 벽 틈새로 살펴보았다. 호미와 노지고가 바닥에 쭈그리고 있는 게 보였다. 호미가 은정 한 덩어리를 잡고 있고 노지고가 도끼로 그 은정 귀퉁이를 내려찍고 있었다. 육유은은 그 광경을 자신의 두 눈으로 똑똑히 보았다. 육유은은 저녁에 호미와 노지고를 우연히 만났다. 육유은이 그들에게 물었다.

"아니 자네들, 집에서 뭘 그렇게 내리패고 그래?"

그 말을 들은 호미는 얼굴이 새빨개지며 아무런 말도 하지 못했다. 노지고가 이렇게 대답했다.

"집에 질 좋은 쇳덩어리가 있길래 그걸 다듬어서 부엌칼이라도 만들어볼까 하고요."

이 말을 듣고 육유은은 혼자 속으로 생각했다.

'그래 저 은정이 바로 요즘 현청에서 소문이 자자한 그 은정이렷다. 저 놈들은 대체 저 은정이 어디서 났을까?'

육유은은 그날 밤 이 생각이 머리에서 떠나지 않았다. 날이 밝아 정월 초닷새, 육유은은 김만이 집에서 지전을 태우며 복을 빌고 있으리라 짐작하고는 이렇게 찾아와 알려준 것이다. 김만은 육유은의 말을 듣고 나서 육유은과 함께 장 포졸 집으로 달려갔다. 장 포졸이 집에 없어 그냥 돌아왔다. 김만은 육유은을 자기 집에 재웠다. 다음 날 정월 초엿새 일찌감치 자리에서 일어나 장 포졸의 집으로 달려갔다. 김만, 육유은, 장 포졸 그리고 장 포졸의 동생 이렇게 네 사람은 호미네 집으로 달려갔다. 호미네 집 대문은 굳게 잠겨 있고 안에는 인기척이 없었다. 육유은이 자신의 아내를 불러 연유를 물었다.

"어제 듣자니 배를 빌려 항주에 가서 재를 올린다고 하더니 오늘 아침 둘이서 문을 나섰어요. 조금 전에 출발했으니 지금 막 배를 띄우지 않았을까 싶네요. 아마 멀리 못 갔을 거요."

네 사람은 이 말을 듣자마자 번개처럼 달렸다. 사마교에 이르니 뱃사람 왕류아가 사마교 다리목에서 쌀과 술을 사고 있었다. 김만은 평소 왕류아의 배를 불러 타곤 했으므로 서로 잘 알았다.

"김 씨 나리, 이렇게 아침 일찍 웬일이래요?"

"아니 유아, 이렇게 아침 일찍 쌀과 술을 사는 걸 보니 어디 가는 모양이지?"

"한두 달 항주로 장사하러 가는 손님을 태웠어요."

김만이 왕류아의 어깨를 치며 물었다.

"누구야?"

왕류아가 김만의 귀에다 대고 나지막이 말해주었다.

"문지기 호가하고 그의 매형 노가하고 배를 불렀어."

"그럼 그 두 사람은 지금 배 안에 있는 거야?"

"그 노가는 지금 배 안에 있고, 문지기 호가는 기생을 데리고 오느라고 아직 안 탔죠."

그 말을 듣자마자 장 포졸이 왕류아를 오라로 묶어버렸다.

"아니 내가 무슨 잘못을 했다고 묶는 거요?"

김만이 대답했다.

"자네가 뭘 잘못해서 이러는 건 아니고 우리를 그 두 놈한테 데려다주면 바로 자네를 놓아줄 거야."

왕류아는 자신이 산 쌀과 술을 가게에다 맡겨두고 김만 일행을 안내하여 다리 아래로 가서 호미와 노지고를 붙잡게 했다.

평소에 제대로 준비하지 아니하고는,
일 닥쳐서 후회하는구나.

한편 노지고는 뱃전에 기대어 호미가 기생을 데려오면 같이 놀려고 기다리고 있었다. 한데 멀리서 김만이 보이고 이어 왕류아의 목에 오랏줄이 걸려 있는 것을 보고선 심장이 콩닥거리기 시작했다. 뭔가 이상하다는 생각이 들어 자기 짐은 챙기지도 못하고 몸만 강둑으로 뛰어내려 도망쳤다. 왕류아가 노지고를 손가락으로 가리키며 말했다.

"저기 초상 치를 때 쓰는 하얀 수건 모자를 쓴 자가 바로 노가놈이요!"

이 말을 듣고 네 사람은 발걸음을 재촉하여 쫓아가면서 소리를 지르기 시작했다.

"현의 창고에서 물건을 훔친 도둑놈은 게 섰거라!"

노지고는 당황하여 서두르다가 그만 넘어져 사람들한테 붙잡혔다. 사람들은 노지고의 목에 오라를 씌우고 물었다.

"호미는 어디 있느냐?"

"기생 못난이 유劉가년 집에 있습니다요."

사람들은 노지고에게 길을 안내하라 하고 그를 따라 기생 유가네 집으로 갔다. 호미는 유가네 집에 있다가 사람들이 현청 창고 물건을 훔친 도둑을 잡으러 온다는 소리를 듣고 깜짝 놀라서 기생 유가한테 말도 하지 못하고 도망쳐 어디 있는지 알 수가 없었다. 사람들은 하는 수 없이 기생 유가년이라도 붙잡아 장 포졸 집으로 데려갔다. 우선 노지고의 몸뚱어리를 뒤졌으나 아무것도 찾을 수가 없었다. 노지고의 양말을 만져보니 양쪽 튀어나온 부분을 다 두드려 납작하게 편 은정이 나왔다. 장 포졸이 노지고를 성 밖 버려진 역참으로 데려가 고문하려고 했다. 노지고가 말했다.

"고문할 필요 없슈. 제가 다 불거유. 작년 11월에 소인이랑 호미가 도박 빚을 엄청 져서 도저히 갚을 길이 없었어요. 그때 호미가 소인한테 현청 창고에 은정이 엄청나게 쌓여 있다고 하더라고요. 그래서 제가 '그거 몇 개만 좀 가져와 봐. 우리 같이 좀 써보게' 하고 말했죠. 그러니까 호미가 정말 11월 보름달이 뜨던 날 월식이 드니 바로 은정 네 개를 가져왔더라고요. 그걸 우리가 두 개씩 나눠가졌죠. 저희는 감히 그걸 사람들 앞에 들고 나가지 못하고 두드려 납작하게 펴서 쓰기로 했습죠. 소인은 나머지 은정 한 덩어리 역시 두드려서 납작하게 편 다음 헌 옷으로 싸서 쌀독 안에 넣어두었어요. 나머지 은정 두 덩어리는 호미에게 있습니다."

김만이 노지고에게 물었다.

"작년 11월 보름날이면 내가 두 눈을 부릅뜨고 창고를 지켰거늘 호미가 어떻게 그 은정을 훔칠 수 있었단 말이오?"

"호미가 전에도 몇 차례나 창고를 들락날락했었는데 그때마다 당신이 떡하니 앉아 있어서 손쓰기가 어려웠다네요. 마침 그날 하인이 창고 안 시렁에서 초를 꺼내다가 참기름을 엎어서 당신이 그곳에 정신을 팔고 있는 사이 그 틈을 이용해서 훔칠 수 있었다고 합니다."

사람들은 노지고의 이야기를 듣고서 굳이 더 고문할 필요를 느끼지 못했다. 한편 수동은 장 포졸의 집에서 몸조리하고 있었다. 수동은 아직도 제대로 거동조차 하지 못했다. 수동은 진짜 도둑을 잡아온 걸 보고 이를 빠득빠득 갈면서 욕했다.

"야 이 모가지를 벨 도둑놈아! 네놈이 은정을 훔쳐가지고 애먼 내가 이렇게 고초를 겪었단 말이다. 내 이 억울함을 어디다 하소연할 수도 없고 내가 네 놈의 살점을 씹어 먹어야 분이 좀 풀리겠다."

수동이 지푸라기를 깔아 놓은 침상에서 버티고 일어나려 했으나 어찌 몸을 가눌 수 있으랴! 사람들이 수동에게 다가가 어르고 달랬다. 가슴이 아픈 듯 수동은 숨을 몰아쉬며 울었다. 김만은 속이 짠했다. 자기도 모르게 눈물이 나왔다. 김만은 사람을 불러 수동을 자기 집으로 데려가 보살펴 주게 했다. 김만 자신은 장 포졸 일행과 함께 호미네 집으로 향했다. 호미네 집에 이르러 자물쇠를 열어젖히고 집 안에 들어가 조사했다. 쌀통을 찾아내 그 쌀통을 뒤집으니 테두리가 뭉개진 은정이 나왔다. 그날로 김만 일행은 노지고를 현청으로 데리고 가서 현령에게 사실대로 아뢰었다.

현령은 은정을 보더니 그 말이 거짓이 아님을 알고서 노지고에게 곤장 50대를 치라 이르고 아울러 조서를 받고서 하옥시키라 했다. 그런 다음 호미를 잡으면 같이 처리하라 했다. 모두들 호미를 잡고자 방을 사방에 붙이고 호미를 잡기 위해 애썼다. 뱃사람 왕류아, 기생 유가는 본디 호미 일행의 도둑질을 알지 못했거니와 훔친 물건을 나누지도 않았으니 그저 잠시 보증인을 세우는 조건으로 풀어주었다. 그리고 우선 되찾은 은정 두 덩어리는 응당 창고에 돌려놔야 할 것이나 김만이 이미 배상했으므로 도둑맞은 자에게 물건을 되돌려주는 관례에 따라 김만에게 돌려주었다. 이런 일 처리에 문제를 제기하는 사람은 적어도 곤산현에는 한 명도 없었다.

정치가 바르니 하늘이 복을 내리고,
관리가 청렴하니 백성들이 평안하다.

한편, 김만은 은정 두 덩어리를 받자마자 은 세공장에게 가져가서 그걸 부수어 조각으로 만들었다. 열여섯 냥은 전에 약속한 대로 문지기 육유은에게 주고 열 냥은 장 포졸에게 주었다. 장 포졸에게는 호미를 잡으면 다시 더 사례하겠다고 했다.

다음 날 현령이 등청하기를 기다려 김만이 감사 인사를 올렸다. 현령은 김만을 안쓰러워하는 마음이 생기는 만큼 호미를 미워했다. 현령은 은 열 냥을 내걸고 호미를 잡게 했다. 그러고 반년쯤 후엔가, 장 포졸의 동생이 일이 있어 호주湖州의 쌍목雙木이란 곳에 가게 되었다. 가는 길에 배가 소주 누문婁門을 지날 즈음 호미가 누문의 제방 위로 걷고 있는 게 눈에 띄었다. 장 포졸의 동생은 황급히 배를 강둑에 대라고 하고는 강둑에 올라 소리쳤다.

"어이, 호 씨, 나 좀 봅시다."

호미가 고개를 돌려 바라보니 바로 사복 포졸인지라 걸음아 날 살려라 도망쳐 두붓집으로 들어가 몸을 숨겼다. 두붓집 노인장이 호미가 뛰어들어오는 걸 보고 소리를 지르려 하자 호미는 자신의 배두렁이에서 반짝거리는 은정 한 덩어리를 꺼내 지푸라기로 만든 술 항아리 덮개 위로 던지며 말했다.

"오늘 밤 나를 숨겨주면 이 은정 덩어리를 당신과 반씩 나누겠소이다."

노인장은 은정이 탐이 났는지 요모조모 꼼꼼하게 살펴보더니 호미에게 한 곳을 가리키며 그곳에 숨으라고 했다. 장 포졸의 동생이 서둘러 쫓아왔으나 호미의 종적을 찾을 수가 없었다. 마침 남의 일 참견하기 좋아하는 사람이 있어 장 포졸 동생에게 두붓집을 가리키며 찾아보라고 했다. 장 포졸 동생이 그 두붓집 안으로 들어가 보니 한 노인장이 들어온 사람이 아무도 없노라 딱 잡아떼었다. 장 포졸 동생이 두붓집 안을 두루 살펴보았으나 호미의 흔적을 찾을 수가 없었다. 장 포졸 동생이 몸에서 은자 서너 냥을 꺼내어 노인장에게 건넸다.

"그놈은 곤산현의 문지기로 현청 창고에서 물건을 훔쳐 도망쳤다오. 현령 나리께서 현상금을 걸고 쫓고 있소이다. 당신이 세상 물정을 제대로 알아서 그 사람을 붙잡아 현청으로 데려오면 이 은자는 당신 것이 될 것이오. 하나, 만약 당신이 그자를 숨겨준다면 내가 현령에게 고하여 당신을 붙잡아가서 그 도둑놈과 함께 벌주도록 할 거요."

노인장은 당황하면서 은자를 받을 생각도 아니 하고 손가락으로 한곳을 가리켰다. 그곳은 어딜까?

뛰어봤자 벼룩,

날아봤자 메뚜기.

제아무리 잘 숨어도,

신고하면 끝장이지.

두붓집 노인장은 마누라 둘이랑 한 칸 집에 살면서 두부도 만들고 고량주도 담그고 하느라 침대 놓을 자리도 없어서 잠잘 때면 좁은 널빤지를 걸어서 잠자리로 사용했다. 잠을 잘 때면 사다리를 밟고서 그 널빤지로 올라갔다. 평소에는 물건을 올려놓는 시렁으로 그 널빤지를 가려놓았다. 호미가 그 널빤지 위에 숨어있다가 장 포졸의 동생에게 붙잡혀 끌려 내려왔다. 장 포졸의 동생은 즉시 호미를 오라로 묶었다.

"이런 망한 놈의 도둑놈, 그래 은정은 어디다 숨겼느냐?"

호미가 벌벌 떨면서 대답했다.

"한 덩어리는 이미 다 써 버렸고, 나머지 한 덩어리는 술 항아리 덮개 속에다 숨겨 놓았습니다."

두붓집 노인장이 감히 어찌하지 못하고 술 항아리 덮개 속에서 은정을 찾아왔다. 장 포졸 동생이 그 노인장에게 물었다.

"그래 노인장 이름은 어떻게 되오?"

두붓집 노인장은 벌벌 떠느라 감히 입을 열지 못했다. 옆에 있던 사람이 대신 나서서 대답했다.

"이 노인네는 성은 진陳이고, 이름은 대수大壽입니다요."

그 말을 듣고 장 포졸의 동생이 고개를 끄덕였다. 은자 서너 냥을 두붓집 계산대 위에다 던져주었다. 장 포졸의 동생은 호미를 데리고 이물 안쪽 갑판에 서서 밤을 도와 곤산현으로 달렸다.

양심에 거리끼는 일 하지 말지니,
나쁜 일 하는 자는 언젠가는 고통받는 날이 올지라.

한편, 노지고는 이미 옥사했다. 현령은 창고에서 은정을 도둑맞은 일 때문에 한 사람이 목숨을 잃게 되자 마음이 몹시 짠했다. 더욱이 호미와 평소 가깝게 지내던 아전들이 찾아와 김만에게 호미를 좀 잘 봐달라고 부탁했다. 게다가 문지기 대장 왕문영도 찾아와 부탁하고 갔다. 김만은 창고지기 제비뽑기를 할 때 왕문영에게 신세 진 일이 생각나 이참에 인심이나 쓰기로 마음먹었다. 김만이 현령에게 아뢰었다.

"은정을 직접 훔친 것은 호미입니다만, 그걸 훔치라고 부추긴 자는 그의 매형 노지고입니다. 게다가 잃어버린 은정 또한 그리 많지 않으니 호미에게 관용을 베풀어주시옵소서."

현령은 은정을 훔친 죄목을 모두 호미의 매형 노지고에게 씌웠다. 호미에게는 곤장 30대를 치는 것으로 그의 죄를 물어 사람들에게 그런 일을 하면 벌을 받는다는 것을 보여주게 했다. 되찾은 은정 한 덩어리는 김만에게 돌려주었다. 김만은 또 장 포졸 동생에게 은자 열 냥을 사례했다. 장 포졸의 동생이 두붓집에서 있었던 일을 자세하게 이야기하여 주니 사람들이 깜짝 놀랐다. 작년 섣달그믐에 성황신이 장 포졸의 꿈에 나타나 보여준 게 하나도 그른 게 없음을 알게 되었다. 두붓집 노인장 진대수가 은정을 자기 두붓집 맨 위 시렁의 술 항아리 덮개에 올려놓았으니 술 항아리는 바로 호로葫蘆라. 여기서 호는 바로 호미를, 로는 바로 노지고를 가리키는 것이렷다. 호미는 또 시렁 뒤 널빤지에서 붙잡히지 않았던가! 신령이 예언해준 것은 한 글자도 틀림이 없었다.

아무도 없는 골방에서 죄를 지어도,
신령은 환히 아신다네.

며칠 후 돼지와 양을 잡아 성황묘를 찾아가 제사를 지내고 감사했다. 김만은 수동이 자신에게 오해를 받아 온갖 고초를 겪었던 점이 마음에 걸렸다. 수동은 술 좀 마신 거 말고는 잘못한 일도 없지 않은가. 게다가 수동은 심지도 곧아서 죽을 고비에서도 자신을 원망하지 않았으니 뭔가 그에게 보답하여 주고 싶은 마음이 굴뚝같았다. 하여 수동의 이름을 자신의 성씨를 따서 김수로 바꿔주고 친아들처럼 보살폈다. 아울러 자신이 아끼던 계집종 김행을 그와 정혼시키고 김수가 몸을 추스르고 나면 결혼시키기로 했다. 김수의 친부모가 뛸 듯이 기뻐했음은 물론이다. 김만 소생의 아들이 없었으니 김수가 김만의 가업을 이었다. 김수 역시 돈을 바치고 아전 벼슬에 올랐으니 사람들은 그를 작은 김 씨 아전이라 불렀다. 아전들이 치르는 세 차례의 시험에 모두 통과하여 마침내 안찰사 휘하의 문서 담당

관으로 승진했다. 후세 사람이 김수가 억울하게 도둑으로 몰려 고생한 것
을 읊은 시가 있도다.

　　의심쩍은 사람은 쓰지 말고, 한번 쓰면 의심하지 말지니,

　　들려오는 소문에 흔들리지 말지라.

　　직접 보고 들은 게 아니면 쉽게 믿지 말라,

　　고래로 억울한 사연들 누가 알아주리오?

작은 마님의 유혹을 뿌리치다

小夫人金錢贈年小

— 작은 마님이 젊은 점원에게 돈을 선물로 주다 —

세상만사 참 알기 어렵다는 말 누가 하는가?

영고성쇠가 다 부질없다는 것만 알면 된다네.

분수껏 살아왔다면 될 일이지,

어이하여 구름 너머 나는 큰 기러기를 바랄쏜가.

어느덧 머리카락 세고 눈썹마저 하얘지고,

윤기 나던 얼굴색 벌써 때깔을 잃었구나.

처량한 이내 심사, 사방을 둘러봐도,

그저 늦가을 소슬바람만.

이 여덟 구절의 시는 서천 성도부 화양현에 사는 왕처후王處厚가 지은
것이다. 왕처후가 나이 예순을 코앞에 두고 거울을 들어 자기 얼굴을 비춰
보니 흰머리가 가득하여 감상에 젖어 이 시를 지었다고 한다. 어린아이는
어른 되고 어른은 노인 되는 게 세상의 정한 이치. 세상 만물이 대개는 먼

저 하얗다가 나중에 까맣게 되는 법인데 오직 머리카락과 수염만큼은 먼저 까맣다가 나중에 하얘지는구나. 유 씨 성을 지닌 어느 현령이 있었다. 이 유 현령은 머리에 꽃을 꽂기를 좋아했더라. 그가 어느 날 거울을 보다가 자신의 머리칼이 하얗게 센 것을 보고선 누각에서 술 마시고 취하리라는 제목의 사 「취정루醉亭樓」를 지었다.

나, 본디 꽃피는 봄날을 너무 사모하여,

술 마시면 취하여 꽃길에 쓰러졌노라.

몸은 나이 들었으나,

마음은 나이 들 줄을 몰라,

모자 위에 꽂은 꽃잎만 철없다.

머리칼에 서리가 내리고,

수염에는 눈이 내렸으니,

아, 서러운 내 맘이여.

이 친구는 염색하라고,

저 친구는 뽑으라고 하네.

아서라.

염색한다고, 뽑는다고 될 일이랴!

피지도 못한 젊은 시절, 이승을 떠날까 걱정했더니,

그래도 이렇게 중년을 넘겼지 않았느냐!

다 그만두어라.

나 이제 마지막 숨 거둘 때까지,

이 하얀 빛깔을 즐기리라.

이제 동경 변주 개봉부에 살고 있는 부자 노인장 이야기를 좀 해야겠다. 그 노인장 나이는 환갑을 넘겼고 머리는 다 새하얘졌더라. 하나 그 노인장 나이를 그대로 안 받아들이고 여색을 탐하여 가산을 탕진했으니 까딱하면 타향에서 객사할 뻔했도다. 이 노인장의 이름이 무엇일까, 대체 무슨 일을 했을까?

수레 달리면 바퀴에 이는 먼지 언제고 일어나지만,
사람 일이란 건 언젠가는 끝이 있더라.

동경 변주 개봉부의 그 노인장은 커다란 가게를 열고 있었다. 이름은 장사렴張士廉, 나이는 예순을 넘겼고 마누라가 저세상으로 떠난 후로 자식도 없이 혼자 살았다. 집안의 재산은 십만 금을 넘겼고 점원 둘을 두고서 장사하고 있었다. 하루는 장사렴이 점원 둘을 앞에 두고서 가슴을 치며 탄식했다.

"아, 내가 이 나이가 되도록 자식 하나 없으니 아무리 재산이 많은들 무슨 소용이 있으랴!"

"나리, 왜 새 마님을 얻지 않으시죠? 새 마님을 얻어 자식을 두시면 제사도 끊기지 않을 텐데요."

장사렴은 그 말을 듣고 심히 기뻐하며 중매쟁이 장 씨, 이 씨를 불러오게 했다. 이 중매쟁이들이 어떠했을까?

말만 했다 하면 배필을 찾아주고,
입만 열었다 하면 인연을 맺어주네.
짝 못 이룬 외톨이 새에게 짝을 찾아주고,

혼자서 잠자야 하는 외로운 자들을 달래주네.

사랑의 말을 전하는 옥녀,[1]

거짓말을 해서라도 팔을 잡아 끌어오고.

옥황상제 시중드는 동자,[2]

달콤한 말로 꾀어 허리를 부여잡고 끌어온다.

직녀를 상사병에 걸리게도 하고,

달의 여신 항아姮娥를 달에서 나오게도 한다.

장사렴이 중매쟁이 장 씨와 이 씨를 앞에 두고 말했다.

"내가 아직 자식이 없으니 그대 둘이 중매를 좀 서주구려."

장 씨는 장사렴의 부탁을 받고 대답은 하지 아니하고 생각에 잠겼다.

'아니, 저 양반 나이가 몇인데 이제 와서 중매를 서달라는 것이야! 누구랑 맺어주지, 저 양반 부탁하는 걸 어떻게 처리하지?'

이때 이 씨가 장 씨에게 이렇게 말했다.

"어려울 게 뭐 있어!"

---

1) 원문은 전언옥녀傳言玉女이다. 반고班固의 『한무제내전漢武帝內傳』에 보면 한무제가 승화전承華殿이란 궁전에 있을 때 한 여인이 나타나 자신을 천상 궁궐의 옥녀라고 밝히고 칠월 칠석에 서왕모가 한무제를 찾아올 거란 말을 전하고 홀연히 사라졌다고 한다. 이런 연유로 전언옥녀는 남녀 사이에 사랑의 말을 전하는 메신저라는 의미로 사용된다. 이에 더하여 이 전언옥녀는 중국 고전 예술의 한 장르인 사의 곡조 이름으로도 사용된다. 어떤 곡조가 사로 만들어지면 그 곡조에 작사자들이 다양하게 가사를 지어 노래 부르게 하는 것이 사가 만들어지고 불리는 방식이었다.

2) 원문은 시안금동侍案金童이다. 금동이란 나이 어린 도교 수련생을 말한다. 시안이란 향불을 피울 때 보조한다는 뜻이니 도교 의식을 보조하는 수련생 정도의 의미가 될 것이다. 도교에서는 옥황상제 옆에서 금동과 옥녀가 모시는 모습을 조각하여 형상화하기도 하였다. 불교에서는 관음보살 옆에 금동과 옥녀를 같이 조각하기도 하였다. 이 시에서는 인간의 인연과 운명을 주재하는 옥황상제의 말을 전하고 남녀의 인연을 맺어주는 시안금동의 역할을 강조한다. 전언옥녀와 마찬가지로 이 시안금동 역시 사의 곡조의 이름으로도 사용된다. 이 곡조로는 주로 사랑과 이별을 많이 읊었다.

이 씨와 장 씨가 막 장사렴 집을 나서려고 하는데 장사렴이 그들을 불러 세우고는 말했다.

"내가 일러줄 게 세 가지가 있네."

장사렴이 이 세 가지를 말하게 됨으로써 그에게 일이 닥치게 되는구나.

한평생 편히 잘 살 수 있었을 것을,
괜히 온갖 고생 다하게 되었구나.
죽어서도 묻힐 곳이 없어,
낯선 곳에서 불귀의 객이 되었구나.

"그 세 가지가 무엇이옵니까?"

"그래, 그 세 가지가 과연 무엇인지 내가 말해주겠네. 첫째, 용모가 보통 이상은 되어야 할 걸세. 둘째, 집안이 나하고 좀 맞아야 할 것이야. 셋째, 내가 십만 관의 재산을 지니고 있으니 나에게 시집올 여인도 그에 상응하는 혼수를 해와야 할 것이네."

중매쟁이 이 씨와 장 씨는 장사렴의 이 말을 듣고 속으로야 한참을 비웃었지만 입으로는 그저 듣기 좋으라고 이렇게 대답했다.

"그깟 세 가지 조건이 뭐가 어렵겠습니까."

서로 인사를 마치고 장사렴이 안으로 돌아갔다. 중매쟁이 장 씨가 이 씨에게 말했다.

"장 씨 나리 혼사를 성사시켜 주기만 하면 열 냥 돈꿰미 백 개 정도는 문제없는데, 나리가 말한 세 가지 조건에 맞는 사람을 찾을 수가 있겠어? 그런 조건을 갖춘 처자라면 젊은 총각한테 시집가지 뭐하러 저런 노인네한테 시집을 가. 나리의 머리카락이 하얗게 된 것은 설탕이 묻어서 그런 거라고 둘러 붙이기라도 할 건가!"

"근데 참 신기하기도 하지. 나한테 딱 맞는 처자가 하나 있긴 해. 용모도 출중하고, 집안도 괜찮다고."

"아니 그게 누군데?"

"왕 초선招宣3) 댁 소실이야. 처음에는 왕 초선의 귀염을 듬뿍 받았으나 나중에 말실수를 해서 총애를 잃게 되었다네. 왕 초선이 집안만 맞으면 그냥 돈 한 푼 안 받더라도 다른 사람한테라도 줘버린다고 했다네. 게다가 왕 초선이 혼수를 못해도 몇만 관은 해줄 거라. 다만 왕 초선의 소실이 나이가 너무 어릴 것 같아서 걱정이야."

"지금 신부 될 사람 나이가 어린 게 걱정거리야? 신랑 될 사람 나이가 너무 많은 게 걱정이지. 이 혼사를 장 씨 나리가 싫어할 이유는 하나도 없고 그저 왕 초선 댁 소실이 내켜하지 않을까 걱정이네. 장사렴의 나이를 열 살이고 스무 살이고 낮춰야 양쪽에 말을 좀 붙여볼 수 있을 것 같아."

"마침 내일이 손 없는 날이니 당장 장 씨 나리 댁으로 가서 혼인예물과 사주단자를 받아 가지고 왕 초선 댁으로 가서 결정을 지어버립시다."

중매쟁이 장 씨와 이 씨는 말을 마치고 각자 집으로 돌아갔다.

한편, 이튿날 장 씨와 이 씨는 서로 만나서 장사렴 집으로 달려갔다.

"어제 나리께서 말씀하신 세 가지 조건에 유념하여 저희 둘이 한참을 찾았더니, 아니 그래 딱 맞는 혼처가 있지 뭡니까. 첫째, 신부 용모가 빼어나고, 둘째, 왕 초선 댁 여인이니 가문도 맞고, 셋째, 혼수도 십만 관이 넘을 것 같습니다. 다만 한 가지 신부 될 여자가 너무 젊어서 걱정이네요."

---

3) 중국 전통시대의 관직 이름. 무관으로 주로 변고가 일어난 지역에 파견되어 난리를 일으킨 자를 토벌하고 그 지역의 백성들을 보호하고 안정시키는 역할을 부여받았다. 조선시대의 선무사宣撫使와 역할이 비슷하다.

"대체 몇 살인데?"

"나리보다 삼사십 살은 어린 듯하옵니다."

이 말을 들은 장사렴이 얼굴 가득 미소를 지으며 말했다.

"자네들만 믿을 테니 꼭 좀 성사시켜 주라고."

자질구레한 이야기는 다 생략하고 아무튼 장사렴과 왕 초선의 소실이 서로 혼사를 치르기로 약조했다는 사실만 말해두기로 하자. 장 씨와 이 씨가 장사렴에게서 혼인예물과 사주단자를 받아서 왕 초선의 소실에게 전달했다. 장사렴이 왕 초선 댁으로 가서 신부를 맞아왔다. 혼례를 치르기 위하여 화촉에 불을 밝혔다. 다음 날 아침 장사렴은 조상 사당에 참배했다. 신랑 장 원외는 자색 도포를 입고 새 두건을 쓰고 새 신발과 새 버선을 신었다. 신부는 소매가 넓으며 진한 붉은색 바탕에 황금색으로 꽃무늬 장식을 한 저고리를 입고 같은 붉은색 바탕에 황금색 꽃무늬 장식이 있는 얼굴 가리개를 썼다. 이 신부의 모양이 어떠했던가.

초승달 같은 눈썹,

복숭아꽃 같은 뺨,

고아한 자태,

백옥처럼 빛나는 살결.

말로는 다 표현할 수 없는 요염함,

붓으로 다 그려낼 수 없는 아름다움.

초산 무협에 걸린 구름이요,

신선 산다는 봉래산의 선녀라.

장사렴은 신부의 모습을 한번 쭉 훑어보고 나서는 속으로 쾌재를 불렀다. 부인은 얼굴 가리개를 살짝 들어 올리고 바라보았다. 장사렴이 호호백발 아닌가! 속으로, 아이고 하는 소리가 절로 나왔다. 첫날밤이 지났다. 장사렴은 기뻐 춤추고, 신부는 슬픔에 겨웠다. 한 달 정도가 지났을 무렵, 누군가 찾아와 읍하며 아뢰었다.

"오늘이 바로 나리의 생신이니 본 도사가 이렇게 찾아와 나리를 위해 천지신명에게 비는 글을 바치고자 하나이다."

장사렴은 매번 초하루와 보름 그리고 자기 생일 때마다 도사를 청하여 천지신명께 복을 비는 글을 바치곤 했다. 마침 이때 신부가 그 글을 보더니 눈물을 줄줄 흘렸다. 아니, 장사렴의 나이가 올해로 예순이 아닌가. 두 중매쟁이가 자신의 인생을 망쳤다며 원망하고 또 원망했다. 한편, 장사렴은 요 며칠 몸에 변화가 생겼다.

허리에는 통증,

눈에는 눈물,

귀에는 먹먹함,

코에는 콧물.

하루는 장사렴이 신부에게 일렀다.

"내가 출타하여 일 좀 보고 올 것이니 혼자서 잘 지내도록 하시오."

"나리, 어서 일보고 돌아오셔요."

장사렴이 집을 나섰다. 신부는 생각에 잠겼다.

'나 같은 인물에 이런 혼수까지 해가지고 어쩌다 이런 호호백발 노인네한테 시집을 온 거지!'

신부의 고민은 천 갈래 만 갈래였다. 이때 왕 초선 댁에서 따라온 계집종이 곁에 서 있다가 한마디 했다.

"마님, 문가로 가셔서 거리 구경이라도 하시지 그러셔요!"

신부는 그 말을 듣고 계집종과 함께 바깥 구경이나 좀 하자는 생각이 들었다. 장사렴 집 앞쪽은 화장품이랑 모직, 면 같은 것을 파는 가게였다. 양쪽 벽은 물건 놓는 선반이 차지하고 있었다. 상점과 안채를 구분하는 것은 자줏빛 휘장이었다. 계집종이 그 말려 있던 휘장을 쳤다. 상점에는 두 점원이 일하고 있었다. 한 명은 이경李慶이라고 하는 자로 쉰 살이었고, 나머지 한 명은 장승張勝이라고 하는 자로 서른 살 정도였다. 이 두 점원은 계집종이 휘장을 치는 것을 보고서는 물었다.

"왜 휘장을 치는 거요?"

"작은 마님이 여기 나오셔서 거리 구경을 하실 거라고요."

두 점원은 휘장 너머에서 작은 마님에게 인사했다. 작은 마님은 앵두 같은 입술을 살포시 열고 백옥 같은 치아를 보이며 몇 마디 했다. 이 행동, 이 몇 마디 말로 말미암아 젊은 장승에게는 한바탕 문제가 생기고 말았구나.

광대한 사막,

저 깊은 심연의 바다.

언덕과 산 가운데,

태산이나 화산보다 더 큰 문제.

작은 마님이 먼저 점원 이경에게 물었다.

"몇 년이나 근무하셨어요?"

"이곳에서 근무한 지도 어언 20여 년이 다 되어가네요."

"평소에 나리께서 잘 챙겨주시나요?"

"제가 마시는 물 한 모금, 제가 먹는 밥 한 술이 다 나리께서 챙겨주시는 것입죠."

작은 마님이 이번에는 장승에게 물었다. 장승이 대답했다.

"소인은 선친이랑 함께 나리 댁에서 20년을 같이 생활했사옵고 선친의 뒤를 이어서 나리를 모시기 시작한 지가 벌써 10년입니다."

"나리께서 자네를 잘 챙겨주시는가?"

"우리 식구들이 입고 먹는 게 다 나리 덕분입지요."

작은 마님이 점원 장승과 이경에게 말했다.

"자네들 잠시만 기다리게나."

작은 마님이 휘장을 들치고서는 안으로 들어갔다가 잠시 후 돌아와 이경에게 뭔가를 건넸다. 이경은 소맷자락으로 손등을 가린 채 공손하게 받더니 허리를 숙여 인사했다. 작은 마님이 장승에게 이렇게 말했다.

"이경에게만 주고 자네에게 안 줄 수야 없지. 뭐 그리 비싼 건 아니지만 그래도 그 나름의 쓸모가 있을 걸세."

장승 역시 이경처럼 공손히 받고 나서 인사를 올렸다. 작은 마님은 그런 장승을 물끄러미 한 번 바라보고 나서 안으로 들어갔다. 두 점원은 각자 가게 안으로 들어가 일을 봤다. 이경이 받은 것은 은전 열 냥, 장승이 받은 것은 금전 열 냥이었다. 이경은 장승이 금전을 받은 사실을 몰랐고, 점원 장승은 또 이경이 은전을 받은 것을 몰랐다. 이미 해가 저물기 시작하고 사위에는 어둠이 깃들고 있었다.

들녘에는 밥 짓는 연기,

새도 둥지로 돌아와 깃든다.

여인네 촛불 들고 규방으로 들어가고,

나그네 객점으로 찾아든다.
어부는 고기를 들춰 메고 대숲 길로 돌아오고,
목동은 송아지를 타고서 마을로 돌아오누나.

매일 날이 저물면 점원 둘은 가게 장부를 장사름에게 보여주고 오늘 얼마나 팔았고 또 물건은 얼마나 들였는지, 누가 얼마나 외상을 겼는지를 확인받고 서명을 받곤 했다. 이 점원 둘 가운데 한 사람씩 번갈아서 가게 에서 당직을 섰다. 오늘은 젊은 장승이 당직을 설 차례였다. 대문 옆 행랑 채 작은 방 등잔에 불을 밝혔다. 장승은 한참을 앉아 있다가 이제 잠자리 에 들려고 했다. 이때 밖에서 누군가 문을 두드리는 소리가 들렸다.

"뉘시오?"

"일단 문을 열어주면 누군지 밝힐 것이니라."

그 소리를 듣고 장승이 문을 여니 방문 밖에 서 있던 사람이 쏜살같이 안으로 들어와 등잔불 앞에 섰다. 장승이 보니 젊은 아낙이었다. 장승이 깜짝 놀라며 황망히 물었다.

"아니 젊은 처자가 이렇게 늦은 저녁 시간에 어인 일이십니까?"

"내가 개인적인 일로 온 게 아니라 아침에 당신한테 물건을 주신 분이 시켜서 온 것입니다."

"작은 마님이 아침에 나한테 금화 열 냥을 주었는데 그걸 다시 받아오 라고 합디까?"

"당신은 모르겠지만 마님이 이경에게 준 것은 은화였고, 당신에게 준 것은 금화였답니다. 작은 마님이 내 편에 다른 것 하나를 더 당신에게 전 해주시려고 한답니다."

젊은 아낙은 등짐처럼 묶어온 옷 보자기를 풀어 장승에게 보여주었다.

"이것은 당신이 입으시고, 이 여자 옷은 당신 어머니께 드리셔요."

젊은 아낙은 말을 마치더니 작별인사를 하고는 문을 나서려다가 장승을 돌아보며 말했다.

"아 참, 중요한 일이 하나 있는데 까먹을 뻔했네요."

그 젊은 아낙은 소맷자락에서 쉰 냥 정도의 은정을 꺼내더니 장승 앞에 툭 던지고는 가버렸다. 장승은 영문도 모른 채 이런 물건을 받았는지라 밤새 잠을 이루지 못했다. 다음 날 아침 장승은 평소와 다름없이 가게 문을 열고 장사를 시작했다. 이경이 출근하자 이경에게 가게를 보라하고는 집에 가서 어머니에게 옷과 은정을 보여주었다. 장승의 어머니가 물었다.

"이건 다 어디서 난 거여?"

장승이 어젯밤에 겪었던 일을 낱낱이 말해주었다. 장승의 어머니가 그 말을 듣더니 이렇게 물었다.

"작은 마님이 너에게 은정을 주고 게다가 이렇게 옷까지 챙겨주시다니, 대체 무슨 연유로 이러신다느냐? 이 어미는 이미 환갑도 넘겼다. 네 아비가 세상 떠난 후로 너 하나만 믿고 살고 있는데 너한테 무슨 일이 생기면 나는 누굴 믿고 산단 말이냐? 내일부터 가게에 나가지 마라."

장승은 자기 본분을 잊지 아니하고 효심도 지극한 자였는지라 어머니의 말을 듣고서 다음 날부터 가게에 나가지 아니했다. 장승이 가게에 나오지 아니하자 장사렴은 장승 어머니에게 사람을 보내어 알아보게 했다.

"어째서 댁의 아들이 가게에 출근하지 않는 것인지요?"

"아이고, 요즘 감기가 들어서 몸이 신통치 않아서 가게에 나갈 수가 없었어요. 감기만 나으면 바로 출근하게 할 것이니 나리한테는 그렇게 전해주쇼."

며칠이 더 지나고 나서도 장승이 출근하지 아니하자 이번에는 점원 이경이 찾아왔다.

"장승이 왜 출근하지 않는 건지요? 가게 일손이 달려서요."

장승의 어머니는 그저 아들이 몸이 좀 안 좋았는데, 요 며칠 특히 더 아프다고만 대답했다. 이경은 그 말을 듣고 돌아갔다. 장사렴은 서너 차례 사람을 보내어 물어보았다. 장승의 어머니는 그때마다 아직 병이 낫지 않았노라고 대답했다. 장사렴은 서너 차례나 사람을 보내 불러도 장승이 오지 않는 걸 보고 장승이 다른 일자리를 구한 게 틀림없다고 생각했다. 하지만 장승은 그동안 쭉 집 안에 있었다.

시간은 쏜살같이 흘러 장승이 가게에 나가지 않고 집에만 있은 지도 어언 한 달이 되었다. 아무 일도 하지 않고 가만히 놀고먹을 수만은 없는 처지였다. 작은 마님이 준 은정을 함부로 내다팔 수도 없는 노릇이고, 선물로 준 옷가지 역시 팔기에 마땅하지 않았다. 일하지 않고 이렇게 날이 가고 달이 가니 수중의 돈이 달랑달랑했다. 장승이 어머니에게 여쭈었다.

"어머니께서 가게에 출근하지 말라고 하셔서 이렇게 놀고 있습니다. 한데 생활비는 어떻게 하죠?"

장승의 어머니는 그 말을 듣더니 손을 들어 대들보 위쪽을 가리켰다.

"얘야, 저게 보이느냐?"

장승이 바라보니 대들보에 종이로 보자기처럼 쌓아둔 게 하나 걸려 있었다. 장승이 그 종이 보자기를 내려왔다. 어머니가 장승에게 일렀다.

"네 아비가 너를 키운 것도 다 이거 덕분이었다."

그 종이 보자기를 열어보니 꽃무늬가 수놓아져 있는 쌈지 주머니였다.

"네 아비가 했던 것처럼 이걸로 장사를 해보아라. 화장품이랑 바느질 용품을 팔면 좋을 거야."

때는 바야흐로 정월 대보름이었다. 장승이 어머니에게 이렇게 말했다.

"어머니, 오늘은 정월 대보름, 단문^{端門}에서 등불축제를 한대요."

그런 다음 장승이 어머니에게 물었다.

"저도 등불축제 구경 가고 싶습니다."

"아들아, 네가 가게에 안 간 지도 꽤 되었는데 등불축제를 보러 가려면 가게 앞길을 지나야 하잖니? 그러다 괜히 시비가 생길까 걱정이다."

"등불축제 구경 안 하는 사람이 어디 있어요? 게다가 금년 등불축제는 특별히 멋질 거라고 하잖아요. 제가 가게 앞길 말고 다른 길로 가면 되잖아요."

"그래 등불축제를 보러 가는 건 좋은데 혼자 가지 말고 다른 사람이랑 같이 가도록 해라."

"그럼 왕 씨네 둘째 형하고 같이 갈게요."

"그래 둘이 같이 가면 좋겠다. 하지만 절대 술 마시면 안 되고, 꼭 같이 갔다가 같이 돌아와야 한다."

장승은 왕 씨네 둘째와 같이 등불축제를 구경하러 갔다. 마침 천자가 어사주와 동전을 하사하는 때라 여간 시끌벅적하지 않았다. 왕 씨네 둘째가 장승에게 이렇게 제안했다.

"우리 여기서는 등불축제 구경하기 어렵겠다. 우리는 키도 작고 힘도 약하잖아. 이렇게 밀리고 미는 와중에 어떻게 버티겠어? 차라리 다른 데로 가자고. 거기도 이렇게 등불을 산처럼 매달아 놓았을 것이니까."

"그게 어딘데요?"

"네가 잘 모르는 모양인데 규모가 작아서 그렇지 왕 초선 댁에서는 해마다 따로 등불을 산처럼 매달아 놓는다고. 당연히 올해도 등불을 매달아 놓았지."

장승과 왕 씨네 둘째는 몸을 돌려 왔던 길을 되짚어 왕 초선 댁 앞까지

왔다. 왕 초선 댁도 단문처럼 그렇게 북적북적했다. 장승이 왕 초선 댁 문 앞에서 두리번거리다 다시 살펴보니 왕 씨네 둘째가 보이지 않았다. 아뿔싸! 장승은 고민에 빠졌다.

'어떡하지? 우리가 등불축제 구경하러 나올 때 어머니께서 꼭 같이 갔다가 같이 돌아오라고 하셨는데, 이제 왕 씨네 둘째가 보이지 않으니 말이야. 내가 먼저 돌아가면 걱정하지 않으시겠지만, 만약 왕 씨네 둘째가 먼저 돌아가면 어머니께서 내가 어디 간 거냐고 물어보실 게 분명한데.'

장승은 등불축제 구경은 못 하고 그저 왔다 갔다만 하다가 갑자기 생각이 떠올랐다.

'아, 여기 앞쪽이 바로 내가 다니던 장 씨 나리 가게네. 해마다 정월 대보름이면 가게 문을 닫고 등불을 달아 놓곤 했는데 아마 올해 달아 놓은 등불을 아직 떼지 않았을 것 같구나.'

장승은 발길 닿는 대로 천천히 걸어 장사렴 가게 문 앞까지 갔다. 장승은 깜짝 놀랐다. 가게 문은 굳게 닫혀 있었다. 가게 문 앞에는 대나무 두 개를 가위 모양으로 엇갈려 세우고 그 대나무 위에 가죽으로 쌓은 호롱불을 걸어 놓았다. 그 호롱불은 가게 문에 붙여놓은 방을 비추고 있었다. 장승은 그 방을 읽어보고 너무 놀라서 눈이 똥그래지고 입이 다물어지지 않았다. 정말 어찌해야 좋을지 몰랐다. 그 방에는 이렇게 적혀 있었다.

개봉부 좌군의 포도청에서는 불법을 저지른 장사렴을 붙잡아……

장승은 불법이라는 글자를 보고서는 장사렴이 대체 무슨 죄를 지었는지 의아했다. 이때 호롱불 아래에서 누군가가 호통을 쳤다.

"아니 거기 웬 놈이 감히 겁도 없이 방을 읽고 있는 거냐?"

장승은 깜짝 놀라 걸음아 날 살려라 내뺐었다. 소리를 질렀던 그 사람은 성큼성큼 뒤따라 달려오며 계속 소리를 질렀다.

"아니 이놈아, 네놈이 도대체 누구이관데 이렇게 야심한 시각에 와서 방을 읽고 그러느냐?"

이 소리를 들은 장승은 놀라서 더 빨리 달렸다. 어느덧 동네 어귀에 이르렀다. 골목길을 꺾어 들어가려니 시간은 벌써 이경, 둥근 달이 사방을 밝게 비추고 있었다. 장승이 뛰듯이 걷고 있으려니 누군가 뒤에서 쫓아오더니 장승을 불렀다.

"여보슈, 장 씨, 그대를 찾는 사람이 있소이다."

장승이 고개를 돌려 바라보니 바로 주점의 점원이었다.

"아마도 왕 씨네 둘째가 동네 어귀 술집에서 기다리다가 나하고 술 한 잔하고서 집에 돌아가자고 하는 모양이네. 잘됐네!"

장승이 점원을 따라 주점에 도착했다. 주점의 계단을 올라 칸막이가 되어있는 탁자 앞으로 다가갔다. 점원이 장승에게 바로 여기라고 알려주었다. 탁자 입구의 휘장을 젖히니 한 아낙이 앉아 있었다. 아낙은 옷은 흐트러져 있고, 머리는 헝클어져 있었다.

머리카락이 정갈하지 않음은,

지난날 영화에 대한 그리움 때문.

눈물을 흘림은,

옛 시절 부귀를 잊지 못하기 때문.

가을밤, 달은 구름에 가리고,

모란꽃, 흙더미에 갇혔네.

아낙이 장승에게 말했다.

"장승, 내가 불렀어."

장승이 아낙을 바라보니 얼굴이 익긴 익으나 누군지 알 길이 없었다. 아낙이 다시 말했다.

"장승, 그래, 나 못 알아보겠어? 자네 쥔장의 둘째 부인이야."

"아니, 작은 마님께서 어인 일로 여기에 오셨습니까?"

"그 사연을 어떻게 한마디로 다할 수 있겠는가."

"마님, 어쩌다가 이런 지경이 되셨는지요?"

"괜히 중매쟁이 말 듣고 자네 쥔장에게 시집오는 게 아니었어. 알고 보니 자네 쥔장은 가짜 은을 주조하던 사람이었어. 자네 쥔장은 개봉부 좌군의 포도청에 붙잡혀간 후로 여태껏 소식도 없어. 그의 세간과 땅은 하나도 남김없이 다 압수당하고 말았지. 지금 난 이 한 몸 기댈 구석도 없는 신세, 이렇게 자네에게 찾아온 걸세. 내가 평소에 자네에게 잘 대해준 정분을 생각해서라도 나를 자네 집에 좀 머물게 해주게나."

"그건 안 됩니다. 첫째, 나의 어머니가 워낙 호랑이시고, 둘째, '오이밭에서 신발 끈 고쳐 매지 말고 배나무 밑에서 갓끈 고쳐 매지 말라'는 말처럼 지금은 때가 좋지 않습니다. 저희 집엔 단연코 오실 수 없습니다."

"자네가 아마도 '뱀을 불러오기는 쉬워도 내쫓기는 어렵다'는 속담처럼 나를 자네 집으로 데려가서 내가 부지하세월 하면 나 때문에 비용도 만만찮게 들어갈까 봐 걱정하는 모양인데 내가 자네에게 보여줄 게 있다네."

작은 마님이 품에서 뭔가를 꺼내서 보여주었다.

종소리를 듣고서야 산속에 절이 있음을 알고,

강가 언덕에 올라가 봐야 언덕 너머 마을이 있음을 안다네.

작은 마님이 품에서 꺼낸 것은 바로 백팔염주였다. 연밥 크기만 한 염주 알이 반짝반짝 빛났다. 장승은 그 염주를 보고서 찬탄해 마지않았다.

"내 평생 이런 보물은 처음 봅니다."

"다른 보물은 모두 다 압수당했지만 그래도 이 염주만은 잘 숨겨두었지. 자네가 나를 집으로 데려가서 이 염주 알을 하나씩 빼서 팔면 뭐 생활비는 걱정 없을 걸세."

이 말을 들은 장승이 어떤 심정이었을까?

집에 돌아가려 하니 서산에 걸린 해가 걱정,

요놈의 말은 너무 늦어서 걱정.

벼락횡재, 여색, 술,

이 세 가지에 넘어가지 않는 자 어디 있으랴!

작은 마님의 말을 듣자마자 장승이 대꾸했다.

"작은 마님께서 우리 집에 오시기 전에 먼저 우리 어머니한테 허락을 받아야 해요."

"그럼 우리 같이 가도록 하지. 자네가 어머니에게 여쭤보는 동안 내가 자네 집 건너편에서 기다리도록 할게."

장승은 집에 돌아와 어머니에게 전후 사정을 말씀드렸다. 장승의 어머니는 나이도 지긋하고 인정도 있는 사람이라 아들이 모시던 쥔장의 작은 마님이 이런 곤궁한 지경에 빠졌다는 말을 듣고는 혀를 차며 물었다.

"어떻게 이런 일이, 어떻게 이런 일이! 그래 작은 마님은 지금 어디 있느냐?"

"지금 집 건너편에서 기다리고 있습니다."

"그럼 안으로 모셔라."

작은 마님이 장승의 어머니와 인사를 나눈 다음 장승에게 했던 이야기를 장승의 어머니에게 다시 한번 말씀 올렸다. 그러고는 이렇게 덧붙였다.

"이제 제가 몸을 기댈 곳은 어디에도 없습니다. 하여 특별히 어머님께 부탁드리오니 부디 저를 거둬주십시오."

장승의 어머니가 그 말을 듣고 대답했다.

"부인께서 며칠 머무는 거야 문제없겠습니다만 제집이 워낙 누추해 놔서 아무래도 다른 곳을 더 찾아보시는 게 좋을 것입니다."

작은 마님은 품속에서 염주를 꺼내어 장승의 어머니에게 건네주었다. 장승의 어머니는 불빛 아래에서 그 염주를 비춰보더니 바로 작은 마님을 집에 머물게 했다. 작은 마님이 장승 어머니에게 제안했다.

"이 염주 알을 팔아서 화장품이랑 바늘, 실 같은 걸 파는 가게를 여시지요. 대문 앞에다 바구니를 매달아 놓고 가게 열었다고 표시도 하고요."

장승이 말했다.

"이런 보물은 아무 때나 팔아도 후한 값을 받을 수 있을 겁니다. 더군다나 전에 주신 쉰 냥짜리 은정을 손도 안 대고 가지고 있으니 그거로 물건을 들일 수 있을 거예요."

장승은 가게를 열고 장사렴의 거래처를 다 끌어안았다. 사람들은 장승을 작은 장 씨라 불렀다. 작은 마님이 여러 차례 장승을 후리려 들었지만 장승이 결코 곁을 주지 아니하고 그저 주인마님으로만 대했을 따름이었다. 때는 바야흐로 청명절, 그 모습이 어떠했던가.

청명, 제사 향은 어디서고 피어오르고,
무덤가에 걸어놓은 지전은 바람에 날리고.

푸른 새싹 돋아나는 들판에서 사람들은 노래하고 웃고,

하늘은 개었다가 비가 내렸다가 살구꽃은 피어나고.

해당화 가지에선 새가 지저귀고,

버들가지 늘어진 강변에선 술 취한 사람 널브러지고.

꽃단장한 아낙들 앞다퉈 그네를 타고,

양손에 그넷줄 잡고 하늘로 날아오르니, 신선 같고.

성안의 모든 사람이 다 금명지로 유람하러 나왔다. 장승도 금명지로 유람하러 나갔다. 해거름, 돌아오는 길에 만승문을 지나려는데 뒤에서 누군가 '장승' 하며 자기 이름을 부르는 소리가 들려왔다.

"요즘 사람들이 다 나를 '작은 장 씨'라고 부르는데, 장승이라 부르는 저자는 누구지?"

고개를 돌려보니 바로 옛 쥔장 장사렴이었다. 장사렴의 얼굴에는 죄인임을 나타내는 낙인이 찍혀 있었다. 헝클어진 머리카락에 때에 전 얼굴, 옷은 다 해졌다. 장승은 장사렴을 즉시 주점으로 모시고 가서 다른 사람 눈에 잘 안 띄는 칸막이 된 탁자에 앉았다.

"아니 나리, 어쩌다가 이렇게 되셨습니까?"

"내가 작은 마누라를 들이지 않았어야 했어. 내 작은 마누라는 본디 왕 초선 댁의 여인네였어. 올해 정월 초하루에 내 작은 마누라가 자기 방 주렴 너머 거리를 바라보다가 왕 초선 댁의 심부름꾼이 상자 하나를 들고 지나가는 걸 보았다네. 그래서 물었다지. '왕 초선 댁에 별일 없는가?' 심부름꾼이 이렇게 대답했다네. '뭐 다른 일은 없고 집 안에 있던 백팔염주가 없어져서 온 집 안 사람들이 다 시달리고 있어요. 그 일로 꾸지람을 듣지 않은 자가 아무도 없으니 말이에요.' 그 말을 듣고 내 작은 마누라 얼굴이 붉으락푸르락해졌다지. 그 심부름꾼이 가고 나서 얼마 되지 않아 2, 30명이 들이닥치더니 내 집에 있는 세간이야 보물을 다 들고 가버렸어. 그러곤 나를 붙잡아 좌군 포도청에 데리고 갔어. 포졸들이 나를 고문하면서 그 백팔염주가 어디 있냐는 거야. 나야 그 염주를 본 적도 없으니 어떡하겠나. 그저 모른다고 할밖에. 포졸들이 나를 곤장 찜질을 하더니 감옥에 가두더군. 그래도 다행인 게 내 작은 마누라가 그날로 목을 매달아 자결했다는 거지. 이 사건은 지금까지 해결되지 못했고 포졸들은 나를 범인으로 몰아붙이고 있다고. 지금까지 그 염주의 행방은 아무도 모른다네."

장승은 생각에 잠겼다.

'작은 마님은 우리 집에 있고, 그 염주도 우리 집에 있잖아. 그 염주 알 몇 개는 이미 팔아버렸는걸!'

장승의 마음이 조급해지기 시작했다. 장승은 장사꾼에게 술과 안주를 대접한 다음 헤어졌다. 장승이 길을 걸으며 생각에 잠겼다.

'이런 괴이한 일이!'

집에 돌아온 장승이 작은 마님을 뵙고서 이렇게 말했다.

"마님, 제발 목숨만을 살려주십시오."

"아니 지금 무슨 말을 하는 게냐?"

장승이 아까 장사꾼에게 들은 이야기를 작은 마님에게 들려주었다. 작은 마님은 장승의 이야기를 듣고 나서 이렇게 말했다.

"어디 한 번 보아라. 내 옷에 재봉선이 있느냐 없느냐, 내 목소리가 진정 산 사람의 목소리임을 너는 분간할 수 없단 말이냐? 그자가 지금 내가 자네 집에 머물러 있는 것을 알고서는 일부러 이런 말을 해서 자네가 나를 쫓아내게 하려는 것이로다."

며칠 후 장승은 자기를 찾는 소리를 들었다.

"어떤 분이 찾으십니다."

장승이 그 사람을 맞이하니 바로 장사렴이었다. 장승이 생각했다.

'작은 마님을 불러와서 나리께 보이면 작은 마님이 귀신인지 사람인지 바로 알 수 있겠군.'

장승은 하녀를 시켜서 작은 마님을 불러오게 했다. 하녀가 안으로 들어가 찾았으나 작은 마님은 어디 있는지 찾을 수가 없었다. 사실 장승은 작은 마님이 귀신임을 이미 알아차리고 있었다. 장승이 저간의 사정을 장사렴에게 일일이 말해주었다. 장사렴이 물었다.

"그 염주는 어디에 있느냐?"

장승이 방 안으로 들어가서 그 염주를 들고 나왔다. 장사렴은 장승을 데리고 왕 초선 댁으로 가서 이 염주를 드렸다. 염주에서 빼낸 몇 알은 돈으로 변상했다. 왕 초선은 장사렴이 범인이 아님을 알게 되자 압수한 재산을 돌려주었다. 장사렴은 다시 예전처럼 가게를 열었다. 아울러 장사렴은 천경관의 도사를 청하여 작은 마누라를 위하여 천도재를 베풀어주었다. 아마도 장사렴의 작은 마누라가 생전에 장승을 마음에 두었기에 죽어서도 장승을 찾았던 모양이다. 장승이 마음이 곧아서 작은 마님의 유혹에도 넘어가지 않았으니 그 덕에 화를 면할 수 있었다. 아무튼 재물이나 여색이 사람을 미혹시키거나 망치는 것은 다 이런 식이다. 장승처럼 그런 유혹을 견뎌낸 사람이 하나도 없을 따름이다.

재물과 여색을 좋아하지 않는 자가 어디 있으랴만,

바른 마음 지닌 자는 유혹할 수 없느니.

젊은이여, 장승을 본받을지니,

귀신이든 사람이든 해칠 수 없느니라.